BASTEI
LÜBBE

ROGER TAYLOR IM
TASCHENBUCH-PROGRAMM:

20 262 Traumfinder
20 330 Das Lied des Glaubens
20 338 Stadt der Kristalle
20 357 Ibryen

HAWKLAN DER HEILER

20 280 Bd. 1 Aufbruch nach Riddin
20 290 Bd. 2 Der Untergang Fyorlunds
20 298 Bd. 3 Dämmerung über Orthlund
20 304 Bd. 4 Entscheidung in Narsindal

ROGER TAYLOR

FARNOR

Die Saga vom Großen Wald

Ins Deutsche übertragen
von Rainer Schumacher

BASTEI
LÜBBE

BASTEI LÜBBE TASCHENBUCH
Band 20 382

Erste Auflage: April 2000

Originaltitel: Farnor
Lektorat: Martina Sahler / Stefan Bauer
Titelbild: Mark Harrison / Agentur Luserke
Umschlaggestaltung: QuadroGrafik, Bensberg
Satz: Fotosatz Steckstor, Rösrath
Druck und Verarbeitung: 49829
Société Nouvelle Firmin-Didot
27650 Mesnil-sur-l'Estrée, Frankreich
Printed in France
ISBN 3-404-20382-8

Sie finden uns im Internet unter
http://www.luebbe.de

Der Preis dieses Bandes versteht sich einschließlich der gesetzlichen Mehrwertsteuer

Für meine Frau
und meine Töchter

Kapitel 1

Dunkelheit senkte sich kalt auf Farnors Gesicht herab, löschte die Myriaden von Lichtern aus, die hinter seinen geschlossenen Augenlidern flackerten, und ersetzte sie durch wabernde blau-schwarze Schatten.

Erschrocken riß er die Augen auf; kurz fürchtete er, ein Fremder oder irgendeine bösartige Kreatur habe sich an ihn herangeschlichen, während er dösend unter den sich sanft im Wind wiegenden Ästen eines Baumes gelegen hatte. Seine Furcht war jedoch unbegründet. Der Schatten stammte von einer Wolke, die gerade vor der Sonne vorüberzog.

Farnor lächelte über seine eigene Torheit, doch seltsamerweise hielt das Unbehagen an. Stirnrunzelnd ließ er den Blick über das sonnenüberflutete Waldland schweifen und suchte nach irgendetwas Ungewöhnlichem, das die Ursache für das merkwürdige Gefühl hätte seine können. Allerdings war nirgends etwas Ungewöhnliches zu hören oder zu sehen; nur das Rauschen der Blätter im Wind und die unzähligen, winzigen Flecken Sonnenlicht, die im Takt der sich bewegenden Äste tanzten.

Schlechtes Gewissen, dachte Farnor voller Ironie, rappelte sich mühsam auf und wischte Laub und Gras von seinen Kleidern. *Du trödelst schon wieder im Wald herum; dabei solltest du doch eigentlich nach den Schafen sehen.*

Unterschiedliche Rechtfertigungen für sein Verhalten rangen in Farnors Geist um die Vorherrschaft, während er aus dem Wald hinaus ins helle Sonnenlicht eines wunderschönen Frühlingstages trat. Er war nicht wirklich eingeschlafen – oder falls doch, dann zumindest nicht für lange –, und außerdem würde er seine Arbeit ja erledigen, und auf dem Hof gab es heute auch nichts Besonderes zu tun ...

Er schob diese Gedanken beiseite. Sie waren ein Überbleibsel aus jener Zeit, da er von seinem Vater regelmäßig darüber befragt worden war, was er getan oder nicht getan hatte. Nun jedoch behandelte ihn sein Vater, was den Hof betraf, immer mehr wie einen vertrauenswürdigen Partner, als einen Mann, auch wenn er in den Augen der Dörfler noch mindestens ein Jahr lang als Kind gelten würde. Es war verblüffend, wie viel sein Vater im Laufe der letzten Jahre gelernt hatte, sinnierte Farnor.

Kurz blieb er stehen und blickte das Tal hinunter Richtung Hof. Das hügelige Terrain verwehrte den Blick darauf, doch Farnor konnte wie immer die Gegenwart seines Heims spüren, fest und zuverlässig; der Hof hieß ihn stets willkommen, eine sichere Zuflucht vor allem Übel.

Und doch: Während er sich umdrehte und wieder das Tal hinaufwanderte, fühlte er noch immer den Schatten des Unbehagens, das ihn geweckt hatte. Vage erinnerte er sich an seltsame Stimmen, die um ihn herum geredet hatten ... die *über* ihn geredet hatten. Vielleicht auch nur das Rauschen der Blätter, das er im Halbschlaf gehört hatte, aber ...

Beinahe wütend rammte er seinen Stab in den weichen Boden, um ein für allemal die Dunkelheit zu vertreiben. Sich hier oben zum Schlafen hinzulegen war wohl keine besonders gute Idee gewesen, vermutete er; besonders nicht, da etwas in der Nähe war, das Schafe riß.

»Irgendjemandes Hund ist verwildert«, lautete stets die Meinung im Dorf, wenn so etwas geschah – eine Meinung, die nach einer Reihe von Nachtwachen und besonnenem Auslegen von Fallen auch immer bestätigt worden war. Einige im Dorf pflegten sogar jedesmal zu wetten, um wessen Hund es sich wohl handelte.

Aber diesmal war alles anders, denn obwohl nur wenige Schafe gerissen worden waren, so waren sie doch derart übel zugerichtet gewesen, daß die traditionelle

Vermutung nur zögernd und mit besorgtem Unterton geäußert wurde. Dann, wie ein unheimliches Knarren in einem leeren Haus, schnappte Farnor irgendwann ein geflüstertes ›Bär‹ auf. Vorsichtig und etwas unbeholfen fragte er seinen Vater danach, doch als Antwort erhielt er nur ein selbstbewußtes Kopfschütteln und ein abschätziges Schürzen der Lippen, das sich auf den Urheber dieser Vermutung bezog.

»Das ist das Gerede von Zechern. Beeren, Maden und dann und wann ein Fisch – das ist alles, was Bären fressen, es sei denn, sie sind halb verhungert. Fleisch gehört nicht zu ihren bevorzugten Mahlzeiten, und im allgemeinen besitzen sie Verstand genug, um sich von Menschen fernzuhalten.«

»Aber man sagt doch, es gäbe auch verbrecherische Bären«, wandte Farnor ein. »Bären, die ...«

Sein Vater fiel ihm ins Wort und verkündete sein abschließendes Urteil: »Die einzigen Verbrecher hier sind jene, die besser auf den Feldern arbeiten sollten, anstatt den ganzen Tag in der Taverne zu hängen, Bier zu trinken und den Leuten den Kopf mit Unsinn vollzustopfen.« Dann fügte er beruhigend hinzu: »Es ist nur ein wilder Hund, weiter nichts, Farnor. Vermutlich kommt er von jenseits der Hügel.«

Von jenseits der Hügel. Aus der geheimnisvollen Ferne. Von dort, wo die ›Anderen‹ lebten; Menschen, die nicht ›wir‹ waren, und deshalb mußten sie seltsam sein und vermutlich auch fähig, Hunde so sehr zu vernachlässigen, daß sie verwilderten.

Trotzdem hatte Farnors Vater von diesem Tag an darauf bestanden, daß sein Sohn einen kräftigen Stab mitnahm, wann immer er zu den Schafweiden hochkletterte – wie zum Beispiel heute.

Während Farnor nun die letzten Bäume immer weiter hinter sich ließ, verflog auch der letzte Rest der inneren Unruhe. Unbewußt tastete er nach dem Messer, das in einer einfachen Scheide an seinem Gürtel steckte, und schwang anschließend den Stab in weitem Bogen.

Er begann tagzuträumen. Seine Gedanken eilten ihm voraus. Schon bald würde er seinen Lieblingsplatz nahe des Talausgangs erreichen, wo er sich hinsetzen und essen würde, was seine Mutter ihm eingepackt hatte. Wenn er dann gerade seine Mahlzeit begonnen hätte, würde er plötzlich Blutspuren auf dem Boden bemerken. Diesen würde er folgen und kurz darauf ihre Quelle entdecken: den zerfetzten Kadaver eines Schafes. Doch noch bevor er reagieren könnte, würde er ein Rascheln im Unterholz hören, und der Missetäter würde sich mit großen Sprüngen auf ihn stürzen: ein riesiger Hund mit wilden Augen und Schaum vorm Maul.

Ein großer Kampf würde daraufhin beginnen, und nur sein Geschick im Umgang mit dem Stab würde Farnor vor den tödlichen, blitzschnellen Attacken der Kreatur schützen, bis er schließlich auf dem blutverschmierten Gras ausrutschen und unter dem Monster zu liegen kommen würde, die schrecklichen Fänge nur eine Handbreit von seiner Kehle entfernt.

Farnor zog sein Messer und stieß es in die klare Luft, um den Todesstoß nachzuahmen, mit dem er den Angreifer im letzten Augenblick den Garaus zu machen gedachte.

Vor lauter Erregung lachte er auf, und seine Phantasie verabschiedete sich mit Bildern von seiner triumphalen Rückkehr ins Dorf und von der Bewunderung, die ihm die Dorfbewohner fortan entgegenbringen würden – sie und ihre Kinder und Kindeskinder. Immer wieder würden sie ihn bitten, ihnen von dem schrecklichen Kampf mit dem Ungeheuer zu erzählen.

Dann blickte er sich rasch um, obwohl er wußte, daß er vollkommen allein war. Daß er sich solch kindischen Träumen hingegeben hatte, war ihm peinlich.

Aber: Es war eine *gute* Geschichte. Es war jene Art von

Geschichte, wie sie Yonas der Geschichtenerzähler bei seinen seltenen Besuchen im Dorf mit großem Pathos zu erzählen pflegte. Farnor begann, sie auszuschmücken und sie in Yonas' Tonfall vor sich hinzumurmeln. Dann stellte er sich vor, selbst ein großer Geschichtenerzähler zu sein, der nicht nur durch die Städte und Dörfer *dieses* Landes reiste, sondern auch durch jene weit, weit weg von hier – durch Länder, die von großen Fürsten und Königen beherrscht wurden, voller edler Herren und feiner Damen. Farnor straffte die Schultern; Damen, die ihm wissend zuzwinkern und ...

Sein Fuß versank in einem Kuhfladen.

Ein äußerst unedler aber kräftiger Fluch mischte sich mit dem betörenden Duft, den Farnors Fehltritt freigesetzt hatte, und die Selbstvorwürfe kehrten wieder zurück. »Träumst du schon wieder, Farnor?« hörte er im Geiste seinen Vater wie so oft sagen.

Mit einem unbeholfenen, schleifenden Schritt entledigte er sich des Großteils seiner stinkenden Last, doch die Überreste erwiesen sich als ausgesprochen hartnäckig, und trotz eines längeren Balletts aus Schleifen, Fußverdrehen und Hüpfen, kam er schließlich nicht umhin, sich hinzusetzen und die Stiefel mit einem Grasbüschel abzureiben.

Farnors poetische Stimmung war wie weggeblasen, und ein wenig säuerlich setzte er seinen Weg fort. Dennoch war er zufrieden damit, zu sein, wer und was er war: weder der Bezwinger schrecklicher Bestien noch ein großer Geschichtenerzähler, sondern der einfache Sohn eines Bauern, der nach den Schafen seines Vaters schaute.

Farnor befand sich noch immer in dieser Stimmung, als er das Ende seines Weges erreichte: jene Stelle, die er in Gedanken für den Kampf mit dem Schafmörder ausgewählt hatte.

»Das ist weit genug«, hatte sein Vater gesagt. Es war

seine übliche Ermahnung gewesen, ungenau, doch bedeutungsvoll. Farnor stützte sich auf seinen Stab und blickte das Tal hinauf.

Dies waren die letzten Hügel, bevor die Berge der Landschaft ihren Stempel aufdrückten und die steilen, zerklüfteten Hänge ihrer Ausläufer das Grün des Tals zerschnitten. Für Farnor bedeutete dies jedoch weit mehr: Er stand an der Grenze der bekannten Welt. So wie jenseits von Tal und Dorf eine fremde, geheimnisvolle Welt lag, die man am besten außen vorhielt, so begann jenseits dieses Punktes ein verbotenes Land, eine Welt voller unaussprechlicher Gefahren und unheimlicher Bedrohungen. Wie immer, wenn er hier stand, so stellte sich Farnor auch diesmal vor, wie einfach es wäre, den grasbewachsenen Hang vor ihm emporzuklettern, zum Talausgang. Die Vorstellung jagte ihm einen nicht unangenehmen Schauder über den Rücken, aber er konnte ebenso wenig den ersten Schritt in diese Richtung tun, wie er fliegen konnte.

Solch eine Reise würde ihn zunächst zur alten Burg führen. Einsam und verlassen wachte die Burg des Königs über das Tal, und obwohl schon lange niemand mehr in ihr lebte, sprach man im Dorf nur flüsternd von ihr. Und jenseits der Burg lagen die Höhlen: Höhlen, von denen es hieß, sie würden bis tief hinab ins Herz der Berge reichen, wo unaussprechliche Schrecken lauerten – Schrecken aus uralter Zeit, die bereits in Schlaf gefallen waren, lange bevor die Zivilisation in der Welt Einzug gehalten hatte; Schrecken, die nur darauf warteten, von den Unvorsichtigen wieder geweckt zu werden. Und dahinter wiederum befand sich etwas, von dem nur die Kinder in ihrer Phantasie flüsterten: die unheimliche, baumbewachsene Klamm, die ins Land des Großen Waldes führte, der bis in den Norden reichte, wo selbst die Menschen anders waren und wo Kreaturen lebten, von denen noch nie jemand auch nur gehört hatte.

Einen Augenblick lang fühlte sich Farnor gefangen, wie von unsichtbaren Ketten gefesselt. Er fühlte, wie ein Teil von ihm sich schreiend dagegen zur Wehr setzte.

Farnor sog zischend die Luft ein, als hätte ihm jemand kaltes Wasser ins Gesicht geschüttet, so unerwartet und lebendig war dieses Gefühl. Kurz wurden die Berge einfach nur Berge und die Burg eine Burg; doch dann waren es wieder *die* Berge und *die* Burg, und die Bilder, die er sah, waren die, die man ihm anerzogen hatte.

Und doch ... Und doch war irgendetwas anders. Irgendetwas schien sich verändert zu haben.

Farnor schüttelte den Kopf. *Du bist einfach nur hungrig,* dachte er.

Er nahm sein Bündel von der Schulter und drehte sich zu seinem Lieblingsplatz um: einem kleinen Felsvorsprung, hinter dem er sich vor den unheimlichen Ländern im Norden verstecken und vor den er sich setzen und ins Tal hinunterblicken konnte.

Genußvoll ließ er sich nieder und fingerte an den Schnüren seines Bündels herum. Vor ihm erstreckten sich grüne Wiesen, hell im Licht der Frühlingssonne, und überall standen und liefen Schafe herum. Die Schatten der wenigen Wolken über Farnors Kopf wanderten langsam über jedes Hindernis hinweg, und die Luft war erfüllt vom Rauschen der Blätter und dem Plätschern der Bäche. Dann und wann erklang ein einzelnes Geräusch in dieser harmonischen Kulisse: ein Schaf, das Krächzen eines schwarzen Vogels hoch am Himmel oder das Summen eines vorbeifliegenden Insekts.

Schlaf nur nicht wieder ein, ermahnte sich Farnor selbst, als er fühlte, daß der Frieden des Tals ihn mehr und mehr erfüllte.

Er setzte sich auf und konzentrierte sich auf sein Essen.

Nach nur einem Bissen verlangte jedoch etwas anderes seine Aufmerksamkeit und verdarb Farnor den Appetit;

an Einschlafen war nun nicht mehr zu denken. Nur wenige Schritte von ihm entfernt war das Gras mit Blut beschmiert.

Was noch kurz zuvor ein aufregender Tagtraum gewesen war, hatte sich in eine nüchterne, wenn nicht sogar erschreckende Wirklichkeit verwandelt. Mit Sorgfalt legte Farnor das Stück Brot, an dem er geknabbert hatte, wieder in sein Bündel zurück, stand auf und ging zögernd zu den Blutflecken.

Je näher er kam, desto mehr Blut sah er. Und das Gras war platt gedrückt. Irgendetwas war vor kurzem darübergeschleift worden. Das Gefühl der Erregung kehrte wieder zurück, wenn auch nur schwach, und es war gemischt mit Angst. Dann übernahmen Pflichtgefühl und gesunder Menschenverstand das Kommando. Farnor war ausgeschickt worden, um nach den Schafen zu sehen. Das war eine der Pflichten, die sein Vater ihm übertragen hatte. Zwar stammten die Blut- und Schleifspuren vermutlich nur von einem Fuchs, der einen Hasen geschlagen hatte, doch um sicherzugehen, mußte Farnor sich umsehen; erst dann konnte er zu seinem Vater zurückkehren und ihm berichten, was er gefunden und deswegen unternommen hatte.

Farnor folgte einer recht deutlichen Spur.

Das war eine Menge Blut für einen einfachen Hasen …

Er beugte sich vor und griff nach etwas, das sich an einem Stechginster verfangen hatte.

Und das war kein Hasenfell …

Bekümmert verzog Farnor das Gesicht. Am Ende der Spur würde er ein Schaf finden – vielleicht eines, das sich selbst verletzt hatte. Aber das war sein Kopf, der da sprach; sein Bauch sagte ihm etwas anderes.

Und sein Bauch sollte Recht behalten. Farnor fand die Überreste eines Schafes. Es war von oben bis unten aufgeschlitzt worden; die Eingeweide hatte der Mörder herausgerissen und willkürlich auf dem Gras verstreut. In obszönem Kontrast zu der völligen Bewegungslosigkeit des Kadavers, ›lebte‹ die klaffende Wunde von um- und übereinander krabbelnden Fliegen – ein sich bewegender, blau-schwarzer Schleier, der im Sonnenlicht schimmerte.

Als Farnor sich dem toten Tier näherte, löste sich die sich windende Masse auf und stieg als laut summende schwarze Wolke in die Luft empor. Wütend wedelte Farnor mit den Armen, um sich die lästigen Tiere vom Leib zu halten.

Dann, als hätte das Verschwinden der Fliegen ihn erst freigesetzt, traf ihn der Gestank des Kadavers mit voller Wucht, und unwillkürlich wich Farnor einen Schritt zurück. Er fluchte ob dieser Reaktion. In seinem Leben hatte er schon genug tote Tiere gesehen und genug gerochen ...

Nur daß diesmal alles besonders schrecklich war.

Und die Wunden, die dem Schaf zugefügt worden waren ...

Dem Schaf fehlten verschiedene Teile.

Überdies handelte es sich bei dem toten Tier keineswegs um ein schwächliches Exemplar seiner Gattung – im Gegenteil: Es war ausgesprochen kräftig. Daß es sich verlaufen hatte, hielt Farnor für mehr als unwahrscheinlich. Er hatte schon so manches, von wilden Tieren gerissene Schaf gesehen, doch dies hier war irgendwie anders. Was auch immer das Tier getötet hatte, es mußte ungewöhnlich groß und kräftig gewesen sein.

Farnor schaute sich um. Er suchte nach Hinweisen, die seinem Vater und den anderen Dörflern auf der Jagd nach der mörderischen Kreatur behilflich sein könnten, denn solch eine Jagd war nun unvermeidlich.

Doch er fand nichts, noch nicht einmal einen Hinweis darauf, wohin die Kreatur verschwunden war: keine Fußabdrücke im Gras, keine geknickten Äste an den überall wachsenden Büschen – nichts.

Farnor war nicht übermäßig enttäuscht darüber. Seine vorherigen Träumereien über den großen Kampf mit dem schrecklichen Biest hatte er vollkommen vergessen. Von Zeit zu Zeit mochte er ein Träumer sein, doch der nüchterne Bauer in ihm wußte, daß es besser war, einem Tier wie diesem Schafmörder nicht allein zu begegnen. Er mußte zurückgehen und seinem Vater berichten, was er gesehen hatte ...

Ein plötzliches Geräusch ließ ihn zusammenzucken. Rasch drehte er sich um. Sein Herz raste.

Das Geräusch erklang erneut.

Irgendetwas kam durch die Sträucher auf ihn zu. Irgendetwas Großes.

Kapitel 2

Die Augen weit aufgerissen und voller Angst wich Farnor einen Schritt zurück und hob den Stab in Richtung der raschelnden Sträucher.

Das Geräusch kam näher. Farnor trat einen weiteren Schritt zurück, um mehr Raum zum Manövrieren zu haben. Was auch immer dort auf ihn zukommen mochte, er wußte, daß der Räuber ihm augenblicklich hinterhersetzen würde, sollte er versuchen zu fliehen.

Die Sträucher teilten sich.

»Rannick!« rief Farnor mit einer Mischung aus Zorn und Erleichterung und senkte den Stab. »Du hast mich zu Tode erschreckt.«

Mißmutig preßte der Neuankömmling die Lippen aufeinander. Das war sein charakteristischer Gesichtsausdruck. Farnors Ausbruch ignorierte er.

»Was tust du hier oben, junger Yarrance?« fragte er in einem Tonfall, daß Farnors Familienname wie ein Schimpfwort klang.

Trotz seiner Erleichterung, einen Menschen getroffen zu haben anstatt einer blutrünstigen Bestie, war Farnor nicht gerade erfreut über Rannicks Erscheinen. Nur wenige im Dorf mochten den Mann, aber aus irgendeinem Grund, den Farnor nicht verstand, empfand er Rannick gegenüber eine besonders tiefe Abneigung. Allerdings lag eine gewisse Ironie darin, daß Rannick zwar im Großen und Ganzen die Ablehnung, die die Dörfler ihm gegenüber zeigten, erwiderte, doch Farnor war er stets freundlich gesinnt gewesen – sofern man bei ihm überhaupt von ›freundlicher Gesinnung‹ sprechen konnte. Obwohl ihn das Schicksal mit keinem ungewöhnlichen Nachteil bedacht hatte, legte er stets das Verhalten eines Mannes an den Tag, den man ungerechterweise eines großen Vermögens beraubt hatte. Wenn er sprach, vermittelte er den Eindruck, daß er daran ersticken würde, wenn er gut über jemanden oder etwas redete. Und wenn er eine Aufgabe übernahm, nahm sein Gesicht einen derart mißmutigen Ausdruck an, als fürchtete er, seine Hände könnten verdorren, sollten sie etwas leisten oder gar erschaffen.

»Laß ihn ja nicht zu nahe an die Kühe heran«, pflegte Farnors Mutter zu sagen, wenn Rannick in der Nähe des Hofes auftauchte. »Wenn sie sein Gesicht sehen, geben sie eine Woche lang nur noch saure Milch.«

Das kleine Stück Land, das ihm von seinem Vater hinterlassen worden war, hatte Rannick vernachlässigt, und nun verdiente er sich seinen Lebensunterhalt mit Gelegenheitsarbeiten auf dem ein oder anderen Hof und – so sagte man allgemein – mit Wildern und Stehlen; allerdings hatte ihn noch nie jemand dabei erwischt.

Schlimmer noch: In Gerüchten hieß es, daß Rannick sich jedesmal mit Fremden von jenseits der Hügel traf, wenn er wieder einmal für ein paar Tage verschwand – was er im übrigen häufiger tat.

Neben seinem ausnahmslos schlechten Benehmen war seine Klugheit Rannicks verdammenswerteste Eigenschaft – seine außergewöhnliche Klugheit. Jedem anderen hätte eine solche Gabe zum Vorteil gereicht und die Stellung desjenigen in der Gemeinschaft gefestigt; in Rannicks Fall verhielt es sich jedoch anders: Seine Klugheit war der Hauptgrund dafür, warum er sich von den anderen unterschied. Spöttisch funkelte sie aus seinen stets zusammengekniffenen Augen, wenn diese nicht gerade voller Zorn und Bosheit waren, und seine Klugheit war es auch, die seiner Zunge die Schärfe verlieh – eine geschickte Schärfe, die zwar eine sofortige wütende Reaktion ausschloß, doch grausame, nur schwer verheilende Wunden hinterließ.

Und vielleicht gab es da auch noch andere Dinge …

Farnor erinnerte sich bruchstückhaft an ein geflüstertes Gespräch seines Vaters mit seiner Mutter, das er eines Nachts belauscht hatte, als er einmal die Treppe heruntergeschlichen war, um das mysteriöse Leben der Erwachsenen kennenzulernen, welches nur zum Vorschein kam, nachdem die Kinder zu Bett gegangen waren.

»Ich schwöre, Rannick hat etwas von seinem Großvater. Er weiß und sieht mehr als jeder von uns.« Das war die gedämpfte Stimme seines Vaters gewesen.

Das Ohr an die Tür gepreßt, hatte Farnor gespürt, wie seine Mutter zustimmend genickt hatte. »Wir sollten besser hoffen, daß dem nicht so ist«, hatte sie erwidert. »Nicht bei seiner finsteren Natur. Das wäre weder gut für ihn noch für uns.«

Die Worte hatten ernst und bedeutungsvoll geklungen, und Farnor hatte sein tiefsitzendes Unbehagen in Bezug auf Rannick bestätigt gefühlt.

»Ich hüte die Schafe«, antwortete er auf Rannicks Frage.

»Du machst deine Arbeit allerdings nicht allzu gut, wie ich sehe«, entgegnete Rannick und trat mit der Fußspitze gegen das tote Schaf, woraufhin die Fliegen sich erneut in die Luft erhoben. Diesmal flogen sie jedoch nicht weit davon, sondern kehrten fast sofort wieder an ihre ekelerregende Arbeit zurück.

Farnor verzog das Gesicht, sagte jedoch kein Wort. Er betrachtete Rannicks eckiges, unrasiertes Gesicht, das ungekämmte Haar und die insgesamt verwahrloste Gestalt. Yonas hätte jemanden von Rannicks Erscheinung in seinen Geschichten als Räuber oder irgendeine andere Art von Verbrecher beschrieben.

Und doch ... Noch während Farnor beobachtete, wie Rannick das Schaf untersuchte, spürte er, daß der Mann auch gewisse Tugenden besaß: Er strahlte eine seltsame, innere Stärke aus ... Entschlossenheit. Auch bemerkte Farnor widerwillig, daß Rannick nach einer gründlichen

Säuberung sogar gut aussehen würde, daß er in Yonas' Geschichten vielleicht auch als Held und nicht nur als Räuber auftreten könnte.

Unvermittelt flogen die Fliegen wieder auf und umschwirrten Rannick. Er stieß einen gotteslästerlichen Fluch aus, und das neue Bild, das Farnor von ihm gewonnen hatte, verschwand. Dann schnippte Rannick mit den Fingern. Oder zumindest war es das, was Farnor glaubte, das er getan hatte, obwohl die Bewegung ungewöhnlich schnell gewesen war und das Geräusch ... seltsam ... seltsam laut und doch weit entfernt geklungen hatte. Farnor hatte beinahe das Gefühl, als wäre es von einem anderen Ort gekommen.

Einen Augenblick lang fühlte sich Farnor desorientiert – wie es ihm häufig widerfuhr, wenn sein Geist zwischen Wachen und Schlafen geschwebt hatte und er plötzlich aufwachte. Während er sich von dem Gefühl erholte, bemerkte er, daß Rannick ihn eindringlich musterte.

»Was ist los?« hörte Farnor ihn fragen.

»Nichts«, antwortete Farnor. »Ich ... Ich mag die Fliegen nicht.«

Rannick schnaufte verächtlich, murmelte etwas in seinen Bart und wandte sich wieder dem Schaf zu. In diesem Augenblick bemerkte Farnor, daß die Fliegen sich sowohl von dem Kadaver als auch von Rannick zurückgezogen hatten. Sie schwebten als wirbelnde schwarze Wolke einige Schritt weit entfernt. Beinahe schien es, als würden sie dort festgehalten oder hätten Angst, näherzukommen. Und Farnor spürte auch, daß Rannick ihn nach wie vor beobachtete, obwohl er offenbar voll und ganz mit der Untersuchung des Schafes beschäftigt war. Kurz kehrte das Gefühl der Verwirrung wieder zurück.

»Wonach suchst du?« wagte Farnor zu fragen. Rannick antwortete nicht, sondern beugte sich vor und zog etwas aus dem Vlies. Er musterte es eingehend, dann hob er es an die Nase und schnüffelte daran. Es war eine abstoßende Handlung. Farnor verzog das Gesicht.

»Ich ... Ich muß wieder nach Hause«, stammelte er und wich einen Schritt zurück, als er spürte, wie sich ihm der Magen umdrehte. Nur die Angst vor Rannicks Spott hielt ihn davon ab, sich auf der Stelle zu übergeben.

Erneut antwortete Rannick nicht. Stattdessen stand er auf und drehte den Kopf von einer Seite zur anderen wie ein Tier, das versucht, eine Witterung aufzunehmen. Das Gefühl, beobachtet zu werden, verließ Farnor.

»Ich muß wieder nach Hause«, wiederholte er und zog sich weiter zurück. »Ich muß meinem Vater berichten, was geschehen ist. Er muß es wissen. Und die anderen ... Sie werden dieses Ding jagen wollen ...«

Rannick schwieg weiterhin. Regungslos blickte er Richtung Norden und schnüffelte den Wind.

Farnor drehte sich um und rannte los. Allerdings nicht zu schnell, so hoffte er, damit es nicht schien, als hätte er Angst, doch beeilte er sich genug, um die Wichtigkeit der Botschaft zu unterstreichen, die er seinem Vater übermitteln mußte. Er brauchte die Bewegung und den Wind im Gesicht, um die Übelkeit in seinem Magen zu unterdrücken. Er blickte nicht eher zurück, bis er sicher war, Rannick nicht länger sehen zu können.

Der Hof von Garren und Katrin Yarrance unterschied sich kaum von anderen im Tal, nur daß seine steinernen Wände ein wenig dicker und sein strohgedecktes Dach ein wenig steiler waren als die der meisten, denn der Hof lag höher im Tal als alle anderen und bekam somit im Winter mehr Schnee ab als jene weiter unten.

Das Land der Familie Yarrance war nicht besonders fruchtbar, aber es war recht weitläufig.

Die Größe des Landbesitzes war jedoch nichts, dem die Talbewohner allzu große Bedeutung zumaßen. Nur wenige Gebiete waren eingezäunt, und Schafe und Rinder wanderten frei umher. Das Tal war groß genug, um jeden zu ernähren, der in ihm lebte, und das war alles, was zählte.

Genau betrachtet gehörte das Land ohnehin dem König, der es den Bauern nur verpachtet hatte und dem man einen jährlichen Tribut schuldig war. Die Höhe dieses Tributs wurde auf Grundlage einer uralten und geheimnisvollen Formel berechnet, und er belief sich ungefähr auf ein Siebzehntel des Milchertrags, ein Neunzehntel allen Korns und Heus und ein Sechzehntel allen Fleischs. Jedes zweite Jahr war er fällig, es sei denn, es handelte sich um ein Krönungsjahr; auch im Falle einer Invasion oder einer Sonnenfinsternis wurde der Tribut ausgesetzt. (Es existierten auch noch weitere Ausnahmeregelungen: Wurden die Familien des Königs oder seiner engeren Verwandten mit der Geburt eines Kindes gesegnet oder trauerten sie um einen ihrer Angehörigen, wurden die Abgaben an bestimmten Erzeugnissen entweder reduziert, ausgesetzt oder erhöht.) Wurzelgemüse war ebenso generell von den Zahlungen ausgenommen und für den Eigenbedarf bestimmt wie Erdbeeren und Äpfel (Überschüsse wurden zum Handeln verwendet), allerdings nicht Himbeeren und Birnen. Alle Abgaben auf jene Gewächse, die zur Herstellung geistiger Getränke verwendet wurden, wurden grundsätzlich verdoppelt (es sei denn, der Alkohol diente zu Heilzwecken).

Jenseits dieser eher einfachen Regelungen wurde es wirklich kompliziert.

Woher die königlichen Steuereintreiber einst ihre Weisheit bezogen hatten, wußte heutzutage niemand mehr, und tatsächlich gab es nur noch wenige im Tal, die auch nur den *Versuch* wagen konnten, die Höhe des Tributs zu berechnen. Und selbst diese wenigen stimmten selten in ihren Ergebnissen überein.

Nicht daß das etwas ausgemacht hätte, denn so wie

Garren Yarrances Farm am äußersten Rand des Tales lag, so lag das Tal am äußersten Rand des Königreiches, und seine Bewohner erfuhren nur wenig von den Angelegenheiten des Königreiches und sahen auch nie einen Steuereintreiber – oder zumindest hatte schon seit Jahren niemand mehr einen gesehen.

Wie man diesen Segen bewerten sollte, darüber war man geteilter Meinung.

»Der Tribut muß eingetrieben werden«, sagten einige. »Er *ist* der rechtmäßige Anteil des Königs, und *wenn* die Steuereintreiber kommen und wir nichts vorbereitet haben, dann wird die Strafe streng sein.«

Das war nicht zu leugnen, und unter jenen, die diese Meinung vertraten, rief allein der Gedanke an diese Möglichkeit Besorgnis hervor. Weniger vorsichtige Naturen dachten anders.

»Der König braucht unsere geringen Gaben nicht, sonst wären seine Steuereintreiber schon längst hier«, erklärten sie. »Aber wie auch immer: Seit Menschengedenken haben wir keinen Tributmeister mehr. Woher sollen wir wissen, wieviel wir zu entrichten haben? Wie können wir etwas für die Eintreiber vorbereiten, wenn wir nicht wissen, was und wieviel es sein wird? Das geht einfach nicht.«

Das war ein gutes Argument, das selbst bei den Gegnern dieser Meinung zustimmendes Nicken auslöste.

»Und trotzdem ...« begann stets die Erwiderung im Brustton der Überzeugung, doch sie wurde nie zu Ende geführt. Und man mußte sie auch nicht zu Ende führen. Die Strafen für die Verweigerung des Tributs waren in der Tat hart, und das war nichts, was man auf die leichte Schulter nahm, zumal die Abgaben nicht allzu hoch waren, egal auf welche Weise sie auch immer berechnet werden mochten.

Die Debatte hatte sich inzwischen zu einem jährlichen Ritual entwickelt, ebenso wie die Lösung: Zum entsprechenden Zeitpunkt, am Vorabend des Dalmastages, wurde in einer Zeremonie der geschätzte Tribut zur Abholung durch die königlichen Steuereintreiber in eine Zehntscheuer gebracht, die der Dorfälteste anschließend versiegelte.

Obwohl viele Fragen in Bezug auf den Tribut unter den Dörflern strittig waren, wußten alle, sowohl die Wissenden als auch die Unwissenden, *mit absoluter Sicherheit*: sollten die Steuereintreiber nicht bis zum Dalmastag oder dem darauf folgenden Morgen erschienen sein, bedeutete dies, daß der König in seiner Großmut den Tribut seinen Untertanen gespendet hatte.

Somit wurden regelmäßig drei Tage nach dem Dalmasfest und nachdem die Steuereintreiber nicht erschienen waren, die Siegel mit feierlichem Ernst gebrochen und die Zehntscheuer geöffnet.

Mit dem gleichen Ernst wurde anschließend eine Dankesrede an den abwesenden Monarchen gehalten und ein Teil des Tributs zunächst an jene verteilt, deren Ernte schlecht ausgefallen war oder die aus eigener Kraft nicht genug zum Leben erwirtschaften konnten. Nachdem dies erledigt war, schwand der Ernst rasch dahin, und die Scheuer verwandelte sich in einen Marktplatz, in dem laut und heftig um den Rest der Abgaben gefeilscht wurde. Diesem Markt folgte dann stets ein üppiges und ausgelassenes Festmahl.

Am vierten Tag nach dem Dalmasfest herrschte dann im ganzen Dorf – oder besser: im ganzen *Tal* – eine ungewöhnliche Ruhe.

Es war mehr das Näherrücken des Dalmasfestes gewesen als die Sorge um das Wohlergehen der Schafe, was Garren Yarrance dazu bewogen hatte, seinen Sohn zu den Tieren hinauszuschicken; nun lehnte er am Hoftor und dachte darüber nach, wie viel er dieses Jahr wohl würde entrichten müssen, als er Farnor auf der Kuppe eines nahegelegenen Hügels erblickte.

Garren schnalzte tadelnd mit der Zunge, während er beobachtete, wie sein Sohn den steilen Hang hinuntersprang.

Wie oft hatte er den Jungen ermahnt, nicht zu rennen? »Du wirst noch stolpern, stürzen und dir ein Bein brechen, und was müssen wir dann tun? Deine Mutter und ich? Wir werden dich nicht nur pflegen, sondern auch deine Arbeit tun müssen. Oder wir werden uns in Schulden stürzen müssen, um eine Hilfskraft anzuheuern.« Nach diesen Worten pflegte er für gewöhnlich eine kurze Pause einzulegen. »Das heißt allerdings nur, wenn wir dich überhaupt rechtzeitig finden und der alte Gryss dich wieder zusammenflicken kann.«

Das war eine Litanei, die Garren von seinem Vater gelernt hatte so wie dieser wahrscheinlich von seinem, und Farnor ignorierte sie ebenso, wie Garren es früher getan hatte.

Diesmal änderte Garren den Text jedoch ein wenig, als Farnor ihn schwitzend und keuchend erreichte. »Sehr gut, mein Sohn«, sagte er. »Du hast ganze zehn Minuten gespart, indem du dein Leben und deine Knochen riskiert hast, um mir deine Geschichte erzählen zu können, und nun werde ich zehn Minuten warten müssen, bis du wieder zu Atem gekommen bist und sprechen kannst.«

Doch der Tadel wich aus seiner Stimme, noch während er sprach, denn die Erregung in Farnors Gesicht war nicht zu übersehen. »Was ist los?« fragte Garren ebenso von Mann zu Mann wie von Vater zu Sohn.

Farnor erzählte seine Geschichte.

Mürrisch verzog Garren das Gesicht. Da der letzte Angriff auf ein Schaf einige Monate zurücklag, hatte er gehofft, der dafür verantwortliche Hund sei weitergezogen, aber nun würde es eine Jagd geben. Stets bestand die Gefahr, daß es dort draußen mehr als nur einen wilden Hund gab, und allein die Möglichkeit, die Tiere könnten sich vermehren, machte aus dem Problem einen Alptraum.

»Was hatte Rannick dort draußen zu suchen?« fragte Garren geistesabwesend, während er sich in Gedanken bereits damit beschäftigte, was als nächstes zu tun sei.

»Ich weiß es nicht«, antwortete Farnor. »Ich habe ihn nicht gefragt.« Er scheute davor zurück, von Rannicks seltsamem Verhalten zu berichten. »Ich mag ihn nicht. Er ist so komisch.«

Garren rümpfte die Nase. »Er ist nicht gerade ein angenehmer Zeitgenosse, das ist wahr«, bestätigte er. »Aber einige Menschen sind nun einmal so. Nie zufrieden mit dem, was sie haben. Immer wollen sie etwas anderes, und wenn sie es bekommen, sind sie noch immer nicht glücklich. Tief in seinem Herzen ist er vermutlich ein sehr trauriger Mensch.«

Farnor verzog den Mund als Zeichen, daß er diese Einschätzung nicht teilte. »Nun, dann soll er allein traurig sein«, erklärte er. »Es würde mich nicht weiter stören, wenn er davonziehen und niemals wiederkehren würde. Manchmal jagt er mir eine Gänsehaut über den Rücken.«

Garren blickte erneut zu seinem Sohn und dachte ob dessen barscher Worte über einen weiteren Tadel nach, doch die naive Offenheit von Farnors Antwort verbot einen solchen Tadel, und so streckte der Vater statt dessen die Hand aus und tätschelte dem Sohn mitfühlend den Arm.

»Ein gerissenes Schaf ist kein schöner Anblick, ich weiß«, sagte er. »Geh rein, und richte dich her, damit man sich wieder mit dir sehen lassen kann. Anschliessend werden wir ins Dorf runtergehen und den alten Gryss besuchen.«

Der alte Gryss war der Dorfälteste, jener Mann, der alles am Laufen hielt. Er versorgte gebrochene Knochen und verbeulte Schädel, heilte kranke Tiere, zog Zähne, schlichtete Streitigkeiten und organisierte die Dörfler, wann immer sie organisiert werden mußten. Auch war er einer der wenigen Dörfler, die, in jungen Jahren, in die Länder jenseits des Tals gereist waren; er war jenseits der Hügel gewesen und hatte Städte gesehen, einige, so sagte man, sogar *ummauert*.

»Laut, stinkend und überfüllt«, war jedoch alles, was er jemals über diese Orte erzählte, wann immer ihn jemand direkt danach fragte. Doch trotz seines Alters und seiner Gebrechen pflegte er seine Zuhörerschaft dann und wann mit Geschichten von seinen Abenteuern zu erfreuen – wenn auch auf etwas unzusammenhängende Art.

Die Sonne war bereits hinter den Bergen verschwunden, als Farnor und Garren Gryss' Haus erreichten, und die wenigen Wolken am Himmel verfärbten sich allmählich rosa. Das kleine Haus glich seinem Bewohner: Es besaß ein dickes, doch reichlich ungepflegtes Strohdach, das über zwei helle, polierte Fenster hinausragte; außerdem war es leicht schräg, und die Wände wölbten sich nach außen, da der ursprüngliche Erbauer nicht nur geschielt hatte, sondern auch dem Bier sehr zugetan war.

Ein eiserner Ring hing an einer Kette neben der Tür, die wiederum an einer kleinen Glocke befestigt war. Garren griff danach, doch zog nicht sofort daran.

»Den Ring hat er von einer seiner Reisen mitgebracht, weißt du?« erklärte er. »Der Himmel allein weiß, wie viele Leute im Laufe der Jahre danach gegriffen und daran gezogen haben; trotzdem zeigt er keinerlei Spuren von Abnutzung. Für einen Pflug aus dem gleichen Material würde ich Gott weiß was geben.«

Farnor, dem dieser häufig geäußerte, väterliche Wunsch nur allzu vertraut war, warf höflich einen Blick auf den Ring. Gryss besaß mehrere Relikte aus seiner Wanderzeit, und über die Jahre hinweg hatte man Farnor in langatmigen Vorträgen mit allen von ihnen vertraut gemacht.

Dann, aus einem Impuls heraus, nahm er seinem Vater den Ring aus der Hand und betrachtete ihn eingehender. Als würde er ihn zum ersten Mal sehen, bemerkte er auf der Oberfläche die feinen, ins Eisen geritzten, winzigen Figuren. Bei den Figuren handelte es sich um Krieger, einige zu Pferd mit Lanzen, andere zu Fuß mit langen Spießen. Sie waren unglaublich detailliert und lebensecht, und während Farnor den Ring drehte, um ihn noch besser untersuchen zu können, schien es ihm, als würde die Bewegung die Gestalten tatsächlich zum Leben erwecken. Einen Augenblick lang hatte er das Gefühl, Teil der Szene zu sein. Es war eine Pause inmitten einer schrecklichen Schlacht. Ein Warten auf den letzten, brutalen Ansturm eines Feindes, der ...

»Das ist ein Glücksbringer.« Beim Klang von Gryss' vertrauter, respekteinflößender Stimme zuckte Farnor unwillkürlich zusammen. Der alte Mann hatte leise die Tür geöffnet und Farnor bei der Musterung des Rings beobachtet. Erschrocken ließ Farnor den Ring fallen. Die Kette klirrte, als der Ring gegen die Wand schlug und anschließend hin und her schwang; die Glocke klingelte. Derart herbeigerufen erschien ein alter, verschlafen dreinblickender Hund hinter Gryss' Beinen, stieß pflichtbewußt ein kurzes Bellen aus und verschwand wieder im Haus.

Garren lachte über die Verunsicherung seines Sohnes.

»Man könnte fast glauben, er hätte den Ring noch nie gesehen«, sagte er.

»Wo hast du ihn her?« fragte Farnor in beinahe rüdem Tonfall. Sein Vater hob die Augenbrauen und wollte eingreifen, als Gryss die Frage beantwortete.

»Von jenseits der Hügel, junger Farnor«, erklärte er.

»Von einem Händler aus einem Land weit, weit weg von hier. Ich konnte kaum ein Wort von dem verstehen, was er sagte; trotzdem gelang es ihm, mir ein beachtliches Sümmchen für diesen Ring abzuknöpfen. Er sagte, der Ring würde mich beschützen ... glaube ich.« Er lachte leise über seine jugendliche Torheit, dann griff er nach dem Ring und betrachtete ihn. »Aber er war es wert. Er hat mir auf Anhieb gefallen, und er ist wirklich ein besonders schönes Stück Handwerkskunst.«

»Und ein besonders schönes Stück Eisen«, fügte der praktisch veranlagte Garren hinzu. »Die Linien sind so scharf wie eh und je.«

Gryss nickte. »Das sind sie wirklich«, bestätigte er mit einer Stimme, die plötzlich aus weiter Ferne zu kommen schien.

Ein kurzes, seltsames Schweigen senkte sich über die drei Männer; dann sagte Gryss: »Aber wie auch immer ... Was führt euch zu meiner bescheidenen Hütte, zumal ihr im Dunkeln werdet nach Hause gehen müssen? Ihr seht mir nicht so aus, als hätte sich einer von euch etwas gebrochen. Auch seid ihr nicht die Art von Leuten, die Streit mit ihren Nachbarn anfangen.« Er beugte sich vor und starrte Farnor an. »Zahnschmerzen vielleicht?« fragte er.

Farnor wich ein Stück hinter seinen Vater zurück.

Bevor Garren jedoch darauf antworten konnte, trat Gryss einen Schritt zurück und bat seine Gäste, hereinzukommen. Während sie ihm durch einen kleinen Flur in einen Raum an der Rückseite des Hauses folgten, trottete der alte Hund wieder herbei, schnüffelte an jedem von ihnen und bellte ein weiteres Mal, bevor er sich offenbar zur Nachtruhe in einen Korb zurückzog.

Gryss bedeutete seinen Gästen, auf einer Bank an einem langen, sauberen Tisch Platz zu nehmen. Dann setzte er sich ihnen gegenüber und blickte sie erwartungsvoll an.

»Farnor hat nach den Schafen für den Tribut gesehen und ein weiteres gerissenes Tier entdeckt«, berichtete Garren ohne lange Vorrede. »Ich glaube, wir sollten eine Jagd zusammenstellen.«

Gryss runzelte die Stirn. »Sag mir genau, was du gesehen hast«, forderte er von Farnor.

Farnor erzählte seine Geschichte zum zweiten Mal.

Gryss' Gesicht verdunkelte sich. »Das klingt wie die ›Anderen‹, und das klingt schlecht«, sagte er. »Wir haben es hier offenbar mit etwas Großem zu tun, und es sieht so aus, als habe sich das Biest entschlossen hierzubleiben. Ich werde mit Rannick sprechen, wenn er wieder auftaucht. Vielleicht hat er ja etwas bemerkt, was Farnor entgangen ist. Dann werden wir die Jagd organisieren.«

Als sie Gryss' Haus verließen, strich Farnor mit der Hand über den Eisenring an der Glockenkette. Obwohl er die Figuren im Zwielicht nicht deutlich erkennen konnte, spürte er die feinen Linien an den Fingerspitzen: die seltsame Berührung der Welt jenseits der Hügel. Heroische Taten von einem großen Handwerker in Eisen graviert. Vielleicht herrschte dort draußen doch nicht nur Dunkelheit; vielleicht war nicht alles schlecht, dachte Farnor.

Gryss' Abschiedsworte zu Garren rissen ihn aus seinen Gedanken. »Schick ihn nicht wieder allein raus, Garren«, sagte er. »Und du selbst solltest auch nicht mehr allein gehen.«

Tief in der kalten Dunkelheit, Schwarz in Schwarz, bewegte sich unruhig ein Schatten.

Gemischt unter die Gerüche, die er mitgebracht hatte, war einer, den er von früher her kannte. Von sehr viel früher her ... Wenn er denn gewußt hätte, was Erinnerung war.

Mit dem Geruch kam Verlangen, eine Lust, die der

Schatten ebenfalls kannte. Ein uraltes, dunkles Verlangen, das sein Herz erfüllte, ihn ganz werden ließ ... Der Schatten wußte, was Verlangen war.

Der Geruch kam.

Und verschwand wieder.

Schwer zu fassen. Quälend.

Tief in der Dunkelheit ertönte ein leises, bedrohliches Knurren, das schon seit Generationen nicht mehr gehört worden war.

Kapitel 3

Für die erwachsenen Talbewohner mochte die Aussicht auf eine Jagd vielleicht ein Grund zur Sorge sein, doch für die Jünglinge und Jungen war eine Jagd ein Grund zur Aufregung, auch wenn erstere diesbezüglich eine hochmütige Gleichgültigkeit zur Schau stellten.

Und selbst die Männer kostete es ein wenig Mühe, den Ernst auf ihren Gesichtern zu wahren, als sie sich einige Tage später mit ihren Hunden und einem bunten Gemisch aus den unterschiedlichsten Waffen vor Garrens Hof versammelten. Die Männer trugen Mistgabeln, Spaten, Hacken und Hackmesser; hier und da war sogar ein altes, rostiges Schwert zu sehen, und einige führten die unvermeidlichen Bögen mit sich. Auch mehrere Bierkrüge gehörten zur Ausrüstung.

Gryss musterte die Leute zweifelnd, dann verkündete er ernst die Regeln.

»Keine Bögen«, erklärte er.

Beleidigte Proteste.

Ohne Rücksicht auf die Gefühle seiner Nachbarn legte Gryss seine Gründe dar.

»Nicht einer von euch ist in der Lage, ein Haus auch nur auf zehn Schritt Entfernung zu treffen. Das letzte Mal, als wir mit Bögen auf die Jagd gegangen sind, haben wir den Hund verloren, den wir verfolgt haben, und sind stattdessen mit zwei Treibern und drei Mutterschafen nach Hause gekommen.«

Das war zwar etwas übertrieben, doch keineswegs ungerecht. Da sie alles, was sie zum Leben brauchten, auf ihren Höfen erwirtschaften konnten, bestand für die Talbewohner kein Grund, ihre Jagdfertigkeiten zu pflegen.

Gegenreden mischten sich unter die fortgeführten Proteste.

Gryss stellte sich ihnen. »Die Hälfte von euch weiß noch nicht einmal, mit welcher Hand man loslassen muß«, führte er erregt aus.

Der Zorn der Zuhörer nahm weiter zu, und eine Rebellion schien unmittelbar bevorzustehen. Gryss kniff die Augen zusammen und hob die Schultern, als wolle er ein schweres Gewicht stemmen. Dann schien er nachzugeben, nahm den Rucksack von der Schulter und begann, darin herumzukramen.

»Also gut«, sagte er. »Ich werde mich nicht mit euch streiten, aber ...« Er zog ein langes, tödlich aussehendes Messer aus seinem Rucksack und ließ seinen Blick prüfend über die Klinge gleiten. Dann hauchte er die Waffe an und wischte sie am Ärmel ab. »Sollte es nötig sein, daß ich Pfeile aus Leuten *schneiden* muß ...« Er vollführte eine schwerfällige Bewegung mit dem schweren Messer, während er das Wort ›schneiden‹ über Gebühr betonte. »Dann werde ich das hier dafür verwenden. Und ...« Er drehte sich zu Garren um. »Leih mir eines deiner Brandeisen und ein wenig Zunder. Wärst du so nett, Garren? Oder besser noch: Ein paar Sonnensteine wären gut, wenn du sie entbehren kannst, dann hätten wir zumindest *wirkliche* Hitze. Es ist immer besser, diese großen Wunden schon im Feld zu verschließen. Besser ein paar Unannehmlichkeiten da oben, als auf dem Heimweg zu verbluten.«

Das Interesse an der Schießkunst schwand unvermittelt dahin, ebenso wie die Proteste, und schon bald lehnten Bögen und Köcher an der Wand von Garrens Haus.

Gryss gönnte sich keine Siegesfeier, sondern wandte seine Aufmerksamkeit sofort dem nächsten Gefecht zu. »Du brauchst erst gar nicht daran zu denken mitzukommen, Marna«, sagte er und deutete über die Köpfe der Männer hinweg. »Ich kann dich sehen, auch wenn du dich noch so sehr bemühst, nicht aufzufallen.«

Die kleine Menge teilte sich und enthüllte eine

schwarzhaarige Gestalt mit einem Gesicht, das durchaus hübsch hätte genannt werden können, wäre da nicht das trotzige Funkeln in den Augen und die bebenden Lippen gewesen, die sich nicht zwischen Grinsen und Schmollen entscheiden konnten. Heiterkeit brach in der Menge aus.

Gryss warf verzweifelt die Arme in die Luft. »Sieh dich doch nur einmal an! In diesen Kleidern!« rief er. »Um Himmels willen, du siehst ja wie ein Junge aus. Du solltest zu Hause sein, das Haus deines Vaters putzen, nähen, kochen . . .«

Mit einer herrischen Geste unterbrach ihn das Mädchen. »Das Haus ist sauber; es muß nichts genäht werden, und mein Vater ist weiter unten und schneidet Schilf«, erklärte sie mit einer Stimme, die ebenso trotzig war wie ihre Erscheinung.

»Er sollte ein paar besonders dicke Halme schneiden und dir damit den Hintern versohlen«, grummelte Gryss, allerdings sehr leise. »Ja, und ich werde ihm ins Gesicht blicken müssen, wenn er wieder zurückkehrt«, fuhr er lauter fort. »Ich will ihm nicht sagen müssen, daß seine Tochter von irgendeinem wilden Tier zerfleischt wurde.«

»Wer oder was sollte wohl irgendwen zerfleischen mit all euch Kerlen drumherum?« erwiderte Marna in verächtlichem Tonfall. »Wir jagen doch nur einen dummen Hund.«

Gryss zuckte zusammen. Marna hatte keine Mutter, an die sie sich hätte erinnern können, doch einen sanften und ein wenig hilflosen Vater, der so willfährig war wie das Schilf, aus dem er Körbe flocht. Marna war wild, freimütig und ungewöhnlich eigensinnig. Daß sie überdies ausgesprochen mutig war, machte es nur um so schwerer, mit ihr zurechtzukommen, wenn sie sich erst einmal etwas in den Kopf gesetzt hatte.

»Du kommst *nicht* mit«, erklärte Gryss mit aller Entschlossenheit, derer er fähig war, doch wie stets, wenn er mit Marna stritt, fühlte er bereits, wie er die Kontrolle über die Situation verlor.

»Es ist doch nur ein *Hund,* Himmel noch mal«, wiederholte Marna. Ihr Gesicht verdunkelte sich noch mehr. »Du willst nur nicht, daß ich mitkomme, weil ich ihn vielleicht finden könnte, während ihr irgendwo herumlungert und euch Bier in die Köpfe schüttet. Ich könnte höchstens verletzt werden, wenn einer von euch Trotteln auf mich fällt.«

Alle Augen richteten sich auf Gryss. Er klammerte sich an einen Strohhalm. »Es könnte auch ein Bär sein«, sagte er.

Die Blicke wanderten zu Marna. Das Mädchen stemmte die Hände in die Hüften und schüttelte spöttisch den Kopf ob all der unverhohlenen Dummheit, mit der sie es hier zu tun hatte.

»Dann kann der Bär ja den Honig von meinem Hintern lecken!« rief sie.

Um sie herum brandete lautes Lachen auf, gemischt mit aufmunternden Rufen. Marna stieg das Blut in die Wangen. Ein Bursche streckte den Arm aus und schien sie an der Hose ziehen zu wollen, doch er wich rasch zurück, um einem wilden Schlag auszuweichen. Die Hunde begannen zu bellen.

Gryss lächelte, stimmte aber nicht in das Lachen ein. Er schüttelte den Kopf. »Du kannst mitkommen, Marna«, sagte er – unfähig, die überraschende Wendung zu seinem Vorteil auszunutzen. »Aber halte dich an mich und Garren.«

So also machte sich die Jagdgesellschaft fröhlich auf den Weg, schlängelte sich im morgendlichen Sonnenschein den Hang hinauf und hinterließ eine dunkle Spur im taunassen Gras.

Es würde eine Weile dauern, bis sie die Stelle erreichten, wo Farnor das tote Schaf gefunden hatte, und so mußten sie ein- oder zweimal stehenbleiben, um den langsameren Mitgliedern der Gruppe Gelegenheit zu geben, Atem zu holen und den Durst zu löschen. Kurze Zeit später waren einige Männer bereits nicht mehr sicher auf den Beinen.

Die Überreste des Schafes ließen sie jedoch sofort wieder nüchtern werden. Der Kadaver war ein wenig kleiner als vor wenigen Tagen, doch noch immer wimmelte er von Leben, und die Wunden, die der Räuber gerissen hatte, waren deutlich zu erkennen. Die immer wärmer werdende Sonne trug auch nicht gerade dazu bei, die Szene angenehmer zu gestalten.

Die Hunde, die auf Abstand von dem Kadaver gehalten wurden, begannen zu winseln. Als Farnor nun erneut einen Blick auf das zerfleischte Schaf warf, war er froh, daß sein Vater nicht beschlossen hatte, die eigenen Hunde mitzunehmen. Gryss legte Marna schützend den Arm um die Schulter. Sie protestierte nicht dagegen.

»Es war groß«, sagte schließlich irgendjemand und sprach damit aus, was jeder dachte. »Das kann doch nicht wirklich ein *Bär* gewesen sein, oder?«

Jemand kicherte. »Dann soll der Bär den Honig von meinem Hintern lecken.« Doch die Stimme klang nervös und nicht amüsiert.

»Nein«, sagte Gryss. »Wir wären bereits auf Spuren gestoßen, wenn es sich um einen Bären handeln würde. Nein ... Das muß ein großer Hund gewesen sein von ... von irgendwoher.« Er deutete vage in Richtung der Hügel. »Aber dies hier sieht schlimmer aus als die anderen, die wir verloren haben. Es könnten durchaus zwei Hunde gewesen sein. Wir müssen ihn finden ... oder sie ... und wir dürfen keine Risiken eingehen.« Seine Stimme klang nüchtern. »Wir werden in Gruppen zu je vier Mann arbeiten. Was auch immer ihr tut, teilt euch nicht auf. Und falls ihr über irgendetwas stolpern solltet, dann spielt nicht die Helden. Ruft uns erst alle herbei.«

Niemand schien die Absicht zu haben, diesem Vorschlag zu widersprechen, und nach kurzer Diskussion teilte sich die Jagdgesellschaft in einzelne Gruppen auf.

Gryss blieb bei dem toten Schaf mit Garren, Farnor und Marna.

»Hat Rannick irgendetwas gesagt?« fragte Garren.

»Ich habe ihn noch nicht gesehen, seitdem du mir davon berichtet hast«, antwortete Gryss in beiläufigem Tonfall. »Ich habe keine Ahnung, wo er sich herumtreibt. Vermutlich wandert er wieder irgendwo herum. Du kennst ihn doch.«

Garren nickte. »Gott allein weiß, warum er sich überhaupt hier draußen aufhält«, sagte er mit einem verwirrten Gesichtsausdruck. »Aber man sollte denken, daß selbst er genug Sinn für Verantwortung besitzt, um uns bei der Jagd zu helfen. Er ist ziemlich gut im Spurenlesen.«

Gryss runzelte die Stirn. »Rannick ist Rannick«, sagte er ein wenig widerwillig, als wolle er nicht weiter auf dieses Thema eingehen. »Er hat hier oben mit Sicherheit nichts Gutes im Schilde geführt, da kannst du sicher sein. Dieser Mann ist nicht nur unverantwortlich, er ist schlecht.«

Garren warf dem Älteren einen scharfen Blick zu, dann sah er kurz zu Farnor und Marna. Farnor wußte, daß es seine und Marnas Gegenwart war, die seinen Vater davon abhielt, Gryss für diese Verdammung Rannicks zu tadeln. Einen Augenblick lang dachte er darüber nach, den alten Mann selbst zur Rede zu stellen, doch der Gedanke verschwand so rasch, wie er gekommen war. Außerdem flackerten Gryss' Worte wie ein Leuchtfeuer auf und ließen den Schatten, den Rannick hinterlassen hatte, noch deutlicher hervortreten. Farnor erkannte, daß er voll und ganz mit Gryss' Urteil übereinstimmte.

Gryss riß Farnor aus seinen Gedanken. »Rannick?« fragte er und deutete auf ein paar geknickte Zweige an einem nahegelegenen Busch. Farnor nickte. Gryss schaute sich um. Inzwischen waren fast alle Dörfler in dem hügeligen Terrain verschwunden, doch vereinzelt konnte man noch Rufe hören.

»Wir werden hier entlang gehen«, sagte Gryss.

Farnors Magen zog sich zusammen. Gryss deutete nach Norden.

Farnor blickte zu seinem Vater, doch Garren zeigte sich ob dieser Entscheidung keineswegs beunruhigt. Tatsächlich schien er dem alten Mann sogar zuzustimmen. Farnor bemühte sich, alle Überraschung und Erregung vor Marna zu verbergen.

Gryss gab seinen Begleitern Anweisungen, während sie gemeinsam den Hügel hinunterwanderten. Seine Bemerkungen waren zwar nur an Farnors Vater gerichtet, doch nutzten sie allen. »Der Boden ist größtenteils zu hart, als daß etwas darauf Spuren hinterlassen würde, aber von Zeit zu Zeit wird uns die ein oder andere Schlammpfütze schon weiterhelfen; also paßt genau auf, wo ihr hintretet. Und haltet die Augen offen. Achtet besonders auf abgebrochene Zweige oder Fellbüschel.«

Farnor verstärkte den Griff um seinen Stab, und sein Geist ging auf Wanderschaft. Er würde wie eine der Gestalten sein, die in Gryss' Eisenring eingraviert waren: entschlossen und unnachgiebig, während er auf den letzten, entscheidenden Angriff des Feindes wartete. Wieder einmal würde er den monströsen Schafmörder – *mehrere* monströse Schafmörder – in einer großen Schlacht vernichten. Oder vielleicht würde er heldenhaft sterben, während er Marna aus den Klauen der Bestie rettete ...

Dieser letzte, unerwartete Gedanke ließ ihn erröten. Sofort riß er sich davon los und widmete sich wieder der Gegenwart. Verstohlen blickte er zu seinen Gefährten, um sich davon zu überzeugen, daß man ihm nichts von seinen seltsamen Träumen hatte ansehen können – besonders Marna nicht. Aber kein wissender Blick war auf ihn gerichtet, und er gratulierte sich zu seinem Glück. *Konzentriere dich, du Held,* dachte er.

Es wurde immer wärmer, je weiter sie den Hang hinunterstiegen und die milde Brise hinter sich ließen, die über die Kuppe wehte. Ihre Schritte wurden immer langsamer.

Obwohl er sich eifrig umschaute, sah Farnor nichts Ungewöhnliches: gelegentlich ein paar Schafspuren, die nach Trampelpfaden aussahen, Felsformationen, Stechginster, Farne, weiße und violette Frühlingsblumen, Vögel und Insekten, die hierhin und dorthin flatterten. Tatsächlich unterschied sich die Gegend, die sie gerade erkundeten, kaum vom Rest des Tals.

Am Fuß des Hangs floß ein kleiner Bach vorbei, und der Boden wurde weicher.

»Seht euch gut um«, ermahnte sie Gryss. »Haltet nach ungewöhnlichen Spuren Ausschau.«

Sie verteilten sich und stapften durchs feuchte Gras.

Farnor fand nichts außer gelegentlich ein paar Schafspuren an schlammigeren Stellen und Abdrücke kleiner Wildtiere.

»Hier!«

Das war Garren.

Die anderen drei liefen zu ihm hinüber. Er deutete mit seinem Stab auf eine Reihe von Fußabdrücken.

»Du bist nicht hier runtergekommen, oder etwa doch, Farnor?« fragte Gryss.

Farnor schüttelte den Kopf. »Nein, niemals«, antwortete er.

»Dann sind das Rannicks«, erklärte Gryss und klang ganz und gar nicht erfreut darüber. »Verdammt seien seine Augen.«

Diesmal störte sich Garren nicht an Farnors und Marnas Gegenwart. Farnor respektierte den Gerechtigkeitssinn seines Vaters.

»Ich weiß, daß du den Mann nicht magst, Gryss«,

sagte Garren. »Aber heute scheinst du besonders gegen ihn eingenommen zu sein.«

Gryss grunzte anstelle einer Antwort, dann winkte er der Gruppe weiterzugehen. Farnor blickte voraus und dann instinktiv zurück. Er hielt nach einer Landmarke Ausschau für den Fall, daß er sich verlaufen sollte und alleine würde zurückkehren müssen.

Sie folgten Rannicks Spur, so weit sie konnten; dann setzten sie ihren Weg in die Richtung fort, in die sie gezeigt hatte, bevor sie abgebrochen war.

Nach einer Weile ergriff Garren wieder das Wort. Seine Stimme klang sanft, doch Farnor spürte deutlich die Sorge. »Dieser Weg führt uns nach ...« Er ließ den Satz unvollendet; statt dessen warf er Gryss einen bedeutungsvollen Blick zu.

Gryss nickte, doch erneut antwortete er nicht, und die kleine Gruppe ging eine Zeitlang schweigend weiter.

»Das ist nicht nur heute so«, sagte Gryss plötzlich. »Es ist mit der Zeit gewachsen. Vielleicht schon seit Jahren. Er wird immer schlimmer.«

»Was? Wer?« fragte Garren verwirrt.

»Rannick natürlich«, antwortete Gryss ein wenig gereizt. »Und was du ›meine Abneigung ihm gegenüber‹ nennst.«

Garren schüttelte den Kopf, als versuche er, sich an seine eigene Frage zu erinnern. »Was meinst du damit?« fragte er.

Gryss zog die Schultern hoch, und seine hellen Augen funkelten bedrohlich. »Er wird immer schlimmer«, wiederholte er. »Er wird immer unangenehmer, immer streitlustiger und immer weniger hilfsbereit.«

»Ich hatte noch nie irgendwelche Probleme mit ihm«, sagte Garren, der sich noch immer verpflichtet fühlte, den abwesenden Rannick zu verteidigen. »Obwohl ich zugeben muß, daß er bisweilen ein bedauernswertes Benehmen an den Tag legt.«

Gryss stieß zischend die Luft aus. »Du würdest noch an einem räuberischen Fuchs gute Seiten finden, Garren Yarrance«, sagte er keineswegs unfreundlich und legte dem Jüngeren die Hand auf die Schulter. »Aber ich habe Rannick beobachtet, seit er ein kleiner Junge war, in der Hoffnung, er würde sich bessern; stattdessen habe ich jedoch nur gesehen, wie er immer schlechter wurde. Und jetzt scheint es sogar noch schneller zu gehen.«

Garren wollte etwas darauf erwidern, doch Gryss hielt ihn davon ab.

»Nein, Garren«, sagte er. »Sag nichts. Um seinetwillen habe ich stets eingeräumt, daß ich mich vielleicht irren könnte. Aber ich kenne seine Familie weit länger als du oder sonst irgendjemand im Tal. Rannicks böse Natur ist geerbt.«

Farnor und Marna blickten einander an, als das Wort ›böse‹ durch die warme Luft schwebte. Farnor erschauerte plötzlich.

Garren war offener. Das Wort störte ihn ebenfalls. »Böse!« rief er. »Nein, das kann ich nicht akzeptieren. Guter Gott, sein Großvater war ein von allen respektierter Ältester! Ein guter Mann.«

»Vielleicht«, räumte Gryss ein. »Aber er war keinesfalls typisch für diese Familie. Und selbst er war ein seltsamer Mann, bevor er heiratete und ein wenig zur Ruhe zu kommen schien.« Er blieb stehen. »Ich glaube, das Gleiche habe ich vielleicht auch von Rannick erwartet: daß er ein hübsches Mädchen findet, eine Familie gründet und das Leben ... daß er das Leben leichter nimmt.«

Er marschierte wieder weiter.

»Aber Rannicks Großvater war ein Heiler«, wandte Garren ein, der nun unmittelbar neben Gryss ging. »Und man sagt, er hätte die Gabe besessen, die Bedürfnisse der Tiere zu erkennen – beinahe sei es gewesen, als hätte er ihre Sprache verstanden.«

Gryss' Gesicht verdunkelte sich. »Ja, das konnte er.

Und hast du auch sagen gehört, daß er – wenn man ihn reizte – einen Mann niederstrecken konnte, ohne ihn zu berühren?«

Garren zuckte mit den Schultern. »Gasthausgeschichten«, erklärte er unsicher.

Gryss schüttelte den Kopf. »Ich habe selbst gesehen, wie er es getan hat«, sagte er. »Nur einmal, als er noch ein Jüngling und ich ein Kind war. Aber ich habe es gesehen, und ich kann es immer noch sehen, als würde es jetzt in diesem Augenblick geschehen.« Er atmete tief durch. »Ich weiß nicht, wie es dazu gekommen ist, aber plötzlich fielen ein paar laute Worte, dann wedelte Rannicks Großvater mit der Hand, und dieser Kerl flog durch den Raum, als wäre ein Pferdekarren gegen ihn gekracht. Ich erinnere mich, daß die Luft ein wenig geknistert hat, ganz so als hätte ein Sturm unmittelbar bevorgestanden. Und ich erinnere mich auch daran, daß die Männer um ihn herum plötzlich schwiegen und von ihm zurückwichen. Und sein Gesicht. Das kann ich nicht vergessen. Wild und grausam. Beim Großvater habe ich dieses Gesicht nur einmal gesehen, doch bei Rannick häufig.« Er blickte auf seine Hände. »Er besaß ein Talent ... eine gewisse Macht ... die jenseits des Verständnisses der meisten lag. Und von *seinem* Großvater wiederum behauptete man, er sei ein wilder Mann gewesen.« Er schüttelte den Kopf. »Mein Vater pflegte zu sagen, daß ein Makel auf dieser Familie liege, solange man sich zurückerinnern könnte. In der Vergangenheit habe ich genauso gedacht wie du: Gerüchte, Altweibergeschichten, aber in letzter Zeit sind all diese alten Erinnerungen wieder zurückgekehrt, und ...« Seine Stimme verhallte.

Farnors Mund trocknete aus. Gryss' Geschichte, seine offenkundigen Sorgen und Zweifel, eigentlich die ganze Unterhaltung zwischen den beiden Männern, die sie so freimütig geführt hatten – all das hatte in Farnor das Gefühl erweckt, plötzlich von einer unheimlichen Stille eingehüllt zu sein, die die Geräusche und Gerüche des Tals nicht zu durchdringen vermochten. Es war, als hätten sein Vater und der Dorfälteste ihn über eine weitere, unsichtbare Grenze geführt, nachdem er gerade erst jenen Punkt überschritten hatte, der die Grenze seiner bisherigen Wanderungen gewesen war – eine erste Grenze zu fremden Welten, die gleichzeitig hier und doch weit weg waren. Farnor überkam das Verlangen, den Arm auszustrecken und den beiden Männern zu danken, sie zu beruhigen ... sie zu trösten?

Gryss hob zögernd die Hand, als hätte ihn etwas oder jemand leicht berührt. Er lächelte. »Was ...?«

Die Wirklichkeit des Tals brach so plötzlich wieder über Farnor herein, daß er stolperte und vorwärts taumelte. Er stützte sich auf seinen Stab, um nicht zu stürzen.

»Sei vorsichtig«, ermahnte ihn sein Vater ernst. »Ich will dich nicht den ganzen Weg nach Hause schleppen müssen, wenn du dir den Knöchel gebrochen hast.«

Bevor Farnor jedoch etwas darauf erwidern konnte, erscholl in weiter Ferne ein Pfeifen.

»Irgendjemand hat etwas gefunden«, sagte Gryss und neigte den Kopf zur Seite, um zu lauschen, woher das Pfeifen kam; aber das Geräusch hallte zwischen zu vielen Felsen wider.

Gryss runzelte die Stirn und fluchte leise.

»Laßt uns zur Burg gehen«, schlug Garren vor und deutete auf einen nahegelegenen Hang. »Von dort oben werden wir besser sehen und hören können, und es ist nicht sonderlich weit.«

Gryss nickte. Erneut empfand Farnor eine gewisse Erregung, diesmal jedoch gemischt mit einem Gefühl der Beklommenheit.

Die Burg! Die Burg des *Königs*! Dies versprach wirklich ein äußerst bemerkenswerter Tag zu werden.

Die Burg erhob sich nicht weit entfernt vom Talausgang. Sie war groß und wirkte in den Augen der Dörfler beeindruckend, aber obwohl man von ihr aus einen guten Blick über das Tal hatte, dominierte sie es nicht. Kein von Menschenhand errichtetes Gebilde vermochte die mächtigen Gipfel im Hintergrund zu dominieren.

Für die Kinder des Dorfes war die Burg jedoch ein unheimlicher, angsteinflößender und verbotener Ort: Sie war gleichzeitig Tor zu und Schutz vor der geheimnisvollen Welt im Norden. Zu jener Welt, die noch viel fremder war als die jenseits der Hügel. Jener Welt, die am Rande finsterer Träume lauerte.

Beim Spielen um das Dorf herum, in der Sicherheit ihrer weit abgelegenen Enklave, berührten die Kinder die Dunkelheit nur flüchtig, liefen weg und flüsterten sich zu: »Die Höhlen ...« und »der Wald ...«, dann erschauerten sie.

Für die Erwachsenen Dorfbewohner wiederum schien die Burg nur wenig zu bedeuten, obwohl sie das nicht davon abhielt, den frecheren Teil ihres Nachwuchses mit den Worten zur Räson zu bringen: »Sonst werden dich die Männer des Königs holen«. Die Erwachsenen betrachteten die Burg höchstens als Mahnmal der Welt jenseits der Hügel mit ihren Nöten, Bedürfnissen und ihren Mächten. Daher war es nicht verwunderlich, daß die meisten Menschen häufiger zu ihr hinaufblickten als zu Dalmas. Normalerweise war sie jedoch nur ein weiterer unsichtbarer und ignorierter Teil der Landschaft.

Doch selbst im Geist der Erwachsenen lauerten die Schatten der Kindheit, aber für gewöhnlich gab man sich damit zufrieden, diese Schatten einfach als ›harmlose Geschichten‹ abzutun, während man gleichzeitig froh darüber war, daß der Alltag sich so weit weg von der Burg abspielte. Nur wenige empfanden je das Bedürfnis, über die Länder jenseits der Burg zu sprechen, doch manche Eltern verstärkten ihre Drohungen bisweilen mit den Worten: »Die *Waldleute* werden dich holen!«

Die vier Jäger machten sich in die Richtung auf, die Garren vorgeschlagen hatte.

»Geht vor, wenn ihr wollt«, sagte Garren zu Farnor und Marna. »Hinter dem Kamm werdet ihr die Burg sehen, aber wartet dort auf uns. Wir wollen die Spur nicht unbedingt den ganzen Weg allein verfolgen müssen.«

Farnor wollte seinen Vater fragen, warum dieser so vertraut mit dem Gelände war, doch Garren bedeutete ihm, Marna zu folgen, die sich bereits in Marsch gesetzt hatte.

»Glaubst du, wir werden es fangen?« fragte er, nachdem er sie eingeholt hatte.

Das Mädchen schüttelte den Kopf und schnalzte mit der Zunge. »Dein Vater und Gryss vielleicht und einige Hochlandbauern, aber der Rest ist nur zum Biertrinken hier. Die meisten von ihnen brauchen beide Hände, um ihren Hintern zu finden.«

Farnor grinste ob Marnas Sprache, dennoch gebot er ihr mit einer raschen Geste Schweigen und blickte rasch zurück, um sich zu vergewissern, daß Gryss und sein Vater bereits weit genug entfernt waren, so daß sie die anmaßenden Worte nicht hatten hören können. Die beiden Männer waren tatsächlich schon außer Hörweite und marschierten mit gleichmäßigen Schritten über den harten Fels. Nun da die Jungen fort waren, waren sie wieder in ein Gespräch vertieft.

Nicht alle Grenzen würden heute durchbrochen werden, erkannte Farnor.

Der Gedanke rief den Schatten wieder auf seinen Geist herab.

»Und Rannick?« fragte er Marna, ohne zu wissen warum. »Könnte er es fangen?«

Er spürte, wie sie sich versteifte. »O ja«, antwortete sie rundweg. »Er könnte es fangen.«

Farnor hakte nach.

»Worüber, glaubst du, hat Gryss gerade geredet?«

»Über nichts, was ich nicht bereits wüßte«, erwiderte Marna. »Rannick ist ein verrückter Hund. Er ist böse und gefährlich. Das Tal wäre besser dran ohne ihn.« Sie schauderte.

Farnor konnte einen Ausdruck der Überraschung nicht unterdrücken. Bisweilen war Marna so offen, daß es an Unhöflichkeit grenzte, aber üblicherweise sagte sie dem Betreffenden ihre Meinung direkt ins Gesicht. Und er hatte sie noch nie so schlecht über jemanden reden gehört. Instinktiv wollte er es seinem Vater gleichtun und den Mann verteidigen, doch er schwieg. Vorhin hatte Gryss mit seinen Worten Farnors Meinung gespiegelt, und gleiches galt nun für Marnas Äußerung.

Aber Gefühle waren Gefühle. Sicherlich gab es doch einen handfesten Grund für eine solche Verurteilung.

»Was ist denn mit ihm?« stammelte Farnor ein wenig verlegen. »Ich mag ihn ja auch nicht, aber ...«

»Er will Dinge, Farnor«, entgegnete Marna, bevor er den Satz beendet hatte.

»Wir alle ›wollen Dinge‹«, sagte Farnor.

Marna schüttelte den Kopf »Nein, nicht so«, widersprach sie. »Er will etwas sein, was er nicht ist. Er will ... Leute herumschubsen ... sie rennen lassen, wann immer er es ihnen sagt ... sie springen lassen ... Er will alles und jeden unter Kontrolle haben.«

»Er will Ältester sein?« fragte Farnor und fühlte sofort, daß dies eine naive Frage war.

»Nein, natürlich nicht«, antwortete Marna ungeduldig. »Kein Ältester. Er will ...« Sie wedelte mit den Armen, während sie nach einem geeigneten Wort suchte. »Er will ... eine Art Fürst sein ... ein König.«

Farnor blickte sie aufmerksam an. »Das meinst du ernst, nicht wahr?« fragte er. Und dann, ohne auf eine Antwort zu warten: »Das ist doch Unsinn. Warum um Himmels willen sollte er etwas sein wollen, was er niemals werden kann? Niemand ihm Tal würde dem zustimmen.« Ihm kam ein Gedanke. »Und woher willst du das überhaupt wissen?« fügte er mißtrauisch hinzu.

Marna funkelte ihn an. »Weil er ein Mann ist, und Männer haben so unsinnige Gedanken, deshalb, du Esel. Und ich weiß es, weil es ihm ins Gesicht geschrieben steht, in den Augen. Sieh sie dir bei Gelegenheit mal genauer an.«

Farnor bemerkte, daß er unbeabsichtigt einem Dornbusch zu nahe gekommen war, und er zog sich rasch wieder zurück. Er fühlte, daß Marna mit ihrem wütenden Auftreten nur etwas anderes verbergen wollte, doch er fragte nicht danach.

Schweigend und besorgt setzten sie ihren Weg fort.

Als sie die runde Kuppe des Hügels erreichten, kam vor ihnen die Burg in Sicht. Sie war noch immer ein gutes Stück weit entfernt, aber weder Farnor noch Marna hatten sie je aus dieser Nähe gesehen. Sie blieben stehen und betrachteten sie ehrfürchtig.

Gestützt von großen Türmen schlängelten sich die hohen grauen Mauern der Burg über den unebenen Untergrund. Die Türme waren zum größten Teil rund, aber wo immer die Mauer ihre Richtung änderte, waren sie sechseckig. Aus einigen der schlankeren Türme erhoben sich weitere, kleinere Türme, die der Sicherheit der festen Erde zu trotzen schienen, obwohl auch sie von ihr gestützt wurden. Auch hinter den Mauern waren Türme zu sehen, ebenso wie die Dächer von Gebäuden. Die Mauern selbst wirkten seltsam wachsam, denn sie waren von schmalen, senkrechten Schlitzen durchbrochen, und hier und da ragten kleine Türmchen selbstbewußt aus den Wehrgängen über den Abgrund hinaus. Ein hohes, schmales Tor zwischen zwei besonders mächtigen Türmen zierte die Vorderseite.

»Sie ist so groß«, sagte Marna leise. »Sie scheint wirklich aus einer von Yonas' Geschichten zu stammen.«

Aber sie ist wirklich, wollte Farnor erwidern, doch er nickte nur stumm. Er spürte, wie sich die Haare auf seinen Armen als Reaktion auf den Anblick aufrichteten. Fragen über Fragen schwirrten ihm durch den Kopf. Was mochte sich hier wohl abgespielt haben? Damals, in jener unbekannten Vergangenheit, da die Burg erbaut worden und von den Männern des Königs bewohnt worden war? In Gedanken sah Farnor Reihen von Reitern zu dem offenen Tor emporreiten, Umhänge und Schilde mit seltsamen Zeichen verziert, die Rüstungen funkelnd im hellen Sonnenlicht. Diener rannten heraus, um die Neuankömmlinge zu begrüßen. Hunde bellten; Befehle wurden gerufen; Stimmen erhoben sich zum Gruß; Fanfaren erklangen ...

»Komm!« Marna zog ihn am Ärmel. Hinter ihrer ernsten Maske kam das Kind zum Vorschein. »Laß uns gehen!« Farnor zögerte. Die Burg wirkte einladend und furchteinflößend zugleich.

»Wartet!« rief eine weit entfernte Stimme hinter ihnen, und Farnor wurde die Entscheidung erspart, wie er auf Marnas Aufforderung reagieren sollte. Er drehte sich um und sah seinen Vater winken. Der Befehl wurde wiederholt, und Farnor winkte zurück als Zeichen, daß er verstanden habe. Marna preßte die Lippen aufeinander und setzte sich mit einem leisen Schnauben ins Gras. Farnor fühlte sich unbehaglich.

Schließlich erreichten Garren und Gryss die beiden jungen Leute. Gryss keuchte.

»Es ist schon lange her, seit ich zum letzten Mal die Schafe gehütet habe«, sagte er und lächelte, als Garren auf einen flachen Felsen deutete, auf den er sich setzen konnte.

»Ich bin zu schnell für dich gegangen«, sagte Garren. »Es tut mir leid.«

Gryss wischte die Entschuldigung beiseite und deutete auf die Burg.

»Sie scheint sich nie zu verändern, nicht wahr?« bemerkte er.

Garren schüttelte den Kopf. »Dort oben gibt es Handwerkskunst, der wir noch nicht einmal ansatzweise nahekommen können«, erwiderte er.

Farnor vermochte nicht länger zu schweigen. »Du warst schon einmal hier?« fragte er. »Warum? Du hast mir nie davon erzählt. Du hast immer gesagt, dies sei ein Ort, den wir meiden sollten.«

»Das ist auch so«, erwiderte Garren in befehlendem Tonfall. »Von Zeit zu Zeit war ich hier, ja, aber nur, um nach den Schafen zu sehen – das ist alles. Doch sie ist ein ...« Er zögerte kurz. »Die Burg ist ein Ort, den man meiden sollte«, schloß er eher unbeholfen als respekteinflößend.

Unerwarteterweise fühlte sich Farnor beleidigt. Worte des Protests und der Entrüstung nahmen in seinem Geist Gestalt an, aber Gryss kam ihm zuvor.

»Alles zu seiner Zeit«, sagte er. »Hier gibt es nichts, was für die Talbewohner von Bedeutung wäre. Der Boden ist zu schlecht, als daß man etwas darauf anbauen könnte; noch nicht einmal Schafe kann man hier grasen lassen.«

Er blickte Farnor an, der eifrig bemüht war, sich seine Enttäuschung nicht anmerken zu lassen.

»Sie ist eine Grenze, Farnor«, sagte Gryss. »Eine Grenze, wie du sie häufig in deinem Leben antreffen wirst. Dinge, die du nicht tun kannst ... aus vielerlei Gründen. Dinge, die du nicht haben kannst.« Er deutete an der Burg vorbei Richtung Norden. »Das Land jenseits der Hügel ist schon seltsam genug; dort gibt es nur wenig, was der Rede wert wäre. Aber dort drüben ...« Er schüttelte langsam den Kopf. »Dort drüben liegt eine noch viel, viel seltsamere Welt. Eine Welt, von der man sich besser fernhält, die man besser in Ruhe läßt.«

»Woher weißt du das?« fragte Marna. Farnor zuckte ob

ihres Tonfalls unwillkürlich zusammen – teils neugierige Frage, teils spöttische Herausforderung.

Gryss verzog mürrisch das Gesicht und drehte sich zu ihr um, als das Pfeifen, das sie hier herauf geführt hatte, erneut ertönte.

»Dort«, sagte Garren und deutete in die entsprechende Richtung. Er kletterte auf einen kleinen Felshaufen. »Ich kann sie sehen. Sie haben etwas gefunden.«

Kapitel 4

Rannick blickte auf die winzigen Gestalten hinab. Er nahm den langen Grashalm aus dem Mund, warf ihn fort und spie aus.

Ameisen, dachte er mit verächtlicher Freude. *Ameisen. Sie huschen ihr ganzes Leben lang durchs Tal, ohne auch nur zu ahnen, daß sie hier ebenso gefangen sind wie all die unzähligen Generationen vor ihnen.* Der Gedanke zog seinen Blick nach oben, zu den alles überragenden Bergen. Ihm würde es nicht so ergehen. Er würde nicht ein Leben lang in dieser blinden Gefangenschaft verharren. *Er* sah die Stäbe seines Käfigs, und er würde sich von ihnen befreien.

Solange er sich zurückerinnern konnte, wußte er ohne jeden Zweifel, daß er zu Höherem bestimmt war, zu weit mehr, als man ihm hier je würde bieten können. Irgendwann würde er ein Leben jenseits des Tals und seiner Menschen mit ihrer erstickenden Art führen – ein Leben voller Macht über solch niedere Kreaturen.

Tag für Tag gab ihm diese Gewißheit Kraft, und doch – auch wenn er selbst es nicht bemerkte –, sie belastete ihn auch, denn die Erwartung arbeitete ständig in ihm und zog sein Herz von den Aufgaben des Alltags fort. Rannick lebte ständig in seiner eigenen Zukunft, und diese Gedanken verdarben ihm jede Freude und erhöhten sein Leid.

Plötzlich verschwand die freudige Erregung, die er gerade noch ob der winzigen Gestalten unten im Tal empfunden hatte, und ein Schatten legte sich auf sein Gemüt. Frustriert ballte er die Fäuste, als ihm die Wirklichkeit seiner augenblicklichen Lage wieder mit vertrauter, grausamer Klarheit bewußt wurde.

Woher sollte diese großartige Zukunft kommen? Und wichtiger als alles andere: Wann?

Das Dalmasfest stand unmittelbar bevor. Wie viele Feste, die im Tal gefeiert wurden, so hatte ihm auch der Dalmastag nie viel bedeutet; er hatte ihn stets nur als Entschuldigung verstanden, noch weniger zu arbeiten als für gewöhnlich und mehr zu trinken – beides natürlich auf Kosten anderer. Im Laufe der letzten Jahre jedoch hatte das Fest Rannick zunehmend als Erinnerung gedient, daß er wieder ein Jahr älter geworden war.

Ein Jahr älter und noch immer an diesem Ort gefangen. Sein Leben weigerte sich hartnäckig, sich zu ändern, während sein Ehrgeiz immer größer wurde. Tatsächlich verschlimmerten sich die Umstände zusehends, unter denen er lebte, so uneinig war er sich mit den Talbewohnern.

Rannick blickte erneut ins Tal hinunter. An diesem Ort hatte man seiner Familie stets mißtraut, sie gar gefürchtet; beinahe waren sie wie Aussätzige behandelt worden. Nur sein Großvater war dieser Behandlung entgangen.

Rannick schaute auf seine Hände. Ein Teil von ihm wollte so sein wie sein Großvater: ein Heiler, ein angesehenes Mitglied der Gemeinschaft, jemand, den die Menschen anlächelten, wann immer sie ihm begegneten. Bei Rannicks Anblick wandten sie sich lieber verstohlen ab, anstatt zu riskieren, ihm in die Augen zu blicken und seine Gegenwart anerkennen zu müssen.

Doch jener Teil, der dies wollte, war winzig, kaum spürbar. Der weitaus größere Teil von Rannick wollte die Macht vergrößern, die er von der dunkleren Seite seiner Vorfahren geerbt hatte. Aber genau an diesem Punkt griff die Erinnerung an seinen Großvater besonders stark ein. Die Worte, die der alte Mann ihm vor so langer Zeit gesagt hatte, als er noch ein kleiner Junge gewesen war, hatten sich ihm eingebrannt, und er hörte sie noch so deutlich, als sei es gestern gewesen.

Ein Blick hatte ihn festgehalten, ihn beherrscht, niedergedrückt. Nie zuvor war er sich so hilflos vorgekommen, selbst nicht, wenn sein Vater ihn scheinbar endlos mit einem Ledergürtel geprügelt hatte. Doch sehr zu Rannicks Überraschung war der Blick dieser Augen voller Zuneigung und Sorge gewesen.

»Du hast ihn, Rannick. Du hast den Familienmakel.« Er erinnerte sich daran, wie irgendetwas in ihm gekämpft hatte, als wolle es vermeiden, entdeckt zu werden, aber es schien den forschenden Augen nicht entkommen zu können. Die Stimme sprach weiter: »Das ist kein Segen, Rannick, und du darfst es niemals als solchen betrachten. Wie auch immer es sich zeigen mag, schieb es beiseite, ignoriere es, begrabe es, und laß es sterben. Es ist ein Herr, kein Diener. Es wird dich täuschen, und es wird dich versklaven.«

Doch noch während sein Großvater sprach, spürte Rannick eine andere Gegenwart tief in seinem Inneren, weit jenseits der Suche seines Großvaters. Eine Gegenwart, die so klar und hell leuchtete wie ein einzelner silberner Stern am goldenen Abendhimmel. Eine Stimme, die die Worte des Großvaters Lügen strafte, die Rannick die Furcht in der Stimme des alten Mannes erkennen ließ

»Ich bin das Licht«, sagte die Stimme. *»Das eine wahre Licht. Folge mir.«*

Und es schien noch immer und leitete ihn. Ein Magnet, der Rannick unaufhaltsam zu dem dunklen Wissen zog.

Rannick wandte sich vom Anblick der Berge und des Tals ab und ließ sich zu Boden gleiten; mit dem Rücken lehnte er sich gegen den Felsen, über den er hinweggespäht hatte. Mit dem Gedanken an seine Macht kam der Wunsch, sie zu gebrauchen, sich selbst zu prüfen.

Rannick streckte die linke Hand aus.

Vögel und Insekten in der Nähe schwiegen plötzlich; Rannick war sich dieser Veränderung allerdings nicht bewußt. Die Luft um ihn herum begann, sich zu bewegen, und langsam rollten vor ihm kleine Kiesel übereinander, als würden sie von einem plötzlichen Windstoß vorwärts getrieben. Dann bewegten sich auch größere Steine, dann noch größere ... Rannick lächelte, und seine kleinen Augen wurden immer größer. Sein Mund öffnete und schloß sich wieder, doch kein Geräusch kam über seine Lippen.

Er zog die Hand zurück. Er würde sie jetzt nicht mehr brauchen. Er spürte, wie die Macht in ihm aufstieg – von wo auch immer sie sich in seinem Inneren verbarg – und wie sie sich hinausbewegte, um seinen Willen zu erfüllen.

»Das ist kein Segen, Rannick, und du darfst es nie als solchen betrachten.« Wie stets an diesem Punkt, so kehrten auch diesmal die Worte seines Großvaters wieder zu ihm zurück.

»Ich bin das eine wahre Licht«, sagte sein innerer Führer.

Ich höre dich. Ich sehe dich. Ich werde dir folgen. Rannick zollte seinem selbstgewählten Mentor stillen Respekt.

»Schieb es beiseite, ignoriere es, begrabe es, und laß es sterben. Es ist ein Herr, kein Diener. Es wird dich täuschen, und es wird dich versklaven.«

»Nein«, flüsterte Rannick dem Schatten des Vaters seines Vaters trotzig zu. »Nein. Jetzt kann ich deine Verzweiflung riechen, alter Mann. Du hast Angst vor mir gehabt. Du hast meine Macht gefürchtet, so wie sie auch andere fürchten werden. Dies ist meine Gabe. Sie ist mir gegeben worden, auf daß ich sie gebrauche. Und ich werde sie gebrauchen. Ich *werde* sie gebrauchen!«

Er spürte sich selbst inmitten der fallenden, rollenden Steine. Er berührte jeden einzelnen von ihnen, vom kleinsten Sandkorn bis zum größten Fels, und lenkte sie ohne Mühe in die Richtung, die er wollte. Sie gehörten ihm; ihr Schicksal lag in seiner Hand.

Rannick lachte atemlos; ein Hochgefühl überkam ihn. Seine steinernen Schützlinge bewegten sich immer schneller und schneller, und er schwieg wieder.

Ein ekstatischer Ausdruck legte sich auf sein Gesicht.

Unvermittelt stellten die Steine und Felsen ihre Kreisbewegung ein und flogen gegen eine nahegelegene Felswand. Dort schlugen sie mit solcher Wucht ein, daß mehrere von ihnen zersplitterten. Rannick ballte die Fäuste nun so stark, daß sich die Fingernägel in die Handteller gruben.

Langsam kehrte die Stille in Rannicks Horst zurück, und eine sanfte Brise bemächtigte sich des Staubs, den er erzeugt hatte, und trug ihn davon. Die Berührung des Windes war wie die sanfte Hand eines Heilers, doch er strich unbemerkt vorüber. Rannick fiel nach vorne. Schweißtropfen bildeten sich auf seiner Stirn; er fühlte sich erschöpft und leer. So war es immer. Wenn er die Macht doch nur ohne diese schreckliche Schwäche gebrauchen könnte, dann ...

Bilder einer glorreichen Zukunft erschienen vor seinem geistigen Auge, aber er schenkte ihnen keine Beachtung. Sie waren ihm nur allzu vertraut, und sie hatten ihm nichts zu bieten außer Ablenkung. Er mußte seiner selbstgewählten Disziplin treu bleiben. Er mußte darüber nachdenken, was er aus den Übungen des heutigen Tages gelernt hatte.

Seine Fähigkeiten verbesserten sich stetig, das wußte er, ebenso wie die Kraft und die Reichweite der Macht, über die er gebot. Und, so erkannte er trotz seiner Erschöpfung, die anschließende Schwäche, die er empfand, war weit geringer als noch einige Monate zuvor.

Irgendetwas geschah hier. Irgendetwas lag in der Luft. Etwas Neues.

Und noch während er darüber nachdachte, berührte etwas Seltsames sein unerfahrenes Bewußtsein.

Rannick verhielt sich vollkommen ruhig wie ein Jäger, der seine Beute entdeckt hatte. Dann griff er vorsichtig hinaus und berührte seinerseits das seltsame Etwas.

Das Etwas lebte!

Rasch zog Rannick die Macht zurück. War irgendeiner

der Trottel aus dem Dorf seinem Horst zu nahe gekommen, hatte das Spiel mit den Steinen gesehen und kletterte nun hier herauf? Rannick rappelte sich auf und blickte sich ängstlich um; doch außer den winzigen Gestalten im Tal war niemand zu sehen.

Nein, versicherte sich Rannick schließlich selbst. Die Trottel mochten vielleicht bis zur Burg gehen, doch keiner von ihnen würde sich jenseits davon wagen, ganz egal, wie viele Schafe auch gerissen worden waren.

Aber was war es dann gewesen, was er berührt hatte?

Erneut griff er hinaus – sanft, vorsichtig. Diesmal fühlte sich die Macht anders an, als hätte sie sich – oder ihn – durch die Berührung eines lebenden Wesens irgendwie verändert. Die Erschöpfung fiel von ihm ab, und er tastete sich nun selbstbewußter voran.

Es war noch immer da.

Rannick sah – fühlte eine Vision wie durch sich wiegende, ineinander verschlungene Äste hindurch. Unterbewußt spürte er eine leichte Veränderung der sanften Brise, die über den Berghang wehte.

Es war ein Vogel, erkannte er. Dann, wie eine Bestätigung, spürte er sorgenvolle, erstickte Rufe, Flügel, die sich nicht bewegen konnten. Er spürte das fiebrige Zittern des winzigen Herzens.

Der Vogel hatte Angst.

Doch er flog nicht davon. Er *konnte* nicht davonfliegen. Das Tier spürte Rannicks Berührung, doch es konnte nicht davonfliegen! Es stand unter Rannicks Bann! Der Vogel war so eng an ihn gebunden wie jeder der Steine und Felsbrocken, die er in zerstörerischer Wut gegen die Felswand geschleudert hatte.

Komm zu mir, befahl er dem Tier kraft seines Willens.

Irgendeine Art Widerstand war die Reaktion darauf – welcherart vermochte Rannick nicht zu erkennen –, dann spürte er, wie das Tier nachgab. Flügel flatterten, und erneut veränderte sich die Brise.

Dann plötzlich – nichts.

Rannick hielt den Atem an. Was war geschehen?

Er kniff die Augen zusammen, als er erkannte, daß das wilde Klopfen des winzigen Herzens aufgehört hatte. Verwirrt lockerte er seinen Griff.

Das leise Geräusch von etwas Kleinem, das durch die Blätter der nahegelegenen Bäume fiel, drang zu Rannick herüber, doch er hätte noch nicht einmal das Donnern einer Lawine gehört, so laut hallte der Jubel in seinem Kopf.

Sein ganzes Leben hindurch, seit er begonnen hatte, der Stimme jenseits der Worte seines Großvaters zu folgen, hatte Rannick sich der Entwicklung seines Talents mit einem Eifer gewidmet, der ihn in *jedem* Handwerk schon längst zum Meister hätte werden lassen. Bisher hatte sein Fortschritt hauptsächlich darin bestanden, zunehmend größere Gegenstände auf zunehmend größere Entfernung zu bewegen. Völlige Erschöpfung war der Preis, der für jede Anwendung der Macht gezahlt werden mußte; aber selbst wenn diese Erschöpfung im Laufe der Zeit nicht nachgelassen hätte, er hätte sie freudig ertragen, denn das Hochgefühl, das ihm der Gebrauch der Macht vermittelte, war einfach unbeschreiblich.

Aber nun hatte er unerwartet einen großen Schritt nach vorn getan. Er hatte ein lebendes Wesen berührt, hatte es *von innen heraus* berührt. Er hatte es kontrolliert. Er hatte es *getötet!*

Lange Zeit saß Rannick mit dem Rücken an den Felsen gelehnt und atmete schwer. Sein Geist war ein einziges Chaos aus Gedanken und Gefühlen. Die Vernunft ermahnte ihn, sich zurückzuziehen, sich auszuruhen und nachzudenken. Sein Schicksal, das noch vor wenigen Minuten nahezu unendlich weit entfernt gewesen war, flackerte immer wieder verlockend inmitten des Chaos auf. Er mußte nur danach greifen.

Doch der Sturm der Gedanken und Gefühle ließ nicht nach. Rannick zwang sich, aufzustehen, und setzte sich in Bewegung. Das fiel ihm nicht leicht; er zitterte von Kopf bis Fuß.

In dem Versuch, wieder klar zu denken, schüttelte er den Kopf – ohne Erfolg. Die Erregung, die in ihm brannte, schien aus einer unerschöpflichen Quelle gespeist zu werden.

Er mußte es erneut versuchen. Sofort. Er mußte versuchen, ein anderes Lebewesen zu erreichen. Er mußte lernen, mußte hier und jetzt lernen, solange die Macht in ihm noch so lebendig war. Er durfte diese Gelegenheit nicht ungenutzt verstreichen lassen.

Rannick schleppte sich in Richtung einiger nahegelegener Bäume. Kiesel und Steine sprangen ihm aus dem Weg, wenn er sich ihnen näherte, und Äste bogen sich vor ihm zurück, als wäre er die Spitze eines Sturms.

Obwohl er sich all dessen durchaus bewußt war, ignorierte er es und ließ die Macht willkürlich hin und her huschen. Er spürte das panische Scharren von Myriaden winziger Füße. Insekten, Würmer, Ameisen, all die unbedeutenden Wesen des Waldlandes spürte er auf, doch nichts Größeres. Aber es mußte doch auch Vögel in der Nähe geben oder Eichhörnchen, vielleicht sogar einen Fuchs ...

Rannick stellte die Suche ein und zwang sich zur Ruhe.

Der Tumult in seinem Kopf kam zum Erliegen, so daß er die Umgebungsgeräusche wieder wahrnehmen konnte. Er beugte sich vor und lauschte angestrengt. Hinter dem ständigen Rauschen der Blätter entdeckte er nach und nach andere Geräusche, die sich jedoch rasch entfernten. Er hörte Schreie und Kreischen und das Brechen von zertrampeltem Unterholz.

Sie flohen! Jede Kreatur, die konnte, floh vor ihm! Sie rannten vor ihm weg, als wäre er ein Waldbrand.

Frustriert und erregt zugleich schlug Rannick mit der Faust gegen einen Baumstamm. Die rauhe Rinde zerkratzte ihm die Haut, doch er bemerkte es nicht. Sie wußten, wozu er fähig war. Die einfachen Kreaturen des Waldes *wußten* es. Ihnen mußte man es nicht erst mühsam erklären. Sie brauchten keine Beweise. Sie wurden nicht von Zweifeln geplagt. Durch ihre Flucht hatten sie Rannicks neu entdeckte Fähigkeit ebenso klar bestätigt, als wären sie geblieben und hätten sich von ihm am Felsen zerschmettern lassen.

Das war gut.

Dann begann Rannicks Hand zu pochen. Er blickte auf sie hinab. Die Haut war abgeschürft und zusammengeschoben. Geistesabwesend hob er die Hand an den Mund, biß den Hautfetzen ab und saugte die kleine, blutende Wunde sauber.

Das ist gut, dachte er erneut, als er die tote Haut ausspie.

Gut ...

Das Gefühl hallte durch seinen Kopf wie ein Echo, das von einer mächtigen Klippe zurückgeworfen wurde, und der Geschmack des Blutes erweckte seinen Mund plötzlich zum Leben; bitter ... warm ...

Gut ...

Eine Welle des Entsetzens brach über Rannick herein. So sicher, wie er vorhin gewußt hatte, daß er mit seiner Macht hinausgegriffen und Dinge berührt hatte, so sicher wußte er jetzt, daß dieselbe Macht nun nach *ihm* griff, *ihn* berührte.

Die Erkenntnis verwandelte das Entsetzen in etwas anderes. *Nein!* Sein ganzes Wesen schrie vor Wut. Gräser und Büsche preßten sich vor ihm auf den Boden, und die Äste der Bäume schlugen wild hin und her. Irgendwo rumpelten Steine. Das konnte nicht sein. Niemals. Die Macht war *seine* Gabe. Er würde sie mit niemandem teilen, und er würde jeden vernichten, der versuchte, sie gegen ihn zu benutzen ... Er würde jeden vernichten, der sie auch nur besaß.

Das seltsame Gefühl, berührt zu werden, war jedoch sofort wieder vorbei. Anscheinend war es im selben Augenblick verschwunden, als sein Innerstes vor Zorn geschrien hatte.

Rannick wartete.

Schließlich spürte er, wie die fremde Gegenwart zögernd wieder zurückkehrte. Es schien beinahe, als wolle sie ihn nicht verlassen.

Rannick bereitete sich auf einen wilden Angriff vor, um die kümmerlichen Überreste des Anderen hinwegzufegen. Abermals zog das fremde Wesen sich vor seinem Zorn zurück. Aber es floh nicht. Rannick zögerte; er war neugierig. Er schloß die Augen und legte die Hand davor, um seine Umgebung auszusperren, damit er die seltsame Gegenwart besser spüren konnte – sowohl von außen als auch von innen.

Er sank zu Boden. Unbewußt verstärkte er seine geistige Abgeschiedenheit noch, indem er sich zusammenkauerte und die Arme über dem Kopf verschränkte.

Vorsichtig griff er hinaus. Das fremde Wesen wich zurück, vorsichtig, nervös. Dennoch spürte Rannick, daß es große Kraft besaß, und die Macht, die es sein eigen nannte, war der seinen zugleich ähnlich und doch verschieden. Sie bildete ein einheitliches Ganzes, war ausgeglichener, selbstbewußter. Aber sie war auch wilder, tierischer und skrupelloser.

Das war ein Tier, erkannte Rannick. Ein mächtiges, räuberisches Tier. Rannick wurde immer neugieriger. Was für eine Art Tier mochte das wohl sein, und woher hatte es die Fähigkeit erhalten, die Macht zu nutzen?

Und warum blieb es bei ihm? Was wollte es von ihm?

Dann, inmitten der Nervosität des Wesens, fühlte Rannick plötzlich etwas anderes. Es war ein vertrautes Gefühl, auch wenn er es zunächst nicht so recht zu fassen vermochte. Erst nach und nach erkannte er das Verhalten des Wesens als Unterwürfigkeit.

Und Verlangen!

Die Kreatur blieb bei ihm, weil sie ihn auf irgendeine Art brauchte!

Kaum war er zu diesem Schluß gekommen, da änderte sich die Art, wie sich das Tier ihm zeigte. Ein finsteres Gefühl der Einsamkeit, ewiger Einsamkeit brach über ihn herein; doch das erregte keineswegs Rannicks Mitleid, denn außer Einsamkeit war auch etwas zutiefst Böses zu spüren – etwas Böses, das irgendwo tief in Rannick seinen Widerhall fand.

Was auch immer diese Kreatur sein mochte, sie war eine verwandte Seele.

Und sie brauchte ihn.

Ein kleiner Teil von ihm flüsterte vorsichtig: *Warum?* Doch die Frage verhallte bereits im Nichts, noch bevor sie zu Ende gesprochen worden war. Rannick wurde inzwischen von Kräften geleitet, die tief in seinem Inneren verwurzelt waren. Kräfte, von denen die Kreatur wußte, daß sie ihr helfen konnten.

Dennoch ahnte Rannick, daß er es hier mit etwas Gefährlichem zu tun hatte. War es nicht möglich, daß sich das Wesen zum Herrn aufschwang, anstatt der Diener zu bleiben?

Das war der letzte Zweifel.

Nein. Er war noch nie einem Tier begegnet, das er nicht hätte unterwerfen können, sei es mit der Peitsche oder kraft seines Willens. Und dieses hier hatte ihn bereits als seinen Herrn akzeptiert. Mächtig und wild mochte diese Kreatur sein, aber sie unterstand *seinem* Befehl.

Er empfand eine bösartige Freude, als das Wesen sich bei ihm einschmeichelte.

Farnor und Marna waren die ersten, die sich zu der Gruppe der Jäger gesellten, die sich am Rand eines kleinen Sees versammelt hatte. Garren und Gryss waren erneut ein Stück zurückgefallen.

Die Gruppe hatte einen Kreis gebildet, in dessen Mitte ein weiterer zerfetzter Schafskadaver lag.

Von den Gipfeln der umliegenden Berge drang ein fernes Donnern herab. Farnor bekam eine Gänsehaut.

»Steinschlag«, erklärte jemand beiläufig, und die anderen richteten ihre Aufmerksamkeit wieder auf das Schaf.

Als Garren und Gryss die Gruppe ebenfalls erreichten, bahnte sich der Dorfälteste schweigend einen Weg ins Zentrum des Kreises. Dort angekommen beugte er sich über das Schaf. »Das hier ist noch nicht so lange tot wie das andere«, verkündete er nach kurzer Untersuchung. »Der Hunger der Bestie wird immer größer.«

»Oder sie hat einfach nur Geschmack an unseren Schafen gefunden«, sagte Garren. Gryss nickte. Der wahre Grund war ohne jede Bedeutung. Beide Männer wußten, daß nun immer häufiger Schafe angegriffen werden würden.

»Sie richtet sich hier häuslich ein«, sagte irgendjemand und bestätigte damit Gryss' und Garrens Vermutung.

Gryss blickte zur Sonne empor. »Es liegt noch ein Großteil des Tages vor uns. Wir müssen versuchen, das Biest noch heute zu finden, oder wir werden die Herden zusammentreiben und Nachtwachen aufstellen müssen.«

Diese Bemerkung ernüchterte selbst die fröhlichsten Jäger. Eine Jagd war eine Jagd, doch Nachtwachen waren etwas vollkommen anderes – im besten Fall trostlos. Per Losentscheid würden kleine Gruppen zusammengestellt werden, die über einige wenige aneinander gekauerte Schafe wachen mußten. Diese Männer würden dann ohne Feuer die kalte, dunkle Nacht hindurch ausharren müssen, und es würde ihnen noch nicht einmal gestattet sein, miteinander zu reden, um sich von der düsteren Gegenwart der unsichtbaren Berge abzulenken. Und mit absoluter Sicherheit würde es kein Bier geben. Wenn man mit ein paar Schluck zu viel um diese Jahreszeit im Freien einschlief, dann konnte man davon ausgehen, am nächsten Morgen nicht mehr aufzuwachen.

»Wo fangen wir an?« fragte ein junger Mann. »Es gibt hier keine Spuren, denen wir folgen könnten.«

Gryss funkelte den Sprecher an. »Es ist ein *großer* Hund, oder vielleicht sind es mehrere«, sagte er und deutete auf den Kadaver. »Wir werden schon irgendwo eine Spur finden, wenn wir uns die Mühe machen, genau hinzusehen. Wenn wir keine Fußspuren finden, dann vielleicht Fellfetzen an einem Busch oder Fels, oder Teile dieses armen Schafes hier, die der Räuber irgendwo hat fallenlassen. Verteilt euch einfach, und haltet die Augen offen.«

In gedämpfter Stimmung folgten die Jäger Gryss' Befehl.

»Und was sollen wir tun, Marna und ich?« fragte Farnor seinen Vater.

»Das Gleiche«, antwortete Garren. »Aber bleibt in Sichtweite.«

Als Farnor sich daraufhin umdrehte, legte Garren ihm die Hand auf die Schulter. »Ich meine, was ich sage«, erklärte er ernst, doch leise, so daß Marna ihn nicht hören konnte. »Außerdem möchte ich nicht, daß du mit jener Dame dort irgendwo im Gebüsch verschwindest.«

Farnor errötete und öffnete den Mund, um dieser Unterstellung zu widersprechen, aber seine Gedanken überschlugen sich, und er brachte nur ein Stottern hervor. Garren gebot ihm mit einer knappen Geste zu schweigen. Dann wiederholte er Gryss' Kommentar. »Wir *müssen* die Bestie so schnell wie möglich finden, die unsere Schafe tötet; aber es ist sehr wahrscheinlich, daß sie dieses Gebiet für sich beansprucht, und somit wird sie jeden angreifen, der ihr unvorsichtigerweise zu nahe kommt. Paß also auf. Keine Dummheiten. Hast du das verstanden?«

»Was war los?« fragte Marna, nachdem Farnor sich wieder zu ihr gesellt hatte.

Noch immer ein wenig beleidigt, schluckte Farnor ein trotziges ›Nichts!‹ herunter und antwortete stattdessen: »Er hat mich nur ermahnt, vorsichtig zu sein.«

Marna blickte ihn an und dann zurück zu den beiden Männern.

Sie lachten über irgendetwas. Marna kniff die Augen zusammen, sagte aber nichts.

Unerbittlich führte die Suche Marna und Farnor zurück in Richtung Burg, wobei sie jedoch darauf bedacht waren, ihre Pflicht nach bestem Wissen zu erfüllen; sorgfältig suchten sie den Boden nach irgendwelchen Spuren des Räubers ab.

Nach einer Weile entdeckte Farnor mit gemischten Gefühlen ein paar plattgedrückte Farnwedel ein Stück den Hang hinauf, den er und Marna emporkletterten. Er beugte sich vor, um die beschädigten Blätter näher zu untersuchen. Sie waren blutbefleckt.

»Ich rufe die anderen«, sagte Marna, steckte zwei Finger in den Mund und stieß einen schrillen Pfiff aus.

»Faß nichts an«, sagte sie. »Die Hunde können vielleicht eine Witterung aufnehmen.«

Das taten die Hunde auch. Doch anstelle eines aufgeregten Bellens, senkte sich eine seltsame Stille auf die Meute, während ein Hund nach dem anderen an dem Farn schnupperte, zurückzuckte, die Ohren anlegte und den Schwanz einklemmte. Einige winselten sogar.

»Nehmt die Hunde an die Leine«, sagte Gryss mit leiser Stimme. »Es sieht so aus, als würden wir ohne sie weitermachen müssen.«

Das Unbehagen der Hunde hatte sich inzwischen jedoch auch auf die Jäger übertragen, und die wenige

Begeisterung, die sie noch verspürt hatten, schwand rasch dahin, während sie Gryss' Anweisung folgten.

»Dann ist er also groß«, sagte Garren. »Das haben wir ja geahnt. Aber wir haben Piken und Äxte genug, um es mit jedem Hund aufzunehmen, um Himmels willen. Habe ich nicht Recht? Wollt ihr wirklich später wieder hier heraufkommen und Nachtwache halten? Kommt schon. Laßt uns das Biest finden und erschlagen.« Und ohne den anderen Zeit zu geben, diesen Worten zu widersprechen, stapfte er in den Farn davon. Beschämt folgten ihm die anderen; einige fluchten über die Feigheit der Hunde, um sich auf diese Art Mut zu machen.

Garrens anfänglicher Schwung ebbte rasch ab, und er mußte langsamer gehen, denn das Tier hatte nur wenige Spuren hinterlassen, wie groß es auch sein mochte: ein gebrochener Zweig hier, zertrampeltes Gras dort ...

Dann ein Fellbüschel an einem Busch.

Garren löste das Fell aus dem Geäst und rieb es nachdenklich zwischen den Fingern. Das Fell war eine Mischung aus Schwarz und Dunkelbraun und ungewöhnlich rauh. Garren hielt es einem der Hunde unter die Nase, doch erneut legte das Tier die Ohren an und ließ den Schwanz hängen; dann blickte der Hund reumütig zu seinem Herrn.

Garren verzog das Gesicht und richtete sich auf. Das Fellbüschel warf er fort. »Nun, zumindest müßte man das Biest mit dieser Farbe schon von weitem erkennen können«, sagte er.

Als die Gruppe sich wieder in Marsch setzte, bückte sich Farnor und hob das Fell auf. Es fühlte sich unangenehm an, und Farnor bekam eine Gänsehaut so wie vorhin, als er den Steinschlag gehört hatte.

Er rieb sich den rechten Arm, um die Gänsehaut zu vertreiben, aber seine eigene Berührung erschien ihm fremd; es war, als gehörten Arm und Hand einer anderen Person, jemandem an einem anderen Ort, zugleich hier und doch weit entfernt ... Von plötzlicher Angst erfüllt blickte Farnor auf seinen Arm hinab. Arm und Hand sahen genauso aus, wie sie sich anfühlten, nah und doch fern; sie gehörten ihm und auch wieder nicht. Nur das dunkle Fell des unbekannten, mörderischen Wesens in den vertrauten, fremden Fingern schien real zu sein. Tatsächlich wirkte es sogar so wirklich, als gehöre es hierher.

Irgendetwas dachte irgendwo, daß ihm wohl der lange Marsch in der Sonne und all die Aufregung nicht bekommen seien, doch der Gedanke verschwand rasch wieder, als plötzlich etwas unendlich Böses von ihm Besitz zu ergreifen schien.

Das dieses Böse der Geist des Wesens war, das sie jagten, das wußte Farnor so sicher, wie er seinen Vater, Gryss und die anderen kannte, die durch den Farn in ihre eigene, unendliche Welt hinausstapften.

Er spürte, wie das Entsetzen über das Gefühl ihm den Atem raubte, während er gleichzeitig zwei Reaktionen in sich aufkeimen fühlte wie zwei ungleiche Pferde, die versuchen, einen Karren zu ziehen: schwertschwingender Zorn, dieses Monstrum und seinesgleichen zu vernichten – und Mitleid für die Kreatur, in der so viel Böses genährt worden war.

Ein Teil von ihm griff hinaus ...

Seinem eigenen Weg folgend, strauchelte Rannick, als das Wesen verschwand und kurz darauf zehnfach gestärkt und voller Blutdurst wieder zurückkehrte. Es war voller Verlangen – Verlangen nach Rache.

Farnor schnappte nach Luft und stürzte der Länge nach zu Boden.

Kapitel 5

Geräusche erfüllten die wabernde Dunkelheit, die ein fremder Ort war. Geräusche und Gefühle. Lärmend, vorwärts treibend. Ohne Ziel und unzusammenhängend.

Chaos, Verwirrung, Beunruhigung. Und auch Zorn – menschlicher Zorn. Und noch ein anderer Zorn: ein wahnsinniger Zorn; ein skrupelloser, tierischer Zorn. Die beiden hatten sich zu einem unheiligen Bund vereint.

Dann waren sie verschwunden, brutal hinfortgerissen. Ihnen folgte eine seltsame Leere, die nach und nach von Myriaden flüsternder Stimmen erfüllt wurde. Sie vermittelten den Eindruck einer riesigen ... Familie? Und sie drückten Überraschung aus, Neugier und ungläubige Sorge. Wie kamen diese Gefühle hierher?

Doch auch die Stimmen verschwanden wieder ... wurden leiser ... und leiser ...

Und dort waren viele Leute, starrten, redeten und sorgten sich um den gestürzten jungen Mann.

Zum größten Teil waren sie besorgt.

Und schließlich herrschte nur noch Chaos. Es kam und ging, veränderte sich verführerisch in etwas Faßbares und zog sich rasch wieder zurück, bevor man danach greifen konnte. So ging es weiter, bis sich ein rhythmisches Geräusch langsam einen Weg durch den Tumult bahnte und alle Aufmerksamkeit auf sich zog. Wie ein Bergbach, der unwiderstehlich vom See im Tal angezogen wurde.

»Farnor. Farnor.«

Licht drang in die Dunkelheit, schmerzhaft hell.

Und blau.

»Farnor. Sohn.«

Und er war wieder zurück. Er blickte auf einen Ring besorgter Gesichter mit Gryss in der Mitte, den Kopf zur Seite geneigt, und auf seinen Vater und Marna, die auf ihn hinabschauten. Der Geruch zertrampelten Farns stieg ihm in die Nase.

Er hob die Hand und betrachtete sie neugierig. Sie war noch immer dort, wo sie sein sollte, und sie gehörte ohne Zweifel ihm. Er fühlte sich erleichtert.

»Bist du in Ordnung?« drang die Stimme des Vaters in seine Gedanken.

Farnor blickte zu ihm hoch und lächelte. »Ja«, antwortete er. »Was ist passiert?«

»Sag *du* uns, was passiert ist«, antwortete Gryss beinahe ein wenig entrüstet. »Du bist gestürzt. Dann warst du ein paar Minuten lang bewußtlos.«

Farnor versuchte, sich aufzusetzen, doch Gryss hielt ihn zurück. »Gönn dir noch einen Moment Ruhe«, sagte er. »Das war vermutlich die Hitze. Wann hast du zum letzten Mal etwas gegessen?«

Farnor verzog das Gesicht. Widerstand keimte in ihm auf. Er wollte sich nicht wie ein kleines Kind behandeln lassen. Die Demütigung!

Doch ein gelassenerer Teil von ihm schob diesen Gedanken beiseite.

Erneut blickte Farnor auf die ihn beobachtenden Gesichter. Menschen, die er sein ganzes Leben lang kannte. Menschen, die mit beiden Beinen auf der Erde standen. Einige mochte er, einige respektierte er, manche brachten ihm zum Lachen, und andere waren einfach nur Freunde.

Er wollte ihnen sagen, daß er auf irgendeine Weise die Kreatur berührt hatte, die sie jagten – daß er sie und auch andere Dinge berührt hatte. Er wollte ihnen sagen, daß das Wesen zutiefst böse war und daß es unter seinen Jägern Schreckliches anrichten würde, wenn sie es denn stellen würden – was keine leichte Aufgabe war.

Er hegte keinerlei Zweifel, was sein neugewonnenes Wissen über die Kreatur betraf, obwohl er noch nicht einmal ansatzweise verstand, wie er es erhalten hatte, und seine Gefährten würden es erst recht nicht verstehen – noch nicht einmal sein eigener Vater. Gryss vielleicht? Aber trotzdem ...

»Es geht mir gut«, sagte er. »Wirklich. Wahrscheinlich bin ich nur über irgendetwas gestolpert und habe mir den Kopf irgendwo angeschlagen.«

Garren musterte ihn aufmerksam; dann stand er erleichtert auf. Er suchte den Boden nach Beschädigungen ab und drückte seinem Sohn die Schulter. »Ich sehe nicht eine Delle«, sagte er. Einige lachten, und mehrere Hände halfen Farnor auf die Beine. Als er wieder stand, blickte er Gryss in die Augen – in die Augen des alten Gryss', dem Heiler, vor dem man nur wenig verbergen konnte.

Farnor zuckte mit den Schultern.

»Paß einfach nur auf, wo du hintrittst, mein junger Farnor«, sagte Gryss bedeutungsvoll. »Ich bezweifele, daß irgendjemand hier erpicht darauf ist, dich nach Hause tragen zu dürfen.«

Und die Jäger machten sich wieder auf den Weg.

Farnor war erleichtert, daß er von Gryss nicht weiter verhört worden war, doch er fühlte, daß der alte Mann die Befragung nur verschoben hatte.

»Bist du in Ordnung? Was ist passiert?« Diesmal kamen die Fragen von Marna, die mit leiser Stimme sprach.

»Das habe ich euch doch schon gesagt. Ich bin gestolpert«, antwortete Farnor verärgert, allerdings ebenfalls leise.

»Bist du nicht«, zischte Marna. »Du hast das Fellbüschel angeschaut und bist umgefallen wie ein gefällter Baum. Ich habe dich beobachtet.«

»Ich will nicht darüber reden«, erwiderte Farnor und erkannte seinen Fehler im selben Augenblick, da er ihn beging.

Marna nutzte ihren Vorteil.

»*Worüber* willst du nicht reden«, verlangte sie zu wissen.

»Über nichts!« schnappte Farnor, so laut er wagte. Marna packte ihn am Arm und schüttelte ihn. »Ich werd's dir später sagen«, gab Farnor nach, und Marna ließ ihn widerwillig wieder los.

Schweigend setzte die Gruppe ihren Weg fort, bis der Farn allmählich schwand und mit ihm die wenigen Spuren, die die Kreatur hinterlassen hatte. Und es gab auch noch andere Probleme.

Der Pfad, dem sie gefolgt waren, hatte sie von der Burg fort geführt, aber inzwischen befanden sie sich ungefähr auf gleicher Höhe mit ihr. Vor ihnen stieg der Hang sogar noch weiter an, und die Bäume wurden immer dichter.

Ohne daß jemand einen entsprechenden Befehl gegeben hätte, blieben alle stehen. Weiterzugehen würde bedeuten, sich ›jenseits der Burg‹ zu wagen. Sie hatten die Grenze ihres Gebiets erreicht, und obwohl kein Hindernis ihnen den Weg versperrte, würden sie nur im äußersten Notfall weitermarschieren.

Gryss fluchte leise. Für jeden Grund, den er vorbringen würde, weiterzugehen, würden zwei Gründe dagegengestellt werden: Man würde auf andere Weise versuchen wollen, die Bestie zu fangen. Selbst gegenüber Nachtwachen wären die anderen jetzt nicht mehr abgeneigt. Als Anführer bliebe Gryss nichts anderes übrig, als diesen Vorschlägen zu folgen.

»Das ist weit genug«, sagte er und sprach damit die Meinung aller aus. »Es scheint, als verstecke es sich in den Bäumen da oben. Es könnte sonst wo sein. Wir werden wohl darauf warten müssen, bis das Biest wieder herauskommt.«

Farnor schaute sich um; den unausgesprochenen Widerwillen der anderen, die unsichtbare Grenze zu überqueren, bemerkte er kaum. Da er gerade erst – wenn auch unfreiwillig – seine eigenen Grenzen überschritten hatte, sah er nun nichts, was ihn am Weitergehen hindern sollte. Zu beiden Seiten waren die mächtigen Gipfel zwar nähergerückt, doch wirkten sie noch keineswegs bedrückend. Vor ihnen lagen Bergwiesen, die sich in nichts von jenen in anderen Teilen des Tals unterschieden. Auch die Bäume waren die gleichen; ihre Äste wiegten sich im Wind, und ihre Blätter raschelten leise – Farnor hatte den Eindruck, als würden sie ihn rufen.

Zu ihrer Linken, ein gutes Stück entfernt von der Gruppe, ragte die Burg empor, die nun trotz der Berge im Hintergrund die Landschaft beherrschte.

»Vielleicht können wir von dort oben etwas sehen«, sagte Farnor und deutete auf die Festung.

Gryss blickte ihn nachdenklich an. »Vielleicht«, erwiderte er und drehte sich zu den anderen um, die ihn ob Farnors Vorschlag nervös anstarrten. »Aber selbst wenn wir zur Burg gehen, ist es zu spät, noch viel mehr zu tun.« Er sprach zu den Zuschauern. »Kehrt ihr schon zurück. Bereitet alles für eine Treibjagd vor, und gewöhnt euch an den Gedanken, Nachtwachen schieben zu müssen. Ich gehe mit Garren und den beiden hier zur Burg.« Er nickte Richtung Farnor und Marna. »Vielleicht können wir von dort oben ja wirklich etwas entdecken.«

Niemand widersprach, und die Gruppe teilte sich auf.

Während er langsam den langen Hang zur Burg hinaufstapfte, fand sich Farnor plötzlich neben Gryss wieder; Garren und Marna waren ein Stück vorausgegangen.

»Was ist passiert?« fragte Gryss ohne Umschweife.

»Was meinst du?« Farnor stellte sich dumm.

»Was ist passiert, als du das Bewußtsein verloren hast?«

Farnor zuckte mit den Schultern und wiederholte seine Erklärung.

»Du bist weder gestolpert, noch hast du dir den Kopf

angeschlagen, mein junger Farnor«, erklärte Gryss. »Und selbst wenn ich nicht den Verstand gehabt hätte, es zu bemerken, ich kenne dich seit deiner Geburt, und ich habe sofort gewußt, daß du lügst. Nun, was also ist passiert?«

»Ich weiß es nicht«, antwortete Farnor, nach einigem Zögern. »Ich erinnere mich nur, daß ich mich plötzlich leicht benommen gefühlt habe. Es war, als wäre ich zugleich hier und doch weit entfernt gewesen. Und dann wachte ich auf, und alle standen um mich herum.«

Gryss blickte ihn mit zusammengekniffenen Augen an, verzichtete aber auf weitere Fragen. Stattdessen gestand er sein Unwissen ein.

»Nun«, sagte er, »weder du noch der Rest deiner Familie leiden unter der Fallsucht. Und du bist zu kräftig, als daß dir die Sonne und das bißchen Marschieren etwas ausmachen würden.« Er rieb sich das Kinn. »Und ich könnte schwören, du hast geträumt. Es war beinahe, als wärst du wach gewesen und hättest nur die Augen geschlossen.«

»Ich war aber nicht wach! Ich habe euch nichts vorgemacht!« rief Farnor erzürnt.

Gryss war erstaunt über diese Reaktion. »Ich weiß«, sagte er, um sein Gegenüber zu beruhigen und sich zugleich bei ihm zu entschuldigen. »Aber ich habe so etwas noch nie gesehen. Kannst du dich wirklich an nichts mehr erinnern?«

Plötzlich überkam Farnor das Verlangen, alles über seinen seltsamen Kontakt mit der Kreatur zu erzählen, die sie jagten, doch er schob den Gedanken sofort wieder beiseite. Außerdem war die Erinnerung an das Ereignis schon weit weniger lebendig als noch vor wenigen Minuten. Vielleicht hatte er ja wirklich nur geträumt.

»Nein«, antwortete er.

Gryss nickte resigniert. Er schien die Antwort als endgültig zu akzeptieren, doch Farnor wußte, daß der alte

Mann früher oder später wieder darauf zurückkommen würde. Er kannte Gryss' Hartnäckigkeit und Geduld von früher her. Im Augenblick jedoch gingen sie in freundschaftlichem Schweigen nebeneinander her, bis sie den Gipfel des Hangs erreichten. Dort saß Garren auf einem Felsvorsprung und wartete auf sie, während Marna sich bereits auf den Weg zur Burg gemacht hatte.

»Geh weiter«, sagte Gryss zu Farnor und nickte in Richtung des Mädchens. »Sieh dir nur alles an, wenn du schon einmal hier bist. Das hier ist ein sehr interessanter Ort, und ich bezweifele, daß du unter normalen Umständen noch einmal Gelegenheit bekommen wirst hierherzukommen. Dein Vater und ich werden hierbleiben und sehen, ob wir unseren Räuber vielleicht auf frischer Tat ertappen können.«

Farnor brauchte keine weitere Aufforderung; sofort lief er Marna hinterher. Gryss schaute ihm eine Weile nach, dann drehte er sich zu Garren um und sagte leise: »Behalte ihn im Auge. Ich bin nicht ganz sicher, was wirklich geschehen ist, als er ohnmächtig wurde, und er scheint irgendetwas vor mir zu verheimlichen.«

Erst Sorge, dann Verärgerung spiegelten sich auf Garrens Gesicht, und er setzte an, seinem Sohn hinterherzurufen, doch Gryss packte ihn am Arm und lenkte seinen Blick wieder ins Tal hinab. »Nein, Garren«, sagte er. »Laß ihn. Er ist kein Kind mehr. Man kann ihn nicht mehr dazu zwingen, etwas zu tun, was er nicht tun will – zumindest nicht, ohne sowohl ihm als auch dir weh zu tun. Wenn er beschlossen hat, uns etwas nicht zu sagen, dann müssen wir ihm vertrauen. Beobachte ihn einfach nur. Wenn er den Anschein erweckt, als wolle er reden, dann sieh du so aus, als wolltest du zuhören. Von Mann zu Mann. Mehr als Freund denn als Vater.«

Garren war nicht überzeugt. »Er ist noch genug Kind«, erwiderte er steif. »Wenn er etwas vor dir verheimlicht, dann kann ich es aus ihm herausbekommen.«

»Nein«, wiederholte Gryss. »Vertrau mir in dieser Angelegenheit, auch wenn du ihm nicht vertraust. Du stehst ihm zu nahe, um zu sehen, was aus ihm geworden ist. Er ist ein guter Sohn, aber du wirst feststellen, daß er es inzwischen durchaus mit dir aufnehmen kann, solltest du versuchen, ihn allzu sehr zu bevormunden. Außerdem ist es vielleicht gar nicht wichtig.«

Garren verzog das Gesicht. »Warum regst du dich dann so auf?« fragte er gereizt. »Plötzlich glaubst du, mir vorschreiben zu müssen, wie ich meinen eigenen Sohn zu erziehen habe.« Fast sofort bereute er seine Worte wieder und hob entschuldigend die Hand. »Es tut mir leid. Das war unhöflich von mir«, sagte er. »Ich glaube, ihn so stürzen zu sehen, hat mich mehr aufgeregt, als ich mir eingestehen wollte.« Der sorgenvolle Ausdruck kehrte auf sein Gesicht zurück. »Er ist doch nicht krank, oder?«

Gryss setzte sich neben den Bauern auf einen Felsen. »Nein«, antwortete er im bewußt respekteinflößenden Tonfall des Dorfheilers. »Ich bin sicher, das ist er nicht ...«

Ein ›aber‹ verbarg sich hinter den Worten. Garren wartete, doch als der alte Mann nicht weiterreden wollte, sprach er es selbst aus.

»Aber?«

Gryss blickte zweifelnd zu seinem Gefährten. »Etwas Seltsames liegt in der Luft, Garren«, sagte er. »Ich fühle es, seit Farnor uns die Nachricht von dem gerissenen Schaf gebracht hat. Und es scheint, als sei es seitdem schlimmer geworden.«

Garren runzelte die Stirn. Daß der bodenständige Dorfälteste beinahe genauso redete wie Yonas der Geschichtenerzähler, beunruhigte ihn. »Was meinst du damit?« fragte er.

Gryss zuckte mit den Schultern. »Da ist zum einen das Ausmaß der Verletzungen, die den Schafen zugefügt worden sind«, antwortete er. »So schlimme Wunden habe ich noch nie gesehen. Und dann sind da die Hunde. Sie haben irgendetwas gerochen, dem sie nicht begegnen wollen.«

»Sie sind nicht dumm«, sagte Garren. »Vermutlich wissen sie, daß sie mehr als nur einen Hund jagen und noch dazu ausgesprochen wilde. Eine Jagd ist eine Sache – zu riskieren, verletzt zu werden, etwas vollkommen anderes.«

Gryss schüttelte den Kopf. »Das sollte sie nur nervös machen ... vorsichtig, aber du hast sie gesehen: Sie wurden ruhiger und ruhiger, je weiter wir vorangekommen sind, und als sie an dem Fell rochen ...« Er drehte sich zu Garren um und blickte ihn durchdringend an. »Sie hatten Angst. Hätten wir ihnen auch nur den Hauch einer Möglichkeit dazu gegeben, wären sie so schnell wie möglich wieder runter ins Tal gerannt.«

Unter dem Blick des alten Mannes vermochte Garren nicht zu widersprechen.

»Und es ist kein Rudel, das wir jagen, sondern nur ein einzelnes Tier«, fügte Gryss überzeugt hinzu und blickte wieder ins Tal hinunter.

Garren starrte ihn überrascht an. »Du scheinst dir plötzlich ziemlich sicher zu sein«, sagte er.

»Nach längerem Nachdenken bin ich ziemlich sicher, ja«, verbesserte ihn Gryss. »Ich habe über die Größe der Wunden nachgedacht, die dem armen Schaf zugefügt worden sind, und über die Art, wie selbst die großen Knochen gebrochen sind. Es ist ein einzelnes Tier, und es ist groß.«

Noch immer lag ein sorgenvoller Unterton in der Stimme des alten Mannes, der Garren beunruhigte.

»Und?« fragte der Bauer beinahe widerwillig.

Gryss runzelte erneut die Stirn, als könne ihm das helfen, alle Fragen zu beantworten. »Und da ist Rannick«, fuhr er fort. »Was hat er an jenem Tag so weit oben im Tal gesucht? Und warum ist er wieder weggegangen? Und wo ist er jetzt?«

Garren zuckte mit den Schultern. »Du hast selbst behauptet, er sei unverantwortlich«, antwortete er. »Außerdem wußte er ja, daß Farnor uns Bescheid geben würde.«

»Ich habe gesagt, er ist schlecht«, korrigierte ihn Gryss erneut. »Und es ist trotzdem ungewöhnlich, daß Rannick uns nichts gesagt hat. Zum einen genießt er es, schlechte Nachrichten zu überbringen, und zum anderen ist die Jagd eines der wenigen Dinge, bei denen er so etwas wie Begeisterung zeigt.«

»Er ist kein großer Verlust«, bemerkte Garren abschätzig.

»Vielleicht«, erwiderte Gryss halb zu sich selbst. Er schwieg, und die Geräusche des Tals erfüllten die warme Luft. Dann streckte er die Hände aus, betrachtete sie eine Weile und schien schließlich eine Entscheidung getroffen zu haben.

»Aber da ist noch etwas ... Seltsames«, sagte er.

Das Wort beunruhigte Garren immer mehr.

Gryss fuhr entschlossen fort: »Farnor hat dieses Fellbüschel in der Hand gehalten, als er gefallen ist, und als ich es ihm abgenommen habe, ist mir ein Schauder über den Rücken gelaufen. Einen Augenblick lang habe ich etwas Schlechtes ... etwas *Böses* gefühlt.«

Er wirkte erleichtert, nun da er es ausgesprochen hatte.

»Ich habe nichts gefühlt«, erklärte Garren nach kurzem Schweigen.

»Es war nur ein flüchtiges Gefühl, aber es war sehr stark«, sagte Gryss und fügte hinzu, wie um einen unsicheren Kranken zu beruhigen: »Wenn ich heile, fühle ich manchmal etwas Ähnliches. Es hat sich stets gelohnt, wenn ich auf dieses Gefühl gehört habe.«

Diese Erklärung löste die Spannung ein wenig, die Garren in sich wachsen gespürt hatte, und er lächelte. »Was versuchst du mir zu sagen?« fragte er.

»Ich bin nicht sicher«, antwortete Gryss. »Ich habe nur das Gefühl, daß weit mehr hinter diesem Schafmörder steckt, als es den Anschein hat, und daß wir sowohl geschickter als auch vorsichtiger vorgehen müssen, wenn wir ihn fangen wollen – sehr viel vorsichtiger.«

Die Worte, die Gryss vor einigen Tagen gesagt hatte, kamen Garren wieder in den Sinn, als Farnor die Nachricht vom Tod des ersten Schafes überbracht hatte. »Schick ihn nicht wieder allein hinaus, und du selbst solltest auch nicht alleine hinausgehen.« Einen Augenblick lang verstand er den Grund für die Sorge des alten Mannes.

Auch wenn dieser es nicht so deutlich ausgesprochen hatte, allein die Vorstellung ließ Garren schaudern.

Marna tätschelte die Mauer, preßte sich an den kalten Stein und blickte zu den Wehrgängen und Pechnasen empor. Plötzlich stieß sie einen leisen Schrei aus, sprang zurück und hob schützend die Hände vors Gesicht.

Farnor, der ein paar Schritte weit weg stand, lachte.

»Was tust du da?« fragte er.

Marna ignorierte den unverhohlenen Spott in seiner Stimme und winkte ihn heran. »Komm her. Komm her«, forderte sie ihn auf. Dann packte sie ihn am Arm, zog ihn zur Mauer und preßte sein Gesicht gegen den Stein.

»Sieh hoch!« befahl sie.

Ein starker Arm drückte Farnor gegen die Mauer, dennoch gelang es ihm, den Kopf herumzudrehen und Marna einen mißtrauischen Blick zuzuwerfen.

»Hoch! Hoch!« wiederholte Marna aufgeregt und deutete in die entsprechende Richtung. Mit großem Unbehagen kam Farnor ihrer Aufforderung nach und blickte die mit Flechten bewachsene Mauer empor – eine stark verzerrte Perspektive.

Einen Augenblick später wanderte eine strahlendweiße Wolke über den blauen Himmel und verschwand langsam hinter den Zinnen. Farnor stieß ebenfalls einen überraschten Schrei aus und sprang zurück, als die Mauer sich langsam, aber unaufhaltsam auf ihn zuzuneigen schien.

Einige Zeit beschäftigten sich die beiden mit diesem Phänomen, und zwar auf eine ausgelassene Art, die mehr zu weit jüngeren Kindern gepaßt hätte.

»Sie ist so hoch«, sagte Marna ehrfurchtsvoll, nachdem das Spiel ein wenig an Reiz verloren hatte. »Sie muß drei- oder viermal so hoch sein wie der Gasthof unten im Dorf.«

»Mehr als das«, erklärte Farnor, beschattete die Augen und blinzelte zu den Wehrgängen hinauf. Schlachtenlärm erhob sich um ihn herum. Überlagert von Yonas' wohlklingender Stimme stiegen Männer wackelige Leitern empor, die unsicher an den Zinnen lehnten, nur um von den tapferen Verteidigern der Burg umgestoßen zu werden. Unter einem tödlichen Pfeilhagel wurden hölzerne Belagerungstürme herangezogen ...

»Laß uns zum Tor gehen«, sagte Marna und durchschnitt den Faden von Farnors aufblühender Saga.

Während sie zum Tor wanderten, nahm Farnor inmitten des dramatischen Lärms der Belagerung neue Eindrücke in sich auf. Die Steine, aus denen man die Mauern errichtet hatte, waren alt und verwittert und lückenlos miteinander verbunden. Farnor hatte einst die Geschichte eines Generals gehört, der in der Hitze der Schlacht von seiner Armee getrennt worden und durch ein rasch geschlossenes Tor in einer ummauerten Stadt gefangen worden war. Seine Männer draußen waren so wütend und verstört gewesen, daß sie ihre Speere in die Mauerfugen gerammt und diese als improvisierte Leitern benutzt hatten, um den Feind von oben anzugreifen und ihren Anführer zu retten.

Farnor strich mit den Fingern die hervorragend

gearbeiteten Fugen entlang und blickte erneut zu den Wehrgängen hinauf. Allein die Vorstellung, was die Handwerker hier vollbracht hatten, ließ ihn vor Ehrfurcht erschauern.

Sie näherten sich dem Tor. Über den Flügeln wölbte sich ein Bogen, der von einem mächtigen Schlußstein gehalten wurde, auf dem ein altes Wappen eingemeißelt worden war. Praktische Fragen mischten sich unter Farnors Phantasien.

Wie haben sie den nur dort hoch bekommen? fragte er sich. Erinnerungen kehrten zurück – Erinnerungen an den steinernen Türsturz, den er, sein Vater und nicht wenige Helfer an einem einfachen Lagerhaus des Nachbarn eingesetzt hatten. Es hatte sie Schweiß, Mühe und unzählige Flüche gekostet, ganz zu schweigen von mehreren gequetschten Fingern; einmal war die ganze Konstruktion sogar wieder zusammengebrochen, so daß sie von vorne hatten anfangen müssen. Zeitweise war Farnor der Verzweiflung nahe gewesen, denn der schwere Stein schien seinen eigenen Willen gehabt zu haben.

Und was die Türme der Burg betraf: Sie wirkten so hoch! Wie waren sie nur gebaut worden?

Dann richtete Farnor seine Aufmerksamkeit auf das große, doppelflügelige Tor selbst und strich mit der Hand über das alte Holz. Er stellte sich vor, wie die Flügel auseinanderflogen und eine Schar Reiter hervorstürmte, wild entschlossen, der Belagerung ein Ende zu bereiten, doch gleichzeitig staunte er über die Größe der Balken und die Kunstfertigkeit, mit der sie zusammengefügt worden waren. Wo konnte man Bäume finden, um solche Balken daraus zu machen? Und wo die Männer, die sie bearbeiteten und ihnen Form verliehen? Er dachte an die groben, dünnen Balken, die die Dächer der meisten Häuser im Dorf stützten.

Farnor kam zu einem kleinen Ausfalltor. Wie sah die Burg wohl innen aus?

»Beeindruckend, nicht wahr?«

Die Stimme des Vaters riß ihn aus seinen Gedanken. Farnor drehte sich um und lächelte. »Ich hatte ja keine Ahnung, daß sie so groß ist«, sagte er. »Wer auch immer sie gebaut haben mag, vermutlich könnte er all unsere Häuser, Scheunen und vielleicht sogar den Gasthof an einem einzigen Nachmittag errichten.«

Garren lachte. »Ich vermute, daß würde ein wenig länger dauern. Dieser Ort ist wahrscheinlich über Jahre hinweg errichtet worden, vielleicht sogar über mehrere Generationen; aber auf jeden Fall hat der Bau so manches Menschenleben gekostet.« Er blickte zu den Wehrgängen und Türmen empor. »Wie fühlst du dich?« fragte er.

Farnor tat so, als untersuche er das Ausfalltor. »Mir geht's gut«, antwortete er in beiläufigem Tonfall. »Geht das hier auf?« Er drückte gegen eine Messingplatte, hinter der sich vermutlich ein Schlüsselloch befand.

Ein Hand griff nach ihm und hielt ihn zurück. Sie gehörte Gryss. »Sehr wahrscheinlich«, sagte er. »Aber der Schlüsselbesitzer, wer auch immer er gewesen sein mag, ist schon lange fort, und diesen Ort ohne Erlaubnis zu betreten würde als Affront gegen die Person des Königs betrachtet werden. Es ist besser, wir dringen nicht in die Burg ein.«

»Warum ist sie so groß?«

»Vor Zeiten besaß sie eine Garnison von mehreren hundert Mann – jedenfalls erzählte das mein Großvater immer «, antwortete Gryss.

Marna verzog das Gesicht. Die Antwort stellte sie nicht zufrieden. »Aber warum so viele? An einem Ort wie diesem, am Ende eines Tals am Ende des Königreiches?«

Gryss wedelte schulmeisterlich mit der Hand. »Genug der Fragen. Wer bin ich schon, daß ich die Taten von Königen in Frage stelle? Man darf nicht einen Moment lang glauben, daß das Leben immer so friedlich war wie jetzt. Yonas weiß viele Kriegsgeschichten zu erzählen.« Die eigene Bemerkung schien ihn zu verstören, und er wurde schroff. »Aber wie auch immer: Nach allem, was ich von Soldaten und ihresgleichen gesehen habe, könnt ihr euch glücklich schätzen, daß die Burg leer und verschlossen ist.« Er blickte zur Sonne empor. »Kommt. Es ist Zeit, daß wir wieder zurückgehen.«

Marna schien darüber nachzudenken, Gryss mit weiteren Fragen zu löchern, doch das Verhalten des alten Mannes ließ das nicht zu.

Eine Zeitlang folgten sie der alten Burgstraße zurück zum Dorf, doch sie war an vielen Stellen von Dornensträuchern überwuchert und hart und uneben. Da sie überdies für Karren und Kutschen gebaut worden war, wand sie sich für den Geschmack des Quartetts allzu gemächlich den Hang hinunter, und so verließen sie sie bald wieder und wanderten über das steile Grasland direkt aufs Dorf zu. Sie sprachen nur wenig. Jeder dachte über die Ereignisse des heutigen Tages nach – Ereignisse, die noch am Morgen niemand hatte voraussehen können und die alles verändert hatten.

Rannick bewegte sich vorsichtig vorwärts. Den Lockungen der Kreatur folgend, war er von seinem Aussichtspunkt hinuntergeklettert, und nun wanderte er durch immer dichter werdendes Waldland.

Der unheimliche, zarte Kontakt, den er mit dem Wesen geknüpft hatte, war keine Sekunde abgerissen; beider Verlangen hielt ihn aufrecht. Wer oder was seine Schritte lenkte, vermochte Rannick nicht zu sagen, doch er wußte, daß er sich ohne Umwege auf sein Ziel zubewegte.

Gelegentlich keimte Zweifel in ihm auf, mahnte ihn zur Vorsicht. Was war das für ein Wesen, für das er sich so unbekümmert in fremdes Terrain vorwagte? Den

Schafen nach zu urteilen, die es gerissen hatte, war es groß und mächtig, und hatte nicht auch er schon viele Tiere mit ähnlich verlockendem Köder in seine Fallen gelockt? Und sollte ihm tatsächlich etwas geschehen, dann würden die Dörfler ihn bestimmt nicht hier suchen – wenn man denn davon ausging, daß sie ihn überhaupt vermißten und sich die Mühe machten, Suchtrupps zusammenzustellen.

Doch Rannick schob diese Bedenken beiseite. Das Verlangen der Kreatur nach ihm stand außer Zweifel, ebenso wie seine Überzeugung, sie beherrschen zu können, sollte er ihr erst einmal gegenüberstehen. Dennoch gestand er sich ein, daß sein Verhalten etwas Tollkühnes an sich hatte. Dieses Wesen kannte und nutzte die Macht, die auch er besaß, und zwar auf eine Art, die ihm bisher unbekannt gewesen war. Sicherlich, er hatte von Zeit zu Zeit Kontakt zu einem anderen Lebewesen geknüpft, selbst im Dorf, aber das waren nur flüchtige Gefühle gewesen, die genauso gut seiner Einbildung hätten entspringen können. Aber das hier war keine Einbildung; es war so wirklich und greifbar wie die Berge. Das, so wußte er, war der Schlüssel zu seiner zukünftigen Größe, und es war besser, im Kampf darum zu sterben, als in der lähmenden Enge des Dorfes dahinzuwelken wie ein Blatt im Herbst.

Er schaute sich um. Es gab nur wenig zu sehen. Die Bäume verdeckten fast alles mit Ausnahme des Himmels. Aber Rannick wußte, daß er sich bereits weit jenseits der Burg befand, und kurz verspürte er Angst, als ihn Kindheitserinnerungen überkamen. Er war schon lange daran gewöhnt, in Gegenden umherzuwandern, in die sich nur selten ein Dörfler verirrte, wie im Tiefland, wo er immer wieder Reisende von jenseits der Hügel getroffen hatte, oder im Hochland, der Umgebung der Burg, wo die meisten Dorfbewohner sich ohnehin nicht hinwagten.

Doch hier war er in ein Gebiet vorgedrungen, daß selbst er bisher gemieden hatte. Dies hier war die Region, wo angeblich die Höhlen lagen mit ihren sich windenden Tunneln und, so sagten die Geschichten, mit ihren Kammern, in denen uralte, böse Kreaturen lauerten. Kreaturen aus einer längst vergessenen Zeit. Kreaturen, die schliefen, bis ... Bis wann?

Bis jetzt?

Rannick blieb kurz stehen und schaute sich erneut um. Ihm war heiß, er war müde und durstig, aber er durfte sich nicht ausruhen. Ein innerer Schwung trieb ihn unerbittlich vorwärts. Nichts würde ihn aufhalten, bis er es erreicht hatte ... was auch immer es sein mochte, das ihn rief.

Er schüttelte sein Unbehagen ab und ging weiter. Vermutlich würde er auf seinem Weg noch an einen Bach kommen, wo er sich abkühlen und einen Schluck trinken konnte.

Bald jedoch mußte er feststellen, daß er wieder bergauf ging. Das Gelände wurde immer steiler und felsiger, und die Bäume standen mit jedem Schritt weniger dicht. Dann erreichte er plötzlich das Ende des Waldes, der in eine Schutthalde überging. Zur Rechten erhob sich eine steile Felswand, und links blickte Rannick auf das Blätterdach eines weiteren, ihm unbekannten Waldes. Als er zurückschaute, sah er hinter einem Felsgrat die Spitzen der größeren Burgtürme hervorragen. Er war viel weiter gekommen, als er geglaubt hatte.

Die Gegenwart der Kreatur war nun förmlich greifbar, und sie erfüllte Rannick voll und ganz mit ihrem Verlangen – mit einem Verlangen, auf das Rannick mit ganzem Wesen reagierte. Er wandte sich von der Burg ab und setzte seine Reise fort.

Sie sollte allerdings nicht mehr allzu lange dauern. Hinter einem Felshaufen fand Rannick sich am Rande einer hohen, doch nicht allzu steilen Felswand wieder.

Aber es war nicht der majestätische Anblick der zerklüfteten Wand, der seine Aufmerksamkeit auf sich zog, sondern das dunkle Maul einer Höhle, ein Stück hinter und über ihm.

Er eilte darauf zu und wäre vor lauter Hast beinahe über seine eigenen Füße gestolpert. Kleine Steine und Felsbrocken, die er bei seinem Aufstieg lostrat, polterten den Hang hinab.

Als er den Höhleneingang erreichte, blieb Rannick stehen und blickte in die furchteinflößende Dunkelheit. Kalte, feuchte Luft strömte aus der Höhle hervor, um ihn zu begrüßen; sie roch nach Verwesung. Erneut stellten ihn die Schrecken der Kindheit auf die Probe, doch Rannick vertrieb sie. Das Gefühl des Verlangens war nun so groß, daß er nicht länger wußte, ob dieses Gefühl das seine oder das der Kreatur war.

Hier liefen alle Fäden zusammen. Hier lag sein Schicksal, das auf geheimnisvolle Art aus einer unbekannten, unerreichbaren Zukunft in die Gegenwart gerufen worden war.

Rannick betrat die Höhle und ließ das Licht hinter sich.

Kapitel 6

Farnor lag wach im Bett. Normalerweise wäre er nach solchen Anstrengungen sofort eingeschlafen, aber die Ereignisse dieses speziellen Tages hatten eine Heerschar von Gedanken freigesetzt, die sich lärmend verschworen hatten, den Schlaf zurückzuhalten.

Gryss und Garren hatten Farnor über die Grenzen geführt, die seine ganze Kindheit über für ihn gegolten hatten. Und er hatte die Burg gesehen und sie berührt; sie war ein Ort voller Wunder – wenn auch aus anderen Gründen, als er sich noch am Morgen hätte vorstellen können.

Die großen, perfekt zusammengefügten Steinblöcke, die einer auf dem anderen weit in den Frühlingshimmel hinaufragten, hatten sich ebenso in seinem Geist festgesetzt wie der Eindruck, den die mächtige Burg als Ganzes vermittelte. Gleiches galt für die riesigen Torbalken, in denen man noch immer die gewaltigen Bäume erkennen konnte, aus denen sie gefertigt worden waren. Die Frage, wer das alles erbaut hatte, reizte ihn ebenso wie Marnas Überlegungen: Warum war die Burg so groß? Und warum existierte sie überhaupt?

Auch war Farnor aufgefallen, daß es im Tal nicht nur keine entsprechend großen Bäume gab, sondern auch keine Steinbrüche. Wie mochte es wohl hier ausgesehen haben, als unzählige Wagen und Karren durch das Tal hindurch gepoltert waren, um die Steine und das Holz herbeizuschaffen, die für ein so gewaltiges Bauwerk nötig waren? Und wie mochte die Burg selbst damals ausgesehen haben? Halbfertig und voller Steinmetze, Zimmerleute und anderer Handwerker, die auf ihr herumkletterten wie Ameisen auf einem Ameisenhaufen?

Bei dem Gedanken an Zimmerleute sah Farnor sich selbst in schwindelerregender Höhe – vielleicht auf einem der Türme –, wie er damit beschäftigt war, einen der riesigen Dachbalken zu sichern. Die seltsam verzerrte Perspektive vom Fuß der Mauern, die er und Marna genossen hatten, stellte er sich nun umgekehrt, von einem halbfertigen Dachgesims nach unten vor. Selbst in der dunklen Sicherheit seiner Schlafkammer spürte Farnor, wie seine Hände allein ob der Vorstellung zu zittern begannen, und er mußte die Fäuste ballen und die Augen schließen, um das Gefühl zu vertreiben.

Dann, nachdem er sich wieder beruhigt hatte, stellte er sich vor, wie das Tal wohl ausgesehen hatte, als die Burg bemannt gewesen war.

Soldaten?

Er besaß eigentlich keine genaue Vorstellung davon, was genau Soldaten eigentlich waren. Einerseits kannte er Yonas' Geschichten über riesige Heere, die große Schlachten gegen grausame Eindringlinge führten, und über tapfere Ritter, stets auf der Suche nach Ruhm und Ehre. Doch andererseits fiel ihm Gryss' offene, verbitterte Bemerkung ein: »Nach allem, was ich von Soldaten gesehen habe, könnt ihr euch glücklich schätzen, daß die Burg leer und verschlossen ist.«

Der Eisenring vor Gryss' Tür kam Farnor in den Sinn mit seinen Gravuren ernster, wartender Soldaten, die sich sowohl von Yonas' als auch von Gryss' Darstellung unterschieden: Es waren einfache Männer, die nur durch die Umstände zu etwas Besonderem geworden waren. Gryss hatte den Ring einen Glücksbringer genannt. Einen *Glücks*bringer? Farnor lächelte und fragte sich, ob der alte Mann den Ring jemals genau betrachtet hatte.

Einst mußte es auch Soldaten im Dorf gegeben haben. War das Dorf vielleicht schon da gewesen, lange bevor die Garnison erbaut und bemannt worden war? Oder vielleicht war es erst nach Errichtung der Burg entstanden, um die Besatzung mit Nahrung zu versorgen.

Farnor hatte noch nie in seinem Leben über diese

Dinge nachgedacht. Und dann war da noch immer die Frage nach dem ›Warum‹.

Hatte im Norden einst ein mächtiger Feind gelauert? Waren einst Schlachtrufe durch das friedliche grüne Tal gehallt?

Farnors Gedanken überschlugen sich. Dann, als die Müdigkeit ihn schließlich doch übermannte, suchte ihn der wahre Grund dafür heim, warum die Ereignisse des heutigen Tages so beunruhigend gewesen waren. Was war mit ihm geschehen, als er das Fellbüschel aufgehoben hatte? Das Gefühl war so intensiv gewesen. Er hatte irgendetwas berührt. Irgendetwas zutiefst Böses. Und er hatte den Eindruck, als hätte er es in einer anderen Welt berührt – in einer Welt, die unglaublich real gewirkt hatte, während Gryss, Garren und die anderen nur noch wie ein Traum am Rande des Bewußtseins erschienen waren.

Er drehte sich um und drückte das Gesicht ins Kissen. Vielleicht war auch nur die Sonne zu heiß gewesen an diesem Tag ... Aber nein. Er hatte schon viele Male lang und hart auf dem Feld gearbeitet, und das an weit sonnigeren Tagen als dem gestrigen. Er mochte vielleicht schwitzen und stinken und dann und wann einen Geschmack im Mund bekommen, als hätte er den Kuhstall sauber geleckt, aber weder war ihm je schwindelig geworden, noch hatte er so lebhafte Tagträume gehabt – und ganz gewiß hatte er nie das Bewußtsein verloren.

Also war es *wirklich* geschehen. Irgendwie war er an einen anderen Ort gegangen und hatte das Wesen berührt, das die Schafe riß.

Zu diesem Schluß kam er jedoch nur langsam; seine Gedanken waren von Angst begleitet, und immer wieder leugnete er das Offensichtliche und machte ein, zwei Schritte zurück. Doch allem Widerstand zum Trotz, alles lief immer nur auf das eine hinaus, und nachdem er sich über die Tatsachen erst einmal klar geworden war, mußte er sie als ebenso real akzeptieren wie die Existenz der Burg.

Farnor fühlte sich plötzlich unendlich einsam. Und er hatte Gryss angelogen, und auch seinen Vater, was seine Einsamkeit noch vergrößerte. Er hatte behauptet, er könne sich an nichts erinnern.

Aber was hätte er auch sonst tun sollen? Wie hätte er ihnen sagen können, ›Ich habe ins Herz der Kreatur gesehen und das Böse in ihr gespürt‹, wo er doch die ganze Zeit über bewußtlos am Boden gelegen hatte?

Sein Vater hätte ihm sicherlich Unterstützung gewährt, auch wenn er sich über den Unsinn geärgert hätte, den sein Sohn von sich gab. Gryss hätte ihm diese oder jene Medizin empfohlen, und der Rest der Gruppe hätte sich nur wissend zugezwinkert.

Dann keimte plötzlich Panik in ihm auf. Was bedeutete das alles? War er irgendein Sonderling, ein Monster? Farnor erinnerte sich an Rannick, wie dieser über dem gerissenen Schaf gestanden hatte. Erneut sah er die schwarze Wolke von Fliegen, die Rannick mit einer beiläufigen Geste fortzuschicken schien. Und Farnor *wußte,* daß Rannick sie auf irgendeine Art berührt hatte. Auch an seine eigene, kurzzeitige Verwirrung ob dieses Ereignisses erinnerte er sich.

War er wie Rannick? Besaß auch er diesen Makel, dieses böse Erbe? Würde Gryss auch ihn verdammen? Besaß auch er eine Macht, die sich dem Verständnis ›normaler‹ Menschen entzog? »Es wird immer schlimmer und schlimmer ...«

Farnor zitterte, und zum ersten Mal seit vielen Jahren spürte er, wie ihm das Bedürfnis zu weinen die Kehle zuschnürte. Er schluckte das Verlangen hinunter, doch es kostete ihn viel Kraft und machte ihn unglücklich. Die Vertrautheit seiner Schlafkammer vermochte ihn nicht vor dem Gefühl der Verlassenheit zu schützen, das ihn immer mehr erfüllte.

Lange Zeit lag er reglos und wach auf seinem Bett, und sein Herz und Geist waren von einer Finsternis erfüllt, weit dunkler als die ihn umgebende Nacht.

Dann kehrte die Erinnerung an das Böse in der Kreatur wieder zurück. Farnor würde irgendjemandem irgendwie davon erzählen müssen. Schon bald würden Männer zu Nachtwachen hinausgeschickt werden, und sollten sie unvorbereitet auf den Schafmörder treffen, würden sie ohne Zweifel abgeschlachtet werden.

Aber wie sollte er das anfangen?

Er wußte keine Antwort darauf, doch über solch praktische Fragen nachzudenken lenkte ihn von den düsteren, weit weniger greifbaren Sorgen ab, die ihn plagten, und während er nach einer Lösung für dieses Problem suchte, entführte ihn sein junger Körper in den Schlaf.

Als Farnor am nächsten Morgen aufwachte, hatte er noch immer keine Lösung gefunden, und das Problem beschäftigte ihn weiterhin, während er seine alltäglichen, frühmorgendlichen Aufgaben erledigte.

»Du siehst müde aus«, sagte seine Mutter, als er schließlich in die Küche kam.

»Das bin ich auch.« Farnor gähnte und hängte seinen Lederumhang auf, der durch den Nieselregen draußen naß geworden war.

»Nach allem, was ich gehört habe, war gestern ein langer Tag«, sagte die Mutter. »Setz dich. Iß dein Frühstück. Dein Vater ist zu Gryss gegangen, um irgendetwas wegen der Nachtwachen zu besprechen.«

Ungewöhnlicherweise hatte die Aussicht auf Essen nicht Farnors Gedanken beherrscht, seit er aufgestanden war, und die Neuigkeit über die Planung der Nachtwachen ließ seinen Appetit noch weiter schrumpfen.

Allerdings achtete er sorgfältig darauf, sich nichts anmerken zu lassen, und unauffällig beobachtete er seine Mutter, während diese sich geschäftig durch die Küche bewegte. Das immer grauer werdende Haar hatte sie zu einem lockeren Knoten zusammengebunden, was ihr rundes Gesicht betonte, das noch immer anziehend wirkte. Ihre schlanken, geschickten Hände erledigten die vertrauten Arbeiten mit geübter Leichtigkeit; nur dann und wann hielt sie kurz inne, um die weiße Schürze glattzustreichen.

Farnor fiel auf, daß er sie noch nie genau betrachtet hatte. Nie hatte er sie als das gesehen, was sie war. Er hatte seinen Vater beobachtet, besonders in letzter Zeit, und er hatte gesehen, wie er sich langsam, kaum merklich verändert hatte. Garren war nicht länger nur Vater, sondern auch Freund; ein respektierter, älterer und manchmal auch sehr strenger Freund, aber eben ein Freund. Farnor verstand zumindest teilweise, warum sich die Beziehung zu seinem Vater so entwickelt hatte. Seine Mutter war jedoch nur ... nun, seine Mutter. Sie würde niemals seine Freundin werden. Das war unmöglich.

Vielleicht war das so ein Vater-und-Sohn-Ding. Vielleicht wurden Mütter und Töchter auch Freundinnen, während Väter und Töchter immer nur Väter und Töchter blieben.

Bei diesem Gedanken kam ihm unfreiwillig Marna in den Sinn, und während er seine Mutter beobachtete, fühlte er sich beinahe schuldig ob seines eigenen Glücks. Marna besaß nur ihren sanften, gutmütigen Vater, der ihr vielleicht nicht nur kein Freund, sondern auch keine große Hilfe war. War das der Grund, warum sie so stark war? So kämpferisch und unabhängig? Und eines Tages würde er, Farnor, den Hof erben, doch was würde Marna haben? Soviel er wußte, hatte sie nur wenig vom Talent ihres Vaters als Weber geerbt, wenn überhaupt, und es müßte schon ein wahrhaft seltenes Exemplar von Mann sein, dem sie sich als Frau versprechen würde.

Und doch war sie eine selbstbewußte, in sich gefestigte Person, und sie liebte ihren Vater, und er liebte sie. Man brauchte sie nur zusammen zu beobachten, um das zu merken.

»Du ißt ja gar nicht.« Die Stimme seiner Mutter beendete Farnors Reise in unbekanntes Land. »Fühlst du dich nicht wohl?«

»Mir geht es gut«, hörte Farnor sich selbst antworten. »Tut mir leid. Ich habe nur geträumt.«

Lieber ein geringeres Verbrechen gestehen, als erklären zu müssen, daß er nicht essen wollte, kaum essen *konnte*, weil ihn sein geheimes Wissen über die Kreatur so sehr bedrückte.

Auch war es besser, das Frühstück mit gespieltem Eifer hinunterzuschlucken, als eine Fortsetzung des Verhörs zu riskieren.

»Ich gehe runter zu Gryss«, sagte Farnor und stand auf, nachdem er nur eine Portion von der süßen Hafersuppe gegessen hatte. »Vielleicht brauchen sie ja Hilfe bei den Vorbereitungen.«

Seine Mutter warf ihm einen rätselhaften Blick zu, sagte aber nichts.

Während er seinen Umhang schloß, erwiderte er ihren Blick. Plötzlich verspürte er das Bedürfnis, sie zu umarmen und zu sagen: »›Danke, Mutter. Danke für alles. Ich danke dir für mein Leben und für das, was du bist.‹« Doch stattdessen zuckte er nur unbeholfen mit den Schultern und gab ihr beim Hinausgehen den üblichen flüchtigen Kuß auf die Stirn.

Sie folgte ihrem Sohn zur Tür und blickte ihm hinterher, während er den Hof überquerte und wie immer über das Gatter sprang, anstatt es zu öffnen. Sie beobachtete ihn, bis er außer Sichtweite war.

Nachdem der Hof nicht mehr zu sehen war, verlangsamte Farnor seinen Schritt. Er war froh, daß sein Vater ihm unabsichtlich Gelegenheit gegeben hatte, allein zu sein und nachzudenken. Und er war auch froh, den scharfen Augen seiner Mutter entkommen zu sein;

er hätte seine Sorgen nicht mehr viel länger vor ihr verbergen können.

Die kühle, graue Feuchtigkeit des Tages beruhigte ihn ein wenig. Alles war wunderbar ruhig.

Innerhalb weniger Minuten hatte der Nieselregen Farnors schwarzes Haar vollkommen durchnäßt, so daß es platt am Schädel lag, und auf seinem Gesicht glitzerten die Regentropfen. Sein Lederumhang war gut geölt und gewährte entsprechend guten Schutz; dennoch würde er auf der Innenseite naß von Kondenswasser sein, wenn Farnor Gryss' Hütte erreichte, ganz zu schweigen von dem Wasser, das ihm den Nacken hinunterlief.

All diese Unannehmlichkeiten machten Farnor jedoch nichts aus. Er hatte nur noch Zeit, darüber nachzudenken, was er bezüglich der Gefahr unternehmen sollte, die den Nachtwachen drohte, bis er vor Gryss' Haustür stand. Es würde nicht einfach werden, aber irgendetwas würde er sagen *müssen*. Er mußte aufmerksam zuhören und auf eine passende Gelegenheit warten, das Thema zu erwähnen.

Als er Gryss' Hütte schließlich erreichte, wurde er zunächst von seinem Vater begrüßt, der ihm die Tür öffnete und offensichtlich angenehm überrascht war, ihn zu sehen; dann folgte ein verspätetes und gleichgültiges Bellen von Gryss' altem Hund.

»Es ist Farnor«, sagte Garren, als er mit seinem Sohn im Schlepptau in den Hauptraum zurückkehrte. Gryss saß auf einem großen Korbstuhl, lächelte und hob zum Gruß die Hand.

»Du mußt entschuldigen, daß ich nicht aufstehe, junger Farnor«, sagte er. »Ich fürchte, ich habe mich gestern ein wenig übernommen. Meine Beine sind nicht mehr das, was sie mal waren.« Er bedeutete dem Neuankömmling, auf einem Stuhl ihm gegenüber neben der Feuerstelle Platz zu nehmen. Garren setzte sich an einen langen Tisch, auf dem Papier und ein offenes Kästchen mit Schreibutensilien lagen. Er griff nach einer langen Feder und wischte die Spitze mit einem Tuch ab. Dann kam der alte Hund herein, um das Ensemble zu vervollständigen, und schleppte sich zu Gryss. Auf dem Weg dorthin stieß er gegen Farnors Bein, dann ließ er sich vor Gryss' Füßen zu Boden fallen. Nachdem er es sich dort bequem gemacht hatte, stieß er einen lauten Seufzer aus, als wolle er sagen, die Versammlung könne nun fortgesetzt werden – er hätte nichts dagegen.

Gryss kramte in einem Schränkchen neben seinem Stuhl herum und brachte schließlich ein Handtuch zum Vorschein. Er warf es Farnor zu. »Hier, trockne dir Hände und Gesicht ab. Du siehst aus wie eine ertrunkene Ratte.«

Dankbar rieb sich Farnor das nasse Haar, dann das Gesicht. Das Handtuch roch genauso wie Gryss' Hütte. Die willkommene Vertrautheit legte sich schützend um Farnors Sorgen.

»Hat deine Mutter dich geschickt?« fragte Garren, nachdem Farnor seine Katzentoilette beendet und Gryss das Handtuch zurückgegeben hatte.

»Nein«, antwortete Farnor. »Ich habe nur gedacht, ich komme mal runter und sehe nach, ob ihr bei den Vorbereitungen für die Nachtwachen meine Hilfe brauchen könnt.«

Erfreut beobachtete er, wie sein Vater das übliche ›Hast du auch all deine Arbeiten erledigt?‹ herunterschluckte.

Er schaute sich um. »Ist sonst niemand hier?« fragte er.

Gryss lachte leise. »Alle, die zählen, sind hier«, antwortete er. Garren lächelte und nickte wissend.

Sorge huschte über Farnors Gesicht. »Wir werden doch nicht *allein* auf Nachtwache gehen, oder?« fragte er.

Gryss Lachen wurde lauter. »Wie viel Leute, glaubst du, würden gerne auf Nachtwache gehen?« fragte er.

»Nicht viele«, antwortete Farnor.

Gryss schüttelte den Kopf. »Keiner«, erklärte er mit fester Stimme. »Aber wir *alle* werden es tun müssen. Doch wenn ich alle hier hereinhole, werden sie sich den halben Tag lang Entschuldigungen ausdenken – erklären, warum sie zu dieser oder jener Zeit nicht können, warum ihnen der ein oder andere Ort nicht paßt und warum wir dies tun und jenes lassen sollten. Und dann werden sie die zweite Hälfte des Tages damit verbringen, das alles noch einmal zu wiederholen, und am Ende werden sie beschließen, ins Gasthaus zu gehen, weil all das Gerede ihre Kehle ausgetrocknet habe.«

Farnor empfand dieses Urteil als recht hart, doch er konnte nicht leugnen, daß auch ein Körnchen Wahrheit darin lag. Gryss fuhr fort: »Also werden dein Vater und ich Orte und Zeiten festlegen und es den anderen einfach nur mitteilen.«

Farnor blickte den alten Mann unsicher an. »Wird ihnen das nichts ausmachen?« fragte er nach kurzem Nachdenken.

»Vermutlich schon«, antwortete Gryss und lachte erneut. »Aber sie werden viel zu sehr damit beschäftigt sein, sich zu einigen, wer wann wohin muß, um sich darüber Gedanken zu machen, *warum* sie überhaupt auf Wache gehen sollen.«

Sehr zu seiner Überraschung empfand Farnor so etwas wie Entrüstung über die hochmütige Art, wie Gryss die Dörfler gängelte. »Sicherlich würde sich doch niemand weigern, bei der Jagd nach diesem Ding zu helfen«, erklärte er.

Gryss riß die Augen auf ob dieser unerwartet offenen Antwort; dann legte er den Kopf zurück und blickte zur Decke. Farnor drehte sich der Magen um in Erwartung eines Tadels oder schlimmer noch: einer spöttischen Erwiderung. Es stand ihm nicht zu, dem Dorfältesten zu widersprechen – egal aus welchem Grund auch immer.

Aber die Axt fiel nicht. Stattdessen nickte Gryss Garren anerkennend zu, der das Lob mit einem stolzen Lächeln akzeptierte.

»Du beschämst mich in deiner Unschuld, junger Farnor«, sagte Gryss in halb ernstem, halb spöttischem Tonfall. »Du hast mich an meinen Platz gewiesen. Natürlich hast du Recht«, gestand er. »Wahrscheinlich würde sich keiner von ihnen weigern zu helfen, wenn man sie direkt darum bittet. Ich bin nur so sehr daran gewöhnt, daß die Menschen zu mir kommen, damit ich die unsinnigsten Streitigkeiten schlichte, daß ich bisweilen vergesse, daß sie durchaus in der Lage sind, selbst zu denken.« Er kicherte. »Aber wie auch immer: Das hier ist die einzige Möglichkeit, wie wir die Nachtwachen organisieren können, wenn wir wollen, daß sie noch vor der Sommersonnenwende beginnen.«

Farnor hatte nicht die Absicht, sein Glück noch weiter herauszufordern, und so wandte er sich praktischeren Fragen zu. »Wie viel habt ihr bereits erledigt?« fragte er.

Garren schob die Papiere über den Tisch zu seinem Sohn. Auf den Blättern waren vier Listen zu sehen, eine mit Zeiten, die andere mit Orten. Die längste beinhaltete Namen und die letzte eine Auflistung von Proviant, Ausrüstung und allgemeinen Ratschlägen.

Unsicher, was man von ihm erwartete, betrachtete Farnor sie eine Weile, dann schob er die Blätter zurück zu seinem Vater. Eine seiner vorbereiteten Reden kam ihm in den Sinn, und er räusperte sich. »Wie viel Männer werden in einer Gruppe zusammenarbeiten?« fragte er.

»Wir arbeiten für gewöhnlich zu zweit«, antwortete Gryss. »Sechs oder sieben Paare werden dort verteilt, wo wir glauben, daß der Hund wieder auftauchen wird. Mal abgesehen von dem ganzen Murren, Nachtwachen *sind* unangenehm. Solche Aktionen behindern jeden in seiner Arbeit, und deshalb bemühen wir uns, die Störung so gering wie möglich zu halten.«

Zwei Leute. Vollkommen allein in der dunklen Nacht

Farnor erinnerte sich an die Wildheit der Kreatur. Er mußte irgend etwas sagen.

»Dieses Wesen ist groß und bösartig«, erklärte er rasch. »Ich glaube, es würde zwei Leute allein angreifen. Ich glaube, ihr solltet sie in Gruppen zu mindestens vier hinausschicken.«

Gryss und Garren tauschten einen verwunderten Blick aus. »Warum sagst du das?« fragte Gryss mit ruhiger Stimme. »Kein Hund würde einen Menschen angreifen, wenn er ein Schaf haben kann. Das weißt du. Wenn wir größere Gruppen rausschicken, werden es weniger sein, und die Chance, den Räuber zu fangen, verringert sich.«

Farnor zuckte zusammen. Er konnte Gryss nicht widersprechen, ohne auf die ein oder andere Art sein Wissen über die Kreatur preiszugeben. Und doch konnte er auch nicht schweigen, wenn Männer hinausgeschickt wurden, die nicht die geringste Vorstellung davon hatten, welch bösem Wesen sie sich entgegenstellten.

»Es ist nur so wahnsinnig groß«, erwiderte Farnor voller Unbehagen. »Hast du nicht bemerkt, wie groß die Wunden waren, die es den Schafen geschlagen hat?« Er hob die Hände und krümmte die Finger zu Krallen. Widerwillig rückte er von seiner Absicht ab, Gryss und Garren offen zu warnen. »Vielleicht würde es nicht wirklich angreifen, aber wenn man es in die Enge treibt oder es bei seiner Beute überrascht, glaube ich nicht, daß es weglaufen würde.«

Weder Gryss noch Garren erwiderten etwas darauf.

Eine Erinnerung kam Farnor zu Hilfe. »Als wir zu dir gekommen sind und dir von dem toten Schaf berichtet haben, hast du doch selbst gesagt, wir sollten nicht mehr alleine hinausgehen«, wandte er sich an Gryss.

Gryss nickte. Schon als er dies ausgesprochen hatte, wunderte er sich über sich selbst, und nun kehrte diese Bemerkung zu ihm zurück. Wie Farnor so hatte auch er eine unruhige Nacht verbracht mit düsteren Gedanken, die den Schlaf vertrieben und die sich einfach nicht fassen lassen wollten. Am stärksten war die Erinnerung an das Gefühl gewesen, als er das Fellbüschel berührt hatte. Es war nur der Hauch eines Gefühls gewesen, doch er war weise genug, um solche Zeichen ernst zu nehmen, egal wie flüchtig sie auch gewesen sein mochten – und das es ein *böses* Gefühl war, stand außer Frage.

Und dann Farnor: der bodenständige, starke, junge Farnor, ein standhafter Sohn aus einer langen Linie standhafter Söhne. Er war nach der Berührung des Fellbüschels in eine Art Trance gefallen.

Unauffällig musterte Gryss den jungen Mann. Offenkundig bereitete ihm irgendetwas große Sorgen, und es schien, als würde er sich von Minute zu Minute mehr von einem Jungen in einen Mann verwandeln.

Was geschah hier?

Gryss wollte Farnor befragen, ihn davon überzeugen, sich zu offenbaren, doch er mußte geduldig sein. Farnor stand an einem unsichtbaren Abgrund, und eine unüberlegte Frage könnte ihn vielleicht in die falsche Richtung stoßen, und noch tieferes Schweigen wäre die Folge.

Außerdem wußte Gryss, daß sein Verlangen, Farnors Geheimnisse ans Licht zu bringen, nur ein Spiegelbild seines eigenen Wunsches war, die Verwirrung in seinen Gedanken aufzulösen. Was auch immer hier nicht stimmen mochte, man mußte abwarten, was geschehen würde. Im Augenblick konnte Gryss nur all seine Autorität nutzen, um zur Vorsicht zu mahnen, die auch er für nötig hielt.

»Ich stimme dir tatsächlich zu, Farnor«, sagte er, wuchtete sich aus seinem Stuhl, ging zum Tisch und setzte sich neben Garren. »Und ich muß dich loben, daß auch du die Größe der Wunden bemerkt hast. Es *ist* ein großer Hund, wie ich gestern schon zu deinem Vater gesagt habe. Ein sehr großer Hund.« Er zog den Stopfen aus einem Tintenfläschchen. »Und ich bin alles andere als sicher, wie das Tier reagieren wird, wenn es jemanden in seinem Territorium trifft – oder in dem, was es mittlerweile als sein Territorium beansprucht. Also dann *vier* Männer. Und gut bewaffnet noch dazu.«

Verstohlen und erleichtert seufzte Farnor auf. Garren wirkte ein wenig überrascht. »Das wird Probleme geben«, sagte er.

Gryss schob ein leeres Blatt Papier vor seinen Schreiber. »Um die zu lösen, sind wir ja hier«, erwiderte er.

Den Rest des Morgens verbrachten sie genau damit: Probleme zu lösen. Sie diskutierten darüber, wer mit wem gehen sollte und wann und wohin. Farnor trug nur wenig zur Diskussion bei, sondern lauschte ehrfurchtsvoll Gryss' großem Wissen über den Alltag jedes einzelnen Dorfbewohners, das er dazu nutzte, jeden so in den Plan einzubinden, daß er es ohne Probleme akzeptieren konnte. Auch von seinem Vater war Farnor beeindruckt. Er hatte ihn noch nie etwas Derartiges tun sehen, aber gleichzeitig erkannte er, daß Garren nicht nur hier überlegt zu Werke ging, sondern daß er auch die alltäglichen Arbeiten auf dem Hof mit der gleichen Sorgfalt anging. Immer wenn die beiden Männer zu einer Übereinkunft kamen, schrieb Garren die Einzelheiten eifrig nieder, wobei er jedesmal die Zunge zwischen den Lippen hindurchschob, während seine Hände die ungewohnte Arbeit erledigten.

»Ich glaube, das ist alles, was wir tun können«, erklärte Gryss schließlich. »Wir werden mit den anderen morgen Abend auf der Tributversammlung darüber reden. Alle werden sie dort sein. Die Zeit der Wunderheilungen.«

Die beiden Männer lachten verschwörerisch. Da allgemein bekannt war, daß im Augenblick die Nachtwachen vorbereitet wurden, würden die meisten Männer ohne Zweifel genug auf den Feldern und Weiden zu tun finden, um in den nächsten Tagen vollkommen unabkömmlich zu sein. Aber einer Tributversammlung fernzubleiben konnte sich als katastrophal erweisen, da die Anwesenden die Tributhöhe für die Abwesenden festlegten. So manch ein bettlägeriger Invalide war nach Ankündigung einer Tributversammlung schon auf wundersame Weise geheilt worden.

»Ich werde das hier wegräumen«, sagte Garren und sammelte die Schreibutensilien und leeren Blätter ein.

Gryss nickte dankbar, und dann, nachdem Garren den Raum verlassen hatte, beschloß er, ein Risiko einzugehen. Er beugte sich zu Farnor und sagte mit leiser, drängender Stimme: »Wann immer du die Zeit für gekommen hältst, Farnor, erzähl mir von der Kreatur und dem, was dir gestern widerfahren ist. Ich habe etwas gefühlt, das mir große Sorgen bereitet. Irgendetwas Schlechtes.«

Zu seiner großen Sorge sah er Panik in den Augen des jungen Mannes. Gryss hob beruhigend die Hand, doch Farnor hatte bereits zu sprechen begonnen.

»Bin ich mit Rannick verwandt?« fragte er mit heiserer Stimme.

Garrens Schritte hallten durch den Flur.

»Das hier ist ein kleines Dorf, Farnor«, antwortete Gryss eilig. »Wir sind alle irgendwie miteinander verwandt.« Die Panik wuchs. »Aber nein. Du bist nicht mehr mit Rannick verwandt als ich auch.« Garren kehrte zurück, und Gryss hob die Hand zum Zeichen, daß er schweigen sollte.

»Wir werden dich jetzt verlassen, damit du dich ausruhen kannst«, sagte Garren. »Ich muß zugeben, daß es schon ein paar Tage her ist, seit ich zum letzten Mal so weit gewandert bin, und meine Beine beschweren sich sehr darüber. Gibt es sonst noch etwas, das ich für dich tun kann, bevor wir gehen?«

Gryss lehnte das Angebot dankend ab und stand auf, um seine Gäste hinauszubegleiten. Der Regen hatte aufgehört, und die ersten Strahlen der Sonne erhellten den grauen Himmel.

Farnor legte die Hand auf den Eisenring, als er daran vorüberging, woraufhin die Glocke leise klingelte. Ein schwaches Bellen hallte durch die Hütte.

Gryss legte Farnor die Hand auf die Schulter. »Ich bin froh, daß du gekommen bist, Farnor«, sagte er. »Du hast mir geholfen, mir über einige Dinge klar zu werden.« Zum Dank lächelte Farnor unbeholfen. Nicht nur für die Worte war er dankbar, sondern auch für die Hand auf seiner Schulter, die noch einmal zum Ausdruck brachte: »Wann immer du die Zeit für gekommen hältst, Farnor, erzähl mir von der Kreatur.«

Kapitel 7

Nachdem sie gegangen waren, kehrte Gryss zu seinem Korbstuhl zurück. Er hatte recht daran getan, mit Farnor zu sprechen. Der Junge – er korrigierte sich selbst – der junge Mann hatte in der Tat Probleme. Aber die Frage, die er gestellt hatte ... »Bin ich mit Rannick verwandt?« Das war verwirrend.

Wie, um Himmels willen, kam Farnor plötzlich auf den Gedanken, mit Rannick verwandt zu sein? Und warum ängstigte ihn die Vorstellung so sehr? Abscheu, das konnte Gryss verstehen, aber Angst?

Was war an jenem Tag geschehen, da er Rannick bei dem toten Schaf getroffen hatte? Und was hatte Rannick überhaupt so weit oben zu suchen gehabt?

Gryss runzelte die Stirn. Nun, da er allein war, empfand er ein weit stärkeres Gefühl der Dringlichkeit ob der Ereignisse der letzten Tage als noch vor wenigen Minuten. Er mußte mit Farnor allein reden, und er mußte eine Möglichkeit finden, ihm offene Fragen stellen zu können, ohne eine Abwehrreaktion zu provozieren. Dann verfluchte er sich selbst als alter Trottel, schlug die Hände auf die Stuhllehnen, wuchtete sich in die Höhe und rannte zur Haustür. Der Stuhl knarrte, und der Hund, den die plötzliche Eile seines Herrn überraschte, schlurfte entrüstet beiseite, knurrte beleidigt und legte sich in eine Ecke.

Farnor und Garren waren noch nicht weit gegangen. Als sie Gryss' durchdringenden Pfiff hörten, drehten sich beide sofort um. Der alte Mann winkte sie zu sich zurück.

»Es tut mir leid, Garren«, sagte er, als sie ihn erreichten. »Es gibt *doch* etwas, was Farnor für mich tun kann, wenn es keine Umstände macht. Kannst du ihn für eine Weile entbehren?«

»Natürlich«, antwortete Garren. »Jederzeit. Du brauchst nur zu fragen. Das weißt du doch.«

Nachdem er die Tür wieder geschlossen hatte, winkte Gryss Farnor ins Hinterzimmer.

»Setz dich«, sagte er und deutete auf den Stuhl, auf dem Farnor vorhin schon gesessen hatte. Dann ließ er sich auf seinen eigenen Stuhl sinken und sagte ohne lange Vorrede: »Nun denn. Erzähl mir alles.«

Farnor musterte ihn einen Augenblick lang, dann räusperte er sich und fragte: »Hast du wirklich gestern … den Schafmörder gefühlt?«

Obwohl er das Farnor gegenüber bereits vor einigen Minuten zugegeben hatte, mußte Gryss feststellen, daß es ihm weitaus unangenehmer war, die Einzelheiten preiszugeben, als er vermutet hatte. Er setzte ein ernstes Gesicht auf – aus Furcht, genauso verlegen zu wirken wie der junge Mann vor ihm.

»Ja«, brachte er in respekteinflößendem Tonfall hervor. »Aber es war nur ein kurzes Aufblitzen von irgendetwas, als ich das Fell in der Hand gehalten habe. Ich vermute, du hast weit mehr gefühlt. Deswegen hast du auch das Bewußtsein verloren. Bitte, erzähl mir, was mit dir geschehen ist. Ich glaube, es ist sehr wichtig.«

Farnor verzog das Gesicht und wandte sich von dem alten Mann ab.

Ungeduld schlich sich in Gryss' Stimme. »Farnor, du bist nicht im Geringsten an den Vorbereitungen der Nachtwachen interessiert, nicht wahr?« sagte er. »Auf jeden Fall nicht so sehr, daß du deshalb durch den strömenden Regen hierherlaufen würdest.« Er legte eine kurze Pause ein, um seine Worte wirken zu lassen. »Du bist gekommen, um uns vor irgendetwas zu warnen. Und du hast das Tier wiederholt eine Kreatur genannt, ein *Ding*. Nicht einen Hund, ein *Ding*. Und warum glaubst du plötzlich, mit …?«

Farnor hob die Hand, bevor Gryss die Frage beenden

konnte. »Rannick berührt Dinge ... Tiere ... Insekten«, platzte es aus ihm heraus. »Er beherrscht sie.«

Dann erzählte, er ohne Luft zu holen, alles über sein Treffen mit Rannick und das seltsame Verhalten der Fliegen.

»Und gestern habe ich das ... das Ding dort draußen berührt.« Er wedelte vage mit der Hand. »Als ich das Fell in der Hand hielt, schien ich ... an einen anderen Ort zu gehen. Und ich habe es berührt. Und es ist nicht nur wild. Es ist schlecht ... *böse*. Es tötet ohne Zweifel auch Menschen. Vielleicht zieht es Menschen den Schafen sogar vor.«

Er hörte auf und blickte aufmerksam auf den alten Mann.

Gryss hatte Farnors Ausbruch aufgenommen wie ein Mann, der versucht, mehrere Dinge gleichzeitig aufzufangen, die von einem Regal herunterfallen; nur mit Mühe gelang es ihm zu verbergen, wie verblüfft er über die Erzählung war. Er wollte das alles als Unsinn abtun, doch er konnte nicht leugnen, was er selbst gefühlt hatte. Und da war auch noch die seltsame Trance, in die Farnor gefallen war.

Er blickte Farnor in die Augen. Der Junge besaß eine rege Phantasie. Das wußte Gryss, schließlich hatte er Farnor schon oft beobachtet, wie er von Yonas' wundervollen Geschichten in Bann geschlagen worden war. Doch Farnor war auch nüchtern und sachlich, ein junger Mann, der mit beiden Beinen auf dem Boden stand. Dafür hatte sein Vater gesorgt. Sollte die Zeit kommen, würde Farnor einen hervorragenden Erben für das Land der Yarrances abgeben.

Also schob Gryss das Wie und Warum erst einmal beiseite.

»Ich glaube dir«, sagte er mit ruhiger Stimme. »Aber was das alles zu bedeuten hat und wie es dazu kommen konnte, weiß ich nicht.« Farnors nächste Frage ahnend, fuhr er fort: »Und wir müssen akzeptieren, daß wir niemandem die Geschichte erzählen dürfen, die du mir gerade erzählt hast.« Er lächelte schwach. »Sie würden glauben, wir beide hätten Kopffieber.« Dann setzte er ein nachdenkliches Gesicht auf, damit Farnor seinen scherzhaften Ton nicht mißdeuten konnte, und als er nach kurzer Pause wieder das Wort ergriff, klang seine Stimme ernst und überlegt. »Im Augenblick müssen wir uns vorrangig mit der Gefahr beschäftigen, die von der Kreatur ausgeht – mit nichts anderem. Vielleicht war das, was du und ich gefühlt haben ...« Er zuckte mit den Schultern. »Vielleicht war das so etwas Ähnliches wie die Spannung, die wir empfinden, kurz bevor ein Sturm losbricht, oder die Luft, die wir riechen, wenn der Winter vor der Türe steht ... Wer kann das schon sagen?«

»Aber warum jetzt?« verlangte Farnor zu wissen. »So etwas ist mir noch nie passiert. Dir etwa?«

»Nein, nicht wirklich«, gestand Gryss. »Aber wir hatten es auch noch nie mit einem Schafmörder wie diesem zu tun. Wir dürfen uns jetzt nicht aufregen – noch nicht jedenfalls. Jetzt müssen wir uns erst mal praktischeren Fragen zuwenden. Wir müssen uns selbst schützen, wenn wir auf die Jagd gehen, und – wichtiger als alles andere – wir müssen unsere Herden schützen. Sie sind unsere Wintervorräte, unsere Zukunft. Wenn wir dieses *Ding* fangen, töten oder vertreiben sollten, dann können wir uns immer noch Gedanken darüber machen, was geschehen ist und warum, aber im Augenblick ist das vollkommen ohne Bedeutung.«

Obwohl Farnor klare Antworten vorgezogen hätte, spürte er, daß die Anerkennung des Dorfältesten ihn von einer Last befreit hatte, von der er kaum gewußt hatte, daß er sie trug. Und Gryss' Überlegenheit gab ihm Zuversicht.

Gryss streckte die Hand aus und nahm das Blatt Papier vom Tisch, auf dem Garren den Plan für die

Nachtwachen notiert hatte. Während er den Plan studierte, nickte er bedächtig. »Ich glaube, das geht, ohne allzu viel Aufregung zu verursachen«, sagte er. »Ich werde mich darum kümmern, sobald du weg bist.«

Doch zwischen den beiden Männer lag noch etwas in der Luft. Etwas wie faule, stinkende Luft über einem Sumpf.

»Rannick«, sagte Gryss wie eine kalte, den Gestank vertreibende Brise.

Farnor blickte ihn an, sagte aber nichts.

»Mir ist gerade eingefallen, daß du gehört hast, wie ich gestern über den Makel von Rannicks Familie gesprochen habe, stimmt's?« fuhr Gryss fort.

Farnor nickte.

Gryss legte eine kurze Pause ein. Nun war er sich über den Grund für Farnors Sorge schon wesentlich klarer, und er sprach es aus.

»Zurückblickend glaubst du, daß Rannick, als er mit den Fingern geschnipst und die Fliegen verscheucht hat, die Tiere kontrolliert hat, habe ich Recht? Dann, nur wenige Tage später, bist du selbst auf geheimnisvolle Weise an einen anderen Ort gezogen worden, wo du ein seltsames tierisches Wesen berührt hast. Deshalb glaubst du jetzt, wie Rannick zu sein, und du hast mich sagen gehört, Rannick besäße einen Makel.«

Farnor nickte erneut. Sein Gesicht war schmerzverzerrt.

Gryss dachte nach. Besser die Wahrheit, entschied er – oder zumindest jenen Teil der Wahrheit, den er kannte; an welchen Punkten er unsicher war, das mußte er ebenfalls eingestehen.

Er streckte die Hände aus. »Wenn die Menschen mit ihren Krankheiten und Schmerzen zu mir kommen, dann benutze ich das Wissen, das ich mir über die Jahre hinweg angeeignet habe, um ihnen zu helfen. Einiges davon hat mich ein anderer Heiler gelehrt, als ich jünger war, einiges habe ich aus Büchern, doch das meiste habe ich mir durch Erfahrung selbst erworben. Aber manchmal ...« Er lächelte traurig. »Unglücklicherweise eben nur manchmal, selten sogar, scheinen diese Hände von sich aus zu heilen. Sie spüren Dinge. Sie gehen ohne Umwege dorthin, wo der Schmerz seinen Ursprung hat, und sie heilen so, als wäre ich überhaupt nicht da.« Er zuckte mit den Schultern. »Mich lobt man dafür, dabei verstehe ich überhaupt nicht, was in einem solchen Augenblick geschieht.« Er blickte Farnor in die Augen. »Nun, da du mich zum Denken gebracht hast, könnte solch eine Fähigkeit, soweit ich weiß, durchaus irgendein Überbleibsel der Seltsamkeit sein, die Rannicks Familie auszeichnet. Die Seltsamkeit, die ich gestern als Makel bezeichnet habe. Gleiches gilt vielleicht für das Gefühl ... das Gefühl, die Kreatur spüren zu können, das ich gestern, wenn auch nur kurz, gehabt habe.«

Farnor schüttelte den Kopf.

»Ich weiß nicht, was du meinst«, erklärte er. »Willst du damit etwa sagen, daß du irgendwie mit Rannick verwandt bist und daß du nach allem, was gestern geschehen ist, das Gleiche von mir annimmst?« Die Furcht kehrte in seine Augen zurück, gemischt mit Zorn. »Ich will nicht mit Rannick verwandt sein«, sagte er. »Ich will überhaupt nichts mit ihm zu tun haben. Ich kann ihn nicht ausstehen.«

»In dieser Angelegenheit hast du keine Wahl«, erwiderte Gryss. »Das hier ist ein kleines Dorf, und nur wenige haben die Absicht oder die Gelegenheit, jemanden von außerhalb zu heiraten. So war es schon immer, und wenn du ein paar Generationen zurückgehst und darüber nachdenkst, dann wirst du schon bald feststellen, daß hier jeder mit jedem verwandt ist. Auf gewisse Art sind wir hier alle Vettern, egal wie weit entfernt. Das Blut von Rannicks Familie fließt in jedem von uns und unser Blut in seinem.«

Farnor wußte genug über Tierzucht, um Gryss zu verstehen, doch das machte es ihm auch nicht leichter.

»Aber es ist stark verdünnt«, fuhr Gryss beruhigend fort, »vermischt mit dem Blut vieler anderer, anständiger Leute, bevor es über deinen Vater und deine Mutter zu dir gekommen ist.«

»Ich habe gehört, daß bestimmte Eigenschaften von Schafen erst nach fünf Generationen wieder zum Vorschein kommen«, führte Farnor den Gegenbeweis an.

»Und welche Eigenschaften hast du mit Rannick gemein, Farnor?« fragte Gryss. »Seine mürrische, selbstzerstörerische Art? Seine griesgrämige Faulheit? Auf jeden Fall siehst du ihm nicht im Geringsten ähnlich.« Er wartete nicht auf eine Antwort. »Denk einfach nur einmal darüber nach, was geschehen ist. Du *glaubst*, gesehen zu haben, wie er Tiere auf irgendeine mysteriöse Art kontrolliert hat – Fliegen, um genauer zu sein.« Die letzte Bemerkung unterlegte er mit einem Hauch von Verachtung. »Dann *glaubst* du, ein ... ein bestimmtes Tier berührt zu haben. Wie kannst du aus so viel Unsicherheit nur solch konkreten Schlüsse ziehen? Es könnte alles nur Zufall sein.« Er stupste den jungen Mann mit dem Finger an, um seinen Worten Nachdruck zu verleihen. »Aber wie auch immer, Farnor, während du halb dein Vater und halb deine Mutter bist, so bist du doch *ganz* du selbst. Mit was für Eigenschaften du auch immer geboren worden bist, mit guten oder schlechten, und von wem auch immer du sie geerbt haben magst, sie gehören nun dir, und an *dir* liegt es auch, was du aus ihnen machst! Ob sie dich beherrschen oder dir dienen, du hast die Wahl.«

Farnor verzog das Gesicht. »Ich glaube, du hast Recht«, gestand er widerwillig, obwohl die Vorstellung, auf eine Art mit Rannick verwandt zu sein, ihm das Gefühl vermittelte, als hätte er Heu im Hemd. Unbehaglich rutschte er auf seinem Stuhl hin und her.

»Du sollst nicht glauben – du mußt es *wissen*«, betonte Gryss. »Mir zum Beispiel ist es vollkommen egal, ob ich einen Teil meiner Heilkunst dem Erbe von Rannicks Familie zu verdanken habe.« Sein Gesicht verdunkelte sich, als er sich an die tragischen Mißerfolge erinnerte, die seine vielen Erfolge überschatteten. »Ich wünschte nur, ich hätte mehr davon«, fügte er leise hinzu. »Und was dich betrifft: Wie haben sich diese Eigenschaften, diese Fähigkeiten gezeigt?« Er beugte sich vor und fuhr mit bezwingender Stimme fort: »Sie haben dich vor etwas gewarnt, Farnor, und du hast uns gewarnt. Vielleicht wird dank dir der ein oder andere unserer Freunde und Nachbarn nächste Woche noch leben, anstatt von irgendeiner wilden Kreatur in Stücke gerissen worden zu sein. Es war *deine* Entscheidung, Farnor, und du hast dich richtig entschieden. Wie kann das schlecht sein? Danke dem Schicksal, daß es dir Gelegenheit gegeben hat, anderen auf diese Art zu helfen.«

Farnors letzter Widerstand brach angesichts dieses Angriffs zusammen.

»Ja, du hast Recht«, sagte er, und sein Gesicht hellte sich auf. »Danke.«

Dieses einfache, vorbehaltlose ›Danke‹ rührte Gryss zutiefst. Es glich dem Gefühl, wenn er sah, das ein Fieberkranker das Schlimmste überwunden hatte. Er war sowohl erleichtert als auch erfreut, denn indem er Farnor geholfen hatte, war es ihm auch gelungen, ein wenig mehr Licht auf die dunklen Gedanken zu werfen, die ihn selbst in letzter Zeit plagten. Er blickte Farnor an. Junge Menschen waren bisweilen unglaublich schwer von Begriff, sinnierte er, doch dann wiederum waren sie geradezu genial. Auf jeden Fall hielten sie einen auf Trab.

Mahnend hob er den Finger. »Aber«, sagte er, »das hier bleibt *unser* Geheimnis, bis wir mehr wissen. Ich kann dafür sorgen, daß die Jäger sich besser schützen. Doch sollte so etwas wie gestern geschehen, mußt du mir unbedingt sofort davon berichten – egal, wie flüchtig oder seltsam das Gefühl auch sein mag.«

»Natürlich«, erwiderte Farnor in gelassenem Tonfall. Nun, da Gryss ihn vom größten Teil seiner Sorgen befreit hatte, wollte er sich so schnell wie möglich wieder auf den Weg machen. Er wollte raus hier und kühle, frische Luft atmen.

Gryss entließ ihn mit einem knappen Winken. »Und falls du Rannick begegnen solltest, dann sag ihm, er soll sofort bei mir vorbeikommen«, beschloß er die Unterhaltung, als Farnor aufstand und sich zum Gehen wandte.

Mit Hilfe seiner Kenntnis der Dörfler und Bauern und in Verbindung mit seiner Gerissenheit und der offenen Zurschaustellung von Sorge aufgrund ›einer genaueren Untersuchung‹ der beiden Schafkadaver, gelang es Gryss, die Jäger davon zu überzeugen, besser bewaffnet auf Wache zu gehen, was unter anderem angespitzte Stangen, Äxte, Sicheln und die unvermeidlichen rostigen Schwerter mit einschloß.

Die Schafe wurden zusammengetrieben und tiefer ins Tal hinuntergebracht, abgesehen von einigen wenigen, die man als Köder für den Räuber auf den Hochweiden zurückließ. Mit unterschiedlicher Geduld saßen die Jäger ihren Wachdienst ab, doch abgesehen von gelegentlichen Fehlalarmen durch neugierige Füchse oder Nachtvögel, verlief alles ruhig, und nach ein paar Nächten hatte sich jegliche Begeisterung für die Nachtwachen endgültig aufgelöst.

»Der Hund ist weg. Wir haben ihn verjagt«, lautete die übereinstimmende Meinung unter den gähnenden, schlecht gelaunten Wächtern. Gryss konnte ihnen kaum widersprechen. In der Vergangenheit waren Raubtiere spätestens nach der dritten Nacht gefangen worden. Außerdem stand das Dalmasfest unmittelbar bevor, und die Höhe des diesjährigen Tributs festzulegen erforderte viel Arbeit, ganz zu schweigen vom Einsammeln der entsprechenden Mengen.

Also wurden die Nachtwachen ohne weitere Diskussion abgeschafft, und das Leben im Tal normalisierte sich wieder, angeregt nur durch die – zumeist übertriebenen – Erzählungen über die unzähligen Vorfälle, die die langweiligen nächtlichen Ausflüge begleitet hatten.

Nach außen hin gab Gryss sich mit dem Ausgang zufrieden, obwohl etwas in ihm sich keineswegs damit abfinden wollte, daß alles vorüber war. Überdies bereiteten ihm zwei Dinge weiterhin Sorgen. Eines davon war, daß Rannick sich noch nicht wieder gezeigt hatte.

Das andere empfand Gryss als noch weit beunruhigender, auch wenn es sich nur um ein vages Gefühl handelte.

Nachdem die Schafe zusammengetrieben worden waren, bemerkte einer der Bauern, daß einige fehlten. Er hing diese Tatsache nicht an die große Glocke, da der Viehtrieb nicht sonderlich gründlich gewesen war, und Gryss maß dieser Aussage zunächst auch keine Bedeutung bei. Nach einiger Zeit jedoch machten drei oder vier weitere Bauern unabhängig voneinander die gleiche Beobachtung, und Gryss erkannte, daß die Gesamtzahl der vermißten Schafe beunruhigend hoch war.

Doch da das Dalmasfest nahte, und im Dorf allgemeine Ernüchterung über die sinnlosen Nachtwachen herrschte, beschloß Gryss zu schweigen. Allerdings kam er sich dabei wie ein Feigling vor; er hatte das unbestimmte Gefühl, daß er sein Handeln irgendwann bereuen würde.

Farnor, der von diesen Gedanken nichts wußte und der sich noch immer darüber freute, daß Gryss seine Handlungen gebilligt hatte, schob die ganze Angelegenheit freudig beiseite; für ihn war sie nur noch Vergangenheit. Und während das Dalmasfest immer näher rückte, war er wie jeder andere auch mit dem Einsammeln des Tributs beschäftigt.

Für Farnor hatte die Dalmaszeit etwas Beruhigendes mit ihren schon fast rituellen Streitereien darüber, wer was und wie viel zu zahlen hatte, und dem anschließenden gemeinsamen Einsammeln des Tributs.

Die Dalmaszeit stellte für die Talbewohner eine der wenigen Abwechslungen von ihrem Alltag dar. Karren und Wagen wurden ebenso geborgt wie Kisten, Fässer und andere Arten von Behältern; Kuchen und Feiertagsbrot wurden gebacken und Fleisch wurde vorbereitet. Das ganze Dorf roch nach Frühling und nach Speisen, die nur zum Dalmasfest bereitet wurden. Die Menschen eilten überall umher und trafen Freunde und Bekannte, die sie schon ›seit Ewigkeiten‹ nicht mehr gesehen hatten, woraufhin sie stehenblieben und bisweilen stundenlang über dieses oder jenes schwatzten – zumeist im Gasthof.

Alles in allem herrschte eine aufgeregte, erwartungsvolle Atmosphäre, die allerdings nicht selten auch von einer gewissen Hektik geprägt war.

Die Einzelheiten der Vorbereitungen interessierten Farnor nur wenig, denn er betrachtete sie als Frauenarbeit – auch wenn er das wohl kaum seiner Mutter oder einer anderen Frau gegenüber zugegeben hätte. Doch er genoß den Anblick der sorgfältig hergerichteten Abgaben, die mit komplizierten Mustern aus Blumen und Blättern geschmückt waren.

Am Vorabend des Dalmastages herrschte zwar die übliche Aufregung, ob man auch nichts vergessen habe, aber wie immer wurden die Vorbereitungen schließlich als abgeschlossen erklärt, und bei Sonnenuntergang wurde die Zehntscheuer feierlich geschlossen und versiegelt.

Gryss trat vom Tor der Scheune zurück und erledigte den letzten Teil der Zeremonie: das Entzünden eines

Sonnensteins, der auf dem First der Scheune befestigt werden würde. Früher hatte dies eine haarsträubende Kletterpartie auf einer langen, wackeligen Leiter erfordert, aber nach einer Reihe unglücklicher Unfälle hatte man ein raffiniertes Seilzugsystem konstruiert, so daß die Angelegenheit auch vom Boden aus würdevoll erledigt werden konnte.

Farnor beobachtete den leuchtenden Sonnenstein, wie dieser zum Dach der Scheune emporstieg, um dort in einer dafür vorgesehenen Metallschüssel seinen Platz einzunehmen. Hypnotisierend schwang er von einer Seite zur anderen, bis er mit einem leisen Klicken zur Ruhe kam. Da die Zehntscheuer auf einem leicht erhöhten Platz errichtet worden war, würde man den Stein von fast überall im Tal sehen können wie einen neuen Stern am Nachthimmel. Sein Leuchten erschien Farnor als gutes Omen, als Zeichen, daß die seltsamen Ereignisse, die der Entdeckung des gerissenen Schafes gefolgt waren, endlich ein Ende hatten. Denn trotz all der Aufregung der letzten Tage und Gryss' beruhigenden Worten waren sie ihm bis jetzt nicht aus dem Kopf gegangen.

Der Dalmastag verlief wie immer ruhig; man betrachtete ihn als Ruhetag nach all dem Treiben und der Aufregung in der Zeit des Tributeinsammelns. Am Tag danach herrschte ebenfalls Ruhe, auch wenn es nun ein wenig lebhafter zuging, da die Festessen vorbereitet werden mußten, die fester Bestandteil der Feiern am folgenden Tag waren.

Um sich nicht dem Risiko auszusetzen, von seiner Mutter als Hilfe bei diesen Vorbereitungen herangezogen zu werden, entschied sich Farnor, sich an einer anderen Tradition der Dalmaszeit zu beteiligen, nämlich der Dämmerungswacht. Bei der Dämmerungswacht handelte es sich vorgeblich um die älteste Dalmaszeremonie, aber ob das nun der Wahrheit entsprach oder nicht, auf jeden Fall hatte sich ihr Charakter im Laufe der Zeit deutlich gewandelt.

Einst, so glaubte man, war sie eine Versammlung von Würdenträgern gewesen, deren Aufgabe es gewesen war, auf die Ankunft der königlichen Steuereintreiber zu warten; heute jedoch stellte sie eine Entschuldigung für die jungen Leute des Tals dar, sich ohne Aufsicht zu treffen und ein wenig Spaß zu haben. Begleitet von wissenden Blicken erschienen ungewöhnliche Flaschen voll von ›meines Vaters bestem Fruchtsaft‹ und ›meiner Mutter Hustenmittel‹ sowie appetitliche Happen, die wohl eher für die Festtafeln am nächsten Tag gedacht waren. Auch Instrumente wurden mitgebracht und gespielt. Man sang, tanzte und tat ganz allgemein, wozu man Lust hatte. Es wurde viel geredet und noch mehr gelacht, und die ›Zeremonie‹ endete stets erst weit nach Sonnenuntergang. Waren die Steuereintreiber bis dahin nicht erschienen, galt es als sicher, daß der König dieses Jahr keinen Bedarf am Tribut des Tales hatte. Tatsächlich wurde die Zeremonie nach Sonnenuntergang erst richtig interessant.

Es war allerdings noch weit vor Sonnenuntergang, als Farnor den kleinen Hügel südlich des Dorfes erreichte, wo traditionell die Dämmerungswacht gehalten wurde, und nachdem er die bereits Anwesenden begrüßt hatte, legte er sich aufs Gras und harrte der Dinge, die da kommen mochten.

Es war ein schöner, warmer Tag gewesen, und der Abend versprach ebenso schön zu werden. Auf dem Hügel herrschte bereits eine fröhliche Stimmung, und Farnor war glücklich. Er empfand die gleiche Art von Dankbarkeit, wie er sie am Tag nach der Jagd gegenüber seiner Mutter empfunden hatte: Dankbarkeit für seinen Vater, für Gryss, für alle seine Freunde und für das gute Leben, das er im Tal führte. Yonas' phantastische

Geschichten über Kriege, Schlachten und Helden in weit entfernten, magischen Ländern und Gryss' stille Zurückhaltung, was die Welt jenseits der Hügel betraf – in Farnors Zufriedenheit widersprachen sie sich nicht länger. Ob es heute Nacht nun ruhig und nachdenklich oder laut und ausgelassen werden würde, auf jeden Fall würde es eine *gute* Nacht werden – das wußte Farnor. Die Nacht der Dämmerungswacht war immer eine gute Nacht.

Aus halb geöffneten Augen beobachtete er seine Freunde. Einige lagen ebenso wie er faul im Gras, andere standen beisammen und unterhielten sich, und wieder andere wanderten einfach hin und her. Das Murmeln der Gespräche und der Geruch des Grases schienen durch ihn hindurchzufließen. Seine Freunde waren sowohl hier, um ihn herum, als auch weit, weit weg. Er verspürte das Bedürfnis, die Hände auszustrecken und ihnen dafür zu danken, daß sie einfach nur da waren.

Plötzlich riß ihn etwas aus seinen Gedanken. Er war hellwach. Es war, als hätte jemand ihn hochgehoben und dann einfach wieder fallengelassen. Das Gefühl war Farnor vertraut, denn er empfand es oft, wenn er kurz davor stand einzuschlafen.

Er lächelte leicht. *Noch mal Glück gehabt,* dachte er. Wäre er wirklich eingeschlafen, wäre er ohne Zweifel Opfer irgendeines Anschlags seitens seiner Freunde geworden, über den sie sich ein Jahr lang amüsiert hätten. Als er sich nun aufsetzte, bemerkte er, daß auf dem Hügel eine ungewöhnliche Stille herrschte und daß viele seiner Freunde die Hände gehoben hatten, als wollten sie etwas fangen oder als lauschten sie auf ein weit entferntes Geräusch.

Farnor klatschte laut in die Hände, woraufhin mehrere der anderen erschrocken zusammenzuckten, und sofort herrschte wieder fröhlicher Lärm.

Farnor lachte, während er mehreren Wurfgeschossen auswich; dann schaute er sich um, um zu entscheiden, welcher Gruppe er die Ehre seiner Gesellschaft erweisen sollte.

Dabei erregte jedoch etwas seine Aufmerksamkeit. Einen Augenblick lang war er verwirrt, dann schaute er erneut hin und versuchte, Einzelheiten zu erkennen.

Wieder senkte sich Schweigen auf den Hügel.

Im Süden bewegte sich langsam eine lange Reihe von Reitern durch die hügelige Landschaft.

Kapitel 8

Ein lautes Klopfen hallte durch das Haus.

Gryss riß die Augen auf. Dann rappelte er sich aus dem Stuhl hoch, um zur Tür zu gehen, und von seiner allgemein bekannten Freundlichkeit war nichts zu merken.

»Es ist der Morgen nach Dalmas. Weißt du, was ...?« begann Gryss verärgert, als er die Tür öffnete. Er hielt inne. Es war niemand zu sehen.

»Steuereintreiber, Gryss, Herr, Steuereintreiber! Die Steuereintreiber kommen!« Beim Klang der aufgeregten, körperlosen Stimme wachte Gryss immer mehr auf. Während er sich bemühte, einen klaren Kopf zu bekommen, blickte er von einer Seite zur anderen auf der Suche nach dem Überbringer dieser seltsamen Nachricht. Noch immer war niemand zu sehen. Dann zog ein Zupfen an seiner Jacke Gryss' Blick nach unten. Er sah in das Gesicht eines der jüngeren Dorfkinder. Der Junge hatte ein knallrotes Gesicht, war vollkommen außer Atem, sprang aufgeregt auf und ab und deutete das Tal hinunter.

»Steuereintreiber!« rief er erneut. Jetzt erkannte Gryss auch die Bedeutung der Worte, und sein friedvolles Nickerchen war endgültig zu Ende. Sofort meldeten sich allerdings erste Zweifel.

Er bückte sich, um mit dem Jungen auf einer Höhe zu sein. »Ist das irgendein Dalmasscherz, junger Pieter?« verlangte er zu wissen. »Ist es wirklich nötig, daß du solch einen Radau veranstaltest und andere Leute um ihre wohlverdiente Ruhe bringst?«

Der Junge schüttelte den Kopf. Der Blick seiner großen Augen war vollkommen ernst. »Farnor Yarrance hat mich geschickt, Herr«, sagte er. »Er hat mir gesagt, ich solle Euch ausrichten, daß die Steuereintreiber kommen und daß er und seine Freunde den anderen Älteren Bescheid geben. Er sagte, Ihr sollt zur Zehntscheuer kommen.«

»Seine Freunde?« Gryss runzelte die Stirn und versuchte, den Worten des Jungen einen Sinn zu entnehmen.

»Von der Wacht«, erwiderte der Junge ungeduldig. »Der Dämmerungswacht.« Erneut zupfte er an Gryss' Jacke. »Er hat gesagt, Ihr sollt sofort kommen.«

Der alte Hund erschien hinter Gryss' Beinen, nachdem er entschieden hatte, es sei nun sicher genug, um zu bellen. Der Junge lächelte und beugte sich vor, um das Tier zu streicheln. Offenbar war der Junge unschuldig und diente nur als Köder für einen Streich, den sich die jungen Männer ausgedacht hatten.

»Sofort, wie?« wiederholte Gryss ernst. Der Junge nickte.

Gryss schaute sich um. Es war ein schöner Abend, und ein kleiner Spaziergang wäre nicht schlecht. Es würde schon nichts schaden, bei diesem Spiel mitzuspielen, dachte er, obwohl ihn die Erwähnung von Farnors Namen ein wenig beunruhigte. Es war schon lange her, seit er zum letzten Mal etwas mit einem Dalmasstreich zu tun gehabt hatte, sei es als Opfer oder Täter.

Er winkte dem Jungen, ihn zu führen, und nachdem er den tadelnden Blick seines Hundes mit einem ernsten ›Platz‹ beantwortet hatte, schloß er die Tür und folgte Pieter gemessenen Schrittes.

Als er sich der Zehntscheuer näherte, hörte er Stimmen in der abendlichen Stille.

Viele Stimmen.

Und sie sprachen auch noch *laut*!

Stirnrunzelnd beschleunigte Gryss seinen Schritt, und bald stieg er den flachen Hang zur Zehntscheuer empor. Verstärkt durch das Licht, das er den Tag über eingefangen hatte, leuchtete der Sonnenstein heller denn je, aber nicht dieses helle Strahlen erregte Gryss' Aufmerksamkeit, sondern die Menschenmenge, die sich vor der Scheune versammelt hatte. Immer mehr gesellten sich zu den bereits Anwesenden, Alte und Junge.

Falls dies wirklich ein Scherz der Jünglinge sein sollte, dann war er offensichtlich mißlungen ... So viele Leute am Morgen nach Dalmas zu stören! Gryss schüttelte den Kopf. Im Geiste hörte er bereits all die Vorwürfe, die auf die Urheber zukamen. Ohne Zweifel hatten sie Strafe verdient, aber er empfand stets Mitleid, wenn junge Leute, so leichtsinnig und so voller Energie, den gerechten Zorn ihrer Eltern zu spüren bekamen, mit all ihrem Neid und ihrer Trauer um längst vergangene Zeiten.

Als Gryss sich näherte, löste sich Farnor aus der Menge und ging auf ihn zu. Alle Gedanken an kindliche Scherze verschwanden, als Gryss das Gesicht des jungen Mannes sah.

»Was ist los?« fragte er, bevor Farnor etwas sagen konnte.

»Die Steuereintreiber kommen«, antwortete Farnor und deutete nach Süden. In seine Stimme schwang Aufregung und Sorge mit. »Wir haben sie vom Dämmerungswachthügel aus gesehen.«

Gryss' Magen verkrampfte sich, und es schnürte ihm die Kehle zu. Kurz schwieg er aus Angst, seine Stimme könne zittern.

»Sag mir, was du gesehen hast«, forderte er schließlich.

»Reiter«, erklärte Farnor kurz und bündig. »Eine lange Reihe von Reitern, die das Tal hinunterkommen. Es müssen an die Hundert sein, glaube ich. Sollen wir die Zehntscheuer öffnen?«

Gryss schüttelte den Kopf, allerdings nicht wie jemand, der nicht mit Fragen belästigt werden will, sondern eher wie jemand, der etwas verleugnet. Letzteres war auch tatsächlich der Fall, denn Farnors Neuigkeit hatte einen plötzlichen, grausamen Schlag gegen das

Herz von etwas geführt, das sehr wertvoll für das Tal war, und Gryss hätte es vorgezogen, eine Weile allein umherzuwandern und nachzudenken, bevor er sich seinen Freunden und Nachbarn stellte.

Trotz der Heftigkeit, mit der jedes Jahr um die Höhe des Tributs gestritten wurde, hatte Gryss wie jeder andere auch diese Diskussionen stets geführt, als wären sie nicht mehr als nur ein harmloses Ritual, das – ähnlich Yonas' Geschichten – unweigerlich zu einem glücklichen Ende führen mußte. Nun kam die Wirklichkeit unaufhaltsam auf ihn zu, und es schien, als würde die Dalmaszeit nun auf immer ihren Charakter ändern – wie auch immer der heutige Tag enden würde.

Viele gute Dinge würden mit den alten Sitten verloren gehen.

Doch schlimmer noch, geradezu beängstigend: Die Welt von jenseits der Hügel würde in ihr Leben eindringen! Die Welt des Königs und seiner Bedürfnisse. Die große, weite Welt der Städte und der seltsamen Menschen mit ihren seltsamen Sitten, die sich nur wenig um die Bewohner von Tälern wie diesem hier kümmerten. In seiner Jugend war Gryss auf seinen Reisen mit solchen Dingen in Kontakt gekommen, und seitdem schätzte er das Leben im Tal um so mehr.

Bitte, laß es nicht Krieg sein, dachte er verzweifelt.

»Fühlst du dich nicht gut?« Farnors Stimme riß Gryss aus seinen trübsinnigen Gedanken.

Er zwang sich ein Lächeln auf die Lippen. »Doch, doch«, antwortete er. »Die Neuigkeit hat mich nur ein wenig überrascht, das ist alles. Ich dachte, der junge Pieter hätte irgendeinen Scherz im Sinn gehabt. Nun versuche ich, mich daran zu erinnern, was von mir erwartet wird, wenn die Steuereintreiber eintreffen.« Er straffte die Schultern, packte Farnor am Arm und marschierte zu der lauten Menge vor der Scheune.

Sofort stand er im Mittelpunkt der Aufmerksamkeit.

Er hob die Hände, um die vielen Fragen abzuwehren. »Nun, meine Freunde«, begann er. Seine Stimme klang so zuversichtlich und beruhigend, wie es ihm möglich war. »Es sieht so aus, als wäre unser jährlicher Markt morgen abgesagt. Dieses Ereignis ist eine ausgesprochen unglückliche Überraschung, um mich vorsichtig auszudrücken. Ich kann nicht behaupten, daß ich nach all den Jahren darüber erfreut bin.« Er zuckte mit den Schultern. »Aber ich kann euch sagen, daß ich verdammt froh bin, daß wir das Einsammeln des Tributs all die Jahre als Tradition aufrechterhalten haben. Ich würde es hassen, jetzt vor einer leeren Zehntscheuer stehen zu müssen.« Weises Kopfnicken folgte dieser Bemerkung. »Woran wir uns jetzt erinnern müssen, ist Folgendes: Das hier sind die Männer des Königs, die das holen kommen, was ihm *zusteht*. Ganz egal, wie wir uns auch fühlen mögen, wir müssen freundliche Gesichter aufsetzen und ihnen so gut wie möglich helfen – besonders, da wir vermutlich feststellen werden, daß wir den Tribut falsch berechnet haben.«

»Das ist nicht unsere Schuld!« rief jemand. »Wir hatten nie einen richtigen Tributmeiser.« Ein zustimmendes Raunen ging durch die Menge.

Gryss ging auf die Bemerkung ein. »Das wissen wir«, sagte er. »Und ich bin sicher, daß, wer immer auch die Steuereintreiber anführen mag, es ebenfalls weiß. Aber das ist ein Schock für uns alle, und ich weiß, daß vielen von euch nicht gefallen wird, das abzugeben, was sie sonst morgen bekommen hätten, also möchte ich erneut betonen, wie wichtig es ist, daß wir uns so freundlich wie möglich verhalten – egal, was auch geschehen mag. Sollte es dann wirklich ein Problem mit dem Tribut geben, wird man sich vielleicht im Zweifel für uns entscheiden.«

»Das ist nicht gerecht!« Dieser mürrische Kommentar erhielt sogar noch mehr Unterstützung als der vorherige.

Gryss schlug sich mit der Hand auf die Brust. »Mir brauchst du das nicht zu sagen«, rief er übertrieben beleidigt. »Auch ich hatte ein Auge auf das ein oder andere geworfen, was ich morgen ersteigern wollte, das kann ich dir sagen.« Er wurde ernster. »Aber falls einer von euch glaubt, den Mund nicht halten zu können, dann soll er nach Hause gehen und sich einschließen, bis alles vorüber ist. Habt ihr das verstanden?«

Seine strenge Art und die Vernunft in seinen Worten ließ die lautesten Beschwerden verstummen.

»Was sollen wir jetzt tun?« fragte eine Frau.

»Nichts«, entschied Gryss spontan. »Wenn ich mich richtig an das alte Verfahren erinnere, dann müssen die Siegel der Zehntscheuer in Anwesenheit des obersten Steuereintreibers, des Dorfältesten und von mindestens zehn Dorfbewohnern gebrochen werden.« Er hielt kurz inne und kratzte sich am Kopf. »Und dann wird der Sonnenstein heruntergeholt und mit ihm das Innere ausgeleuchtet.« Er nickte. »Ja, das war's ... glaube ich. Auf jeden Fall bin ich sicher, daß die Steuereintreiber uns nur allzu gerne auf die Sprünge helfen werden.«

»Wo sollen all die Fremden bleiben?« fragte jemand. Es war ein stämmiger, schlecht rasierter Mann mit rundem Gesicht und schwarzem Haar, das eng am Kopf lag.

Gryss warf die Hände in die Höhe. »Eins nach dem anderen, Jeorg«, antwortete er ungeduldig. »Die meisten von ihnen sind vermutlich Soldaten. Ich nehme an, sie haben ... Zelte oder so was.« Er richtete den Finger auf den Fragesteller. »Und nenn sie nicht Fremde. Zumindest nicht, wenn sie in Hörweite sind. Es sind die Männer *unseres* Königs, vergiß das nicht. Abgesehen von etwaigen Problemen mit dem Tribut gilt, daß man uns in Zukunft um so eher vergessen wird, je weniger Ärger wir machen.«

Jeorg schürzte verächtlich die Lippen, doch Gryss' Argument war gut. Der Dorfälteste wandte sich an

Farnor. »Du und die anderen, ihr sollten jetzt besser auf den Hügel zurückgehen, um uns als Ausguck zu dienen. Wir werden uns am Dorfausgang versammeln, sobald die Reiter ein wenig nähergekommen sind.«

Farnor und seine Freunde mußten nicht weiter überredet werden. Nun, da die Älteren eingetroffen waren, hatte Aufregung ihre anfängliche Sorge verdrängt.

Gryss blickte ihnen hinterher, während sie den Hügel hinunterstiegen und laut miteinander redeten. Einige der Jüngeren rannten voraus, um festzustellen, wer von ihnen als erster den Wachthügel erreichen würde. Gryss beschäftigte sich im Geiste bereits damit, wie die Dalmaszeit in Zukunft aussehen würde. Würde es wieder eine Dämmerungswacht wie früher geben? Mit einem Preis für den ersten, der die Steuereintreiber entdeckte? Oder mit einem Rennen für die Jüngsten? Ein Fest zur Begrüßung der Männer des Königs? Den letzten Gedanken schob er sofort wieder beiseite. Es war außerordentlich wichtig, das Ereignis für die Steuereintreiber nicht allzu denkwürdig zu gestalten.

Aber vor allem fühlte sich Gryss im Augenblick geradezu unglaublich leer. Entsetzen und Trauer ob dieses unerwarteten Verlustes, diagnostizierte der Heiler in ihm.

Der Gedanke ›bitte kein Krieg‹ durchbrach erneut Gryss' inneres Schweigen, und er erkannte, daß er diese Worte in seinen Gedanken immer und immer wieder wiederholt hatte, seit sie wie der Ton eines düsteren Dudelsacks zum ersten Mal aufgetaucht waren, der mit seiner traurigen Monotonie einen Schatten auf die Leichtigkeit des Tanzes wirft.

Irgend etwas Außerordentliches mußte geschehen sein, wenn der König plötzlich den Tribut dieses fernen und kleinen Tals benötigte und so viele Steuereintreiber ausgesandt hatte, ihn einzuholen. Hatte Farnor nicht gesagt, es wären Hundert? Gryss konnte sich keinen anderen Grund für die Größe des Trupps vorstellen als Krieg. Sicherlich würde doch eine königliche Hochzeit oder Geburt oder ein Trauerfall in der Herrscherfamilie keine so große Maßnahme rechtfertigen, oder? Einen Augenblick lang verspürte Gryss das Verlangen, die jungen Leute zurückzurufen, ihnen zu befehlen, sich zu verstecken, bis die Reiter wieder weitergezogen waren. Denn sollten die Fremden wirklich solch schlechte Nachrichten bringen, dann wären auch die Folgen unvermeidlich: ein Ruf zu den Waffen an alle jungen Männer des Reiches.

Erinnerungen, die schon lange begraben gewesen waren, tauchten wieder auf und verstärkten Gryss' Beunruhigung. Erinnerungen an Bettler, die durch die Straßen eines Ortes in der Nähe der Hauptstadt gewandert waren. Bettler mit fehlenden Gliedmaßen und Gesichtern, die von schrecklichen Narben verunstaltet waren. *Alte Soldaten,* hatte man ihm erklärt. *Beachte sie gar nicht.*

Noch heute schämte sich Gryss dafür, daß er sich an diesen Ratschlag gehalten hatte.

Entschlossen vertrieb er die Erinnerung und versuchte, seinem eigenen Rat zu folgen: eins nach dem anderen. Egal mit welchen Alpträumen er sich hier auch plagen mochte, die Wirklichkeit würde sie schon bald einholen.

Die Menge schwieg, als hätten die jungen Leute allen Lärm und alle Energie mit sich genommen. Gryss stand erneut im Mittelpunkt der Aufmerksamkeit. »Wir können ihnen genauso gut folgen«, sagte er, drehte sich um und machte sich auf den Weg den kleinen Hügel hinab. Die Menschen schlossen sich ihm an wie ein unsteter Beerdigungszug.

Die allgemeine Stimmung änderte sich nur wenig, als sie das Ende des Dorfes und damit die Wiesen erreichten, die den Kindern für gewöhnlich als Spielplatz dienten. Unterschiedliche entrüstete und trotzige Bemerkungen erreichten Gryss' Ohr, als den Männern zunehmend bewußt wurde, daß sie keinen Gewinn mehr aus der Dalmaszeit ziehen konnten, doch der alte Mann hatte nicht die Absicht, etwas darauf zu erwidern. Es war besser, wenn sie ihrem Ärger jetzt, in der Gegenwart von Freunden, Luft machten anstatt später, Auge in Auge mit den Steuereintreibern.

Jeorg war der letzte Kämpfer des Widerstands. Mit mürrischem Gesicht baute er sich vor Gryss auf. »Sie sollten lieber bis Sonnenuntergang hier sein«, sagte er. »Sonst gehört der Tribut uns.«

Gryss starrte ihn an. »Und du persönlich willst ihnen das sagen?« erwiderte er. »Allen 100? Allen 100 Soldaten und Würdenträgern?«

Die Frauen verhielten sich deutlich ruhiger; Gryss vermutete, daß sie von den gleichen Sorgen geplagt wurden wie er. Es war schon merkwürdig: Er hatte bereits häufig darüber nachgedacht, daß von den beiden Geschlechtern jenes am besten mit Veränderungen zurechtkam, das die Sicherheit am meisten schätzte. Die Frauen würden beobachten, nachdenken und lernen, selbst wenn sie sich dessen nicht bewußt waren, und allein ihre Gegenwart würde das Mannsvolk von größeren Dummheiten abhalten.

Als Farnor und die anderen zurückkehrten, verteilte sich die Gruppe zu beiden Seiten der Straße, um die Neuigkeiten der Jungen zu hören.

»Sie sehen wirklich komisch aus«, sagte Farnor selbstbewußt. »Ganz und gar nicht, wie ich mir Soldaten immer vorgestellt habe.«

Gryss legte ihm die Hand auf den Arm – eine Geste, von der er hoffte, daß sie beruhigend wirkte.

Dann erschienen die ersten Reiter ein Stück entfernt hinter einer Kurve, und Gryss trat an die Spitze der Menge. Er hatte nicht die geringste Ahnung, auf welche

Formalitäten man zu achten hatte, wenn man die Steuereintreiber des Königs begrüßte, also entschied er sich, es einfach mit Höflichkeit zu versuchen – mit Höflichkeit und dem Willen, sich zu entschuldigen, sollte es dem Willkommen an irgendetwas mangeln.

Er zwang sich zu einem Lächeln.

Langsam näherten sich die Reiter, schwankende Schatten inmitten einer immer dunkler werdenden Landschaft. Gryss kniff die Augen zusammen, um sie besser sehen zu können, doch erst als sie fast vor ihm standen, verstand er Farnors Bemerkung.

Abgesehen von den Bettlern waren die einzigen Soldaten, die er je gesehen hatte, solche gewesen, die entweder öffentliche Gebäude bewacht oder in Paradeuniformen durch die Stadt marschiert waren. Sie waren in bunte, reich verzierte Livreen gehüllt gewesen und hatten polierte Schwerter und Piken getragen mit scharfen Klingen und kunstvoll gearbeiteten Griffen.

Die Neuankömmlinge jedoch trugen alle möglichen Arten von Kleidung und führten die unterschiedlichsten Waffen mit sich: Schwerter, Streitkolben, Äxte, Bögen, Speere und Piken, und nicht zwei glichen einander. Tatsächlich schienen einige der Waffen früher sogar einmal landwirtschaftliche Geräte gewesen zu sein. Außerdem bemerkte Gryss, daß die Fremden bis auf den letzten Mann auffällig ungepflegt wirkten. Einige waren bandagiert, und andere – Gryss erkannte das mit seinem Heilerauge sofort – waren alles andere als gesund. Sie strahlten eine Wildheit aus, die er nicht erwartet hatte.

Und ihre Pferde sahen nicht besser aus: schlecht gestriegelt und leblos.

Gryss schob alle Fragen beiseite, die das seltsame Erscheinungsbild der Reiter hervorrief. Immerhin befanden sie sich im Feld, und wie es aussah, weit entfernt von der Hauptstadt und ihren Familien. Außerdem, so vermutete er, hatte das ein oder andere Dorf die Tributzahlung zunächst verweigert. Es wäre dumm zu glauben, daß dieses Tal das Einzige war, dessen man sich nach so langer Zeit wieder erinnerte.

Das war kein guter Gedanke. Sollte es tatsächlich zu solchen Vorfällen gekommen sein, waren die Steuereintreiber in etwaigen Verhandlungen wahrscheinlich etwas voreingenommen, aber natürlich würden sie bald feststellen, daß sie hier weder Böswilligkeit noch Widerstand erwartete. Gryss strich sich mit der Hand übers Haar in dem nutzlosen Versuch, es glattzustreichen. Tatsächlich kehrte es auch sofort wieder in seinen ursprünglichen Zustand zurück, als Gryss vortrat, um den ersten Reiter zu begrüßen.

Der Mann jedoch schien ihn überhaupt nicht zu bemerken, und auch sein Pferd schritt unbeirrt weiter. Gryss trat beiseite, als er sah, daß das Pferd nicht anhalten würde; dann wich er einen Schritt zurück. Der Rest der Dörfler folgte seinem Beispiel.

Langsam zogen die Reiter an den Wartenden vorbei. Gryss hielt sein Begrüßungslächeln aufrecht, doch es fiel ihm nicht leicht. Die Soldaten waren nicht nur unansehnlich; sie strahlten etwas Hartes, Brutales aus, das beinahe greifbar war. Und es fiel schwer zu sagen, was beängstigender war: die Gleichgültigkeit der wartenden Menge gegenüber, oder die kalte Neugier einzelner Reiter.

Die Dörfler beobachteten die Parade zunächst mit Verwunderung, die sich jedoch rasch in Nervosität verwandelte – immer mehr traten unruhig von einem Fuß auf den anderen –, und nachdem der letzte Reiter vorübergezogen war, herrschte zunächst einmal Schweigen.

Es war Jeorg, der das Schweigen als erster brach. »Sie haben uns behandelt wie einen Haufen Kuhscheiße!« deklamierte er wütend, doch verstummte er sofort, als Gryss die Hand hob. Gryss wußte nicht, was er tun sollte. Er hatte sich vieles vorgestellt, nachdem Farnor ihm von den Reitern berichtet hatte, doch ignoriert zu werden gehörte nicht dazu. Hätte es eine besondere Begrüßungszeremonie für die Steuereintreiber gegeben, hätten sie doch bestimmt angehalten und darauf gewartet, oder?

»Ich verstehe das nicht«, gestand er. »Ich glaube, wir sollten besser ...« Er zögerte einen Augenblick lang, dann zuckte er mit den Schultern. »Ich glaube, wir sollten besser wieder an unsere Arbeit gehen und ... und abwarten, was als nächstes geschieht.«

Das Schweigen der vorbeiziehenden Reiter schien die Zuschauer angesteckt zu haben, und die wenigen Worte wurden im Flüsterton gesprochen, während die Dörfler Gryss' Rat folgten und die Menge sich nach und nach auflöste. Auf eine Geste des Dorfältesten hin blieben Farnor und ein paar andere zurück.

»Keine Lust mehr, die Dämmerungswacht bis zum Ende durchzustehen, Farnor?« fragte Gryss.

Farnor schüttelte den Kopf. »Sie ist ja auch wohl nicht mehr notwendig, oder?« antwortete er und versuchte zu lächeln, aber er konnte seine wahren Gefühle nicht verbergen. »Ich weiß nicht, warum ich mich so aufrege ...« Er hielt kurz inne, und Gryss sah, wie sich die Stimmung des jungen Mannes wandelte. »Nein, ›aufregen‹ ist das falsche Wort«, korrigierte sich Farnor. »Wütend. Ich bin wütend. Uns so zu ignorieren. Sie haben uns behandelt, als wären wir *weniger* als Kuhscheiße. Zumindest ist Kuhscheiße noch zu irgendwas nutze. Wir waren ... nichts für sie ... Rauch im Wind ... Blasen im Wasser ...«

»Wäre es dir lieber, sie wären mit gezogenen Schwertern ins Dorf gestürmt?« fragte Gryss in sanftem Spott. Er war froh darüber, daß er sich allmählich wieder von der lähmenden Wirkung erholt hatte, die die schweigend vorbeiziehenden Reiter auf ihn ausgeübt hatten.

»Nein, natürlich nicht«, erwiderte Farnor überflüssigerweise, aber dennoch erregt. »Aber sie hätten ... Sie hätten zumindest anhalten können oder so was. Sie hätten unsere Gegenwart in irgendeiner Form anerkennen müssen. Sie hätten uns sagen müssen, was sie wollen, was sie von uns erwarten.«

»Ich muß zugeben, ignoriert zu werden war auch nicht gerade das, was ich erwartet habe«, sagte Gryss. »Aber nach meiner Erfahrung ist es besser, von Fremden ignoriert als bemerkt zu werden, besonders von Fremden, die aussehen wie diese da.«

Unglücklich verzog Farnor das Gesicht. »Ja«, stimmte er zu. »Sie waren ...« Er zögerte – aus Angst, seine Worte könnten den Spott der anderen hervorrufen. »Furchterregend«, gestand er schließlich doch. Er schlang die Arme um die Brust, als wäre ihm plötzlich kalt geworden.

Aber Farnor erntete keinen Spott für seine Bemerkung, denn er hatte nur ausgesprochen, was auch die meisten anderen dachten. »Es sind nur Männer«, sagte Gryss nach einer Weile.

Er drehte sich zu den anderen um. »Trotzdem können wir es nicht einfach auf sich beruhen lassen«, fuhr er in einem Tonfall fort, der darauf schließen ließ, daß er es andersherum vorgezogen hätte. »Wir müssen herausfinden, was hier vor sich geht.« Ihm kam ein Gedanke. »Vielleicht sind sie geradewegs zur Zehntscheuer gezogen«, sagte er und schnipste mit den Fingern. »Kommt.«

Die kleine Gruppe benötigte nur kurze Zeit, um den Fuß des Hangs zu erreichen, der zur Zehntscheuer hinaufführte. Der Sonnenstein strahlte wie ein Leuchtfeuer, doch auch ohne dessen Licht hätten sie erkennen können, das sich keine Reiter vor dem versiegelten Tor befanden.

Gryss kratzte sich mit beiden Händen den Kopf, wodurch seine graue Mähne noch unordentlicher wurde.

»Wir sollten ihnen besser folgen«, verkündete er in seiner Verzweiflung. »Es sind immerhin Fremde. Es könnte sein, daß sie überhaupt nicht wissen, wo sie sind. Vielleicht glauben sie, weiter das Tal hinauf gäbe es noch ein weiteres Dorf.«

»Dann laß uns warten, bis sie wieder zurückkommen. Dann brauchst du deine Beine nicht so zu beanspruchen«, sagte Jeorg.

Gryss schien zustimmen zu wollen, doch dann schüttelte er den Kopf. »Nein«, erwiderte er. »Diese Kerle sind wohl kaum in guter Stimmung, aus welchem Grund auch immer. Und sie werden noch weitaus schlechter gelaunt sein, wenn sie den ganzen Weg zur Burg hinaufgeritten sind, nur um festzustellen, daß sie wieder umkehren müssen. Außerdem sollten wir ihre schlechten Manieren nicht mit schlechten Manieren unsererseits beantworten.«

Ihr Vorankommen wurde durch eine große Zahl entgegenkommender Menschen behindert, Menschen, die nicht unter den ersten gewesen waren, die man benachrichtigt hatte, die einfach aus dem Fenster geschaut und sich gefragt hatten: »Wer reitet so spät am Abend noch durch die Gegend?«

Nachdem er vier verschiedenen Dörflern die Geschichte erzählt hatte, verschlechterte sich Gryss' Laune zusehends, und er übertrug die Aufgabe Yakob, einem der anderen Dorfältesten.

Bald jedoch wurde offensichtlich, daß sie die Reiter ohnehin nicht würden einholen können, auch wenn diese nur Schritt geritten waren.

»Nun, ich will verdammt sein, wenn ich ihnen hinterherreite«, sagte Gryss, blieb plötzlich mitten auf der Straße stehen und wischte sich über die Stirn. »Meinetwegen können sie den ganzen Weg bis zum Großen Wald reiten. Wir werden deinem Rat folgen, Jeorg, und warten, bis sie wieder zurückkommen.«

»Im Gasthof?« fragte Jeorg und nickte bedeutungsvoll in Richtung der nahegelegenen Lokalität.

Gryss nickte feierlich wie ein Heiler, der einem Kranken eine ganz besondere Medizin verschreibt. »Ja«, bestätigte er, und mit diesem einem Wort hob er die Moral seiner Männer, wie es einem guten Führer anstand.

Farnor ergriff Gryss' Arm, als dieser in Richtung Gasthof schritt. »Ich glaube, ich werde lieber nach Hause gehen«, sagte er. Er machte sich Sorgen über die ungehobelten Reiter, die am Hof seiner Familie vorbeiziehen würden, und seine Eltern waren allein dort und wußten nichts von dem, was geschehen war.

Gryss bemerkte die Unsicherheit in Farnors Stimme. »Vermutlich ist es wirklich das Beste«, erklärte er. »Geh, und sag deinem Vater, was geschehen ist. Ich werde mir im Gasthof ein Pferd borgen und später nachkommen.«

Unbehindert von den anderen erreichte Farnor den Rand des Dorfes und fiel in einen lockeren Trab, von dem er wußte, daß er ihn Meile um Meile durchhalten konnte.

Die ersten Sterne erschienen am immer dunkler werdenden Himmel; allerdings würde der aufgehende Mond sie schon bald wieder verblassen lassen.

Farnor hatte jedoch keine Augen für den Himmel. Außerhalb der Sicherheit des Dorfes wanderte sein Geist auf vielen dunklen Wegen, genährt von seiner lebhaften Phantasie und Erinnerungen an Yonas' Geschichten.

Bis jetzt war ihm nur eines vollkommen klar: Egal, was die Steuereintreiber auch im Schilde führen mochten, ihr Auftauchen bedeutete nichts Gutes, und je schneller sie wieder verschwinden würden, desto besser.

»Sie sind nur Männer«, hatte Gryss gesagt. Ein vernünftiger Standpunkt, dazu gedacht, die primitiven Ängste zu vertreiben, die alle Menschen von Natur aus vor Fremden empfinden.

Aber die Vernunft ist ein Neuling unter den Gefühlen und weniger tief verwurzelt als die Angst, und das Nebeneinander der grimmigen Fremden und der Wärme seines Heims in seinen Gedanken ließ Farnor unwillkürlich das Gesicht verziehen.

Er wollte nur noch nach Hause.

Dann hörte er eine Weile einfach auf zu denken und rannte nur noch; weiter und weiter rannte er, bis er schließlich das Gatter erreichte, das den Eingang zu seinem Heim bildete. Inzwischen war es bereits zu dunkel, als daß er irgendwelche Spuren der Reiter hätte entdecken können, und seine Sorgen kehrten wieder zurück, während er den Pfad zum Hof hinaufrannte.

Hinter der letzten Biegung sah er das Haus. Eine Sonnensteinlaterne hing neben der Tür und beleuchtete den Vorhof – den *leeren* Vorhof.

Farnor wollte erleichtert aufseufzen, als halbfertige Bilder von Reitern aus den hintersten Ecken seines Geistes auftauchten und sofort wieder verschwanden.

»Du bist ja vollkommen außer Atem«, sagte Garren, als sein Sohn ins Haus platzte. »Hat dich irgendein wütender Vater von der Dämmerungswacht vertrieben, weil du mit seiner Tochter geschäkert hast?«

Er kicherte, bis seine Frau ihm einen bösen Blick über das Buch hinweg zuwarf, das sie gerade las.

Ohne Umschweife begann Farnor mit seiner Geschichte. Im Verlauf der Erzählung legte seine Mutter das Buch beiseite und gesellte sich zu ihrem Mann, der Farnor gebannt anstarrte.

»Sie reiten das Tal hoch, sagst du?« war alles, was Garren hervorbrachte, nachdem Farnor geendet hatte.

Katrin wirkte nervös, und Garren blähte die Wangen und stieß langsam die Luft aus, während er sich bemühte zu verarbeiten, was er soeben gehört hatte.

»Steuereintreiber!« sagte er schließlich. »Nach all den Jahren! Das gibt viel böses Blut.« Dann war kein Halten mehr, und die Fragen sprudelten nur so aus ihm hervor. »Wie viel waren es? Wie sahen sie aus? Warum sind sie nicht zur Zehntscheuer geritten? Warum hat Gryss nicht mit ihnen gesprochen?« Und mit wachsender Verwunderung. »Und was um alles in der Welt haben sie hier draußen zu suchen?«

In den kurzen Pausen zwischen den Fragen schüttelte Farnor abwechselnd den Kopf, zuckte mit den Schultern und brachte gelegentlich ein »Ich weiß es nicht« hervor, bis er schließlich eine Eingebung hatte. »Gryss hat gesagt, daß er später nachkommen würde.«

Garren stand auf, ging aus dem Haus und über den Hof. Farnor folgte ihm, während seine Mutter in der Tür stehenblieb. Die beiden Hofhunde tauchten aus ihren Hütten auf und liefen den Männern hinterher.

Am Gatter des Vorhofs hielt Garren an, beschattete die Augen mit den Händen, um das Licht des Sonnensteins abzuhalten, und schaute angestrengt in Richtung Burg. Farnor tat es ihm gleich, doch trotz des Mondlichts war es zu dunkel, als daß man irgendetwas anderes hätte sehen können als die dunklen Umrisse der Berge.

»Meinst du, wir sollten sie suchen gehen?« fragte Garren. »Nachsehen, ob sie Hilfe brauchen ... Proviant, Wasser? Wenn sie wirklich so erschöpft sind, wie du glaubst, dann könnten sie sich dort oben verirren.«

»Sie hatten Packpferde«, antwortete Farnor. »Wenn sie den ganzen Weg von der Hauptstadt hierhergekommen sind, dann müssen sie es gewohnt sein, durch unbekanntes Land zu reisen.«

»Du hast Recht«, bestätigte Garren und drehte sich wieder zum Haus um. »Und sie werden wohl nicht gerade freundlich reagieren, wenn ein Fremder in ihr Lager stolpert.«

Als sie erneut den Hof überquerten, knurrte einer der Hunde und schlich aufs Gatter zu. Das Schnauben eines Pferdes drang aus der Dunkelheit, und langsam erschien eine große Gestalt am äußeren Rand des Lichtkreises der Laterne. Es war ein Reiter.

»Tut mir leid, wenn ich euch erschreckt habe«, sagte Gryss, während er abstieg, um das Gatter zu öffnen. Seine Stimme klang sachlich. »Hast du auf dem Rückweg irgendeine Spur der Steuereintreiber gesehen, Farnor?« fragte er.

Farnor schüttelte den Kopf.

Gryss bückte sich, um die beiden Hunde zu streicheln, dann blickte er nach Norden. »Ich könnte mir vorstellen, daß sie irgendwo dort oben sind«, sagte er und wandte sich an Garren. »Ich nehme an, Farnor hat dir alles erzählt.«

»Ja, aber klug bin ich daraus nicht geworden.«

»Ich auch nicht«, sagte Gryss. »Aber ich habe schon mit einigen Ratsmitgliedern gesprochen, und ich dachte, ich sollte besser auch mal mit dir reden, bevor wir uns morgen offiziell treffen.«

Garren lächelte. Auf diese Art ging Gryss immer mit Situationen um, die so ungewöhnlich waren, daß sie vor den Dorfrat gebracht werden mußten. Nachdem er selbst einen Entschluß gefaßt hatte, versuchte er stets, die anderen Ratsmitglieder vor der Versammlung von seiner Meinung zu überzeugen, ›um Zeit zu sparen‹. Manchmal funktionierte das, manchmal aber auch nicht, und wenn er scheiterte, waren die Folgen meist spektakulär.

Bei dem Wort ›Rat‹ schwand Farnors Interesse an der weiteren Vorgehensweise augenblicklich dahin.

Nachdem die beiden Männer im Haus verschwunden waren, schnalzte Farnor mit der Zunge, um die beiden Hunde zu sich zu rufen, und kletterte über das Gatter. Nach seinem Lauf vom Dorf nach Hause und dem Verhör durch seinen Vater würde ihm ein kleiner Spaziergang in der kalten, mondhellen Nacht helfen, seine Gedanken zu ordnen.

Die beiden Hunde krochen unter dem Gatter hindurch

und folgten Farnor schwanzwedelnd. Während Farnor über die Hügel wanderte, rannten die Hunde hierhin und dorthin, kamen und gingen und terrorisierten das Nachtgetier. An der Straße angelangt überlegte Farnor kurz, dann wandte er sich nach links, gen Norden.

Ein kurzer Marsch würde ihn auf die Kuppe eines Hügels führen, von dem aus man bei Tage die Burg erkennen konnte. Vielleicht würde er irgendwelche Hinweise auf ein Lager entdecken – Feuer in der Ferne, womöglich sogar Stimmen, die durch die Nachtluft hallten.

Nachdem er die Hälfte des Aufstiegs hinter sich gebracht hatte, eilten die Hunde auf ihn zu. Plötzlich blieben sie jedoch stehen, senkten die Köpfe und knurrten.

»Was ist los?« fragte Farnor, kauerte sich zwischen sie und folgte ihren Blicken.

Vor ihm, auf der Kuppe, lief die Straße in einen schwarzen Wulst aus, der sich deutlich gegen den mondhellen Himmel abzeichnete. Zu beiden Seiten der Straße erhoben sich Bäume.

Dann, langsam, ganz langsam, veränderte der Wulst seine Gestalt.

Kapitel 9

Farnors Augen weiteten sich vor Entsetzen, als der Schatten der Hügelkuppe vor ihm zum Leben erwachte. Visionen suchten ihn heim, bevor er Gelegenheit hatte, über das, was gerade geschah, nachzudenken: Visionen des Schafmörders, monströs und böse, der aus seinem Versteck gekrochen kam, um schreckliche Rache an seinen Verfolgern zu nehmen.

Doch auch wenn seine Beine zitterten und bereit waren zu fliehen, so erreichte sie doch kein entsprechender Befehl, und während der Schatten immer größer wurde, blieb Farnor, wo er war, die Arme über die Nacken seiner Hunde gelegt. Er spürte, daß sie knurrten, doch außer dem Klopfen seines eigenen Herzens vermochte er nichts zu hören.

Der Schatten wuchs und wuchs und dann:

»Hey, du da!«

Die Stimme übertönte den lärmenden Schrecken in Farnors Kopf.

Ein Teil von ihm fragte: *»Ich?«* Doch ein anderer Teil riet zum raschen Rückzug, bis er die unheimlichen Gestalten identifizierte. Es waren Reiter, erkannte Farnor erleichtert. Vermutlich die Steuereintreiber, die wieder zurückkehrten.

»Ja?« erwiderte Farnor mit überraschend fester Stimme.

»Komm her.«

»Was wollt Ihr?«

Die Schatten bewegten sich. »Komm her!« wiederholte die Stimme verärgert. Sie klang seltsam und besaß einen Unterton, der Farnor nicht gefiel.

Einen Augenblick lang dachte er erneut über Flucht nach, oder genauer: Er dachte darüber nach, *davonzuschlüpfen*. Das hier war sein Land, und er kannte es in-

und auswendig, sei es bei Tag oder bei Nacht. Er konnte augenblicklich verschwinden, sich wieder zum Hof zurückschleichen und Gryss und seinen Vater von diesem Geschehen berichten.

Die Vorstellung beruhigte ihn.

Aber andererseits, sinnierte er, was genau geschah hier eigentlich? Nichts – den anfänglichen Schrecken schob er nun endgültig beiseite – nichts, außer daß ihn ein Fremder angesprochen hatte, der wahrscheinlich nicht wußte, wo er war, der sich verirrt hatte. Abgesehen davon war dieser Fremder ein Steuereintreiber, ein Mann des Königs, dessen guter Wille sich im Laufe der folgenden Tage als wichtig erweisen könnte. Farnor würde entweder von Gryss oder von seinem Vater etwas Entsprechendes zu hören bekommen, sollte er den Mann im Stich lassen und einfach in die Nacht davonrennen wie ein verängstigtes Kind.

»Platz«, befahl er den Hunden. Sie legten sich hin, doch Farnor war froh über ihr leises Knurren, auch wenn er sich entschieden hatte, den Botschafter des Tals zu spielen. Ein Pferd wieherte, und Farnor hörte etwas, das er für einen Fluch hielt, auch wenn ihm die Worte unbekannt waren.

Als er vortrat, sah er jemanden absteigen und ihm entgegenkommen.

Ein Dutzend Schritte später stand er einer großen Gestalt mit hängenden Schultern gegenüber. Das Mondlicht warf tiefe Schatten auf das Gesicht des Mannes, und Farnor vermochte weder das wahre Aussehen des Fremden zu erkennen, noch wie alt er war – eigentlich konnte er gar nichts erkennen.

Außer den Augen. Farnor konnte sie nicht sehen, denn sie lagen tief in den Höhlen, dennoch wußte er, daß sie zusammengekniffen waren und ihn aufmerksam musterten. Er versuchte, in sie hineinzublicken, doch allein der Versuch machte ihn bereits nervös.

»Lebst du hier in der Gegend hier, Junge?«

Ob der Anrede zuckte Farnor zusammen, doch er verzichtete auf eine Erwiderung. Erneut hatte die Stimme seltsam geklungen. Der Mann betonte jedes einzelne Wort auf merkwürdige Art und sprach mit einem Zögern, das in krassem Gegensatz zu seinem selbstsicheren Auftreten stand.

»Ja«, antwortete Farnor.

»Wir brauchen einen Heiler«, sagte der Mann. »Einige meiner Männer sind krank. Wo kann ich einen finden?«

»Ihr habt Glück«, erklärte Fanor voller Erleichterung. »Der Heiler ist im Augenblick bei uns daheim. Kommt mit mir. Ich werde Euch zu ihm führen.«

Der Mann neigte den Kopf zur Seite, als lausche er aufmerksam auf irgendetwas.

»Wie weit?« fragte er.

»Ein paar Minuten zu Fuß«, antwortete Farnor und deutete die Straße hinunter.

Einmal mehr schien der Mann über etwas nachzudenken, dann, mit einer lässigen Handbewegung: »Führe uns.« Aus irgendeinem Grund, den er nicht erklären konnte, verneigte sich Farnor leicht als Zeichen, daß er der Aufforderung nachkommen würde. Der Mann drehte sich zu seinen noch immer auf den Pferden sitzenden Gefährten um und winkte sie vorwärts. Einer der Männer sagte etwas.

Farnor fiel die Kinnlade herunter. Der Mann redete Kauderwelsch! Kurz kehrte seine anfängliche Furcht wieder zurück. Eine alte Kindergeschichte kam ihm in den Sinn über Dämonen, die ahnungslose Reisende entführten und sie zu Sklaven in irgendeiner schrecklichen Welt machten. Dann erkannte er, daß diese Reiter nicht einfach nur die Männer des Königs aus der fernen Hauptstadt waren, sie waren *wirklich* Fremde: Menschen aus einem vollkommen anderen Land.

Wie lautete noch das Wort, mit dem Yonas immer solche Leute bezeichnete? *Söldner,* das war's. Das Wort besaß einen großartigen Klang, obwohl, wie Farnor sich erinnerte, Yonas' Söldner stets entweder loyal und ehrenhaft oder verräterisch und gerissen waren. Aber das war Yonas. Dies hier war die Wirklichkeit. Und der König hatte sicherlich die Besten der Besten auserwählt, die ihm als Steuereintreiber dienen sollten.

Farnor schob diese Gedanken beiseite, als die anderen Männer den ersten erreichten, der daraufhin wieder in den Sattel kletterte und dem jungen Bauern zuwinkte, loszugehen.

Farnor schnalzte mit der Zunge, und die beiden Hunde verließen ihren Posten und liefen neben ihn. Allerdings schienen sie jegliches Interesse an nächtlichen Streifzügen verloren zu haben, und mit angelegten Ohren und leichtem Schwanzwedeln blieben sie dicht bei Farnor, während dieser vor den Reitern hermarschierte.

Den größten Teil des Wegs über schwiegen die Reiter; nur einmal wurden ein paar Worte ausgetauscht, doch ein harscher Befehl des Anführers brachte die Männer sofort wieder zum Schweigen. Dabei benutzten die Fremden abermals ihre eigene, seltsame Sprache.

Farnor gefiel es sehr, diese Fremden zu führen – wie ein Hirte die Herde.

Als sie den Hof erreichten, öffnete Farnor das Gatter, und die Männer ritten an ihm vorbei auf den hell erleuchteten Vorhof. Insgesamt waren es sechs, und Farnor hatte den Eindruck, als mache es sie nervös, plötzlich im Licht zu stehen. Sie verteilten sich und schauten sich um, als suchten sie irgendetwas ... oder irgendwen. Auch ihre Pferde wurden unruhig und trippelten über den gepflasterten Hof, und schon bald war die Nacht von Hufklappern erfüllt. Das Licht der Sonnensteinlaterne nahm die Erregung auf, und lange Schatten tanzten über die Wände und Dächer des Haupthases und der Nebengebäude. Einer der Männer sprach erregt mit dem Anführer, der daraufhin etwas murmelte und sich aus dem Sattel schwang.

»Wartet hier«, sagte Farnor. »Ich werde meinen Vater holen.«

Doch der Lärm der auf den Hof reitenden Männer hatte Garren und Gryss bereits voller Sorge zur Tür geführt; Katrin stand hinter ihnen.

»Was ist los? Was ist geschehen?« fragte Garren seinen Sohn, während er die Szene in sich aufnahm.

»Bist du der Heiler?« fragte der Anführer der Reiter Garren, bevor Farnor seinem Vater antworten konnte.

Erstaunt über den seltsamen Akzent starrte Garren den Mann sprachlos an.

Gryss trat rasch vor ihn. »Ich besitze gewisse Heilkenntnisse. Ist jemand verletzt?«

Der Mann deutete nach Norden. »In der Burg dort. Einige meiner Männer sind krank«, erklärte er.

Gryss nickte. »Einige von ihnen sahen schon nicht gut aus, als Ihr durchs Dorf geritten seid«, sagte er, und sofort wurde er wieder ganz der nörgelnde Heiler. »Ihr hättet sofort Bescheid sagen sollen. Ich habe weder Geräte noch Medizin dabei.«

»Komm trotzdem«, sagte der Mann. Farnor glaubte, einen drohenden Unterton in der Stimme des Mannes zu hören, doch vielleicht lag dies nur an dem seltsamen Akzent lag.

Gryss nickte und ging zu seinem Pferd. »Ich werde mit dir kommen«, sagte Garren und ging dem alten Mann hinterher, doch Gryss schüttelte den Kopf. »Nein. Du bleibst hier bei ... Katrin und Farnor. Wenn es nicht zu spät wird, schaue ich noch mal rein.«

Einen Augenblick lang blickten die beiden Männer einander in die Augen.

»Egal wann, schau trotzdem rein«, sagte Garren.

Nachdem die Reiter verschwunden waren, runzelte

Garren die Stirn. »Was ist los?« fragte Farnor. »Es war doch richtig, daß ich sie hierhergebracht habe, oder? Es ist doch gut für uns, wenn wir ihnen helfen.«

Garrens Gesicht verdunkelte sich. »Vermutlich«, erwiderte er nachdenklich. »Aber warum schickt jemand sechs Reiter aus, um einen Heiler zu holen?« Er blickte zu seinem Sohn und rang sich ein Lächeln ab. »Ja, du hast richtig gehandelt«, sagte er. »Es war ein glückliches Zusammentreffen. Es könnte sich als durchaus hilfreich erweisen, wenn wir mit diesen Leuten später über den Tribut verhandeln müssen.«

Mit gelassener Selbstsicherheit führte er seinen Sohn und seine Frau ins Haus zurück.

Als er die Tür schloß, blickte er jedoch noch einmal hinaus über den Hof. »Fremde?« flüsterte er, das Gesicht verwirrt und grimmig.

»Ein wenig langsamer, wenn es Euch nichts ausmacht«, sagte Gryss zu seinem Gefährten, wobei er betont langsam und deutlich sprach. »Ich bin kein Reitersmann, und dieses Pferd gehört mir nicht.«

Der Mann zügelte sein Pferd ein wenig.

»Mein Name ist Har Grysstson«, sagte Gryss, lächelte und streckte die Hand aus. »Aber jeder nennt mich Gryss – oder ›der alte Gryss‹, wenn jemand sich mir besonders überlegen fühlt.«

»Gryss«, wiederholte der Mann für sich selbst, als wolle er das Wort schmecken; dann ergriff er Gryss' Hand. »Nilsson«, sagte er. »Halfvrin Nilsson.« Sein Griff war kräftig, und seine Zähne funkelten kurz im Mondlicht, was Gryss für ein Lächeln hielt.

»Seid Ihr der Hauptmann dieser Abteilung?« fragte Gryss.

»Ich führe sie«, antwortete Nilsson knapp.

»Was fehlt Euren Männern?«

Nilsson zuckte mit den Schultern. »Wenn ich das wüßte, brauchte ich keinen Heiler«, erklärte er in gleichgültigem Tonfall, was Gryss zu einem Stirnrunzeln veranlaßte.

Da er erkannte, daß es nutzlos sein würde, den Mann mit weiteren Fragen zu löchern, fand sich Gryss damit ab, den Rest des Weges schweigend zurückzulegen.

Er hatte nicht gelogen, als er gesagt hatte, er sei kein Reiter, und daher war er erleichtert, als sie schließlich die Burg erreichten. Ein Ruf ertönte im Schatten der mächtigen Tortürme. Die Gruppe hielt an, und Nilsson beantwortete den Ruf. Daraufhin öffnete sich das Ausfalltor, und ein dunkles Rechteck erschien in dem mondbeschienenen Tor. Nilsson und die anderen stiegen ab.

Mit viel Lärm und wenig würdevoll tat Gryss es ihnen nach. Niemand bot ihm Hilfe an.

»Vielen Dank auch«, murmelte er sarkastisch vor sich hin. Dann verzog er das Gesicht, rieb sich übertrieben das Hinterteil, ergriff die Zügel seines Pferdes und folgte Nilsson durchs Tor.

Er hätte nicht sagen können, was er im Innern der Burgmauern erwartet hatte, doch das, was er sah, war ohne Zweifel eine Enttäuschung. Ein paar Männer wanderten mit Pechfackeln umher, deren schwaches Licht zwar ausreichte, das Mondlicht zu verdrängen, doch erhellte es nur wenig.

Nilsson sprach mit einem der Fackelträger. Dann wandte er sich wieder an Gryss. »Hier entlang«, sagte er und nahm dem Mann die Fackel aus der Hand.

Einer der anderen Reiter nahm Gryss das Pferd ab, und der alte Mann folgte Nilsson zu einem nahegelegenen Gebäude. Als sie eintraten, bemerkte Gryss, daß die Tür beschädigt war; sie war aufgebrochen worden. Er runzelte die Stirn. Dann kam ihm der Gedanke, daß inzwischen vermutlich alle Schlösser verrostet waren, und müde Soldaten am Ende einer langen Reise hatten wohl kaum die Muße, alte Türen zu schmieren und zu reparieren, bevor sie sich einen Platz zum Schlafen suchen konnten – besonders nicht, wenn einige von ihnen krank waren.

Hinter der Tür fand sich Gryss in einem großen Vorraum wieder, von dem verschiedene Gänge abzweigten. Nilsson schaute sich einen Augenblick lang um, unsicher, in welche Richtung er sich wenden sollte. Gryss deutete auf eine Tür, unter der Licht hervorschien. Nilsson grunzte und stieß die Tür auf.

Sie führte in eine kleine Halle, die von ungefähr einem Dutzend Fackeln beleuchtet wurde. Ihr Rauch war beißend und hatte unter der Decke bereits eine dunkle Wolke gebildet. Überall lagen Männer auf dem Boden, als hätte man sie dort abgelegt wie Mehlsäcke.

Nilsson nickte in Richtung der Männer. »Das sind sie«, sagte er knapp. »Bring sie wieder auf die Beine, wenn du kannst. Wir können uns nicht mit zusätzlichem Gepäck belasten.«

Gryss warf ihm einen schnellen Blick zu; er war entsetzt über Nilssons harschen Tonfall. Er verzichtete allerdings darauf, seine Meinung zu äußern, denn schließlich kannte er diese Leute zu wenig, als daß er über sie hätte urteilen können. Er wandte sich den Kranken zu.

Es fiel ihm nicht leicht, sie im Licht der Fackeln zu untersuchen. »Habt Ihr keine Laternen?« fragte er irgendwann. Er erhielt keine Antwort, doch Nilsson beugte sich mit der Fackel tiefer zu ihm herunter.

Gebückt bewegte sich Gryss von einem Mann zum nächsten, blickte ihnen in die Augen und Münder, fühlte ihre Temperatur und überprüfte Puls und Gliedmaßen. Die Antworten, die er auf seine geflüsterten Fragen erhielt, wurden alle in dem Akzent gegeben, den auch der Hauptmann sprach.

Als er fertig war, richtete sich Gryss mit einem beschwerlichen Stöhnen auf und wandte sich an Nilsson.

»Soweit ich das nach solch einer flüchtigen Untersuchung sagen kann, leiden diese Männer vor allem an extremer Erschöpfung. Sorgt dafür, daß sie sich die Nacht über gut ausruhen können. Ich werde morgen zurückkommen und sie genauer untersuchen.«

Nilsson funkelte zunächst ihn, dann seine Männer an. Die Lippen hatte er zurückgezogen wie ein wütender Hund und so eine Reihe fest aufeinandergepreßter Zähne entblößt. Gryss fragte sich, ob das, was er vorhin auf dem Ritt in der Dunkelheit für ein Lächeln gehalten hatte, in Wahrheit ein solches Zähnefletschen gewesen war.

»Willst du damit sagen, daß sie sich so hängen lassen, weil sie müde sind?« fragte Nilsson. Sein Mund war noch immer angespannt. Zum ersten Mal seit sie sich getroffen hatten, betrachtete Gryss den Mann genauer. Nilsson war größer als der Durchschnittsmann und kräftig gebaut. Die Schultern hatte er stets ein wenig vorgeschoben, was ihm ein bedrohliches Aussehen verlieh. Er besaß ein volles Gesicht, das durch tiefe Furchen gekennzeichnet war, und im Laufe der Jahre würde er vermutlich ein Doppelkinn entwickeln. Die Kälte in seinen Augen trug ihr Übriges zu seiner bedrohlichen Ausstrahlung bei. Und als er die Zähne gefletscht hatte, hatte er geradezu wild ausgehen.

Gryss verspürte Angst.

Er suchte Zuflucht in der Vernunft. *Der Mann ist ein Soldat*, sagte er sich. *Und noch dazu ein Hauptmann. Ein Mann mit Verantwortung, der es gewohnt ist, anderen seinen Willen zu diktieren – und ein Mann, der auch vor Gewalt nicht zurückschreckt, sollte es erforderlich sein. Was, außer einer furchterregenden, vielleicht sogar grausamen Entschlossenheit, darf ich dann von ihm erwarten?*

Und er ist ein Fremder, fiel ihm schließlich noch ein. *Eine Art Fremder, die noch weit ... ›ungewöhnlicher‹ ist als unsere Landsleute von jenseits der Hügel.*

Angesichts dieser Tatsachen war eine bedrohliche Ausstrahlung geradezu unvermeidlich. Der Gedanke beruhigte Gryss ein wenig.

»Nein«, erwiderte Gryss. »Sie sind nicht einfach nur müde, sie sind *vollkommen erschöpft*. Ihre Körper arbeiten nicht mehr normal. Ihr könntet sie mit brutaler Gewalt wieder auf die Beine zwingen, aber es ist nur eine Frage der Zeit, bis sie zusammenbrechen und sich überhaupt nicht mehr bewegen werden, was auch immer Ihr tut.« Er verzichtete darauf, hinzuzufügen, daß solch eine Behandlung die Männer auch dazu bewegen könnte, ihrem Hauptmann die Kehle durchzuschneiden. Auch wenn sie erschöpft und krank waren – auf Gryss wirkten sie noch immer so zwielichtig wie vor einigen Stunden, als sie durchs Dorf geritten waren.

Nilsson schien ihm widersprechen zu wollen, doch Gryss fuhr rasch fort. »Ihr selbst seht auch nicht gerade gut aus, Hauptmann«, sagte er. »Wie lange wart Ihr im Sattel?«

»Zu lange«, antwortete Nilsson, ohne zu zögern. Die Frage hatte ihn überrascht.

Gryss spürte Schmerz in der Antwort, und trotz des Benehmens des Mannes legte er ihm die Hand auf den Arm.

»Euer Eifer ehrt Euch, Hauptmann«, sagte er. »Aber ich bin sicher, daß der König nicht will, daß Ihr und Eure Männer Euch so völlig verausgabt, nur um den Tribut einzusammeln.«

Verwirrung zeigte sich auf Nilssons Gesicht. Gryss betonte wieder jede Silbe, denn er vermutete, daß der Fremde ihn nicht richtig verstanden hatte. »Er will sicher nicht, daß seine Steuereintreiber so hart für ihn arbeiten, daß sie krank werden – besonders nicht, da ich vermute, daß unser Tribut seine Einnahmen nicht allzu sehr vergrößern wird.« Sein Tonfall wurde onkelhaft. »Guter Gott! Es kann sich überhaupt niemand mehr daran erinnern, wann hier zum letzten Mal der Tribut abgeholt wurde. Nach all den Jahren macht es wohl kaum einen Unterschied, wenn Ihr Euch erst einmal einen Tag ausruht, oder?«

Die mögliche Antwort auf diese Frage jagte Gryss abermals einen Schauder über den Rücken. »Es herrscht doch keine große Not, oder? Kein Krieg oder so was?« fügte er besorgt hinzu.

Während Gryss gesprochen hatte, war die Verwirrung in Nilssons Gesicht einem berechnenden Ausdruck gewichen, und dieser wiederum war von aufgesetzter Gelassenheit ersetzt worden. Nachdem Gryss geendet hatte, schwieg Nilsson einen Augenblick lang.

»Nein, nein«, sagte er dann plötzlich und schüttelte den Kopf. »Kein ... Krieg. Nur ...« Er beendete den Satz mit einem unbekümmerten Schulterzucken.

Gryss reagierte auf die Äußerung ebenfalls mit einem Schulterzucken. »Nun denn«, sagte er, »Ihr müßt hierbleiben und Euch ausruhen, bis Eure Männer wieder auf dem Damm sind. Es wird nicht lange dauern; dessen bin ich sicher. Nur ein paar Tage.« Voller Abscheu blickte er sich in der verrauchten Halle um. »Ich habe nicht die geringste Ahnung, welche Art von Räumlichkeiten die Burg bietet, aber auf jeden Fall werden sie weit besser sein als das hier. Im Augenblick würde ich an Eurer Stelle die Männer lieber in Ruhe lassen. Laßt sie schlafen. Aber vielleicht könnt Ihr morgen etwas ... etwas Komfortableres finden.«

Nilsson blickte Gryss unverwandt in die Augen. »Wir haben nicht genug Proviant, um hierbleiben zu können«, erklärte er.

»Ich bin sicher, wir werden mit den königlichen Steuereintreibern zu einer Übereinkunft kommen, was die Versorgung betrifft.« Gryss' Stimme klang gelassen; gleichzeitig war er froh, sich daran erinnert zu haben, einen geschäftsmäßigen Unterton wahren zu müssen.

Nilsson nickte und ging zur Tür. Gryss nahm dies als Zeichen, daß sein Angebot angenommen und der Besuch beendet sei.

»Ich werde morgen wiederkommen«, sagte er.

Als er die Tür öffnen wollte, schwang sie ihm entgegen, und zwei Männer kamen herein. Gryss trat beiseite, um sie vorbeizulassen, dann schickte er sich an zu gehen. Doch als er sich in Bewegung setzte, warf einer der Männer Nilsson einen fragenden Blick zu, und Gryss spürte einen eisernen Griff um seinen Arm. Halbherzig versuchte er, sich loszureißen, obwohl er wußte, daß er nicht die Kraft besaß, sich selbst zu befreien. Beunruhigt drehte er sich zu Nilsson um.

Der Hauptmann redete hektisch mit dem Mann, der Gryss gefangen hatte; dann endete das Gespräch plötzlich mit einem strengen, boshaften Befehl von Nilsson, der in seiner unverständlichen Sprache wohl so etwas Ähnliches gesagt hatte wie: »Laß ihn gehen, sonst ...!« Doch erst als der Hauptmann den Befehl wiederholte, leistete der Mann ihm Gehorsam und ließ Gryss los. Der alte Mann hielt es allerdings für ratsam zu bleiben, wo er war, bis Nilsson sich direkt an ihn wandte.

Nilsson winkte die beiden Neuankömmlinge beiseite, öffnete entschuldigend die Arme und lächelte Gryss an. Diesmal war es ein richtiges Lächeln.

»Es tut mir leid«, sagte er. »Wie du gesagt hast, saßen wir zu lang im Sattel; da kann man schon mal die Beherrschung verlieren.« Er wurde vertrauensselig. »Um ehrlich zu sein«, fuhr er mit gesenkter Stimme fort, »wir sind nicht ganz sicher, wo wir überhaupt sind. Es gibt nicht viele ...« Er schnipste mit den Fingern, während er nach dem richtigen Wort suchte. »Es gibt nicht viele Karten von diesem Teil des Landes, und es ist uns ziemlich schwergefallen hierherzufinden.«

Erleichtert erwiderte Gryss das Lächeln, dennoch bewegte er sich erst, als Nilsson ihn persönlich durch die

Tür auf den Hof hinausführte. Der Hof war nun beinahe menschenleer; Gryss' Pferd hatte man an einem Pfosten neben der Tür angebunden.

Nilsson öffnete für ihn das Ausfalltor. »Soll dich eine Eskorte zu deinem Hof begleiten ... Har Grysstson?« fragte er.

»Nein, danke, Hauptmann«, antwortete Gryss. »Es ist eine klare Nacht, und im Gegensatz zu Euch habe ich das Glück zu wissen, wo ich bin.«

Unter Mühen kletterte er in den Sattel, nickte dem Hauptmann zum Abschied zu und setzte sich in Bewegung. Als er hörte, wie hinter ihm die Tür ins Schloß fiel, hatte er das Gefühl, als hätte man ihm eine große Last von den Schultern genommen. Er hatte gar nicht bemerkt, wie bedrückend die Atmosphäre in der Burg gewesen war.

Als er ins Tal hinunterblickte, sah er den leuchtenden Sonnenstein auf dem Giebel der Zehntscheuer. Er hielt sein Pferd an und betrachtete den Stein eine Zeitlang. Dann drehte er sich im Sattel um und blickte zur Burg zurück. Früher vertraut und geheimnisvoll zugleich, schien sie sich nun vollkommen verwandelt zu haben. Das Vertraute war fremd geworden, und das Geheimnisvolle furchteinflößend.

Gryss schloß die Augen und stieß einen langen, tiefen Seufzer aus. Er war angespannt. Zu viel war heute geschehen – viel zu viel.

Als er wieder die Augen öffnete, füllte erneut der Sonnenstein sein Blickfeld. Wieder blickte er in das helle, hoffnungsvolle Licht des Symbols der Dalmaszeit – in das Licht, das ihm und dem ganzen Tal stets so viel bedeutet hatte.

Nun jedoch wünschte sich Gryss nichts sehnlicher als Dunkelheit, die sein Volk und das Tal schützen würde.

Kapitel 10

»Was zum Teufel hast du dir eigentlich dabei gedacht, Halfvrin? Zuerst bringst du ihn her, und dann läßt du ihn einfach so davonziehen!«

Die Beschwerde kam von dem Mann, der Minuten zuvor Gryss' Arm gepackt hatte, um ihm am Fortgehen zu hindern: Arven Dessane. Dessane war zwar kleiner als Nilsson, besaß aber die gleiche kräftige Statur, doch wo Nilsson ein eher ruhiger Mensch war, war Dessane nervös und aufbrausend.

Nilsson blickte ihn kalt an.

»Du solltest dich lieber fragen, was zum Teufel *du* dir dabei gedacht hast, ihn dir zu schnappen, Dessane.« Seine Stimme klang tief und drohend, und Dessane wich einen Schritt zurück; seinen Trotz gab er jedoch nicht auf. »Ich habe versucht, ihn am Gehen zu hindern«, erwiderte er. »Das Letzte, was wir jetzt gebrauchen können, ist, daß sich die Nachricht über unseren Aufenthalt hier verbreitet.«

Nilssons Zähne funkelten ungesund gelb im Licht der verlöschenden Fackeln.

Er stieß hörbar den Atem aus; nur knapp verdeckte Müdigkeit den Zorn. Dann schob er sich an Dessane vorbei und machte sich auf den Weg zurück zu dem Haus, in dem die erschöpften Männer lagen. »Ich verstehe nicht, wie du so lange hast überleben können.« Er blieb stehen und drehte sich wieder zu Dessane um. »Hast du denn gar nichts von unserem verblichenen Anführer gelernt? Hast du nicht gelernt, zu beobachten, zuzuhören und zu warten? Hast du nicht gelernt zu lächeln, und immer einen Dolch im Ärmel zu haben?«

»Am Ende haben ihm all seine Intrigen ja viel genützt«, kam die Antwort, ohne zu zögern. Dessanes Tonfall wurde verächtlich. »Und tu du nur nicht so, als seist du er, oder hast du plötzlich das Geheimnis seines *besonderen* Schutzes entdeckt?« Er machte ein abschätziges Geräusch. »Du wirst uns noch alle umbringen, wenn du dauernd Fremde anschleppst, die uns ausspionieren. Wir sollten alles so einfach wie möglich halten. Starke Arme und scharfer Stahl: Das ist alles, was wir haben, das ist alles, was wir brauchen, und das ist alles, worum wir uns kümmern sollten.«

Nilsson ballte die Fäuste. Er schien ernsthaft darüber nachzudenken, seinen Gefährten zu schlagen. Stattdessen beugte er sich jedoch über ihn wie ein großer, wankender Baum. »Wirklich?« sagte er bissig. »Welch scharfsinniges Urteil. Ich hätte ja niemals vermutet, daß du unsere Situation so tiefsinnig zu beurteilen vermagst. Welch Glück, daß ich die anderen mitgenommen habe, um auf der Suche nach einem Heiler ein wenig Gesellschaft zu haben. Wir waren wohl genug, um mit allem Unheil fertigzuwerden, das uns hätte befallen können, glaubst du etwa nicht?« Dessane blieb standhaft, wenn auch mit Mühe angesichts dieses sanften, doch zugleich brutalen Angriffs. »Aber glücklicherweise war es ja nicht notwendig, daß wir uns verteidigen mußten, nicht wahr, Dessane?« fuhr Nilsson fort. »Kein Hinterhalt, keine Spione, keine ...« Er legte eine Pause ein. »... Verfolger. Nur ein Junge mit seinen Hunden und ein Heiler, der einen Freund besucht hat.« Abermals schwieg er einen Augenblick lang. »Aber vielleicht war es ja falsch von mir, zu denken und zu planen, wie es unser einstiger Anführer getan hat.« Er deutete auf das Ausfalltor. »Geh du dem alten Mann hinterher. Schneid ihm die Kehle durch, bevor er den Bauernhof erreicht.« Dann kam seine Wut durch. »Dann wirst du sehen, wohin uns das bringt. Bevor wir uns versehen, steht das ganze Tal unter Waffen, während wir hier oben festsitzen und die Leute unten das ganze Land zusammentrommeln.«

»Wir können das Tal ohne Probleme abriegeln, und

mit ein paar Dörflern werden wir schon fertig«, wandte Dessane ein.

»Mit was denn, du Esel?« zischte Nilsson. Er deutete mit dem Daumen über die Schulter. »Vielleicht ist es deiner Aufmerksamkeit entgangen, daß wir kaum noch Proviant haben und daß fast ein Drittel unserer Männer zu krank und erschöpft sind, um auf ein Pferd zu steigen, geschweige denn zu kämpfen. Deshalb haben wir ja auch hier in der Burg unser Lager aufgeschlagen, nachdem wir sie entdeckt haben, falls du dich denn so weit zurückerinnern kannst, und deshalb bin ich auf die Suche nach einem Heiler gegangen. Und *du* wolltest ihn töten. Mit einem Schlag hättest du nicht nur dafür gesorgt, daß unsere Männer nicht versorgt werden, du hättest auch einen Krieg begonnen, den sie unmöglich kämpfen können. Brillant!«

Sein Urteil war vernichtend, und Dessane schwieg eine Weile, auch wenn kurz seine Augen funkelten. Das Feuer in ihnen erlosch jedoch rasch wieder, und als Dessane erneut das Wort ergriff, war sein Benehmen das eines geschlagenen Mannes. »Wie auch immer, mir gefällt der Gedanke nicht, daß der alte Mann unsere Schwäche kennt und weiß, wo wir sind«, sagte er. »Er könnte in eben diesem Augenblick Boten ausschicken.«

Zufrieden damit, seinen Gefährten gebändigt zu haben, erwiderte Nilsson in versöhnlichem Tonfall: »Schau mal. Du bist fast genauso erschöpft wie die Männer da drin. Du denkst nicht nach. Wohin sollte er denn Boten schicken? Seit Tagen haben wir schon kein anderes Dorf mehr gesehen, geschweige denn eine Stadt mit einer Garnison. Das hier ist der Arsch der Welt. Ich wette, seit Jahren ist keiner mehr aus diesem Tal herausgekommen, und niemand hat es besucht, mit Ausnahme des ein oder anderen Kesselflickers. Und warum sollten sie überhaupt nach Hilfe schicken? Was haben wir denn getan? Nichts. Wir sind friedlich durch ihr Dorf geritten, das ist alles.«

Dessane war noch immer beunruhigt. »Wir sind in die Burg eingebrochen«, sagte er. »Und angesichts ihrer Größe hat sie einst eine große Garnison beherbergt.«

»*Einst*. Vielleicht«, stimmte ihm Nilsson zu. »Aber du hast gesehen, in welchem Zustand die Straße ist.« Er deutete auf den Hof. Inzwischen waren auch die letzten Fackeln verloschen, und das kalte Mondlicht verlieh den alten Mauern ein düsteres Aussehen. »Und jedes Schloß, das wir hier gefunden haben, war festgerostet. Es würde mich nicht überraschen, wenn wir morgen bei Tageslicht feststellen würden, daß die meisten Dächer eingefallen sind. Diese Burg ist schon seit Jahrzehnten nicht mehr bemannt.« Er trat näher an Dessane heran und senkte die Stimme zu einem verschwörerischen Flüstern. »Wäre es nötig gewesen, hätte ich ihm gegenüber behauptet, wir hätten wegen unserer Kranken hier einbrechen müssen.« Er neigte den Kopf zur Seite und bleckte erneut die Zähne. »Aber wenn du beobachten und zuhören würdest, wie ich es tue, anstatt jedesmal sofort das Messer zu ziehen, wenn du einen Fremden siehst, dann könntest du etwas lernen.« Er legte eine Pause ein. »Er schien noch nicht einmal überrascht darüber zu sein, uns hier zu sehen. Er hat sogar vorgeschlagen, wir sollten ein paar Tage bleiben. Er meinte, man könne auch etwas zu essen für uns arrangieren. Das ist alles, was wir brauchen: etwas zu essen und etwas Ruhe, und schon bald sind wir wieder auf den Beinen. Wenn wir hier keinen Ärger machen, dann können wir still und heimlich durch das Tal verschwinden, und es wird Jahre dauern, bis irgendjemand herausfindet, wohin wir gegangen sind.«

»Du scheinst dir bei dem alten Mann ziemlich sicher zu sein«, bemerkte Dessane.

Nilsson lächelte. »O ja«, sagte er. »Wenn ich richtig verstanden habe, dann hält er uns für Männer des Königs.« Er versuchte, sich genau an Gryss' Worte zu erinnern. »›Eintreiber‹, ja das war's. Er hat uns ›Steuereintreiber‹ genannt. Du sprichst die Sprache besser als ich. Was hat er wohl damit gemeint?«

Dessane runzelte die Stirn und dachte nach; dann lachte er leise. Er war erleichtert, daß er nun wieder auf der Seite seines Hauptmanns stand, anstatt gegen ihn. »*Steu-er-ein-trei-ber*«, sagte er. »Überleg doch mal. So verschieden ist das Wort doch nicht von unserer Sprache.« Sein Lachen wurde lauter. »Ja, ich bin mir sicher. Sie glauben, wir seien hier, um irgendeine Art Tribut einzutreiben.«

Nilsson schnipste mit den Fingern. »Deshalb haben die Leute unten im Dorf gewartet.«

»Und deshalb sahen sie auch alle so unglücklich aus.« Dessane lachte böse.

Nilsson schlug seinem Stellvertreter auf den Rücken. Die Spannung zwischen ihnen war verschwunden. Zwischen den sich windenden Rauchsäulen der verlöschenden Fackeln hindurch hallte das Lachen der beiden Männer in den mondhellen Himmel hinauf.

Gryss hielt beim Yarrance-Hof, wie Garren ihn gebeten hatte. Er hatte nur wenig zu erzählen. »Sie sehen bei Fackellicht nicht besser aus als bei Tag«, sagte er. »Ich schätze, sie brauchen vor allem Ruhe und was Ordentliches zum Essen.«

»Müßten sie denn nicht genug Proviant dabei haben, wenn sie so eine lange Reise unternehmen?« fragte Garren.

Gryss zuckte mit den Schultern. »Das sollte man glauben, aber vielleicht hatten sie Probleme. Der Hauptmann erzählte, sie hätten sich verirrt. Nach all der Zeit ist das nicht verwunderlich. Sicherlich kann kein Lebender mehr sich an den Weg aus der Zeit erinnern, da der Tribut zum letzten Mal eingetrieben wurde. Der Hauptmann scheint übrigens ein verdammt harter Kerl zu sein.

Ich zumindest würde mich nicht mit ihm anlegen wollen. Vermutlich treibt er seine Männer zu sehr an.«

»Du hast doch gesagt, sie seien Fremde«, erwiderte Garren. ›Fremdsein‹ erklärte so manches Übel.

Farnor schlang verstohlen die Arme um die Brust, während diese Enthüllungen und Spekulationen einander nährten; Gryss' Stimme hatte jedesmal diesen unangenehmen kühlen Unterton, wenn er von dem Hauptmann sprach.

»Wo, glaubst du, kommen sie her?« fragte der junge Mann. »Und warum sollte der König überhaupt Fremde als Steuereintreiber anheuern?«

Erneut zuckte Gryss mit den Schultern. »Warum nicht? Er ist der König. Das ist die beste Antwort, die ich dir geben kann, Farnor. Mit der Zeit werden wir es vermutlich herausfinden, aber im Augenblick sorge ich mich mehr darum, daß wir uns mit ihnen über den Tribut einigen und sie so schnell wie möglich wieder loswerden.« Er seufzte. »Allerdings werden sie wohl oder übel für ein paar Tage hierbleiben müssen. Einige von ihnen sind *wirklich* ziemlich erschöpft.«

Katrin betrat den Raum mit vier Bechern in den Händen. Vorsichtig nahmen die Männer sie ihr ab. Ein anregender Duft nach verschiedenen Kräutern breitete sich im Zimmer aus. Gryss schlurfte laut an seinem Tee, dann tätschelte er sich den Bauch.

»Hervorragend, Katrin«, sagte er. »Die Nacht ist klar und kälter, als man glauben mag, und die Gesellschaft, die ich bis jetzt gehabt habe, war auch nicht gerade herzerwärmend.« Er wurde wieder sachlich. »Ich halte es für eine gute Idee, ihnen bald etwas zu essen zu bringen. Wir müssen freundlich sein, aber nicht zu freundlich. Freundlich genug, um sie wieder auf die Beine zu bringen und um uns bei den Verhandlungen einen Vorteil zu verschaffen, doch nicht so, daß sie sich nächstes Jahr wieder an uns erinnern.« Er lachte. »Das heißt natürlich auch, daß wir ihnen besser nichts von dem hier geben, Katrin«, sagte er und hob den Becher in die Höhe, »oder sie werden nie verschwinden.«

Katrin lächelte geschmeichelt.

»Schade um Dalmas«, bemerkte Farnor.

Die anderen nickten. »Ich glaube, ich gewöhne mich langsam an den Gedanken«, sagte Gryss traurig. »Wenn das alles vorbei ist, müssen wir sehen, ob wir noch irgendetwas tun können. Es wäre wirklich eine Schande, wenn das ganze Fest ins Wasser fallen würde.«

Kurz wurde darüber diskutiert, was man tun könne und wie, doch der Tag war lang gewesen, und angenehm gewärmt vom heißen Tee nickte Farnor schon bald ein. Mehrere Male riß er sich selbst aus dem Schlaf, aber schließlich mußte er seine Niederlage eingestehen und zu Bett gehen, als er von Gryss' und seiner Eltern Lachen geweckt wurde, nachdem er beinahe vom Stuhl gefallen war.

Halb wach und halb schlafend lag Farnor einige Zeit im Bett und genoß das ständige Murmeln der Älteren, das durch den Schlafzimmerboden zu ihm heraufdrang. *Ich darf nicht vergessen, sie morgen früh zu fragen, worüber sie gesprochen haben,* dachte er, als er sich umdrehte. In der kindlichen Sicherheit seines vertrauten Bettes genoß er die wachsenden Privilegien, die ihm als ›Erwachsenem‹ zustanden.

Nach und nach sank er immer tiefer in den Schlaf. Seine Gedanken folgten ihren eigenen Wegen, doch von Zeit zu Zeit glaubte er zu wissen, wohin sie ihn führten. Aus dem Nirgendwo flossen seine Mutter, sein Vater und Gryss in den sich windenden Strom, und er spürte ihre Gedanken, ihre Hoffnungen und Ängste. Instinktiv griff er hinaus, um sich ihrer Liebe hinzugeben und ihre Schmerzen zu lindern.

Dann, wie auf dem Hügel vor der Burg, wurde er plötzlich von einem Krampf gepackt. Es verschlug ihm den Atem, und zitternd wachte er auf. Farnor fluchte und trat mit dem rechten Bein aus, denn dort vermutete er den Ursprung des Krampfes; dann drehte er sich auf den Rücken und warf sich wieder aufs Kissen.

Nachdem er sich entspannt hatte, bemerkte er, daß es unten vollkommen still geworden war. Tatsächlich war es im ganzen Haus still. Kurz erschienen unheimliche Schatten am Rand seines Bewußtseins, doch sie wurden sofort wieder vertrieben, als plötzlich das beruhigende Lachen seiner Mutter durchs Haus hallte, gefolgt von Gryss' und Garrens. Das Lachen der drei verschmolz miteinander, wurde kurz lauter und klang schließlich wieder zu dem gewohnten Murmeln ab.

Farnor drehte sich um und schlief sofort ein.

»Dalmaslangschläfer«, lautete Gryss' Begrüßung, als Farnor am nächsten Morgen die Küche betrat. »Dein Vater ist ins Dorf gegangen, um meine Medizin und etwas zu essen für unsere Gäste zu holen. Willst du mich zur Burg begleiten, wenn er wieder zurück ist?«

»Zuerst die Arbeit und dann Frühstück«, mischte sich Katrin ein. »Dann könnt ihr gehen, wohin ihr wollt.« Sie schwang ihren großen Löffel wie einen Amtsstab.

Die beiden Männer beugten sich dieser höheren Autorität.

Wenig später saßen Farnor und Gryss auf einem von Garrens Karren und wurden von Garrens alter Stute die Burgstraße hinaufgezogen. Die Pflanzen, die die Straße überwucherten, waren vergangene Nacht größtenteils von den Reitern zertrampelt worden, doch zweimal mußte Farnor vom Bock springen und die Stute über einige besonders unebene Stellen führen.

Nach dem zweiten Mal beschwerte er sich, woraufhin

Gryss ihn ermahnte: »Erwähne nicht den Zustand der Straße, wenn wir oben sind. Soweit ich weiß, könnte es unsere Aufgabe sein, sie instand zu halten.«

»Warum? Wir brauchen sie doch nicht«, protestierte Farnor. »Wenn sie sie benutzen wollen, dann können sie ja . . .«

»Vergiß es«, unterbrach ihn Gryss. »Tu einfach, was ich dir sage. Tributzahlen ist schlimm genug, aber alles Mögliche kann passieren, wenn man sich in die Angelegenheiten von Leuten jenseits der Hügel einmischt, und ich würde es vorziehen, wenn du sie gar nicht erst auf dumme Gedanken bringen würdest. Beobachte einfach alles, und hör gut zu, wenn wir die Burg erreichen, und halte deine Zunge im Zaum. Schon bald werden wir mit ihnen verhandeln müssen, und je mehr wir wissen, desto besser.«

Obwohl er leise gesprochen hatte, lag eine Autorität in Gryss' Stimme, die jeglichen Widerspruch verbot. Also nickte Farnor nur und trieb das Pferd an.

Das leise Klappern der Pferdehufe, das Knarren des Geschirrs, das dumpfe Rattern der Wagenräder und das Schwanken des Karrens verschworen sich mit dem warmen Sonnenschein und dem Duft des Tales, um Fahrer und Beifahrer so weit einzulullen, daß sie beinahe eingeschlafen wären.

Farnor bemerkte es kaum, als sie irgendwann jenen Punkt überschritten, an dem noch wenige Tage zuvor für ihn die Welt geendet hatte.

Als sie sich der Burg näherten, kamen ihnen zwei Reiter entgegen. Farnor hatte aus irgendeinem Grund geglaubt, daß die Soldaten formelle Uniformen anlegen würden, nachdem sie sich erst einmal in der Burg befanden, und er war enttäuscht, daß die Männer noch immer so unansehnlich auftraten wie am Abend zuvor.

Tatsächlich schien alles an ihnen verschlissen und geflickt zu sein: Kleidung, Waffen, Zaumzeug. Sie hätten sich nicht mehr von dem Bild unterscheiden können, das Farnor von Soldaten hatte. Auch rochen sie nicht gut, wie er bemerkte, als sich einer von ihnen mit dem Wind dem Karren näherte. *Das* war etwas, das Yonas selbst in seinen sachlichsten Geschichten nie erwähnt hatte.

Weit beunruhigender als ihr Aussehen war jedoch der mißtrauische Blick der beiden Männer und die Hände, die nie weit von ihren Messern waren.

»Würdet Ihr Hauptmann Nilsson sagen, daß ich zurückgekommen bin, um nach Euren Kranken zu sehen? Und wir haben auch etwas zu essen mitgebracht«, sagte Gryss. »Könnt Ihr das Tor für uns öffnen?«

Nach Gryss' Erklärung blickten die beiden Soldaten zwar etwas weniger mürrisch drein, doch seine Bitte ließ sie die Stirn runzeln.

Kurz redeten sie miteinander in ihrer eigenen Sprache, dann ritt einer von ihnen zurück zur Burg, während der andere Gryss bedeutete, ihm zu folgen.

Es stellte sich jedoch heraus, daß sie das Tor gar nicht öffnen *konnten*, und so mußten Gryss und Farnor davor warten und lautem Klopfen, Fluchen und hämischem Gelächter von jenseits der Mauer lauschen.

»Um Himmels willen, wir haben doch gar nicht so viel dabei«, bemerkte Farnor leise und auf eine entnervte Art, die Gryss lächeln ließ. »Sie hätten alles in der Hälfte der Zeit durch das Ausfalltor reintragen können. Sie haben doch genug Leute.«

Schließlich, unter wildem, ironischem Jubel, öffnete sich schwerfällig das riesige Tor. Trotz seiner Ernüchterung, was die Soldaten betraf, empfand Farnor ob des Anblicks eine wachsende Erregung. Die beiden hölzernen Torflügel waren weit dicker, als ihre äußere Erscheinung hatte vermuten lassen, und Farnor konnte kaum glauben, wie groß die eisernen Torstangen und Scharniere waren. Er versuchte, sich vorzustellen, wie der Dorfschmied diese Gebilde aus der Esse zog und ihnen auf seinem Amboß Form verlieh, doch es gelang ihm nicht. Wie, um alles in der Welt, wurden solche Dinge nur hergestellt?

Gryss stieß ihn in die Rippen, und er wurde aus seinen Gedanken gerissen. Er schnalzte mit der Zunge, und die Stute setzte sich wieder in Bewegung. Als der Karren unter dem Torbogen hindurchrollte, wäre Farnor beinahe vom Bock gefallen, da er wie gebannt zu dem mächtigen Schlußstein emporstarrte.

»Paß auf«, ermahnte ihn Gryss und packte ihn am Arm. »Dein Vater und deine Mutter wären sicherlich nicht erfreut, wenn ich dich mit einem Radabdruck auf der Brust nach Hause bringen würde.«

»Tut mir leid«, sagte Farnor. »Ich habe nur ...«

»Ich weiß, was du getan hast«, unterbrach in Gryss streng. »Und ich verstehe es auch. Aber ich will nicht, daß du hier vor dich hin träumst, Farnor. Ich will, daß du alles beobachtest und genau zuhörst.«

Während der Karren über den Hof rollte, erschienen immer mehr Männer auf dem Platz. Erneut empfand Farnor ein gewisses Gefühl der Erregung, als er sich im Mittelpunkt der Aufmerksamkeit so vieler Krieger sah; doch die Erregung löste sich rasch in Rauch auf, als er erkannte, daß diese Männer ebenso abgerissen aussahen wie die ersten beiden, die sie getroffen hatten. Auch beunruhigte ihn das Knarren der Tore, die sich hinter ihm schlossen.

Dann trat Nilsson aus einem der nahegelegenen Gebäude und näherte sich dem Karren. Er ging mit langen, geschmeidigen Schritten, und die Männer räumten ihm eine Gasse frei wie eine Schafherde, die vor einem Hund zurückweicht.

»Har Grysstson«, sagte er, lächelte und streckte die Hand aus, um dem alten Mann herunterzuhelfen. »Und das ist doch unser Führer, wenn ich mich nicht irre.« Er nickte Farnor höflich zu, der zögernd den Gruß erwiderte.

Nilsson spähte in den Karren. »Ah, was zu essen!« rief er aus. »Das ist uns sehr willkommen. Was schulden wir euch dafür?«

Gryss winkte ab. »Das, glaube ich ...« Er zögerte einen Augenblick lang, als dächte er nach. »Das ist ein ... ein Dalmasgeschenk des Dorfes. Um Euch über die Strapazen der Reise hinwegzutrösten.«

Farnor wußte, daß mit diesen Worten die Verhandlungen eröffnet waren, doch er fragte sich, ob Nilsson sich ebenfalls darüber im Klaren war. Er bezweifelte es irgendwie, als der Hauptmann Gryss dankte und dann seinen Männern zurief, den Karren zu entladen. *Er wird schon noch herausfinden*, dachte Farnor, *daß die Verhandlungen über den Tribut bereits begonnen haben.*

Die Männer machten sich sofort an die Arbeit. Der Eifer, mit dem sie den Karren entluden, ließ Farnor vermuten, daß, sollte er nicht aufpassen, Karren, Pferd und auch er selbst in irgendeinem Lagerraum verschwinden würden, bevor Gryss ihn auch nur vermissen würde. Also sprang er vom Bock und hielt das Pferd am Halfter, während die Soldaten lärmend auf dem Wagen herumkletterten.

»Wollt Ihr, daß ich mir noch einmal Eure Kranken ansehe?« fragte Gryss gerade.

»Ja«, antwortete Nilsson. »Eine Nacht Ruhe hat ihnen sichtlich gut getan. Es scheint ihnen bereits besser zu gehen, und euer Essen wird sie bestimmt wieder rasch auf die Beine bringen; aber ich bin kein Heiler.«

»Soll ich hierbleiben?« fragte Farnor und klopfte dem Pferd den Hals.

»Kannst du«, antwortete Gryss. »Ich werde nicht lange fort sein.«

Während Gryss und Nilsson sich entfernten, führte Farnor das Pferd herum, so daß es mit dem Gesicht zum Tor stand. Mit schweren Eisenplatten beschlagen, wirkte das Tor von innen noch weit beeindruckender als von außen. Unter anderen Umständen hätte Farnor verstanden, warum Menschen sich hinter den mächtigen Flügeln geschützt fühlten, doch im Augenblick hätte er das Tor lieber offen gesehen.

Er schaute sich um.

Er war *in* der Burg! Erst jetzt wurde er sich dieser Tatsache richtig bewußt. Es war erst knapp eine Woche her, daß er der Burg überhaupt nahegekommen war, und nun stand er tatsächlich *in* ihr! Er betrachtete die riesigen Mauern und die Gebäude, die den Hof umgaben. Ohne Ausnahme waren sie größer als alles, was er je zuvor gesehen hatte, und erneut staunte er darüber, wie sie wohl erbaut worden waren und warum.

Farnor ließ das Pferd los und ging aufs Tor zu. Als er nach unten blickte, stellte er fest, daß die Pflastersteine, die den Hof bildeten, ebenso nahtlos zusammengefügt worden waren wie die der Gebäude und Mauern. Nur an wenigen Stellen hatte sich Gras einen Weg hindurchbahnen können.

»Wo willst du denn hin?« Der Fragesteller war Dessane.

»Ich wollte mir nur das Tor ansehen«, stammelte Farnor.

»Warum?«

»Ich habe noch nie so etwas gesehen«, antwortete Farnor wahrheitsgemäß.

Dessane zog die Brauen zusammen. »Lauf hier nicht herum. Bleib bei deinem Karren, wo ich dich sehen kann«, befahl er.

Eine rebellische Antwort formte sich in Farnors Geist, doch es gelang ihm, sie zu unterdrücken; dabei half ihm die bedrohliche Ausstrahlung des Mannes.

Dann schien Dessane plötzlich ein wenig milder gestimmt zu sein. »Es ist gefährlich hier«, erklärte er. »Die Burg ist schon seit Jahren nicht mehr bemannt. Wir wissen nicht, wie sicher die Gebäude sind.«

Farnor nickte langsam, wandte sich von Dessane ab und ging zu seinem Pferd zurück.

»Was liegt nördlich von hier?«

Farnor erschrak. Er hatte nicht gehört, daß Dessane ihm gefolgt war.

»Was liegt nördlich von hier?« wiederholte Dessane und deutete mit den Augen in die entsprechende Richtung.

»Ich weiß es nicht«, antwortete Farnor nach kurzem Zögern. »Nur Wald, glaube ich.«

Dessanes aufgesetzte Freundlichkeit geriet ins Wanken. »Was meinst du damit, du weißt es nicht?« fragte er. Seine Kiefer zuckten, während er sich bemühte, höflich zu bleiben. »Du lebst hier doch, oder?«

»Ich lebe hier, ja.« Farnor deutete das Tal hinunter. »Wir kommen selten hier herauf. Es gibt keinen Grund dafür. Das beste Weideland ist dort unten. Warum also sollte jemand hier hoch kommen, geschweige denn weitergehen? Man hat mir immer nur erzählt, im Norden gäbe es nichts als Wald. Ein ganzes Land aus Wald. Der Große Wald.«

Dessane blickte ihm forschend in die Augen. »Wie alt bist du, Junge?«

Farnor sagte es ihm.

»Und du bist in deinem ganzen Leben noch nie das Tal hinaufgewandert?« Dessane bemühte sich erst gar nicht, seinen Unglauben zu verbergen.

Furcht und Zorn rangen in Farnor um die Vorherrschaft. »Nein«, antwortete er schließlich mit fester Stimme, nachdem der Zorn obsiegt hatte. »Ich bin noch nie so weit gekommen – bis vergangene Woche, als wir den Schafmörder gejagt haben.«

Dessane schürzte die Lippen. »Ein Schafmörder, hm. Das muß verdammt aufregend gewesen sein. Habt ihr ihn gefangen?«

»Nein.«

Dessanes Gesichtsausdruck verriet, daß er nicht im Geringsten überrascht darüber war, doch als er wieder das Wort ergriff, sagte er nur: »Und ich vermute, du bist das Tal auch nie *hinunter*gezogen.«

»Nein, bin ich nicht«, erwiderte Farnor. »Nicht weit zumindest. Warum sollte ich auch? Warum sollte irgendeiner von uns? Es besteht kein Grund dafür.«

Dessane nickte. Er schien mit dem Thema abgeschlossen zu haben.

»Kaum jemand verläßt je das Tal«, fügte Farnor noch hinzu.

»Und kaum jemand kommt herein?«

Farnor schüttelte den Kopf. »Manchmal kommt Yonas der Geschichtenerzähler und dann und wann ein Händler.«

»Und ... Steuereintreiber?«

Farnor blickte ihm in die Augen. »Ihr seid die ersten Steuereintreiber seit sehr langer Zeit«, erklärte er. »Wir haben geglaubt, der König besäße genug und brauchte unseren kleinen Tribut nicht.«

Dessane schien sich zu entspannen. »Wir haben euch wahrscheinlich eine Heidenangst eingejagt, als wir so aus dem Nichts aufgetaucht sind.«

»Nein, keine Angst«, log Farnor. »Immerhin, es *ist* Dalmas. Allerdings hat niemand Euch nach all den Jahren erwartet, daher waren wir ein wenig überrascht. Aber Angst hatten wir nicht. Warum sollten wir auch?«

»Warum in der Tat?« sagte Dessane nach einer längeren Pause. Jemand rief seinen Namen.

»Geh, und sieh dir das Tor an, wenn du willst«, sagte er nun beinahe freundlich. »Aber bleib in der Nähe. Geh nicht zu weit weg.«

Und mit diesen Worten war er verschwunden.

Farnor runzelte die Stirn. Er wußte, daß er dem Fremden viel über etwas Wichtiges verraten hatte, aber er wußte nicht, über was. Im Geiste wiederholte er das

Gespräch noch einmal, um es Gryss so genau wie möglich wiedergeben zu können.

Kurze Zeit später tauchte Gryss wieder auf, und nachdem er mit Nilsson ein paar Höflichkeiten ausgetauscht hatte, saßen er und Farnor wieder auf dem Karren und beobachteten, wie das mächtige Tor geöffnet wurde.

Als sie die Burg verließen, ritten zwei Männer an ihnen vorbei und bogen Richtung Norden ab, während Farnor den Karren zur Straße lenkte. Neugierig blickte er ihnen hinterher.

Er war nicht der Einzige, der die Männer beobachtete. Hoch auf dem gegenüberliegenden, baumbewachsenen Hang stand Rannick. Er war dünner geworden. Aus seinen zusammengekniffenen Augen leuchtete ein seltsames inneres Licht.

Kapitel 11

In dem Raum standen nur ein großer Holztisch und ein paar Stühle. Oberflächlich hatte man versucht, das Zimmer zu säubern, doch hatte dieser Versuch hauptsächlich darin bestanden, den Staub mit einem Besen aufzuwirbeln, damit er sich an anderer Stelle wieder niederlassen konnte. Als Ergebnis davon waren Massen von Spinnweben, die über die Jahre hinweg an der hohen, gewölbten Decke unsichtbar gewesen waren, nun so schwer geworden, daß sie bis auf Kopfhöhe hinunterhingen und den Raum noch schmutziger wirken ließen als zuvor.

Auch das verblassende Tageslicht, das durch die schmalen Fenster hereinfiel, trug nur wenig zur Verbesserung der Atmosphäre bei; es trübte das Licht der beiden Lampen, eine auf dem Sims des höhlenartigen Kamins und eine auf dem Tisch.

Letztere beleuchtete eine Hälfte von Nilssons Gesicht, der sich seitwärts an den Tisch gesetzt hatte und seinen Stellvertreter anstarrte.

»Wiederhol das noch mal«, forderte er.

Dessane bemühte sich erst gar nicht, seine Verärgerung über diese Aufforderung zu verbergen. »Sie sind einen halben Tag nach Norden geritten und haben nichts außer Wald gefunden«, sagte er müde. »Yeorson ist schließlich auf einen Baum geklettert, aber, so sagt er, er hat nur Bäume gesehen: Bäume, die den gesamten Talboden bedecken, so weit das Auge reicht.«

»Und sie sind zurückgekehrt, weil die Bäume sich ... *schlecht* angefühlt haben«, sagte Nilsson. Wut und beißender Spott lagen in seiner Stimme.

Dessane zuckte mit den Schultern. »Das zumindest hat Storran gesagt, und Yeorson hat ihm nicht widersprochen. Frag mich nicht, was sie damit gemeint haben. Ich übermittle dir nur ihren Bericht.« Dann erinnerte er sich, daß er es gewesen war, der die beiden für diese Aufgabe ausgewählt hatte, und so fügte er hinzu: »Aber sie sind verdammt gute Späher, das weißt du.« Er tippte sich mit dem Zeigefinger an die Nase. »Mit ihrem Spürsinn haben sie uns schon mehr als einmal aus der Klemme geholfen.«

Nilsson schien jedoch nicht in Erinnerungen schwelgen zu wollen. »Bring sie zu mir«, schnappte er ungeduldig. Er stützte sich mit dem Ellbogen auf den Tisch, und die Lampe flackerte. Nach kurzem Zögern zuckte Dessane erneut mit den Schultern, ging zur Tür und rief etwas. Schließlich erschienen die beiden Späher. Yeorson war groß und dünn, während Storran klein und breit war. Ein dummer Mensch hätte vielleicht gelächelt, wenn er sie nebeneinander gesehen hätte, doch wie bei allen, die Halfvrin Nilsson folgten, hätte er damit einen großen Fehler begangen. Ihre Wesenszüge standen ihnen ins Gesicht geschrieben: Yeorson besaß einen stets gereizten, hochnäsigen Ausdruck, während Storrans Gesichtsausdruck eher freundlich war, wären da nicht der große, volle Mund und die kleinen, bösen Augen gewesen.

Nilsson deutete auf die zwei Stühle neben ihm. Als Yeorson nähertrat, wehte ihm eine lange Spinnwebe ins Gesicht und hinterließ eine staubige Spur. Schweigend wischte er den Staub ab, zog den Stuhl vom Tisch zurück und setzte sich. Storran wiederum ignorierte den Stuhl und wuchtete sich auf die Tischplatte. Den Blick auf ihren Anführer gerichtet warteten sie.

Nilsson straffte die Schultern. »Was sagt Dessane mir da? Die Bäume haben euch Angst eingejagt?« fragte er mit genug Humor in der Stimme, um nicht allzu unverblümt zu klingen.

»Das ist die Wahrheit.« Yeorsons ebenso offene Antwort erschrak Nilsson, doch er verbarg seine Reaktion. Er hatte erwartet, daß die beiden sich beschweren würden, Dessane habe sie mißverstanden. Nun war er es, der wartete.

»Die Gegend hat sich einfach schlecht angefühlt, Hauptmann«, sagte Storran, »und je weiter wir nach Norden gekommen sind, desto schlimmer ist es geworden.«

Nilsson schüttelte ungläubig den Kopf. »Die Orte, an denen wir gewesen sind; die Dinge, die wir gesehen, die wir getan haben ... Ich kann nicht glauben, daß ich hier sitze und mir von euch anhören muß, ihr hättet Angst gehabt, in den Wald zu gehen.«

Yeorson und Storran waren ein seltsames, kaltblütiges Paar, das wußte Nilsson, aber erneut überraschte es ihn, daß auch sein Spott kaum Reaktion hervorrief. Yeorson lehnte sich auf dem Stuhl zurück, und Storran schwang die Beine hin und her; beide sahen sie ihn einfach nur an.

»So war es aber, Hauptmann«, erklärte Yeorson schließlich. »Es war nichts Besonderes zu sehen oder zu hören, aber es war ... *schlecht*. Es war, als würden wir die ganze Zeit über beobachtet.« Er hielt kurz inne und dachte nach. »Oder besser: Irgendetwas schien zu *wissen*, daß wir da waren. Ich habe keine anderen Worte dafür. Es war ein Gefühl.« Er blickte zu seinem Kameraden, und die nächsten Worte kamen Yeorson nur widerwillig über die Lippen. »Irgendetwas, daß ich ... daß *wir* nicht mehr gefühlt haben, seit ...«

Er hörte auf. In dem darauf folgenden Schweigen wehte eine verirrte Brise herein und riß einige Spinnweben und Staubflocken los, die daraufhin durch den Raum gewirbelt wurden, als tanzten sie zu einer unhörbaren Musik.

»Seit?« hakte Nilsson nach, der langsam nervös wurde.

»Seit ... wir unsere Reise begonnen haben«, beendete Yeorson seinen Bericht so seltsam, wie er ihn begonnen hatte.

Nilsson runzelte die Stirn und wandte sich ab. Das hatte er nicht erwartet. Dunkle Erinnerungen schienen in den Raum zu fluten, und einen Augenblick lang war Nilssons Geist wie gelähmt.

Irgendwie gelang es ihm, sich zu befreien. Die Bedürfnisse der Gegenwart waren zu drängend, als daß sie Untätigkeit zugelassen hätten, und obwohl die beiden Männer auf seinen eigenen Wunsch hierhergebracht worden waren, verspürte Nilsson nicht die geringste Lust, ihren Enthüllungen weiter auf den Grund zu gehen.

»Wir *müssen* herausfinden, was nördlich von hier liegt«, erklärte er, als wäre die vorherige Frage nie gestellt und beantwortet worden und als könne er sie ungeschehen machen, indem er sie einfach ignorierte. »Wir müssen dieses Land so schnell wie möglich verlassen, und die einzige Möglichkeit dazu ist der Norden. Ich bezweifele nicht, was ihr gefühlt habt«, fuhr er fort, »aber ich glaube, daß es vielleicht etwas vorschnell war, euch beide allein auszuschicken – noch dazu, wo ihr euch kaum habt ausruhen können.« Er stand auf. »Sucht euch 20 Männer aus, und versucht es noch einmal ...« Er dachte einen Augenblick lang nach. »Übermorgen wäre, glaube ich, geeignet dafür.« Er lächelte. »Dank der Großzügigkeit unserer ... unserer neuen Nachbarn können wir uns ein, zwei Tage von unseren Reisen erholen und in Ruhe planen, was wir als nächstes tun wollen.«

Er hob die Hand als Zeichen, das die Unterhaltung beendet sei, und Dessane und die beiden Männer verließen den Raum. Nachdem sie verschwunden waren, sah Nilsson sich verärgert um. Die Erinnerungen waren noch immer da, schwebten durch die Luft wie der Staub und brachten zum Vorschein, was seit langer Zeit begraben gewesen war.

Am nächsten Tag erschien Gryss mit weiteren Nahrungsmitteln, allerdings nicht mit so viel wie beim ersten Mal.

Er sah jedoch keinen der Kranken. »Es geht ihnen

inzwischen allen gut«, versicherte ihm Nilsson, während er seinen Männern winkte, den Wagen zu entladen. »Es war, wie du gesagt hast: Müdigkeit, Hunger. Es war eine schlimme Reise. Die Ruhe und euer Essen haben sie alle wieder auf die Beine gebracht. Und wir haben auch bessere Quartiere gefunden.«

Gryss runzelte die Stirn. »Seid Ihr sicher? Wo ich schon einmal hier bin, macht es mir keine Mühe, sie mir anzusehen.«

Nilsson wischte die Sorgen des alten Mannes beiseite. »Sie sind Soldaten, Gryss. Sie haben schon vor langer Zeit gelernt, daß sie sterben können, wenn sie sich nicht schnell genug erholen. Krankheit und Erschöpfung sind ein Luxus, den sie sich nicht leisten dürfen.«

Gryss war hin und her gerissen. Er verspürte einerseits keinerlei Verlangen, diese Leute zu besuchen; sie strahlten allesamt etwas aus, das es ihm schwermachte, eine gewisse Zuneigung für sie zu entwickeln, was für den Heilprozeß von großer Bedeutung war. Das ängstigte ihn. *Sie* ängstigten ihn.

Doch andererseits glaubte er Nilsson zumindest nicht alles. Trotz des freundlichen Verhaltens des Hauptmanns strahlte er eine Kälte aus, die dem alten Heiler durch Mark und Bein ging. Außerdem wiesen mehr als nur ein paar der Männer, die er untersucht hatte, Spuren von Gewalteinwirkung auf. Trotzdem, dachte er resignierend, gab es nichts, was er tun konnte, solange man ihn nicht darum bat. Wie Nilsson, so mußte auch er sich um seine eigenen Leute kümmern, und diesen war am besten damit gedient, die Neuankömmlinge so rasch wie möglich wieder loszuwerden.

»Was immer Ihr sagt, Hauptmann«, erwiderte er. »Solltet Ihr weitere Hilfe benötigen, braucht Ihr nur nach mir zu schicken.« Er blickte zu seinem nun leeren Karren, dann zu Nilsson. »Wo ich gerade hier bin ... Könnt Ihr mir erklären, wie es sich mit der Tributzeremonie verhält? Die letzte ist schon so lange her, daß sich niemand mehr daran erinnert, was zu tun ist.«

»Die Tributzeremonie«, echote Nilsson und nickte langsam, während er verzweifelt nach einer Antwort auf die Frage suchte. Dann hatte er eine Eingebung. Er setzte sein weisestes Gesicht auf und sagte: »In einem Gebiet mit Garnison – so wie dieses hier – ist es üblich, in der Tat sogar notwendig, den Tribut zur Garnison zu bringen, auch wenn sie verlassen ist. Hier wird er dann geprüft, bevor er in die Hauptstadt transportiert wird.«

Gryss runzelte die Stirn. »Das bedeutet viel Ärger: alles hier hochzubringen, wenn Ihr doch ohnehin wieder an der Zehntscheuer vorbei müßt.«

Nilsson zuckte mit den Schultern. Er hatte sich bereits mit der Idee angefreundet. »Ich fürchte, daran kann ich nichts ändern«, erklärte er. »Ich bin sicher, ihr habt inzwischen bemerkt, daß sich so manches geändert hat, und ich müßte mich meinen Vorgesetzten gegenüber verantworten, sollte einer der königlichen ... Revisoren plötzlich auftauchen und feststellen, daß ich das Verfahren ignoriere, das der König selbst befohlen hat.«

Gryss verzog das Gesicht. Er wollte erwidern, daß nur selten jemand ins Tal käme, aber allein die Tatsache, daß Nilsson und seine Männer hier waren, machte dieses Argument zunichte. Er hätte auch anbieten können, einige Leute als Späher auszuschicken, doch er wußte nicht, wie Nilsson auf ein solch anrüchiges Angebot reagieren würde. Außerdem gab es viel zu verladen, und wer vermochte schon zu sagen, ob nicht plötzlich einer der königlichen ... Revisoren in vollem Galopp herbeieilen würde? Seit Ankunft der Steuereintreiber war manches nicht mehr so sicher wie früher.

»Also gut«, gab er schließlich mit einem Seufzen nach. »Wenn es denn so sein muß, dann muß es wohl so sein. Aber im Augenblick kommt mir der Gedanke reichlich töricht vor.«

Nilsson stimmte ihm zu. »Ich werde es erwähnen, wenn ich wieder zurück bin«, sagte er. »Vielleicht wird man nächstes Jahr eine Änderung gestatten.«

Gryss nickte resigniert. »Wann sollen wir denn damit beginnen, alles hierherzubringen?« fragte er. »Wollt Ihr dabei sein, wenn wir die Zehntscheuer öffnen?«

Nilsson stockte. Er wollte diesen Ort mit seinen sicheren Mauern nicht verlassen, außer um nach Norden zu ziehen, für immer raus aus diesem Land. Doch nachdem er nun über dieses unerwartete ›Proviantlager‹ gestolpert war, wäre es Wahnsinn, die Gelegenheit ungenutzt vorbeiziehen zu lassen, zumal das Risiko vermutlich sehr gering war.

»O ja«, antwortete er schließlich mit fester Stimme. »Das ist ausgesprochen wichtig.« Er hielt kurz inne, als dächte er über die bevorstehenden Aufgaben nach. »Ich werde morgen hinunterkommen. Drei Stunden nach Tagesanbruch.«

»Muß irgendjemand Besonderes aus dem Dorf anwesend sein?« fragte Gryss nach.

Nilsson zuckte mit den Schultern »Egal wer«, erklärte er schlicht. »Hauptsache, er hat den Schlüssel.« Er lächelte, obwohl er das Gespräch so rasch wie möglich beenden wollte – aus Angst, er könne früher oder später etwas sagen, was ihn verraten würde. Unvermittelt wechselte er das Thema. »Sag mir, Gryss: Was liegt nördlich von hier?«

»Soweit ich weiß, der Große Wald«, antwortete Gryss.

»Soweit du weißt?« erkundigte sich Nilsson.

»Ich war noch nicht persönlich dort«, erwiderte der alte Heiler. »Tatsächlich ist noch niemand weiter gewesen als bis zur Burg. Wir haben ja auch keinen Grund dazu, oder?«

»Woher weißt du dann, was dort oben ist?« fragte Nilsson.

Gryss lachte. »Wenn Ihr mich so fragt, dann weiß ich

es nicht«, antwortete er. »Aber unzählige Generationen haben die Existenz des Großen Waldes anerkannt, und ich habe keinen besonderen Grund, daran zu zweifeln. Ihr dürft nicht vergessen, daß die meisten Menschen hier auch noch nie die Hauptstadt gesehen haben oder auch nur ein anderes Dorf oder eine Stadt, aber das heißt noch lange nicht, daß sie nicht an deren Existenz glauben.«

Diese machtvolle Unschuld schien Nilsson zu verstören. Um ihm zu helfen, erklärte Gryss: »Wenn Ihr auf den Kamm dort drüben geht, werdet Ihr sicherlich feststellen, daß dahinter alles voller Bäume ist.«

Nilsson wirkte noch immer verwirrt von Gryss' schamloser Einfalt. »Dann werden wir wohl selbst nachsehen müssen«, sagte er nach einer Weile. Es gelang ihm nicht länger, seine Verärgerung zu verbergen.

Gryss beobachtete ihn. Farnor hatte ihm von einem ähnlichen Gespräch berichtet, daß er gestern mit Dessane geführt hatte. Warum waren die Steuereintreiber so sehr am Norden interessiert? Erneut suchte ihn der besorgniserregendste aller Gedanken heim, die ihn seit Ankunft der Steuereintreiber geplagt hatten. Er konnte nicht anders, als ihn auszusprechen.

»Gibt es ... Schwierigkeiten im Norden?« fragte er mit leiser Stimme, als könnte jedes zu laute Wort durch die ganze Burg hallen und das Tal wachrütteln. »Etwas, das wir wissen sollten? Ein Feind, der sich für eine Invasion sammelt?«

Die Frage brachte Nilsson noch mehr aus der Fassung. Dieser alte Mann war eine seltsame Mischung aus dummem Landei und gerissenem Politiker. Es war beinahe unmöglich, ihn zu durchschauen, und daher war er unberechenbar und gefährlich. Wer wußte schon, welches Wissen er aus den scheinbar beiläufigsten Bemerkungen ziehen würde? Nilsson ermahnte sich, daß, was auch immer Gryss sein mochte, er der Führer des Dorfes war, und ohne Zweifel besaß er ein gewisses Talent,

Menschen zu beeinflussen. Es wäre unklug, ihn zu unterschätzen. Nilsson beschloß, ihn für den Rest seines Aufenthalts auf Abstand zu halten.

Und zwar ab sofort.

»Nein«, sagte Nilsson mit großem Ernst, »es gibt nichts, was euch Sorgen bereiten müßte. Ich habe dir bereits erklärt, daß sich in letzter Zeit vieles geändert hat, und man hat uns einfach den Auftrag gegeben, die Grenzen des Landes zu überprüfen, während wir ... den Tribut einsammeln.« Er legte Gryss die Hand auf die Schulter und drehte ihn sanft zum Karren.

Gryss ließ sich führen. »Ich verstehe«, log er. »Aber wenn Ihr dort hinaufgeht, dann solltet Ihr wissen, daß der Ort einen bösen Ruf hat.«

Nilsson blieb unvermittelt stehen und hob die Augenbrauen. »Erkläre das«, forderte er.

Gryss hustete verlegen. Die Bemerkung war ihm entglitten, und nun war es ihm peinlich, näher darauf eingehen zu müssen.

»Man sagt ... Die Geschichten sagen, daß es dort Höhlen gibt, wo ...« Er wünschte, er hätte nicht davon angefangen. Nilsson forderte ihn auf, fortzufahren. »Daß es dort Höhlen gibt, wo ... Kreaturen ... Kreaturen aus längst vergangenen Zeiten schlafen. Kreaturen, die nur darauf warten, geweckt zu werden.« Obwohl er sich Mühe gab, so gefaßt wie möglich zu sprechen, rasselte er den letzten Teil einfach herunter. »Aber in Legenden steckt oft ein Körnchen Wahrheit, und, wie bereits gesagt, da kein Grund dafür besteht, ist seit Menschengedenken nie jemand aus dem Dorf weiter als bis zur Burg gegangen. Vielleicht gibt es dort oben wirklich etwas Unangenehmes, auch wenn es nicht ...« Er hustete erneut. »Auch wenn es nicht irgendwelche legendären Monster sind.«

Zu Gryss' Überraschung reagierte Nilsson anstatt mit Spott mit Ernst und Aufmerksamkeit auf diese Erklärung. »Das ist sehr interessant«, sagte er, nachdem Gryss geendet hatte. »Wie du gesagt hast, steckt in solchen Geschichten oft ein Körnchen Wahrheit. Wir sind nicht hier, um unnötige Risiken einzugehen. Ich werde dafür sorgen, daß entsprechende Vorsichtsmaßnahmen getroffen werden, bevor ich jemanden hinausschicke.«

Sie trennten sich, ohne ein weiteres Wort miteinander zu wechseln, abgesehen von einem höflichen Abschiedsgruß.

Als Gryss durch das Tor hinaus ins Sonnenlicht fuhr, blickte Nilsson ihm hinterher. *Monster,* dachte er, aber er konnte die Vorstellung nicht mit dem Spott betrachten, der ihm gefallen hätte. Storrans und Yeorsons Bericht hallte ihm noch immer unangenehm in den Ohren, und *die* waren bestimmt keine törichten alten Männer, die Angst hatten, sich zu weit von ihrem Herd zu entfernen. Wenn sie etwas sagten, war es dumm, nicht zuzuhören. Er würde dafür sorgen müssen, daß diejenigen, die er weiter ins Tal hinaufschicken würde, auf Ärger vorbereitet waren.

Auch Gryss war beunruhigt, als er sich von der Burg entfernte. So sehr er sich auch bemühte, er konnte nichts Liebenswertes an Nilsson und seinen Männern finden, und er hoffte von ganzem Herzen, daß es ihm gelungen war, seine Abneigung zu verbergen, wenn auch nur zum Wohle der Verhandlungen, die unweigerlich der Überprüfung des Tributs folgen würden.

Als der Karren durch ein besonders tiefes Schlagloch rollte und Gryss von einer Seite zur anderen geworfen wurde, fluchte er ausgiebig über die Torheit des Königs und seiner Ratgeber, die irgendwo faul in einem Palast hockten und sich alberne Vorschriften ausdachten, die darin gipfelten, daß ehrliche Leute mit dem Tribut auf dem Rücken durch die Landschaft ziehen mußten. Er hatte nicht die geringste Ahnung, was das alles sollte.

Aber das war nicht seine Hauptsorge. Diese lag bei dem beharrlichen Interesse der Fremden am Land im Norden. Und, so erinnerte sich Gryss, Nilssons Reaktion auf die Geschichte mit den Höhlen und Monstern hatte ihn überrascht. Ein offenes Lachen wäre verständlich gewesen, aber in Nilssons Gesicht und Augen hatte sich noch nicht einmal ein *Hauch* von Belustigung gezeigt. Gryss kam zu einem ähnlichen Schluß über Nilsson wie Nilsson wenige Minuten zuvor über ihn. Der Hauptmann war eine seltsame Mischung aus freundlichem Gastgeber und brutalem Führer. Und er war schwer zu durchschauen.

Wieder kehrten seine Gedanken zu den Fragen der Fremden nach dem Norden zurück. Gab es dort Feinde, von denen der Hauptmann wußte, über die er aber aus irgendeinem Grund nicht sprechen konnte? Allein die Vorstellung jagte Gryss einen Schauder über den Rücken. Würde die Burg wieder bemannt werden? Der Gedanke, daß das Tal von Nilsson und Seinesgleichen heimgesucht werden könnte, erschreckte Gryss mehr als die Aussicht auf eine feindliche Invasion.

Er hatte jedoch keine Zeit, über diesen scheinbaren Widerspruch nachzudenken, denn plötzlich trat eine Gestalt zwischen den Bäumen zu seiner Rechten hervor.

Es war Rannick.

Gryss zuckte zusammen; sofort fiel ihm Rannicks Aussehen auf. Der Mann war dünner geworden; sein Gesicht wirkte hager. *Er hat seit Tagen nichts mehr gegessen,* diagnostizierte Gryss sofort. Doch da war auch noch eine andere seltsame Veränderung: Rannick sah sowohl wilder als auch gefaßter aus …

Gryss runzelte die Stirn.

»Eine armselige Begrüßung«, sagte Rannick.

»Du hast mich erschreckt«, erwiderte Gryss.

Rannick nickte und trat vor. Das Pferd wieherte und versuchte, zur Seite zu treten, wogegen der Karren mit lautem Knarren protestierte. Gryss schrie das Tier an – ohne Erfolg. Er riß an den Zügeln, doch das Pferd ignorierte ihn.

Langsam drehte sich Rannick zu dem Tier um und starrte es an. »Hooo«, sagte er leise. Der Pferd hörte augenblicklich auf, sich zu bewegen; es drehte nur leicht den Kopf zur Seite, und Gryss sah ein Auge des Tiers – es war weiß von Furcht.

»Du konntest immer schon gut mit Tieren umgehen, Rannick«, sagte Gryss zum Dank. Rannick lächelte; allerdings verriet sein Verhalten, das dies mehr aus einer inneren Freude heraus geschah denn aus Freude über Gryss' Kompliment.

»Wo warst du, Rannick?« fragte Gryss. »Ich habe mir Sorgen um dich gemacht. Du siehst verhungert aus.«

»Ich danke dir, daß du dich um mich sorgst, Gryss«, erwiderte Rannick ohne jede Ironie. »Aber es ist unnötig. Ich bin es gewohnt, allein zurechtzukommen, und ich war unterwegs, um ...« Erneut lächelte er sein seltsames, inneres Lächeln. Diesmal ließ es Gryss schaudern. »Ich war auf einer Erkundungsreise.«

»Wo?« fragte Gryss. »Was gibt es denn hier zu erkunden?«

»Vieles«, antwortete Rannick geheimnisvoll, dann: »Wer sind die Männer in der Burg?«

Die Offenheit der Frage überraschte Gryss. »Steuereintreiber«, antwortete er.

Rannick blickte ihm in die Augen. Gryss spürte die Veränderung, die der Mann durchlebt hatte. Rannicks Augen, die für gewöhnlich zusammengekniffen und voller Spott waren, waren nun weit aufgerissen und durchdringend. Gryss konnte ihrem Blick nur mit Mühe standhalten.

Wo war Rannick gewesen? Was war mit ihm geschehen? Hatte er Fieber? War er in eine Art Delirium gefallen, weil er so lange nichts mehr gegessen hatte?

Nein, Rannick strahlte gleichzeitig eine Kraft aus, die Gryss noch nie an ihm bemerkt hatte.

»Das hat unser Dalmasfest so ziemlich ruiniert«, fuhr Gryss fort. Doch Rannick hatte sich von ihm abgewandt und den Kopf gehoben wie ein Tier, das Witterung aufnimmt. »Steuereintreiber«, sagte er leise zu sich selbst. Dann schüttelte er den Kopf, als wolle er es leugnen.

»Soll ich dich mit runter ins Dorf nehmen?« fragte Gryss, den Rannicks Gegenwart immer nervöser machte. Rannick neigte den Kopf zur Seite, als wäre die Frage aus weiter Ferne gekommen.

»Nein«, antwortete er schließlich, während er noch immer den Wind schnüffelte. »Erzähl mir von diesen ... Steuereintreibern.«

»Was gibt es da zu erzählen?« Gryss zuckte mit den Schultern.

»Alles«, erwiderte Rannick, drehte sich wieder zu Gryss um und starrte ihm erneut in die Augen. Das Pferd trat unruhig von einem Huf auf den anderen und ließ den Karren erzittern. Das Geräusch klang in Gryss' Ohren wie weit entfernt, und er bemerkte, daß er von einer seltsamen Stille umgeben war. Es war, als hätte ihn die Luft selbst eingeschlossen. Er konnte sehen, wie die Bäume im Wind sanft hin und her wankten, und er wußte, daß überall um ihn herum unzählige Geräusche zu hören waren, doch auch sie klangen weit entfernt, kaum wahrnehmbar. Und er konnte keine Vögel mehr hören. Rannick bewegte leicht die Hand, und das Pferd beruhigte sich wieder.

»Erzähl mir alles.« Inmitten der Stille verlangte Rannicks Stimme volle Aufmerksamkeit.

Gryss hörte sich selbst über das unerwartete Erscheinen der Steuereintreiber sprechen, über das Treffen mit ihrem Anführer, die Versorgung der Kranken und daß er ihnen Proviant gebracht hatte. »Es sind auch Fremde. *Richtige* Fremde.« Und er erzählte von den aufgebrochenen Schlössern in der Burg und der bedrohlichen Ausstrahlung der Soldaten. Und schließlich erzählte er von ihrer Neugier, was den Norden betraf. »›Das ist der Große Wald‹, habe ich ihnen gesagt. ›Nichts als Bäume. Und weiter oben gibt es Höhlen. Ein böser Ort.‹ Aber ich glaube, sie werden über kurz oder lang doch jemanden dort hinaufschicken. Tatsächlich scheinen sie am Norden sogar mehr interessiert zu sein als am Tribut. Ich hoffe, dort braut sich kein Ärger zusammen.«

Er war sich durchaus bewußt, daß Rannick ihn beobachtete, ihm zuhörte; seine Augen, seine neue Kraft, sie erfüllten alles.

Und dann war Gryss frei. Die Vögel sangen wieder, und er war umgeben von den allgegenwärtigen Geräuschen des Tals.

Und Rannick war verschwunden. Gryss schaute sich um, doch nirgends war eine Spur von ihm zu sehen.

Er konnte sich nicht daran erinnern, ihn gehen gesehen zu haben. Hatte er geträumt? Auf jeden Fall war er außer Atem. Dann, ohne daß er den Befehl dazu gegeben hatte, setzte sich plötzlich das Pferd wieder in Bewegung und riß Gryss aus seinen Gedanken.

Es trabte.

Gryss zerrte an den Zügeln, um das Tier zu einer langsameren Gangart zu bewegen, doch erst als er beachtliche Kraft aufwandte, zeigte es eine Reaktion. Ihm kam der Gedanke, daß das Pferd es vielleicht eilig hatte, von hier zu verschwinden, und tatsächlich stellte er fest, daß es ihm genauso erging. Das seltsame Treffen mit Rannick hatte sein Übriges zu der Verwirrung beigetragen, die ohnehin schon in Gryss' Kopf herrschte.

Wo zum Teufel war Rannick so plötzlich hergekommen? Und wohin war er wieder verschwunden? Wo war er die vergangenen Tage gewesen, und was hatte ihn so verändert? Gryss kannte die Antworten nicht, doch er wurde den Eindruck nicht los, daß diese Antworten wichtig sein könnten. Je weiter sie sich von dem Ort entfernten, wo Rannick erschienen war, desto weniger zog das Pferd, und nach einer Weile gab Gryss ihm wieder die Zügel und widmete sich der Aufgabe, Ordnung in seine umherwirbelnden Gedanken zu bringen.

Als sie schließlich Garrens Hof erreichten, hatte er längst aufgegeben. *Eins nach dem anderen,* hatte er schlußendlich beschlossen. Seine Aufgabe war, den Tribut auszuhandeln und die Steuereintreiber von hier fortzubekommen. Dann würde er nach all dem Aufruhr wieder Ruhe ins Dorf bringen müssen.

Und was auch immer die Fremden am Norden interessieren mochte, Gryss konnte sie nicht von ihrem Tun abhalten. Er konnte nur versuchen, sie von seiner Meinung zu überzeugen; danach blieb ihm nichts weiter übrig, als abzuwarten.

Und was Rannick betraf ... Vielleicht war der Mann nun endgültig wahnsinnig geworden und in Melancholie versunken und würde seine Jahre fortan als verrückter Einsiedler in irgendeiner Berghöhle verbringen. Nichts interessierte Gryss im Augenblick weniger.

Rannick jedoch war alles andere als von Melancholie befallen. Der alte Gryss war wie Wachs in seinen Händen gewesen. Und diese Soldaten ... diese sogenannten Steuereintreiber ... Das waren seine Art Männer, das wußte er; die Luft war erfüllt von ihrer Gegenwart. Er mußte sie in seine Dienste bringen.

Still und heimlich schlich er an der Burg vorbei in die dahinterliegenden Wälder, wobei er über die goldene Straße schritt, die sich ihm eröffnet hatte und der er nur folgen mußte, um die Größe zu erreichen, die sein wahres Schicksal war.

Kapitel 12

Der nächste Tag war wieder schön und sonnig, doch ein kräftiger Wind wehte geräuschvoll durchs Tal. Bäume und Sträucher, Gräser und Blumen – alles beugte sich seinem Drängen und neigte sich zur Seite, als gehorchte die Natur dem nachdrücklichen Befehl, der die Wolken über den Himmel trieb, verfolgt von ihren eigenen Schatten auf Feldern, Zäunen und Dächern. Die Menschen jedoch folgten ihrem eigenen Drängen, und wenn sie wollten, drehten sie die Gesichter entschlossen in den Wind in offenem, bewußtem Widerstand und zögerten nicht, ihn zu verfluchen, wenn er sie mitten im Schritt stolpern ließ oder ihnen Staub ins Gesicht wehte.

Gryss stand pflichtbewußt neben dem Tor der Zehntscheuer mit Garren und dem kompletten Dorfrat, als schließlich Nilsson und seine Gruppe erschienen. Fast die gesamte Dorfbevölkerung hatte sich auf dem Platz vor der Scheuer versammelt.

Nilsson hatte sich über eine Stunde verspätet, und Gryss hatte seinen Gefährten wiederholt versichern müssen, daß dies vermutlich nur ein Verhandlungstrick sei, um sie nervös zu machen, und tatsächlich würden sie ja auch schon Zeichen von Unruhe zeigen. Glücklicherweise, und sehr zu Gryss' Erleichterung, war den Dörflern nur wenig von ihrem Unmut anzumerken, als Nilsson auftauchte, und die Ratsmitglieder gaben noch immer einen würdevollen Anblick ab, auch wenn sie vom Wind ein wenig zerzaust waren. Sie trugen ihre beste Festtagskleidung, was Gryss angeregt hatte, da er nicht wußte, was sonst bei solchen Gelegenheiten angebracht war.

Nilsson stieg aus dem Sattel und führte einen Mann mit scharfen Gesichtszügen, rotem Gesicht und ruhelosen Augen zu den Wartenden. Er lächelte Gryss breit an, doch entschuldigte er sich nicht für die Verspätung. »Darf ich euch Saddre vorstellen?« sagte er. »Er ist der ...« Er suchte nach dem richtigen Wort. »Der Offizielle für den Tribut.«

»Der Tributmeister?« schlug Gryss vor.

Nilsson zuckte mit den Schultern. »Du mußt mir verzeihen, wenn ich von Zeit zu Zeit Probleme mit eurer Sprache habe«, sagte er und wandte sich an Saddre. »Ich glaube nicht, daß du ... der Tributmeister bist, oder?« Saddre blickte ihm kurz in die Augen, dann lächelte er und schüttelte den Kopf.

Nilsson wandte sich wieder an Gryss. »Er ist nur Soldat wie der Rest von uns auch«, erklärte er. »Abgestellt für diese Aufgabe und für das Nötigste ausgebildet.« Dann fügte er aus Angst, sich selbst eine Falle gestellt zu haben, bedeutungsvoll hinzu: »Allerdings besitzt er in dieser Angelegenheit volle Autorität. In Tributfragen ist sein Wort Gesetz, und was auch immer er entscheidet, habe ich durchzusetzen. Ernsthafte Streitfragen werden später von ... Palastbeamten geklärt ... falls notwendig.«

Gryss nickte. »Ich bin sicher, es wird keine Schwierigkeiten geben«, sagte er in freundschaftlichem Tonfall. »Soll ich jetzt die Scheune öffnen?«

Nilsson bedeutete ihm, fortzufahren.

Gryss ließ den Sonnenstein herunter, bedeckte ihn und reichte ihn dann Garren, der ihn seinerseits ebenfalls weiterreichte. Rasch verschwand der Stein in der Menge. Das war ein verdammt guter Stein, und er hatte nichts mit dem Tribut zu tun!

Gryss winkte Saddre heran. »Wie Ihr sehen könnt, haben wir die Zehntscheuer versiegelt.« Er deutete auf ein geschmücktes, gewachstes Seil, das kunstvoll um zwei einfache Türgriffe gewickelt war. »Und das hier ...« er kramte unbeholfen in seiner Jacke herum und zog schließlich einige Papierstücke hervor »... ist eine Liste von allem, was wir gesammelt und wie wir es berechnet haben.«

Die Papiere flatterten geräuschvoll im Wind, als Saddre sie entgegennahm und sorgfältig durchblätterte. Die ganze Zeit über wahrte er einen weisen Gesichtsausdruck, und nach einer Weile nickte er. »Sieht vernünftig aus«, verkündete er. »Aber zeigt mir erst einmal, was ihr getan habt, bevor wir den Tribut in allen Einzelheiten durchgehen.« Seine Stimme klang rauh, passend zu seinen scharfkantigen Gesichtszügen.

»Wie Ihr wünscht«, erwiderte Gryss. Er winkte Garren heran, der daraufhin vortrat und mit geschickten Fingern das Seil aufknotete. Dann zog er einen großen Schlüssel aus der Tasche und schloß die Scheune auf.

Mit diesem Akt hatten die Formalitäten ein Ende, denn in dem starken Wind bedurfte es mehrerer Männer, die mächtigen Flügel festzuhalten, nachdem Gryss das Tor geöffnet hatte. Nach kurzem Kampf wurden sie an der Wand befestigt, und getrieben vom Wind huschte Gryss mit Nilsson und Saddre an der Seite in die Scheune. Die Dörfler folgten den drei bis zum Tor, doch Gryss' Befehl gehorchend, blieben sie draußen.

Schmuckschleifen und Blumenauslagen flatterten und tanzten wie zur Begrüßung, als der Wind das Protokoll ignorierte, neugierig durch das Innere der Scheune wehte und den Inhalt seiner eigenen Untersuchung unterzog. Das hohe Dach knarrte beunruhigend.

Farnor stand neben seinem Vater im Tor und blickte auf die sorgfältig aufgestapelten Säcke, Ballen und Kisten, die schön drapierten Früchte und Gemüse und die Reihen von Fässern und Flaschen. Zum ersten Mal begriff er in diesem Augenblick die Ungeheuerlichkeit dessen, was hier geschah. All das ging an Fremde. An richtige *Fremde*! Nach außen hin zeigte er jedoch kaum etwas von seiner Erregung.

»Was für eine Schande«, sagte er leise.

»In der Tat«, stimmte ihm Garren zu. »Stell dir einfach vor, der Hagel hätte das Korn vernichtet oder ein Wind wie dieser hier hätte uns um den Großteil unserer Obsternte gebracht – eben eins dieser Dinge, die wir nicht kontrollieren können.«

»Ich versuche es«, erwiderte Farnor, »aber es ist irgendwie nicht dasselbe.«

»Stimmt«, bestätigte sein Vater. »Aber es ist das Beste, was ich dir bieten kann, damit es nicht mehr so weh tut.« Unerwarteterweise lag ein Humor in seiner Stimme, der Farnors Aufmerksamkeit erregte. »Es hat auch seine komischen Seiten«, schien Garren zu sagen. »Vorgeblich haben wir all das die Jahre über für den König gesammelt, in Wirklichkeit aber nur für uns selbst, und nun finden wir heraus, daß der König es doch haben will.«

Die unerwartete Leichtigkeit im Verhalten seines Vaters veränderte die Art, wie Farnor das Ereignis wahrnahm. Es würde andere Jahre geben. Das hier war gar nicht so schlimm.

»Es ist schlimm genug ...« Farnor zuckte unwillkürlich zusammen, als eine mürrische Stimme hinter ihm seinen unausgesprochenen Gedanken widersprach »... daß sie all unsere Sachen mitnehmen. Aber daß wir es auch noch bis zur Burg hochschleppen sollen, ist wirklich der Gipfel. Und das in unseren eigenen Karren!« Farnor blickte über die Schulter, um zu sehen, wer da sprach. Es war Jeorg.

»Die Sachen *des Königs*«, korrigierte ihn Garren gefolgt von einem ungewohnt boshaften Lachen, sehr zu Jeorgs Verunsicherung. Er bot ihm den gleichen Trost an, den er auch seinem Sohn gegeben hatte. »Stell dir einfach vor, die Zehntscheuer sei von einem Blitz getroffen worden.«

Jeorg stieß ein leises Knurren aus. »Ich komme damit klar, daß wir den Tribut verlieren, Garren, aber deine gute Laune ist einfach zu viel.«

Zu Gryss' Überraschung bemerkte Saddre nichts zu

der Art, wie der Tribut berechnet worden war. Immer wenn Gryss sagte: »Wir waren nie ganz sicher, also ...«, nickte er nur nachsichtig und winkte ab. Schließlich erklärte er, daß die Dörfler trotz des Fehlens eines Tributmeisters die Menge bemerkenswert gut berechnet hätten. »Das ist hervorragende Arbeit. Euer Fleiß muß gelobt werden.« Er fuhr fort, daß es vielleicht noch ein, zwei kleinere Änderungen geben würde, nachdem er alles noch einmal durchgerechnet hatte, und er wollte noch mehr sagen, als er Nilssons Blick bemerkte, woraufhin er die Zeremonie abrupt beendete.

Den Rest des stürmischen Tages verbrachten die Dörfler damit, den Tribut zur Burg zu transportieren. Trotz Gryss' wiederholten Ermahnungen, fröhlich zu wirken, geschah dies zumeist in übler Laune, auch wenn niemand offen murrte oder sich gegenüber den Steuereintreibern beschwerte.

Und dann war die Zehntscheuer leer. Papierfetzen, zerrissene Mehlsäcke und Mehlreste wurden durch den Staub geweht, während der Wind seine erbarmungslose Suche fortsetzte. Farnor blickte sich in dem leeren Raum um. Die Zehntscheuer sah aus wie jedesmal nach dem Tributtag, nur diesmal wirkte alles traurig und leer, während früher, so erkannte er, alles irgendwie fröhlich gewesen war ... Vielleicht waren stets alle zufrieden gewesen ob der guten Arbeit, die sie geleistet hatten. Eine Weile beobachtete Farnor den wirbelnden Tanz von Staub und Abfall, dann griff er halbherzig nach einem Besen.

»Laß es, Farnor«, sagte Gryss. »Das ist auch morgen noch da.«

Dieser Logik konnte man nicht widersprechen, dachte Farnor, obwohl es ihm nie gelungen war, seine Mutter bei ähnlichen Gelegenheiten ebenfalls davon überzeugen. Er ergab sich der Weisheit des Älteren und stellte den Besen beiseite.

Es folgte ein weiterer Kampf, die Tore gegen den Wind zu schließen, aber schlußendlich waren sie verriegelt, und die wenigen zurückgebliebenen Dörfler gingen über die Straße davon. Es wurde nur wenig gesprochen.

In der Burg jedoch wurde sogar sehr viel geredet, und es herrschte eitel Freude, als die ganze Abteilung sich im Speisesaal versammelte und den Tribut ›überprüfte‹, indem sie aßen und tranken – hauptsächlich tranken.

»Auf dich, Tributmeister«, sagte Nilsson und hob den Krug in Richtung Saddre.

»Offizieller für den Tribut, Hauptmann«, korrigierte Saddre und hob seinen eigenen Krug. »Ich bin Soldat, weißt du, kein Zivilist. Abgestellt und dafür ausgebildet.«

»Ausgebildet, den Leuten in die Taschen zu greifen und ihnen die Kehlen durchzuschneiden«, mischte sich Dessane ein. Diese Bemerkung ließ das Trio in unbändiges Lachen ausbrechen.

»Das ist stark«, sagte Nilsson und wischte sich noch immer lachend die Tränen aus den Augen. »Seht euch das an!« Er deutete auf die Berge der unterschiedlichsten Waren, die in einer Ecke der Halle gestapelt waren. »Wir haben schon größere Dörfer ausgeplündert und sind oft mit weniger zurückgekommen. Und die hier haben es uns sogar *geliefert.*«

»Ihren Gesichtern nach zu urteilen, hat es ihnen nicht gerade Spaß gemacht«, bemerkte Dessane.

»Es hätte ihnen noch verdammt weniger Spaß gemacht, wenn wir den ›Tribut‹ auf die übliche Weise eingetrieben hätten«, erwiderte Nilsson.

»Vielleicht sollte ich ihnen sagen, daß es Majestätsbeleidigung ist, sich beim Steuernzahlen nicht zu freuen, und ihnen ein Bußgeld aufs Auge drücken«, schlug Saddre vor. »In meiner Eigenschaft als ...«

»Offizieller des Tributs«, ergänzten Nilsson und Dessane gleichzeitig.

Erneut folgte lautes Lachen ob dieser Bemerkung, die eigentlich überhaupt nicht komisch gewesen war, doch inmitten des allgemeinen Tumults war das Gelächter kaum zu hören.

Allerdings war keiner der drei wirklich betrunken. Die Gegenwart der anderen Feiernden verbot das. Sich in ihrer Nähe sinnlos zu betrinken bedeutete, den Tod zu riskieren.

Saddre verfolgte seinen Gedanken weiter: »Vielleicht sollte ich als Strafe ein paar Frauen von ihnen verlangen«, sagte er und grinste anzüglich, »zur Unterhaltung der königlichen Offiziere im Feld. Ich habe ein paar verdammt hübsche da unten gesehen.«

Nilsson kicherte, doch seine Augen waren kalt, als er zu seinem Stellvertreter blickte. »Nein«, erklärte er kategorisch.

Saddre, der inzwischen von der Idee eingenommen war, gab nicht so schnell auf. »Nur ein paar«, bettelte er. »Um Himmels willen, wir können doch nicht ...«

»Du kannst, und du wirst.« Nilssons Stimme klang eisig, und in seinem Gesicht war nicht mehr die geringste Spur von Heiterkeit zu sehen. Sowohl Saddre als auch Dessane wurden schlagartig wieder nüchtern, als sie die Veränderung an ihrem Hauptmann bemerkten. Dessane schob seinen Stuhl ein Stück zurück, bereit, jederzeit aufzuspringen, und Saddre streckte die Hände aus. »Nur ein Scherz, Nils«, sagte er und lächelte verzweifelt. »Nur ein Scherz. Keine böse Absicht. Du weißt doch, ich würde nie ...«

Das Knallen eines umfallenden Tisches und ein plötzliches Brüllen erhob sich über den allgemeinen Lärm und unterbrach Saddres Flehen. Nilsson wandte sich von ihm ab und ließ seinen Blick durch die Halle schweifen. Sofort entdeckte er die Quelle des Tumults. Wie ein Strudel, der plötzlich in einem tosenden Fluß erscheint, bildete sich rasch ein Kreis aus Männern um zwei miteinander ringende Gestalten. Andere Männer wurden von dem Geschehen angezogen, und schon bald hatte sich die ganze Halle um die Kämpfenden versammelt.

Nilsson fluchte und erhob sich schwerfällig. Sein Stuhl fiel klappernd um. Festen Schrittes marschierte Nilsson auf die Kämpfenden zu. Saddre und Dessane warfen einander einen erleichterten Blick zu, und Saddre wischte sich nervös mit der Hand über den Mund. Er atmete flach und schnell.

Der Grund für seine Nervosität bahnte sich jedoch bereits einen Weg durch die Menge, wobei er einige Männer sogar von den Beinen hob und sie mühelos beiseite warf.

Als er schließlich den inneren Rand des Kreises erreichte, war Nilssons Gesicht eine Maske des Zorns. Der Kreis weitete sich und enthüllte zwei Männer, die inmitten eines Chaos' aus Essen, Bierlachen und zerbrochenem Geschirr über den Boden rollten. Sinnlos prügelten sie aufeinander ein. Mit einem Knurren packte Nilsson die beiden an den Haaren. Dann riß er sie in die Höhe und schlug mit voller Wucht ihre Köpfe gegeneinander. Einige der Zuschauer zuckten zusammen, während die meisten anderen lachten; es freute sie stets, andere leiden zu sehen und nicht sich selbst. Nilsson ließ die beiden Männer los, die daraufhin bewußtlos zu Boden fielen.

»Du hast keinen Grund, dich ...« begann eine betrunkene Stimme hinter Nilsson. Bevor der Mann den Satz jedoch beenden konnte, wirbelte Nilsson herum, nutzte den Schwung der Bewegung aus und schlug dem Betrunkenen mitten ins Gesicht. Der Mann wurde nach hinten geschleudert und riß im Fallen mehrere andere mit sich. Blut strömte ihm aus Nase und Mund.

Während jene, die mit ihm gefallen waren, eilig davonkrochen, setzte der Mann sich mühsam wieder auf; sein Gesicht glühte vor Wut. Er griff in sein Wams.

Ein Zuschauer trat ihm rasch vor die Schulter, so daß er wieder nach hinten fiel, und setzte ihm den Fuß auf die Brust. Nilsson trat einen Schritt vor und blickte auf den blutenden Mann hinab. Sanft schob er den Besitzer des Fußes beiseite, dann streckte er dem gefallenen Mann die Hände entgegen, Handflächen nach oben. Zorn und Erregung leuchteten in seinen weit aufgerissenen Augen.

»Ich hatte *allen* Grund mich einzumischen, Avak«, sagte er. »Betrachte es als eine Art Standgericht. Du kennst die Regeln, wenn wir im Feld sind: Keine Kämpfe untereinander. Werden Waffen gezogen, droht die Todesstrafe. Und mein Wort ist Gesetz, solange ihr keinen neuen Anführer wählt.« Er beugte sich vor. »Möchtest du dich vielleicht auf den Posten bewerben?«

Avaks Mund klappte auf und zu, doch kein Ton kam über seine Lippen.

Vorsichtig meldete sich der Mann zu Wort, der ihn zu Boden getreten hatte. »Ich glaube, er hat in seinem Wams nur etwas gesucht, um sich damit das Gesicht abzuwischen, Hauptmann«, sagte er. »Und ich bin sicher, daß er sich gerade fragt, wie er sich am besten bei dir dafür entschuldigen kann, daß er dich dabei gestört hat, wie du die beiden Trottel diszipliniert hast. Ich fürchte, heute ist vielleicht ein wenig viel gutes Bier geflossen – auf jeden Fall genug, um Avak auch den letzten Rest Verstand zu rauben.«

Nilsson hielt die ganze Zeit über den Blick auf sein Opfer gerichtet; auf die respektvolle Einmischung des anderen Mannes reagierte er mit einem kaum merklichen Nicken. Fragend hob er die Augenbrauen.

Alle Wut war inzwischen aus Avaks Gesicht gewichen und durch blankes Entsetzen ersetzt worden. Er nickte eifrig. Seine Lippen zitterten, dennoch fand er die Sprache wieder. »Das stimmt, Hauptmann«, sagte er. »Eine unbedachte Bemerkung ... das Bier ...« Die Zunge schien ihm am Gaumen zu kleben.

Nilsson stellte den eigenen Fuß auf Avaks Brust.

Tiefes Schweigen senkte sich über die Männer.

Dann drehte sich Nilsson um, ohne den Fuß von Avak zu nehmen, und blickte die Zuschauer an.

Um sich herum sah er nichts als Furcht.

Er wandte sich wieder dem auf den Boden gedrückten Avak zu, dann ließ er ihn plötzlich frei. Avak huschte eilig davon. Niemand half ihm.

»Die Feier ist vorbei, meine Herren«, sagte Nilsson.

Er ging wieder zurück zu dem Tisch, wo Saddre und Dessane standen und auf ihn warteten. Die Männer machten ihm eine Gasse frei.

»Jetzt hört mir mal alle gut zu«, forderte Nilsson, ohne anzuhalten. »Wir hatten verdammtes Glück, daß wir diesen Ort gefunden haben, und ich werde jeden höchstpersönlich aufschlitzen, der uns hier Ärger macht – sei es wegen Bier, Weibern oder sonst was.« Er blieb stehen und ließ seinen Blick über die Menge schweifen. »Soweit es diese Dörfler betrifft, sind wir Soldaten, irgendeine Art Steuereintreiber. Als Ergebnis davon haben sie uns freiwillig genug Proviant gegeben, daß es für Monate reicht. Ich muß euch wohl nicht erst sagen, was für ein Geschenk das ist. Ihr alle habt euer Leben schon für verdammt viel weniger aufs Spiel gesetzt. Morgen werden Yeorson und Storran mit einem Spähtrupp nach Norden gehen, um einen Weg aus dem Tal zu finden und um zu sehen, was dahinter liegt. Wenn sie wieder zurückkehren, werden wir unsere Sachen zusammenpacken und uns davonmachen. Wenn das *still* und *heimlich* geschieht, wird es Monate dauern, bis ...« Er hielt kurz inne. Die Muskeln in seinen Wangen zuckten. »Bevor irgendjemand ... herausfindet, wohin wir gegangen sind. Tatsächlich ist es sogar durchaus möglich, daß es nie jemand erfahren wird. Dieser Ort liegt verdammt weit ab vom Schuß.« Er ließ die Schultern hängen, und seine Stimme nahm einen drohenden Klang an. »Ich bin ein umgänglicher Mensch, das wißt ihr. Normalerweise mische ich mich nicht in eure Vergnügungen ein. Aber diesmal ist es zu wichtig. Falls diese Dörfler mißtrauisch werden und vermuten sollten, daß wir nicht die sind, für die sie uns halten, dann werden wir im Nu die ganze Gegend gegen uns haben. Also werden wir es wie folgt handhaben: Keiner von euch wird sich in der Nähe des Dorfes blicken lassen. Keiner von euch wird Kontakt zu den Dörflern aufnehmen. Wenn einer von ihnen ans Tor kommt, dann schickt ihn sofort zu mir.« Er hob die Stimme. »Muß ich irgendjemandem von euch das noch einmal erklären?«

Die Antwort war ein allgemeines, gemurmeltes »Nein«.

»Hat jemand von euch etwas gegen diese Strategie einzuwenden?« Er hob die Hand, bevor jemand sich melden konnte. »Ich will euch fairerweise warnen, wenn ihr diesen Befehlen erst zugestimmt habt, droht jedem der Tod, der wagt, sie zu mißachten. Ich werde ihn auf der Stelle erschlagen ... oder Schlimmeres.« Es folgte ein längeres Schweigen, bevor er wiederholte: »Nun, hat einer von euch etwas gegen diese Strategie einzuwenden?«

Diesmal verneinten die Stimmen lauter. Ein letztes Mal ließ Nilsson den Blick über die Männer schweifen, dann entließ er sie mit einer flüchtigen Handbewegung.

Während die Männer sich wieder verteilten, kehrte Nilsson zu seinem Tisch zurück. »Was ich gesagt habe, schließt auch euch beide ein«, erklärte er an Saddre und Dessane gewandt. »Was oder wer auch immer uns dieses Glück beschert hat, so eine Gelegenheit bekommen wir nie wieder, und ich werde niemandem gestatten – *niemandem* –, sie uns kaputtzumachen. Habt ihr das verstanden?«

Die beiden Männer nickten; inzwischen waren sie wieder vollkommen nüchtern.

»Wie lange, glaubst du, werden wir hier noch bleiben

können?« fragte Saddre bemüht, die bedrohliche Laune seines Hauptmanns zu bessern.

»Noch eine ganze Weile, glaube ich«, antwortete Nilsson. Er deutete auf Dessane. »Laut der Geschichten, die wir beide gehört haben, kommt kaum jemand in dieses Tal, und niemand verläßt es.« Er hielt kurz inne und dachte nach, als hätte die Bemerkung irgendetwas in ihm geweckt.

»Und was ist, wenn die richtigen Steuereintreiber auftauchen?« fragte Dessane.

»Das wäre das erste Mal seit Menschengedenken, hat der alte Heiler behauptet«, erwiderte Nilsson.

»Aber ...?« Dessane ließ den Zweifel unausgesprochen im Raum stehen.

Wie jeder von ihnen wußte, war Dessanes Bemerkung über die Steuereintreiber in Wirklichkeit das Abbild einer anderen Sorge, über die jedoch nur selten gesprochen wurde.

Nilsson verzog das Gesicht, als litte er Schmerzen. Der Zufall hatte sie in dieses Tal geführt, und daß sie hier so empfangen worden waren, grenzte an ein Wunder. Diese einmalige Gelegenheit durfte man nicht leichtfertig aufs Spiel setzen; tatsächlich durfte man sie *überhaupt nicht* aufs Spiel setzen. »Wir könnten wohl Späher weiter unten im Tal postieren«, sagte er beinahe widerwillig. »Es wäre mir nur lieber, alle Männer hierzubehalten, wo ich sie sehen kann. Sind sie erst einmal draußen, stellen sie mit Sicherheit etwas Dummes an.«

»Kleine Gruppen. Drei oder vier. Gute Männer«, schlug Dessane vor. »Dafür haben wir doch genug.«

»Vielleicht«, entgegnete Nilsson. Dann bedeutete er den beiden Männern zu gehen.

Nachdem sie verschwunden waren, saß Nilsson lange Zeit allein in der verlassenen Halle. Um ihn herum lagen die Trümmer der Feier; es sah aus wie nach einem Kampf. Das Bier, das er getrunken hatte, drückte ihm auf den Magen, und er wußte, daß seine Wahrnehmungsfähigkeit bis zu einem gewissen Grad getrübt war. Das sorgte ihn allerdings nicht allzu sehr. Er hatte bereits vor vielen Jahren gelernt, viel zu trinken und doch nichts von seiner tödlichen Kampfkraft zu verlieren. Tatsächlich hatte er es sich zum Schutz vor früheren ›Gefährten‹ sogar angewöhnt, im angetrunkenen Zustand wilder und rücksichtsloser zu kämpfen als nüchtern. Und diese Eigenschaft in Verbindung mit seiner Gerissenheit hatte ihm im Laufe der Jahre einen furchterregenden Ruf eingebracht.

Was er jedoch noch nie gelernt hatte, war, mit der dunklen Melancholie fertigzuwerden, die sich manchmal in seine Gedanken schlich, wenn er, wie jetzt, nach ausgelassenen Feiern allein war. Es war eine Melancholie, die alles um ihn herum nichtig werden ließ und deren bitterer Geschmack sein ganzes Denken und Fühlen beherrschte, bis sie selbst beschloß, wieder zu gehen. Nur die Trägheit, die sie mit sich brachte, hielt Nilsson jedesmal davon ab, sich selbst in einem Akt monströser Gewalt von diesem ekelhaften inneren Gestank zu reinigen, der ihn erfüllte – eine Tatsache, die seinen Kameraden zugute gekommen wäre, hätten sie davon gewußt, denn für gewöhnlich neigte Nilsson weder dazu, sich umzubringen, noch zu Selbstmitleid.

Nun jedoch regierte die Dunkelheit im Inneren seiner reglosen Gestalt. Eine Dunkelheit voller Bitterkeit und Zorn auf den einen, dem er gefolgt war und der ihn verraten hatte; Zorn auf die Ketten aus Gewalt und Vernichtung, die er geschmiedet und die ihn hierhergeführt hatten; Zorn auf jene, die ihn verfolgten. Aus seiner verbitterten Perspektive heraus betrachtet, war selbst das Glück, das ihn und seine Männer in dieses Tal geführt hatte, nicht mehr als die ihm bestimmte Belohnung.

Nilssons blickte sich mit seinen toten Augen im Raum um: umgestoßene Tische und Stühle, qualmende Lampen, der Boden bedeckt von Essensresten, Bierlachen und Erbrochenem.

Noch nicht einmal der Anblick der Stapel von Proviant, die sie so mühelos aus dem Dorf geholt hatten, vermochte seinen getrübten Blick aufzuhellen. Tatsächlich trübte er ihn sogar noch mehr. Die Stapel sprachen stumm von Arbeit und Mühen: gewissenhafte, freiwillige, geduldige Arbeit, um das gewünschte Ziel zum Wohl aller zu erreichen.

Nilsson legte den Kopf in die Hände. Beim Gedanken an die geduldige, wenn auch mißtrauische Art von Gryss, Garren und den anderen, die er getroffen hatte, die gut versorgten Felder und Tiere und die sauber gebauten, gepflegten Häuser und Hütten kam ihm die Galle hoch.

All das hätte ihm gehören müssen. Doch er wollte es noch nicht einmal, und er wußte, daß er es auch nicht haben konnte. Denn obwohl das alles aus einer Laune heraus vernichtet werden konnte, war es nichts, das einfach gegeben wurde; es war etwas, das von innen kam und das man sich über Jahre hinweg erarbeiten mußte.

Er wollte es nicht.

Er konnte es nicht haben.

Die Gedanken umkreisten ihn böse, verspotteten ihn, sahen sich selbst und wußten, daß sie zugleich wahr und falsch waren.

Unzählige Geräusche hallten durch die Gänge der Burg in dieser Nacht. Schritte, ruhelos, Knarren, Murmeln. Männer, die berauscht im Schlaf sprachen, weinten, lachten. Männer, die vollgefressen stöhnten. Männer, die das erbrachen, was sie zu viel gefressen hatten.

Niemand hörte den einsamen Schrei aus dem Speisesaal, als Nilsson kurz in seine eigene dunkle Seele blickte.

Kapitel 13

Das Leben im Tal normalisierte sich wieder, nachdem der Tribut in die Burg gebracht worden war. Obwohl die Talbewohner durchaus in der Lage waren, selbst die kleinsten Streitereien über Monate oder gar Jahre hinweg am Leben zu erhalten, handelte es sich dabei eher um eine Äußerlichkeit, die neben anderen Dingen vor allem dazu diente, etwas Abwechslung in den Alltag zu bringen.

Die Menschen hier waren Geduld erprobte Bauern, deren Leben in der Natur wurzelte und dem Rhythmus der Jahreszeiten folgte, und als solche stellten sie sich stets der Wirklichkeit. In dem Augenblick, da die Steuereintreiber als solche erkannt worden waren, hatten die Dörfler das Gefühlsband durchschnitten, welches sie mit den Gütern in der Zehntscheuer verband. Immerhin hatten die Steuereintreiber das Recht auf ihrer Seite, und außerdem ging es hier nur um etwas Korn, Gemüse und Obst, das nächstes Jahr wieder nachwachsen würde.

So kam es, daß sie anfangs zwar laut ihr Leid klagten, doch niemand empfand den Verlust als wirklich schmerzhaft, und das Jammern und Klagen hörte bald wieder auf. Tatsächlich stellte sich alsbald sogar ein Gefühl der Erleichterung darüber ein, daß sie all die Jahre pflichtbewußt den Tribut eingesammelt hatten und sie die Ankunft der Steuereintreiber somit nicht unvorbereitet getroffen hatte.

Auch konnte nicht geleugnet werden, daß das ungewöhnliche Ereignis ihrem Leben ein wenig ... Würze verliehen hatte; überall wurde über nichts anderes mehr geredet: zu Hause, auf der Straße und natürlich im Gasthof.

Für eine Gruppe von Nilssons Männern gab es nach dem Tag der Tributabgabe jedoch keine Rückkehr zur Normalität. Noch vor Sonnenaufgang wurden sie von Yeorson und Storran geweckt, die durch die Burg zogen und einigen Auserwählten mitteilten, sie hätten sich einem Spähtrupp anzuschließen, der den Nordteil des Tales erkunden würde.

Nilsson versammelte die Männer im Hof um sich. »Ich weiß, wie ihr euch fühlt«, sagte er. »Wir werden uns erst an dieses Landbier gewöhnen müssen. Aber überprüft eure Waffen, und seid auf der Hut. Storran und Yeorson glauben, daß sich dort oben etwas Seltsames befindet. Deshalb sind sie wieder zurückgekommen, und deshalb werdet ihr heute Morgen zu mehreren rausgehen. Ich glaube nicht, daß uns dort irgendwelche Räuber oder so etwas erwarten – das hätten die Dörfler gewußt –, aber geht trotzdem davon aus, daß ihr nicht mehr aufwacht, wenn ihr im Sattel oder sonst wo einnickt.«

Dieser Rat wurde mit mürrischem Schweigen quittiert.

Nilsson war nicht in der Stimmung, irgendwelche aufmunternden Reden zu schwingen. Er fletschte die Zähne und deutete nach Norden. »Das ist der beste Weg fort von hier«, erklärte er in scharfem Tonfall. »Geht, und seht nach, was dort ist, und dann kommt so schnell wie möglich wieder zurück. Wenn euch etwas in die Quere kommt, reitet es über den Haufen. Dann können wir uns bald wieder auf den Weg machen. Zumindest müssen wir diesmal nicht um etwas zu essen kämpfen.«

Yeorson und Storran führten den Spähtrupp aus der Burg, als die Sonne die ersten langen Schatten über die Berghänge warf, und nur wenig später bewegten sie sich bereits im Schrittempo zwischen den ersten Bäumen hindurch. Einige hatten beschlossen abzusteigen; sie zogen es vor, zu Fuß zu gehen, als ständig niedrig hängenden Ästen ausweichen zu müssen. In gewissen Abständen schlugen sie Kerben in Baumstämme, um in diesem tückischen Terrain den Weg zu markieren. Harz troff aus den Kerben.

An manchen Stellen standen die Bäume so dicht beieinander, daß kaum ein Sonnenstrahl durch das Blätterdach drang. Mißtrauisches Schweigen senkte sich jedesmal auf die Männer, wenn sie durch einen dieser dunklen Pflanzentunnel ziehen mußten, und jedesmal war ihnen die Erleichterung deutlich anzumerken, wenn sie wieder ins Licht hinaustraten.

Nach einiger Zeit erreichten sie eine kleine Lichtung. Yeorson befahl anzuhalten und schaute sich auf der Suche nach einem Baum um, den er erklettern konnte. Schließlich suchte er sich einen aus, der leicht schräg und mit seltsamen Kletterpflanzen bewachsen war, packte einen Ast und schwang sich geschickt zwischen die Blätter. Storran blickte ihm eine Zeitlang hinterher, doch schon bald war Yeorson im Gewirr der Zweige und Blätter verschwunden, und daß er noch weiter kletterte, war nur am Knacken der Äste zu hören. Dann folgte eine kurze Stille, bevor erneutes Knacken darauf hindeutete, daß Yeorson wieder herunterkletterte.

»Und?« fragte Storran, als die lange Gestalt seines Kameraden zwischen den unteren Ästen erschien. »Irgendwas gesehen?«

»Nicht viel«, antwortete Yeorson. »Das Gleiche wie letztes Mal. Bäume nach Norden und Süden, soweit das Auge reicht.« Er deutete in eine Richtung. »Aber dort drüben versperrt eine Felswand den Blick. Wenn wir den Rand des Waldes erreichen, können wir vielleicht ein Stück hochklettern und uns von dort aus einmal umsehen.« Ein paar Minuten später setzte sich der Spähtrupp wieder in Marsch und ließ eine immer dichter werdende Kette von in die Bäume geschlagenen Markierungen hinter sich.

Den Rand des Waldes zu Pferd zu erreichen schien unmöglich, denn an den meisten Stellen stieg der Boden zur Wand hin steil an. Schließlich gelang es den Männern allerdings doch, einen gangbaren Weg weiter oben zu finden, der sie zumindest in die Nähe des Randes brachte und ihnen von Zeit zu Zeit einen Blick über das Tal gestattete. Jedesmal, wenn sich ihnen solch ein Ausblick bot, schürzte Yeorson unzufrieden die Lippen, was sein ohnehin schon hochnäsiges Aussehen verstärkte.

»Mir gefällt's hier nicht«, sagte er leise zu Storran. »Es fühlt sich immer noch schlecht an.«

Storran nickte. Auch ihn machte das scheinbar menschenleere Waldland nervös, durch das sie ritten, obwohl er nicht wußte, wie er dieses Gefühl hätte erklären sollen.

»Wir müssen einfach weitergehen«, erklärte er. »Vermutlich liegt es daran, daß es hier so still ist.«

Yeorson nickte und schwieg.

Gegen Abend erreichten sie die Felswand, die Yeorson den Blick versperrt hatte. Sie tauchte so plötzlich vor ihnen auf, als hätte sie ihnen einen Hinterhalt gelegt. Massiv und zerklüftet ragte sie in den dunkler werdenden Himmel, als die Männer eine Lichtung voller umgestürzter Baumstämme und wuchernden Unterholzes betraten.

Nach außen hin unbeeindruckt, betrachtete Storran seine Umgebung. »Steinschlag«, erklärte er einfach.

Das gewaltige Naturwunder zu betrachten spendete den Männern keinen Trost. Die Bäume wuchsen auch noch ein Stück den Steilhang hinauf, und es würde nicht leicht werden, die eigentliche Wand zu erreichen. Auf jeden Fall wäre es unmöglich, die Pferde mitzuführen. Außerdem gab es von hier unten keine Möglichkeit festzustellen, ob die Wand überhaupt begehbar war.

Storran schüttelte den Kopf. »Morgen«, sagte er.

Niemand hatte etwas dagegen einzuwenden. Die meisten der Männer litten zwar nicht mehr unter den Nachwirkungen der gestrigen Feier, dennoch schien keiner von ihnen große Begeisterung für die vor ihnen liegende

Aufgabe aufbringen zu können. Während das Licht allmählich immer schwächer wurde, wurden die Pferde angebunden und ein Lagerplatz vom Unterholz gesäubert. Holz wurde gesammelt, ein Feuer wurde entfacht und Essen gekocht – alles mit der üblichen Tüchtigkeit, doch begleitet von sorgenvollem Schweigen. Selbst die ansonsten allgegenwärtigen Spötteleien betreffs des Essens wurden entweder gar nicht erst ausgesprochen, oder sie klangen bösartig anstatt scherzhaft.

In dem Versuch, die seltsame und wachsende Spannung zu lösen, wiederholte Yeorson Nilssons Bemerkungen, nachdem sich alle ums Feuer versammelt hatten. »Je schneller wir einen Weg hier durch finden, desto schneller können wir von hier verschwinden«, sagte er. »Und je schneller und heimlicher wir verschwinden, desto länger wird es dauern, bis uns jemand findet.«

Ein brennender Holzscheit brach laut prasselnd zusammen, und eine Wolke aus tanzenden Funken stieg in die Dunkelheit empor. Yeorsons Worte begleiteten sie, unbeachtet und sinnlos.

»Dieser Ort jagt mir 'nen Schauder über den Rücken«, bemerkte einer der Männer, nachdem die Funken verschwunden waren.

Die Worte hingen bedrohlich in der Luft, und die schlechte Laune der Gruppe schien wie eine Mauer um sie herum zu wachsen. Yeorson und Storran blickten einander an; sie waren verwirrt und unsicher, was als nächstes geschehen würde. Die Männer waren gefährlich, doch sie empfanden eine Loyalität zueinander, die ihren Ursprung in gemeinsamen Zielen und Bedürfnissen hatte und die sie somit enger aneinander band als jeder noch so feierlich geschworene Eid. Und bis jetzt hatte es auf ihrem Weg keine besonderen Anzeichen von Unzufriedenheit gegeben. Aber ...?

Yeorson und Storran waren hervorragende Späher, weil sie auf ihre Instinkte vertrauten. Ohne offensichtlichen Grund, nur auf ihre innere Stimme hörend, legten beide gleichzeitig die Hand auf die Messer in ihren Gürteln.

Im selben Augenblick jedoch änderte sich plötzlich die Stimmung im Lager. Dann sahen sie, daß die Männer etwas anstarrten.

Yeorson folgte ihren Blicken.

Nur ein paar Schritte von ihnen entfernt, ein gutes Stück im Lichtkreis des Lagerfeuers, stand eine einzelne, reglose Gestalt.

Yeorson fluchte leise. Wie hatte dieser Eindringling so nah kommen können, ohne gehört zu werden?

Bevor er allerdings irgendwelche Befehle erteilen konnte, waren einige der Männer bereits aufgesprungen und hatten Messer und Schwerter gezogen. Sie rückten jedoch nicht gegen die Gestalt vor, und diese blieb scheinbar ewig reglos stehen. Die ganze Szene wirkte seltsam und unwirklich, zumal die Gestalt an einem anderen Ort zu sein schien. Dann streckte die Gestalt langsam die Arme aus und sprach. »Bitte entschuldigt, falls ich Euch erschreckt haben sollte, meine Herren.«

»Wer zum Teufel bist du?« verlangte Yeorson barsch zu wissen; die Entschuldigung ignorierte er. »Und warum schleichst du hier draußen herum?«

»Mein Name ist Rannick«, antwortete die Gestalt ruhig. »Ich bin auf der Jagd. Als ich Flammen durch die Bäume hindurch gesehen habe, hat mich das beunruhigt. Ich dachte, ich wäre in einen Waldbrand geraten.«

Yeorson blickte ihn aus zusammengekniffenen Augen heraus an. »Du bewegst dich sehr leise, Rannick«, sagte er. »Sich so an ein Lager Bewaffneter heranzuschleichen hätte dich leicht das Leben kosten können.«

Rannick blieb, wo er war, und streckte erneut die Arme aus; diesmal begleitete ein gemächliches Schulterzucken die Geste. »Ich habe doch gesagt, es tut mir leid, daß ich Euch gestört habe. Ich werde wieder gehen.«

Er drehte sich um.

»Rühr dich nicht vom Fleck!« rief Yeorson.

Mit gesenktem Kopf und halb zum Feuer gedreht blieb Rannick stehen.

Mit einer Reihe kurzer, knapper Gesten sandte Yeorson einige Männer in die Dunkelheit hinaus.

»Bist du allein?« fragte er.

»Ja.«

»Komm her«, befahl Yeorson. »Und laß deine Hände da, wo ich sie sehen kann. Ich warne dich: Wenn das ein Trick ist, um uns in einen Hinterhalt zu locken, dann solltest du wissen, daß du es diesmal nicht mit irgendwelchen Dorftrotteln zu tun hast. Du wirst der Erste sein, der stirbt.«

Scheinbar unbeeindruckt von Yeorsons Drohungen ging Rannick zum Feuer.

»Ihr müßt die Steuereintreiber sein«, sagte er, als er wenige Schritte von Yeorson entfernt wieder anhielt. Sein Tonfall und sein Lächeln waren leicht ironisch.

»Amüsiert dich das?« fragte Yeorson drohend. Die Männer umstellten den Neuankömmling.

»Ein wenig«, gestand Rannick.

Ein Messer erschien an seiner Kehle. »Wie würde dir ein zweites Lächeln in deinem Gesicht gefallen, Bauerntölpel?« fragte der Eigentümer der Waffe.

Rannick blickte dem Angreifer ruhig in die Augen. »Steckt das Messer weg«, sagte er sehr, sehr leise. »Ich bin keine Gefahr für Euch.«

Der Mann rührte sich nicht, doch Yeorson hatte den Eindruck, daß er mehr von Rannicks Blick gefangengehalten wurde als von der Entschlossenheit, standhaft zu bleiben.

Es folgte ein langes Schweigen.

Es war Yeorson, der es durchbrach. »Laß ihn in Ruhe, Meirach«, schnappte er und stieß den Mann unsanft beiseite. Kurz huschte ein Ausdruck der Erleichterung über

Meirachs Gesicht, als Yeorsons Stoß ihn von Rannick fortriß, und nur flüchtig zeigte er seine Bereitschaft, jederzeit den Kampf wieder aufzunehmen.

Während Yeorson Meirach beobachtete, kehrten die Männer zurück, die er in die Dunkelheit geschickt hatte. Sie schüttelten die Köpfe, als Yeorson zu ihnen hinüberblickte. Der Mann war also wirklich allein.

Sorgfältig musterte er Rannick. Unter normalen Umständen hätte ein einzelner Reisender, der auf eine Gruppe unter seinem Kommando stieß, nur geringe Aussicht gehabt zu überleben, doch vor seinem geistigen Auge sah Yeorson sich bereits mit Nilssons blutigem Zorn konfrontiert, sollte solch eine Tat Ärger mit den Dörflern provozieren. Und es war beinahe sicher, daß irgendwo irgendwer ein Auge auf diesen Deppen hatte, trotz aller Beteuerungen der Talbewohner, daß niemand je hier hinaufkäme. Auf jeden Fall würden sie wissen, wo dieser Kerl war und wann er wieder zurückerwartet wurde. Dieser Trottel würde ihnen also nicht zur Belustigung dienen.

»Setz dich. Gesell dich zu uns ... Rannick«, sagte Yeorson und winkte den anderen, sich ebenfalls wieder zu setzen. »Es tut mir leid, daß wir dich so begrüßt haben, aber so sind wir nun einmal. Du hast Glück gehabt, daß wir dich nicht sofort erschlagen haben.«

Rannick trat näher, antwortete jedoch nicht auf diese Bemerkung. Als er sich niederließ, blickte er von Yeorson zu den anderen Männern, die sich um das Feuer versammelt hatten; dann nickte er.

»Ich verstehe«, sagte er mit großen Augen. »Ihr seid Soldaten. Sicher führt Ihr ein Leben voller Abenteuer. Ich vermute, Ihr seid stets bereit, Euch der Gefahr zu stellen.«

In seiner Stimme lag so viel Ehrfurcht und Aufrichtigkeit, daß niemand im Dorf ihn wiedererkannt hätte. Die Atmosphäre ums Feuer herum entspannte sich spürbar.

Nur ein weiterer Dorftrottel, lautete die einhellige Meinung. Einige lachten, allerdings mehr aus Vorfreude auf die Qualen, die ihrem Gast aller Wahrscheinlichkeit nach bevorstanden, als über seine scheinbare Einfalt. Yeorson bemühte sich erst gar nicht, seine Verachtung vor Rannick zu verbergen. »Man hat behauptet, daß nie jemand hier hinaufkommt«, sagte er.

»Das tun sie auch nicht«, erwiderte Rannick. »Ich komme nur hierher, weil die Hasen und Vögel hier nicht so scheu sind wie weiter unten im Tal.«

»Wo ist dein Fang?« fragte Yeorson.

Rannick zuckte mit den Schultern. »Ich hatte bis jetzt nicht viel Glück, aber ich werde es noch ein, zwei Tage versuchen.«

Erwartungsvoll blickte er auf das Essen, das um das Feuer herum verteilt war.

»Kennst du diese Wälder gut, Rannick?« Der Fragesteller war Storran. Er nahm ein Stück Fleisch und bot es Rannick an.

Rannicks Augen weiteten sich, als er das Fleisch entgegennahm, aber als er es an die Nase hob und daran schnüffelte, schloß er sie.

»Ja«, antwortete er. »Ich kenne sie sogar sehr gut.« Er biß ins Fleisch. Es war nur leicht angebraten, und Blut rann Rannicks Kinn hinab. Im selben Augenblick trat Yeorson gegen das Feuer, um es zu schüren. Flammen schlugen hoch, und einen Augenblick lang wirkte Rannick, die Hände wie Pranken um das Fleisch gelegt, die blutbefleckten Zähne gefletscht und mit Augen wie schwarze Perlen, wie der Geist eines schrecklichen Raubtiers aus längst vergangenen Zeiten – hätte denn einer der Männer genug Verstand besessen, es zu bemerken.

»Wirklich sehr gut«, wiederholte er, als die Flammen wieder kleiner wurden.

Yeorson nickte Storran billigend zu; ein wenig Ortskenntnis könnte ihnen so manche Mühe ersparen.

»Wie weit erstrecken sich die Wälder gen Norden?« fragte Storran.

Rannick hörte auf zu kauen. »Bis zum Großen Wald«, antwortete er ein wenig überrascht. »Das hätte Euch jeder sagen können.«

Storran zwang seine Lippen zu einem Lächeln. »Das haben sie auch«, erwiderte er. »Aber sie kommen ja nie hier hinauf, nicht wahr? Woher sollen sie es also wissen? Sie könnten sich ja irren. So etwas haben wir schon früher erlebt. Es gibt genug Leute, die nicht wissen, was sich auf der anderen Seite ihres eigenen Berges befindet. Aber du *bist* hier. Du kennst dich hier aus.«

»O ja. Ich kenne mich hier aus«, bestätigte Rannick in rätselhaftem Tonfall, während er sich im Lager umblickte.

»Du hast tatsächlich das Tal durchquert? Hast diesen ... diesen ›Großen Wald‹ gesehen?« hakte Storran nach.

»Warum wollt Ihr das wissen?« fragte Rannick.

Yeorson zuckte zusammen ob dieses Rollentauschs. »Wie müssen es einfach wissen«, erwiderte er brüsk. Dann fügte er hinzu, um sein Verhalten ein wenig abzumildern: »Es ist der Befehl des Königs. Wir müssen herausfinden, was sich jenseits der Grenzen dieses Landes befindet.« Rasch fand er Gefallen an seinem gerade erfundenen Märchen. »Und wenn du uns hilfst, dann werden wir ihm davon erzählen. Vielleicht gibt es sogar eine ... Belohnung. Einen Orden vielleicht.«

Er legte die Hand hinter den Rücken, so daß Rannick sie nicht sehen konnte, und winkte seinen Kameraden zu, das Kichern einzustellen.

Rannick riß unschuldig die Augen auf. »Eine Belohnung?« fragte er; dann ließ er die Schultern hängen.

»Was ist los?« fragte Yeorson ehrlich überrascht.

»Ihr könnt nicht durch den Großen Wald gehen«, antwortete Rannick.

»Wie meinst du das?« verlangte Yeorson zu wissen. »Was soll das heißen, wir können nicht durch den Großen Wald gehen? Gibt es dort Räuber oder so was? Oder einen Fluß oder eine Schlucht, die wir nicht überqueren können?«

Rannick schüttelte den Kopf. »Nein«, antwortete er. »Ihr könnt ihn einfach nicht durchqueren. Es ist zu gefährlich.« Er senkte die Stimme und blickte sich um, als fürchtete er, die Schatten könnten sie belauschen. »Er ist verflucht. Es ist ein böser Ort. Bewacht von Dämonen.«

In krassem Gegensatz zu Rannicks geflüsterter Sorge, ignorierten die Männer Yeorsons Ermahnung und brachen in wildes Gelächter aus.

»Spießt ihn auf, und hängt ihn übers Feuer!« rief einer inmitten des Lärms. »Zeigt ihm, was wir mit Dämonen machen.«

»Oder mit jedem anderen, der uns in die Quere kommt«, fügte ein anderer hinzu.

Die Idee gewann rasch an Zustimmung, und Rannick blickte verängstigt zu Yeorson.

»Haltet's Maul!« brüllte Yeorson. »*Hauptmann Nilsson* wird es nicht gefallen, wenn wir ihn schlecht behandeln. Schließlich hat er Freunde im Dorf und so.«

Nilssons Befehle vom Vorabend waren recht eindeutig gewesen, und, so wußten alle, Gleiches galt für seine Reaktion auf Ungehorsam. Daher zeigte die Erwähnung von Nilssons Namen die gewünschte Wirkung, und das Gelächter ebbte ab. Verärgert ließ Yeorson seinen Blick über die Männer schweifen, um sich zu vergewissern, daß alle die Bedeutung seiner Bemerkung verstanden hatten.

Rannick drehte sich zu dem Mann um, der vorgeschlagen hatte, daß man ihn braten solle. Es war Meirach, der sich noch immer über die Abfuhr von vor wenigen Minuten ärgerte. »Ihr solltet so etwas nicht sagen«, erklärte Rannick in traurigem Tonfall. »Noch nicht einmal im Scherz. Ihr bringt Euch noch selbst um.«

Meirach, der halb neben dem Feuer lag, funkelte ihn böse an, aber eine Geste von Yeorson verhinderte, daß er etwas darauf erwiderte. Verärgert streckte er das Bein aus und trat zwei glühende Scheite wieder zurück ins Feuer.

Eine unangenehme Stille senkte sich auf das Lager herab.

Rannick drehte sich wieder zum Feuer um und blinzelte, als würde das Licht ihn stören; dann blickte er hinauf in die Dunkelheit.

Die unsichtbaren Baumwipfel um sie herum begannen zu rauschen, als wehe eine Brise durch sie hindurch. Rannick sah wieder zu Meirach. Ihre Blicke trafen sich.

Plötzlich brach ein Teil des Feuers zusammen, und ein großer, brennender Holzscheit fiel heraus und Meirach auf die Beine. Sofort riß Meirach fluchend die Füße zurück, doch ein Zweig an dem Scheit verfing sich in seiner langen Jacke. Durch die heftige Bewegung wurde der Scheit hochgeworfen und flog in Meirachs Schoß.

Seine Gefährten begannen zu lachen, als sie die Not ihres Kameraden sahen, obwohl einige von ihnen auch nach dem Scheit traten – ob sie Meirach nun helfen oder ihn weiter ärgern wollten. Panisch rappelte Meirach sich auf, doch der Scheit war nach wie vor in seiner Jacke verhakt, und die Flammen tanzten an seiner Brust bis zum Gesicht empor. Einige lachten daraufhin sogar noch lauter, doch auch die ersten sorgenvollen Rufe waren zu hören.

Während Meirach wild mit den Armen wedelte, um sich des brennenden Holzscheits zu entledigen, wehte ein Windstoß durchs Lager. Das Feuer brüllte und flackerte wild auf, und Flammen, Funken und Rauch flogen in alle Richtungen. Die Männer, die nah an der Feuerstelle lagen oder saßen, huschten erschrocken davon, und so befanden sich nur noch das Feuer selbst und der ängstlich um sich schlagende Meirach in der Mitte.

Dann sprang jemand herbei, warf den panischen Meirach zu Boden und schlug die Flammen mit einem Umhang aus. Es war Storran.

Der Wind verschwand so rasch, wie er gekommen war, und das Feuer beruhigte sich wieder.

Doch obwohl die Flammen gelöscht worden waren, wälzte sich Meirach noch immer über den Boden und schlug verzweifelt auf die schwelenden Stellen auf seinen Kleidern. Das Lachen erklang erneut.

Schließlich erkannte Meirach, daß er sich tatsächlich von seiner glühenden Last befreit hatte, und rappelte sich wieder auf. Sein Bart und seine Augenbrauen waren versengt, und auf seinem Gesicht waren schwarze Flecken und rote Blasen zu sehen, die ohne Zweifel schon bald schmerzhaft brennen würden, doch abgesehen davon war er bemerkenswert unversehrt. Seine Erscheinung jedoch ließ seine Entrüstung absurd wirken, und das Lachen wurde immer lauter.

Meirach wirbelte herum und funkelte seine Kameraden an, dann blickte er zu Rannick.

Er deutete mit dem Finger auf ihn, und sein Gesicht war wutverzerrt, als er laut etwas in seiner eigenen Sprache rief.

Das Lachen verstummte.

»Was hat er gesagt?« fragte Rannick nervös.

»Er hat gesagt, daß du das getan hast«, übersetzte Yeorson nach einem Augenblick.

»Daß ich was getan habe?«

»Daß du ihn in Brand gesteckt hast«, antwortete Yeorson gereizt. Sein Zorn richtete sich jedoch gegen Meirach, nicht gegen Rannick. »Halt's Maul, Meirach!« brüllte er. »Es war dein eigener verdammter Fehler, daß du dich zu nah ans Feuer gesetzt hast. Du kannst von Glück reden, daß Storran dich gelöscht hat. Ich hätte dich brennen lassen. Dann hätten wir zumindest nicht mehr so viel Feuerholz sammeln müssen.«

Meirach fluchte über ihn. Ohne Zögern trat Yeorson vor und hob die Faust, als wolle er Meirach schlagen; stattdessen trat er jedoch zu und traf den Mann in den Magen. Meirach klappte zusammen und wankte zurück, doch irgendwie gelang es ihm, sich auf den Beinen zu halten. Trotz seiner Schmerzen wußte er, daß er mit einem Sturz riskieren würde, von dieser langen, höhnisch grinsenden Gestalt zu Tode getreten zu werden, die man ihm als Anführer vor die Nase gesetzt hatte.

Yeorson schien das auch tatsächlich im Sinn zu haben, als er sich plötzlich an Rannick erinnerte. Es fiel ihm sichtlich schwer, wieder zu seinem Platz am Feuer zurückzukehren. »Geh, und mach dich sauber, Meirach«, sagte er. »Und laß dir vom Koch was Fett auf die Verbrennungen schmieren. Nilsson wird es ganz und gar nicht gefallen, wenn du uns jetzt auch noch krank wirst.«

Mehrere Hände packten Meirach und zogen ihn weg, bevor er seine Dummheit wiederholen und Yeorson ein weiteres Mal beleidigen konnte. »Die Disziplin muß unter allen Umständen gewahrt werden«, erklärte Yeorson an Rannick gewandt, während er aus den Augenwinkeln heraus Meirach hinterherblickte. »Diese Art von zügellosem Benehmen könnte uns allen das Leben kosten.«

»Wie sollte ich denn den Scheit bewegt haben?« fragte Rannick, der immer noch den Entsetzten spielte, ob dieser grotesken, unmöglichen Anklage. »Ich war doch noch nicht einmal in der Nähe. Das Feuer ist zusammengebrochen. Ihr habt es doch gesehen ...«

Yeorson starrte in den Himmel. Ein Teil von ihm wünschte sich von ganzem Herzen, Nilssons Befehle würden ihn nicht länger binden, damit er Meirachs Vorschlag folgen und diesen Deppen braten könnte. Der größere Teil jedoch akzeptierte sowohl Nilssons Argumente als auch dessen grausame Autorität. Außerdem war der brennende Meirach eine nette Abwechslung gewesen.

»Mach dir keine Sorgen deswegen«, sagte er. »Er hat nur jemanden gesucht, dem er die Schuld für seine eigene Dummheit zuschieben konnte.« Dann wandte er sich wieder seinen ursprünglichen Fragen zu. »Sag mir noch einmal, warum wir nicht in diesen ... in diesen Großen Wald im Norden gehen sollen.«

Erneut schaute sich Rannick nervös um. »Ich habe es Euch doch schon gesagt. Es ist gefährlich. Dort gibt es ...«

Yeorson hob die Hand, um ihn zum Schweigen zu bringen. »Ich will nichts mehr von Dämonen hören«, sagte er. »Wir alle hier haben schon so manches Seltsame gesehen, Dinge, die uns das Blut in den Adern gefrieren ließen, doch am Ende nahmen sie alle die Gestalt von Menschen an, nicht von irgendwelchen legendären Monstern. Wie *müssen* weiterziehen. So lauten unsere Befehle. Und ich muß wissen, welche möglichen Gefahren uns erwarten. Verstehst du das?«

»Ich kann es aber nicht so erklären, wie Ihr wollt«, erwiderte Rannick. »Es ist nichts, was man sehen könnte. Es ist einfach nur gefährlich. Ihr könnt es fühlen ... an der Luft.« Unvermittelt legte er Yeorson voller Zuneigung die Hand auf den Arm. »Bleibt hier«, flehte er. »Bleibt in der Burg. Im Tal gibt es genug Nahrung für alle. Wenn Ihr wollt, könnt Ihr dort ein sehr angenehmes Leben führen.«

Yeorson war erstaunt über diese unerwartete und seltsam machtvolle Bitte. Mit offenem Mund starrte er Rannick an.

»Wir können nicht ...« begann er.

Rannick verstärkte den Griff um Yeorsons Arm. »Doch«, sagte er. »Doch, Ihr könnt. Das Tal ist vollkommen abgeschlossen. Es ist ein guter Ort für Euch.« Er deutete nach Norden. »Dort oben erwarten Euch nur Gefahr und Tod. Ihr dürft nicht dorthin gehen.«

Yeorson riß sich los. Rannicks Worte hatten Bilder in seinem Kopf entstehen lassen – Bilder von einem Leben in Frieden und mit allen Annehmlichkeiten, umsorgt von den Dorfbewohnern. Er stieß sie beiseite. Zu viele Rachegeister lauerten in der Vergangenheit, als daß das möglich gewesen wäre, zumindest nicht in diesem Land. Plötzlich war er wütend auf diesen Dorftrottel und seine Einfalt, auf seine Geschichten von Dämonen und Gefahren im Großen Wald. Und dann schmeichelte er sich auch noch bei ihm ein wie ein braver Hund, ohne zu ahnen, daß er sein Leben nur dem Wort eines Mannes verdankte, den er nie gesehen hatte und der nicht die geringsten Skrupel hätte, ihm den Hals umzudrehen, wenn ihm danach zumute war.

Doch Yeorson hatte auch bemerkt, daß dieser Rannick etwas Vertrautes an sich hatte. Etwas an seiner Art, seiner Sprache, seiner Haltung ... etwas Beunruhigendes, ja Finsteres.

Rannick stand auf. »Ich gehe jetzt«, verkündete er. »Danke für das Fleisch. Geht nicht tiefer ins Tal hinein.«

Seine Worte klangen eindeutig wie eine Drohung.

Erneut riß Yeorson erstaunt den Mund auf, doch bevor er etwas sagen konnte, war Rannick verschwunden. Schnelle, doch ruhige Schritte hatten ihn aus dem Lichtkreis des Lagerfeuers geführt und in die Dunkelheit des Waldes.

Yeorson sprang auf und fluchte. »Bringt ihn zurück!« brüllte er. »Bringt ihn zurück!«

Mehrere Männer rannten in die Richtung, in die Rannick verschwunden war. Storran trat neben Yeorson. »Schon komisch, einige dieser Dörfler«, bemerkte er. Dann runzelte er verwirrt die Stirn. »Er erinnert mich an jemanden.«

Yeorson nickte langsam. An irgend jemanden ...

Aber an wen?

Die Männer konnten Rannick nicht finden. Jenseits des Lagerfeuers herrschte im Wald eine undurchdringliche Dunkelheit, was niedrig hängende Äste und Unterholz besonders gefährlich machte.

»Morgen«, sagte Yeorson.

Später in der Nacht, als die Männer schliefen und das Feuer zu einem rotglühenden Haufen geschrumpft war, wußte Yeorson plötzlich, an wen ihn Rannick erinnerte.

Er setzte sich auf. Sein Herz raste, und der Schweiß trat ihm auf die Stirn.

Kapitel 14

Yeorson weckte die Männer früh am nächsten Morgen. Er war schlechter Stimmung. Seine Nacht war von furchterregenden Träumen bestimmt gewesen, und er besaß keine Hemmungen, seine schlechte Laune an den Männern auszulassen.

Aus Erfahrung wußten die meisten Männer, daß es besser war, Yeorsons Laune schweigend zu ertragen. Meirach jedoch öffnete die Augen, sah, wie sein unmittelbarer Nachbar mit einem Tritt geweckt wurde, zog das Messer unter der Decke hervor und richtete es auf seinen Anführer.

Die beiden Männer blickten einander in die Augen. Meirachs Haltung strahlte die eindeutige Absicht aus, Yeorson ohne Rücksicht auf die Konsequenzen aufzuschlitzen, sollte er es wagen, seinen Fuß noch ein Stück näher heranzubewegen. Nach einem langen Augenblick knurrte Yeorson: »Beweg dich, Meirach. Es gibt Arbeit zu erledigen«, und drehte sich um.

Trotz des blauen Himmels, was auf einen weiteren schönen Tag hoffen ließ, war es auf der Lichtung feucht und kalt, denn wegen der alles überragenden Felswand lag sie tief im Schatten.

Holz wurde gesammelt und das Feuer wieder entfacht. Ungestört von jeglichem Wind füllte sein Rauch allmählich die gesamte Lichtung, während das Frühstück zubereitet wurde.

Nach und nach besserte sich Yeorsons Laune, während der morgendliche Alltag die beunruhigenden Träume und Erinnerungen immer mehr verdrängte, und als schließlich die Zeit gekommen war, aufzubrechen, war er wieder sein typisches, hochnäsiges Selbst.

Er starrte die Felswand empor. »Ich werde mit ihnen gehen müssen«, sagte er zu Storran. »Es macht keinen

Sinn, sie alleine raufzuschicken. Sie werden uns nur irgendeine Geschichte erzählen, wenn sie wieder zurückkommen. Nimmst du den Rest und versuchst, den Bauerntölpel zu finden? Er wird mit Sicherheit Spuren hinterlassen haben.«

»Was hast du mit ihm vor?« fragte Storran und fuhr sich mit dem Finger über den Hals, anstatt auf eine Antwort zu warten.

Yeorson schüttelte den Kopf und lächelte unfreundlich. »Ich will ihm nur wieder unsere *Gastfreundschaft* anbieten. Die Einzelheiten werden wir später besprechen«, sagte er. »Es war ein Fehler, ihn letzte Nacht entwischen zu lassen. Er hat etwas an sich, dem wir auf den Grund gehen müssen, ob es ihm nun gefällt oder nicht.«

»Ich stimme dir zu. Aber was ist mit Nilsson und den Dörflern?« fragte Storran.

Yeorson zuckte mit den Schultern. »Wenn wir vorsichtig genug sind, werden wir gramgebeugt die Überreste zurückschaffen und erklären können, daß wir ihn ...« Er zögerte.

»Am Fuß der Felswand gefunden haben?« schlug Storran vor.

Yeorson nickte. Das war eine der Möglichkeiten, die ihren Zwecken dienen würde, ohne Nilssons Zorn auf sie herabzubeschwören.

Nachdem Rannicks Schicksal beschlossen war, machten sich die beiden Gruppen auf den Weg. Die Pferde ließen sie unter der Aufsicht von Meirach zurück, dem es noch zu schlecht ging, als daß er sie hätte begleiten können.

Während sie sich den Berg hinaufmühten, konnte man Yeorsons Laune beinahe als fröhlich bezeichnen. Die törichten Gedanken der Nacht waren vergessen, und er freute sich schon auf ihre Rückkehr ins Lager und den Spaß, den sie mit Rannick haben würde, wenn Storran ihn erst erwischt hatte.

Die Aussicht darauf stimmte ihn noch immer heiter, als sie schließlich die Baumgrenze erreichten und sich über eine Schutthalde der eigentlichen Felswand näherten. Yeorson wischte sich den Schweiß von der Stirn und drehte sich um, um einen Blick zurück über das Tal zu werfen. Es war der gleiche Anblick wie am Tag zuvor, als er auf den Baum geklettert war: Bäume in alle Richtungen, ein Meer aus den unterschiedlichsten Grüntönen, reglos an diesem windstillen Morgen, und hier und da waberten Nebelschwaden zwischen den Gipfeln. Es war ein schöner, friedlicher Anblick; Yeorson jedoch schüttelte verärgert den Kopf.

Er hatte Recht gehabt, daß das Tal hinter der Wand abbog.

»Geht weiter«, sagte er. »Wir müssen zu dieser Landspitze. Von dort aus müßten wir weit auf die andere Seite sehen können.«

Storrans Gruppe hatte es leichter. Rannick hatte in der Tat Spuren hinterlassen, Spuren, denen zu folgen selbst für die unfähigsten Spurenleser ein Leichtes war: Fußabdrücke, zertrampeltes Gras, abgebrochene Zweige. Storran schnaufte vor Freude, als er sie entdeckte. Sie würden keine Probleme haben, ihn zu finden. In der Nacht konnte Rannick nicht weit gekommen sein, und vermutlich hatte er nicht daran gedacht, daß ihm jemand folgen könnte.

Storran lachte leise und winkte seine Gruppe vorwärts. »Ruhig jetzt, Jungs«, sagte er. »Wir wollen ihn doch nicht stören. Und zeigt euch ein bißchen diplomatisch, wenn wir ihn treffen. Es wäre mir lieber, wenn wir ihn überzeugen, mit uns zurückzukommen.« Er kicherte. »Dann müssen wir ihn wenigstens nicht den ganzen Weg zurück schleppen.«

Während die beiden Gruppen sich immer weiter voneinander fortbewegten, wanderte Meirach ziellos durchs Lager. Von Zeit zu Zeit griff er nach einem Wasserschlauch und schüttete sich das kühle Naß über Gesicht und Hände. Seine Verbrennungen schmerzten teuflisch, und er wurde das Gefühl nicht los, daß Rannick den brennenden Scheit auf ihn hatte fallenlassen. Daß Rannick zu diesem Zeitpunkt auf der anderen Seite des Feuers, weit weg vom Geschehen, gesessen hatte, kümmerte ihn nicht.

Erneut schüttete sich Meirach Wasser ins Gesicht und zuckte unwillkürlich zusammen. Was er alles tun würde, wenn sie diesen Dorftrottel erst wieder zurückbrachten!

Und doch ...?

Rannick hatte etwas unangenehm Vertrautes an sich gehabt – etwas, von dem sich Meirach nicht sicher war, ob er es wiedersehen wollte.

Das Wiehern eines Pferdes riß ihn aus seinen Gedanken. Kurz darauf begannen auch die anderen Pferde zu wiehern, unruhig mit den Hufen zu scharren und an ihren Stricken zu zerren.

Fluchend ging Meirach auf sie zu. *Diese dummen Viecher! Vermutlich ist ein Fuchs in der Nähe.*

»Meirach!« rief eine Stimme.

Sie besaß einen Klang, der Meirach eine Gänsehaut über den Rücken jagte. Er wirbelte herum und suchte nach dem Rufer.

Eine Gestalt tauchte zwischen den Bäumen auf. Meirach empfand eine Mischung aus Freude und Angst. Es war Rannick.

Doch selbst aus der Ferne konnte Meirach erkennen, daß Rannick sich verändert hatte. Allein sein Gang wirkte selbstbewußter als gestern Abend.

Er muß gesehen haben, wie die anderen davongezogen sind, dachte Meirach. *Vielleicht ist er zurückgekommen, um etwas aus dem Lager zu stehlen.*

Doch Meirach hatte schon oft genug mit solch selbstsicheren Gestalten zu tun gehabt, und sie waren alle gleich: Zwischen sicherem Auftreten und tatsächlichen Fähigkeiten lagen meist Welten.

Die Pferde wurden immer unruhiger, je näher Rannick kam. Meirach brüllte sie wütend an, aber das machte sie nur noch nervöser. Er griff nach einem Stock, in der Absicht, ihnen den Gehorsam einzuprügeln, aber als er nähertrat, drehte sich eines von ihnen zur Seite und trat aus. Meirach wurde vor die Brust getroffen und rücklings zu Boden geworfen.

Eine kräftige Hand riß ihn wieder in die Höhe.

»Erzähl mir von euch«, verlangte Rannick ohne lange Vorrede.

Meirach riß sich los und starrte Rannick ungläubig an. »Fahr zur Hölle!« knurrte er.

Rannick drehte sich verärgert zu den immer mehr außer Kontrolle geratenden Pferden um. Langsam schloß er die Augen, und die Pferde rührten sich nicht mehr.

Dann wandte er sich wieder an Meirach. »Erzähl mir von euch«, wiederholte er.

Meirachs ohnehin schon aschfahles Gesicht verlor noch mehr an Farbe. Furcht, Überraschung und Zorn zugleich drückte sein Blick aus, während er überlegte, wie er am besten mit dieser absurden Situation verfahren sollte. Schließlich gewannen seine Kämpferinstinkte die Oberhand. Er würde besser mit dieser Situation zurechtkommen, wenn er diesen Rannick unter Kontrolle brachte.

Ohne die geringste Vorwarnung schwang er die geballte Faust nach Rannicks Kinn. Aus diesem Winkel konnte das Opfer den Schlag erst sehen, wenn es getroffen wurde – eine ausgesprochen wirkungsvolle Taktik.

Aber irgendein tierischer Instinkt schien das Kommando über Rannick zu übernehmen, und er zuckte zurück, wodurch der Angriff ins Leere lief. Sofort schlug Meirach mit der anderen Hand zu.

Kurz zeigte sich Überraschung in Rannicks Augen, dann wurden sie kalt und mitleidlos. Beinahe gelassen trat er einen Schritt zur Seite, um dem Angriff auszuweichen.

Zunehmend wütend über dieses ungewöhnlich schwer zu fassende Opfer wirbelte Meirach herum und bereitete einen dritten Angriff vor. Dabei jedoch trafen sich sein und Rannicks Blick.

Und er konnte nicht mehr atmen.

Alle Gedanken flohen aus seinem Geist mit Ausnahme des schrecklichen Entsetzens ob des bleiernen Gewichts, das auf seiner Brust lastete. Er schnappte nach Luft, doch nichts geschah.

»Ich beherrsche die Luft, Meirach«, erklärte Rannick in beiläufigem Tonfall und ohne den Blick von seinem Opfer zu wenden. »Das ist eine uralte Gabe. Du wirst erst wieder atmen, wenn ich es dir gestatte.« Er zuckte mit den Schultern. »Und wenn es mir gefällt, wirst du sterben.«

Meirach torkelte vorwärts. Seine Augen quollen aus den Höhlen, und seine Hände krallten nach der Luft, als könne er sie so in seine brennenden Lungen zwingen. All seine Kraftreserven waren ausschließlich auf das Verlangen konzentriert zu atmen, und seine Beine verweigerten ihm den Dienst und brachen unter ihm zusammen. Rannick beobachtete ihn gleichgültig.

Dann war Meirach frei. Er kauerte auf allen vieren und schnappte verzweifelt nach Luft.

Langsam atmete er wieder regelmäßiger.

Dann hörte er wieder Rannick sprechen.

»Willst du mich weiter angreifen?«

Meirach fletschte die Zähne und funkelte seinen Peiniger an.

»Ich verstehe«, sagte Rannick mitfühlend. »Aber angreifen wirst du mich doch nicht mehr, oder?«

»Wer in Murrals Namen bist du?« keuchte Meirach.

Rannick lächelte leicht, was den bedrohlichen Ausdruck auf seinem hageren Gesicht noch verstärkte.

»Erzähl mir von dir und deinen Gefährten«, sagte er.

Meirach verzog das Gesicht. Seine Gefährten waren zu weit weg, um ihm helfen zu können, und diese ... diese Kreatur kannte ein paar furchteinflößende Tricks. Es widersprach zwar seiner Natur, doch er mußte die Sache vorsichtiger angehen. Ein, zwei Dinge hatte er tatsächlich im Laufe der Zeit von Nilsson gelernt.

»Eine Minute«, sagte er und setzte sich auf den Boden. Sanft schlug er sich mit der Faust auf die Brust. »Wie hast du das gemacht?« fragte er.

Rannick lächelte wieder, antwortete aber nicht.

»Was ich letzte Nacht gesagt habe, war nur ein schlechter Scherz«, sagte Meirach, der noch immer schwer atmete, sich aber dennoch bemühte, das Lächeln zu erwidern. »Ich meine, daß man dich übers Feuer hängen solle. Wir sind eure Art nicht gewöhnt, und manche empfinden unseren Humor vielleicht als ein wenig derb. Es war wirklich nur ein Witz.«

»Nein, war es nicht«, widersprach Rannick. »Du hättest es getan, wenn Yeorson dich nicht davon abgehalten hätte. Es interessiert mich, warum er das getan hat. Tatsächlich interessiert mich alles über euch.«

Ein lärmendes Geräusch unterbrach ihn. Einige der Pferde wurden wieder unruhig. Meirach blickte zu ihnen hinüber. Zwar waren die Tiere angebunden, doch im Augenblick schienen sie eher gegen andere, unsichtbare Fesseln zu kämpfen. Furcht und Neugier rangen in ihm um die Vorherrschaft.

»Was ist mit ihnen passiert?« fragte er und stand unbeholfen auf.

Doch Rannick hörte ihm nicht zu. Er starrte an ihm vorbei zu den Bäumen am Rand der Lichtung und schüttelte den Kopf, als wolle er jemandem etwas verweigern. Meirach folgte seinem Blick. Einen Augenblick lang glaubte er etwas am Waldrand gesehen zu haben, einen großen Schatten. Aber der Schatten war sofort wieder zwischen den tieferen Schatten des Waldes verschwunden.

Die Pferde beruhigten sich wieder.

Rannick drehte sich erneut zu Meirach um. »Nachdem du jetzt wieder zu Atem gekommen bist, hör auf, meine Zeit zu verschwenden, und erzähl mir alles über dich und deine Gefährten, diese sogenannten Steuereintreiber.«

In Erinnerung an Nilssons Befehle und trotz seiner eigenen Angst erklärte Meirach entrüstet: »Wir *sind* Steuereintreiber. Wir sind des Königs …«

Er spürte, wie ihm die Luft aus den Lungen gerissen wurde. Rannick starrte ihn müde an. Unfähig zu sprechen wedelte Meirach verzweifelt mit den Händen. Rannick ließ ihn los.

Meirach starrte seinen Peiniger an. Furcht beherrschte nun all seine Gedanken. Er sprach in seiner eigenen Sprache, mit leiser Stimme und voller Ehrfurcht. Rannick runzelte die Stirn. Meirach wedelte erneut mit den Händen, um sich für seinen Fehler zu entschuldigen und einer weiteren Strafe zuvorzukommen. In seinem fremden Akzent fragte er: »Seid Ihr es, Herr? Seid Ihr wieder zurückgekehrt?«

Rannick neigte den Kopf zur Seite, und verwirrt legte er die Stirn in Falten. »Was willst du …?« begann er. Dann hielt er inne, richtete sich zu seiner vollen Größe auf, und seine Gesichtszüge verhärteten sich. Er sprach langsam, betonte jedes einzelne Wort und unterstrich deren Bedeutung mit erhobenem Zeigefinger. Die Endgültigkeit in seiner Stimme war unüberhörbar.

»Erzähl mir von dir und deinen Gefährten, Meirach«, wiederholte er. »Jetzt!«

Mit dem letzten Wort öffnete er weit den Mund, und es schien Meirach, als wäre Rannick nicht länger ein

Mensch, sondern das Auge eines mächtigen Sturms. Ein Luftstoß traf ihn und scheuerte über sein verbranntes Gesicht. Um sich zu schützen, hob er die Hände, doch ohne Erfolg. Der Wind drang zwischen seinen Fingern hindurch und rieb über die Verbrennungen.

Er sank auf die Knie.

»Um Himmels willen, hört auf damit«, jammerte er. »Was wollt Ihr wissen?«

»Das habe ich dir doch bereits gesagt«, antwortete Rannick beinahe freundlich. »Alles.«

Indem sie sich vorsichtig oberhalb der Baumgrenze die Wand entlang bewegten, näherten Yeorson und seine Männer sich langsam der Landspitze, bis sie schließlich ein gutes Stück tiefer ins Tal hineinblicken konnten.

Das Tal wand sich von ihnen weg, und soweit das Auge reichte, erhoben sich die majestätischen Gipfel und Hänge der Berge aus einem Meer von Wald. Eine kräftige Brise wehte über den Aussichtspunkt, den die Kletterer erreicht hatten, kühlte ihnen die schweißnassen Gesichter und preßte die feuchten Hemden gegen die kalten Rücken, doch den Wald unter ihnen schien all das nicht zu kümmern; er strahlte im hellsten Sonnenschein.

Einer der Männer bemerkte: »Dieser Rannick hat gesagt, das Tal führe in den Großen Wald. Allein sich hier durchzukämpfen ist eine Höllenarbeit, und wenn dahinter noch mehr Wald auf uns wartet ...«

Er verzichtete darauf, den Satz zu beenden.

Yeorson tadelte ihn nicht; die Worte entsprachen zu sehr seinen eigenen Gedanken, und außerdem war der Sprecher Haral, ein Gefolgsmann Nilssons und so blutrünstig wie alle, keineswegs ein Mann, der dazu neigte, Angst zu zeigen oder sich zu beschweren.

Yeorson nickte, wollte das Thema jedoch nicht weiter vertiefen. »Wir haben gesehen, weshalb wir hierhergekommen sind«, sagte er. »Laßt uns zurückgehen. Dann werden wir entscheiden, was …«

»Still!« zischte jemand und hob die Hand, um Schweigen zu gebieten.

Die Männer erstarrten zu wachsamer Reglosigkeit, und der Sprecher reckte konzentriert den Hals.

Ein weit entferntes Kreischen drang zu ihnen herauf. Es dauerte ein paar Sekunden an, dann war es verschwunden, verschmolzen mit dem Rauschen des Windes, der über den Hang wehte.

Es folgte ein kurzes Schweigen. Obwohl kaum hörbar, hatte das Geräusch etwas Beunruhigendes, ja sogar Angsteinflößendes gehabt. »Ich kenne kein Tier, das solche Geräusche von sich gibt«, bemerkte Haral und sprach damit aus, was alle dachten. Er runzelte die Stirn; entgegen seiner sonstigen Art wirkte er unsicher. »Was ist, wenn Rannick Recht gehabt hat? Von wegen dieser Ort sei böse, gefährlich?« fragte er.

Yeorson blickte auf den Wald, der sich vor ihnen erstreckte, und dann den tückisch aussehenden Hang hinunter, über den sie ins Lager würden zurückklettern müssen. Auf seinem Gesicht zeigte sich ein Ausdruck von Verachtung. »*Wir* sind gefährlich, Haral«, sagte er. »Und auf jeden Fall sind wir gefährlicher als alles, was dort unten lauert.« Die Verachtung wich einem dunklen Lächeln. »Auf jeden Fall werden wir nach unserer Rückkehr ins Lager unseren Freund Rannick wohl dazu bewegen können, uns ein wenig mehr über den Wald zu verraten.«

Die Vorstellung munterte die Männer auf.

Als sie schließlich jedoch wieder das Lager erreichten, erwartete sie dort die Nachricht, daß Rannick nicht gefunden und Meirach verschwunden sei.

»Was meinst du damit, er ist verschwunden?« verlangte Yeorson zu wissen.

»Was ich gesagt habe«, antwortete Storran. »Er hat sich ein Pferd geschnappt und ist verschwunden.«

»Hat er keine Nachricht hinterlassen?«

»Nein.«

Kurz wurde darüber gesprochen, warum Meirach verschwunden war, doch Yeorson war nicht in der Stimmung, vernünftig zu sein. Dieser Ort besaß etwas, das ihn nervös machte. Er wurde angriffslustig.

»Und wo ist Rannick, verdammt noch mal?« brüllte er wütend. »Warum habt ihr ihn nicht finden können? Er war doch zu Fuß unterwegs.«

Storran stieg das Blut ins Gesicht, und drohend preßte er die Lippen aufeinander. »Und was habt *ihr* auf eurer Kletterpartie gefunden?« erwiderte er bedrohlich leise.

Yeorson sagte es ihm.

»Phantastisch!« rief Storran höhnisch aus. »Vor uns liegt nichts außer Wald. Meirach spaziert einfach davon, obwohl er auf die Pferde aufpassen sollte, und Rannick, dieser Bauerntölpel, läßt uns im Kreis laufen.« Er fluchte laut, zog sein Schwert und führte einen wilden Hieb gegen einen Baumstamm. Ein solcher Ausbruch war außerordentlich ungewöhnlich für Storran, und vorsichtshalber rückten die Männer ein Stück von ihm ab. Trotzdem schien der Wutanfall die beiden Anführer wieder zu Verstand gebracht zu haben.

»Was ist geschehen?« fragte Yeorson, nachdem Storran sein Schwert weggesteckt hatte.

Storran ballte mehrmals die Fäuste, bis sich seine angestaute Wut verbraucht hatte. »Er hat Spuren hinterlassen, denen ein Blinder hätte folgen können«, antwortete er. »Hier, dort, überall. Wie es aussah, ist er ziellos in der Gegend herumgelaufen.« Er zuckte mit den Schultern. »Fallen konnten wir keine finden, die er hätte überprüfen können. Dann erreichten wir einen Felsvorsprung, und die Spuren hörten plötzlich auf.«

»Hörten plötzlich auf?« fragte Yeorson nach.

Storran nickte. »Wir haben alles abgesucht, haben aber nichts gefunden«, erwiderte er. »Meine Nase sagt mir, daß er gewußt hat, daß wir ihm folgen, und deshalb hat er uns im Kreis geführt. Es war ein Fehler, ihn letzte Nacht gehen zu lassen.«

»Nun, das haben wir aber«, entgegnete Yeorson. »Doch im Augenblick müssen wir uns über andere Dinge Gedanken machen, hauptsächlich über Meirach und wohin wir als nächstes gehen sollen: vorwärts durch diesen verfluchten Wald oder zurück zur Burg.«

Ihnen blieb keine große Wahl. Sie würden nach Meirach suchen müssen.

»Er ist ein lästiger Hurensohn, aber er ist ein zu guter Kämpfer, als daß wir uns leisten könnten, ihn zu verlieren«, lautete Yeorsons Schlußfolgerung. »Ob wir weitergehen oder umkehren, können wir immer noch entscheiden, wenn wir wissen, was mit ihm los ist.«

Sie kamen überein, alle zu gehen und Meirach eine Nachricht zu hinterlassen, sollte er zurückkehren und das Lager verlassen finden; außerdem würden sie ihren Weg deutlich sichtbar markieren. Da sie noch nicht einmal vermuten konnten, was sie am Ende der Suche erwartete, machte es keinen Sinn, die Gruppe abermals aufzuteilen.

Eine Untersuchung des Bodens in der Nähe der Pferde verriet ihnen, in welche Richtung Meirach geritten war: nach Norden.

»Und er führt sein Pferd«, sagte Storran und hockte sich nieder, um die Spuren genauer zu betrachten.

Beides war äußerst verwirrend. Was konnte ihn nur dazu veranlaßt haben, sich noch weiter von der Burg zu entfernen?

Während die Bäume am Rand der Lichtung dicht an dicht standen, lockerte der Bewuchs ein Stück den Wald hinein deutlich auf, und auch das Unterholz wurde weniger. Die Männer mußten sich trotzdem langsam und vorsichtig voranbewegen, wollten sie Meirachs Spuren nicht verlieren, und so wirkte ihr Zug wie eine Gruppe von Freunden, die sich auf einem Spazierritt befanden.

Eine Zeitlang zogen sie unter dem dichten Blätterdach durch den Wald.

Dann legte Haral Yeorson die Hand auf den Arm und deutete nach vorne. Yeorson blinzelte, um besser sehen zu können, und anschließend berührte er wiederum Storran.

Vor ihnen lag eine kleine Erhebung. Aus der Entfernung war aufgrund der Schatten der umliegenden Bäume unmöglich festzustellen, um was es sich dabei handelte, doch als sie die Erhebung schließlich erreichten, schwand jede Begeisterung dahin, die mancher insgeheim bei der Suche nach dem verschwundenen Kameraden empfunden hatte. Die Erhebung war ein Pferd. Bauch und Hals des Tieres waren aufgerissen und die Eingeweide über den Waldboden verstreut. Fliegen sammelten sich auf dem Kadaver.

Eine Zeitlang starrten die Männer schweigend auf das tote Tier. Sie hatten schon Schlimmeres gesehen, doch dieser Anblick hatte aufgrund der sonnendurchfluteten Stille etwas besonders Schreckliches an sich – ganz zu schweigen von dem, was das tote Pferd auf Meirachs Schicksal schließen ließ.

»Was für ein Tier kann das nur getan haben?« fragte schließlich jemand, die Stimme heiser vor Entsetzen.

Storran ignorierte die Frage und beschloß, alle Vermutungen im Keim zu ersticken. »Bleibt auf den Pferden«, befahl er, während er selbst sich aus dem Sattel schwang. »Und verhaltet euch ruhig. Wir wollen keine Spuren verwischen.«

Seine Lippen zuckten angewidert, als er sich dem Kadaver näherte. Yeorson gesellte sich zu ihm.

»Gute Frage«, sagte Yeorson leise, als sich die beiden über das Pferd beugten. »*Was* könnte das getan haben?«

»Und was hat es mit Meirach gemacht?« ergänzte Storran.

»Als wir oben auf dem Berg waren, haben wir eine Art Schrei gehört«, berichtete Yeorson. »Habt ihr auch etwas vernommen?«

»Schwach«, antwortete Storran. »Wir waren weit weg von hier.«

»Nun, ich wette, das verrät uns zumindest, wann das geschehen ist«, erklärte Yeorson und stand auf. »Aber wie sollen wir herausfinden, *was* geschehen ist?«

»Ich bin nicht sicher, ob ich das überhaupt wissen will«, sagte Storran.

»Wir müssen Meirach finden«, erklärte Yeorson, der nicht genau wußte, was Storran mit dieser Bemerkung bezweckte.

Storran blickte zu ihm hoch. »Sieh dir einmal die Größe der Bißspuren an.« Er deutete auf den zerfetzten Rand einer Wunde in der Flanke des Pferdes. »Was auch immer das hier getan hat, von Meirach wird es nicht viel übriggelassen haben.«

»Wir müssen ihn trotzdem finden – oder was von ihm übrig ist«, erwiderte Yeorson. »Die Moral ist schon schlecht genug, und alles in allem betrachtet, stelle ich mich lieber dem Vieh, das das hier getan hat, als daß ich Nilsson gegenübertrete und ihm erkläre, wir hätten einen Mann verloren und noch nicht einmal nach ihm gesucht.«

Storran blickte zu den wartenden Männern. Dann stand auch er auf. »Ich weiß«, sagte er und seufzte resignierend. »Dann laß uns mal anfangen.« Er wandte sich an die Männer. »Wer von euch Bögen hat, sollte jetzt die Sehnen auflegen«, sagte er. »Und wenn ihr irgend etwas Großes seht, schießt. Fragen werden hinterher gestellt.«

»Auch wenn es Meirach ist?« fragte einer der Männer.

»Besonders wenn es Meirach ist, bei all dem Ärger, den er uns bereitet hat«, antwortete Storran.

Wildes Lachen stieg zu den sonnenbeschienenen Gipfeln empor, wo zwei Gestalten saßen.

»Dein Verschwinden scheint deinen Freunden nicht sonderlich zu Herzen zu gehen«, bemerkte Rannick leise.

Meirachs Gesicht war leichenblaß, wodurch seine Verbrennungen überdeutlich hervortraten. Aus weit aufgerissenen Augen starrte er Rannick an, schwieg aber.

Kapitel 15

»Was wollt ihr damit sagen, ihr konntet ihn nicht finden?« donnerte Nilsson und schlug mit beiden Fäusten auf den Tisch.

Yeorson und Storran gelang es zwar, standhaft zu bleiben, doch nur mit Mühe.

»Einfach nur das, Hauptmann«, antwortete Yeorson und wiederholte seinen Bericht. »Wir haben Spuren von einem Pferd und von jemandem gefunden, der es geführt hat. Diesen Spuren sind wir dann gefolgt, bis wir den Kadaver entdeckt haben, und dann ...« Übertrieben hilflos zuckte er mit den Schultern. »Nichts. Einfach gar nichts. Keine Spur von irgendjemandem oder irgendetwas, das sich von dem Kadaver entfernt hätte. Wir haben alles im Umkreis abgesucht, doch ohne Erfolg. Dann sind wir wieder zum Lager zurückgekehrt, um uns zu vergewissern, daß wir auch nichts übersehen haben, aber das hatten wir nicht. Wir sind der einzigen Spur gefolgt, die hinausführte – außer unseren eigenen natürlich.« Er beugte sich vor. »Dieser Ort ist böse, Hauptmann«, sagte er. »Ich und Storran haben das schon gespürt, als wir zum ersten Mal dort gewesen sind. Dieser Kerl, Rannick, hat das Gleiche gesagt, und er war ziemlich verrückt. Im Norden gibt es Probleme, Hauptmann. Mein Bauch sagt mir, wir werden einen hohen Preis zahlen müssen, wenn wir in den ... den Großen Wald gehen ... am anderen Ende ...«

Nilsson blickte ihm drohend in die Augen. »Ich will nichts davon hören, Yeorson«, sagte er schließlich.

»Ich wünschte, ich müßte es dir auch nicht erzählen, Hauptmann«, erwiderte Yeorson stur.

Nilsson kniff gefährlich die Augen zusammen, doch Dessane, der neben ihm saß, flüsterte: »Ruhig, Nils. Hör ihm zu. Du hast die Männer nicht gesehen, als sie zurückgekehrt sind; sie waren ziemlich fertig. Wenn wir nicht aufpassen, haben wir bald ein ernstes Moralproblem am Hals. Irgendetwas hat Yeorson eine Heidenangst eingejagt, sonst würde er nicht so sprechen. Er ist ein guter Mann, das weißt du, und Storran auch. Besser, sie stehen auf unserer Seite als gegen uns.«

Einen Augenblick lang verharrte Nilsson vollkommen regungslos. Dann nickte er und entspannte sich wieder.

»Setzt euch«, sagte er zu den beiden Spähern. Zögernd folgten sie seiner Aufforderung und setzten sich an die gegenüberliegende Seite des Tisches.

Stille herrschte im Raum, während Nilsson über die Nachrichten nachdachte, die er soeben erhalten hatte. Als er schließlich wieder sprach, wirkte sein Gesicht streng und grimmig. »Ich vermute, inzwischen weiß jeder von Meirach und dem Pferd, aber habt ihr irgendjemandem auch von euren *Gefühlen* erzählt, was den Wald betrifft?«

»Nein, Hauptmann«, antworteten Yeorson und Storran gleichzeitig.

»Gut. Seht zu, daß das auch so bleibt. Und alles, was wir hier besprechen, bleibt ebenfalls unter uns. Ist das klar?« Nilsson drehte den Stuhl zur Seite, lehnte sich zurück und legte ein Bein auf den Tisch. »Das hier ist ein gemütliches Fleckchen«, sagte er und blickte die Steinwände entlang, deren Kahlheit seinen Worten eine gewisse Ironie verlieh. »Und wir sind hierhergekommen, ohne großartigen Ärger zu verursachen. Ohne daß ... ohne daß irgendjemand davon erfahren hätte. Wir hatten Glück.« Er schaukelte vor und zurück. »Tatsächlich hatten wir sogar verdammtes Glück, diesen Ort zu finden mit all dem Proviant und den ruhigen Leuten.« Er hielt einen Augenblick inne, dann sog er zischend die Luft ein. »Aber wie auch immer: Wir können nicht für ewig hierbleiben, und wenn wir wieder nach Süden gehen, dann stecken wir in Schwierigkeiten. Nach Süden gehen heißt, sich den Folgen unserer Taten zu stellen. Das ist etwas, was ich erst in Betracht ziehen werde, wenn uns alle anderen Möglichkeiten versperrt sind.« Nervös trommelte er mit den Fingern auf die Tischplatte. »*Vollkommen* versperrt sind«, betonte er.

Bevor er fortfuhr, blickte er seinen Zuhörern der Reihe nach in die Augen. »Meine Herren, im Osten und Westen sind wir von Bergen umgeben; im Süden erwarten uns die Schatten unserer Vergangenheit und im Norden Zweifel. Erstere sind unpassierbar, das Zweite nicht wünschenswert, und das Dritte ...?« Er zuckte mit den Schultern. »Uns bleibt keine Wahl. Wir werden nach Norden gehen, es sei denn, es erweist sich als absolut unmöglich.«

Erneut trommelte er mit den Fingern auf den Tisch, dann schlug er mit der flachen Hand auf die Platte, um das Ende seiner Überlegungen zu markieren.

»Nach Norden«, sagte er. »Uns bleibt keine andere Wahl. Aber ich vertraue in dieser Angelegenheit auf euer Urteil. Das habe ich immer, das wißt ihr. In der Vergangenheit habt ihr uns genug Ärger erspart aufgrund eurer Fähigkeit, die Launen unseres ...« Seine Stimme geriet ins Wanken. »... die Launen unseres ehemaligen Anführers zu spüren.«

Die Atmosphäre im Raum wurde plötzlich eisig, und einen Augenblick lang schien Nilsson nicht fortfahren zu wollen – oder zu können. Es schien, als wären die Erinnerungen, die seine Bemerkung geweckt hatte, stark genug, um sogar die Gegenwart selbst zu leugnen. Nur mit Mühe fand er die Fassung wieder und konnte weitersprechen.

»Ich akzeptiere, daß es im Norden des Tals ein Problem gibt, mit dem wir uns befassen müssen.« Sein Tonfall wurde zunehmend geschäftsmäßig. »Und um uns damit zu beschäftigen, müssen wir zunächst einmal wissen, um was es sich dabei handelt. Das war auch der

Grund, warum ich euch überhaupt rausgeschickt habe.« Er hob die Hand, um etwaigen Protesten zuvorzukommen. »Und ich akzeptiere auch, daß das, was geschehen ist, euch keine andere Möglichkeit ließ, als zurückzukommen.«

Sowohl Yeorson als auch Storran seufzten erleichtert auf.

»Aber was ist geschehen?« sinnierte Nilsson. Es war eine rhetorische Frage und keine Aufforderung, den Bericht noch einmal zu wiederholen. »Meirach hat sich zunächst verbrannt und dann verirrt. Und Storran konnte diesen ... diesen Dings nicht finden.« Er schnippte mit den Fingern.

»Rannick«, ergänzte Yeorson pflichtbewußt.

»Rannick«, echote Nilsson. »Und schließlich war da das gerissene Pferd. Stimmt das soweit?«

»Ja, Hauptmann«, bestätigte Yeorson vorsichtig.

Nilsson nickte. »Und das alles wird von ... von deinem und Storrans schlechtem Gefühl überlagert, was diesen Ort betrifft«, fuhr er fort. »Allerdings gibt es bisher keinen konkreten Grund dafür. Stimmt das ebenfalls?«

»Alles war irgendwie ungewöhnlich, Hauptmann«, erwiderte Yeorson widerwillig. Unter seinem linken Auge begann ein Muskel zu zucken. »Meirachs Verbrennungen und dann sein Verschwinden, Rannicks Verhalten, die Wunden, die dem Pferd zugefügt worden sind ...«

»Das ist wahr«, sagte Nilsson. »Aber Verbrennungen durch ein Lagerfeuer sind Verbrennungen durch ein Lagerfeuer. Das kann man wohl kaum als ungewöhnlich bezeichnen. Meirach könnte in der Nacht Fieber bekommen haben. Nach allem zu urteilen, was ihr mir erzählt habt, konnte er von Glück reden, daß er sich nicht schlimmer verbrannt hat, und offenbar war er nicht mehr ganz bei Sinnen, als er das Messer gegen dich gezogen hat, oder siehst du das etwa anders?« Er wartete nicht auf die Antwort. »Dann ist da ein Einheimischer, der Fremde trifft – Männer des Königs, wie er glaubt –, und anstatt gastfreundlich empfangen zu werden, wie er wohl erwartet hat, droht man ihm an, ihn über dem Feuer zu rösten. Klugerweise rennt er dann bei der ersten sich ihm bietenden Gelegenheit davon und legt eine falsche Spur aus, damit niemand ihm folgen kann.« Er lächelte. »Ihr mögt ja gute Spurenleser sein, aber der Mann war immerhin Jäger und kennt sich hier aus.«

Er streckte das Bein und lehnte sich noch ein wenig mehr zurück. »Und schließlich haben wir da das gerissene Pferd.« Er runzelte leicht die Stirn. »Ich glaube mich zu erinnern, daß dieser Heiler-Häuptling-was-auch-immer ... Gryss ... etwas von Schafen erwähnt hat, die in letzter Zeit gerissen worden seien. Ich wette, wir haben es hier nur mit einem verwilderten Jagdhund zu tun, vielleicht auch mit einem Rudel. Ihr wißt selbst, wie gefährlich die sein können. Und wenn Meirach bei dem Pferd war und eventuell sogar unter Fieber litt, als es angegriffen wurde, dann ist er vermutlich wie ein verängstigtes Eichhörnchen auf einen Baum geklettert. Deshalb habt ihr auch keine Spuren gefunden.« Er drehte sich erneut zu Yeorson und Storran um. »Es *könnte* doch so gewesen sein, oder?« fragte er mit drohendem Unterton.

»Ja«, gestand Yeorson. »Aber wir haben auch keine Tierspuren gefunden. Auf jeden Fall nichts, was auf ein Wildhundrudel hingedeutet hätte ...«

»Nichts ›aber‹«, unterbrach ihn Nilsson. »Soweit es die Männer betrifft, ist genau das geschehen. Ist das klar?«

Yeorson war noch immer verunsichert.

»Ich schiebe eure Sorgen nicht einfach so beiseite«, erklärte Nilsson und nahm das Bein vom Tisch. »Vielleicht gibt es dort oben wirklich einen wilden Hund, aber damit werden wir fertig, um Himmels willen. Jetzt müssen wir uns erst einmal damit beschäftigen, daß die Männer sich vermutlich Sorgen machen und unglücklich darüber sind, was geschehen ist; zumal wir offenbar einen der Unseren im Stich lassen mußten, und ihr wißt, wie sie über so etwas denken – wie *wir alle* über so etwas denken. Aber ich will nicht, daß ihre Sorgen noch durch Gerede über irgendein mysteriöses Untier im Wald geschürt werden. Einige von ihnen haben sich nie davon erholt, daß sie gesehen haben ...« Erneut stockte er, und Unbehagen befiel die Anwesenden. »Von dem, was sie in der Vergangenheit gesehen haben«, brachte Nilsson schließlich heraus. »Und es liegt nicht in unserem Interesse, solche Erinnerungen auch noch zu fördern.«

Er hielt kurz inne, als wartete er auf eine Erwiderung, obwohl sein Blick dies verbot. »Ihr beiden werdet morgen einen weiteren Spähtrupp in den Norden führen. Dieselben Männer wie beim ersten Mal.«

In Yeorsons Gesicht zeigte sich Bestürzung, und Storrans Augen verengten sich zu schmalen Schlitzen, doch Nilsson ignorierte ihren stummen Protest.

»Ihr werdet den Männern sagen, daß ihr zwei, vielleicht drei Dinge erledigen müßt«, erklärte er. »Ihr werdet Meirach finden, der vermutlich krank ist. Unter Umständen bekommt ihr sogar Gelegenheit, das Biest zu jagen, das das Pferd gerissen hat, aber vor allen Dingen werdet ihr das Tal durchqueren und herausfinden, was dahinter liegt.« Er stand auf, stützte sich auf den Tisch und beugte sich so bedrohlich über die beiden Männer wie die Felswand am Morgen desselben Tages. »Und ihr *werdet* es durchqueren, und wenn ihr jeden einzelnen Baum fällen müßt.«

»Was ist mit Rannick?« fragte Yeorson.

»Wenn ihr ihn trefft, dann macht mit ihm, was ihr wollt«, antwortete Nilsson. »Aber hinterlaßt keine Spuren, die uns hier unten Ärger bereiten könnten; das Schweigen der Dörfler ist wichtig für uns. Es ist so gut, als hätten wir ein ganzes Regiment, das uns den Rücken deckt.« Um seinen Standpunkt zu betonen, richtete er den Finger auf die beiden Männer. »Und verschwendet keine Zeit mit der Suche nach ihm. Ihr habt Wichtigeres zu tun, als irgendeinem Dorftrottel hinterherzujagen, der inzwischen vermutlich ohnehin wieder in seiner Hütte ist.«

Nilssons Tonfall verbot jede weitere Diskussion, und die beiden Männer erhoben sich just in dem Augenblick, da Saddre den Raum betrat.

»Sie sehen nicht gerade zufrieden aus«, bemerkte er, nachdem sich die Tür hinter den beiden Spähern geschlossen hatte.

Nilsson ging nicht darauf ein. »Wie geht's den Männern?« fragte er.

Saddre kratzte sich die Wange. »Nicht gut«, antwortete er. »Niemand ist glücklich darüber, daß Meirach zurückgelassen worden ist – besonders nicht mit diesem pferdemordenden Vieh da draußen.«

Nilsson nickte. »Und?« hakte er nach, als er ein Zögern in Saddres Stimme bemerkte.

»Und dieser Rannick scheint sie ... beunruhigt zu haben«, berichtete Saddre schließlich.

»In welcher Hinsicht?« fragte Nilsson.

Verzweifelt huschte Saddres Blick hin und her. »Einige von ihnen sagen, er erinnere sie an ...« Er hielt inne, und sein Blick richtete sich schließlich auf Nilsson. Dieser verzichtete auf weitere Fragen.

Ruhig, ganz ruhig und mit der furchterregenden Entschlossenheit, die ihn zum Führer seiner Männer gemacht hatte, nahm er den Kampf gegen die zunehmende Unruhe auf, um jeglichen Gedanken an Meuterei bereits im Keim zu ersticken.

»Ich werde mich selbst um Rannick kümmern«, verkündete er.

Garren Yarrance blickte überrascht auf, als er die Hunde im Hof bellen hörte. Die Art, wie sie bellten, verriet ihm, daß jemand sich dem Haus näherte.

Farnor war jedoch als erster an der Tür. Er riß sie auf und trat auf den Hof hinaus, noch bevor Garren sich überhaupt von seinem bequemen Stuhl erheben konnte.

Farnor befahl den Hunden zu schweigen, als der Umriß eines Reiters am Gatter erschien. Das Bellen wich einem Knurren. »Es ist der Hauptmann«, sagte Farnor zu seinem Vater, der in der erleuchteten Tür stand.

Der Reiter beugte sich vor und versuchte, den Riegel des Gatters zu öffnen. »Ich werde Euch helfen«, rief Garren und trat vor. »Er hat so seine Tücken, wenn man nicht weiß, wie es geht, und Ihr sitzt auf einem großen Pferd.«

»Ist schon gut«, rief Nilsson zurück und gab auf. »Ich bin ohnehin nur vorbeigekommen, um euch zu fragen, wo Gryss wohnt.«

»Ich werde es Euch zeigen«, sagte Farnor, bevor sein Vater etwas erwidern konnte. »Ich werde mit Euch kommen, wenn Ihr wollt. In der Nacht werdet Ihr es sonst nur schwer finden.«

Nilsson zögerte einen Augenblick. Dann blickte er fragend zu Garren.

»Es *wird* leichter für Euch sein, wenn er mit Euch kommt«, sagte Garren. »Ist wieder einer von Euch krank?«

Überrascht von diesem unerwarteten Mitgefühl runzelte Nilsson die Stirn. »Nein ... Ich will mit ihm über ... über Tributangelegenheiten reden.«

»So spät?« fragte Garren verblüfft.

Nilsson brachte ein Lächeln zustande. »Ich bin Stadtzeit gewöhnt«, erklärte er.

Garren lachte leise. »Gryss aber nicht«, erwiderte er.

Nilsson hob entschuldigend die Schultern. »Wir haben viel zu tun, fürchte ich.«

Farnor kletterte über das Gatter.

»Steig hinter mir auf, Junge«, sagte Nilsson.

Farnor tat, wie ihm geheißen, und legte dem großen Mann die Arme um die Hüften, um sich festzuhalten. Garren bemerkte eine gewisse Verunsicherung bei seinem Sohn und kicherte leise, doch Nilsson ließ ihm keine Zeit, seiner Belustigung Ausdruck zu verleihen. Dankbar hob der Mann die Hand zum Gruß. Dann drehte er sein Pferd herum und trieb es in die Dunkelheit.

Abgesehen von Farnors gelegentlichen Anweisungen schwiegen die beiden den ganzen Weg zu Gryss' Haus. Nicht daß das Schweigen Farnor etwas ausgemacht hätte. Rittlings auf diesem Pferd zu sitzen, daß größer war als alle, die er je gesehen hatte, und sich an einem Mann des Königs festhalten zu dürfen machte sogar die Tatsache wieder wett, daß Nilsson ihn einen ›Jungen‹ genannt hatte.

Eine Zeitlang stellte er sich vor, auf dem großen Pferd über die Hügel zu reiten und Abenteuer zu erleben. Doch sehr zu Farnors Verärgerung verblaßte das Bild rasch wieder, und ihm fiel auf, daß seine Phantasien in letzter Zeit weit weniger faszinierend und fesselnd waren, als noch ...

Ja, seit wann?

Seit wenig mehr als zwei, drei Wochen, erkannte er plötzlich. Seit seiner Begegnung mit Rannick waren ihm seine Tagträume nicht mehr so aufregend wie früher erschienen.

Ich werde wohl erwachsen, dachte er. Diese plötzliche Erkenntnis überraschte ihn so sehr, daß er mißtrauisch von einer Seite zur anderen schaute, als könnte ein unsichtbarer Lauscher Wind von diesem peinlichen Geständnis bekommen haben.

»Was ist los?« fragte Nilsson.

Farnor zuckte unwillkürlich zusammen. Wie hatte dieser Mann nur diese kleine Bewegung bemerken können?

»Nichts«, antwortete er. »Wir sind fast da.« Er beugte sich zur Seite und deutete auf ein Licht, das zwischen den Bäumen schien. »Das ist es, dort drüben.«

Das Licht stammte von einer kleinen Laterne, die Gryss wie die meisten Talbewohner nachts entzündete. Der Ursprung dieses Brauchs war schon lange vergessen. Auf jeden Fall nutzten die Lichter kaum jemandem etwas, da jeder, der nachts unterwegs war, ohnehin seine eigene Sonnensteinlaterne mit sich führte. Farnor empfand den Brauch sogar als störend. Da er ein gutes Stück vom Dorf entfernt lebte, war er es gewöhnt, durch die Dunkelheit zu gehen, und zu viel Licht schränkte seine Nachtsicht ein. Soweit es ihn betraf, verbargen diese Lichter mehr, als sie erhellten.

Als Nilsson sein Pferd zum Stehen brachte, rutschte Farnor herunter und ging zur Tür. Nilsson stieg ab und folgte ihm. An der Tür angelangt, zog Farnor an dem Eisenring, und die kleine Glocke klingelte fröhlich.

Dann wurde ihm der Ring aus der Hand genommen. Er gab ihn widerstandslos preis, doch drehte er sich neugierig um. Nilsson musterte den Ring aufmerksam. Sein Gesicht war eine Maske; verstärkt vom Licht der Laterne wirkten seine Falten, als hätte die Nacht selbst sie in das helle Fleisch geschnitten.

Ein überraschtes und leicht entrüstetes Bellen von der anderen Seite der Tür kam Farnors Fragen zuvor, und unmittelbar danach wurde die Tür geöffnet.

»Wo hast du diesen Ring her, alter Mann?«

Nilssons Frage kam nicht nur plötzlich; sein Tonfall war auch ausgesprochen unfreundlich. Farnor warf ihm einen tadelnden Blick zu, entsetzt ob dieses ungehobelten Benehmens.

»Guten Abend, Hauptmann, Farnor«, sagte Gryss bewußt höflich. »Was führt Euch so spät zu mir? Ist einer Eurer Männer krank oder verletzt?« Er beugte sich vor. »Ihr selbst seht auch ein wenig blaß aus.«

Nilsson schien sich wieder zu fangen. Zwar entschuldigte er sich nicht für seine unvermittelte Frage, aber er ließ den Ring so vorsichtig los, daß die Glocke nicht noch einmal klingelte. Der Hund bellte allerdings trotzdem.

»Nein«, antwortete Nilsson ein wenig unbeholfen. »Ich ...«

»Bitte, kommt doch herein, Hauptmann«, unterbrach ihn Gryss. Unnötigerweise duckte sich Nilsson, als er das Haus betrat. Da Farnor nicht wußte, was man von ihm erwartete, folgte er schweigend den beiden Männern und schloß die Tür.

»Ich habe den Ring vor vielen Jahren von einem Händler jenseits der Hügel gekauft«, erklärte Gryss gezwungen freundlich, während er den Flur entlang schlurfte. »Habt Ihr so etwas schon einmal gesehen? Es würde mich interessieren, wo er herkommt.«

»Nein, nein«, erwiderte Nilsson rasch, während er es vermied, über den Hund zu stolpern, der vor ihm her trottete. »Er hat ... Er hat nur meine Aufmerksamkeit erregt.«

Gryss nickte, führte Nilsson ins Hinterzimmer und bot ihm einen Korbstuhl gegenüber seinem eigenen an. Nilsson setzte sich jedoch auf die Bank am Tisch und beugte sich vor. Farnor blieb in der Tür stehen; die beiden Männer schienen ihn vergessen zu haben.

Gryss machte es sich auf seinem Stuhl bequem, dann blickte er entschlossen zu Nilsson.

»Wie kann ich Euch helfen, Hauptmann?« fragte er.

Nilsson war offen. »Kennst du einen Mann mit Namen Rannick?«

Das erregte Farnors Aufmerksamkeit.

»Ja«, antwortete Gryss.

»Erzähl mir von ihm«, forderte Nilsson, richtete sich auf und erwiderte den Blick des alten Mannes.

»Steckt er in Schwierigkeiten?« fragte Gryss.

»Er könnte.«

»Was hat er getan?«

»Erzähl mir einfach von ihm«, beharrte Nilsson.

Gryss zuckte mit den Schultern. »Da gibt es nicht viel zu erzählen«, sagte er. »Er ist ein einfacher ... Arbeiter, ja, so würdet Ihr ihn wohl nennen. Er besitzt eine Hütte außerhalb des Dorfes und ein kleines Stück Land, das er gewissenhaft vernachlässigt. Er verdient sich seinen Lebensunterhalt mit allem Möglichen. Wenn er Lust hat, ist er sogar ziemlich fähig. Ich halte ihn für sehr intelligent, aber er hat eine säuerliche, geradezu unangenehme Art. Er scheint zu glauben, daß ihm jemand etwas schuldet. Er ist nicht sehr beliebt.« Kurz hielt er inne, dann wiederholte er: »Was hat er getan?«

Erneut antwortete Nilsson nicht darauf. »Kannst du mir zeigen, wo er lebt?« fragte er stattdessen.

»Sicher«, antwortete Gryss. »Aber er ist im Augenblick nicht daheim. Er ist schon seit Wochen weg.«

Ein Schatten der Verärgerung huschte über Nilssons Gesicht. »Wo kann ich ihn finden?« fragte er.

Gryss lehnte sich zurück. »Ich habe keine Ahnung«, erklärte er. »Rannick verschwindet manchmal für ein paar Tage oder sogar Wochen. Niemand weiß, wo er hingeht, und niemand fragt ihn danach.«

»Und niemand kümmert sich darum«, ergänzte Nilsson.

Gryss nickte. »Wenn Ihr mir sagt, warum Ihr so an ihm interessiert seid, dann kann ich Euch vielleicht helfen«, sagte er.

Nilsson dachte einen Augenblick lang nach. »Einige meiner Männer haben ihn getroffen, als sie die Gegend hinter der Burg erkundet haben«, sagte er. »Sie haben sich Sorgen um ihn gemacht.«

Gryss konnte seine Überraschung nicht verbergen. »Sie haben ihn *nördlich* der *Burg* getroffen?« fragte er mit weit aufgerissenen Augen.

»Ein gutes Stück weiter nördlich«, antwortete Nilsson, der Gryss aufmerksam beobachtete.

Der alte Mann schüttelte den Kopf. »Ich kann mir nicht vorstellen, was er da oben getan hat«, sagte er. »Soweit ich weiß, ist seit Menschengedenken niemand mehr aus dem Tal dorthin gegangen.« Er warf Nilsson einen wachsamen Blick zu. »Aber es ist ja wohl kein Verbrechen, durch die Gegend zu wandern. Warum sollte er denn in Schwierigkeiten sein?«

Nilsson schien die Frage zu überraschen. Seine Antwort kam nur zögernd. »Dort draußen läuft irgendein wildes Tier herum«, erklärte er unbeholfen. »Ein großer wilder Hund oder so etwas. Vielleicht auch ein Rudel. Wir haben eins unserer Pferde verloren.«

Farnor, der hinter ihm stand, halb im Raum, halb draußen, wurde es plötzlich eiskalt. Die Erinnerung an seinen Kontakt zu der Kreatur, die die Schafe gerissen hatte, war seit Abbruch der Nachtwachen verblaßt, und er hatte es vermieden, daran zu denken, auch wenn es nach wie vor in seinem Hinterkopf lauerte wie ein Sturm am Horizont. Nun, im Kielwasser von Nilssons Bemerkung, kehrte die Erinnerung mit all ihrem Entsetzen wieder zurück, und dunkle Sturmwolken sammelten sich über Farnors Kopf. Einen Augenblick lang war ihm übel, und er fühlte sich leicht benommen. Er stützte sich am Türrahmen ab.

»Ein Pferd?« Gryss richtete sich abrupt auf. »Eins Eurer *Pferde* ist getötet worden?« Er schrie beinahe. »Was auch immer unsere Schafe getötet hat, es war groß, aber ... ein Pferd!« Zutiefst beunruhigt starrte er Nilsson an. »Und Ihr glaubt, Rannick ist dort oben, in derselben Gegend wie ... wie diese Kreatur?«

Nilsson wischte die Frage beiseite. Er wirkte verärgert.

»Hat Rannick etwas Seltsames an sich?« fragte er unvermittelt.

Farnor erstarrte.

»Etwas Seltsames?« fragte Gryss erstaunt nach.

Nilsson rutschte nervös auf der Bank hin und her.

»Besitzt er ... irgendwelche ungewöhnlichen Fähigkeiten? Kann er gut mit Tieren ... mit Leuten umgehen? Irgendetwas ...?« Er ließ die Worte im Raum stehen.

Gryss kniff die Augen zusammen. »Nichts, was ich je gesehen hätte«, antwortete er ehrlich. »Aber ich weiß nicht genau, was Ihr meint. Rannick ist ein seltsamer, unbeliebter Mensch. Er ist die Art Mann, die in Bitterkeit lebt und unglücklich und allein stirbt, oft sogar durch das Schwert von jemandem, den er sinnlos gereizt hat. Das ist alles, was ich Euch sagen kann.«

Nilsson schienen noch weitere Fragen auf der Zunge zu liegen, doch er schwieg.

Gryss beobachtete ihn aufmerksam. »Ich habe Euch gewarnt, daß das Tal im Norden einen schlechten Ruf hat«, sagte er. »Vielleicht sind es Altweibergeschichten, vielleicht aber auch nicht. Aber ist dort oben etwas geschehen, was uns hier unten Probleme bereiten könnte?«

Farnor, dessen Unbehagen nicht nachlassen wollte, verstärkte seinen Griff um den Türrahmen, als Nilsson plötzlich aufstand. Seine massige Gestalt beherrschte den Raum und beendete jede Diskussion.

»Nein«, erklärte er. »Es ist nichts geschehen, was euch etwas angehen würde, aber ich *muß* Rannick finden. Wirst du mir zeigen, wo er wohnt?«

Farnor zog sich ein Stück in den Flur zurück. Was als aufregendes Abenteuer begonnen hatte – einen Mann des Königs durch die Nacht zu eskortieren –, hatte sich plötzlich in einen Alptraum verwandelt, und nun wünschte er sich nur noch, nach Hause zurückzukehren, in der Hoffnung, die Erinnerungen an die Kreatur und an Rannick würden genauso schnell wieder verschwinden, wie sie gekommen waren.

»Er wird nicht dort sein«, sagte Gryss.

»Trotzdem«, beharrte Nilsson.

»Was immer Ihr wünscht«, sagte Gryss und stand ebenfalls auf. »Ich zeige es Euch gerne.«

Als die drei Männer das Haus verließen, befahl Gryss dem halb schlafenden Hund sein übliches »Platz!« und drückte Farnor beruhigend den Arm. Dann warf er dem jungen Mann einen vielsagenden Blick zu, deutete auf Nilssons Rücken und legte den Finger an die Lippen. Farnor nickte. Er hatte ohnehin nicht die Absicht, irgendetwas zu sagen. Dennoch wirkte Gryss' Geste beruhigend.

»Es ist nicht weit«, sagte Gryss, als Nilsson sein Pferd losbinden wollte. »Wir können zu Fuß gehen.«

Rannicks Hütte lag jedoch nur für einen Landbewohner ›nicht weit‹ entfernt, und es dauerte eine Zeit, bis sie den schmalen, gewundenen Pfad erreichten, der zu ihr hinaufführte. Der Pfad wurde von wuchernden Hecken begrenzt. Lange Äste ragten auf den Weg hinaus, um sich in Kleidern zu verfangen oder über die Köpfe Vorbeikommender hinwegzustreichen. Gryss' Laterne erschuf einen Tunnel aus Licht in der Dunkelheit, den unzählige Motten und andere Insekten zum Leben erweckten. Dann und wann huschte das übliche Nachtgetier vor dem Licht davon, und jenseits des Lichtkreises flackerten hier und da rote oder grüne Augen auf.

Nilsson fluchte leise, als ein Ast sich in seinem langen Umhang verfing.

»Rannick hat das alles vernachlässigt, fürchte ich«, erklärte Gryss. Er schien das ehrlich zu bedauern. »Er könnte gut von diesem kleinen Stückchen Land leben, wenn er wollte, aber ...« Er stieß einen leisen Seufzer aus und verzichtete darauf, den Satz zu beenden.

Schließlich erreichten sie das kleine Tor am Ende des Pfades, welches ebenfalls deutliche Spuren jahrelanger Vernachlässigung zeigte. Als Gryss versuchte, es zu öffnen, fiel es mit lautem Knarren in sich zusammen. Gryss schüttelte den Kopf und trat über das zerstörte Tor hinweg. Der kleine Garten dahinter war genauso überwuchert wie der Pfad.

»Paßt auf, wo ihr hintretet«, mahnte Gryss. »Ich will nicht unbedingt aufscheuchen, was auch immer unter diesem ganzen Zeug leben mag.«

Er hob die Laterne, und ihr Licht beleuchtete die Hütte. Das Reetdach sah mitgenommen aus, und die Wände waren voller Regenflecken; das Wasser war durch das Reet gesickert und über den Stein gelaufen. Ein Fenster war behelfsmäßig vernagelt, während die anderen und die Tür offenbar verrottet waren.

Nilsson griff nach einem Stock und begann, sich damit einen Weg durch die Pflanzen zu bahnen, die den Gartenpfad überwucherten, der zur Tür führte. Als er sie schließlich erreichte, schlug er mit der Faust dagegen.

Das Geräusch klang dumpf im Pflanzengewirr des Gartens. Niemand antwortete.

»Er ist nicht da«, wiederholte Gryss ungeduldig.

Nilsson versuchte den Riegel. Die Tür schwang auf. Er sprang zurück, als fürchtete er einen Hinterhalt. »Sie ist nicht verschlossen«, flüsterte er Gryss zu.

»Warum sollte sie auch?« erwiderte Gryss, trat an ihm vorbei und in die Hütte. Nilsson folgte ihm.

»Rannick!« rief Gryss. »Ich bin's, Gryss! Hier ist jemand, der dich sprechen will!«

Wieder keine Antwort. »Ich habe es Euch ja gesagt«, erklärte Gryss. »Er ist nicht da.«

Nilsson ging durch die Hütte, wobei er beiläufig dies und jenes untersuchte, das überall verstreut lag. Farnor, der den beiden Männern unauffällig gefolgt war, empfand unerwarteterweise so etwas wie Mut ob dieses Eindringens, obwohl er sich zugleich eingestehen mußte, daß es beruhigend auf ihn wirkte, in Rannicks unangenehmer Behausung einen Soldaten bei sich zu haben.

Und dieser Ort hatte *wirklich* etwas Unangenehmes an sich, dachte er. Etwas, das nichts mit all dem Schmutz zu tun hatte. Irgendetwas ... Gryss' Wort für Rannicks Familie kam ihm wieder in den Sinn: der Makel!

Er blieb in der Nähe der Tür.

Plötzlich schlang Nilsson die Arme um die Brust und zitterte. Er murmelte etwas in seiner eigenen Sprache, dann verließ er ohne ein weiteres Wort die Hütte und ging in den Garten. Gryss und Farnor folgten ihm rasch.

Auf dem Weg zurück zu Gryss sagte Nilsson keinen Ton – abgesehen von dem knappen Befehl, Rannick augenblicklich festzusetzen, sollte er auftauchen.

»Festsetzen!« rief Gryss. »Das kann ich nicht tun. Ich besitze nicht ...« Er wedelte mit den Armen. »Ich besitze nicht die Autorität dazu.«

»Du hast jetzt meine Autorität«, erklärte Nilsson in scharfem Tonfall. »Sieh zu, daß es geschieht, und dann schick sofort einen Boten zu mir.«

Gryss widersprach dem nicht, doch seine Haltung den ganzen Weg über zeigte deutlich, daß ihn allein der Gedanke schon beunruhigte.

»Ich habe morgen einige Arbeiten für dich«, sagte er, als Farnor wieder auf Nilssons Pferd kletterte. »Aber natürlich nur, wenn dein Vater dich entbehren kann.«

»Ich werde ihn fragen«, entgegnete Farnor. »Ich bin aber sicher, daß es in Ordnung geht.«

Während der Weg vom Hof zu Gryss voller Aufregung gewesen war, war der Rückweg geprägt von brütender Dunkelheit. Ob dies allerdings an Nilssons Verhalten lag oder an den wiedererwachten Erinnerungen an die Kreatur und dem seltsamen Gefühl, das er in Rannicks Hütte verspürt hatte, vermochte Farnor nicht zu sagen. Auf jeden Fall war er erleichtert, als er schließlich am Ende des Weges, der zum Hof führte, vom Pferd rutschte.

»Es macht keinen Sinn für Euch, noch weiter zu reiten«, sagte er. »Das wird nur die Hunde wieder aufregen.«

Nilsson grunzte als Antwort, doch Farnor kümmerte das nicht. Er wollte nur weg von diesem Mann und sich wieder in die Sicherheit seiner eigenen vier Wände zurückziehen. Nachdem Farnor in der Dunkelheit verschwunden war, trieb Nilsson sein Pferd an und gab schließlich sogar die Zügel frei.

Zuverlässig trug das treue Tier den in Gedanken versunkenen Hauptmann durch die sternenklare Nacht die Burgstraße hinauf.

Und dann blieb es plötzlich stehen.

Nilsson schreckte aus seinen Gedanken. Er runzelte die Stirn. Sie waren noch immer ein gutes Stück von der Burg entfernt. Er gab seinem Pferd die Sporen.

Es rührte sich nicht.

Kurz leuchteten Nilssons Zähne in der Dunkelheit auf, als er erneut dem Tier die Sporen in die Flanken trat, dann:

»Hauptmann Nilsson.«

Eine Stimme aus der Dunkelheit.

Instinktiv griff Nilsson nach seinem Messer. Eine Verschwörung einiger Männer?

Doch er wußte, daß das nicht der Fall war. Solche Meutereien warfen stets ihre Schatten voraus. Man mußte nur die Augen offenhalten, um sie zu sehen, und Nilsson war in den vergangenen Monaten besonders vorsichtig gewesen. Außerdem hatte diese Stimme etwas an sich, das ihm durch Mark und Bein ging. Eine Erinnerung nach der anderen stieg wie ein Geist aus dem Staub des Vergessens auf.

Mit aller Kraft gab Nilsson dem Pferd ein weiteres Mal die Sporen. Das Tier zitterte am ganzen Leib, wollte sich aber noch immer nicht bewegen.

Ein Schatten, schwarz in der Nacht, kam auf Nilsson zu.

»Hauptmann Nilsson«, wiederholte die Stimme.

Nilsson zog das Messer.

»Mein Name ist Rannick, Hauptmann Nilsson«, sagte der Schatten. »Ihr und ich, wir haben einiges zu besprechen.«

Kapitel 16

»Wer bist du, Rannick?« fragte Nilsson.

Der Schatten nickte. »Ihr nennt meinen Namen, und doch fragt Ihr, wer ich bin. Ich muß Euer Wahrnehmungsvermögen loben. Kein falsches Zetern ob Eurer verwirrten Männer, Meirachs oder des getöteten Pferdes. Eine einfache, klare Frage. Ihr wollt mein wahres Ich kennenlernen. Und doch: Indem Ihr fragt, habt Ihr bereits bestätigt, daß Ihr wißt, wer ich bin.« Er sprach ruhig, geradezu gemächlich, als wären er und Nilsson alte Freunde, die in einem friedlichen Gasthof bei einem Bier zusammensaßen; doch Nilsson hatte das Gefühl, als käme die Stimme von einem weit entfernten Ort, und das Rinnsal alter Erinnerungen schwoll zu einer Flut an.

Rannicks Stimme übertönte den entstehenden Tumult. »Findet Ihr es passend, daß *ich* Euch sagen soll, was Ihr ohnehin schon wißt?«

Es folgte ein langes Schweigen.

»Wie ich sehe, wißt Ihr keine Antwort darauf, aber zumindest unterstreicht Ihr nicht Eure Torheit, indem Ihr mir widersprecht.« Der Schatten nickte erneut, und die Stimme wurde versöhnlich. »Und Ihr habt die Ausstrahlung eines einst treuen und entschlossenen Dieners; also werde ich Eure Frage beantworten. Ich werde Euch sagen, was Ihr bereits wißt. Ich beherrsche die Macht.«

Nilssons Augen wurden zu schmalen Schlitzen. Dieser Rannick besaß ohne Zweifel irgendein Talent, aber die *Macht*? Das war Unsinn. Dann bemerkte Nilsson, daß die Hand schwitzte, die auf dem Messer lag.

Der Überlebenskämpfer in ihm überprüfte den Griff, damit er nicht im ungünstigsten Augenblick abrutschte. Anschließend legte er beiläufig die andere Hand darüber, um zu vermeiden, daß sich das Mondlicht auf der Waffe spiegelte. Er schimpfte sich selbst einen Dummkopf und atmete tief durch, um wieder mit fester Stimme sprechen zu können.

»Die Macht!« sagte er verächtlich. »Erspare mir deine Rätsel und Torheiten, Rannick. Ich bin kein Bauer, der glaubt, diese Berge seien die Welt. Ich habe schon unzählige Schamanen gesehen, die die seltsamsten Phantasien heraufbeschworen haben – alles Täuschung: billige Tricks, die sie in irgendeinem Gasthaus aufgeschnappt haben. Ich habe gesehen, wie sie gewaltige Traumburgen der Macht errichteten, nur um andere zu täuschen, doch es waren nichts als Hirngespinste.« Er spie die Worte förmlich aus. »Um es kurz zu machen: Ich habe zu viele Beschwörer, Priester, Nekromanten, Thaumaturgen und alle möglichen anderen Scharlatane gesehen, um mich auch nur über dich ärgern zu können. Oder schlimmer: Ich könnte wirklich wütend werden.« Rannick neigte den Kopf zur Seite, antwortete aber nicht darauf.

Erregt fuhr Nilsson fort: »Deine wahre Beute sind die Dummen und Leichtgläubigen. Auch wenn du einige meiner Männer mit deinen Tricks getäuscht haben magst und mein Pferd mit« – er zuckte mit den Schultern – »mit irgendeinem Nachtkraut dazu gebracht hast stehenzubleiben, glaub ja nicht, daß ich dich nicht durchschaue. Und glaub auch nicht, daß du noch leben wirst, um mit deiner Tat zu prahlen, wenn du nicht *sofort* verschwindest! Und wenn du schon dabei bist, verschwinde besser ganz aus dem Tal. Meine Männer würden nur allzu gerne Jagd auf dich machen.«

Trotz seines Zorns spürte Nilsson, wie ihm der Mund austrocknete; dennoch verstärkte er aus alter Gewohnheit den Griff um das Messer.

Rannick trat näher und legte dem Pferd die Hand auf die Nüstern. Das Pferd erzitterte am ganzen Leib, bewegte sich sonst jedoch kein Stück. Als Rannick wieder das Wort ergriff, sprach er leise, doch in seiner Stimme lag ein drohender Unterton.

»Euer Mangel an Glauben kümmert mich, Hauptmann. Verlangt nicht von mir, Euch zu beweisen, was Ihr bereits wißt. Ihr werdet feststellen, daß ich noch weit weniger Geduld besitze als Ihr.« Er hielt kurz inne. »Ich bin Eure Vergangenheit, Hauptmann, und Eure Zukunft. Ich bin Euer Schicksal, so wie Ihr das meine seid.«

Die Hand tätschelte noch immer die Nase des Pferdes, und plötzlich und unerwartet fühlte Nilsson eine finstere Belustigung, die von Rannick ausstrahlte. Das war furchteinflößender, als es jede noch so offene Drohung je hätte sein können. »Ich spüre, wie Euer altes Verlangen wieder erwacht, Hauptmann. Euch verlangt nach so viel, von dem Ihr glaubt, es für alle Zeiten verloren zu haben.« Erneut legte er eine Pause ein. Es schien, als lausche er auf etwas »So viel.« Ein Hauch von Überraschung lag in seiner Stimme und auch Bewunderung, wenn auch gemischt mit Spott. Hörbar sog er die Luft ein. »Für mich ist das wie ein süßer Duft, Hauptmann.«

Nilssons Antwort war barsch. »Tritt beiseite, Rannick«, sagte er. »Ich habe dir doch gesagt, ich habe schon zu viele Scharlatane gesehen, um ebenso leichtgläubig zu sein wie meine Männer.«

Er beugte sich zu der schattenhaften Gestalt neben dem Kopf des Pferdes herab und senkte die Stimme, als könnte das, was er zu sagen hatte, eine schreckliche Strafe nach sich ziehen, sollte er es allzu laut aussprechen. »Und um dich aufzuklären: Auch wenn der, dem ich gefolgt bin, schon lange tot ist und seine Gefolgsleute in alle Welt verstreut sind, so würde es dir ziemen, noch nicht einmal an ihn zu *denken*, auf daß sein Schatten sich nicht rühre und deine Seele zu Staub zermalmt.«

»Ein süßer Duft, Hauptmann«, lautete die Antwort, die Nilssons Rat nicht kümmerte.

Das reicht, entschied Nilsson, und ohne Vorwarnung stach er zu. Mit einer Geschwindigkeit, die er sich im Laufe der Jahre durch grausame Erfahrungen angeeignet hatte, beugte er sich noch ein Stück vor und zielte mit dem Messer auf Rannicks Kehle.

Rannick schien sich nicht zu bewegen, doch plötzlich wurde Nilsson aus dem Sattel gehoben und hoch in die Luft geworfen.

Er landete ein gutes Stück von seinem Pferd entfernt, und der Aufprall trieb ihm die Luft aus den Lungen. Doch schlimmer noch als der Aufprall war die Furcht, die ihn überkam – eine Furcht, wie er sie schon seit Jahren nicht mehr empfunden hatte. Rannick hatte keine Hand an ihn gelegt, und doch hatte er Nilsson mühelos aus dem Sattel geworfen.

Er blickte auf.

Rannicks schattenhafte Gestalt tauchte vor ihm auf, ein tiefes schwarzes Loch, herausgeschnitten aus dem dunklen, sternenklaren Himmel.

»Seid Ihr es, Herr?« hörte Nilsson sich selbst mit zitternder Stimme fragen.

»Nein, Hauptmann. Dein einstiger Herr ist wirklich tot, aber sein Mantel ist auf mich übergegangen. Ich bin sein Erbe. Ich werde das Banner wieder aufnehmen, das er hat fallenlassen, und du wirst an meiner Seite sein und meine Armee führen.«

Trotz seiner Furcht entschloß sich Nilsson zum Widerstand.

»Nein«, sagte er und rappelte sich unter Schmerzen wieder auf. »Das ist Wahnsinn. Was für Fähigkeiten dir das Schicksal auch immer verliehen haben mag, du bist nicht er und wirst es auch niemals sein. Sein Wissen war uralt, und seine Macht war jenseits selbst deiner Vorstellungskraft.«

Rannicks Gestalt bewegte sich in der Dunkelheit, als würde der Wind an ihr zerren.

»*Und er ist gescheitert*«, fuhr Nilsson fort. Verzweiflung lag in seiner Stimme. »Da waren andere, stärker als er, und sie kamen plötzlich und unerwartet, und sie erschlugen ihn. Und sie erschlugen auch seine Gefährten. Und diese ›Anderen‹ leben noch. Sie werden auch dich erschlagen, wenn du versuchst, es ihm gleichzutun.«

»Nein«, widersprach Rannick kalt. »Meine Macht gründet sich auf ein uraltes Wissen, das selbst ihm unbekannt war. Ein Wissen weit jenseits deines Verständnisses. Er hat nur den Weg für mich bereitet. Wähle, Hauptmann. Führe meine Armee, und erfülle dir in meinem Gefolge deine Wünsche, derer man dich auf so grausame und ungerechte Art beraubt hat.«

Ja, rief ein Teil von Nilsson. *Ja!* In den Worten lag zu viel Wahrheit, als daß er sich dem allen noch hätte verweigern können.

Doch als er wieder sprach, war es der feilschende Händler, der Überlebenskünstler und der Soldat, die ihm die Worte in den Mund legten.

»Oder?« fragte er mit schwacher Stimme.

Rannick schien sich erneut zu amüsieren. Er spreizte die Arme, als wolle er die Dunkelheit umarmen. »Solltest du dich von dem einen wahren Licht abwenden, dann mußt du dich der Finsternis stellen.«

In der Stille, die diesen Worten folgte, spürte Nilsson die Gegenwart eines weiteren Wesens, das ihr Gespräch verfolgte. Ein Wesen voller Kraft und ausgestattet mit einem grausamen Willen schlich unruhig und unsichtbar in einiger Entfernung auf und ab. Ein Wesen, alt in seiner Bösartigkeit, seiner Hinterlist und seinem Blutdurst, doch jung in der Kraft seiner alles zermalmenden Kiefer. Ein Wesen, das mit ewiger Geduld auf einen Befehl wartete.

Das war der letzte Beweis, den Nilsson benötigte.

Ja! schrie diesmal der ganze Nilsson. Zu lange hatte man ihn dafür gejagt, daß er einst seinem alten Herrn so treu gedient hatte. Das durfte nicht mehr sein. Irgendeine Macht hatte ihn in dieses einsame Tal geführt, in den

Schutz der längst verlassenen Burg und versorgt von den dummen Dorfbewohnern. Diese Macht zu verleugnen wäre nicht nur sinnlos, es wäre ... das Wort lag ihm auf der Zunge ... Blasphemie.

»Verzeiht mir, Herr«, sagte er und kniete demütig nieder. »Wenn Ihr mich für würdig erachtet, werde ich Euch erneut dienen.«

Rannicks Stimme war die eines Mannes, der nie an diesem Ausgang des Gesprächs gezweifelt hatte. »Setz deinen Weg fort, Hauptmann. Ich werde morgen zu euch kommen.«

In der einsamen Dunkelheit hielt Rannick Zwiesprache. »Dieser, vor allem dieser muß uns gehören. Dieser *wird* uns gehören.«

Er lachte.

»Es ist so leicht, mein Freund. So leicht.«

Gryss stand vor der Tür seines Hauses, als Farnor am nächsten Morgen zu ihm kam. Es war ein schöner, sonniger Tag, doch am Himmel zogen die ersten Wolken vorbei, und Regen lag in der Luft. Gryss betrachtete die gelben Frühlingsblumen, die in großer Zahl am nahegelegenen Ufer eines Baches wuchsen.

»Hast du dir die je genauer angeschaut?« fragte er Farnor, als dieser sich ihm näherte.

Farnor warf einen kurzen Blick auf die Blumen. »Sonnenaugen«, sagte er.

»In der Tat«, bestätigte Gryss. »Aber hast du sie dir je genauer angeschaut?«

»Natürlich«, antwortete Farnor verwirrt. »Oft. Um diese Jahreszeit kann man sie kaum übersehen.«

Gryss lächelte. »Wieviel Blütenblätter hat ein Sonnenauge, Farnor? Welche Form besitzen die Blätter? Haben sie einen oder mehrere, geteilte Stengel? Warum wachsen sie hier und nicht dort?« Er deutete auf eine kahle Stelle. »Welche Insekten besuchen sie? Und warum ausgerechnet diese und nicht andere?«

Farnor wedelte mit den Armen und geriet ins Stottern. Er brachte keine zusammenhängende Antwort zustande, abgesehen von einem erneuten: »Es sind Sonnenaugen.«

»Dann hast du sie dir also doch nicht so genau angeschaut, wie du geglaubt hast, nicht wahr?« stellte Gryss grinsend fest. »Versuch es irgendwann einmal. Du wirst es nicht bereuen. Das verspreche ich dir.«

Farnor scharrte unruhig mit den Füßen. »Du hast gesagt, du hättest Arbeit für mich«, sagte er in dem Versuch, dem seltsamen Verhör ein Ende zu bereiten.

Gryss' Gesicht nahm einen ernsten Ausdruck an. »Ich habe dir gesagt, du sollst hierherkommen, weil wir über Rannick sprechen müssen und über diesen ... diesen Hauptmann Nilsson und sein getötetes Pferd. Bist du nicht auch der Meinung?«

Farnor mied Gryss' forschenden Blick. »Ich vermute ja«, murmelte er.

»Nein, du *weißt* es«, korrigierte ihn Gryss. »Von nun an laß uns beide die Dinge beim Namen nennen. Dann werden wir auch wissen, wo wir stehen.«

»Und wo stehen wir?« fragte Farnor unverblümt und zu seiner eigenen Überraschung.

»Ich weiß es nicht«, antwortete Gryss. »Aber es ist auch egal. Ich bin in diese Sache verstrickt, weil ich der Dorfälteste bin, und du bist in sie verstrickt, weil du eben in sie verstrickt bist. Das Einzige, was ich im Augenblick mit Sicherheit weiß, ist, daß wir beide jemanden brauchen, mit dem wir offen reden können; jemanden, dem wir vertrauen und mit dem wir über unsere törichten Gedanken sprechen können, ohne Angst haben zu müssen.«

Farnor blickte ihn unsicher an. Das war ein Gryss, wie

er ihn noch nie erlebt hatte, ein einfacher Mann. Kurz sah Farnor den jungen Mann in Gryss, gar nicht mal so anders als er selbst, nur gefangen in einem alten Körper.

»Ich werde deinem Urteil in dieser Sache vertrauen«, sagte Gryss. »Wirst du auch dem meinen vertrauen?«

Farnor wollte sich einfach herumdrehen und fortlaufen. Er wollte über die Felder und in die Wälder fliehen, sich ins weiche Gras werfen, durch die Baumkronen zur Sonne emporblicken und seine heldenhaften Geschichten von Ehre und Ruhm spinnen.

Aber noch während dieser Gedanke Gestalt annahm, verblaßte bereits sein Reiz. Plötzlich leuchtete alles in einem anderen Licht. Die Farben der alten Phantasien waren bleich geworden, und ihr Echo war dünn und schwach. Farnor bedauerte das Ende von irgendetwas, doch er wußte nicht genau von was.

»Ja«, antwortete er nach kurzem Zögern.

»Gut«, sagte Gryss. »Laß uns zu Rannicks Hütte gehen. Wir können auf dem Weg weiterreden.«

»Warum?« fragte Farnor.

Gryss warf ihm einen tadelnden Blick zu. »Willst du unsere Abmachung schon so schnell wieder brechen?« erwiderte er.

»Tut mir leid«, sagte Farnor Er versuchte, seinen Fehler wieder gutzumachen. »Rannick steht im Mittelpunkt der ganzen Sache, nicht wahr?«

Gryss legte ihm die Hand auf die Schulter, und sie machten sich auf den Weg zu Rannicks Hütte. »Im Mittelpunkt oder in der Nähe davon, ja«, antwortete er. »Es hat irgendeine Begegnung zwischen Rannick und Nilssons Männern gegeben, und etwas dabei hat unseren Hauptmann zutiefst verstört, wenn ich mich nicht irre.«

Gryss' Vermutung schien gut begründet zu sein, doch Farnor wußte nicht, was er darauf erwidern sollte, außer: »Wenn wir nicht wissen, was geschehen ist, was können wir dann tun? Und warum sollten wir überhaupt etwas tun? Schließlich hat er doch gesagt, es sei nichts geschehen, was uns im Tal etwas angehen würde. Ihm kam ein beunruhigender Gedanke. »Du glaubst doch nicht, daß ...« Er zögerte. Gryss neigte den Kopf, schwieg aber.

Sie bogen auf die breite Straße ein, die mitten durchs Dorf führte, und schwenkten dann auf eine schmalere zu Rannicks Hütte ein.

»Du glaubst doch nicht, daß die Geschichten über die Höhlen wahr sind, oder?« brachte Farnor schließlich doch heraus, obwohl er spürte, wie ihm das Blut in die Wangen stieg. »Daß es dort alte ... alte Monster gibt ... die dort schlafen ... und warten?«

Gryss runzelte die Stirn und behielt sein Schweigen eine Zeitlang bei. Freundlich grüßte er einen Mann, der ihnen entgegenkam. »Du darfst keine Geschichte einfach so abtun«, sagte er schließlich. »Geh immer allem auf den Grund.«

Farnor sah ihn an. Es fiel ihm noch immer schwer, den alten Mann mit neuen Augen zu betrachten – beinahe wie einen Gleichgestellten.

»Dann glaubst du also ...« begann Farnor.

»Ich glaube gar nichts«, unterbrach ihn Gryss mit fester Stimme und drehte sich zu ihm um. »Im Augenblick sehe ich einfach nur genauer hin. Wie viel Blütenblätter, welche Blattform, wie viele Stengel. Verstehst du das?«

»Ich glaube schon«, antwortete Farnor nach kurzem Nachdenken. »Das heißt, wenn es mir erlaubt ist zu glauben.«

Gryss lachte laut und gab Farnor einen freundschaftlichen Klaps auf den Hinterkopf.

Dann wanderten sie wieder schweigend über den schmalen, überwucherten Pfad, der zu Rannicks Hütte führte. Der Pfad wirkte breiter als vergangene Nacht; das Licht von Gryss' Laterne hatte ihn schmaler erscheinen lassen als er war. Aber die wuchernden Hecken zu beiden Seiten wirkten auch weit lebendiger, voller geheimnisvoller Bewegungen und Rascheln, und die Äste, die über den Weg hingen, waren im Sonnenlicht ebenfalls zum Leben erwacht.

Nachdem sie über das zusammengefallene Tor getreten waren, blieben sie stehen.

Gryss schüttelte den Kopf. In der Dunkelheit war der wahre Zustand der Hütte nicht zu erkennen gewesen. Sie blickten auf das zerfetzte Dach und die fleckigen Wände. Alles schien schlimmer zu sein als noch in der Nacht zuvor; das galt auch für die verrotteten Fenster und die Tür. »Diese Vernachlässigung«, seufzte Gryss. »Ich hatte keine Ahnung, daß es so schlimm ist, sonst hätte ich schon längst mit ihm geredet.«

»Er hätte dir nicht zugehört«, sagte Farnor.

»Vielleicht«, erwiderte Gryss. »Aber ich hätte mich besser gefühlt und jetzt vielleicht nicht ganz so schuldig.«

»Schuldig? Du?« rief Farnor überrascht. »Weshalb? Rannick tut, was er will. Das war schon immer so. Wie hättest du etwas dagegen unternehmen können?«

Gryss hob die Hand. »Ich fühle, was ich fühle, Farnor«, sagte er. »Ein Wort hier, ein Wort da, wer weiß?«

Farnor schnaufte verächtlich.

»Das ist das Vorrecht der Jugend«, sagte Gryss. »Unglücklicherweise erkennt man, wenn man älter wird, daß eine kleine Veränderung am Anfang eine große Wirkung auf das Ende haben kann.«

»Das Reich war verloren, weil es nirgends einen Nagel gab?« fragte Farnor, der sich an eine von Yonas' Geschichten erinnert fühlte, die er nun allerdings in anderem Licht sah.

»Genau«, bestätigte Gryss. »Laß uns reingehen.«

Das Innere der Hütte erschien genau wie die Außenseite im Licht des Tages deutlich anders. Das Sonnenlicht, das durch die verrotteten Fenster hereinfiel, ließ die

Ecken noch düsterer wirken und die Flecken an den Wänden und auf dem Boden klarer hervortreten. Obwohl Farnor eine Welle des Ekels ob all des Drecks überkam, stimmte ihn unerwarteterweise der Anblick der verdreckten Möbel gleichzeitig traurig, denn sie strahlten noch immer einen Rest der Gemütlichkeit aus, die sie einst vermittelt hatten. Er stellte eine kleine Vase wieder auf, die umgefallen war. Darunter kam eine staubfreie Stelle auf dem Regal zum Vorschein – wie ein tadelnder Schatten.

Gryss beobachtete ihn und nickte.

»Was fühlst du?« fragte er.

Farnor zuckte mit den Schultern. »Es ist anders als letzte Nacht. Zum einen ist der Hauptmann nicht mit uns hier drin. Vielleicht war er es, der den Ort so seltsam hat wirken lassen. Er und die Dunkelheit.«

Gryss lachte leise. »Schauen wir uns mal um«, sagte er.

»Was ist, wenn er wieder zurückkommt?« fragte Farnor, dem jetzt erst bewußt geworden war, was sie gerade taten. Türen wurden im Tal niemals verriegelt, aber absichtlich in jemandes Haus herumzustöbern, war verpönt.

»Ich habe ihm eine Menge Fragen zu stellen. Mach dir keine Sorgen«, antwortete Gryss in scharfem Ton, während er in die Küche ging.

Farnor folgte ihm durch Haus. Mit jedem Schritt nahm seine Nervosität zu.

»Dieser Ort hat etwas ... Unangenehmes«, erklärte er schließlich, nachdem sie gerade aus dem Schlafzimmer gekommen waren. »Abgesehen von all der Unordnung und dem Dreck, da ist ein ...«

Die Haustür wurde geöffnet.

Kapitel 17

Nilsson erinnerte sich gar nicht oder nur kaum an seinen Rückweg zur Burg. Er war in einem Strudel aus Furcht und Zweifeln gefangen, aus wiedererwachtem, brennendem Ehrgeiz, aus einem Hochgefühl und finsterster Verzweiflung, das Ganze gemischt mit Erinnerungen, zum Brennen gebracht durch das Feuer der Versprechungen, die Rannick ihm gegeben hatte.

»Was hast du herausgefunden, Nils?«

Die Frage griff nach ihm, um ihn aus seinen tiefen Gedanken zu ziehen. Einen Augenblick lang starrte er den Sprecher aus leeren Augen an. Es war Dessane.

»Was hast du herausgefunden?« Die Frage wurde wiederholt. Die Geistesabwesenheit seines Anführers bereitete Dessane Sorgen. »Über Rannick«, fügte er hilfreich hinzu. Er trat einen Schritt zurück. Das Licht der Fackel beleuchtete Reiter und Pferd. »Bei den Göttern!« rief er. »Was hast du mit deinem Pferd gemacht? Ihm steht ja der Schaum vor dem Mund, so fertig ist es.«

Nilsson schwang sich langsam aus dem Sattel. Noch immer schien er in Gedanken mit etwas anderem beschäftigt zu sein.

Dessane trat ihm in den Weg. »Nils«, zischte er. »Was ist passiert? Hast du Ärger im Dorf gehabt?«

Schließlich richtete Nilsson doch den Blick auf ihn. »Was passiert ist, Arven?« echote er. »Eine ganze Menge ist passiert. Dinge, die vorüber waren, haben von vorne begonnen. Von heute Nacht an werden wir in eine andere Richtung gehen.«

Dessane runzelte ob dieser rätselhaften Antwort verwirrt die Stirn. Beinahe hätte er den Hauptmann gefragt, ob er etwas getrunken hatte, doch abgesehen von dem Risiko, das eine solche Frage mit sich brachte, war offensichtlich, daß er nüchtern war. Wenn Nilsson betrunken war, war er entweder gefährlich freundlich oder wild, kalt und grausam.

Nilsson befreite ihn aus diesem Dilemma.

»Morgen, Arven«, sagte er. »Morgen wird er hierherkommen, und dann werden all deine Fragen beantwortet werden.«

»Wer? Wer wird hierherkommen?« fragte Dessane frustriert. »Und was für Fragen?«

»Morgen«, wiederholte Nilsson. »Laß mich jetzt allein. Ich muß nachdenken und ein wenig schlafen. Ich werde einen klaren Kopf brauchen, wenn er erscheint.«

Dessane öffnete den Mund, um ein weiteres Mal »Wer?« zu fragen, dann gab er auf.

»Wie du willst, Nils.« Er nahm seinem Hauptmann die Zügel aus der Hand und tätschelte das verängstigte Pferd. »Wie du willst. Ich werde mich um dein Pferd kümmern.«

Doch auch darauf antwortete Nilsson nicht, sondern stapfte entschlossen in die Dunkelheit davon.

Am darauf folgenden Morgen erwartete Nilsson jedoch nicht die Klarheit, nach der er sich sehnte. Er hatte den Rest der Nacht damit verbracht, sich unruhig hin und her zu wälzen, unfähig, den Tumult in seinem Geist zum Schweigen zu bringen; tatsächlich hatte er noch nicht einmal gewußt, ob er wachte oder träumte.

Trotzdem war er wieder ruhiger geworden, als das erste Licht des Tages durch die schmalen Fenster fiel, und auch in seinen Gedanken herrschte wieder ein wenig Ordnung. Der Anführer in ihm kam wieder zum Vorschein, als er sich kaltes Wasser ins Gesicht spritzte und dann seine Blessuren betrachtete.

War alles nur ein Traum gewesen?

Nein. Ohne Zweifel, nein. Vorsichtig streckte sich Nilsson. Die blauen Flecken, die sein Sturz vom Pferd verursacht hatte, waren viel zu deutlich zu spüren, als daß er die vergangene Nacht als Einbildung hätte abtun können. Hatte Rannick einen Trick angewandt? Nilsson hatte nicht gelogen, als er behauptet hatte, viele wundersame Dinge gesehen zu haben, die sich am Ende doch nur als faule Zauberei herausgestellt hatten.

Unwahrscheinlich, beantwortete ein ruhiger, ehrfurchtsvoller Teil von ihm. Abgesehen von der Vertrautheit im Auftreten des Mannes, konnte sich Nilsson besonders lebhaft daran erinnern, im selben Augenblick aus dem Sattel gehoben und durch die Luft gewirbelt worden zu sein, da sein Messer Rannicks Leben ein Ende hätte bereiten sollen.

Das war die Macht gewesen. Er kannte sie von früher her; er wußte, wie sie sich anfühlte. Und es war Rannick gewesen, der sie benutzt hatte. Er hatte sich noch nicht einmal dabei bewegt.

Und dann war da noch das andere, finstere Wesen, dessen Gegenwart Nilsson kurz gespürt hatte. Er schauderte. *Das* kannte er nicht von früher her, und was auch immer es sein mochte, er hatte nicht das Bedürfnis, es näher kennenzulernen.

Aber obwohl sich seine Überzeugungen im Licht des Morgens gefestigt hatten, so waren doch auch seine Zweifel größer geworden. Ständig fielen ihm neue Fragen ein. Wo und wie hatte der Mann seine Fähigkeiten erworben, wenn er sein ganzes Leben lang im Tal gelebt hatte, wie Gryss behauptete? Und wie fähig war er überhaupt? Nilsson konnte noch nicht einmal die erste Frage beantworten, und es war ihm unmöglich, sich vorzustellen, daß *irgendjemand* dieselbe überwältigende Macht besitzen könnte wie sein einstiger Herr, aber ...

Der Taktiker in ihm übernahm das Kommando. Er würde Rannick beobachten und lernen müssen, seine Fähigkeiten einzuschätzen; beobachten und lernen, seine Fähigkeiten im Umgang mit den Männern einzuschätzen. Er würde herausfinden müssen, welche Ziele dieser geheimnisvolle Talbewohner verfolgte, damit er sie für seine eigenen Zwecke nutzen konnte. Denn solange er nicht genug über ihn wußte, war das alles, was Rannick je sein würde: ein einfacher Talbewohner, dumm und ungebildet. Vermutlich war er ebenso leichtgläubig wie der Rest der Dörfler.

Nilsson strich sich mit der feuchten Hand übers Haar und straffte die Schultern. Er war zufrieden mit seiner Schlußfolgerung. Was auch immer heute geschehen mochte, die Männer mußten sehen, daß *er* die Lage im Griff hatte, entweder als Rannicks Stellvertreter oder als sein Henker. Er überprüfte seine verschiedenen Messer, zog seine Lieblingswaffe und fuhr mit dem Finger die Klinge entlang. Zufrieden steckte er sie wieder weg. *Egal, womit ich ihn gestern Nacht auch gewarnt haben mag, das wird mir nicht noch einmal passieren,* dachte er. Sollte es nötig sein, würde er den Mann erstechen, und zwar mit einem Lächeln auf den Lippen und in den Rücken, und das *schnell.*

Natürlich bestand auch die Möglichkeit, daß Rannick überhaupt nicht erscheinen würde. Das hätte Probleme zur Folge. Nilsson konnte sich leicht etwas ausdenken, um Dessane sein gestriges Verhalten zu erklären, doch seine Zukunftspläne würden über den Haufen geworfen werden.

Er dachte über verschiedene Alternativen nach. Er könnte Yeorsons und Storrans zweiten Vorstoß ins Tal verschieben, aber das würde nur unangenehme Fragen hervorrufen, da jedermann wußte, daß sie früher oder später von hier würden verschwinden müssen. Oder er könnte den Spähtrupp aussenden, wie er beabsichtigt hatte. Aber war das gefährlich? Und wenn ja, auf welche Weise? Warum hatte Rannick die erste Gruppe abgefangen? Plötzlich kam ihm in den Sinn, daß Rannick vielleicht nur Meirach hatte entführen wollen – ihn oder sonst jemanden. Und was bedeutete das? Rannick wußte nun alles über Nilsson und seine Männer; oder zumindest wußte er, was Meirach wußte, und das war genug. Adept der Macht oder geschickter Scharlatan – dieses Wissen würde ihm einen nicht zu unterschätzenden Vorteil verschaffen.

Zu viele Alternativen und zu wenig Information, um planen zu können, schloß Nilsson schließlich. Wie in einer Schlacht würde er der Dinge harren müssen, die da kamen. Seine Strategie änderte sich jedoch kaum: Zuerst galt es, sein eigenes Überleben zu sichern, dann seine Interessen durchzusetzen.

Der Morgen war für ihn eine Abfolge unzusammenhängender, plötzlicher Abschnitte; der Alltag und das Ränkeschmieden wurden immer wieder von Träumen und Erinnerungen unterbrochen, die ihn jedesmal in seiner Arbeit innehalten ließen.

Nicht daß es viel zu tun gegeben hätte. Wie gewöhnlich machten jene, die zu spät für das Gemeinschaftsfrühstück aufgestanden waren, sich ihr eigenes oder verzichteten ganz darauf. Der Rest faulenzte, abgesehen von jenen, die zur Wache eingeteilt waren oder sich auf den Marsch mit Storran und Yeorson vorbereiten mußten.

Diese Letzteren gingen mit lobenswerter Gründlichkeit zu Werke. Obwohl sie Außenstehenden gegenüber gefühllos und ihren Kameraden gegenüber brutal waren, war Nilssons Männern die Vorstellung zutiefst zuwider, einen der ihren im Stich zu lassen, und so hatte es nicht an Freiwilligen für den Trupp gemangelt, der nach Meirach suchen sollte.

Ihre Gefühle waren jedoch gemischt, denn die Geschichte, die der erste Trupp mitgebracht hatte, war im Laufe des Vormittags immer mehr ausgeschmückt worden, was unweigerlich zu Mißverständnissen geführt und der ganzen Angelegenheit eine Bedeutung verliehen hatte, die nichts mehr mit der Wirklichkeit zu tun hatte. Nilsson und seine Stellvertreter begegneten den schlimmsten Gerüchten, die ihnen zu Ohren kamen, mit eisiger Verachtung; trotzdem war offensichtlich, daß sie schon bald ein ernstes Moralproblem haben würden, sollten sie den Dingen ihren Lauf lassen.

Nilsson blickte von der Burgmauer herunter und beobachtete das Kommen und Gehen seiner Männer. Ihre Bewegungen waren zu schnell, zu sprunghaft, wie Strudel in einem Fluß. Nilssons erfahrenes Auge erkannte Unregelmäßigkeiten, die auf das Kommen einer Flut hindeuteten.

Und wie bei einer Flut, so würde man auch hier rechtzeitig Maßnahmen ergreifen müssen, um größeren Schaden zu vermeiden.

Er wandte sich an Dessane. »Beruf eine Versammlung ein«, sagte er.

Dessane starrte ihn überrascht an. »Jetzt?« fragte er und hob die Augenbrauen. »Der Spähtrupp wird schon bald aufbrechen.«

»Jetzt«, bestätigte Nilsson.

Dessane tat, wie ihm geheißen. Das Verfahren war einfach und bar jeden Rituals. Er ging zur Treppe, die in den Hof hinunterführte, und rief aus vollem Hals: »Versammlung!«

Der Lärm im Hof verstummte kurz, bevor er sich mit neuer Kraft wieder erhob; allerdings hatte er seinen Charakter verändert. Jeder, der Dessanes Ruf gehört hatte, gab ihn weiter, und bald hallte das Wort ›Versammlung‹ durch alle Gänge der Burg, bis es schließlich auch den letzten bewohnten Raum erreichte.

Innerhalb weniger Minuten hatte sich die gesamte Gruppe im Hof versammelt und blickte erwartungsvoll zu ihrem Anführer empor.

Nilsson stieg langsam die Stufen hinunter und stellte sich neben Dessane auf den ersten Absatz. Saddre tauchte aus der Menge auf und gesellte sich zu ihnen.

Nach und nach senkte sich Schweigen über die Menge.

»Ich werde es kurz machen, Männer!« rief Nilsson.

Ein überraschtes und beinahe besorgtes Raunen ging durch die Menge, als Nilssons Stimme verstärkt durch irgendein Merkmal der Mauern und Wände wie Donner über den Hof hallte.

»Und könntest du es auch etwas *leiser* machen?« rief jemand, was allgemeines Gelächter hervorrief.

Nilsson lächelte und winkte dem Rufer dankbar zu. Das war nützlich: Das Lachen allein reichte aus, um alle Spannung hinwegzufegen, die sich in den letzten Minuten aufgebaut hatte.

»Ich werde es kurz machen«, wiederholte Nilsson. »Ich habe heute Morgen ein paar seltsame Geschichten gehört.« Er übertrieb spöttisch. »Geschichten von feuerspeienden Dämonen, die in unsere Lager eindringen. Geschichten von Monstern, die aus langem Schlaf erwacht sind, um unsere Männer zu entführen und unsere Pferde zu verschlingen.« Er schüttelte den Kopf und lachte. »Monatelang haben wir von der Hand in den Mund gelebt und uns in mühevoller Arbeit zusammengekratzt, was wir zum Leben brauchen. Jetzt haben wir dieses gemütliche Plätzchen gefunden, haben ein Dach über dem Kopf und werden zuvorkommend mit Essen versorgt, und was geschieht? Ihr habt so wenig zu tun, daß ihr wie irre redet.«

Er gab seinen Männern keine Gelegenheit, etwas darauf zu erwidern, sondern rief: »Hört zu!«, und klatschte in die Hände. Das zeigte die Wirkung, die er erwartet hatte. Das Geräusch hallte donnernd von den Wänden wider und schreckte alle auf, die im Hof standen.

Ohne Unterbrechung fuhr er fort, nur sprach er jetzt wieder leiser. »Eine Zeitlang konnten wir diese Kindergeschichten dulden, aber jetzt nicht mehr. Was wir haben, ist ein verletzter, vielleicht auch fiebriger Mann, der in den Wald gelaufen ist, und ein Pferd, das vermutlich von einem Rudel wilder Hunde gerissen worden ist. Das ist alles. Nicht mehr. Keine wütenden Dorfbewohner, die mit lautem Gezeter gegen uns ziehen, keine sogenannten Räuber, die uns auflauern. Nur ein Mann und ein, zwei wilde Hunde.«

Vorgetragen mit einer sorgfältig abgewogenen Mischung aus Hohn und väterlicher Belustigung ließ die kleine Rede die Versammlung nervös aufhorchen.

»Was ist mit Rannick?« wagte sich jemand zu fragen, allerdings nicht sehr laut.

»Ein Dörfler«, antwortete Nilsson und zuckte abschätzig mit den Schultern. »Das ist alles.« Er legte eine kurze Pause ein, bevor er fortfuhr: »Doch nach dem zu urteilen, was ich so gehört habe, könnte mehr in ihm stecken, als man auf Anhieb vermuten mag. Alles in allem betrachtet, glaube ich, daß wir mehr von seiner Freundschaft und seinen Ortskenntnissen profitieren werden als von seiner Feindschaft. Sollte der Spähtrupp auf ihn stoßen, dann behandelt ihn gut. Seid höflich, und bestellt ihm meine besten Grüße. Und sagt ihm, er sei jederzeit in der Burg willkommen, um mit uns zu speisen.«

Yeorson und Storran standen auf den untersten Stufen. Nilsson nickte ihnen bedeutungsvoll zu, um die Änderung seiner früheren Befehle zu bestätigen. Dann stemmte er die Hände in die Hüften und ging an den Rand des Absatzes. Der gesamte Hof wurde von seiner Gegenwart erfüllt.

»Ich sage euch Folgendes, Männer«, erklärte er. »Es war nicht der Zufall, der uns hierhergeführt hat. Mein Bauch sagt mir, daß wir am Beginn von etwas Neuem stehen, von etwas Großem. Etwas, das das Ende unserer Reise bedeutet. Nie wieder werden wir ständig über die Schulter zurückblicken müssen.« Erneut hielt er kurz inne, damit seine Zuhörer diese ungewohnte Zuversicht verdauen konnten. »Aber als was auch immer sich dieses Etwas erweisen wird, ich will, daß wir darauf vorbereitet sind. Gelegenheiten wie diese bieten sich nicht Leuten, die nicht bereit sind, sie zu ergreifen. Wir sind zusammen, weil wir zusammen sein *wollen*, aber wir sind noch immer Soldaten, also benehmt euch auch so. Jene von euch, die auf Spähtrupp gehen: Macht das Beste daraus! Kein Stöhnen, kein Jammern. Und jene von euch, die hierbleiben: Reißt euch zusammen, und bringt diesen Ort auf Vordermann! Überprüft eure Waffen, eure Ausrüstung, eure Pferde. Überprüft alles, was überprüft werden muß, damit wir auf den neuen Anfang vorbereitet sind.«

Einige der Männer starrten ihn mit offenem Mund an, doch gleichzeitig zeigten immer mehr offene Begeisterung für Nilssons Vision, und bevor einer von ihnen das Bild mit dummen Fragen zerstören konnte, hob Nilsson die Hand.

»Keine Fragen, Männer«, erklärte er mit einem Blick, der sagte, er wisse mehr, könne im Augenblick aber nicht darüber sprechen. »Noch nicht. Unsere wichtigste Aufgabe ist es jetzt, Meirach zu finden. Dann müssen wir herausfinden, was nördlich von hier liegt, und schließlich müssen wir diese Burg wieder in Schuß bringen. Laßt uns gemeinsam auf diese drei Ziele hinarbeiten.«

Er trat vom Rand des Absatzes zurück und beendete damit die Versammlung. Ein oder zwei Lagerfeueradvokaten unter den Männern murmelten, eine Versammlung dürfe nur einberufen werden, wenn wichtige Entscheidungen anstünden, und diese müßten dann offen diskutiert und mehrheitlich beschlossen werden. Aber die Stimmung der Männer war zu gut, als daß sie auf diese Worte gehört hätten, und so blieb alles ruhig.

Nilsson lächelte in sich hinein, während sich die Versammlung auflöste. Er winkte Yeorson und Storran, und sie stiegen zu ihm auf den Absatz hinauf.

»Ich kann euch noch nicht alles sagen«, sagte er mit leiser Stimme, »aber ich will nicht, daß ihr mich mißversteht. Solltet ihr auf Rannick treffen, dann tut, was ich gesagt habe. Seid höflich, und sagt ihm, er sei hier willkommen. Habt ihr das verstanden?«

Die beiden Spurenleser nickten, wenn auch widerwillig. »Einige der Männer werden nicht sonderlich glücklich darüber sein«, bemerkte Yeorson. »Sie glauben, daß Rannick für Meirachs Verbrennungen verantwortlich ist.«

Nilsson konnte die Wut in seiner Stimme kaum verbergen. »Ich weiß, daß das ein krasser Kurswechsel ist«, sagte er, »aber er ist *notwendig*. Erklärt es den Männern auf die Art, die ihr für angebracht haltet; aber warnt sie auch, daß *ich* davon erfahren werde, wenn sie doch mit ihm verfahren, wie sie wollen, und ihn irgendwo im Unterholz verscharren, und die Folgen, die sie dann zu tragen haben werden, werden nicht angenehm sein.«

Da es nach diesen deutlichen Worten nichts mehr zu besprechen gab, gingen die beiden Männer wieder. Während sie die steinernen Stufen hinunterstiegen, trat Dessane näher an Nilsson heran, dicht gefolgt von Saddre. »Kannst du auch *uns* nicht sagen, was los ist?« fragte er. »All das Gerede von einem neuen Anfang. Und was zum Teufel ist vergangene Nacht mit dir geschehen? Als du zurückgekommen bist, hast du ausgesehen wie ...«

Ein lautes Hämmern am Burgtor unterbrach ihn.

»Was tut ihr hier?«

»Was tut *ihr* hier, wäre wohl die bessere Frage, Farnor. Du bist so bleich wie ein Bettlaken.«

»So wie du hier reingeplatzt bist, hast du mich zu Tode erschreckt«, protestierte Farnor vehement. Sein Gesicht errötete so rasch, wie es vorher erblaßt war.

»Und *du* hast *mich* zu Tode erschreckt, weil du so hochgehüpft bist, du Dussel«, konterte Marna.

»Dussel?«

Farnor biß sich auf die Zunge.

Gryss trat zwischen die beiden Kontrahenten. »Wir haben Rannick gesucht, Marna«, sagte er. »Wir haben ihn schon lange nicht mehr gesehen, und allmählich machen wir uns Sorgen. Und weshalb bist *du* hier?«

Marnas Aufsässigkeit schwand dahin. »Aus dem gleichen Grund«, antwortete sie.

»Seit wann bist du an Rannick interessiert?« spottete Farnor.

Marna fuhr ihn an: »Himmel noch mal, Farnor, sei nicht so ...« Sie suchte nach einem Wort »... dumm. Ich mag den Mann nicht sonderlich, aber normalerweise verschwindet er nie so lange, oder? Soweit wir wissen, könnte er irgendwo verletzt liegen. Bei den Göttern, um ein verlorenes Schaf hätten wir uns eher gekümmert! Ich bin hierhergekommen, weil ich dachte, ich sollte ...« Sie zuckte mit den Schultern, und ihr Zorn verrauchte. »... irgend etwas tun.«

Gryss warf Farnor einen tadelnden, doch amüsierten Blick zu, trotzdem zog Farnor ein beleidigtes Gesicht.

»Du beschämst uns, Marna«, sagte Gryss und legte ihr die Hand auf den Arm. »Aber ich glaube, ich kann dich beruhigen – zumindest teilweise. Offenbar haben die Steuereintreiber Rannick getroffen, als sie den oberen Teil des Tals erkundet haben.«

Marna riß die Augen auf. »Den oberen Teil des Tals!« rief sie. »Jenseits der Burg? Was hat er da oben getrieben?«

Gryss schüttelte den Kopf. »Ich weiß es nicht«, antwortete er. »Aber ich glaube, daß du dich nicht länger um ihn sorgen mußt. Zumindest liegt er nirgendwo verletzt, und wenn er so lange dort oben überlebt hat, dann wird er auch jetzt nicht verhungern.«

»Vermutlich hast du Recht«, erklärte Marna. »Dann hätte ich mir ja gar keine Sorgen zu machen brauchen, oder?« Sie lächelte unbeholfen. Gryss wollte sie erneut für ihre Sorge loben, als sie plötzlich das Gesicht verzog. Erst jetzt bemerkte sie den Zustand des Raumes. »Das ist ja ekelhaft«, verkündete sie. »Ich habe schon sauberere Ställe gesehen!«

»Nun, ich glaube, wir sollten es besser lassen, wie wir es gefunden haben«, erwiderte Gryss und drehte Marna in Richtung Tür. »Eigentlich sollten wir gar nicht hier sein.«

Marna ließ sich von ihm aus der Hütte und zu dem zerstörten Tor führen. Dann blieb sie unvermittelt stehen, und Gryss geriet ins Straucheln.

»Was habt ihr beiden denn überhaupt hier zu suchen?« verlangte sie plötzlich erneut zu wissen.

Da er keine klare Antwort darauf wußte, beging Gryss, ein ewiger Junggeselle, einen schwerwiegenden Fehler: Er ignorierte die Frage einer Frau in der Hoffnung, daß sie sie vergessen würde. »Wie geht es deinem Vater, Marna?« fragte er und blickte entschlossen zum Tor. »Ich habe ihn schon lange nicht mehr gesehen, und ...«

Marnas Augen verengten sich zu schmalen Schlitzen. »Was geht hier vor?« fragte sie zwischen zusammengebissenen Zähnen hindurch. »Rannick läuft wochenlang irgendwo jenseits der Burg herum, und dann trifft er auch noch auf die Steuereintreiber, und ihr zwei schleicht durch seine Hütte ...«

»Wir schleichen nicht«, protestierte Gryss. Anstelle einer Antwort hob Marna spöttisch die Augenbrauen, woraufhin ein peinliches Schweigen folgte. Dann kam ihr plötzlich ein anderer Gedanke.

»Und woher wißt ihr, daß die Steuereintreiber ihn gesehen haben?« fragte sie.

Gryss kapitulierte, und kurz berichtete er Marna von Nilssons Besuch am vorigen Abend, wobei er sich auf die einfachsten Tatsachen beschränkte. Sorgfältig achtete er darauf, nichts von dem gerissenen Pferd und Nilssons Sorge ob Rannicks ›Seltsamkeit‹ zu erwähnen.

»Was hat er in Rannicks Hütte gesucht?« fragte Marna, nachdem er geendet hatte.

Gryss hob die Schultern. »Ich habe keine Ahnung«, antwortete er. »Ich weiß nicht, was geschehen ist, als seine Männer Rannick getroffen haben, und er hat es mir nicht gesagt. Er hat mich nur gebeten, ihm zu zeigen, wo Rannick wohnt, und das habe ich getan.«

Marna ging zum Tor. »Das war nicht gerade sehr höflich«, bemerkte sie.

Gryss stimmte ihr zu. »Aber er ist ein Soldat, und bei allem, was er tut, besitzt er die Autorität des Königs.«

Marna stieß verächtlich die Luft aus. »Ich kann mir nicht vorstellen, daß unser König sich so schlecht benimmt.«

Gryss konnte nicht anders als lachen.

»Wie geht es deinem Vater?« versuchte er es erneut, während sie gemeinsam den Pfad hinuntergingen.

»Es geht ihm gut, danke«, antwortete Marna beiläufig.

Dann blieb sie stehen, und ein Schatten huschte über ihr Gesicht. »Mir gefällt das alles nicht, Gryss«, sagte sie. Ihre Stimme klang ungewöhnlich ernst und nervös. »Mir hat das Aussehen dieser Steuereintreiber nicht gefallen, als sie zum ersten Mal durch unser Dorf geritten sind, und auch nicht, was ich gesehen habe, als sie den Tribut abgeholt haben. Und jetzt wandern sie aus irgendeinem Grund im oberen Teil des Tals herum und treffen ausgerechnet auf Rannick. Das alles kommt mir irgendwie falsch vor. Niemand geht je dort hinauf, Gryss. Niemals. Und warum sollte ihr Hauptmann in Rannicks Hütte herumschnüffeln? Und warum ihr beide?«

Sie blickte Gryss in die Augen. Der alte Mann hob die Hand, um ihr den Arm um die Schultern zu legen, dann besann er sich eines Besseren.

»Die Zeiten ändern sich eben, Marna«, sagte er in sanftem Tonfall. »Die Zeiten ändern sich.« Er deutete auf die Berge. »Wir haben hier ein gutes Leben geführt, von allem abgeschieden und in Sicherheit. Aber dort draußen, jenseits der Hügel, da gibt es eine noch viel größere Welt voller seltsamer Menschen und seltsamer Dinge, von denen eine Menge gar nicht schön sind und manche richtig schlecht. Glaub mir; ich bin dort gewesen. Es hat seinen guten Grund, daß wir über Generationen hinweg unsere eigene Art zu leben entwickelt haben. Nun ist ein kleiner Teil der Welt da draußen zu uns ins Tal gekommen und hat alles in Unordnung gebracht. Wenn wir unseren Verstand beisammen halten und uns gut benehmen, dann werden diese Steuereintreiber uns vielleicht schnell wieder vergessen, und bald wird alles wieder so wie früher sein.«

Marna schüttelte den Kopf. »Du kannst einen zerbrochenen Krug nicht wieder ungebrochen machen«, sagte sie. »Was vergangen ist, ist vergangen. Es wird niemals wieder wie früher sein, und es macht keinen Sinn, sich darüber den Kopf zu zerbrechen.«

Kurz wirkte Gryss betrübt, nicht zuletzt, weil er wußte, daß sie Recht hatte. Er suchte nach Worten, um die Wucht von Marnas Erklärung abzumildern, doch ihm fiel nichts ein. Und wie auch immer, erkannte er, Marna brauchte keinen Trost. Dennoch lag ohne Zweifel Kummer in ihrer Stimme.

»Ich fühle mich so ... so verwundbar«, erklärte sie plötzlich.

Gryss versuchte es erneut. Es war nur eine Veränderung ... Gewiß benötigte der König den Tribut für irgendetwas ... Alles würde sich wieder beruhigen ... mehr oder weniger ...

Doch Marna wischte all die Antworten beiseite.

»Nein«, sagte sie. »Irgendetwas stimmt hier nicht.« Erneut sah sie Gryss in die Augen. Ihr Blick war besorgt, aber entschlossen. »Ich glaube nicht, daß diese Männer Steuereintreiber sind.«

Kapitel 18

»Halt!« rief Nilsson der Torwache zu, während er bereits die Stufen hinunterrannte, die auf den Hof führten.

Mit ein paar raschen Schritten war er beim Tor, wo er von dem Mann abgefangen wurde, der Wachdienst auf dem Bogen über dem Tor geschoben hatte. Auch die Wache war außer Atem, denn der Mann war ebenfalls schnellstens auf den Hof hinuntergerannt.

»Er kam aus dem Nichts, Hauptmann«, rechtfertigte sich der Mann, bevor ihn irgendjemand irgendetwas gefragt hatte. »Ich habe dir zugehört, war aber auf meinem Posten, ehrlich. Ich weiß nicht, woher er gekommen ist. Er war einfach ...«

»Ist schon gut«, beruhigte ihn Nilsson und schob ihn sanft beiseite. Der Mann drehte sich zu den anderen um, die um ihn herum standen. Auf seinem Gesicht lag ein verzweifelter, beinahe flehender Ausdruck. Erst als er erkannte, daß sein Hauptmann in der Tat nicht beabsichtigte, ihn zu bestrafen, beruhigte er sich wieder ein wenig. Er seufzte erleichtert auf und wischte sich den Schweiß von der Stirn; dann stieg er wieder auf seinen Posten hinauf.

Nilsson hatte inzwischen das Ausfalltor aufgerissen und war hinausgegangen.

Rannick stand dort. Sein hageres Gesicht und das ungekämmte schwarze Haar bewiesen, wie sehr er sich vernachlässigte, und seine Kleidung glich der der meisten Bauern hier im Tal: grobes, fleckiges Hemd und eine geflickte Hose. Nur sein Auftreten war deutlich anders. Er stand aufrecht und entspannt, und er strahlte eine Selbstsicherheit aus, die weit größer war als jene, die aus der Arroganz geboren wird. Seine kleinen, zusammengekniffenen Augen brannten wie Feuer.

Nilsson kniff bei Rannicks Anblick ebenfalls die Augen

zusammen, als sähe er in ein helles Licht oder auf etwas, das weit entfernt war. Einen Augenblick lang schien es ihm, als zerre ein seltsamer Wind aus einer anderen Welt an Rannick, obwohl dieser vollkommen regungslos vor ihm stand. Der Hauptmann blinzelte, und das Bild war verschwunden, doch das Gewicht von Rannicks Gegenwart war nach wie vor da. Nilsson spürte es im hellen Licht des Tages ebenso wie in der Dunkelheit der vergangenen Nacht. Er stand vor jemandem, der die Macht beherrschte.

Doch gleichzeitig erinnerte sich Nilsson daran, daß selbst sein einstiger Herr Diener und Ratgeber gebraucht hatte. Tatsächlich hatte es sogar eine regelrechte Hierarchie von Dienern gegeben, die seinen Willen in die Tat umgesetzt hatten. Und als er sich irgendwann zu sehr auf seine Macht verlassen hatte, war er von den niederen Dienern anderer Herren vernichtet worden. Jetzt wußte Nilsson auch, daß Rannick zwar mächtig war, doch nicht im entferntesten so mächtig wie sein einstiger Herr. Rannick würde sich noch weit mehr auf andere verlassen müssen, um seine Pläne in die Tat umzusetzen. Und Pläne hatte er, das war so sicher wie das Schicksal.

Erneut war Nilsson zwischen zwei Gefühlen hin und her gerissen. Zum einen wollte er sein jetziges, zielloses Leben fortsetzen: ein Flüchtling vor der Vergangenheit, dessen Überleben von der Fähigkeit abhing, die Männer in seinem Sinn zu beeinflussen. Dazu bedurfte es sowohl überlegener Klugheit als auch körperlicher Kraft und Geschicklichkeit – sowie des Talents, die Umstände für die eigenen Bedürfnisse auszunutzen. Das andere Verlangen war weit stärker ausgeprägt: Erneut wollte er die Jagd nach der Macht aufnehmen.

Vor seinem geistigen Auge sah er sich auf einer endlosen Wanderung, die nach und nach dazu führen würde, daß er seine Autorität verlieren und der Vergeltung der ›Anderen‹ anheimfallen würde, und am Ende stand ein einsamer Tod. Es war eine Vision, die er früher schon oft in ruhigeren, dunkleren Momenten gehabt hatte, und jedesmal hatte er sich entschlossen von ihr abgewandt. Die Dinge würden sich wieder ändern, das wußte er. Sie änderten sich immer. Man mußte nur die Augen offenhalten und durfte die Hand nie vom Schwert nehmen.

Und die Dinge *hatten* sich geändert! erkannte er. Jetzt! Seine Reise bis hierher hatte nur der Vorbereitung auf diesen Augenblick gedient. Seine Vision der Zukunft veränderte sich, und nun sah er den Ruhm und den Reichtum, die er immer begehrt hatte. Sie führte ihn jenseits dieses Lebens erbärmlichen Banditentums und weit jenseits des rachelüsternen Arms der Vergangenheit. Und wenn seine Gedanken Schwung aufnahmen, dann würde es ihm vielleicht gelingen, zurückzuerobern, was er verloren hatte. Die Vergangenheit auslöschen!

Nilsson spürte das Hochgefühl im ganzen Körper. Doch seine soldatischen Instinkte sorgten dafür, daß er mit beiden Beinen auf dem Boden blieb, denn im Gefolge dieser wirbelnden Gedanken kam ein kleiner, dunkler, der flüsterte: *Wie auch immer, wenn es hart auf hart kommt, kann ich den hier immer noch töten.*

»Ihr seid gekommen«, sagte er prosaisch, trat zur Seite und deutete einladend auf das offene Ausfalltor. Rannick trat hindurch.

Innen schaute er sich um. Zunächst blickte er zu den Türmen empor, dann auf die anderen Gebäude und schließlich zu den im Hof versammelten Männern, die ihn verwundert anstarrten.

Wie eine sanfte Brise, die man am Boden nicht spürt, doch im Rauschen der Blätter hört, ging ein Flüstern durch den Hof, und mit ihm setzte eine leichte Unruhe ein.

»Er ist es!«

Ein oder zwei rückten gegen Rannick vor, hin und her

gerissen zwischen Nilssons Befehl und den nach Vergeltung schreienden Gerüchten, die der Spähtrupp mit zurückgebracht hatte und die sofortiges Handeln verlangten.

Der Ausdruck auf Nilssons Gesicht ließ sie stehenbleiben.

Rannick ignorierte die Drohung. »Du hast gut gesprochen«, lobte er Nilsson. »Es ist in der Tat besser, mich als Freund zu haben denn als Feind. Und meine ... Ortskenntnis, wie du es nennst, ist in der Tat bemerkenswert.«

Nilsson konnte seine Überraschung nicht verbergen. Er blickte an den mächtigen Mauern empor, die ihn umgaben. »Wie habt Ihr hören können, was ich gesagt habe?« fragte er unverblümt und ohne vorher darüber nachgedacht zu haben.

Rannick antwortete nicht. Erneut ließ er seinen Blick über den Hof schweifen und über die Männer, die noch immer von Nilssons Willen zurückgehalten wurden. Dann sprach er, als hätte es nie eine Unterbrechung gegeben. »Und während dies zwar ein guter Anfang ist, so ist es doch nur ein erster Schritt, und es wäre eine Schande, sinnlos das Leben einiger deiner Männer fortzuwerfen.«

Nilsson spürte die Drohung in diesen Worten. Er mußte sich rasch Geltung verschaffen, wenn er die Position haben wollte, die er in dieser Partnerschaft einzunehmen gedachte.

»Sie hören mir zu und gehorchen mir, weil ich sie gut berate«, sagte er, »aber ihre Treue gilt nicht nur mir. Es gibt auch so etwas wie eine Schlachtfeldtreue: die Verpflichtung, die Toten und Verletzten einzusammeln und jeden zu retten, der in Gefangenschaft gerät.«

Rannick lächelte ob der buntgemischten Menge, die ihn beobachtete. »Und sie ... du ... willst wissen, welches Schicksal euren Kameraden ereilt hat, Meirach«, sagte er.

»Wenn es ... ein ehrenhaftes Schicksal ist«, erwiderte Nilsson nach kurzem Zögern und fügte mit leiser Stimme hinzu: »Falls nicht, dann wäre eine Lüge angebracht.«

Rannick nickte leicht und hob die Hand, um Schweigen zu gebieten. Die Stille, die sich über den Hof legte, war beinahe greifbar, bis ...

»Da kommt jemand!«

Das war der Wachmann, der so eifrig bemüht gewesen war, sich für seinen Fehler zu rechtfertigen, Rannick übersehen zu haben.

»Das da oben ist ein guter Mann«, sagte Nilsson zu Rannick. »Warum hat er Euch nicht gesehen?«

»Ortskenntnis, Hauptmann«, antwortete Rannick und lächelte finster. »Ortskenntnis.« Er lachte leise. Dann nickte er in Richtung Tor. »Laßt unseren Besucher herein«, sagte er.

Nilsson winkte der Torwache, erneut das Ausfalltor zu öffnen, und alle Augen richteten sich darauf. Dann erschien kurz der Umriß einer Gestalt im Tor, die sofort ins helle Licht des Hofes trat.

Es war Meirach. Und auf seinem Gesicht und seinen Händen war nichts von Verbrennungen zu sehen. Er grinste breit und spreizte die Arme, als kehre er von einem großen Sieg zurück.

Die Stille hatte ein Ende, als die Männer überrascht von Nilsson zu Rannick blickten und anschließend jubelnd auf den Neuankömmling zueilten.

Yeorson rannte mit den anderen, doch blieb er kurz stehen, als er an Rannick und Nilsson vorüberkam. »Was ist mit seinem Gesicht und seinen Händen passiert?« fragte er. »Was ist mit den Verbrennungen?«

Nilsson zuckte mit den Schultern und blickte zu Rannick. »Vielleicht später«, sagte er. Yeorson nickte zögernd und schloß sich wieder der Menge an, die sich um Meirach drängte.

»Ich bin froh, ihn zu sehen«, erklärte Nilsson.

Rannick preßte nachdenklich die Lippen aufeinander. »Es war knapp, Hauptmann. Um Haaresbreite hätte ich mich entschieden, ihn nicht leben zu lassen.«

Ermutigt durch diese offene Antwort, wagte Nilsson zu fragen: »Das Pferd, Herr ...?« begann er.

Rannicks Vertrautheit verlosch wie eine Kerzenflamme im Winterwind. »Das ist tabu«, erklärte er. Der Klang seiner Stimme ging Nilsson durch Mark und Bein.

»Wie Ihr wünscht ... Herr«, erwiderte Nilsson. Zunächst wollte er sich für seine Dreistigkeit entschuldigen, doch er entschied sich dagegen, als er bemerkte, wie Rannick auf das Wort ›Herr‹ reagierte. Im Augenblick hatte er schon genug Zugeständnisse gemacht.

Dennoch würde er nicht mehr danach fragen, auch wenn noch etwas anderes im Wald gefressen werden sollte.

Die Menschentraube, die sich um Meirach gebildet hatte, verteilte sich allmählich wieder, und bald waren auch Rannick und Nilsson Teil der Menge. Fragen und Lob hallten durch die Luft. Nilsson mußte brüllen, um den Lärm zu übertönen.

»Männer! Das hier ist ... *Herr* Rannick«, verkündete er. Er lächelte breit als Zeichen des Willkommens und bemerkte befriedigt einen Hauch von Verstörtheit auf Rannicks Gesicht. »Herr Rannick ist gekommen, um uns zu helfen und uns mit seinem Rat zur Seite zu stehen. Er ist gekommen, um uns auf den neuen Weg zu führen, von dem ich vorhin gesprochen habe. Er soll mit der Höflichkeit behandelt werden, wie sie einem Herrn zusteht, und« – sein Tonfall wurde nachdrücklich – »er wird nicht mit dummen Fragen belästigt werden. Unsere Art ist nicht die seine. Ich bin sicher, daß Meirach euch nur allzu gerne alles erzählen wird. Er war nie berühmt dafür, schweigen zu können.«

Wildes Gelächter folgte dieser Bemerkung, was Meirach zu Recht als Freundschaftsbeweis verstand. Dann fuhr Nilsson fort: »Der Herr und ich haben viel zu besprechen. Macht euch wieder an die Arbeit, nachdem ihr euch Meirachs Garn angehört habt.«

Rasch führte Nilsson Rannick in die Räume, die er für sich als Privatgemächer ausgewählt hatte, bevor die Männer über seine Worte nachdenken und ihn trotz seines Befehls mit Fragen überschütten konnten.

»Es ist recht schlicht«, erklärte Nilsson entschuldigend, nachdem er hinter sich die Tür geschlossen hatte. »Als wir hier ankamen, gab es nur wenig hier, aber im Laufe der Jahre haben wir gelernt, daß Pracht und Luxus häufig ihren Preis verlangen, während Schlichtheit das Leben tatsächlich angenehmer gestalten kann.«

»Ich weiß«, erwiderte Rannick, setzte sich auf einen Stuhl und stützte sich mit den Ellbogen auf den Tisch.

Nilsson musterte ihn vorsichtig. »Wie viel *wißt* Ihr?« fragte er.

»Alles«, antwortete Rannick.

Nilsson schüttelte den Kopf. »Nein«, widersprach er. »Nur was Meirach Euch erzählt hat, und das ist nicht viel. Er ist nur ein dummer Fußsoldat.«

»Wissen die Männer, wie hoch du sie schätzt?« fragte Rannick.

»Wir sind miteinander verbunden«, erklärte Nilsson. »Wie hoch wer wen schätzt, ist ohne Bedeutung. Sie wissen, daß ich sie nicht verraten werde. Das ist genug.« Es folgte ein kurzes Schweigen. »Was wollt Ihr?« fragte Nilsson schließlich.

»Die Frage ist, was willst *du*, Hauptmann?« entgegnete Rannick.

Kurz erwiderte Nilsson Rannicks Blick, dann schüttelte er langsam den Kopf. Er mußte jetzt alles riskieren. »Nein«, erklärte er leise. »Ihr besitzt genug Macht, um mich zu vernichten, dessen bin ich sicher, und vermutlich könnt Ihr auch noch viele andere in den Abgrund stoßen. Aber Ihr besitzt *nicht* die Macht unseres früheren Herrn.«

Rannick kniff gefährlich die Augen zusammen.

»Und selbst er brauchte die Hilfe einfacher Männer so wie ich«, fuhr Nilsson fort. »Einfacher Männer, die einfache Männer befehligen und einfache Männer bekämpfen konnten. Einfache Männer, die all die einfachen Dinge erledigen, die die Herrschaft über ein Land mit sich bringt.«

Rannicks Gesichtsausdruck blieb unverändert. »Die die Herrschaft über ein Land mit sich bringt«, echote er. »Ist es das, was du begehrst?«

»Ja«, antwortete Nilsson in scharfem Ton.

»Und welchen Platz hast du dir und deinen Männern in meinen Plänen zugedacht, Hauptmann?«

»Das zu entscheiden maße ich mir nicht an«, antwortete Nilsson vorsichtig.

»Doch treue Dienste sind treue Dienste«, erklärte Rannick. »Und darf ein treuer Diener nicht vernünftigerweise von seinem Herrn ebensolche Treue zu erwarten? Treue, Unterstützung und Belohnung?«

Nilsson nickte.

Rannick stand auf und trat ans Fenster. Lange Zeit starrte er auf den noch immer belebten Hof hinunter. Nilsson beobachtete ihn aufmerksam, doch keiner von beiden sprach oder bewegte sich.

Schließlich drehte Rannick sich wieder um, blieb aber am Fenster, so daß er lediglich als Schatten zu erkennen war. »Die Burg gehört nun mir«, erklärte er. »Du wirst sie befehligen wie bisher, dich aber meiner Autorität unterwerfen.«

Nilsson, der sich des Lichts bewußt war, das durch das Fenster auf ihn fiel, zwang sich, ruhig zu bleiben. Er wußte, daß jede Art von Wutausbruch ihm nur Schmerzen einbringen würde, wenn nicht Schlimmeres.

'Genau wie in alten Zeiten', flüsterte eine ironische

Stimme in seinem Geist. »Was sind Eure Pläne?« fragte er.

»Du erkennst meine Autorität an?« fragte Rannick mit einem Hauch von Überraschung in der Stimme.

»Was sind Eure Pläne?« wiederholte Nilsson in verbindlichem Tonfall.

Es folgte ein weiteres langes Schweigen. Nilssons Erwartungen stiegen. Anders als im Fall seines einstigen Herrn, konnte er *diesen hier* für seine Zwecke nutzen.

Rannick drehte sich wieder zum Fenster um. »Diese Reiter«, sagte er und deutete auf den Hof. »Wohin reiten sie?«

Nilsson trat neben ihn ans Fenster. *Schätzt wohl die Lage ab,* dachte er. *Genau wie ich.* »Das sind Yeorson und Storran. Sie wollten Meirach suchen gehen. Jetzt werden sie versuchen, herauszufinden, was nördlich von hier liegt.«

Rannick runzelte die Stirn. »Der Große Wald liegt nördlich von hier«, sagte er. »Dort gibt es nichts für euch. Eure Zukunft liegt hier im Tal und jenseits davon. Verbiete ihnen loszureiten.«

»Nein«, weigerte sich Nilsson entschieden. Rannick wirbelte zu ihm herum. Seine Augen funkelten. Nilsson wußte, daß er diesem Blick nicht würde standhalten können, und so konzentrierte er sich stattdessen auf die Männer im Hof. »Das Tal hinunter liegt unsere Vergangenheit, und sie verfolgt uns«, erklärte er. »Uns bleibt nur der Weg nach Norden, weg von hier. Wenn ich den Männern verbiete loszureiten, werden sie wissen wollen warum, und wenn ich dann keine Antwort parat habe, wird das meine Autorität nachhaltig untergraben.«

Einen Augenblick lang schien Rannick über etwas nachzudenken, dann, ohne ein Wort zu sagen, drehte er sich um und verließ den Raum. Besorgt und neugierig folgte ihm Nilsson.

Während er die langen dunklen Gänge der Burg durchquerte und die steinernen Treppen hinunterstieg, wischte sich Nilsson über die Stirn und rieb anschliessend die Hand am Wams ab. Bis jetzt hatte er nicht bemerkt, wie sehr er geschwitzt hatte. *Das ist wirklich ganz wie in alten Zeiten*, dachte er erneut. Kurz regte sich Übelkeit in seinem Magen, als wolle sein Körper ihn wegen solch leichtfertiger Gedanken zur Vorsicht mahnen.

Als sie den Hof erreichten, hatte er sich jedoch bereits wieder gefaßt, und er schlug ein gleichmäßiges Tempo an, so daß er sowohl ein Stück hinter als auch neben Rannick blieb: ein Verhalten, daß man entweder als Zeichen der Unterstützung für Rannick deuten konnte – oder als Maßnahme, um ihn keinen Moment aus den Augen zu lassen. Rannick ging zu Yeorson und Storran, die sich inzwischen an die Spitze des Spähtrupps gesetzt hatten und bereit waren aufzubrechen. Unmittelbar vor ihnen blieb er stehen und legte ihren beiden Pferden die Hand auf die Nüstern. Die Augen der Tiere quollen vor Angst aus den Höhlen, doch außer einem leichten Zittern rührten sie sich nicht.

»Ihr dürft nicht nach Norden gehen«, sagte Rannick in unerwartet besorgtem Tonfall.

Verblüfft blickten die beiden Männer zu Nilsson.

»Hört ihm zu«, sagte dieser.

»Dort erwartet euch nichts als schreckliche Gefahr, und dahinter liegt der Große Wald«, erklärte Rannick.

»Hauptmann?« fragte Yeorson flehend.

»Herr, Ihr müßt es ihnen sagen«, wandte sich Nilsson an Rannick. »Es ist unsere Art, alle wichtigen Entscheidungen zu besprechen und darüber abzustimmen. Rang und Person sind bei solchen Fragen vollkommen ohne Bedeutung«, fügte er bedeutungsvoll hinzu. »Wenn Ihr Euch darauf einlaßt, dann werdet Ihr als einer der ihren behandelt werden. Mein Wort hat dabei nicht mehr Gewicht als das jedes anderen auch, da ich diese Versammlung nicht einberufen habe.«

Er blickte zu dem Absatz auf der Treppe, von wo er selbst noch vor wenigen Minuten gesprochen hatte. Rannick nickte. »Ich verstehe«, sagte er.

Während sie zur Treppe gingen, sagte Nilsson leise: »Das *ist* unsere Art, und selbst ich besitze auf einer Versammlung nur die Autorität, die ich mir dank meines Geschicks erkämpfen kann. Ihr müßt jede Entscheidung akzeptieren, die getroffen wird – es sei denn, Ihr seid bereit, jeden hier gewaltsam unter Eure Kontrolle zu bringen.«

»*Muß*, Hauptmann?« fragte Rannick drohend.

»Muß«, bestätigte Nilsson, »oder es wird ein Blutbad geben, und ich bezweifele, daß das jemandem nützen würde.«

Rannick antwortete nicht darauf, sondern stieg die Stufen zu dem Absatz empor. Dort angekommen drehte er den Kopf von einer Seite zur anderen, als nähme er eine Witterung auf. Nilsson empfand die Bewegung als ungewöhnlich nervenzermürbend.

»Versammlung.«

Leise und durchdringend zugleich hallte das Wort über den Hof. Kleine Staubwirbel stiegen vom Pflaster auf, und die Pferde traten nervös von einem Huf auf den anderen.

Die Reaktion der Männer auf diesen Ruf war allerdings das genaue Gegenteil zu dem, wie sie auf Nilssons Ruf reagiert hatten. Sie wandten sich hierhin und dorthin, blickten einander an und näherten sich vorsichtig der einsamen Gestalt auf der Treppe.

»Es ist nicht an Euch, eine Versammlung einzuberufen ... Herr«, sagte jemand. »Ihr seid keiner von uns.«

Rannick suchte nicht nach dem Sprecher, sondern sprach zu allen. »Und seit ich angekommen bin, seid ihr nicht mehr die, die ihr wart«, entgegnete er. »Doch abgesehen davon: Gibt mir die Rettung eures Freundes Meirach nicht das Recht, zumindest angehört zu werden?«

Ein Raunen ging durch die Menge. Die meisten schienen diesen Anspruch anzuerkennen.

»Männer«, begann Rannick. »Ich habe euch zu einem bestimmten Zweck in dieses Tal gezogen, einem Zweck, der sowohl in meinem als auch in eurem Interesse liegt. Wir brauchen einander.«

»Wir brauchen niemanden!« rief jemand; viele stimmten ihm zu. »Wir können es mit jedem aufnehmen, der sich gegen uns stellt.«

»Lebt ihr deshalb wie Hunde und blickt ständig über die Schulter zurück?« entgegnete Rannick.

Wütende Rufe waren die Antwort darauf. Rannick brachte sie mit einer verächtlichen Geste wieder zum Schweigen. »Wir kommen nie zusammen, solange ihr eure Lage nicht erkennt.«

Nilsson, der ein paar Stufen oberhalb stand, beobachtete ihn aufmerksam. Sollte sich diese Ansprache zu einer Schmährede gegen seine Führerschaft entwickeln, würde er Rannick auf der Stelle töten müssen, Ehrgeiz hin oder her. *Doch andererseits*, sinnierte er, *wenn ich mir so die Männer ansehe, nehmen sie mir wahrscheinlich die Arbeit ab.*

»Schweigt!« Wieder hallte Rannicks Stimme leise, doch kraftvoll über den Hof, nur diesmal war sie voller Zorn, eine unverhohlene Drohung. Sofort zeigte sie Wirkung. »Wollt ihr wirklich weitermachen wie bisher?« fragte Rannick. »Wo wärt ihr jetzt, hätte ich euch nicht in dieses Tal gebracht, in diese Burg und zu dem Dorf, dessen Bewohner euch freiwillig, wenn auch unwissentlich versorgen?«

Niemand antwortete darauf.

»Ihr würdet Gott weiß wo herumwandern«, fuhr Rannick fort. »Mit jedem Schritt würde eure Kraft geringer und eure Verzweiflung größer werden. Ihr würdet nicht weiter in die Zukunft denken als bis zur nächsten Mahlzeit, während eure Vergangenheit sich wie Sturmwolken hinter eurem Rücken zusammenbraut, die mit jeder Stunde dunkler und bedrohlicher werden.«

Deine eigene Zukunft wird nicht mehr so lange dauern, wie du glaubst, wenn du so weitermachst, dachte Nilsson, ließ sich nach außen jedoch nichts davon anmerken.

»Wir haben Schlimmeres durchgemacht und überlebt«, rief ein Mann. »Hättest du uns besser geführt? Nur weil du dich um Meirach gekümmert hast, darfst du dir noch lange nicht alles herausnehmen. Wenn du uns belehren willst, dann mußt du uns schon was Besseres bieten als spöttisches Schnaufen und poetische Reden.«

Nilsson war dankbar, daß diese Erklärung in verhältnismäßig gutmütigem Tonfall abgegeben worden war. Andere hätten Rannick vielleicht gesagt, er müsse kämpfen, wenn er angehört werden wolle.

Und vielleicht würde ihm das auch noch wirklich jemand sagen.

»Ich will euch nicht belehren«, erwiderte Rannick. »Ich sage euch nur, was ihr bereits wißt. Ihr werdet gut geführt; deshalb seid ihr überhaupt so weit gekommen. Doch nun müßt ihr euch mir anschließen, und gemeinsam werden wir einen vollkommen neuen Weg beschreiten.«

»Wir werden nach Norden gehen ... Herr«, rief eine andere Stimme. »Nach Norden und weg von hier. Und wir haben unsere eigene Art, unsere Anführer zu wählen.«

»Geht nach Norden und sterbt«, sagte Rannick in scharfem Ton.

Beleidigter Widerstand regte sich in der Menge. »Was auch immer dort für ein Land liegen mag, wir werden dorthin gelangen und zurechtkommen«, lautete die einhellige Meinung.

Rannick schüttelte den Kopf. »Dort oben ist der Große Wald. Keine Menschen. Nichts. Nur Tiere und Bäume. Es gibt dort nichts, wovon ihr leben könntet, es sei denn ihr baut es an oder jagt es. Und das ist doch auch nicht eure Art, oder? Aber …« Er richtete den Finger auf die Menge, bevor jemand Einwände erheben konnte. »Ihr werdet nicht weit kommen.«

Der Widerstand wurde stärker. Erste Anzeichen von Zorn waren zu erkennen.

Rannick deutete nach Norden. »Ich bin in jener Nacht in euer Lager gekommen, um euch zu warnen, aber wie ich feststellen mußte, wart ihr nicht in der Stimmung zuzuhören, also mußte ich den Dingen ihren Lauf lassen. Doch jenseits der Stelle, wo ihr euer Lager aufgeschlagen habt, ist das Tal ein böser Ort. Nichts, was nicht schon dort lebt, geht dorthin und überlebt. Ihr habt gesehen, was mit dem Pferd geschehen ist.«

Unsicheres Schweigen senkte sich über die Menge. »Nur ein paar Tiere. Hunde vermutlich«, erklärte schließlich jemand. »Wir haben schon *echten* Gefahren gegenübergestanden.«

Rannick schüttelte den Kopf. »Ihr habt Menschen gegenübergestanden, Wesen wie ihr selbst. Doch da oben …« Er ließ den Satz unvollendet, und wieder schwieg die Menge.

Nilsson beobachtete das Ganze aufmerksam. Seine Männer waren in einer seltsamen Stimmung. Die frühe Rückkehr des Spähtrupps, sein Bericht über das abgeschlachtete Pferd und Meirachs Verschwinden, gefolgt von der Ankunft dieser seltsamen Gestalt, die offenbar den Schutz ihres Anführers genoß und die Meirach zurückgebracht hatte, geheilt von seinen Wunden – all das hatte sich verschworen, sie zu verwirren und zu beunruhigen. *Ironischerweise,* sinnierte Nilsson, *sind sie deshalb zugänglicher.*

Aber nicht so *zugänglich!*

»Wir müssen uns das nicht anhören«, rief eine abschätzige Stimme. »Wenn du uns führen willst, dann sag es, und versuch dein Glück. Wir wollen keine Märchen hören. Du hast selbst gesagt, daß du uns brauchst, Rannick. Nun, soweit ich sehen kann, brauchen wir dich aber nicht. Du bist noch nicht einmal ein guter Geschichtenerzähler. Wir haben dich reden lassen, weil du Meirach geholfen hast, aber wenn du nichts Vernünftiges zu sagen hast, dann schweig, und laß uns wieder unserer Arbeit nachgehen. Wir müssen selbst herausfinden, was im Norden liegt, und dann werden *wir* entscheiden, was als nächstes zu tun ist.«

Zustimmende Rufe folgten dieser Erklärung.

Rannick antwortete zunächst nicht. Mit leicht gesenktem Kopf stand er reglos auf dem Treppenabsatz.

Dann sprach er wieder. Seine Stimme klang tief und drohend, und erneut hallte sie durch den gesamten Hof, rauschte über ihn hinweg wie ein eisiger Winterwind. »Aus Respekt vor eurem Hauptmann habe ich mich bisher zurückgehalten«, sagte er. »Wisset dies: Ich komme im Gefolge dessen, der euch einst geführt hat. Ich komme mit seiner Macht, um seinen Mantel aufzunehmen und euch zurück zu dem zu führen, was euch dank seiner Schwäche entrissen wurde. Ich kämpfe ebenso wenig um die Führerschaft mit euresgleichen wie der Adler mit dem Spatzen kämpft. Wenn ihr nach Norden wollt, um herauszufinden, ob ich die Wahrheit spreche ... Geht! Ich hindere euch nicht daran. Und falls irgendeiner von euch glücklich genug sein sollte zurückzukehren, dann kann er sein Glück weiter versuchen, indem er sich vor mir in den Staub wirft und um Verzeihung für seine Torheit fleht.«

Nach diesen Worten brach ein Tumult aus. Noch immer beschränkte Nilsson sich darauf zuzusehen. Überraschenderweise waren die Männer geteilter Meinung. Tatsächlich war es sogar diese Uneinigkeit, die sie davon abhielt, Rannick auf der Stelle anzugreifen. Seine Worte hatten die unterschiedlichsten Reaktionen zur Folge: Unglaube, Wut, Verwirrung, Furcht und, am seltsamsten von allen, Vergötterung. Das Chaos war ein Spiegelbild von Nilssons eigenen Gefühlen, die er empfunden hatte, als er vorhin mit Rannick allein gewesen war. *Sie fühlen es auch,* dachte er. *Es ist die Macht.*

»Ich lasse euch die Wahl«, fuhr Rannick fort. Mühelos übertönte seine Stimme den Lärm. »Jene von euch, die die Größe erlangen wollen, die man euch verwehrt hat: Bleibt! Jene von euch, die dem alten Weg folgen wollen: Geht nach Norden, und tragt die Folgen!« Dann drehte er sich um, ging die Stufen hinauf zu Nilsson und bedeutete ihm, ihm wieder über den Hof in die Burg zu folgen.

Die Menge machte ihnen bereitwillig Platz. Überall wurde diskutiert.

Wieder in Nilssons Quartier saß Rannick schweigend am Tisch, während Nilsson die Ereignisse auf dem Hof vom Fenster aus verfolgte. Mehrere Männer stiegen hintereinander die Stufen empor, um ihre Meinung kundzutun: Einige zeterten vor Wut, andere versuchten ihre Kameraden zu überzeugen; manche sprachen vernünftig, andere waren tief bewegt. Nilsson hörte aufmerksam zu, wie nach und nach all die kleinen Eifersüchteleien und Streitereien seiner Männer zum Vorschein kamen. Eine Welle der Wut brach über ihn herein. *Jetzt macht ihr Wind, ihr Hunde,* dachte er. *Nun, da ihr alle ein Dach über dem Kopf habt und vollgefressen seid. Aber noch vor wenigen Wochen hieß es nur: Nilsson hier, Nilsson da, kümmere dich um uns, Hauptmann.*

Der Zorn verflog so rasch, wie er gekommen war, und ein Gefühl der Befriedigung trat an seine Stelle. Nilsson war es gelungen, Rannick dazu zu bewegen, eine Versammlung einzuberufen, deren Ausgang die Lage nur verbessern konnte. Eine laute, wilde Versammlung war von Zeit zu Zeit wichtig, und da er selbst diesmal formell nichts damit zu tun hatte, konnte er es sich leisten, die Diskussion mit ungewohnter Gelassenheit zu verfolgen.

Auch hatten die Ereignisse im Hof ihm einige interessante Einzelheiten über ihren neuen Heiland verraten. Daß Rannick behauptet hatte, sie ins Tal gelockt zu haben, hatte ihn besonders amüsiert: ein Trick, wie er dem gerissensten Pfeffersack zur Ehre gereicht hätte. Egal, wer oder was sie auch immer hierhergeführt haben mochte, es hatte nichts mit Rannick zu tun, dessen war Nilsson sicher. Selbst sein einstiger Herr hätte nicht behauptet, solche Fähigkeiten zu besitzen; tatsächlich hatte er das Schicksal sogar gefürchtet.

Dann war da noch der Schweiß gewesen, den sich Rannick unauffällig von der Stirn gewischt hatte, als er wieder vom Hof in die Schatten der Burg getreten war. *Eine recht menschliche Regung,* dachte Nilsson. Sie bestätigte seinen früheren Schluß, daß Rannick zwar ohne Zweifel die Macht gebrauchen konnte, daß er zugleich aber nur ein gieriger, ränkeschmiedender Sterblicher war – von gleichem Blut wie Nilsson.

Jetzt würde er sich mit Sicherheit an diesen Mann binden.

Aus dem Hof drang ein Brüllen zu ihnen herauf.

Kapitel 19

»Ich glaube nicht, daß diese Männer Steuereintreiber sind.« Gryss stand in Rannicks verwahrlostem Garten und spürte, wie ihm ein eisiger Schauder über den Rücken lief. Marnas Worte waren vermutlich nur das bockige Murren einer überempfindlichen jungen Frau, die die Ereignisse der letzten Tage aus der Fassung gebracht hatten, aber ihre Wirkung war die einer sanften Brise, die einem altersschwachen Baum den letzten Stoß versetzte und ihn scheinbar grundlos mit lautem Krachen umstürzen ließ.

»Weshalb sagst du das?« fragte er und bemühte sich, sich nichts von der Unruhe anmerken zu lassen, die plötzlich in ihm herrschte.

Marna verzog das Gesicht. »Ich weiß es nicht«, gestand sie. »Ihr Aussehen. Ihr Verhalten. Alles. Sie sehen verschlagen aus. Warum sollte der König ausgerechnet einen solch bunt zusammengewürfelten Haufen anheuern, um seinen Tribut einzutreiben? Und dieser ... dieser Saddre ... Er schien nicht die geringste Ahnung zu haben, was er tat, als er mit dir durch die Zehntscheuer gegangen ist. Hast du gemerkt, wie er immer wieder zu seinem Hauptmann geschaut hat? Und warum mußte alles zur Burg hinaufgebracht werden?«

Gryss hob die Hand, um der Flut der Fragen Einhalt zu gebieten. »Ich weiß es nicht«, gestand er. »Aber Soldaten sind nun mal Soldaten, Marna. Man wählt sie nicht dem Aussehen nach aus, und ich habe keine Ahnung, wo der König sie herbekommt oder wie er entscheidet, wer was zu tun hat. Die einzigen Soldaten, die ich je gesehen habe, paradierten auf Plätzen oder standen Wache an wichtigen Gebäuden, und das ist lange her. Und ich habe auch mit keinem von ihnen gesprochen; soweit ich weiß, hätten es alles Fremde sein können.«

Marna blickte ihn an. Sie war nicht überzeugt und wartete.

»Und sie können ja wohl kaum in ihren hübschen Stadtuniformen übers Land reiten, oder? Sie müssen wohl oder übel genauso einfache und grobe Kleidung tragen wie wir draußen auf den Feldern«, erklärte Gryss.

»Einfach und grob?« Marna schnaufte verächtlich. »Du und ich, wir tragen einfache, grobe Kleidung ...« Farnor blickte beleidigt an sich herunter. »*Die* sahen mir mehr wie Bettler aus als wie Soldaten. Sie hätten irgendeine Art Uniform tragen müssen. Und was ist mit Saddre? Und der Tatsache, daß wir das ganze Zeug durchs Tal schleppen mußten?«

Gryss zog ein mürrisches Gesicht. Er bekam dieses Mädchen nie in den Griff, und wenn sie erst einmal angefangen hatte, war sie der reinste Teufel.

»Saddre ist nur ein Armeeschreiber«, erwiderte er verärgert. »Das hat Nilsson uns doch gesagt.«

Marna stieß verächtlich die Luft aus.

»Und ich habe nicht die geringste Ahnung, warum sie den Tribut zur Burg gebracht haben wollten«, fuhr Gryss fort, der sich vergeblich bemühte, die Verzweiflung aus seiner Stimme zu halten. »Sie haben gesagt, so laute das Gesetz, und daß Prüfer kommen könnten ...«

»Revisoren«, korrigierte ihn Marna.

»Dann eben Revisoren«, knurrte Gryss. »Daß Revisoren kommen könnten, sie zu kontrollieren.«

Marnas Gesichtsausdruck deutete darauf hin, daß sie sich durch diese Erklärungen in ihrem Verdacht eher bestätigt fühlte, als erleichtert zu sein.

»Und wenn sie gekommen sind, den Tribut einzusammeln, warum haben sie dann keine Wagen mitgebracht, um Himmels willen?« fügte sie hinzu und setzte zum letzten Schlag an, bis ihr wieder etwas Neues einfallen würde. »Und warum haben sie nichts aus den anderen Dörfern dabeigehabt?«

Gryss seufzte leise. Er war geschlagen. Marnas Fragen hatten bewirkt, daß seine eigenen Gedanken, die er bis jetzt nur verschwommen wahrgenommen hatte, plötzlich Gestalt annahmen. Bisher war er zu sehr mit den Einzelheiten des längst vergessenen Tributrituals beschäftigt gewesen, und er hatte all seine Hoffnung darauf gerichtet, daß diese Männer so rasch wie möglich wieder verschwinden mochten; ihm war keine Zeit geblieben, das Ganze in Ruhe zu betrachten.

Vielleicht wurde er auch einfach nur alt ...

»Ich kann keine deiner Fragen beantworten, Marna«, sagte er. »Und ich weiß nicht, wer es könnte. Ich könnte den Hauptmann fragen.«

Er trat über das zerbrochene Tor hinweg und machte sich auf den Weg den Pfad hinunter. Es war dunkler geworden, und es sah immer mehr nach Regen aus. Der Himmel war grau, die Luft feucht.

Während sie den Weg hinuntergingen, hörten sie immer häufiger das Geräusch fallender Regentropfen. Marna ging voraus, gefolgt von Gryss. Farnor beobachtete die beiden, wie sie sich einen Weg zwischen den wuchernden Hecken hindurch suchten.

Ein Regentropfen traf seine Hand, deutlich, klar und kalt.

Er wünschte, seine Gedanken wären genauso klar. Es half ihm nicht gerade, daß auch Gryss, der respektierte Dorfälteste, unsicher und allzu menschlich wirkte. Und auch Marnas bissige Offenheit bot ihm nur wenig Trost. Ihre Fragen verstärkten sogar noch die Sorgen, die er sich wegen Rannick und den Steuereintreibern machte – und wegen der Kreatur, die die Schafe – und jetzt offensichtlich ein *Pferd* – getötet hatte und mit der er Kontakt gehabt hatte.

Trotz allem, was seit der Jagd geschehen war, war die Erinnerung an diese Berührung noch lebendig; faul, beharrlich ... und sie wuchs.

Farnor bemerkte, daß er die Schultern hochzog – wie Gryss. Er richtete sich auf und entspannte sie wieder, doch es fiel ihm nicht leicht.

Irgendwann mußte dieses Chaos doch ein Ende haben, oder? Ein Ende dieser Schmerzen. Das Wort kam plötzlich und überraschte ihn. Schmerzen? War jemand krank? Wer?

Wir alle, erkannte er. Sowohl die Kreatur als auch die Steuereintreiber waren Eindringlinge von außerhalb, und beide brachten sie Unruhe und Angst. Und was war Angst anderes als eine Krankheit? Sie verdarb die Gegenwart und überschattete die Zukunft. Doch was Farnor an dieser Erkenntnis wirklich störte, war ein winziger Gedanke, der wie ein schwaches Licht am Rand seines Bewußtseins schwebte – der Gedanke, daß er bei der Lösung dieses Dilemmas irgendwie helfen konnte, wenn er nur wüßte, wie. Er blieb stehen. Der Gedanke hatte etwas Sicheres, das jeden noch so allgemeinen, vagen Wunsch verdrängte, alles würde wieder gut werden. Aber er war auch schwer zu fassen, und obwohl er Farnor nicht verließ, so ließ er ihn doch nicht näher an sich heran.

Farnor blickte den sich entfernenden Gestalten von Gryss und Marna hinterher und runzelte die Stirn. Sie hatten sich verändert. Beinahe schien es, als hülle sie die Verwirrung und die Krankheit, die auch ihr Denken prägte, wie ein Nebel ein. Ein Teil von ihm griff hinaus, um ihnen den Weg freizumachen, damit sie ungehindert weitergehen konnten.

Beide blieben stehen und drehten sich um.

»Bitte?« fragte Marna.

»Hast du etwas gesagt?« fragte Gryss gleichzeitig.

Farnor fühlte sich plötzlich ein wenig benommen, doch es gelang ihm, das zu verbergen, indem er sich bückte und an seinem Schuh herumfummelte.

»Nein«, antwortete er. »Mein Schnürsenkel ist an einem Zweig hängengeblieben.«

Marna hob die Hand ans Gesicht, als wolle sie ein loses Haar wegstreichen, und Gryss schüttelte leicht den Kopf. Dann fuhr ein Windstoß durch die Hecken und wehte den dreien die Regentropfen von den Blättern entgegen. Rasch machten sie sich wieder auf den Weg.

Ihre gemeinsame Flucht vor dem Regen zeichnete sich durch eine seltsame Kameradschaft aus, und Farnor schien es, als hätten sie eine unsichtbare Grenze überschritten.

»Ich glaube, sie sind nichts weiter als Banditen«, sagte Marna so beiläufig, als verkünde sie die Tageszeit. »Ich glaube, sie sind nur durch Zufall hier gelandet, und ...«

»Sei still«, unterbrach Gryss die junge Frau und wedelte mit der Hand, als wolle er einen übermütigen Welpen beruhigen. Sie hatten das Ende des Pfads erreicht, und Gryss blickte die Straße hinunter, die ihn kreuzte. »Sag solche Dinge nicht zu laut«, mahnte er.

Doch Marna hörte ihm kaum zu. Sie hatte die Worte bereits im Geist geformt, und sie waren zu mächtig, als daß sie sie hätte zurückhalten können. Allerdings senkte sie die Stimme.

»Ich glaube, sie sind nur ... Banditen«, wiederholte sie. »Ich glaube, sie haben uns nur durch Zufall gefunden, und als sie bemerkt haben, daß wir sie für Steuereintreiber halten, haben sie beschlossen, das Beste daraus zu machen. Ich wette, sie überprüfen den Tribut nicht; sie essen ihn.«

Gryss verzog das Gesicht. Er wollte nichts davon hören. »Ich sage nicht, daß du Recht hast oder nicht«, erklärte er. »Ich kann auch nicht gerade behaupten, daß ich über das Erscheinen dieser Leute glücklich bin, aber bitte, *bitte*, sag nicht solche Sachen.«

Marna blickte ihn überrascht an. »Warum nicht?« verlangte sie zu wissen.

»Denk doch mal nach, Marna«, antwortete Gryss ein wenig müde und rüttelte an ihrem Arm. »Denk nach.

Wenn sie wirklich Steuereintreiber sind, dann verleumdest du Diener des Königs, und wer weiß schon, wie solch eine Tat geahndet wird? Und wenn sie *keine* Steuereintreiber sind, sondern Banditen, wie du sie nennst, dann verrätst du ihnen, daß wir sie durchschaut haben, und was dann? Vermutlich werden sie die Masken fallenlassen, und das könnte uns alle in Gefahr bringen.«

Erneut runzelte Marna die Stirn.

»Ich habe nicht nachgedacht«, sagte sie nach einer längeren Pause.

»Das hast du wirklich nicht«, bestätigte Gryss, doch sofort fügte er hinzu: »Nicht daß du darin allein wärst.« Er wirkte beunruhigt. »Hast du sonst noch mit jemandem über deine ... deine Gedanken gesprochen?«

Marna schüttelte den Kopf.

»Gut«, sagte Gryss sichtlich erleichtert. »Dann tu's auch nicht.« Er drehte sich zu Farnor um. »Wir müssen solche Gespräche für uns behalten. Solltet ihr hören, wie jemand etwas Ähnliches sagt, dann hört zu und merkt euch alles, aber ihr selbst müßt schweigen. Habt ihr das verstanden?«

Marna und Farnor nickten, dann sagten sie gleichzeitig: »Aber wir müssen doch etwas unternehmen.«

Die Sorge stand Gryss ins Gesicht geschrieben. »Ja, das müssen wir«, bestätigte er, »aber nicht, bevor wir mehr wissen.«

»Ich könnte über den Hügel ins nächste Dorf gehen.« Die Entschlossenheit, mit der Marna diesen Vorschlag machte, ließ darauf schließen, daß diese Idee nicht neu für sie war. Gryss riß entsetzt die Augen auf. »Du bleibst, wo du bist, junge Frau«, sagte er. »Zum einen benötigt selbst jemand, der den Weg kennt, mehrere Tage, um dorthin zu gelangen, und zum anderen ist das Letzte, was wir jetzt brauchen können, jemand wie du, der sich voller Begeisterung in einen solchen Unsinn stürzt und das ganze Dorf in Aufruhr versetzt.«

»Ich werde es niemandem sagen«, erklärte Marna ernst.

»Noch nicht einmal deinem Vater, vermute ich«, erwiderte Gryss in scharfem Ton.

Marna wurde nervös.

»Nein, darüber hast du auch nicht nachgedacht, oder?« Gryss fuhr fort: »Ihr macht gar nichts, keiner von euch. Nichts. Außer daß ihr Augen und Ohren offenhaltet und mir alles erzählt, was ihr hört oder seht.«

Der Regen wurde plötzlich heftiger und machte dem Gespräch ein Ende. Die drei liefen zu Gryss' Haus zurück.

»Hallo, alter Knabe«, sagte Marna, bückte sich und streichelte den alten Hund, der sie begrüßte. Er wedelte kurz mit dem Schwanz, drehte sich um und bellte Farnor an; dann zog er sich wieder in irgendeine warme Ecke zurück.

»Er ähnelt dir von Tag zu Tag mehr, Gryss«, sagte Marna und lächelte, als sie aufstand.

Gryss deutete schroff zum Hinterzimmer. »Rein mit euch«, befahl er.

Gryss ließ seine beiden Gäste einander gegenüber an dem langen Tisch Platz nehmen, und sich selbst setzte er an dessen Kopf. Er legte die Hände auf die ihren.

»Ich will, daß ihr mir jetzt versprecht, daß ihr Schweigen darüber bewahren werdet, was wir heute besprochen haben«, sagte er.

»Das haben wir doch schon«, protestierte Farnor.

Gryss schüttelte den Kopf. »Nein, Farnor, das hier ist kein Spiel, kein Dämmerungswachtstreich. Das hier ist ernst, und ich will euer feierliches Wort, daß ihr niemandem etwas davon erzählen werdet, was wir heute beredet haben, und daß ihr nichts ... Ungewöhnliches tun werdet, ohne es vorher mit mir abgesprochen zu haben.«

Sein Verhalten war ungewöhnlich ernst, und die beiden jungen Leute betrachteten ihn schweigend.

»Du machst mir Angst, Gryss«, sagte Marna schließlich.

»Gut«, erwiderte Gryss nicht unfreundlich. »Denn du hast mir mit deiner Torheit auch Angst gemacht. Ins nächste Dorf rennen, also wirklich!«

Marna zuckte entschuldigend mit den Schultern, doch Gryss fuhr fort, bevor sie etwas erwidern konnte.

»Und du bist mehr als fähig, das auch zu tun, also sag nichts anderes«, erklärte er. »Du würdest ziemlich schnell in der Klemme sitzen, wenn du einfach so durch die Gegend läufst.« Er schüttelte den Kopf. »Ich mag dich wirklich, Marna, das weißt du. Und ich bewundere deine Unabhängigkeit und ... dein Gespür für das Richtige; aber manchmal bist du einfach zu impulsiv, und solange wir nicht wissen, was hier vor sich geht, müssen wir denken und dürfen nichts überstürzen. Deshalb will ich vor allem dein Versprechen, daß du nichts Dummes tun wirst.«

»Was ist mit ihm?« fragte Marna und nickte zu Farnor in dem Versuch, Gryss' Aufmerksamkeit abzulenken.

»Farnor und ich ... verstehen einander«, antwortete Gryss.

Marna blickte zu Farnor und dann wieder zu Gryss. Ihre Augen verengten sich zu schmalen Schlitzen. »Was geht hier vor?« fragte sie mißtrauisch.

Gryss schloß die Augen. Als er sie wieder öffnete, bemerkte er Farnors besorgten Blick. Kurz hatte er überlegt, eine scherzhafte Bemerkung zu machen, doch Farnor stand nicht nur sein Schmerz ins Gesicht geschrieben, sondern auch sein Wissen um Marnas Charakter – sein Wissen als Gleichgestellter. Und er, Gryss, der Ältere und somit der Außenseiter, würde Farnors Urteil akzeptieren müssen.

»Wir wissen es nicht«, erklärte er ruhig und blickte ihr in die Augen. »Irgendetwas ... Seltsames ... geschieht oben in der Burg oder in den Wäldern jenseits davon, aber ...« Er lächelte unglücklich und ließ seinen Blick durch den Raum schweifen, als warte er auf eine Eingebung.

»Es hat nicht nur mit den Steuereintreibern zu tun, Marna.« Farnor kam Gryss zuvor. »Es begann schon, bevor sie gekommen sind, und es hat mit mir zu tun.«

Marna zuckte beim Klang seiner Stimme unwillkürlich zusammen, weniger aufgrund der plötzlichen Unterbrechung als vielmehr aufgrund ihrer unerwarteten Anziehungskraft. Sie zeigte erste Zeichen von Unsicherheit. Gryss rührte sich kaum, sondern beobachtete die beiden aufmerksam.

Farnor fuhr fort. Irgendeine innere Kraft zwang ihn, seine Geschichte zu erzählen. »Etwas ist geschehen ... vielleicht geschieht es immer noch ... mit mir. Etwas, das mit der ... Kreatur zu tun hat, die die Schafe reißt. Und ich glaube, es hat auch etwas mit Rannick zu tun.«

Marna warf einen raschen Blick zu Gryss, doch dieser verzog keine Mine.

»Was meinst du damit?« fragte sie.

Farnor verzog das Gesicht, dann berichtete er ihr zögernd von seinem Kontakt mit der Kreatur und von Rannicks seltsamem Verhalten.

Marna blickte erneut zu Gryss, diesmal in der Hoffnung, auf seinem ausdruckslosen Gesicht würde sich plötzlich ein spitzbübisches Lächeln zeigen, und alle würden lauthals lachen. Doch der alte Mann zeigte sich nicht im Geringsten belustigt.

»Ich habe keine Erklärung dafür«, schloß Farnor. »Und Gryss auch nicht. Ich weiß nur, daß es mir Angst einjagt.«

Er wirkte nervös. Seine Worte ließen nur ahnen, was er empfand. Sie wirkten platt und leer, beinahe absurd. Doch Marna sah den Schmerz und die Verzweiflung in seinen Augen, die eine deutlichere Sprache sprachen als tausend Worte.

Sie schwieg einen Augenblick lang; dann fragte sie: »Es ist wahr, stimmt's?«

Sie blickte zu Gryss.

Der alte Mann nickte. Im Geiste tadelte er sich dafür, daß ihm bisher entgangen war, wie reif und erwachsen diese ›Dorfkinder‹ geworden waren. Marna atmete tief durch, und als sie wieder das Wort ergriff, war ihre Stimme sanft und voller Sorge.

»Für mich ergibt das alles keinen Sinn«, sagte sie. »Und ich glaube, ihr beide habt da was mißverstanden. Aber wie auch immer: Farnor leidet darunter, und wenn ich kann, werde ich ihm helfen.«

Langsam schlang sie die Arme um die Brust, doch mehr zum Schutz, als um die Kälte zu vertreiben. »All das *und* die Steuereintreiber«, murmelte sie.

»All das *und* die Steuereintreiber«, echote Gryss. Er ergriff Marnas Hand und blickte ihr in die Augen. »Farnor hat dir mit seiner Geschichte vertraut«, sagte er. »Du darfst nicht ...«

»Ich weiß«, unterbrach sie ihn. »Ich fühle mich wie ein Maulwurf in der Falle. Ich bin selbst in sie hineingetappt, und nun gibt es kein Entkommen mehr.«

»Nein«, widersprach Gryss besorgt. »Nein. Du kannst gehen, wohin du willst. Alles, worum ich ... worum *wir* dich bitten, ist, daß du das für dich behältst. Sag niemandem etwas. Zumindest nicht, bis ...« Er zögerte.

»... bis irgendetwas anderes geschieht«, beendete Farnor den Satz.

Rannick stand auf und gesellte sich zu Nilsson am Fenster, als der Lärm vom Hof zu ihnen hinaufdrang.

»Wie haben sie sich entschieden?« fragte er.

Nilsson reckte den Hals vor. »Es sieht so aus, als würden sich etwa zwanzig zum Aufbruch bereitmachen«, antwortete er. »Was werdet Ihr mit ihnen tun?«

Er war bewußt das Risiko dieser Frage eingegangen, und er spürte Rannicks wütende Reaktion. Er wandte sich vom Fenster ab und blickte ihm in die Augen.

Rannick machte keinen Hehl daraus, daß er den unausgesprochenen Vorwurf verstanden hatte. »Der Norden des Tals ist ein böser Ort«, sagte er kalt.

Nilsson wußte, daß es gefährlich war, es mit der Anmaßung zu übertreiben, doch einige Dinge mußten einfach gesagt werden.

»Dort unten gibt es hauptsächlich Schafe«, sagte er und deutete mit einem Nicken auf den Hof hinab. »Mitläufer, keine Führer. Aber sie sind *alle* gute Kämpfer. Kämpfer mit einer langen Geschichte *gemeinsamer* Kämpfe. Es wäre ein ernstes Problem, würden wir zu viele verlieren. Es könnte der Moral ernsthaften Schaden zufügen und unsere Kampfkraft erheblich schwächen.«

Der Lärm vom Hof erfüllte den Raum.

»Der Norden des Tals ist ein böser Ort«, wiederholte Rannick mit teilnahmslosem Gesichtsausdruck. »Schafe werden immer gerissen. Wenn sie dorthin gehen, dann müssen sie auch mit den Gefahren fertig werden, die sie dort erwarten.«

Nilsson nickte. »Laßt uns hoffen, daß sie eher geschoren als geschlachtet werden«, sagte er, ohne den Blick von Rannick zu wenden. Mehr wagte er nicht zugunsten seiner Männer zu sagen. »Kommt«, forderte er Rannick auf. »Laßt uns hinuntergehen und sehen, wie die Stimmung ist.«

»Du gehst«, erwiderte Rannick. »Die Männer sind deine Angelegenheit, nicht meine. Ich habe nichts mit ihnen zu tun. Sorg du nur dafür, daß sie wissen, wer ab jetzt hier das Sagen hat. Ich dulde weder Streit noch Widerspruch, doch jene, die mir folgen, werde ich zu Macht und Reichtum führen, zu ihrem wahren Schicksal.«

»Und jene, die Euch nicht folgen?« fragte Nilsson.

»Die sollen beiseite treten oder dem Tod ins Auge sehen«, antwortete Rannick schlicht und drehte sich wieder zum Fenster um.

Auf dem Hof herrschte ein lärmender Wirrwarr, als Nilsson ihn betrat. Jene, die sich entschieden hatten, nach Norden zu ziehen, verteilten Proviant und Ausrüstung auf ihre Packtiere, während jene, die beschlossen hatten, hierzubleiben, ihre Pferde aus der Kolonne führten, beim Umladen halfen oder einfach nur dastanden und zuschauten. Hier und da wurde noch über das Für und Wider der jeweiligen Entscheidung gestritten.

»Die Versammlung ist vorbei«, sagte Nilsson, als er Zeuge einer hitzigen Debatte wurde. »Jeder Mann hat sich entschieden. Keine Vorwürfe. Was auch immer geschieht, wir stehen es gemeinsam durch.«

Regentropfen fielen auf das Pflaster und bildeten ein schmutziges Sternenfeld.

Sehr zu Nilssons Erleichterung stellte er fest, daß sowohl Yeorson als auch Storran beschlossen hatten, in der Burg zu bleiben. Vermutlich war es ihre Entscheidung gewesen, die dafür gesorgt hatte, daß der verbleibende Spähtrupp so klein war. *Trotzdem,* dachte Nilsson, *wir können es uns nicht leisten, so viele zu verlieren.*

Aber es gab nichts, was er hätte tun können; das wußte er. Seine Autorität war ihm von der Versammlung der Männer verliehen worden, deren Entscheidungen er zwar beeinflussen, die er aber nicht untergraben konnte. Sollte er so etwas versuchen, brächte er seine Position in Gefahr, sich selbst vielleicht sogar in *tödliche* Gefahr. Diese Gruppe hatte sich aus freien Stücken entschlossen, einen Weg nach Norden zu suchen, und er konnte ihnen das nicht verbieten. Er konnte nur darauf hoffen, daß das, was Rannick beabsichtigte, nicht allzu katastrophale Folgen haben würde.

An der Spitze der Kolonne fand er Haral – ein guter Mann: wild, entschlossen, direkt und mit Sicherheit keiner, den man gerne verlor. Doch gleichzeitig sah er auch stets die Dinge so, wie sie waren, und er würde keine unnötigen Risiken eingehen, ebenso wenig wie die Männer unter seinem Kommando. Er war tapfer genug, um zu wissen, wann man kämpfen und wann man laufen mußte. Das beruhigte Nilsson ein wenig.

Er wartete, bis der Tumult abgeebbt war. Dann steckte er zwei Finger in den Mund und stieß einen schrillen Pfiff aus. Nach und nach senkte sich Schweigen über den Hof, und alle Augen richteten sich auf ihn.

Der Regen wurde heftiger, und die schmutzigen Sterne flossen ineinander.

»Ihr habt geredet und eure Entscheidung getroffen«, sagte Nilsson. »Ihr könntet Recht haben, ihr könntet euch irren. Gleiches gilt für uns, die wir hierbleiben. Aber was auch immer: Wir gehören nach wie vor zusammen, also werde ich euch kleinere Trupps hinterherschicken, um euch den Rückzug offenzuhalten und, falls nötig, um euch als Nachhut zu dienen.« Er trat ein paar Schritte zurück, so daß er die gesamte Kolonne mit einem Blick erfassen konnte. Er würde nicht von seinen Vorahnungen sprechen, aber zumindest konnte er zur Vorsicht mahnen.

»Ich weiß nicht, was dort draußen ist«, fuhr er fort, »aber ich will, daß ihr keine unnötigen Risiken eingeht oder die Helden spielt. Zu jeder Zeit müßt ihr auf den Kampf vorbereitet sein. Reitet in enger Formation, und legt euch auch im Lager dicht beieinander. Und Wachen, immer zu zweit.« Einige verzogen das Gesicht ob dieser Befehle. Nilsson sonderte sie aus. »Wenn ihr euch selbst umbringt, ist das schlimm genug, aber ihr wißt, was passiert, wenn ein anderer durch eure Dummheit ums Leben kommt.« Er sprach leise, doch der Klang seiner Stimme wirkte bedrohlicher, als wenn er laut geschrien hätte.

Noch immer an die ganze Gruppe gewandt sagte er: »Haral, tu dein Bestes, um alle heil wieder zurückzubringen. Wenn einer von ihnen die Befehle mißachtet, die ich gerade gegeben habe ...« Er fuhr sich mit dem Finger über den Hals.

Haral bestätigte die Order mit einem knappen Salut, dann setzte sich die Kolonne in Bewegung. Nilsson folgte ihr bis zum Tor, und dort stand er eine Zeitlang und blickte ihr hinterher, bis sie in der hügeligen Landschaft verschwunden war, die sich in den grauen Schwaden des vom Wind gepeitschten Regens nach wenigen hundert Metern auflöste.

Er spürte jemanden hinter sich.

»Ein Pferd, Hauptmann.«

Er drehte sich um. Es schien, als berühre der Regen Rannick nicht, und wieder hatte Nilsson den Eindruck, als zerre ein Wind von einem anderen Ort an dem Mann. Eine unheimliche Bewegung herrschte um ihn herum, obwohl er in Wirklichkeit vollkommen regungslos vor ihm stand.

»Ihr habt mich erschreckt, Herr«, sagte Nilsson.

»Ein Pferd«, wiederholte Rannick.

»Natürlich, Herr«, sagte Nilsson. »Aber bei allem Respekt, sie scheinen Euch nicht tragen zu wollen.«

»Sie gehorchen mir«, erwiderte Rannick. »Das reicht.«

Nilsson winkte Dessane. »Begleite den Herrn in die Ställe, Arven. Laß ihn sich ein Pferd aussuchen.« Er drehte sich wieder zu Rannick um. »Benötigt Ihr auch ein Packpferd, Herr?«

Rannick antwortete nicht, sondern winkte Dessane vorauszugehen.

Nilsson beobachtete, wie die Männer im Hof vor Rannick zurückwichen und eine breite Gasse für ihn bildeten. *Tretet beiseite, oder blickt dem Tod ins Auge,* dachte er.

Kapitel 20

Harals Gruppe kam gut voran. Dabei half ihnen natürlich, daß mehrere der Männer den Weg bereits gegangen waren und daß sie ihn gut markiert hatten. Dennoch vergaß Haral nicht Nilssons Ratschläge. Ihm gefiel der Geruch dieses sogenannten *Herrn* Rannick nicht mit seinen Behauptungen, er besitze die gleiche Macht wie ihr einstiger Herr. Das würde Haral so lange bezweifeln, bis er es mit eigenen Augen sah; doch er bezweifelte nicht, daß der Mann verräterisch und selbstsüchtig war und nichts Gutes im Schilde führte, und ohne Zweifel hatte er sich irgendetwas für die Gruppe ausgedacht, wenn sie tiefer in den Wald vordrang.

Den Mantel unseres Herrn erben, dachte Haral verächtlich. *Da braucht es mehr als schöne Worte, wenn du mehr erben willst als ein Leichentuch, zumal wenn du es mit uns zu tun hast. Nur die geringste Gelegenheit, und ich werde dir höchstpersönlich die Kehle durchschneiden – all der Ärger, den du uns beschert hast.*

Und doch konnte er nicht leugnen, daß etwas Vertrautes an Rannicks ... Art war ... seiner Einstellung ...?

Und Nilsson war niemandes Narr. Er ließ sich nicht von jedem x-beliebigen Jahrmarktsgaukler hinters Licht führen, und er hatte dem alten Herrn nähergestanden als die meisten anderen – und Rannick auch.

Angenommen dieser Rannick konnte die Macht tatsächlich gebrauchen? Er war offenbar irgendeine Art Heiler, wenn man sich ansah, was er für Meirach getan hatte, und auch ihr einstiger Herr hatte ein Heiler sein können, wenn ihm danach zumute gewesen war. Das war ein faszinierender Gedanke, und Haral spürte, wie ein Feuer in ihm geschürt wurde, von dem er geglaubt hatte, es sei schon lange verloschen. Mit so jemandem an der Spitze konnte es einem gut ergehen. Erneut genoß

Haral das fast vergessene Gefühl, hoch erhobenen Hauptes loszureiten und auf das Volk in dem Wissen hinunterzublicken, daß jedes seiner Worte Gesetz und sein Arm Richter und Henker in einem war – keine Gnade.

Das waren gute Zeiten gewesen. Es wäre wirklich schön, wenn sie wieder zurückkehren würden. Vorausgesetzt natürlich man mischte sich nicht in innere Armeeangelegenheiten und tat, was einem gesagt wurde, dann konnte man fast alles haben, was man wollte. Damals war das Leben wirklich gut gewesen.

Mit einem verächtlichen Schnaufen vertrieb Haral den Tagtraum. Diese Zeiten waren ein für allemal vergangen. Rannick besaß nicht mehr von der Macht als er. Solche Dinge wurden nicht einfachen Leuten gegeben. Sie wurden jenen gegeben, die ohnehin schon Macht und Reichtum besaßen. So war es nun einmal. Nun lag wieder das Gleiche vor ihnen, was sie auch schon die letzten Jahre über getan hatten: wandern, stehlen, sich als Leibwächter für einen armseligen Kriegsherrn verdingen oder als Söldner für irgendeinen unbedeutenden Fürsten kämpfen; nie wußten sie, wo sie nächste Nacht ihr Lager aufschlagen oder wann sie zum nächsten Mal etwas zu essen haben würden. Und immer mußten sie über die Schulter nach jenen Ausschau halten, die sie verfolgten. Das war eine bittere Vorstellung und eine, über die Haral nicht unbedingt nachdenken wollte.

Zur Hölle mit Rannick und dem Aufruhr, den er verursacht hat!

Er schaute sich um.

Der Regen fiel unerbittlich, und das kalte Wasser, das sich nun schon eine Zeitlang im Kragen seines Lederumhangs gesammelt hatte, sickerte allmählich durch die Nähte.

Das half Haral, sich wieder auf die Gegenwart zu konzentrieren. Was auch immer in diesem Wald nicht stimmen mochte – wenn überhaupt –, es wäre dumm, allzu viel Zeit mit sinnlosen Gedanken über Zukunft und Vergangenheit zu verschwenden.

Obwohl sie gut vorangekommen waren, befanden sie sich noch ein gutes Stück von der Stelle entfernt, wo der erste Spähtrupp sein Lager aufgeschlagen hatte, und es war schon zu spät, als daß es Sinn gemacht hätte, das Tempo zu forcieren, um ihn noch zu erreichen. Also befahl Haral, auf einer kleinen Lichtung anzuhalten, und innerhalb weniger Minuten waren die Zelte aufgeschlagen und ein Feuer entfacht.

Trotz Nilssons Befehlen gab es einigen Widerstand, was die Aufstellung von Wachen betraf. Haral brach ihn mit einem verächtlichen: »Wollt ihr, daß dieser Rannick uns allen die Kehlen durchschneidet, während ihr schnarcht, und mit all der Beute wieder zurückkehrt, sich als der wiederauferstandene Herr ausgibt und als einzigen Schutz gegen den Fluch des alten Waldes?«

Nach und nach nahmen die Wachen ihre Posten ein, und Stille senkte sich über das Lager.

Haral ging die Posten noch einmal ab, bevor auch er sich in sein Zelt zurückzog.

»Ich weiß nicht, was dieser Rannick im Schilde führt«, sagte er den Wachen, »aber auf jeden Fall dient es nur ihm, nicht uns. Er spielt um einen großen Preis, und ich glaube nicht, daß er Skrupel hätte, ein paar von uns umzubringen, wenn es seinen Zwecken dient, zumal wir uns offen gegen ihn gestellt haben. Er ist nicht dumm, und das hier ist sein Land. Also bleibt außer Sicht, deckt euch den Rücken, und haltet Augen und Ohren offen.«

Jetzt!

Es war wieder frei. Ein wortloser Befehl hatte ihm seinen skrupellosen Willen verliehen. Finden, töten ..

Der Gedanke setzte alte Lüste frei.

Gut ...

Es folgte der Spur durch die feuchte, üppig riechende Dunkelheit. Eine Spur, schwach zunächst, dann grell und lebendig, geprägt von diesem alten, vertrauten Duft.

Es besaß nicht den Makel des alten, wachsamen Feindes; nur Reflexe, alt bei Wesen seiner Art, lange bevor es so geschaffen worden war, ließen es sich geräuschlos durch den Wald bewegen. Jeder Schritt wurde geprüft, bevor er getan wurde. Jedes noch so kleine Geräusch hatte Stille zur Folge – und Warten.

Es wußte, daß die niederen Kreaturen seine Nähe spürten, sich ängstlich verkrochen oder davonhuschten. Ein Teil seiner tieferen Natur folgte ihnen, doch es durfte sich nicht ablenken lassen. Heute Nacht galt es, eine besondere Beute zu reißen. Die alte Beute. Die beste Beute.

Und sie war da. Dort vorne. Vermischt mit dem Geruch von Feuer, zertrampeltem Laub und Erde.

Gut ...

Aber Vorsicht. Sie waren vielleicht keine richtigen Feinde, aber gefährlich und gerissen trotzdem. Beobachten. Lauschen. Die Luft schnüffeln.

Gab es vielleicht Netze und Spieße, die schweigend in der Dunkelheit lauerten? War da dieser Hauch, beißend in seiner Feuchtigkeit, dieser Geruch von Angst, aufmerksamem Beobachten ... Warten?

Nein. Alles war, wie man es ihm gesagt hatte. Alles war Stille und Wald außer dem schlafenden Lager, das nicht hierhergehörte. Und das Feuer ...

Und ...

Dort. Alleine. Kauernd im Schutz eines Baumes, den Kopf vornübergeneigt, eingelullt vom ständigen Plätschern der Regentropfen.

Runter. Tiefer. Leise, leise durch das feuchte Gras.

Näher.

Näher.

Tropf, tropf, tropf.

Dann das uralte Böse, das man in es hineingezüchtet hatte. Das Verlangen nach *lebender* Beute.

Und schreiender Beute.

Tropf, tropf, tropf.

Es knurrte. Leise, aber furchteinflößend.

Die Beute wachte ob des unheimlichen Grollens auf, die Augen verwirrt aufgerissen. Die Augen sahen sich um. Und dann nach vorne. Langsam sahen sie klarer. Und wurden weiter aufgerissen. Der Mund öffnete sich, ein schwarzes Loch in der vom Feuer erhellten Nacht.

Und das Schreien begann. Lauter, lauter, schneller, schneller …

Krallen wurden ausgefahren ..

Schaum vor den Fängen …

Farnor saß kerzengerade im Bett, Augen und Mund weit aufgerissen in Nachahmung des Gesichts, das gerade auf ihn zugeflogen, immer größer und größer geworden war, bis es schließlich sein gesamtes Blickfeld gefüllt hatte. Speichel sammelte sich in seinem Mund, und seine Haare sträubten sich in unheiligem Verlangen. Er spie den eingebildeten Inhalt seines Munds voller Verzweiflung und Ekel aus, dann warf er sich nach vorne, begrub sein Gesicht in den Decken und rieb seinen Mund hin und her, bis er schließlich trocken und die Lippen rauh und voller Haare waren.

Langsam richtete er sich wieder auf und ließ sich nach hinten zurück auf das Kissen fallen. Sein Atmen war mehr ein Keuchen, und seine Hand zitterte, als er nach der kleinen Lampe neben seinem Bett griff, um sie zu entzünden.

Nach zwei Fehlversuchen gelang es ihm schließlich, und die Lampe erwachte zum Leben.

Ihr willkommenes, vertrautes Licht erfüllte die Schlafkammer, und der lebendige Schrecken der letzten paar

Sekunden schmolz dahin – schmolz dahin, bis er nur noch ein einfacher Alptraum war.

Ein Alptraum. Farnors Atmung beruhigte sich wieder. Er hatte schon seit Jahren keinen Alptraum mehr gehabt.

Das war doch ein Alptraum gewesen, oder?

Aber das war nur ein fadenscheiniges Zeichen von Widerstand gegen die düstere Gewißheit, die sich in seinem Geist festgesetzt hatte.

Das war kein Alptraum gewesen, sondern die Kreatur. Er war bei ihr gewesen. Nein, er war *sie* gewesen! Er war sie gewesen, als sie durch den feuchten Wald geschlichen war, um die Beute zu finden, die zu töten sie ausgesandt worden war. Er hatte die Bewegung jedes einzelnen Muskels gespürt, diese unheimliche Kraft und das alles verschlingende Verlangen. Farnor schauderte ob der Erinnerung und schlang die Arme um die Brust.

Ihm war übel. Er wollte nach seinen Eltern rufen, wie er es als Kind getan hatte. Er wollte ihren sanften Trost, das verständnisvolle Lächeln; das würde die Erinnerung an die quälenden Visionen vertreiben, die ihn in seinem Schlaf, diesem Augenblick der Wehrlosigkeit heimgesucht hatten. Er wollte, daß sie seine Kammer, sein Bett wieder in jene Zuflucht verwandelten, die sie waren.

Aber das war unmöglich. Trotz des kindlichen Verlangens, das in ihm aufkeimte, wußte er, daß es unmöglich war. Was auch immer er jetzt sein mochte, auf jeden Fall war er kein Kind mehr. Die alten Sicherheiten waren Teil seiner Reise hierher gewesen, und nun gehörten sie der Vergangenheit an. Jetzt würde sein Schrei nicht mehr der eines Kindes sein, sondern der eines Mannes, und Sorge, *echte* Sorge, würde es seinen Eltern unmöglich machen, ihn zu beruhigen.

Und Fragen. Sie würden Fragen stellen, die er nicht beantworten konnte. Vielleicht würde er seine Eltern sogar anlügen müssen.

Aber es durfte keine Lügen mehr geben. Das wußte er

jetzt. Er mußte schweigen. Farnor blickte an die Decke mit ihren Rissen, Flecken und Schatten. Seine Atmung hatte sich wieder beruhigt, und zu seiner Überraschung stellte er fest, daß sein verwirrter Geist von einer seltsamen Entschlossenheit gestärkt worden war. Woher diese Entschlossenheit kam, das wußte er nicht, doch sie war da. Tatsächlich war sie etwas, das über die Jahre hinweg durch die Liebe und die Sicherheit entstanden war, die ihm seine Eltern gegeben hatten und die diesen Raum mit seiner rissigen Decke zu einer uneinnehmbaren Festung gemacht hatte, die allen Übeln zu widerstehen vermochte. Zumindest galt dies so lange, bis er erkennen würde, daß er seine eigene Festung sein mußte.

Farnor fühlte sich plötzlich unendlich allein. Er hatte seine Eltern und Gryss und, wenn auch unerwarteterweise, Marna, die in der Tat ein äußerst treuer Verbündeter sein würde, das wußte er. Aber dennoch war er allein. Doch noch während er über all dies nachdachte, fühlte er, wie seine Furcht verschwand. Irgendwie hatte ihn dieser letzte ... Kontakt? ... diese letzte Vision? ... allein durch seine Kraft verstehen lassen, daß er kein Zuschauer bei diesen Ereignissen war, der durch Zufall in das alles hineingeraten war, sondern ein Beteiligter – ob ihm das nun gefiel oder nicht.

Es war, als würde man zu Gryss mit Zahnschmerzen gehen, vermutete er. Darüber nachzudenken war für gewöhnlich schlimmer, als eigentlich dort zu sein – für gewöhnlich. *Vielleicht sind Zahnschmerzen doch kein so guter Vergleich.*

Er setzte sich auf und wischte unnötigerweise noch einmal über den Mund; dann trank er einen Schluck aus dem Wasserkrug, der neben der Lampe stand. Der Speichelfleck auf der Decke erregte seine Aufmerksamkeit. Er verzog das Gesicht. Das war ekelhaft. Er schauderte bei der Erinnerung an das Gefühl, ersticken zu müssen, als er so plötzlich erwacht war.

Ohne vorher darüber nachzudenken, schüttete er Wasser über die ekelerregende Masse. Es war wie ein reinigender Segen. Dann faltete Farnor die Decke um den Speichel herum und rieb die Stelle, bis nur noch ein kaum sichtbarer, feuchter Fleck übriggeblieben war, und der würde rasch trocknen. Farnor fühlte sich schon sauberer.

Er löschte die Lampe und legte sich wieder zurück. Pläne nahmen in seinem Geist Gestalt an. Morgen würde er Gryss aufsuchen und ihm berichten, was geschehen war. Er würde Gryss vorschlagen, daß sie gemeinsam unter irgendeinem Vorwand die Burg besuchen sollten – um nach den Kranken zu sehen vielleicht oder um zu fragen, ob die Männer noch Proviant benötigten –, und dort würden sie beobachten und zuhören.

Und Marna? Sollte er sie auch einweihen?

Ja, beschloß er. Marna mußte es wissen. Irgendwie war auch sie ein Teil von allem geworden.

Während er in den Schlaf sank, ließ er seinen ... Kontakt? ... mit der Kreatur noch einmal vor seinem geistigen Auge Revue passieren, damit er Gryss am Morgen alles so genau wie möglich erzählen konnte. Ein ums andere Mal wiederholte er für sich, was geschehen war, doch jedesmal wurde das Geschehen bruchstückhafter, je mehr der Schlaf die Überhand gewann.

Dann, am Ende, flüsterte eine schwache Stimme in seinem Inneren, daß er sich eines Tages dieser Kreatur würde stellen müssen. Und daß er sie töten oder selbst sterben mußte.

Das war ein furchterregender Gedanke, aber er war nur schwach und fern, und er besaß nicht die Macht, die unerbittliche Kraft des Verlangens nach Schlaf zu brechen.

Farnor schlief ein.

Ein Schrei ging durchs Lager.

»Was zum Teufel geht hier vor?« donnerte Haral, als er aus seinem Zelt kletterte, in der einen Hand eine Fackel in der anderen das Schwert. Er trat gegen eine in der Nähe liegende Gestalt. »Mach das Feuer an, und zwar schnell!« Der Mann beschwerte sich nicht über den Tritt.

Andere Gestalten taumelten aus ihren Zelten.

»Sichert den äußeren Bereich!« bellte Haral.

Eine Wache rannte zu ihm. Die Augen des Mannes waren weit aufgerissen; er zitterte am ganzen Leib, und seine Stimme klang beinahe hysterisch. »Es hat ihn gepackt. Es ist einfach aufgetaucht und hat ihn gepackt. Ich habe so etwas noch nie gesehen ...«

Haral warf jemandem die Fackel zu, packte den Wachmann am Kragen und hob ihn auf die Zehenspitzen hoch. »Beherrsch dich, Bryn. Was hat wen gepackt?« verlangte er wütend zu wissen.

»Da drüben«, keuchte der Mann. »Mirek. Es hat sich Mirek geschnappt. Hat ihn einfach fortgeschleppt. Zwischen die Bäume dahinten. Er hat geschrien.«

Harals Gesicht verdunkelte sich, und er stieß den Mann in die Richtung, in die er gedeutet hatte. Gemeinsam rannten sie über die kleine Lichtung.

»Er war hier«, erklärte Bryn. »Hat an dem Baum gelehnt. Dann ist dieses ... dieses Ding aufgetaucht.« Er hob die Hände, als wolle er sich die Ohren zuhalten. »Er hat angefangen zu schreien. Und dieses Ding hat ihn hochgehoben, als sei er ein Kinderspielzeug, und ihn weggeschleppt ... dort drüben hin.«

Inzwischen hatten sich mehrere Männer zu ihnen gesellt, einige mit Fackeln, einige mit Schwertern und Äxten. Alle redeten sie gleichzeitig.

»Schnauze!« brüllte Haral und machte sich in die Richtung auf, in die Bryn gedeutet hatte. Der Wachsoldat packte ihn am Arm. »Nein, Haral«, sagte er. »Es ist sinnlos. Er ist fertig.« Er begann zu stottern. »Er hat ... hat nicht mehr lange geschrien, nach... nachdem ihn das Ding zwischen die Bäume geschleppt hat.«

Haral blickte ihn an; sein Gesichtsausdruck war eine Mischung aus Zorn und Sorge.

»Und es war groß. Sehr groß«, fuhr Bryn fort, der Haral immer noch festhielt. »Du kannst ihm nicht hinterher. Nicht in der Nacht.«

Haral starrte in die Dunkelheit und dann wieder auf Bryn. Der Mann war verängstigt, aber er war kein Feigling, und er würde mit Sicherheit nicht tatenlos zusehen, wenn einer seiner Freunde getötet wurde. Haral ließ seinen Blick über die Gruppe schweifen, die sich um ihn versammelt hatte. »Ich habe euch doch gesagt, ihr sollt den äußeren Bereich sichern«, knurrte er.

»Gegen was?« fragte jemand.

Haral schlug dem Mann mitten ins Gesicht, so daß dieser zurücktaumelte. Die anderen eilten davon, um Harals Befehl auszuführen.

Nachdem er so einen Teil seines Zorns abreagiert hatte, beruhigten sich Harals Gedanken wieder ein wenig. »Was zum Teufel war das, Bryn?« fragte er und riß sich los. »Und was genau ist geschehen?«

Der Mann zuckte mit den Schultern. »Ich weiß es nicht«, antwortete er. »Wir haben uns so postiert, daß wir einander sehen konnten. Aber ich habe ... *es* nicht kommen gesehen. Es muß dort drüben durchs Unterholz gekrochen sein, auf dem Bauch, bis ...« Ihm versagte die Stimme.

»Bis?« hakte Haral nach.

»Bis Mirek es gesehen hat«, fuhr Bryn fort und leckte sich die Lippen. »Dann hat er geschrien und ...« Seine Arme schossen vor. »Es schien ewig aus der Erde zu wachsen.« Er formte die Hände zu Klauen. »Es war so schnell.« Seine Hände zuckten wieder zu den Ohren. »Und er hat geschrien. Er hat geschrien, als es ihn gepackt hat. Geschrien, als es ihn zwischen die Bäume geschleppt hat. Und dann war er still.« Er blickte Haral an und stellte ihm dessen eigene Frage. »Was in Teufels Namen war das?« Seine Stimme klang heiser.

Haral legte ihm beruhigend die Hand auf die Schulter. »Du hast es gesehen«, antwortete er düster. »Wie groß war es? Wie hat es ausgesehen? War es ein Hund? Ein Bär? Oder vielleicht ein Eber? Was?«

Bryn schüttelte den Kopf. »Wie ein großer Hund ... vielleicht«, erklärte er nach kurzem Nachdenken. Dann zögerte er wieder und runzelte die Stirn. »Aber auch wie eine Katze, so, wie es sich bewegt hat. Und es war sehr stark. Es geriet noch nicht einmal ins Wanken, als es Mirek hochgehoben hat. Er schien überhaupt kein Gewicht zu haben, und er war ja nicht gerade ein kleiner Mann, das weißt du.«

»Ist das alles, was du gesehen hast?«

»Es war so schnell vorbei, Haral. Ich habe es nur ganz flüchtig gesehen. Eine Bewegung, dann Schreien, dann ...« Bryn verzog das Gesicht. »Ich habe allerdings seine Zähne gesehen. Kiefer wie eine Schnappfalle.«

Haral spähte erneut in die Dunkelheit, als denke er noch immer darüber nach, die Kreatur zu verfolgen. Bryn schüttelte den Kopf.

»Nein«, sagte er. »Glaub mir. Selbst wenn du das Biest finden solltest, für Mirek wäre es zu spät, und es würde dich töten, bevor du auch nur den Schwertarm heben könntest.«

»Was für eine Art Kreatur könnte das nur getan haben?« murmelte Haral halb zu sich selbst.

»Dieselbe Art, die auch das Pferd gerissen hat«, erwiderte Bryn. »Wenn noch jemand schlafen will, sollten wir besser Doppelwachen aufstellen, glaube ich, und zwar in dichtem Abstand, so daß jeder jeden sehen kann.«

Doch nachdem die erste Aufregung verflogen war, wollte niemand etwas anderes als Rache und Mirek finden.

Haral hatte Mühe, den rasch wachsenden Zorn der Männer zu zügeln. »Nein!« rief er. »Nicht im Dunkeln. Was auch immer dieses Ding sein mag, es ist groß, es ist stark, es jagt in der Nacht, es ist in seinem eigenen Revier, und es hat keine Angst vor Menschen. Wenn einer von euch ihm hinterher will, dann geht er allein.«

Mehrere Männer meldeten Zweifel an dieser Aussage an, doch am Ende setzte Haral seinen Willen mit Vernunft und Autorität durch.

»Sobald es Tag wird, ziehen wir los, aber keinen Augenblick früher« sagte er.

Der Rest der Nacht war von einer nervösen Atmosphäre geprägt und erfüllt von den Geräuschen der ruhelosen Schläfer und dem Murmeln der Wachen, die immer wieder die Lichtung überquerten.

Haral saß am Lagerfeuer. Seine Stimmung wurde immer düsterer, ein krasser Gegensatz zum Licht der Dämmerung. Einer der Männer hinweggerafft wie ein Spatz von einem Adler! Die Risiken in einer Schlacht waren groß genug – ein verirrter Pfeil, ein unglücklicher Schwerthieb, ein Stolpern im falschen Augenblick –, aber das hier war unerträglich. Seine Männer als Beute für ein Tier!

Irgendetwas würde dafür sterben. Diese Kreatur mochte keine Angst vor Menschen haben, aber das war jetzt. Morgen würde sie klüger sein, wenn sie es erschlugen. Und erschlagen würden sie es, wie stark oder schnell es auch war.

Kapitel 21

Am folgenden Tag kam das Licht nur widerwillig; es mußte sich seinen Weg durch eine dicke Schicht grauer Regenwolken hindurch erkämpfen. Um das Lager zu wecken, bedurfte es jedoch nur wenig, und die Männer traten mit grimmigen, entschlossenen Mienen aus ihren Zelten, als hätte sie der Geist von Haralss Nachtwache angesteckt.

Haral sandte drei Reiter zurück zur Burg, um die Zurückgebliebenen darüber zu informieren, was geschehen war und daß er eine Jagd unternehmen würde. »Bleibt zusammen«, lautete sein einziger Befehl an die Boten. Eigentlich hatte er sagen wollen: »Sagt Nilsson, er könne den Kopf der Kreatur als Trophäe erwarten«, doch ein Anflug von Aberglaube hielt ihn davon ab. Der Rest der Gruppe machte sich entlang der Spur auf den Weg, die die Kreatur hinterlassen hatte. Auf eine beträchtliche Entfernung hin war sie breit und auffällig, gekennzeichnet von zertrampeltem Gras und zerbrochenen Zweigen und Ästen und hier und da auch von Blutlachen.

Bald setzte auch der Regen wieder ein. Zunächst fiel er gerade herunter, doch schon nach kurzer Zeit wurde er hin und her gepeitscht, während der Wind immer stärker wurde. Die Männer, die ihre Pferde an den Zügeln führten, marschierten schweigend.

Die Spur führte sie eine Zeitlang ständig bergauf, doch schließlich erreichten sie noch ein gutes Stück vom Rand des Waldes entfernt wieder ebenes Gelände.

Bryn trat neben Haral. »*Wo, glaubst du, lebt dieses Ding?*« schrie er über den Lärm des Windes hinweg.

Haral zuckte mit den Schultern. »Wenn es so groß ist, wie du sagst, dann lebt es vermutlich in irgendeiner Höhle«, antwortete er in beiläufigem Tonfall. Dann runzelte er die Stirn und blieb stehen.

»Was ist los?« fragte Bryn.

»Etwas stimmt nicht«, antwortete Haral nach einem Augenblick und wischte sich den Regen aus dem Gesicht. »Diese Spur ist so breit wie eine Stadtstraße. Ein Blinder könnte ihr folgen. Es hat nicht einmal angehalten, um ...« er zögerte »... um zu fressen. Anscheinend hat es überhaupt nicht angehalten, sei es um seine Last mal kurz abzusetzen oder um Atem zu schöpfen.«

»Ich habe dir doch gesagt, es ist stark«, sagte Bryn. »Vielleicht ist es ein Weibchen, das Futter zu seinen Jungen bringen muß.«

Die Falten auf Harals Stirn vertieften sich. Das war kein guter Gedanke. Ein Weibchen mit Jungen wäre *wirklich* gefährlich. Aber wie gefährlich es auch immer sein mochte, hier waren genug Bewaffnete, um mit ihm fertigzuwerden. Er ließ Bryns Bemerkung vom Wind davonwehen.

Dann standen die Bäume dichter, und am Waldboden herrschte nur noch Dämmerlicht. Während der Wind wütend an den Wipfeln riß, war am Boden nichts davon zu spüren. Haral hatte inzwischen das Gefühl, durch ein unterirdisches Labyrinth zu laufen. Der Regen drang nur sporadisch zu ihnen hinunter, und wenn, dann in dichten Kaskaden, die jeden durchnäßten, der von ihnen getroffen wurde.

Die Veränderung machte Haral nervös.

Er blickte zu seinen Männern zurück. Sie waren das Spiegelbild seiner eigenen Gedanken; ebenso nervös wie er, starrten sie wachsam in das sie umgebende Zwielicht und schlossen instinktiv die Reihen. Haral sagte nichts, ging aber stetig weiter. Es gab nur wenig Unterholz in dieser Gegend, doch die Laubschicht war dick, und die Spur des Tiers war noch immer deutlich zu erkennen.

Der Bewuchs wurde immer dichter und die Bäume größer, was Harals Gefühl verstärkte, durch die Verliese einer großen Burg zu marschieren, die hoch über ihnen in den Himmel ragte. Das Geräusch des Windes, der durch die Wipfel fuhr, hallte zu ihnen herunter, doch um sie herum herrschte Totenstille.

Dann hörte der Wind plötzlich auf. Er ließ nicht einfach nach, so daß man es kaum bemerkt hätte. Er hörte so unvermittelt auf, als hätte ihm jemand verboten weiterzuwehen. Und mit ihm hörte auch der Regen auf. Nach und nach füllte sich die feuchte Stille mit dem Geräusch von Regentropfen, die von überladenen Ästen und Blättern auf den durchtränkten Waldboden herabfielen.

Ohne Befehl hielt die Kolonne an. Die Männer blickten nach oben, als erwarteten sie, dort einen Grund für die plötzliche Stille zu finden.

Haral tat es ihnen nach. Dann blickte er zwischen die dicht beieinander stehenden Bäume, doch im Dämmerlicht konnte er nicht weit sehen. Seine Unruhe wuchs. Vermutlich würden Männer, die etwas davon verstanden, diesen Platz als ideal für einen Hinterhalt betrachten, sinnierte er. Er versuchte, sich zu beruhigen. Für ein großes Tier war dies allerdings kein ideales Jagdgebiet: zu wenig Beute, zu wenig Deckung.

Sein Pferd wieherte, und er zuckte zusammen. Als er die Hand hob, um es zu beruhigen, erregte eine Bewegung seine Aufmerksamkeit. Er riß den Kopf herum. Doch noch während er sich umdrehte, erkannte er bereits, daß Bryns Beschreibung korrekt gewesen war. Das Tier bewegte sich so schnell, daß er es kaum erkennen konnte, ein schwarzer Schatten, der plötzlich aus der Dunkelheit auftauchte und sich auf den letzten Mann in der Kolonne stürzte.

Haral hatte kaum einen Schritt vor getan, und sein Warnruf steckte ihm noch in der Kehle, als er sah, wie der Mann mühelos in die Höhe gehoben und zwischen die Bäume geschleppt wurde. Das nervenzerfetzende Schreien des Mannes traf Haral wie ein Axthieb.

Irgendein Instinkt ließ ihn rufen: »Haltet die Pferde fest!«, während er gleichzeitig Bryn seine Zügel zuwarf und die Kolonne hinunterrannte.

Doch nur wenige hörten seinen Befehl. Panik breitete sich mit größerer Geschwindigkeit am Ende der Kolonne aus, als das Tier bei seinem Angriff gezeigt hatte. Das letzte Pferd wieherte schrill und galoppierte in die Dunkelheit davon, während die anderen Männer und Pferde sich rasch verteilten, um einem Angriff auszuweichen, der schon längst vorüber war.

Der alten Schlachtfeldregel folgend, einen Schrecken mit einem noch größeren zu vertreiben, schnappte sich Haral immer noch schreiend »Haltet die Pferde fest!« einen Speer vom nächstbesten Pferd und hieb mit dem Schaft auf die in Panik geratenen Männer ein.

»Formiert euch, ihr Hundesöhne! Wir müssen ihm hinterher«, brüllte er, während er um sich hieb. »Formiert euch!«

Trotz des Zwielichts und der dicht beieinander stehenden Bäume zeigten seine Schläge Wirkung. Einer der Männer wurde von einem Pferd umgerannt. Benommen rappelte er sich wieder auf, dann rannte er von der Kolonne weg. Haral fluchte und setzte dem Mann über das rutschige Laub hinweg hinterher.

Er hatte ihn bald eingeholt, und wütend packte Haral den Kerl im Genick, was ihn von den Beinen und zu Boden riß. Haral wartete nicht, bis der Mann sich wieder erholt hatte, sondern bereitete sich darauf vor, ihn zur Kolonne zurückzuschleppen.

Dann sah er etwas Dunkles auf sich zufliegen. Er hörte ein furchterregendes Knurren, und Bryns Worte kamen ihm wieder in den Sinn: »Kiefer wie Schnappfallen.« Haral erstarrte vor Entsetzen. Als er jedoch rotglühende Augen in dem sich rasch nähernden Schatten sah, gelang es ihm irgendwie, die Starre zu überwinden, und er warf sich platt auf den Boden über seinen Schützling.

Der Fuß der Kreatur landete zwischen seinen Schulterblättern und trieb ihm die Luft aus den Lungen, als sie über ihn hinwegrannte. Von Panik erfüllt rollte sich Haral herum und schlug wild mit den Armen um sich. Schließlich landete er wieder auf dem Bauch, und als er den Blick hob, sah er, wie der Schatten einen Mann angriff, der gerade versuchte, auf sein Pferd zu steigen. Pferd und Reiter gingen zu Boden.

Haral griff sich seinen Speer, rappelte sich wieder auf und torkelte zu seinen Männern. Er hörte das Schreien, als das zweite Opfer fortgeschleppt wurde, und er hörte die Schreie der Männer, nervös und verängstigt, und das entsetzte Wiehern der Pferde. Er sah Männer, die auf dem tückischen Untergrund ausrutschten. Speere wurden sinnlos geworfen, und einer traf sogar einen Mann in den Schenkel. Er sah, wie zwei Männer von durchgehenden Pferden über den Haufen gerannt wurden.

Er sah, wie sich Furcht in Panik verwandelte.

Er sah sie alle tot inmitten dieser großen, dunklen Bäume, wenn sie nicht sofort etwas unternahmen.

Haral dachte nicht über die Kreatur nach, die sich einen ihrer Männer geschnappt hatte und die nun zurückgekehrt war, um sich den Rest der Gruppe zu holen. Was auch immer sie sein mochte – ihre Absicht, ihr Wille und ihre furchterregende Macht erklärten sie genug. Haral wußte, daß ihm jetzt nur noch eines übrig blieb: Er mußte eine wilde Flucht verhindern und einen geordneten Rückzug organisieren.

Wenn es ihm denn gelang.

Farnor gähnte und lehnte sich mit der Stirn gegen die Flanke der Kuh. Heute Morgen war es ihm besonders schwergefallen aufzustehen, und seitdem war er ständig im Halbschlaf gewesen.

Das hatte ihm einen Tadel von seinem Vater eingebracht, und nun zeigte auch die Kuh ihre Verärgerung über seine Trägheit, indem sie einen Schritt von ihm wegtrat. Plötzlich wieder hellwach, streckte Farnor die Hand aus, um sich abzustützen, woraufhin die Kuh sich noch weiter von ihm entfernte und er beinahe von seinem Schemel gefallen wäre. Er fluchte über das Tier, während er sich bemühte, das Gleichgewicht zu halten und gleichzeitig den Melkeimer nicht umzustoßen. Die Kuh drehte sich um und blickte ihn geringschätzig an.

Farnor klopfte ihr den Hals und murmelte ein wenig überzeugendes: »'tschuldigung!« Dann fuhr er fort, sie zu melken.

Nachdem das erledigt war, wartete seine nächste Aufgabe im Werkzeugschuppen neben der Scheune auf ihn. In der letzten Zeit hatte er eine ganze Menge seiner üblichen Aufgaben vernachlässigt, weil er vorgeblich ›dies und das‹ für Gryss hatte tun müssen, und daher hatte ihm sein Vater heute Morgen eine lange Liste von auszuführenden Arbeiten vorgelegt. Farnor hatte daran gedacht zu protestieren, vorzugeben, noch weitere Dinge für Gryss erledigen zu müssen, aber in Garrens ruhigen Worten hatte eine Entschlossenheit gelegen, die alle Ausflüchte sinnlos machte. Und vermutlich wäre es auch ausgesprochen unklug gewesen, sich zu weigern, dachte Farnor.

Allerdings, so sinnierte er, war es auch nicht sonderlich dringend, daß er Gryss von dem erzählte, was vergangene Nacht geschehen war. Was auch immer geschah, es geschah eben, und aller Wahrscheinlichkeit nach würde es weiter geschehen, ob er Gryss nun davon berichtete oder nicht. Und hätte er seine Pflichten auf dem Hof weiter vernachlässigt, hätte das seine Eltern nur unnötig verärgert und sie außerdem über Gebühr belastet, was ihm ohne Zweifel ein schlechtes Gewissen beschert hätte.

Indem er sie belastete, hätte er auch sich selbst belastet, und das wiederum hätte nur die Sorgen vergrößert, die er ohnehin schon hatte. Geschickt trat Farnor mit der Hacke gegen den Riegel des Werkzeugschuppens, um hinter sich die Tür zu schließen. Er lächelte. Hier erwartete ihn eine weitere Aufgabe von der langen Liste seines Vaters, aber zumindest würde er sich bei diesen Arbeiten nicht nur bemühen, er würde sie auch richtig machen. Das galt für alle Arbeiten, die mit dem Hof zu tun hatten. Sie waren klar und deutlich definiert, und falls einmal ihr Sinn nicht unmittelbar erkennbar war, so änderte sich das sofort, wenn irgendeiner der typischen Notfälle des bäuerlichen Lebens eintrat: Diemen, die vom Wind auseinandergetrieben wurden, ein Feuer durch Blitzeinschlag oder auch nur dunkle, drohende Sturmwolken am Horizont, die die Bauern dazu veranlaßten, so rasch wie möglich das Heu einzufahren. Es gab unzählige solche Ereignisse, und so war es für die Bauern des Tals von größter Wichtigkeit, stets auf alles vorbereitet zu sein.

Farnor kam der Gedanke, daß all die kleinen, scheinbar unbedeutenden Dinge, die ihn seine Eltern über die Jahre hinweg gelehrt hatten, Teil jener großen bäuerlichen Ordnung waren, die wiederum das Ergebnis unzähliger Generationen des Lernens war, von Versuch und Irrtum. Er blickte aus dem Fenster und bemerkte beiläufig, daß es hier zwar sonnig, weiter nördlich im Tal jedoch nebelig war.

Schöne Ordnung, dachte Farnor und betrachtete das vertraute Chaos im Werkzeugschuppen. Er griff nach einer Sichel, die inmitten eines Haufens anderer Geräte auf der Werkzeugbank lag. Ihre Schneide war schartig und angerostet – ein altes Stück. Hätte er ohne all seine Gespräche mit dem Schmied lernen können, wie man das Metall auf diese Weise formte und schärfte? fragte er sich plötzlich. Oder hätte er ohne Hilfe lernen können, daß man sie auf eine bestimmte Art schwingen mußte, um nicht allzu schnell bei der Arbeit zu ermüden?

Er betrachtete die anderen Geräte, die überall verstreut lagen. Nein, er hätte noch nicht einmal herausfinden können, wozu sie dienten, geschweige denn, wie sie hergestellt worden waren, wären da nicht jene vor ihm gewesen.

Dann bist du also doch nicht so klug, wie du immer geglaubt hast, dachte er und drehte sich wieder zum Fenster um.

Im selben Augenblick, da er diese Erkenntnis hatte, überkam ihn das starke Gefühl, selbst ein Teil dieser unsichtbaren Ordnung zu sein, und dies würde ihm helfen, die Prüfungen der Gegenwart zu überstehen. Die uralte Kraft dieser Ordnung, diesen ländlichen Rhythmus mit all seiner angesammelten Weisheit, die weit über das Wissen einer einzelnen Person hinausging, konnte niemand so einfach verleugnen.

Er durfte die einfachen Aufgaben nicht vernachlässigen. Er mußte die alltäglichen Arbeiten als Faust begreifen, die er gegen das ungewollte Eindringen all der seltsamen Ereignisse in sein Leben schwingen konnte. Nicht nur um seiner Eltern willen mußte er die anfallenden Arbeiten erledigen, sondern auch, um seinen eigenen Frieden zu finden. Anstatt auf ewig zu Gryss zu laufen und sich mit dem Ungewöhnlichen zu beschäftigen, mußte er sich auf das Gewöhnliche konzentrieren.

Aber was konnte Gryss auch schon tun?

Ziemlich wenig, entschied Farnor, obwohl er sich bei diesem Gedanken schuldig fühlte. Gryss hatte alles getan, was er hatte tun können; er hatte zugehört, und er hatte sich um Farnor gekümmert. Und er dachte viel nach.

Farnors Stimmung wechselte wieder von selbstbewußter Entschlossenheit zu Unsicherheit und Furcht. Solange Gryss da war, wußte er, daß er nicht vollkommen allein dastand. Gryss war wichtig für ihn. Die über Generationen gewachsene Ordnung im Leben des Tals bot ihm

Beständigkeit, doch Gryss gewährte ihm direkte, menschliche Unterstützung. Und Farnor brauchte das eine ebenso wie das andere, wenn er mit der Dunkelheit fertig werden wollte, die jeden seiner Gedanken zu überlagern schien.

Er *würde* heute noch zu ihm gehen, aber erst nachdem er hier seine Arbeit erledigt hatte – und zwar gut und gründlich.

Farnor warf einen weiteren Blick auf den nebelverhangenen Nordteil des Tales, dann nahm er die Sichel und trug sie zur Schleifmaschine. Eine Achse, die von Wasser angetrieben wurde, das von den höhergelegenen Feldern stammte, knirschte protestierend, als Farnor durch einen Tritt auf ein Fußpedal die Maschine in Gang setzte.

Er beobachtete, wie die verschieden rauhen Steine Geschwindigkeit aufnahmen. Das hätte er auch nicht erfinden können, sinnierte er, als er die Klinge vorsichtig an einen der Steine legte.

Die unterschiedlichen Schnittwerkzeuge zu schärfen, die auf dem Hof gebraucht wurden, machte ihm Spaß. »Ein stumpfes Messer ist ein gefährliches Messer«, pflegte sein Vater stets zu sagen, und Farnor freute sich jedesmal, wenn eines der Werkzeuge, das er geschärft hatte, mühelos durch Holz, Seil oder Stoff schnitt. Er genoß das Schärfen nicht nur, er war gut darin. So gut sogar, daß sein Vater es tatsächlich zugegeben und seine Mutter ihm feierlich die Aufgabe übertragen hatte, sich um ihre Küchenmesser zu kümmern: eine Verantwortung, die respekteinflößender war als jede andere auf dem Hof.

Er runzelte die Stirn, als er die Klinge untersuchte. Was hatte sein Vater nur damit gemacht? Bäume gefällt?

Kurz fühlte er sich überlegen, und das machte ihm Mut. Er lächelte in sich hinein. Sollte sein Vater ruhig Steine damit schneiden. Er konnte tun, was er wollte; wenn er damit fertig war, würde sein Sohn alles wieder in Ordnung bringen. Die Schleifsteine rumpelten gleichmäßig, und die Klinge zischte, als Farnor sie auf den Stein drückte. Funkenschauer sprühten auf den Boden und verschwanden auf geheimnisvolle Weise im Nichts.

Und dann war er fertig. Farnor drehte die Sichel ins Licht, untersuchte fachmännisch die Klinge und befand sie schließlich für ... angemessen. Er hängte sie an den dafür vorgesehenen Haken – seine Aufgabe war nicht nur das Schärfen der Werkzeuge, sondern auch das Aufräumen des Schuppens – und griff nach einem tödlich aussehenden Buschmesser.

Farnor lächelte, als sich seine Finger um das Heft schlossen. Dann kauerte er sich nieder und zog ein grimmiges Gesicht. Wenn er sich so benahm, erinnerte er sich stets daran, wie sein Vater ihm einmal wütend ein Messer aus der Hand gerissen hatte, als er es angeregt von einer von Yonas' Geschichten zu seinem magischen Schwert erklärt hatte – zu einem magischen Schwert, das durch alles schneiden konnte, selbst durch den Amboß, auf dem es geschmiedet worden war, und das alle erschlagen würde, die dumm genug waren, sich gegen ihn zu stellen, wie groß ihre Fähigkeiten oder wie stark ihre Rüstungen auch sein mochten.

Er lachte leise. *Kinder machen einem nichts als Ärger,* erinnerte er sich an die Bemerkung seines Vaters.

Nun, da er Garrens Reaktion auf diesen kindlichen Unsinn verstand, musterte er die Klinge ernst und hielt sie wieder an den Stein.

Eine Sichel zu schärfen mit ihrer gebogenen Klinge war recht schwer, doch ein Buschmesser war Einfachheit pur, und die langen, gleichmäßigen Bewegungen, mit denen er es bearbeiten konnte, empfand er als besonders befriedigend.

Bald war er ganz in seine Arbeit vertieft, und alle Gedanken, die nichts mit dem Schärfen des Messers zu tun hatten, verschwanden aus seinem Geist. Er beobachtete die Bewegungen seiner eigenen Hände. Immer wieder prüfte er die Klinge, legte sie wieder an den Stein und prüfte sie erneut. Nach und nach verlor selbst die Zeit an Bedeutung, und die Welt schien nur noch aus diesem Raum, dieser Maschine, dieser Arbeit zu bestehen.

Aber heute war es irgendwie anders – intensiver.

Und plötzlich, ohne zu wissen, wann es begonnen hatte, hörte er jenseits des Knarrens der Steine und des Zischens der Klinge ein Geräusch – oder besser: Er *fühlte* es. Ein Geräusch wie ein weit entfernter Chor unzähliger Stimmen, doch es erschien ihm so natürlich, daß es ihn nicht überraschte. Tatsächlich wußte er sogar, daß er es früher schon einmal gehört hatte, doch wo und wann vermochte er nicht zu sagen. Es war, als höre er einer großen Familie zu, die miteinander diskutierte, und obwohl er kein Wort verstehen konnte, glaubte er Überraschung zu spüren ... oder Fragen? Und sie waren auf ihn gerichtet!

Was wollt ihr? hörte er sich in Gedanken fragen.

Die Stimmen wurden lauter, wurden leiser, und die Überraschung in ihnen trat immer deutlicher hervor. Und dann spürte Farnor ein Leugnen.

Plötzlich drang etwas Chaotisches in den Chor ein, und Farnor stand nicht mehr im Mittelpunkt der Aufmerksamkeit. Das Chaos schwoll an, rief zunächst Sorge, dann Unglauben und schließlich blankes Entsetzen hervor.

Wie in weiter Ferne spürte Farnor, wie das Buschmesser vom Stein abprallte und drohte, ihm aus der Hand gerissen zu werden.

Dann steigerte sich das Murmeln des Chors zu einem lauten Schrei und verschwand. Farnor wurde von einer primitiven Lust überwältigt. Er schmeckte frisches Blut im Mund; Schreie menschlicher Stimmen, durch Schmerz und Entsetzen unmenschlich geworden, hallten durch seinen Geist. Er roch die Furcht, die *Panik* seiner

Opfer. Männer, Pferde, Chaos. Ein weiteres Opfer ausgewählt, das blind zwischen den dunklen Bäumen hindurchrannte.

Gut ...

Es war gut, nach so langer Zeit endlich Erleichterung zu finden. Es war gut, wieder so jemanden wie ihn gefunden zu haben. Es war gut, wieder frei zu sein, um den alten Wegen folgen zu können.

In einem Traum irgendwo anders sah Farnor, wie seine Hand das Buschmesser hob, dessen Klinge hell im staubigen Licht funkelte, das durch die Fenster des Schuppens fiel.

Und deutlich nahm er die schattenhafte, stockende Gestalt wahr, die ihm über die Schulter sah und ihrem Schicksal ins Auge blickte.

Während die Klinge ihren Weg nach oben fortsetzte, spürte Farnor, wie er in den Schrecken griff, der ihn erfüllte, und sich ihm widersetzte.

Und er war verschwunden!

Nur der Werkzeugschuppen und die Schleifmaschine waren geblieben. Mit dumpfem Knall bohrte sich das Buschmesser in die Decke und schwankte hin und her.

Haral stürmte vor und brüllte: »Formiert euch! Formiert euch!«

Ein durchgehendes Pferd verfehlte ihn nur knapp, doch er versuchte auch nicht, es aufzuhalten. Seine Hauptsorge galt den Männern. Diese Kreatur konnte sich jeden von ihnen schnappen, wann immer sie wollte, sollten sie sich verteilen, und obwohl er so etwas *noch nie* bei einem Tier erlebt hatte, vermutete er, daß das Biest genau das im Schilde führte.

Indem er äußerst freigiebig mit dem Schaft seines Speers umging und mit donnernden Schmähungen, die durch den ganzen Wald hallten, gelang es Haral, eine wilde Flucht seiner Männer zu verhindern. »Formiert euch! Formiert euch! Und haltet die verdammten Pferde fest! Das Biest wird keine Gruppe angreifen!«

Es half auch, daß jene an der Spitze der Kolonne von dem wilden Angriff der Kreatur deutlich weniger verängstigt waren als jene weiter hinten, und so hatten sie sich ihren davonstürzenden Kameraden in den Weg gestellt.

»Wo ist Bryn? Wo in Teufels Namen ist Bryn?« brüllte Haral.

Der Mann neben ihm deutete in eine Richtung. Eine Gestalt rannte auf sie zu; sie trug einen Mann auf den Schultern. Die Gestalt war Bryn. Zwei Männer liefen los, um ihm zu helfen; dann sprang plötzlich ein Schatten aus der Dunkelheit hinter ihm und hielt genau auf ihn zu.

»Er schafft es nicht«, sagte jemand voller Furcht.

Haral antwortete nicht darauf, sondern rannte ebenfalls los; den Speer hielt er auf Hüfthöhe stoßbereit. »Lauf, Bryn!« rief er verzweifelt. »Lauf!«

Bryn sah ihn an, dann warf er einen raschen Blick über die Schulter zurück. Der gewaltige Schatten, der durch die Bäume auf ihn zukam, ließ ihn erstarren. Vor lauter Entsetzen konnte er noch nicht einmal mehr denken.

Schwach hörte er Harals Rufen, doch er konnte dem mächtigen Willen nicht entkommen, der ihn gefangenhielt.

Dann hielt die Kreatur plötzlich an.

Bryn war im selben Augenblick frei.

Er drehte sich um und rannte, wie er noch nie in seinem Leben gerannt war. Er spürte, wie eine Hand ihn packte und vorwärts zog, dann ergriffen ihn viele Hände und brachten ihn in Sicherheit. Seine Last wurde ihm von den Schultern genommen, und er war inmitten seiner Kameraden und schnappte nach Luft.

»Bleibt dicht beisammen! Schulter an Schulter!« hörte

er Haral atemlos schreien. Dann senkte sich eine unheimliche Stille über den Wald, die nur vom schweren Atmen der Männer durchbrochen wurde und dem verängstigten Schnaufen der Pferde. Schwerter und Speere deuteten unsicher in die Richtung, aus der Bryn gekommen war.

Schweigend und schnell stellte Haral ein paar Männer ab, um die Flanken und den Rücken der Gruppe zu sichern.

Doch nichts geschah.

»Wo ist es hin?« fragte Bryn nach einer Weile. »Es war unmittelbar hinter mir.«

Haral spähte ins Zwielicht. »Es ist verschwunden«, antwortete er. »Aus irgendeinem Grund hat es aufgegeben.«

Unzählige Fragen schwirrten ihm durch den Kopf, aber er schob sie beiseite. Rückzug war das Einzige, woran er jetzt denken durfte. »Schnappt euch die Verwundeten und ...«

»Da kommt jemand. Hört doch!«

Die ganze Gruppe drehte sich um und richtete die Waffen aus, doch bevor jemand etwas erkennen konnte, erhob sich ein mächtiger Wind, fuhr durch die Bäume und wehte Laub, Zweige und Geröll vor sich her.

Haral fluchte und hob den Arm vors Gesicht, um sich zu schützen.

»Geht rasch«, drang eine Stimme durch den Lärm des Windes. Sie klang befehlend, drängend. Haral rieb sich die Augen und starrte in den Wind, um den Sprecher zu suchen.

Es war Rannick. Wild gestikulierend deutete er nach Süden. »Geht! Rasch!« rief er erneut. »Ich werde es festhalten, solange ich kann. Geht! Bewegt euch!«

Weder Haral noch seine Männer ließen sich das zweimal sagen. Ohne Rücksicht auf ihren Zustand wurden die Verwundeten über die Sättel geworfen, und jeder stieg auf das Pferd, das ihm am nächsten stand. Einige mußten sich ein Tier teilen, weil mehr Pferde als Männer verloren gegangen waren.

Haral übernahm die Nachhut. Nachdem er sein Pferd in dem stürmischen Wind mühsam unter Kontrolle gebracht hatte, dirigierte er es zu Rannick.

Widerspenstig buckelte es, drehte sich und trat aus.

»Geht, solange ihr noch könnt!« Rannicks Stimme übertönte den lärmenden Wind mit Leichtigkeit. Haral gelang es kurzzeitig, sein Pferd zu beruhigen, und er starrte ihren offensichtlichen Retter aufmerksam an. Aufgrund des Windes stand ihm das Wasser in den Augen, und nur verschwommen konnte er die Gestalt vor sich erkennen.

»Wer bist du?« verlangte er zu wissen.

Die Gestalt bewegte sich, als wäre sie zugleich hier und woanders. Erneut rieb sich Haral die Augen.

»Du weißt, wer ich bin«, antwortete Rannick. Er deutete auf die sich zurückziehenden Überlebenden. »Willst du gehen, oder willst du sterben?«

Eine starke Windbö traf Haral. Blätter raschelten protestierend, während Zweige brachen und Äste knackten. Harals Pferd drehte sich um und galoppierte den anderen hinterher. Er versuchte erst gar nicht, es aufzuhalten.

Nachdem Haral in der Ferne verschwunden war, ließ der Wind um Rannick rasch nach. Er runzelte die Stirn. Sein Plan hatte auf bewundernswerte Art funktioniert. Den Zweiflern unter Nilssons Männern hatte er auf beeindruckende Art bewiesen, daß sie sich geirrt hatten, und nun war es ein Leichtes für ihn, die gesamte Gruppe unter seine absolute Kontrolle zu bringen. Nach dem zu urteilen, was er von Meirach erfahren hatte, und seinen eigenen Beobachtungen zufolge, waren diese Männer der ideale Kern für die Streitmacht, die er aufzustellen gedachte. Wenn er je eine Bestätigung dafür gebraucht hatte, was das Schicksal für ihn bereithielt, dann war es die Ankunft Nilssons und seiner Männer. Das und seine lange Reise in die Höhlen.

Es war Zeit, sich zu freuen, und in der Tat freute er sich sogar *sehr*.

Und doch stimmte etwas nicht. Wenn auch nur kurz, irgendetwas hatte die neue Macht, die er entdeckt hatte ... ausgesaugt? Nein, eher gewürgt, gebändigt ...

Waren seine Fähigkeiten vielleicht doch noch nicht so entwickelt, wie er geglaubt hatte? Aber in diesem Fall war nichts vonnöten gewesen, was er nicht schon seit Jahren gekonnt hätte.

Er griff hinaus und spürte die Gegenwart der Kreatur. Sie strahlte die Ruhe eines dunklen, stillen Sees aus, tief jenseits aller Vorstellungskraft und sich in unendliche Ferne windend. Und sie besaß die zeitlose Reglosigkeit eines riesigen Berges, dessen uralte Wurzeln ihn in unmeßbaren Tiefen verankerten. Aber vor allem besaß sie Verlangen – Verlangen, das keine Grenzen kannte – und einen Willen, der sich nicht bändigen ließ. Und doch beugte sie sich *seinem* Willen. Das war ein Schatz weit größer als alles, was er sich je erträumt hatte. Und er würde noch mehr bekommen – sehr viel mehr.

Die Kreatur bewegte sich, und Rannick badete sich in ihrer Zufriedenheit.

Farnors Hand zitterte, als er das Buschmesser aus der Holzdecke zog. Nicht weil er nur knapp einem Unfall entgangen war, sondern aufgrund des schrecklichen Kontakts mit der Kreatur, den er wieder einmal gespürt hatte.

Und was war der andere Kontakt unmittelbar davor gewesen? Der Chor: groß und flüsternd; beobachtend, lauschend – *überrascht*. Nicht böswillig, so viel stand fest, aber ebenso geheimnisvoll wie die Kreatur.

Farnor knirschte mit den Zähnen, so schwer fiel es

ihm, sich an seinen Vorsatz zu halten und erst seine Arbeit zu erledigen, bevor er zu Gryss rennen und ihm von dem Vorfall berichten konnte. Doch er blieb standhaft, und dabei half ihm sein gesunder Menschenverstand. Was auch immer geschehen war, es hatte ihn nicht verletzt, nur beunruhigt. Er *mußte* wieder das Gleichgewicht in seinem Leben finden. Er mußte sich daran erinnern, daß er Garren Yarrances Sohn war und der Erbe beträchtlicher Ländereien auf dieser Seite des Tals. Eine Reihe von Papieren und Dokumenten beteuerten feierlich, daß dieses Land den Yarrances gehöre, aber wie alle Dorfbewohner, so wußte auch er, daß in Wahrheit *er* dem Land gehörte. Ihm oblag nur die Verwaltung des Landes, das mehr als nur seine Familie ernährte und einkleidete. So war es schon seit Generationen gewesen, und auch in Zukunft würde es so sein. Er hatte eine Pflicht seinen Eltern und jenen gegenüber, die vor ihm gewesen waren und die nach ihm kommen würden, und in der Tat hatte er auch eine Pflicht gegenüber sich selbst, nämlich gewissenhaft die Fähigkeiten zu erlernen, die er brauchte, um seine Aufgabe als Verwalter erfüllen zu können.

Alles andere mußte in den Hintergrund treten.

Er ließ seinen Blick durch den Schuppen schweifen. Er würde beenden, weswegen er hierhergeschickt worden war, ebenso wie seine anderen Aufgaben. Das würde seinen Geist beruhigen. Er blickte auf das Buschmesser hinab und drehte es hin und her. Die Sonne spiegelte sich auf der vom Schleifen polierten Schneide, und Lichtpunkte tanzten durch den Schuppen.

Und indem er diese nervenzermürbenden Ereignisse gegen das Gewicht seines wahren Lebens stellte, würde er sich selbst für das härten und schärfen, was die Zukunft für ihn bereithielt.

Kapitel 22

Der Wind prügelte durch die Baumwipfel und warf Zweige, Blätter und manchmal sogar Äste Harals fliehendem Trupp hinterher. Die Männer kümmerte solcher Ansporn jedoch nicht, da der Schrecken der vergangenen Minuten sie ohnehin unbarmherzig vorwärts trieb.

Haral galoppierte die Kolonne ständig rauf und runter, und so gelang es ihm zu vermeiden, daß sich der Rückzug in eine heillose Flucht verwandelte, aber es fiel ihm nicht leicht. Unabhängig vom Willen ihrer Reiter verfolgten die Pferde ihre eigenen Absichten, und bald waren viele nicht nur schweißbedeckt, sondern bluteten auch aus dem Maul, da eben diese Reiter aus Furcht vor tiefhängenden Ästen ständig an den Zügeln rissen.

Nachdem sie sich jedoch ein gutes Stück vom Ort des Angriffs entfernt hatten, ließ der Wind deutlich nach, und aus der wilden Flucht wurde zunächst ein kontrollierter Galopp, dann ein leichter Trab.

Haral, der wieder die Nachhut bildete, überschlug die Verluste und die möglichen Folgen. Zwei Männer tot, plus Mirek, der in der Nacht zuvor gerissen worden war. Mindestens vier weitere waren von in Panik geratenen Pferden verletzt worden, einschließlich des Mannes, den Bryn zurückgebracht hatte; und ein Mann hatte noch immer einen Speer im Bein. All das und ein halbes Dutzend verlorener Pferde und Gott weiß wie viele kleinere Verletzungen, die Männer und Pferde während des Kampfes davongetragen hatten. Haral selbst fühlte einen stechenden Schmerz zwischen seinen Schulterblättern. Vorsichtig spannte er die Muskeln an und versuchte, den Schaden abzuschätzen, den die Kreatur verursacht hatte, als sie auf ihn getreten war. Mit Erleichterung stellte er fest, daß er vermutlich nur ein paar blaue Flecke abbekommen hatte; in der Vergangenheit hatte er genug Verletzungen gehabt, um zu wissen, wann es ernst war und wann nur unangenehm.

Haral verzog das Gesicht. Welch Desaster! Er sandte ein rasches Dankgebet gen Himmel, daß er nicht so dumm gewesen war, Nilsson die Botschaft zu senden, er könne eine Trophäe erwarten. Die Demütigung wäre zu viel gewesen, besonders angesichts der Vorwürfe, die er sich ohnehin würde anhören müssen.

Aber was hätte er anderes tun können? sinnierte er. Das verdammte Ding war ein Tier. Er hatte früher schon Tiere gejagt, das hatten sie alle. Und noch dazu wilde Tiere: Eber, Bären, sogar wilde Büffel. Und während sie alle sich umdrehen und kämpfen würden, so taten sie dies doch nur im äußersten Notfall, wenn ihnen alle Fluchtwege versperrt waren. Auf jeden Fall dachten sie nicht wie Menschen: Sie wußten nicht, daß sie stärker, schneller und besser bewaffnet waren als ihre schwächlichen Verfolger; sie wußten nicht, daß sie vom Gejagten zum Jäger werden konnten, indem sie Hinterhalte legten.

Aber dieses Tier *hatte* es gewußt. Wider besseren Wissens ertappte sich Haral dabei, wie er dachte, daß alles sei geplant gewesen, eine Art Falle mit Köder.

»Dort oben erwartet euch nur schreckliche Gefahr und der Große Wald«, hatte Rannick gesagt.

Und das hast du gewußt, weil du hinter dem Ganzen steckst, du Stück Pferdemist, dachte Haral voller Haß; allerdings schaute er sich rasch um aus Angst, irgendjemand könne irgendwie seine Gedanken belauscht haben. Jeder Zweifel, den er je daran gehabt hatte, daß Rannick der Urheber des Angriffs war, war bei dessen heldenhaftem Erscheinen und dem großzügigen Angebot zu helfen verschwunden.

Ein Mann wie er tat so etwas nicht, wenn es ihm nichts nutzte.

Ein Mann wie er, sinnierte Haral und staunte über die seltsame Wendung, die seine Gedanken genommen hatten. Nicht länger hielt er Rannick für einen armseligen Dorfschwindler, und obwohl ihm schwerfiel, sich vorzustellen, daß der Mann die gleiche Macht wie ihr einstiger Herr besaß, so hatte er doch zumindest einen Teil davon. Und er besaß den Willen, sie zu gebrauchen. Er war ohne Zweifel jemand, dem man entweder folgte oder vor dem man floh.

Natürlich bestand noch immer die Möglichkeit, ihn zu töten, doch Haral hatte in der Vergangenheit gesehen, was mit Leuten geschah, die so etwas bei einem derart mächtigen Gegner versuchten, und er verspürte nicht das geringste Verlangen, ihr Schicksal zu teilen. Die Erinnerung ließ ihn schaudern.

Dann wurde Haral wieder ganz der bodenständige, nüchterne Kämpfer und schob alle Bedenken beiseite. Sein ganzes Leben lang war er anderen Menschen gefolgt und hatte ihnen gehorcht: Nilsson, Rannick, wer, war eigentlich egal. Sollten *sie* ruhig ihren großartigen Plänen folgen; *er* kannte seinen Platz. Sein Ehrgeiz war bescheiden, und solange er bekam, was er wollte, gab er einen Dreck darum, wem er folgte. Und zu bekommen, was er wollte, war im Allgemeinen nicht sonderlich schwierig, wenn er erst einmal seine Führer einzuschätzen wußte.

Und von Rannick wußte er jetzt zumindest, daß er die Gruppe lieber in der Burg als im Norden haben wollte. Er wollte es sogar so sehr, daß er bereit war, einige Männer dafür zu töten. Mehr noch: Er beherrschte das furchterregende Tier, das sie angegriffen hatte. Dieses *Ding* wußte Haral nun ganz und gar nicht einzuschätzen, außer daß man ihm unter allen Umständen aus dem Weg gehen mußte.

Vielleicht würden Rannicks Gründe, warum er sie in der Burg haben wollte, mit der Zeit offensichtlich werden, doch im Augenblick wußte Haral genug. »Geht nach Norden, und sterbt«, hatte Rannick gesagt, was bedeutet hatte: »Geht nach Norden, und ich werde euch umbringen.« Und nachdem sich diese Drohung als ernst herausgestellt hatte, brauchte Haral nicht mehr zu wissen. Alles, was er nun tun mußte, war, einen guten Bericht abzuliefern und *Herrn* Rannick angemessen für seine rechtzeitige Hilfe zu preisen; dann würde er tun, was man von ihm erwartete und das Tal als zu gefährlich für weitere Erkundungen erklären. Danach würde er sich zurückhalten und der Dinge harren, die da kommen mochten.

Ein Geräusch von der Spitze der Kolonne riß ihn aus seinen Planungen.

Einen Augenblick lang verwandelte sich alles in ihm zu Eis. Hatte Rannick sich vielleicht doch noch entschieden, ein *richtiges* Exempel zu statuieren, und ihnen die Kreatur hinterhergesandt, um sie alle zu vernichten? Er legte die Hand auf den Schwertgriff.

Aber schon bald stellte sich das Geräusch als Hufklappern heraus. Es waren Reiter, die Nilsson ihnen hinterhergeschickt hatte, um ihnen Rückendeckung zu geben. Haral trieb sein Pferd voran, um sie zu begrüßen.

Die Reise zurück zur Burg verlief ereignislos; allerdings war es bereits dunkel, als sie dort ankamen. Sie hatten Boten vorausgeschickt, und so war der Hof mit Männern überfüllt und strahlte im Licht unzähliger Fackeln.

Flüchtig untersuchte Nilsson die Verwundeten. »Schickt jemanden zu diesem Quacksalber, diesem Gryss«, befahl er. »Sagt ihm ... *Bittet* ihn, hierherzukommen und sich diese Männer anzusehen.«

Mit grimmigem Gesicht drehte er sich zu Haral um. Dieser erzählte nun seine Geschichte so genau und nüchtern, wie er sich vorgenommen hatte, betonte deutlich die Rolle, die Rannick bei ihrer Rettung gespielt hatte, und erklärte pflichtbewußt, das Tal sei undurchquerbar, da zu gefährlich.

Schweigend lauschten die Männer der Erzählung. Trotz der Verluste machte man Haral weit weniger Vorwürfe, als er erwartet hatte. Eine Versammlung war abgehalten worden, und jeder Mann hatte sich frei entschieden. Jene, die geblieben waren, betrachteten sich zum größten Teil eher als glücklich denn als weise, und jene, die lebend wieder zurückgekehrt waren, betrachteten sich als weiser geworden und ebenfalls glücklich.

Nilsson und die anderen waren klug genug, um Harals wahre Botschaft zu verstehen: »Tut, was Rannick sagt, oder er bringt euch alle um. Und er ist durchaus dazu in der Lage.«

Das war keine große Überraschung. Sie alle hatten die Macht schon kennengelernt, und auch wenn sie nicht wußten, wie Rannick in ihren Besitz gekommen war – was er mit ihr anrichten konnte, war ihnen nur allzu vertraut. Einigen war ein gewisser Groll darüber anzumerken, sich diesem neuen Führer unterwerfen zu müssen, doch nur wenige äußerten sich entsprechend, und tatsächlich blickten die meisten nun zum ersten Mal seit Jahren wieder mit einer gewissen Zuversicht in die Zukunft. Sie erinnerten sich noch gut an das angenehme Leben, das sie in den Diensten ihres einstigen Herrn geführt hatten.

Es gab einige Fragen zu der Kreatur, aber sie verstummten rasch, als offensichtlich wurde, daß weder Haral noch einer seiner Männer eine genaue Beschreibung abliefern konnte.

»Was ist mit Mirek und den anderen?« fragte Dessane.

»Tot, ohne Zweifel.« Haral verzog angewidert das Gesicht. »Und inzwischen vermutlich gefressen.«

Nilsson schaute sich um, um zu sehen, ob sich jemand auf die Suche nach den Vermißten machen wollte, doch keiner verspürte auch nur die geringste Lust dazu; es war das Risiko einfach nicht wert.

Nilsson nickte. »Jetzt warten wir«, sagte er.

Gryss war nicht gerade in guter Stimmung, als er die Burg erreichte. Er hatte sich soeben fürs Bett zurechtgemacht, als Nilssons Bote das Haus mit seinem Hämmern zum Beben gebracht hatte. Außerdem war die Reise hierher für seinen Geschmack viel zu schnell gewesen.

»Ich bin zu alt, um so durch die Gegend gejagt zu werden«, beschwerte er sich bei Nilsson, als dieser ihn begrüßte.

»Was hat der Junge hier zu suchen?« fragte Nilsson brüsk und deutete auf Farnor, den Gryss noch rasch aufgesammelt hatte, als sie an dessen Hof vorbeigekommen waren.

»Er hilft mir«, log Gryss im gleichen verärgerten Tonfall. Er reichte Farnor einen großen Lederbeutel.

Nilsson schwieg, doch ihm war anzusehen, daß er mit Farnors Gegenwart nicht einverstanden war. Nach einem Augenblick nickte er jedoch höflich und deutete auf das Gebäude, in dem die Verwundeten untergebracht waren.

»Ich hoffe, Ihr habt diesmal eine gesündere Unterkunft für sie gefunden als beim letzten Mal«, sagte Gryss in dem Versuch, Nilsson in ein Gespräch zu verwickeln, während sie durch einen langen Bogengang schritten.

Das kriegerische Trommeln der Stiefel des Hauptmanns auf dem Steinboden war die einzige Antwort.

Schließlich hielten sie vor einer schweren Holztür an. Nilsson stieß sie auf. Er winkte Gryss, hineinzugehen. Als der alte Mann den Raum betrat, verzog er das Gesicht. Es war sauber genug, doch es bedurfte nicht des Auges eines Heilers, um zu erkennen, daß die Männer, die hier lagen, unter großen Schmerzen litten. Sie gaben kaum Geräusche von sich, aber für Gryss war das leise Zischen ihres Atems schlimmer als jedes noch so laute Stöhnen.

»Was ist passiert?« fragte er und drehte sich zu Nilsson um.

»Versorg sie einfach«, erwiderte Nilsson kalt.

Gryss protestierte. »Ich muß es wissen, wenn ...«

»Versorg sie einfach«, unterbrach ihn Nilsson.

Die beiden Männer blickten einen Moment lang einander in die Augen, dann nickte Gryss.

»Also gut«, sagte er. »Ich werde tun, was ich kann.« Er nahm Farnor den Beutel ab. »Es macht keinen Sinn, wenn Ihr hierbleibt, Hauptmann. Das hier wird einige Zeit dauern. Ich werde zu Euch kommen, bevor ich gehe, und Euch sagen, was ich getan habe.«

»Er hat den Ton geändert«, murmelte Gryss zu Farnor, nachdem Nilsson verschwunden war.

Farnor hatte andere Sorgen. »Ich kann dir nicht helfen«, flüsterte er besorgt. »Ich weiß nichts über kranke Menschen.«

»Tu einfach, was ich sage, und sieh zuversichtlich aus«, sagte Gryss und kramte in seinem Beutel herum. »Die Zuversicht ist sowieso die beste Medizin.« Trotz der düsteren Umgebung flackerte ein Hauch von Heiterkeit in Gryss' Augen auf, als er Farnor in das sorgenumwölkte Gesicht blickte. »Das wird sehr interessant für dich werden.«

»Warum hast du mich überhaupt mitgenommen?« fragte Farnor.

»Ich wollte ein weiteres Paar Augen und Ohren an diesem Ort haben«, antwortete Gryss. »Wir müssen so viel wie möglich über diese Männer herausfinden für den Fall, daß ...« Er hielt inne.

»Für den Fall, daß was?«

»Nur für den Fall«, erklärte Gryss kurz angebunden.

Das Stöhnen eines Verwundeten beendete dieses geflüsterte Gespräch, und Gryss wandte sich seinen Patienten zu.

Farnor genoß nicht, was nun folgte, doch er gehorchte Gryss' Anweisungen und versuchte, möglichst zuversichtlich zu wirken, während sich der alte Mann um die Verwundeten kümmerte, befahl, ein- und auszuatmen, die Zehen und Finger zu bewegen und hierhin und dorthin zu schauen.

Als es jedoch zum Richten der Knochen kam, gab Farnor seine gespielte Zuversicht auf und beschränkte sich darauf zu tun, was man ihm sagte. Seine Aufgaben bestanden vornehmlich darin, jemandem die Stirn abzutupfen oder ihm einen dicken Lederstreifen zwischen die Zähne zu schieben, während Gryss widerspenstige Gliedmaßen wieder einrenkte. Das laute Knacken der Knochen bescherte Farnor eine Gänsehaut, aber es war der Augenkontakt mit den Verwundeten, der ihm am meisten Schwierigkeiten bereitete: Er sah die Furcht in ihnen, die kleinen Jungen, die im Laufe der Jahre nur von den grimmigen, zornigen Männern verdrängt worden waren.

»Was ist passiert?« fragte Gryss jeden der Männer der Reihe nach.

»Ich bin von einem Pferd getreten worden«, lautete stets die wahrheitsgemäße Antwort.

»Und ich vermute, Euch hat auch ein Pferd getreten«, sagte er und schlug die Decke des letzten Betts zurück. Farnor hielt den Atem an und wandte sich ab. Die Hand des Mannes hielt einen blutdurchtränkten Stoffetzen umklammert, unter dem sich eine klaffende Wunde im Schenkel verbarg.

Bilder von gerissenen Schafen kehrten angesichts des zerfetzten Fleisches in Farnors Geist zurück, und er spürte, wie sich ihm der Magen umdrehte.

»Tief und langsam atmen«, hörte er Gryss ihm ins Ohr flüstern. Mit erstaunlicher Kraft packte er Farnor am Arm. »Atme tief und langsam. Du kannst immer noch kotzen, wenn es *dein* Bein ist. Du wärst überrascht, wie viel Schmerz ein Heiler bei anderen Leuten ertragen kann.«

Die Härte und der dunkle, grausame Humor in Gryss' Stimme brachten Farnor zur Vernunft, und erneut spielte er seine Rolle als Heilergehilfe.

Der alte Mann preßte die Lippen aufeinander, während er das verwundete Bein betrachtete, dann kramte er wieder in seinem Beutel. Er zog eine kleine Flasche heraus, deren Inhalt er auf einen kleinen Schwamm schüttete. Angewidert zuckte Farnors Nase, als ihm der schwere, süße Duft entgegenschlug. Dann legte Gryss rasch, doch nicht hektisch den Schwamm auf Nase und Mund des Mannes. Der Mann wehrte sich kurz, bevor seine Glieder erschlafften.

»Was ist das?« fragte Farnor verwundert.

»Nur etwas, um ihn ein paar Minuten schlafen zu lassen«, erklärte Gryss. »Hier, bind ihn fest.«

Ein kräftiges Seil tauchte aus dem Beutel auf.

»Ihn festbinden?«

»Bind ihn fest«, bestätigte Gryss mit Nachdruck. »Ich muß die Wunde untersuchen, und wenn er aufwacht, bevor ich fertig bin, dann wird ihm das nicht gefallen. Und mir übrigens auch nicht, wenn er versucht, mir den Kopf abzureißen.«

Unglücklich tat Farnor, was man ihm gesagt hatte, und band den Mann so fest ans Bett, als würde er eine Wagenladung sichern. Noch während er damit beschäftigt war, beschäftigte sich Gryss mit der Wunde.

»Sieh mal«, sagte er und winkte Farnor zu sich herunter. Gryss hatte eine kleine Sonnensteinlampe entzündet, und in ihrem hellen Licht war jede Einzelheit der Wunde deutlich zu erkennen. Farnor biß die Zähne zusammen, und irgendwie gelang es ihm, sein Gesicht neben dem von Gryss zu halten. Sehr zu seiner Überraschung verflog die Übelkeit jedoch, während Gryss mit zwei Metallhaken eine beschädigte Gewebeschicht nach der anderen beiseite schob und erklärte, was was war: Muskeln, Sehnen, Blutgefäße und die verschiedenen Hautschichten.

Der Mann zuckte und murmelte etwas Unverständliches. Farnor blickte ihn besorgt an, doch Gryss schüttelte beruhigend den Kopf.

Er stieß Farnor mit dem Ellbogen an. »Knochen«, sagte er und tippte auf einen weißen Streifen am Grund der Wunde. Farnor rieb sich den eigenen Schenkel. Dann starrte Gryss wieder neugierig in die Wunde und setzte die Untersuchung fort. Dabei schob er die Zunge zwischen den Zähnen hindurch.

»Was ist los?« flüsterte Farnor.

Der Mann zuckte erneut, und dann begann Gryss auch schon, die Wunde zu säubern und zu nähen, wobei er die ganze Zeit über fröhlich vor sich hin summte. Farnor hatte schon früher gesehen, wie Gryss Wunden genäht hatte, und daher konnte er ihm nun mit etwas leichterem Herzen zuschauen.

Schließlich stand Gryss auf.

»Warum hast du nicht alles genäht?« fragte Farnor.

»Sie ist zu tief«, erklärte Gryss. »Sie muß von innen heraus heilen.«

Farnor schüttelte verwundert den Kopf. »Woher weißt du das alles?« fragte er.

Gryss drehte den Kopf von einer Seite zur anderen und ließ die Schultern kreisen, um die Steifheit aus seinen Muskeln zu vertreiben. Er lächelte breit. »Pferde hauptsächlich«, antwortete er. »Und ein paar Kühe.«

Auf Farnors Gesicht zeigte sich wachsendes Entsetzen. »Wir sind nicht so verschieden, wie du vielleicht glaubst«, fuhr Gryss fort und lachte leise. »Warum, glaubst du wohl, esse ich so wenig Fleisch?« Dann wurde er wieder ernst. »Aber ich habe das auch schon für Menschen getan. Eine Sense oder eine Sichel können schlimme Wunden verursachen.« Er hielt kurz inne. »Allerdings würde ich wirklich gerne wissen, wie das hier passiert ist.«

Farnor zuckte zusammen. Er war so sehr mit Gryss'

Erklärungen beschäftigt gewesen, daß ihm erst jetzt einfiel, daß er die Antwort auf diese Frage kannte; doch hier konnte er unmöglich mit ihm darüber reden. Er würde warten müssen, bis sie die Burg wieder verlassen hatten.

»Pferde, sagen sie«, murmelte Gryss. »Und das könnte durchaus sein, zumindest bei den meisten. Aber dieser hier ...« Er nickte in Richtung des betäubten Verwundeten, dessen Augenlider inzwischen wieder zu flackern begonnen hatten. »Dieser hier ist durch einen Schwertstoß oder einen Speer verwundet worden. Der Knochen ist von einem spitzen, scharfen Gegenstand getroffen worden. Ich werde Nilsson fragen, wenn wir ihn sehen, obwohl ich bezweifele, daß er mir etwas verraten wird.« Er nickte grimmig. »Bind ihn bitte wieder los, Farnor«, sagte er. »Ich muß mit ihm reden, wenn er wieder richtig wach ist. Ich fürchte, er wird die nächsten paar Tage nicht gerade genießen.«

Später suchte Gryss Nilsson auf, wie er versprochen hatte, und berichtete ihm, was er getan hatte. »Ich werde sie in den kommenden Tagen jeden Tag untersuchen müssen«, schloß er.

Nilsson schüttelte den Kopf. »Wir werden uns um sie kümmern«, erwiderte er.

Gryss schien dieser Entscheidung widersprechen zu wollen, doch dann zuckte er nur mit den Schultern. »Wie Ihr wünscht, Hauptmann«, sagte er. »Es sind Eure Männer. Aber bitte laßt mich Euch wenigstens erklären, *wie* Ihr Euch um sie kümmern müßt. Der Mann mit der Wunde im Bein braucht besondere Pflege, wenn er es nicht verlieren soll.«

Nilsson schien die Nachricht nicht zu beunruhigen. »Es ist nicht schlimm«, erklärte er. »Ich habe schon Männer im Feld gesehen, die sich von Schlimmerem erholt haben.«

»Ja, und ich wette, Ihr habt auch Männer gesehen, die schreiend verreckt sind, während das Fieber sie von innen her aufgefressen hat«, erwiderte Gryss. Seine

Stimme klang ungewöhnlich wild. »Aber wie ich gesagt habe: Es sind Eure Männer.« Er drehte sich um, als wolle er gehen.

Kurz huschte ein Schatten des Zorns über Nilssons Gesicht, doch dicht gefolgt von Zweifel. »Also schön«, sagte er mit einer Stimme, die nicht zugab, daß Gryss mit seinem Argument Recht gehabt hatte. »Komm morgen wieder. Dann werden wir weitersehen.«

Gryss nickte. »Dann gehe ich jetzt wieder ins Bett«, sagte er. »Und Farnor hier muß morgen früh raus.« Nilsson erwiderte das Nicken, doch schien er nicht die Absicht zu haben, Gryss für seine Arbeit zu danken, was dieser offenbar mit seiner Bemerkung hatte provozieren wollen. Als Gryss die Tür erreichte, drehte er sich noch einmal um, als würde er sich plötzlich an etwas erinnern. »Warum habt Ihr eigentlich keinen eigenen Heiler, Hauptmann?« fragte er. »Männer des Königs ziehen über Land, weit weg von ihrer Garnison. Man hätte Euch doch sicherlich einen mitgeben können, oder?«

Nilsson starrte ihn an, dann riß er seine Gedanken von den Ereignissen des Tages los. *Dieser verdammte alte Trottel,* dachte er. Aber er brauchte ihn noch. Er mußte den Schein wahren, bis Rannick wieder auftauchte und etwas anderes entschied. »Als wir losgeritten sind, waren gerade keine verfügbar«, erklärte er. »Das ist eins dieser Dinge. Die Armee, du verstehst.«

»Nein, das tue ich nicht«, gestand Gryss. »Aber ich habe gedacht, daß irgendwo irgendwer die Angelegenheiten des Königs besser im Griff hätte. Aber wie auch immer: Ich nehme an, niemand hat damit gerechnet, daß Ihr in einen Kampf verwickelt werden könntet, oder?« Nachdenklich schüttelte er den Kopf. »Euer Mann hat Glück gehabt. Wenn die Spitze nicht den Knochen, sondern ein wichtiges Gefäß getroffen hätte, wäre er innerhalb weniger Minuten verblutet. Wie ist er überhaupt zu der Wunde gekommen?«

Nilsson witterte eine Falle. *Verdammt soll er sein, dieser listige, alte Fuchs,* dachte er. »Ein Übungsunfall«, antwortete er verbindlich. »So etwas passiert nun mal. Aber das ist das Los des Soldaten. Wie wir in meinem Land zu sagen pflegen: Wenn man die Kälte nicht ertragen kann, soll man nicht in den Schnee gehen.«

»Es war einen Versuch wert«, sagte Gryss zu Farnor, als sie über den Hof zu ihren Pferden gingen. »Aber ich vermute, er ist daran gewöhnt, seine Zunge im Zaum zu halten, ob er nun ein Mann des Königs oder einer von Marnas Banditen ist.«

Farnor ignorierte die Bemerkung. Jenseits der Aufregung der nächtlichen Reise und der Spannung im Krankenlager kehrten seine eigenen Sorgen wieder zurück.

»Wenn wir weit genug weg von der Burg sind, muß ich dir etwas erzählen«, sagte er einfach. »Es geht um all das hier.«

Gryss warf ihm einen raschen Blick zu, sagte aber nichts.

Als sie aufstiegen, schaute er sich noch einmal im Hof um. Für diese Tageszeit herrschte noch eine beachtliche Betriebsamkeit, dachte er, obwohl die Männer meist einfach nur beisammen standen und miteinander redeten. Und über dem Ganzen lag eine Atmosphäre von ... Erwartung? Ja, als würden sie auf etwas warten.

Nachdem sie die Burg hinter sich gelassen hatten, erzählte Farnor Gryss alles, was heute geschehen war. Gryss hörte schweigend zu, und auch nachdem Farnor geendet hatte, schwieg er noch eine Weile. »So viele Fragen«, sagte er schließlich halb zu sich selbst. »Und es macht keinen Sinn, sie zu stellen, denn du hast mir alles gesagt, stimmt's, Farnor?« Farnor nickte. Er hatte nichts ausgelassen. Gryss legte Farnor beruhigend die Hand auf den Arm. »Wie fühlst du dich?« fragte er mit sorgenvoller Stimme.

»Besser, glaube ich«, antwortete Farnor. »Ein wenig

besser darauf vorbereitet, abzuwarten.« Er hielt kurz inne. »Aber ich weiß nicht, wie lange das anhält.«

Gryss tätschelte ihm den Arm. »Es wird schon gutgehen. Nachdem du es erst mal gelernt hast, wirst du auch lernen, damit umzugehen. Das ist die Natur der Dinge. Du wirst nur mit so viel belastet, wie du tragen kannst.«

Am nächsten Tag, den Kopf noch immer voll mit Farnors seltsamer Geschichte und der klar erkennbaren Panik, die die Verwundeten ausgestrahlt hatten, kehrte Gryss allein zur Burg zurück. Der Regen, der gestern noch auf den oberen Teil des Tals beschränkt gewesen war, hatte sich nun auf das ganze Tal ausgedehnt und wurde von einem stürmischen Wind begleitet, so daß man glauben konnte, es sei Winter und nicht Frühling.

In der Burg herrschte eine beinahe unheimliche Stille, als Gryss mit der Faust gegen das Ausfalltor schlug. Ein einsamer Wachmann öffnete es schließlich und bedeutete ihm mit einem säuerlichen Grunzen einzutreten.

Gryss versuchte, mit dem Mann ein Gespräch über das Wetter anzufangen, während sie über den verlassenen Innenhof trotteten, doch der Soldat zog nur verärgert den Kragen hoch.

»Das Krankenlager ist dort drüben«, sagte Gryss und deutete zu dem Gebäude, da der Mann ihn genau in die entgegengesetzte Richtung führte.

»Hauptmann will dich sehen«, lautete die knappe Erwiderung.

Gryss folgte dem Mann schweigend.

Er wurde jedoch zunehmend nervös, als er in einen Teil der Burg geführt wurde, in dem er noch nie zuvor gewesen war. Allerdings war es mehr die Stille, die ihn beunruhigte, als der Ort selbst. Der Wachmann hielt an und klopfte vorsichtig an eine Tür.

Von innen wurde geantwortet, und der Soldat stieß die

Tür auf und scheuchte Gryss hinein. Obwohl ohne Wandbehänge und kaum mit Möbeln ausgestattet, wirkte der Raum dank eines großen Feuers im Kamin beinahe gemütlich. Nilsson saß an einem Tisch und schrieb etwas, während eine weitere Gestalt mit dem Rücken zur Tür stand und zum Fenster hinausblickte.

Gryss lächelte. »Wie ich sehe, habt Ihr ein etwas komfortableres Quartier gefunden«, bemerkte er. »Das Feuer tut gut. Heute ist wirklich ein fürchterlicher Tag.«

Nilsson sagte nichts, sondern deutete auf einen Stuhl auf der anderen Seite des Tisches. Gryss setzte sich und wartete. Aus den Augenwinkeln heraus blickte er zu dem Mann am Fenster. Der Mann hatte etwas Vertrautes an sich, doch im grauen Licht waren nur Umrisse zu erkennen, so daß Gryss ihn nicht identifizieren konnte.

»Hatte irgendeiner meiner Patienten Probleme während der Nacht?« fragte er.

Nilsson legte die Feder beiseite. »Mach dir keine Sorgen um die Männer, Gryss«, sagte er. »Wir werden uns um sie kümmern.« Sein Verhalten war ruhig und gelassen, doch noch bevor Gryss etwas erwidern konnte, wurde er ernst. »Seit vergangener Nacht hat sich so manches verändert, und ich ... *wir*« – er nickte zu der Gestalt am Fenster – »brauchen deine Hilfe, um diese Veränderungen den Dörflern zu erklären.«

Gryss runzelte die Stirn. Erneut sah er vor seinem geistigen Auge Bilder von einfallenden Feinden aus dem Norden, die aber sofort von der Sorge um die Verwundeten und über Farnors merkwürdige Geschichte verdrängt wurden. Was hatten diese Leute mit ihrer Schnüffelei im Norden nur angerichtet? Er konzentrierte sich wieder auf Nilsson; der Hauptmann sprach noch immer, und zwar schnell, als wolle er die Angelegenheit so rasch wie möglich hinter sich bringen.

»Es ist beschlossen worden, daß diese Burg wieder zu einer Garnison wird. Sie wird ein ... Übungszentrum und das örtliche Armeehauptquartier, um die in der Tat schwach gewordenen Grenzen im Nordosten zu schützen.«

In Gryss' Kopf drehte sich alles. Seit diese Männer hier erschienen waren, hatte er sich so manches vorgestellt, was passieren könnte, doch *das* hatte nicht dazu gehört.

»Ich verstehe nicht«, platzte er heraus. »Warum jetzt auf einmal? Wer hat diese Entscheidung getroffen? Was wird sie für das Dorf bedeuten ...?«

Nilsson hob die Hand, um den alten Mann zum Schweigen zu bringen. »Hör zu, Gryss«, sagte er mit einem strengen Unterton in der Stimme. »Ich werde dir sagen, was ich dir sagen kann, und ich spreche jetzt mit dir in deiner Eigenschaft als einer der Dorfältesten, vermutlich des einflußreichsten. Hör mir also gut zu, denn du wirst es den anderen erklären müssen. Ich habe weder die Zeit noch die Lust, es selbst zu tun.«

Nur mit Mühe hielt Gryss seine Fragen zurück.

Nilsson fuhr fort: »Das Warum zu hinterfragen steht weder dir noch mir zu«, sagte er. »Solche Entscheidungen treffen der König und seine Minister, und zwar aus Gründen, die sie für richtig halten. Das Wer ist ohne Bedeutung. Es reicht, daß es der Befehl des Königs ist, und ich bin sowohl verpflichtet als auch berechtigt, ihn durchzusetzen.«

Trotz seiner Vorsätze konnte Gryss sich nicht länger zurückhalten. »Warum habt Ihr uns das nicht schon früher gesagt?« warf er ein, ohne die Antwort auf seine dritte Frage abzuwarten.

Nilsson kratzte sich ungeduldig die Wange und fletschte die Zähne. »Weil wir es selbst nicht gewußt haben«, antwortete er. »Erst mußte der Tribut eingesammelt und einige Dinge geklärt werden, bevor eine endgültige Entscheidung getroffen werden konnte.«

»Was für Dinge?« verlangte Gryss zu wissen.

Die Gestalt am Fenster bewegte sich. Nilsson blickte

nervös zu ihr hinüber, dann funkelte er Gryss an. »Dinge, die dich nichts angehen«, antwortete er.

Das brachte Gryss wieder auf seine dritte Frage. »Was wird das für das Dorf bedeuten?« erkundigte er sich erneut.

Nilsson blätterte einige der Papiere durch, die vor ihm auf dem Tisch lagen. »Vermutlich nur wenig«, antwortete er. »Technisch gesehen, werdet ihr aufgrund eurer Nähe zur Burg unter Kriegsrecht stehen, aber das ist eigentlich nur für jene von Bedeutung, die das Tal betreten oder es verlassen. Ihr könnt sicher sein, daß wir uns nicht in eure alltäglichen Streitereien einmischen werden. Ihr könnt weitermachen wie bisher, solange ihr uns nicht dabei behindert, den Schutz des Tals zu gewährleisten.«

Gryss runzelte die Stirn. Nur wenige kamen ins Tal oder verließen es, also würde die neue Herrschaft tatsächlich kaum Auswirkungen haben. Aber irgendwo tief in seinem Inneren rebellierte etwas gegen diesen ungewollten Zwang. Er hielt sich zurück; in seinem Kopf drehte sich noch immer alles von diesen unwillkommenen Neuigkeiten.

»Und Ihr werdet die Garnison natürlich versorgen«, fügte Nilsson beiläufig hinzu, »und Diener stellen – Handwerker und dergleichen –, wann immer sie benötigt werden.«

Gryss bemühte sich, Ordnung in das Chaos in seinem Kopf zu bringen. »Euch versorgen?« fragte er nach. »Wie viele werden denn hier einquartiert? Wir sind nur ein kleines Dorf.«

Nilsson zuckte mit den Schultern. »Ich habe keine Ahnung«, gestand er. »Aber das Tal ist groß und fruchtbar, und vieles davon liegt brach. Ich bin sicher, es wird keine Probleme geben.«

Gryss legte die Hand auf den Kopf. »Das kommt alles recht überraschend«, erklärte er. »Um nicht zu sagen, es ist ein Schock. Bitte gewährt mir einen Moment, damit ich das verdauen kann.«

»Ich verstehe«, sagte Nilsson nun beinahe onkelhaft. »Aber bitte mach dir nicht allzu viel Sorgen. Ich bin sicher, euer Dorfleben wird nicht gestört werden, solange ihr tut, was man euch sagt. Und die wenigen Probleme, die doch entstehen werden, kann man sicher mit gutem Willen und gesundem Menschenverstand beseitigen.«

Gryss spürte, daß diese Worte nur ein Trick waren, aber er fühlte sich plötzlich auch sehr, sehr alt. Hier geschah etwas Bedeutsames, über das er absolut keine Kontrolle hatte. Er konnte es noch nicht einmal *verstehen*. Er hatte das Gefühl, als würde er immer schneller einen immer steiler werdenden Hang hinabrennen und daß er schon bald über eine Kante in einen Abgrund stürzen würde.

Die Dörfler hatten sich schon seit unzähligen Generationen um ihre eigenen Angelegenheiten gekümmert, und zwar ohne Hilfe von jenseits des Tals, und so konnten sie immer weitermachen. Sie lebten einfache, doch erfüllte Leben und ernährten sich von dem fruchtbaren Land, das sie zugleich hegten und pflegten. Er wußte, daß das, was Nilsson ihm gerade erklärt hatte, diese Harmonie gründlicher vernichten würde, als wenn die Soldaten das Dorf in Brand gesteckt hätten, und dies wäre schon eine unvorstellbare Grausamkeit gewesen.

Warum? schrie er innerlich, doch verzichtete er darauf, es auszusprechen. Stattdessen rief er sich Nilssons Bemerkung von vor wenigen Minuten ins Gedächtnis zurück. Das ›Wer‹ und ›Warum‹ war in der Tat ohne Bedeutung. Er konnte nichts dagegen tun. Die Dörfler konnten nichts dagegen tun. Sie waren wehrlos. Und zwar nicht nur wehrlos in dem Sinn, daß sie keine Waffen besaßen, mit denen sie hätten Widerstand leisten können, sondern auch aufgrund ihrer ganzen Art, ihrer Denkweise. Dank der Abgeschiedenheit, die sie so liebgewonnen und die sie gepflegt hatten, hatten sie nun niemanden mehr, den sie um Rat fragen oder um Hilfe angehen konnten. Das Wort ging Gryss durch Mark und Bein: *wehrlos*. Vollkommen wehrlos, abgesehen von ihrem Verstand.

Sein Geist stürzte scheinbar ewig in schwarze Tiefen, und er erkannte, daß die Dörfler trotz ihres Stolzes auf ihre Freiheit schon immer nur einen Schritt von der Sklaverei entfernt gewesen waren. Und so wäre es immer geblieben, bis ...?

Bis ...?

Bis es zu spät war. So wie jetzt.

Er rief sich zur Vernunft. Niemand hatte etwas von Sklaverei gesagt. Was um alles in der Welt hatte er sich nur dabei gedacht?

Aber gesagt oder nicht, das Wort wollte ihm nicht mehr aus dem Kopf gehen, und daß er die Schwäche des Dorfes richtig erkannt hatte, war nicht zu leugnen. Und selbst wenn man sie nicht als Sklaven hielt, waren sie denn nicht Gefangene? Es bestand ein wesentlicher Unterschied darin, das Tal nicht verlassen zu *wollen* oder es nicht verlassen zu *dürfen*.

Dann wurde Gryss von einer dunklen Flut der Schuld überwältigt. Er war der Dorfälteste. In vielerlei Hinsicht war er der Hauptratgeber und Anführer für die Dörfler. Aber er hatte sich nie damit beschäftigt, daß die Welt jenseits der Hügel auf diese Art hier eindringen könnte, auch wenn er durch diese Welt gereist war und genug über sie gelernt hatte, um zu wissen, daß eine solche Welt allein schon aufgrund ihrer Natur früher oder später überall eindringen würde.

»Fühlst du dich nicht wohl?«

Nilssons Stimme ließ Gryss aufhorchen. »Doch, doch«, antwortete er rasch. »Ich war nur ein wenig ... verwirrt.«

Erneut zuckte Nilsson mit den Schultern. »So ist es nun einmal«, sagte er.

»Was wollt Ihr, das ich tue?« fragte Gryss unbeholfen und nach kurzem Zögern.

»Sag deinen Leuten einfach nur, was geschehen wird«, antwortete Nilsson und sammelte die Papiere auf dem Tisch ein. »Und versöhn sie mit dem Gedanken«, fügte er kalt hinzu. »Alles kann so weitergehen wie bisher, solange mich nur jeder, der das Tal verlassen will, zuerst darüber informiert.« Er warf Gryss einen drohenden Blick zu. »Das ist wichtig. Wir werden einen Wachposten am Talausgang errichten. Jeder, der versucht, das Tal ohne Erlaubnis zu verlassen, wird bestraft werden – vielleicht sogar getötet. Sorg dafür, daß das jeder versteht.«

Nachdem Gryss niedergeschlagen den Raum verlassen hatte, drehte sich die Gestalt am Fenster zu Nilsson um.

Es war Rannick, und er sah wütend aus.

Kapitel 20

Mitten in der Nacht war Rannick in der Burg erschienen, um sich für die ›Rettung‹ von Harals Trupp feiern zu lassen.

Wie Haral, so machte sich auch Nilsson keinerlei Illusionen darüber, wer den Überfall geplant hatte: Ohne Zweifel steckte Rannick dahinter. Und ebenfalls wie Haral hatte er nicht die Absicht, diese Verdächtigungen auszusprechen. Was auch immer er und einige seiner Männer über Rannick und das Schicksal von Harals Trupp denken mochten, alle spürten instinktiv, daß sie Rannick folgen mußten, und daß das Leben leichter – um nicht zu sagen: länger – wäre, wenn sie ihm freiwillig folgten.

Und nun wußte Nilsson auch, wer oder was sich hinter der seltsamen Gegenwart verbarg, die er bei seinem ersten Treffen mit Rannick gespürt hatte, und allein der Gedanke daran ließ ihm das Blut in den Adern gefrieren: Es war die schreckliche Kreatur gewesen, die Harals Trupp gejagt und einige der Männer in Stücke gerissen hatte. Rannicks furchterregender Vertrauter hatte in der Dunkelheit auf den Befehl gewartet, Nilsson zu töten.

Mühsam beherrschte er sich und drehte sich um, um sich seinem wütenden Herrn zu stellen, nachdem Gryss den Raum verlassen hatte.

»Es ärgert mich, wenn so viel Zeit darauf verschwendet wird, mit diesem alten Trottel zu spielen«, sagte Rannick zwischen zusammengebissenen Zähnen hindurch. »Menschen sind wie Tiere: Das Einzige, was sie wirklich verstehen, ist Macht. Und ich besitze Macht und du Männer genug, daß die Dörfler jeden unserer Befehle ausführen werden. Laß mich nicht bereuen, daß ich dich ausgewählt habe.«

Nilsson vermied direkten Augenkontakt, doch er beobachtete Rannick aufmerksam. Er wußte, wie wichtig es war zu lernen, diesen Mann richtig einzuschätzen; er mußte jede menschliche Schwäche herausfinden. Aber das war keine leichte Aufgabe. Und dieses Gespräch hatte seit Rannicks Rückkehr schon wiederholt stattgefunden, nur in immer anderer Form.

Es hatte nicht lange gedauert, bis Nilsson den Wurm gefunden hatte, der am Herz seines Herrn nagte. Es war irritierend. Irgendetwas in Rannick verlangte nach der Unterdrückung und Demütigung der Talbewohner.

Überdies war Nilsson ausgesprochen verwirrt darüber, daß Rannick offenbar keine Ahnung hatte, welche Folgen ein solch unnötiges und bösartiges Verhalten haben könnte, zumal das Tal auf absehbare Zeit ihre Heimatbasis sein würde. Nilsson hatte eine lange und schwierige Nacht hinter sich, in der er versucht hatte, Rannick davon zu überzeugen, die Unterjochung des Tals ein wenig ... zurückhaltender anzugehen.

»Es macht nur unnötig Arbeit«, hatte Rannick erklärt. »Ich bezweifele, daß es im ganzen Tal ein Dutzend Waffen gibt, und ich weiß, daß niemand den Willen aufbringen wird, sich uns zu widersetzen. Wir können tun, was wir wollen, und uns alles ungestraft nehmen.«

Vorsichtig hatte Nilsson darauf hingewiesen, daß es zwar durchaus möglich sei, die Dörfler mit einer einfachen Machtdemonstration in die Knie zu zwingen, aber seiner Erfahrung nach »sollte man Gewalt lieber vermeiden. Man darf die Macht des Zufalls bei solchen Angelegenheiten nicht unterschätzen, Herr. Gute Männer könnten getötet werden. Boten könnten an den Wachen vorbeischlüpfen und die Nachricht verbreiten. Vieles könnte geschehen, was nicht beabsichtigt war.«

Auf jeden Fall würden Jahre langsamen, mürrischen Widerstands seitens der scheinbar besiegten Dörfler folgen, was nach und nach die Moral der Männer untergraben und sie zu immer brutaleren Unterdrückungsmethoden reizen würde – Methoden, die den passiven

Widerstand vieler in den aktiven Widerstand weniger verwandeln würden. Das wiederum hätte dann noch brutalere Maßnahmen zur Folge, und dann wäre es unvermeidlich, daß sich Nachrichten über das, was im Tal geschah, auch jenseits davon verbreiten würden. »Es ist ein Fehler, die Entschlossenheit der scheinbar Schwachen und Hilflosen zu unterschätzen«, hatte er mit Nachdruck erklärt. Im Laufe der Zeit würde es ohnehin zu Kämpfen kommen, wenn Rannick seinen Ehrgeiz verwirklichen wollte, doch im Augenblick brauchte man eine möglichst sichere Basis, und um die aufzubauen, benötigte man möglichst willige Arbeiter.

Rannick hatte es gar nicht gefallen, daß man ihm widersprach, doch Nilsson war hartnäckig geblieben. »Wenn wir die Dörfler vorsichtig an die Kandare nehmen, während wir unsere Kräfte sammeln, dann werden sie sich an uns gewöhnen. Und wenn sie dann herausfinden, daß wir nicht die sind, für die wir uns ausgeben – *falls* sie es je herausfinden –, dann werden sie über uns geteilter Meinung sein. Das wird es uns einfacher machen, uns um jene zu kümmern, die sich entschließen, Widerstand zu leisten.« Dann hatte er hinzugefügt: »Willkürliche Gewalt gegen die Dörfler würde bedeuten, unser eigenes Nest zu beschmutzen; den Beginn der Zukunft zu verderben, die Euer Schicksal ist. Ihr werdet nur wenig Freude an ihrer Demütigung finden, wenn Euer größeres Ziel dadurch gefährdet wird. Und macht es wirklich etwas aus, ob sie Eure Größe jetzt oder später erkennen? Bereitet es nicht viel größeres Vergnügen, zuzusehen, wie sie Euren Willen erfüllen, ohne es auch nur zu ahnen? Zuzusehen, wie sie allmählich Eure Lakaien werden?«

Am Ende hatte Nilsson gewonnen, obwohl Rannicks gefährlicher Ärger und Mißfallen sich noch lange nicht aufgelöst hatten. Dennoch war Nilsson erfreut und erleichtert zugleich über diesen Ausgang des Gesprächs, auch wenn er sich nach außen hin nichts davon anmerken ließ. Wenn Rannick jetzt seine Führung akzeptierte, dann würde das Nilsson nur helfen, seine Stellung als engster Berater des neuen Herrn zu festigen, und nach einiger Zeit könnte er so seine persönliche Macht erheblich steigern. Das war gut.

Die Nacht war jedoch anstrengend gewesen, und nun suchte Nilsson verzweifelt nach einer Antwort auf diese erneute Beschwerde – nach einer, die dieser Debatte einfür allemal ein Ende bereiten würde. Dann hatte er plötzlich Angst. Eine warnende Stimme in seinem Kopf flüsterte: *Laß es sein. Bis jetzt hast du Glück gehabt. Wer weiß schon, was einen Mann wie diesen hier antreibt?* Jemandem wie Rannick von Nutzen zu sein war eine Sache, aber sollte er auch nur *vermuten*, daß er von Nilsson abhängig war, dann ...

»Herr, ich kann nicht mehr sagen«, erklärte Nilsson in bewußt demütigem Tonfall. »Euer Wunsch ist mir Befehl. Ich bin nur ein Diener.«

Der Zorn verschwand aus Rannicks Gesicht, doch die undurchschaubare, kalte Teilnahmslosigkeit, die ihn ersetzte, war noch weit furchteinflößender. Er nickte; dann drehte er sich wieder zum Fenster um.

Nervös kramte Nilsson in den Papieren, die vor ihm auf dem Tisch lagen.

Dann stand Rannick hinter ihm.

Nilsson versuchte, sich so natürlich wie möglich zu geben, doch er spürte, wie sich sein Körper in Erwartung eines Gewaltaktes versteifte. Plötzlich kehrte die Erinnerung an seine erste Begegnung mit Rannick wieder zurück und an die Leichtigkeit, mit der dieser ihn aus dem Sattel geworfen hatte. Und da waren auch noch ältere Erinnerungen an die Macht. Ihm lief ein Schauder über den Rücken.

Eine Hand legte sich auf seine Schulter. Nilsson atmete tief und langsam ein ... Und dann mußte er zu seinem

Entsetzen feststellen, daß er nicht mehr ausatmen konnte. Seine Finger krümmten sich zu Krallen, und die Nägel kratzten über die Tischplatte. Rannicks Hand klopfte ihm liebevoll auf die Schulter.

»Das Dorf zu vernichten fällt mehr in deine Zuständigkeit und die deiner Männer – nicht in meine, nicht wahr, Hauptmann?« fragte Rannick mit sanfter Stimme. »Dann eben ein anderes Mal.«

Plötzlich konnte Nilsson wieder ausatmen, auch wenn er mehr das Gefühl hatte, die Luft würde aus seinen Lungen *gerissen*. Er fiel nach vorne und lag keuchend auf dem Tisch. Jenseits des Klopfens seines Herzens und des Rasselns seines Atems hörte er Rannicks Stimme; sie schien aus der Tiefe eines unendlichen Abgrunds zu ihm hinaufzuhallen.

»*Gut* ...« sagte die Stimme.

Als Gryss von der Burg fortritt, fühlte er sich leicht benommen. In seinem Kopf herrschte Aufruhr. Er blickte ins Tal hinunter. Graue Regenschleier trieben hierhin und dorthin, so daß die vertraute Landschaft mal erkennbar war, mal verborgen.

Der Anblick fand seinen Widerhall in Gryss' Gedanken und Gefühlen: Verwunderung, Trotz, Zorn, Verzweiflung und vor allem Schuld.

Er ließ die Zügel hängen, obwohl seine Hände sie krampfhaft gepackt hielten.

»Trauer«, hörte er sich selbst nach einem Augenblick sagen. Regen floß ihm in den Mund.

Das war es.

»Trauer.«

In seinem langen Leben hatte er viele Menschen sterben gesehen, und viele davon hatte er geliebt. Er kannte die Symptome, unter denen er litt. Trauer. Trauer ob des plötzlichen, brutalen Verlustes von etwas Wertvollem. Er lenkte sein Pferd zu einer kleinen Landspitze und hielt dort an. Als er sich umdrehte, sah er die Burg. Einst nur ein Teil der Landschaft, alt und liebenswert vertraut, wirkte sie nun neu und vollkommen verändert, bedrohlich und bösartig. Und in der anderen Richtung kam und ging das Tal inmitten der umherwandernden Regenschleier.

Wie Tränen, dachte Gryss.

Er wußte nur zu gut, daß er seinem Kummer würde freien Lauf lassen müssen. Trauer war ein unheilbarer Zustand. Allein die Zeit vermochte sie zu lindern.

Und doch genügte allein dieser Gedanke, um ihm ein wenig Erleichterung zu verschaffen. Er hatte es hier nicht mit dem Tod zu tun; es war niemand gestorben. Hierbei handelte es sich um Veränderung, und er konnte sich deswegen entweder klagend auf die Brust schlagen oder das Beste daraus machen. Er blickte in den grauen Himmel hinauf. Trotz des Regens, der ihm ins Gesicht fiel, fühlte er sich schon besser. Vielleicht war es doch eher Selbstmitleid als Trauer, was er empfand. Und es war eigentlich nicht wichtig. Im Augenblick zählte nur die kurze Zeit, die er hier allein verbringen konnte. Das würde ihm Gelegenheit geben, sich selbst über das Geschehene klarzuwerden und sich etwas auszudenken, wie er den anderen die Veränderungen am besten vermitteln konnte.

Ein Hauch von Heiterkeit drang in das kalte Grau seiner Gedanken. Die Ratsversammlung, die er würde einberufen müssen, versprach *sehr* interessant zu werden.

Die Heiterkeit verflog jedoch sofort wieder, als Gryss sich vorstellte, wie wohl die Reaktionen der verschiedenen Ratsmitglieder ausfallen würden, und dann hörte er die Frage, die jemand stellen würde, der nicht zum Rat gehörte: Marna.

»Woher sollen wir wissen, daß sie keine Banditen sind?« würde sie fragen.

Er klopfte seinem Pferd den Hals. *Torheit,* dachte er; aber er war nicht so überzeugt davon, wie er sich gewünscht hätte. Marnas Beobachtungen waren korrekt, was die Erscheinung und das Auftreten von Nilssons Männern betraf, und – was Marna bisher entgangen war – Gryss mußte zugeben, daß er noch kein Dokument gesehen hatte, welches bestätigt hätte, daß die Soldaten die waren, die sie zu sein vorgaben.

Gryss verzog das Gesicht. Er machte sich Vorwürfe.

Und dann war da die plötzliche Entscheidung, die Burg wieder in eine ständige Garnison zu verwandeln. Bis jetzt hatte nichts auf eine solche Entwicklung hingedeutet. Und nun, nach einem – laut Farnor – furchterregenden Zusammenstoß in den Wäldern mit ... dieser Kreatur ... und nachdem diese offenbar den Sieg davongetragen hatte, beschloß Nilsson, mit seinen Männern in der Burg zu bleiben.

Nach Norden können sie nicht, nach Süden wollen sie nicht – warum auch immer –, also müssen sie hierbleiben, dachte Gryss plötzlich.

Er blickte zur Burg zurück. Seine Sorgen hatten sich mit einem Mal verdoppelt. Wer waren diese Männer?

Natürlich könnte er umkehren und sie fragen, aber allein bei dem Gedanken drehte sich ihm vor Angst der Magen um. Vielleicht würde Nilsson einfach ein Ermächtigungsschreiben aus der Tasche ziehen.

Aber vielleicht auch nicht, und was dann?

Ein Messer zwischen die Rippen? Die Masken herunter und das Dorf wehrlos der Willkür von Nilsson und seinen Männern ausgeliefert? Gryss wußte, daß die Dörfler sich gegen solche Männer nicht würden zur Wehr setzen können. Dennoch spendete ihm dieser Gedanken auch ein wenig Trost. Falls sie wirklich nicht des Königs Steuereintreiber waren, dann wünschten sie zumindest, unerkannt zu bleiben. Sicherlich hatten sie gute Gründe, sich so unauffällig wie möglich zu verhalten. Gryss fühlte sich erleichtert. Dank dieses Gedankens konnte er guten Gewissens darauf verzichten, sie offen nach ihrer Legitimation zu fragen.

Aber was sollte er dem Rat sagen?

Er wischte sich den Regen aus dem Gesicht. Sein Bauch sagte ihm, er solle den anderen von seinen Zweifeln berichten, doch was würde das nützen? Es würde auch so schon einen Aufruhr geben, und selbst wenn er die anderen Ratsmitglieder *anflehen* würde zu schweigen, würde sich die Nachricht innerhalb eines Tages über das gesamte Tal verbreiten und zudem noch stark verzerrt werden, bis sich schließlich niemand mehr an die Vorbehalte erinnern würde, die die erste Erzählung begleitet hatten. Und wer vermochte schon zu sagen, welche Folgen das haben würde? Auch wurde Gryss das Gefühl nicht los, daß, nachdem Marna schon Zweifel geäußert hatte, auch andere insgeheim ähnliche Gedanken hegen könnten und nur darauf warteten, sie vortragen zu können.

Aber er konnte auch nicht schweigen. Er sollte seine Leute dazu ermutigen, sich dem Willen von Männern zu unterwerfen, die ...

Die *was* sein könnten?

Es war das Wort ›könnten‹, worum sich seine Gedanken drehten.

Abgesehen davon, Nilsson persönlich gegenüberzutreten, bestand die einzige Möglichkeit, die Wahrheit herauszufinden, darin, jemanden über die Hügel zu schicken. Jemand mußte zur Hauptstadt gehen, zum Palast des Königs und dort jemanden finden, der die Identität der Männer bestätigen konnte.

Aber wen konnte man mit solch einem Auftrag betrauen? Wer besaß genug Verstand und Geschick, um den Weg zu finden, mit den verschiedenen Unwägbarkeiten der Reise fertigzuwerden und die richtigen Leute die richtigen Dinge zu fragen? Wen konnte man auf solch eine Reise schicken, ohne das sein Fehlen sich bereits am nächsten Tag im gesamten Tal herumgesprochen hätte?

Niemanden.

Gryss schnalzte mit der Zunge, und sein Pferd setzte sich wieder in Bewegung. Er würde Kompromisse eingehen müssen. Ihm blieb nichts anderes übrig. Vor dem Rat würde er nur einen Bericht abgeben und auf jeglichen Kommentar verzichten. Er würde ihnen schlicht wiedergeben, was Nilsson ihm gesagt hatte. Aber wenn das Treffen vorüber war, würde er einigen wenigen gegenüber seine Zweifel zum Ausdruck bringen.

Auf jeden Fall gehörte Garren zu diesen wenigen Dörflern. Yakob auch. Und Jeorg? Er dachte darüber nach. Jeorg war kein Ratsmitglied, aber wenn er wollte, war er kampflustig und freimütig; dennoch war er ungewöhnlich zuverlässig und vertrauenswürdig, wenn man ihn entsprechend behandelte. Dann war da noch Harlen, Marnas Vater. Auch über seine Einbeziehung ließ sich streiten. Harlen war ein gutmütiger, sanfter Mann. Durfte man ihn derart belasten? Doch gleichzeitig war er auch ausgesprochen scharfsinnig und geduldig, ein Mann, der stets nachdachte, bevor er sprach – eine wahrhaft seltene Eigenschaft. Außerdem war auch Marna schon tiefer in diese Angelegenheit mit hineingezogen worden, als Gryss lieb war, und daß sie noch tiefer mit hineingeraten würde, war nicht ausgeschlossen. Demnach mußte Harlen zumindest davon in Kenntnis gesetzt werden, daß etwas nicht stimmte. Auch wenn er und Jeorg keine Ratsmitglieder waren, wäre es nicht ungewöhnlich, wenn Gryss sie als Beobachter zur Versammlung einladen würde. Noch eine Reihe weiterer Namen kam Gryss in den Sinn, alles zuverlässige, vernünftige Männer. Doch es waren zu viele, erkannte er. Es wäre besser, seine Zweifel nur einigen wenigen Auserwählten mitzuteilen; also würde er sich auf die genannten vier Männer beschränken.

Und auf Farnor und Marna. Jetzt war wichtiger denn je, daß Marna begriff, daß sie ihre Bedenken betreffs der Fremden für sich behalten mußte. Gryss beschloß, sich bei nächster Gelegenheit mit Farnor und Marna zu treffen, am besten heute noch, vor der Ratsversammlung.

Farnor jedoch hatte bereits eine eigene Entscheidung getroffen. Zu seiner Überraschung hatte er gut geschlafen und war früh aufgestanden. Fest entschlossen hatte er seine morgendlichen Arbeiten mit ungewöhnlicher Schnelligkeit erledigt, wobei er allerdings sorgfältig darauf geachtet hatte, nicht die Aufmerksamkeit seines Vaters zu erregen, damit dieser nicht auf die Idee kam, ihm weitere Aufgaben zu übertragen.

Schließlich war er davongeschlüpft und hatte Marna gesucht.

So kam es, daß die beiden Gryss bei seiner Rückkehr aus der Burg überfielen.

»Du bist ja vollkommen durchnäßt«, lauteten Marnas erste Worte, als sie und Farnor hinter einem großen Baum hervortraten. »Warum um Himmels willen hast du nicht deine Kapuze aufgezogen?«

Verblüfft von ihrer ernsten, mütterlichen Art riß Gryss den Mund auf. Sein erster Reflex war, sich zu entschuldigen. »Ich ...« Aber er hielt inne. »Was ist los?« fragte er und wandte sich an Farnor. »Ist noch was passiert?«

»Nein«, antwortete Farnor. »Ich habe Marna von gestern erzählt, und sie hat darauf bestanden, mit dir darüber zu reden.«

Unbeholfen stieg Gryss vom Pferd. »Woher habt ihr gewußt, wo ich bin?« fragte er.

»Ich habe dich vorhin am Hof vorbeireiten gesehen«, erklärte Farnor. Dann stellte er besorgt Gryss dessen eigene Frage: »Ist in der Nacht noch was passiert?«

Gryss runzelte die Stirn. Er *war* vollkommen durchnäßt, und ihm war kalt, und so hatte er sich eigentlich nicht mit den beiden treffen wollen, um mit ihnen die jüngsten Entwicklungen zu besprechen. Aber da sich jetzt nun einmal die Gelegenheit ergeben hatte, konnte er nichts dadurch gewinnen, es noch länger hinauszuzögern. Außerdem konnten die beiden für ihn die Nachricht verbreiten, daß für heute Abend eine dringende Sitzung des Dorfrats angesetzt sei.

»Begleitet mich zu meinem Haus«, sagte er. »Ich habe euch eine Menge zu erzählen.«

Wie Gryss vermutet hatte, verlief die Ratsversammlung in der Tat ausgesprochen ›interessant‹. Vollversammlungen waren ein seltenes Ereignis und selbst unter den besten Umständen nicht gerade bekannt dafür, sehr … *formell* zu sein. Diese jedoch verlief sogar noch schlimmer als für gewöhnlich – jedenfalls schlimmer als alle, an die sich die Anwesenden erinnern konnten: Sie war geprägt von einem nahezu undurchschaubaren Durcheinander und einem bisweilen ohrenbetäubenden Lärm.

Die ganze Zeit über verbarg Gryss jedoch seine Zweifel in Bezug auf Hauptmann Nilsson und seine Männer, und daß auch sonst niemand sich dahingehend äußerte, erleichterte ihn. Über eine Vielzahl von Themen wurde offen und lang diskutiert, und jedes einzelne von ihnen wurde mehrfach von verschiedenen Leuten zur Sprache gebracht, obwohl die meisten von ihnen vollkommen bedeutungslos waren. Gryss vermied es bewußt, die Versammlung in irgendeiner Form zu leiten; er hielt es für besser, daß die Dorfältesten ihrer Überraschung und Wut zunächst in der Abgeschiedenheit der Ratshalle Luft machten, bevor die Neuigkeiten öffentlich verkündet wurden. Auch war es ihm wichtig, daß niemand Gelegenheit bekam, eingehender über die Angelegenheit nachzudenken.

Dementsprechend dauerte es seine Zeit, bis man zu einem Ergebnis kam, doch als es endlich soweit war, hatte man sich lediglich auf ein einfaches, »Na ja, wir können ohnehin nichts daran ändern«, geeinigt.

Gryss nickte weise und hoffte, daß er seine Geschichte nicht noch einmal würde wiederholen müssen. »Nicht wirklich«, bestätigte er. »Man hat es mir verkündet, und ich habe es an euch weitergegeben.« Erneut versuchte er, jene Befürchtung zu zerstreuen, die am häufigsten geäußert worden war. »Der Hauptmann hat gesagt, sie seien nicht an unseren Angelegenheiten interessiert und daß er von uns erwarte, daß wir weitermachen wie bisher. Ich vermute, daß er uns beizeiten darüber informieren wird, welche Art Versorgungsgüter und Helfer er braucht. Mit ein wenig gutem Willen und gesundem Menschenverstand werden wir schon mit ihnen zusammenarbeiten können.«

Schließlich löste sich die Versammlung auf, und die Ratsmitglieder gingen nach Hause und nahmen die letzten Echos der Debatte mit. Unauffällig nahm Gryss Garren, Yakob, Jeorg und Harlen beiseite und bat sie unter irgendeinem Vorwand, zu seinem Haus zu gehen und dort auf ihn zu warten.

So kam es, daß Gryss, nachdem er von seinem entrüsteten Hund an der Tür begrüßt worden war, im Hinterzimmer von seinen vier Freunden erwartet wurde.

»Bitte verzeiht mir die kleine List«, sagte er, »aber ich wollte nicht, daß die anderen merken, daß ich mit euch alleine reden will.«

Die Verwirrung auf den Gesichtern wich einem Ausdruck der Sorge ob dieses seltsamen Geständnisses, und diese Sorge vergrößerte sich noch, während Gryss die Geschichte, die er wiederholt auf der Versammlung erzählt hatte, um die Zweifel ergänzte, die er betreffs der ›Steuereintreiber‹ hegte.

Im Gegensatz zum Dorfrat schwiegen seine Zuhörer, nachdem er geendet hatte mit Ausnahme von Jeorg, der leise vor sich hin fluchte.

»Das sind grauenvolle Gedanken, Gryss«, sagte Garren schließlich. »Was ist der Grund dafür?«

Gryss zuckte mit den Schultern. Er hatte weder Farnor und die Kreatur erwähnt noch Marna. Seine Freunde mußten schon genug verdauen. »Sie sind mir wohl schon eine ganze Zeit im Hinterkopf herumgeschwirrt«, log er. »Nachdem ich vergangene Nacht Nilssons Männer behandelt habe, sind sie anscheinend als Folge des Schocks ob seiner Anordnungen zum Vorschein gekommen.« Er senkte den Blick. »Ich fühle mich dafür verantwortlich, daß ich nicht sofort versucht habe herauszufinden, wer sie wirklich sind.«

Yakob, ein großer, würdevoller Mann, stets ordentlich gekleidet und in vielerlei Hinsicht das genaue Gegenteil von Gryss, legte Gryss die Hand auf den Arm. »Mach dir keine Vorwürfe«, sagte er. »Wenn jemand sich etwas vorzuwerfen hat, dann wir alle. Zuerst waren wir viel zu überrascht, als wir sie gesehen haben, und dann haben wir uns viel zu viel Gedanken über unseren ach so wertvollen Tribut gemacht, daß niemand daran gedacht hat, sie nach einem Beglaubigungsschreiben zu fragen.«

Allgemeines Nicken bestätigte diese Aussage.

»Vielleicht ist es sogar ganz gut, daß wir nicht danach gefragt haben«, bemerkte Jeorg. »Wenn sie wirklich nicht das sind, was sie zu sein scheinen, dann hätten sie sich vielleicht sofort gegen uns gewandt.«

»Ich glaube, Gryss macht sich unnötig Sorgen«, sagte Yakob. »Sicher, sie sehen recht rauh aus, aber wenn sie keine Soldaten oder Steuereintreiber sind, was sollten sie dann sein? Woher sollte solch ein großer Haufen Bewaffneter kommen? Wie sollte er entstanden sein?«

Gryss empfand diesen Gedanken keineswegs als beruhigend. »Die Welt jenseits der Hügel ist sehr, sehr groß«, erwiderte er in düsterem Tonfall. »Als ich jünger war, habe ich genug davon gesehen, um zu wissen, daß ich noch nicht einmal einen Bruchteil davon kennengelernt habe.

Und ich habe genug erlebt, um diesen Ort hier wahrhaft schätzen zu lernen. Sie könnten von überall her kommen, glaubt mir. Deserteure aus der Armee irgendeines Fürsten oder Königs, Söldner oder einfache Banditen – alles. Sie *sind* immerhin Fremde. Allerdings sollten wir uns weniger fragen, wer sie sind, als vielmehr, was sie wollen.«

»Gibt es sonst noch etwas, was du uns nicht erzählt hast?« fragte Garren.

»Ich habe euch gar nichts *erzählt*«, wich Gryss aus. »Ich wollte nur einige Sorgen mit euch besprechen, die mich plagen, und zwar in Ruhe und ohne das ganze Trara einer Ratsversammlung. Vielleicht mache ich mir ja vollkommen grundlos Gedanken, aber ...«

Er ließ den Satz unvollendet, und Schweigen senkte sich über die Männer.

Jeorg stieß geräuschvoll den Atem aus. »Nun, wir können uns hier heiser reden, ohne auch nur einen Deut klüger zu werden«, sagte er. »Mir scheint, es ist, wie du gesagt hast: Wenn wir sichergehen wollen, bleibt uns nichts anderes übrig, als jemanden in die Hauptstadt zu schicken und nachzufragen. Und das sollte rasch geschehen, bevor sie ihren ... ihren Wachposten einrichten.«

Harlen setzte an, etwas darauf zu erwidern, doch Jeorg fuhr unbeeindruckt fort: »Du kannst mir den Weg erklären, Gryss, und dann sage ich meiner Frau, sie soll verbreiten, ich sei krank und litte an ...« er zuckte mit den Schultern »... an irgendetwas. An was, das überlasse ich dir; schließlich bist du der Heiler. Dann ...«

Harlen hustete und hob die Hand. Verärgert ob der Unterbrechung verzog Jeorg das Gesicht.

»Es könnte bereits zu spät sein«, verkündete Harlen. Auf seinem runden, freundlichen Gesicht zeigten sich tiefe Falten. »Ich war heute Morgen ein Stück weiter unten im Tal, in der Nähe des Flusses, als ein gutes Dutzend Reiter an mir vorbeigekommen ist. Sie hatten Packpferde dabei.«

Gryss fluchte.

Jeorg weigerte sich nachzugeben. »Nur ein Dutzend?« fragte er. »Ich schleiche mich an ihnen vorbei. Sie können unmöglich das ganze Tal im Auge behalten.«

Gryss bedeutete ihm zu schweigen. »Nein, nein«, erklärte er entschlossen. »Es ist zu riskant. Neben anderen Dingen wirst du ein Pferd brauchen, und damit an jemandem vorbeizuschleichen ist unmöglich.« Er runzelte die Stirn. »Wer oder was unser Hauptmann auch immer sein mag, er versteht sein Handwerk. Noch bevor er uns überhaupt etwas gesagt hat, hat er bereits dafür gesorgt, daß wir das Tal nicht mehr unbemerkt verlassen können.« Er fluchte erneut.

Die anderen betrachteten ihn peinlich berührt. Normalerweise verlor Gryss nie derart die Beherrschung.

»Ich könnte behaupten, noch nichts von den Anordnungen gehört zu haben«, sagte Jeorg, der nach wie vor an seiner Idee festhielt.

»Nicht, wenn sie dich beim Schleichen erwischen«, wandte Gryss ein. »Und wenn du einfach in sie hineinläufst, dann werden sie dich ohnehin wieder zurückschicken. Außerdem hat Nilsson gesagt, daß jeder, der versucht, das Tal ohne Erlaubnis zu verlassen, mit einer Strafe zu rechnen hat.«

Jeorg klappte den Mund auf und zu, doch kein Laut des Protests kam über seine Lippen.

»Über die Gipfel?« dachte Gryss laut.

Alle vier schüttelten die Köpfe, und auch Gryss schob den Gedanken sofort wieder beiseite. Das war bei weitem zu gefährlich, und außerdem konnte man auf diesem Weg kein Pferd mitnehmen.

»Er hat uns«, erklärte er schließlich und biß die Zähne zusammen. »Wir sitzen in der Falle.«

Erneut erfüllte Schweigen den Raum. Gryss' Hund stieß ein lautes Schnaufen aus und rollte sich polternd auf die andere Seite.

»Dann bleibt uns nichts anderes übrig, als zu beobachten und abzuwarten«, sagte Yakob. »Ich stimme mit dem überein, was du vorhin gesagt hast, Gryss. Was auch immer sie sein mögen, Nilsson will, daß wir sie für Männer des Königs halten, und wenn wir uns dementsprechend benehmen, anstatt uns blind in irgendein Abenteuer zu stürzen, finden wir vielleicht etwas heraus, was uns helfen kann.« Vielsagend blickte er zu Jeorg, der sich jedoch glücklicherweise abgewandt hatte.

»Es könnte tatsächlich sein, daß ich mir vollkommen umsonst Sorgen mache«, sagte Gryss wenig überzeugend in Bezug auf Yakobs erste Bemerkung.

»Das könnte es in der Tat«, bestätigte Garren, »aber du könntest genauso gut Recht haben. Wir haben eine Menge als selbstverständlich betrachtet. Fragen, die wir zu Beginn hätten stellen sollen, können jetzt nicht mehr gestellt werden. Es ist tatsächlich sehr wahrscheinlich, daß man niemandem gestatten wird, das Tal zu verlassen, und uns einfach davonschleichen können wir auch nicht mehr; also bleibt uns wohl nichts anderes übrig, als das zu tun, worauf wir uns auf der Versammlung geeinigt haben: beobachten und abwarten.« Er beugte sich vor. »Aber wir fünf müssen miteinander in Verbindung bleiben und uns regelmäßig treffen, um die neuesten Entwicklungen zu besprechen. Und wir müssen Augen und Ohren offenhalten, damit wir jederzeit wissen, wie die Stimmung im Dorf ist.«

Jeorg verzog das Gesicht. »Wir sollten *irgendetwas* tun«, forderte er erregt. »Wir dürfen nicht einfach trübsinnig herumschleichen und darauf warten, daß irgendwas geschieht. Ich würde trotzdem gerne versuchen, in die Hauptstadt zu gehen.«

Gryss betrachtete ihn. Jeorg war ein praktisch veranlagter Mensch, und Nichtstun widersprach seiner Natur. Ihm zu verbieten, das Tal zu verlassen, würde unweigerlich in der Zukunft Probleme heraufbeschwören.

Vorsichtig sagte er: »Nein, Jeorg. Zumindest jetzt noch nicht. Wir *müssen* erst herausfinden, was dort oben wirklich geschieht.«

»Je länger wir warten, desto schlimmer könnte es werden«, entgegnete Jeorg. »Wenn sie jetzt bereits einen kleinen Wachposten errichtet haben, dann steht dort demnächst vielleicht ein Fort.« Seine Augen weiteten sich. »Vielleicht verlangen sie sogar von uns, es zu bauen«, fügte er entrüstet hinzu.

»Nein, Jeorg«, sagte Gryss. »Keiner von uns darf etwas tun, ohne es vorher mit den anderen zu besprechen.« Er wartete nicht auf Zustimmung zu dieser Äußerung. »Denk du ruhig darüber nach, wie du es anstellen willst, das Tal zu verlassen, Jeorg. Ich werde dir den Weg in die Hauptstadt so gut beschreiben, wie ich mich an ihn erinnern kann, und dann werden wir darüber entscheiden, was du alles mitnehmen und welche Geschichte du im Palast vortragen mußt, damit alles bereit ist, wenn sich die Gelegenheit bietet, das Tal heimlich zu verlassen. Aber unternimm nichts, ohne vorher mit uns zu reden! Bist du damit einverstanden?«

Erschrocken über die plötzliche, wilde Kraft in Gryss' Stimme riß Jeorg den Mund auf. »Ich ... Ich glaube schon«, stammelte er.

Gryss blickte zu den anderen. Sie nickten. Garren lächelte leicht ob Jeorgs Verunsicherung.

»Und wir behalten dieses Gespräch, *alle* unsere Gespräche und Gedanken für uns«, erklärte Gryss in endgültigem Tonfall.

Niemand widersprach ihm, und die kleine Versammlung war beendet. Bevor sie sich jedoch trennten, sprach Gryss noch einmal mit Harlen und Garren.

»Ich würde gerne Farnor und Marna in unsere Verschwörung mit einbeziehen – zumindest teilweise«, sagte er. »Beide sind vernünftige Kinder ...« Schuldbewußt zuckte er mit den Schultern. »'Junge Leute' sollte ich heutzutage wohl eher sagen. Wenn sie herumrennen und Nachrichten übermitteln, ist das unauffälliger, als wenn wir das tun würden. Und sie werden auch mehr aufschnappen als wir – Gerüchte und Ähnliches.«

Garren zog die Augenbrauen hoch. »Nun, Farnor verbringt in letzter Zeit mehr Zeit bei dir als auf dem Hof. Also nehme ich an, daß das keine große Veränderung bedeuten wird«, sagte er.

Gryss hob entschuldigend die Hände. Dann beschloß er, zumindest einen Teil der Wahrheit preiszugeben. »Farnor und ich haben oft und lange über Nilsson und seine Männer gesprochen«, sagte er. »Er ist mit seinen Zweifeln aus eigenem Antrieb zu mir gekommen, nachdem wir zum ersten Mal oben in der Burg gewesen sind. Er wird wissen, was los ist, wenn er die Neuigkeiten hört, aber es wäre gut, wenn er ebenfalls wüßte, daß er nicht nur mit mir, sondern auch mit dir offen über alles reden kann.«

Garren wirkte verletzt. »Er kann mit mir immer und über alles reden«, erwiderte er. »Er muß nicht extra zu dir laufen.«

»Er ist nicht *zu mir gelaufen*«, versicherte ihm Gryss beruhigend. »Es hat sich einfach nur während eines ganz normalen Gesprächs so ergeben. Mach ihm deswegen keine Vorwürfe. Ich war schon immer so etwas wie ein Großvater für ihn, und es gibt Dinge, die man eher den Großeltern als den Eltern anvertraut.«

»Da hast du vermutlich Recht«, gestand Garren und errötete leicht. »Und wenn er dich ohnehin schon mit Fragen belästigt hat, dann habe ich nichts dagegen, wenn er weiß, was wir denken. Um ehrlich zu sein, daß wird auch zu Hause alles einfacher machen. Farnor ist mir in letzter Zeit immer häufiger ausgewichen.«

Gryss wandte seine Aufmerksamkeit Harlen zu. Einen jungen Mann in das alles mit einzubeziehen war eine Sache, aber ein Mädchen – eine junge Frau – war etwas vollkommen anderes ...

Doch Harlen wirkte sogar ein wenig erleichtert. »Ich kann nicht behaupten, daß ich mich darüber freue«, sagte er. »Aber Marna hat sich in letzter Zeit schon ähnlich geäußert – genauer gesagt: Seit die Fremden zum ersten Mal aufgetaucht sind, beobachtete sie sie mißtrauisch. Ich glaube, es ist gut, wenn sie weiß, daß du genauso denkst. Ich hatte schon Angst, daß sie irgendetwas Dummes tun könnte.« Er zögerte. »Wir kommen gut miteinander aus, aber ... über bestimmte Dinge reden wir nicht so viel, wie wir reden sollten. Es ist schwer ... Sie braucht wirklich eine Frau im Haus, jemanden mit dem sie über alles sprechen kann.«

»Ich verstehe«, sagte Gryss. »Oder wenigstens glaube ich das. Alles in allem vermute ich, daß ich die Frauen jetzt noch weit weniger verstehe als noch vor fünfzig Jahren, aber ich weiß, daß sie dich genauso liebt wie du sie.«

Harlen nickte. »Sie ist außerdem ziemlich dickköpfig, um nicht zu sagen stur«, erklärte er. »Wenn sie es sich in den Kopf setzen würde, würde sie, ohne vorher darüber nachzudenken, schnurstracks zur Burg gehen, ans Tor hämmern und ein königliches Beglaubigungsschreiben verlangen.«

Gryss lachte.

»Dann macht es dir also nichts aus, wenn sie uns hilft?« fragte er.

»Doch, es macht mir was aus«, erwiderte Harlen. »Aber erzähl ihr trotzdem, was du willst. Meinen Segen hast du. Sie wird sowieso tun, was sie will.«

Kurze Zeit später stand Gryss in seiner Tür und blickte seinen Gästen hinterher. Gedankenverloren spielte er mit dem Ring an seiner Türglocke und spürte die scharf herausgearbeiteten Linien der Figuren an den Fingerspitzen. Die Glocke klingelte leise, und ein schwaches, verschlafenes Bellen hallte den Flur hinunter. Den Ring in der Hand zu halten erinnerte Gryss an Nilssons beinahe wütende Frage ein paar Tage zuvor. Kein Gruß, keine lange Vorrede, nur: »Wo hast du den Ring her, alter Mann?«

Gryss betrachtete ihn. »Du weißt mehr über diese Leute als wir, nicht wahr?« dachte er laut. Dann seufzte er. Er wünschte, er hätte den Mann genauer befragt, von dem er den Ring vor Jahren gekauft hatte. Nun konnte er sich noch nicht einmal mehr daran erinnern, wie der Händler ausgesehen hatte.

Doch das war wie der Wind vom letzten Jahr: lange, lange vorbei. Er ließ den Ring los. Mit einem leisen Klirren prallte das Schmuckstück von der Wand ab.

Gryss atmete tief durch. Die Luft war frisch, kühl, und der Wind hatte merklich nachgelassen. Er hob den Blick. Wolken, schwarz und dunkelblau, beunruhigend grau und manchmal mit silbernem Rand, wanderten mit der leichten Brise über den mondhellen Himmel.

Gryss hatte gemischte Gefühle wegen dem, was soeben geschehen war. Er war froh, daß er zumindest einen Teil seiner Last mit seinen Freunden geteilt hatte, aber er empfand auch Reue, weil er Garren und Harlen angelogen hatte, was die Rolle ihrer Kinder betraf. Natürlich war ihm nichts anderes übriggeblieben, und er hatte Farnor und Marna versprochen, ihnen den Weg zu bereiten, damit sie nach wie vor an allem teilhaben konnten, ohne elterliche Maßregelung fürchten zu müssen.

Aber dennoch: Ein solches Täuschungsmanöver widersprach Gryss' Natur. Es war wie ein böses Omen. Gryss hob die Hand, um den Sonnenstein zu entzünden, wie er es jeden Abend getan hatte, solange er denken konnte. Dann zögerte er und senkte die Hand wieder. *Nicht heute Nacht,* dachte er. *Nicht heute Nacht.*

Er drehte sich um und ging wieder hinein. Leise schloß er hinter sich die Tür.

Kapitel 24

Glücklicherweise hatte der Großteil der Ratsmitglieder die langwierige Debatte und ihr Ergebnis gut aufgenommen, und diese Reaktion war dann auch maßgebend dafür, wie dem Rest der Dorfgemeinschaft die Nachricht von der Errichtung der Garnison beigebracht wurde.

Allerdings war unvermeidlich, daß die Reaktionen der Dörfler gemischt ausfielen. Die meisten suchten natürlich nach Gründen für die Besetzung der Burg, aber da niemand etwas Genaueres über die Welt jenseits der Hügel wußte, erschöpften sich diese Versuche in der Schaffung von Phantasiegebilden, die Yonas dem Geschichtenerzähler zur Ehre gereicht hätten.

Ein oder zwei nickten weise und verkündeten, daß sie schon die ganze Zeit über gewußt hätten, daß die Fremden etwas Derartiges beabsichtigten. »Warum sonst hätten sie nach all den Jahren hier auftauchen sollen?« Man stellte jedoch fest, daß diese Leute es auffälligerweise versäumt hatten, ihr Wissen mit Freunden und Nachbarn zu teilen, und zwar *bevor* die Einrichtung der Garnison allgemein bekannt geworden war.

Einige zuckten gleichgültig mit den Schultern und sagten, daß sie sowieso nichts tun könnten, und somit lohne es sich auch nicht, überhaupt über die Angelegenheit nachzudenken.

Eine kleine Minderheit – eine *sehr* kleine Minderheit – erklärte aus irgendeinem unverständlichen Grund, daß sie sich mit einer bewaffneten Garnison in der Nähe sogar sicherer fühlen würde.

Alles in allem zeigten die Männer verschiedene Grade der Entrüstung – im allgemeinen innerhalb der sicheren Mauern des Gasthofes –, während die weit klügeren Frauen schwiegen oder zischend die Luft einsogen und sich die Hand auf die Brust legten, wann immer die

Furcht sich einen Weg an die Oberfläche bahnte. Nur wenige schien es zu beunruhigen, daß am Talausgang ein Wachposten errichtet wurde. »Da geht sowieso nie jemand runter. Außerdem hält er unwillkommene Fremde draußen.« Wann allerdings zum letzten Mal ein ›unwillkommener Fremder‹ im Tal gesichtet worden war, wurde nicht diskutiert.

Gryss und die meisten anderen Ratsmitglieder hatten alle Hände voll damit zu tun, die Angelegenheit immer wieder und in aller Ausführlichkeit zu besprechen, nur daß Gryss diesmal froh darüber war, dieselbe Geschichte wiederholen zu können. Das Gefühl, das sich im Tal ausbreitete, fand seinen Widerhall in der Natur der Dörfler.

»Man soll keine schlafenden Hunde wecken.«

»Man darf nicht im Mist wühlen, wenn man den Gestank nicht ertragen kann.«

Kurz gesagt: »Wenn wir sie in Ruhe lassen, dann lassen sie auch uns in Ruhe.« Das Totengeläut so manch eines Volkes.

Trotz seiner Erleichterung darüber, wie die Neuigkeit aufgenommen worden war, wurden Gryss' Sorgen keineswegs geringer. Er nahm die Selbstzufriedenheit wahr, die er mit erzeugt hatte, und er fragte sich, ob er das Dorf jetzt nicht erneut im Stich ließ, so wie er es im Stich gelassen hatte, als die Fremden zum ersten Mal aufgetaucht waren und er sie vorbehaltlos als Steuereintreiber akzeptiert hatte.

Nach ein paar Tagen berief er eine weitere Ratsversammlung ein und ließ sich in der Rolle bestätigen, die er ohnehin schon angenommen hatte: offizieller Vertreter des Dorfes in der Burg.

Nicht daß seine Dienste benötigt würden. Von der Burg gingen keinerlei Aktivitäten aus, abgesehen von dem Reitertrupp, der gelegentlich das Tal hinunterzog oder wieder zurückkehrte. Harlen berichtete, daß der Wachposten nur aus ein paar Zelten bestand; allerdings fügte er hinzu, daß Patrouillen regelmäßig ein weiträumiges Gebiet abritten.

Gryss nickte nur ob dieser Neuigkeit, obwohl er sicherstellte, daß Harlen sie in Jeorgs Gegenwart wiederholte.

Marna und Farnor unterstanden nun offiziell Gryss' Befehl; allerdings hatten sie außer ihren üblichen Arbeiten nichts weiter zu tun. Jedesmal wenn sie sich trafen, blickte Gryss fragend zu Farnor, aber der junge Mann hatte keine weiteren seltsamen Kontakte erlebt.

Nur das weit entfernte, unverständliche Brabbeln, das er vor seinem letzten Kontakt mit der Kreatur vernommen hatte, hörte er beizeiten noch immer. Meist kam es zu ihm, wenn er kurz davor stand einzuschlafen, doch es stammte eindeutig nicht aus seinem Inneren, das wußte er; seine Einbildung spielte ihm keinen Streich.

Aus irgendeinem Grund, den er nicht erklären konnte, verzichtete er jedoch darauf, es Gryss gegenüber zu erwähnen. Was auch immer es sein mochte, es besaß nichts von dem Bösen, das die Kreatur auszeichnete.

Während die Dörfler sich der Macht der Gewohnheit beugten und wieder ihrem Alltag nachgingen, verliefen die Dinge in der Burg weniger gelassen.

Rannick kam und ging, folgte dabei seinem eigenen Rhythmus, so wie er es immer getan hatte, und legte niemandem gegenüber Rechenschaft ab. Doch jedesmal, wenn er zurückkehrte, war er von einem ungewöhnlichen Hochgefühl beseelt. Die Männer jedoch empfanden anders. Sie hatten sich Rannick teils aus Furcht zugewandt, aber auch, weil er ihnen eine Vision für die Zukunft gegeben hatte, wie sie sie schon einmal gehabt hatten – eine Vision, deren Zerstörung sie erst auf diese sinnlose Wanderschaft geführt hatte.

Nun hatten sie allerdings nicht viel zu tun – abgesehen

von jenen, die den Wachposten weiter unten im Tal bemannten. Als sie über diese Burg gestolpert waren, waren sie erschöpft, hungrig und beinahe vollkommen demoralisiert gewesen, ihr Wille untergraben von der allgegenwärtigen Furcht vor den Rachegeistern der Vergangenheit. Jetzt befanden sie sich in relativer Sicherheit, und das Band zwischen ihnen, das durch unzählige gemeinsame Entbehrungen entstanden war, begann, schwächer zu werden.

Es bedurfte nicht Nilssons außergewöhnlicher Auffassungsgabe, um die wachsende Unzufriedenheit der Männer zu bemerken, doch er wußte nicht, was er tun sollte. Rannick hatte sie an das Tal gebunden, und um den Frieden zu sichern, hatte Nilsson sie an die Burg und ihre unmittelbare Umgebung gefesselt.

Aufmerksam beobachtete er Rannick.

»Die Männer brauchen etwas zu tun«, sagte er. »Ganz sich selbst überlassen werden sie unruhig – unruhig und schwierig.«

Rannick, der erst vor kurzem von einem seiner Ausflüge zurückgekehrt war, saß auf einem Stuhl und starrte ins Leere. Nichts deutete darauf hin, daß er Nilsson gehört hatte, und so wollte dieser seine Bemerkung noch einmal wiederholen, doch als er den Mund öffnete, hob Rannick die Hand.

»Jeden Tag«, sagte er leise.

»Herr?«

»Jeden Tag«, wiederholte Rannick. Er betrachtete seine Hände. »Die Dinge, die ich finde.«

Eine innere Stimme warnte Nilsson, nicht weiter nachzufragen.

Es folgte ein langes Schweigen. Dann stand Rannick auf und drehte sich zu Nilsson um. »Ja, du hast Recht«, sagte er. »Die Männer werden nicht nur unruhig und schwierig werden, sondern auch weich und nutzlos, wenn wir sie so weitermachen lassen.« Sein Gesicht verhärtete sich. »Und wenn sie nicht kämpfen können, sind sie wertlos, wenn sie nicht *gut* kämpfen können.«

»Ja, Herr«, stimmte ihm Nilsson zu. »Aber was ...?«

»Wir reiten« unterbrach ihn Rannick. »Wir reiten aus dem Tal. Wir werden unsere Reise auf der goldenen Straße beginnen.«

Die letzte Bemerkung ergab zwar keinen Sinn für Nilsson, aber was Rannicks Entscheidung bedeutete, war ihm durchaus bewußt.

»Wir sollen diesen Ort verlassen, Herr?« rief er aus. Er konnte die Überraschung in seiner Stimme nicht verbergen. »Warum?«

Rannick lächelte unangenehm. »Um die Männer wieder ans Feld zu gewöhnen, Hauptmann, auf daß sie diese Zuflucht hier zu schätzen lernen. Und um zu suchen, zu finden, zu nehmen, zu lernen und unsere Kraft zu erproben. Um vieler Dinge willen.«

Noch immer nicht klüger geworden, nickte Nilsson. »Wie Ihr befehlt, Herr«, erwiderte er. »Wie viele sollen gehen und für wie lange?«

»Alle, Hauptmann«, antwortete Rannick. »Wir werden alle gehen.« Er ließ seinen Blick über die kahlen Wände und die hohe gewölbte Decke schweifen. »Aber nicht für lange. Wenn wir zurückkehren, gibt es hier viel zu tun. Dieser Ort muß unserer Gegenwart angemessen gestaltet werden.«

»Alle, Herr?« hakte Nilsson vorsichtig nach. »Wir müssen zumindest ein Dutzend zurücklassen, um die Burg zu bewachen.«

»Gegen was, Hauptmann?« fragte Rannick, und ein kurzes, böses Lachen drang aus seiner Kehle, das Nilsson einen Schauder über den Rücken jagte. »Gegen die Dörfler? Sie werden jetzt noch weniger Lust haben, hier hoch zu kommen, als früher. Und was sollten sie hier auch tun, wenn sie doch heraufkommen würden? Wie Mäuse an ihrem gestohlenen Tribut knabbern?«

Nilsson wußte keine Antwort darauf. »Alte Gewohnheit, Herr«, rechtfertigte er sich nach kurzem Zögern.

Rannick richtete seine Aufmerksamkeit wieder auf seine Hände, ballte sie abwechselnd zu Fäusten und nickte schließlich langsam. »Außerdem werde *ich* eine Wache zurücklassen, der niemand widerstehen wird.«

So kam es, daß die Dörfler am folgenden Tag beobachteten, wie der gesamte Trupp lärmend durchs Dorf trottete. Zunächst freuten sich die Menschen darüber, doch diese Freude löste sich rasch in Nichts auf, als Nilsson, der die Nachhut bildete, Gryss gegenüber kalt erklärte: »Wir kommen zurück.«

Trotzdem eröffnete der Abmarsch einige unerwartete Möglichkeiten, da Nilsson aus irgendeinem Grund beschlossen hatte, Gryss ebenfalls mitzuteilen, daß der gesamte Trupp ausrücken würde und somit die Dienste des Dorfes in nächster Zeit nicht vonnöten seien.

»Harlen sagt, sie sind alle das Tal hinuntergezogen«, erklärte Jeorg gegenüber Gryss. »Auch ihr Wachposten ist nicht bemannt. Vielleicht wird sich uns nie wieder eine solche Gelegenheit bieten. Ich kann mich sofort auf den Weg in die Hauptstadt machen, und du und die anderen, ihr könnt euch in die Burg schleichen und nach irgendwelchen Dokumenten suchen, die belegen, daß die Fremden das sind, was sie zu sein vorgeben.«

Gryss war über beide Ideen nicht glücklich, nicht zuletzt, weil er Jeorg tatsächlich den Weg zur Hauptstadt erklärt hatte; allerdings hatte er dieses Versprechen nur erfüllt, um Jeorg davon abzuhalten, irgendeine Dummheit zu begehen. Er hatte die Beschreibung so ungenau wie möglich gehalten. Häufig hatte er so getan, als könne er sich nicht mehr genau erinnern, und immer wieder hatte er solche Gespräche hinausgezögert, indem er nach irgendetwas in den Reisetagebüchern aus seiner Jugend gesucht hatte. Aber trotz Gryss' Verzögerungstaktik hatte Jeorg ihm stets aufmerksam zugehört und sich als ungewöhnlich geduldig erwiesen. Und jetzt besaß er tatsächlich ein durchschlagendes Argument: Wer in der Tat vermochte schon zu sagen, wann das Tal das nächste Mal unbewacht sein würde?

»Ich vermute, du hast Recht«, stimmte ihm Gryss nach längerem Zögern zu. »Aber um Himmels willen, Jeorg, paß auf dich auf.«

»Ich werde die Augen offenhalten. Sollte ich dennoch über sie stolpern, werde ich sagen, ich sei ihnen hinterhergeritten, um sie um Erlaubnis zu fragen«, erklärte Jeorg selbstbewußt.

Sein Selbstbewußtsein wirkte jedoch nicht ansteckend, und Gryss konnte die Sorge aus seinem Gesicht nicht verbannen, als er sich später am Tag von seinem Freund verabschiedete.

»Schau nicht so unglücklich drein, Gryss«, sagte Jeorg. »Wir haben alles so gut geplant, wie wir konnten. Ich bin kein großer Spurenleser, aber eine so große Gruppe ist so auffällig, daß ich wohl kaum durch Zufall über sie stolpern werde.« Er blickte zum Himmel hinauf. »Ein schöner Tag für einen Ritt.«

Gryss ignorierte die aufgesetzte Fröhlichkeit. »Bist du sicher, daß deine Frau damit einverstanden ist?« erkundigte er sich in einem letzten Versuch, Jeorg vielleicht doch noch umzustimmen.

Jeorgs Selbstbewußtsein geriet ins Wanken. »Ja«, gab er zur Antwort, sofort gefolgt von einem: »Nun, äh, nein. Nicht wirklich. Aber ... Aber es muß schließlich getan werden, nicht wahr? Sie steht hinter mir.«

Und das war das. Regungslos, den Kopf vornübergebeugt und mit hochgezogenen Schultern blickte Gryss seinem Freund hinterher. Die Sonne wärmte sein Gesicht, und die Luft war erfüllt von den Gerüchen und Geräuschen des nahenden Sommers, doch innerlich brüllte Gryss vor Zorn. Zorn auf sich selbst für das, was ihm als fortgesetzte Torheit erschien: nämlich die Dörfler zu beschwichtigen und Jeorg diese gefahrvolle Reise unternehmen zu lassen. Zorn auf Nilsson, weil er war, was er war, und weil er solche Unruhe in diesen friedlichen, schönen Ort gebracht hatte. Zorn auf Jeorg, weil dieser so fähig war, so naiv, so ...

Er fluchte über sich selbst, um nicht in Versuchung zu geraten, sein Verhalten zu rechtfertigen. Dann drehte er sich um und ging zum Haus zurück. Es war an der Zeit, daß er seine nächste Torheit beging.

Aber diesmal würde er es allein tun. Mit dem Bild des davonreitenden Jeorg im Kopf wußte er, daß er keinen weiteren seiner Freunde mehr in Gefahr bringen durfte, egal aus welchem Grund. Die Durchsuchung der Burg war für den nächsten Tag geplant worden. Während Gryss, Yakob und Garren in die Burg eindringen sollten, würden Harlen, Farnor und Marna Wache stehen. Gryss blinzelte zur Sonne hinauf, um abzuschätzen, wie spät es war. Wenn er sofort losreiten würde, könnte er bereits vor Einbruch der Dunkelheit wieder zurück sein.

Er beschloß, *jetzt* zur Burg zu gehen, und wenn er sie leer fand, dann würde er hineingehen.

Er hatte allerdings die Rechnung ohne Farnor gemacht. Aufgeregter ob des morgigen Unternehmens, als er je zugeben würde, hatte Farnor den Nachmittag damit verbracht, die Burg zu beobachten. Er hatte sich einen Aussichtspunkt auf einem grasbewachsenen Hügel ausgesucht, von wo aus er sowohl die Burg als auch das Dorf sehen konnte. Da er wußte, was morgen von ihm erwartet wurde, konzentrierte er sich hauptsächlich auf jene Stelle, wo Marna stehen und Signal geben würde, sollte plötzlich Nilssons Trupp auftauchen. So kam es, daß er Gryss bereits die Straße entlang reiten sah, nachdem dieser das Dorf erst wenige Minuten zuvor verlassen hatte.

Weil Farnor annahm, daß Gryss Garren besuchen

wollte – vielleicht, um noch etwas für den nächsten Tag zu besprechen –, widmete er ihm kaum Aufmerksamkeit, bis er das Ende des Weges erreichte, der zum Yarrance-Hof führte. Farnor runzelte die Stirn. Wo wollte Gryss hin?

Ohne weiter darüber nachzudenken und begierig, dem alten Mann seine eigenen Neuigkeiten mitzuteilen, kletterte Farnor vorsichtig den steilen Hang hinunter. Am Fuß des Hanges entspannte er sich wieder, und die letzten Meter legte er mit beachtlicher Geschwindigkeit zurück.

Er erschreckte Gryss' Pferd, als er plötzlich und unmittelbar vor dem Tier aus den Büschen sprang.

Gryss beugte sich vor und klammerte sich gleichfalls erschrocken am Hals des Pferdes fest.

»Tut mir leid«, beeilte sich Farnor zu sagen, da Gryss' Blick einen besonders vollmundigen Tadel erwarten ließ. Sanft tätschelte er dem Pferd den Kopf.

»Tut mir leid«, wiederholte er.

Hin und her gerissen zwischen dem Schrecken, den er erlitten hatte, dem Verlust an Würde und Farnors rascher Entschuldigung stammelte Gryss nur unverständliches Zeug vor sich hin.

Farnor machte sich die Unterbrechung zunutze. »Sie *ist* leer«, erklärte er.

»Was?«

»Sie *ist* leer«, wiederholte Farnor. »Die Burg. Ich habe sie den ganzen Nachmittag über beobachtet und nicht eine Menschenseele gesehen. Nilsson hat die Wahrheit gesagt. Sie sind alle abgerückt.«

»Oh«, entgegnete Gryss.

»Wo willst du hin?« fragte Farnor.

Noch immer verstört ob Farnors plötzlichem Erscheinen platzte Gryss mit der Wahrheit heraus. »Zur Burg«, antwortete er.

Farnor riß die Augen auf. »Warum? Ich dachte, wir

würden morgen gehen.« Er schaute sich um. »Wo sind die anderen?«

Gryss blieb bei der Wahrheit.

»Es ist mir lieber, wenn die anderen nicht darin verwickelt werden«, erwiderte er.

Farnor runzelte die Stirn. Wie konnte jemand *nicht* darin verwickelt sein, die Wahrheit über die Fremden herauszufinden? dachte er.

»Ich werde dich begleiten«, erklärte er.

»Nein, das glaube ich nicht«, begann Gryss, doch Farnor hatte sich bereits in Marsch gesetzt und führte das Pferd am Halfter hinter sich her. Gryss zog die Zügel an.

»Nein, Farnor. Das hier obliegt *meiner* Verantwortung, und ich werde sie allein tragen. Du bleibst hier und hältst für mich Wache.«

Farnor starrte ihn aus leeren Augen an. »Wenn es das ist, was du willst«, sagte er nach kurzem Zögern. »Aber warum ...?«

»Das ist, was ich will«, unterbrach ihn Gryss.

Unsicher blieb Farnor mitten auf der Straße stehen, während Gryss davonritt. Dann ging er ihm hinterher.

Kurze Zeit später erreichte Gryss das Burgtor, wo Farnor auf ihn wartete.

»Über die Felder geht's schneller«, erklärte Farnor, noch bevor er danach gefragt wurde.

Gryss musterte ihn nachdenklich; er war überrascht von den vielen unterschiedlichen Gefühlen, die er empfand. Er machte sich Sorgen, daß der Junge – der junge *Mann,* ermahnte er sich wieder einmal – in etwas verwickelt werden könnte, dessen Bedeutung er nicht verstand. Auch war Gryss ein wenig verärgert, weil Farnor seine Anordnung so offen mißachtet hatte. Und doch war er auch gleichzeitig froh darüber, ihn hier zu sehen, jung und stark, bar jedes gefühlsmäßigen Zögerns und jeder körperlichen Schwäche, wie sie das Alter mit sich brachte. Es war seltsam, dachte Gryss, daß er Farnor für solch eine nützliche Unterstützung hielt, obwohl er keinerlei Zweifel daran hegte, daß der junge Yarrance es nie und nimmer mit Nilsson aufnehmen konnte, sei es geistig oder körperlich.

»Daß du schneller warst, liegt wohl eher an deinen kräftigen Beinen«, erwiderte Gryss. »Aber ich dachte, ich hätte dir gesagt, du solltest zurückbleiben.«

»Hast du auch«, gestand Farnor. »Doch es macht keinen Sinn, wenn ich aufpasse, du mich aber nicht hören kannst, wenn ich rufe, oder?«

Gryss hob bedeutungsvoll die Augenbrauen ob Farnors armseligen Versuchs, sich auf diese Art herauszureden.

»Aber wie auch immer ... Auf jeden Fall bin ich jetzt hier«, fuhr Farnor fort. »Laß uns hineingehen.«

»*Ich* werde hineingehen, junger Mann«, erwiderte Gryss in strengem Tonfall. »Tu du nur dieses eine Mal, was ich dir gesagt habe, und warte beim Pferd.« Er warf Farnor einen Blick zu, der jeden Widerspruch verbot. Dann schwang er sich unbeholfen aus dem Sattel. Das Pferd trat einen Schritt zur Seite, während Gryss sich am Knauf festklammerte, um das Gleichgewicht zu bewahren. Farnor ergriff das Halfter und murmelte dem Tier beruhigend zu.

Zum Dank stieß Gryss ein kurzes Grunzen aus, dann ging er zu dem kleinen Ausfalltor.

Der Schaden, den Nilsson und seine Männer bei ihrer Ankunft der Burg zugefügt hatten, war repariert worden, wenn auch nur grob. Gryss verzog das Gesicht. Da er selbst keine verschlossenen Türen gewöhnt war, kam ihm erst jetzt der Gedanke, daß all seine Gewissenserforschung, ob er nun herkommen sollte oder nicht, vielleicht umsonst gewesen war. War es nicht eher wahrscheinlich, sinnierte er, daß Männer wie diese Fremden alles hinter sich verriegelt hatten?

Vorsichtig drückte er gegen das Tor. Zu seiner Überraschung schwang es sofort auf.

Farnor, der das Pferd noch immer am Halfter hielt, war ein Stück nähergetreten und beobachtete Gryss. Als sich das Ausfalltor öffnete und hinter dem Schatten des Torbogens ein kleines Stück des Hofs in Sicht kam, wirkte das Innere der Burg irgendwie unwirklich auf ihn, ja sogar *unnatürlich*. Ohne zu wissen warum, trat er rasch herbei.

»Gryss, geh nicht rein!« rief er.

Aber es war zu spät. Nachdem er kurz hineingespäht und nach Zeichen von Leben Ausschau gehalten hatte, war Gryss auf Zehenspitzen durch das Tor getreten.

Sofort schlug das Ausfalltor hinter ihm zu. Das Geräusch hallte durch Farnors Kopf wie das Läuten einer mächtigen Glocke. Er hielt sich die Ohren zu.

Das Pferd wieherte und stieg und riß sich von Farnor los. Es galoppierte davon, doch Farnor bemerkte es noch nicht einmal. Er rannte zum Ausfalltor, verzweifelt angezogen von den Geräuschen, die von der anderen Seite her ertönten.

Dann erfüllte das Brüllen des Windes die Luft, wurde lauter, wurde leiser, als stamme es von einer wahnsinnig gewordenen Kreatur. Und inmitten von alledem waren mächtige Schläge zu hören, ein hallendes, donnerndes Hämmern, als schmiede ein riesiger Schmied einen gewaltigen Schild. Und dann ein lautes Kreischen ...

Farnors Beine – sein ganzes Wesen – fühlten sich plötzlich schwer wie Blei an, und er mußte sich förmlich vorwärts *zwingen*. Es schien ihm, als befände sich das Tor am Ende eines langen Tunnels und als würde es sich immer weiter von ihm entfernen, je schneller er rannte.

»Nein!« hörte er sich selbst teils aus Furcht, teils aus Trotz wie aus weiter Ferne schreien.

So schwach dieser Schrei auch gewesen sein mochte, er zerschmetterte die seltsame, verwirrende Illusion, und

Farnor fand sich vor dem Ausfalltor wieder. Panisch hämmerte er gegen das Holz. Das Geräusch seiner Schläge schwoll immer mehr an und mischte sich mit dem Lärm, der von innen herausdrang. Farnor hatte das Gefühl, im Streit zwischen zwei wahnsinnigen Trommlern gefangen zu sein. Und doch übertönte das Brüllen des Windes noch immer jedes Geräusch, durchsetzt mit dem schrillen Kreischen.

Farnor drosch weiter auf die Tür ein und schrie: »Gryss! Gryss!«

Dann erstrahlte ein Funken Vernunft inmitten von Farnors Raserei. Er durfte nicht in Panik geraten; er mußte nachdenken. Er strich mit den Händen über die glatte Oberfläche des Ausfalltors und versuchte, sich daran zu erinnern, welche Art Schloß es besaß. Es konnte sich kaum selbst verriegelt haben. Aber Farnor konnte sich auch nicht richtig daran erinnern, denn zu viele Gedanken schwirrten in seinem Kopf herum. Was geschah mit Gryss? Was würde sein Vater dazu sagen, daß er den alten Mann die Burg allein hatte betreten lassen? Was würde Nilsson tun, wenn er zurückkehrte und Gryss dort eingesperrt fand? Seine Gedanken überschlugen sich, doch eines war wichtiger als alles andere: Was geschah mit Gryss? Und was war das für ein furchterregender Lärm?

Farnor trat ein paar Schritte zurück, fest entschlossen, das Ausfalltor einzurammen.

Dabei fiel ihm jedoch auf, daß sich das Ausfalltor vom Rest des großen Tores unterschied. Ähnlich wie der Innenhof kurz zuvor, so schien auch das Ausfalltor sich irgendwie an einem anderen Ort zu befinden.

Es war natürlich hier, doch zugleich war es auch weit entfernt ... oder man hatte ihm etwas hinzugefügt ... Eine fremde Macht war durch das Holz hindurch zu spüren.

Und es war keine gute Macht. Sie war schrecklich. Sie

zerriß die Wirklichkeit. Eine fürchterliche Wunde. Farnor erschauerte aus Furcht vor dieser Erkenntnis. Und als wäre das Schaudern eine Geburtswehe, spürte er, wie etwas in ihm erwachte und gegen den Schrecken anschrie: etwas, von dem er nichts wußte, außer daß es die Wunde abbinden und den Fluß stillen würde, der all das Leid verursachte.

Nein! schrie er mit all seiner inneren Kraft.

Nein!

Farnor hatte das Gefühl, als wäre er plötzlich aus dem Schlaf gerissen worden.

Er stürmte nach vorne und warf sich mit der Schulter gegen das Ausfalltor. Das Ausfalltor sprang auf, und Farnor fiel kopfüber aus dem Sonnenlicht in den Schatten unter dem Torbogen.

Er rollte sich herum und rappelte sich hektisch auf, als erwarte er einen Angriff.

Noch immer fühlte er die geheimnisvolle Entschlossenheit in sich, und sie richtete sich gegen das Böse, das ihn umgab.

Farnor schenkte dem allem allerdings nicht viel Aufmerksamkeit, denn als er sich wieder zum Tor herumdrehte, sah er Gryss zurückwanken, als wäre er plötzlich von einem unheimlichen Druck befreit worden. Er packte den Arm des alten Mannes.

Zur gleichen Zeit bemerkte er, daß der Lärm ... das Böse ... schwächer geworden war ...

Nein, nicht schwächer geworden ...

Es war ... weggegangen ... Es schien nicht mehr durchkommen zu können ...

Farnor drehte sich erneut um und blickte über den Hof. Es gab nichts Ungewöhnliches zu sehen, doch das Gefühl, das er vorhin verspürt hatte – daß der Hof zugleich hier als auch woanders war – dieses Etwas war noch immer da, nur daß es jetzt eine Aura von Zögern hatte, von Unsicherheit ... als wäre es plötzlich von einem bisher treuen Verbündeten im Stich gelassen worden. Doch es war noch immer da. Und es erholte sich von dem, was auch immer ihm widerfahren war. Es nahm Schwung auf. Staubwirbel stiegen auf und trieben über das nahtlos zusammengefügte Pflaster des Hofes.

Ein Windstoß wehte Farnor ins Gesicht. Unwillkürlich wich er einen Schritt zurück. Der Wind hatte etwas Abstoßendes an sich wie eine kalte, sich vortastende Hand. Dann, wie auf ein Kommando hin, erhob sich der Lärm erneut, und die tanzenden Staubteufel wurden von einer plötzlichen Bö zu einer feinen, dichten Wolke auseinandergetrieben. Die Wolke wirbelte über das Pflaster und stürzte sich schließlich auf Farnor.

Farnor geriet ob der Wucht des Aufpralls ins Wanken. Eine rasch erhobene Hand schützte seine Augen, doch der feine Sand drang ihm in den offenen Mund.

Als er das Gesicht abwandte, sah er, daß das Ausfalltor sich wieder schloß.

Der Lärm wurde lauter, klang triumphierend.

Farnor verstärkte seinen Griff um Gryss und zerrte ihn zum Ausfalltor.

Sie waren jedoch zu langsam. Gryss stolperte, und als Farnor ihn mit einer Hand in die Höhe riß, stieß der Wind das Tor zu und klemmte Farnors Oberarm ein, den dieser in den Spalt geschoben hatte.

Farnor schrie schmerzerfüllt auf und dann in Furcht, als der Wind auf ihn eindrosch und das Ausfalltor grausam gegen seinen Arm drückte. Die Tränen traten ihm in die Augen; so stark war der Schmerz.

Er versuchte sich zu befreien, doch dann schlug ihn etwas, und er hörte: »Drück, Farnor! Drück! Oder du wirst deine Hand verlieren, und es hat uns!«

Vage bemerkte er Gryss' alte Hände, die das Tor packten und versuchten, es aufzuziehen.

»Drück, Farnor!«

Sein Blick klärte sich kurz. Er steckte die freie Hand in

den Spalt und klammerte sich am Torbalken fest. Mit einem Brüllen, um den Schmerz zu vertreiben, versuchte er, das Ausfalltor aufzustemmen.

Der Lärm, der um ihn herum ständig lauter wurde, schien ob seines Brüllens zu frohlocken; er nahm es auf und warf es zehnfach verstärkt wieder zurück. Doch der schreckliche Druck auf Farnors Arm ließ trotzdem ein wenig nach, und plötzlich war seine Schulter im Spalt.

Und dann sein ganzer Körper.

Einen Augenblick lang schien es, als würde das Ausfalltor ihn zerquetschen, da der Druck dahinter wieder stärker geworden war. Doch Farnor hatte beide Hände gegen den Torbalken gestemmt, und sein gesunder Arm drückte mit einer Kraft, die er nie für möglich gehalten hätte, während der verletzte Arm zwar schwächer drückte, aber mit einem Schmerz, der sich in Zorn verwandelt hatte, in einen Zorn, weit älter und schrecklicher als das, was den tosenden Wind nährte.

Der Spalt weitete sich.

»Raus hier! Raus hier! Raus hier!« schrie er, die Stimme heiser vor Verzweiflung.

Von irgendwoher erschien Gryss, kroch unter Farnors angespannten Armen hindurch und stolperte durch den Spalt. Kaum war er hindurch, da riß Farnor seine Hände los und sprang. Das Ausfalltor fiel mit voller Wucht ins Schloß und versetzte Farnor einen letzten Schlag, der ihn wild mit den Armen rudernd ins Sonnenlicht taumeln ließ. Seine Beine bemühten sich tapfer, nicht unter ihm nachzugeben, doch beinahe sofort knickten sie in sich zusammen, und Farnor rollte über die harte Erde.

Das Donnern des zuschlagenden Ausfalltors hallte noch immer in seinen Ohren wider.

Als er endlich saß, bemerkte Farnor, daß der brüllende Wind in einem weit entfernten Nichts verhallte. Auch fühlte er, daß die seltsame Entschlossenheit, die ihn erfüllt hatte, plötzlich wieder verschwunden war; nur die Erinnerung daran war übriggeblieben. Er fühlte sich irgendwie leer.

Mit dem Abklingen des Windes kehrten die normalen Geräusche wieder zurück.

Doch sie spendeten Farnor keinen Trost, denn auch der furchterregende Schmerz in seinem Arm war wieder zurückgekehrt. Und auch das teuflische Gemisch aus Furcht und Zorn, das ihm seine Kraft verliehen hatte, war noch nicht vollends verbraucht. Farnor drückte den verletzten Arm an die Brust, zuckte vor Schmerz zusammen, drehte sich herum und schleuderte dem Tor jeden Fluch entgegen, den er jemals gehört hatte. Die Augen weit aufgerissen, schrie er seinen Zorn heraus, und mit ihm kamen nicht nur die Schrecken des Augenblicks, sondern auch all die Zweifel und Ängste der letzten Wochen. Dann sackte Farnor wieder erschöpft zusammen und hielt sich den Arm.

Aber es dauerte nicht lange, da wurde er sich des blauen Himmels über seinem Kopf bewußt, und dann erinnerte er sich an Gryss. Unpassenderweise spürte er, wie ihm das Blut in die Wangen stieg ob der Worte, die er soeben in Gegenwart des Dorfältesten benutzt hatte. Die Verlegenheit hielt jedoch nicht lange an, denn ein plötzlicher Krampf in seinem verletzten Arm ließ ihn vor Schmerz laut aufschreien.

Wo zum Teufel war Gryss? Sah er denn nicht, daß er verletzt war? Dieser dumme alte Mann!

Mit Hilfe seines gesunden Arms richtete sich Farnor auf die Knie auf und schaute sich um. Der Schmerz hatte ihm die Tränen in die Augen getrieben, und kurz sah er alles nur verschwommen; er glaubte, Gryss habe ihn im Stich gelassen. Dann jedoch sah er das, was er zunächst für einen Felsen in der Nähe gehalten hatte, plötzlich wieder klarer. Es war der alte Mann; er lag auf dem Boden.

Und er rührte sich nicht.

Kapitel 25

Jeorg ritt in gleichmäßigem Tempo über die sich windende, steinerne Straße, die das Tal hinunter führte. Bereits hier war sie vollkommen überwuchert, und schon bald würde sie in einen Feldweg auslaufen und schließlich ganz verschwinden. Jenseits davon würde sich Jeorg endgültig auf fremdem Gebiet befinden. Was ihn dort erwartete, wußte er nur aus Gryss' Erzählungen – so zum Beispiel, daß die Berge weniger steil und mehr und mehr von grasbewachsenen Hügeln abgelöst werden würden.

»Blick zu den Bergen zurück«, hatte Gryss ihm zum Abschied empfohlen. »Wir leben inmitten einer wahrhaft atemberaubenden Landschaft.«

Aber im Augenblick hatte Jeorg alles Mögliche im Kopf, nur keine atemberaubende Landschaft. Er war nervös, und bisweilen bereute er sogar, sich für diese Reise gemeldet zu haben.

Doch es *mußte* getan werden, ermahnte er sich jedesmal, wenn die Sorge drohte, ihm die Kehle zuzuschnüren. Vielleicht würden sie nie wieder Gelegenheit bekommen herauszufinden, wer die Fremden wirklich waren. Außerdem hatte er sich mit Hilfe von Gryss' widerwilligem Unterricht gründlich auf diese Reise vorbereitet.

Dieser Gedanke half.

Aber nicht viel.

Jeorg hielt den Blick aufmerksam in die Ferne gerichtet, um jeden Hinweis auf Nilsson und seinen Trupp so früh wie möglich zu entdecken. Ironischerweise erwartete er, sich weitaus sicherer zu fühlen, wenn er erst einmal das ihm vollkommen fremde Gebiet jenseits des Tales erreichte. Zumindest würde er dort nicht auf zwei Seiten von Bergen umgeben sein. Und es war durchaus möglich, daß Nilsson eine völlig andere Richtung einschlug als er.

Um letztere nicht zu verlieren, mußte er seinen Verstand beisammen halten, wollte er nicht eine der Landmarken versäumen, die Gryss ihm beschrieben und die er sich so sorgfältig eingeprägt hatte. Wenigstens war das Wetter heute gut; er wäre noch weit nervöser gewesen, hätte er diese Reise an einem trüben Wintertag unternehmen müssen.

Die Straße endete, und die Landschaft war Jeorg nicht länger vertraut. Erneut fühlte er sich angespannt.

Komm schon. Du bist doch kein Kind mehr, ermahnte er sich selbst. *Du hast es überlebt, als du in den Hügeln von der Nacht überrascht und in dichten Schneefall geraten bist. Hier draußen gibt es nichts, was dir ein Leid zufügen könnte; auch nicht Nilsson und seine Männer – vorausgesetzt, du kannst schnell genug reden.*

Sein Unbehagen ließ nach, und er richtete seine Aufmerksamkeit wieder auf die Einzelheiten der Reise, die vor ihm lag. Es war ein weiter Weg bis zur Hauptstadt, und er würde durch viele Dörfer und Städte kommen.

Städte! Es war ihm schon immer schwergefallen, sich vorzustellen, wie solch ein Ort wohl aussehen mochte. Waren es magische Orte voller Wunder, so wie Yonas sie beschreiben würde, oder waren sie einfach nur große Dörfer?

Die Vorstellung verwirrte ihn. Es kam ihm sinnlos vor, daß so viele Menschen auf einem Haufen lebten und es anderen überließen, für sie Fische zu fangen oder Getreide anzubauen, während sie selbst sich Aufgaben widmeten, die nur nötig waren, weil sie eben auf einem Haufen lebten. Er schüttelte den Kopf; wieder war es ihm unmöglich, diese Gedankenkette zu durchbrechen.

Und Gryss war auch keine große Hilfe gewesen. Als Antwort auf Jeorgs Frage hatte er nur mit den Schultern gezuckt und gesagt: »Da gibt es eigentlich nicht viel zu sagen, wirklich nicht. Städte sind verwirrend, laut und übervölkert.« Dann schien er ein wenig einzulenken. »Aber manchmal sind sie auch ganz nett. Man kann dort allerhand interessante Dinge sehen. Und die Menschen ... So viele seltsame Menschen, von erbärmlich bis phantastisch.« Was die Hauptstadt betraf, so hatte Gryss mehrmals erklärt: »Nun, *die* sollte man wirklich gesehen haben. Trotzdem wirst du froh sein, wenn du sie wieder verlassen und hierher zurückkehren kannst.«

Na ja, sinnierte Jeorg, *ich werde es beizeiten wohl selbst herausfinden.*

Als er weiterritt, stellte er erleichtert fest, daß der Weg genau Gryss' Beschreibung entsprach. Der alte Mann hatte ein schwaches Gedächtnis vorgetäuscht, »nach all der Zeit«, aber in Wirklichkeit hatte er sich an den Weg, den er als junger Mann gegangen war, noch genauso gut erinnern können, als wäre es gestern gewesen; seine Erklärungen erwiesen sich als äußerst präzise.

Jeorg ritt am Ufer eines langgestreckten Sees entlang, dessen blaues Wasser von weißen Flecken durchsetzt war – Schwärme von Wasservögeln. Der See war deutlich größer als jene weiter oben im Tal und unglaublich schön. Dann und wann kam Jeorg an verfallenen Häusern vorbei. Bäume und Sträucher wuchsen durch Dächer und Fenster, und beim Anblick dieser Ruinen fragte sich Jeorg zum ersten Mal in seinem Leben, was für Menschen hier wohl früher einmal gelebt hatten.

Er überließ es seinem Pferd, das Tempo zu wählen, um sicherzugehen, daß er auf keinen Fall in Nilsson und seine Männer hineinritt, die auf ihren großen Tieren mit Sicherheit schneller waren. Aber er folgte dem Weg, den sie genommen hatten. Die Spuren einer großen Reiterschar waren unübersehbar, und Jeorg achtete peinlich genau auf jeden Hinweis, daß er ihnen vielleicht zu nahe kam.

Im Laufe des Nachmittags erinnerte er sich an einen

weiteren von Gryss' Ratschlägen, und zum ersten Mal drehte er sich in die Richtung um, aus der er gekommen war. Der Anblick verschlug ihm den Atem. Es war weit mehr als nur eine ›atemberaubende Landschaft‹, wie Gryss es bezeichnet hatte. Die majestätischen Berge füllten den gesamten Horizont. Dank der niedrig stehenden Sonne hoben sie sich klar und deutlich gegen den blauen Himmel ab, und sie strahlten eine Ruhe aus, die nicht nur Jeorgs Blick scheinbar eine Ewigkeit gefangenhielt, sondern sein gesamtes Wesen.

Als er schließlich wieder zu sich kam, erinnerte er sich an den eigentlichen Sinn von Gryss' Rat: »Sieh dann und wann zurück, besonders, wenn du die Richtung wechselst.« Gryss hatte leise gelacht. »Glaub mir, auf dem Rückweg sehen die Dinge anders aus.«

Jetzt verstand Jeorg, was der alte Mann damit gemeint hatte, denn die Berge, zu deren Füßen das Dorf lag, waren nur noch ein paar unter vielen. Der Anblick beunruhigte ihn erneut ein wenig. Ob sie majestätisch waren oder nicht, jemand wie er war ihnen vollkommen egal, und er konnte von ihnen keine Hilfe erwarten, ebenso wenig wie von irgendjemand anderem, wenn er sich verirrte.

Als das Licht schwächer wurde, folgte Jeorg noch immer den Spuren von Nilsson und seinen Männern, und als Vorsichtsmaßnahme lagerte er in einem kleinen Wäldchen, wo das dichte Unterholz ihn vor flüchtigen Blicken verbarg. Außerdem beschloß er, kein Feuer zu entfachen. Der Abend war warm, und Kochen oder Braten mußte er auch nicht unbedingt.

Doch allein, daß er sich so verhalten mußte, bereitete ihm Sorgen, und daß er eine unruhige Nacht verbrachte, lag nicht nur an den Geräuschen des Nachtgetiers und dem harten Boden.

Als er am nächsten Tag erwachte, benötigte er eine gewisse Zeit, um sich daran zu erinnern, wo er war und was er gerade tat. Er fluchte, als er herausfand, daß das Eheweib, um das er seinen Arm geschlungen hatte, in Wahrheit ein umgestürzter Baumstamm war, in dessen Windschatten er geschlafen hatte.

Kurz dachte er darüber nach, ein Feuer zu entfachen und sich ein warmes Frühstück zu bereiten, aber er entschied sich dagegen. Es würde ihn viel Zeit und Mühe kosten, und vielleicht würde es den Reitern vor ihm sein Hiersein verraten. Überdies versprach der blaue Himmel einen weiteren warmen Tag, auch wenn es in dem kleinen Wäldchen kalt und feucht war. Ein kleiner Spaziergang würde ihn bald wärmen und seine von Tau durchnäßte Decke und sein Bündel trocknen.

Tatsächlich war er schon wieder ganz er selbst, als er sein Pferd sattelte, und bald war er unterwegs, führte sein Tier am Halfter und aß einen Apfel.

Seine Gedanken wanderten von einem Thema zum anderen, auf und ab wie die Landschaft, durch die er zog. Wo er hinging und warum. Seine Frau ... Er versuchte die Erinnerung an die Sorge zu verdrängen, die sie vor ihm zu verbergen versucht hatte, die aber deutlich in ihren Augen zu erkennen gewesen war. Gryss: War es dem alten Mann gelungen, in die Burg einzudringen? Und falls ja, was hatte er dort gefunden? Wie lange würde seine Reise dauern? Würde sein Proviant ausreichen? Was für eine Art Menschen würde er in den Dörfern ... den *Städten!* ... treffen, durch die er auf seinem Weg kommen würde? Würde während seiner Abwesenheit im Dorf irgendein Unglück geschehen?

Aber das alles wurde von der sorgenvollen Frage überschattet, was wohl vor ihm lag. Er befand sich noch immer im Tal, und er marschierte noch immer in den Spuren von Nilssons Männern. Er würde erst wieder glücklich sein, wenn die Spuren in eine Richtung liefen und er in die andere, doch zum Glück war das Land weit offen, und er müßte schon wirklich sehr, sehr unvorsichtig sein, um sie nicht zu sehen, lange bevor sie ihn sehen konnten.

Schließlich erreichte er ein Joch zwischen zwei Hügeln, das er nicht überschauen und das Gryss als die Stelle bezeichnet hatte, wo er sich nach Westen wenden und das Tal endgültig verlassen mußte. Es war dieser Punkt, von dem er gehofft hatte, das sich hier sein und der Weg des Trupps trennen würden, doch zu seinem Entsetzen stellte er fest, daß er den inzwischen gut vertrauten Spuren weiter folgen mußte.

Er fluchte.

Trotzdem, selbst die niedrigste Stelle des Jochs war erheblich höher als die umliegende Landschaft. Wenn er es erreichte, würde er vielleicht weit auf die andere Seite schauen und irgendeinen Hinweis darauf finden können, wie weit die Reiter von ihm entfernt waren.

Er stieg aufs Pferd, schnalzte mit der Zunge, und das Tier setzte sich in Bewegung.

Er brauchte länger, als er angenommen hatte, um das Joch zu erreichen – die Größe der unbekannten Landschaft war schwer einzuschätzen –, und als er schließlich den Hang hinaufritt, kam er sich irgendwie ungeschützt vor. Ihm kam der Gedanke, daß, wenn er weit hinausschauen konnte, man vielleicht auch ihn gegen den Himmel erkennen konnte – vorausgesetzt natürlich, jemand machte sich die Mühe, zurückzublicken.

Voller Selbstgefallen ob dieser klugen Erkenntnis stieg er vom Pferd und bewegte sich an der Seite des Jochs entlang, so daß ein etwaiger Beobachter weniger gute Chancen hätte, ihn zu entdecken.

Als er schließlich die Kuppe erreichte, erkannte er, daß seine Vorsichtsmaßnahmen nicht notwendig gewesen waren. Der Grund zwischen den beiden Hügeln war weit und wellenförmig, und das Land jenseits davon kam nur nach und nach in Sicht.

Trotzdem verhielt sich Jeorg weiterhin vorsichtig.

Nachdem er schließlich die Kuppe des Jochs überquert hatte, blieb er kurz stehen und blickte auf das Land hinaus, durch das er ziehen würde. Zwar bot sich ihm hier nicht ein derart phantastischer Anblick wie auf die Berge, doch die hügelige Landschaft, die in der Ferne im Morgendunst verschwand, vermittelte ihm ein seltsam berauschendes Gefühl; er war aufgeregt und unsicher zugleich.

Jenseits der Hügel, dachte er und rieb sich die Hände. Nun empfand auch er das Verlangen, das Jahre zuvor Gryss hierhergezogen hatte, und – wenn auch nur leicht – die beruhigende Anziehungskraft des Tals hinter ihm.

Er drehte sich um, um noch einen letzten Blick ins Tal zu werfen, bevor er in das neue Land marschierte, doch außer dem blauen Himmel und der Kuppe des Jochs war nichts zu sehen. Jeorg lächelte in sich hinein; dann drehte er sich wieder um und trat den nächsten Teil seiner Reise an.

Seine Nervosität kehrte wieder zurück. Abgesehen von der nach wie vor bestehenden Notwendigkeit, nach Nilsson und seinen Männern Aussicht zu halten, mußte Jeorg nun besonders darauf achten, sich nicht zu verirren, denn nun, da es rechts und links keine Berge mehr gab, konnte er nahezu jede Richtung einschlagen. Die Landmarken hier würden kleiner und schlechter zu erkennen sein, und es würden sich ihm immer weniger Gelegenheiten bieten, sich von einem erhöhten Punkt aus umzusehen.

Aber er hatte sich Gryss' Beschreibung gemerkt, und er war auch nicht gerade dumm, oder?

Und in diesem Zusammenhang bestand seine erste Aufgabe darin, in diesem Panorama nach Nilsson und seinen Männern zu suchen, und zwar *bevor* er seinen Abstieg fortsetzte. Eine Zeitlang ließ er seinen Blick aufmerksam über die Landschaft schweifen. Zwar konnte er nirgends Reiter entdecken, doch das Land war zu hügelig und noch dazu bewaldet, als daß er es sich hätte erlauben können, unvorsichtig zu werden. Enttäuscht verzog er das Gesicht. Er würde weitermachen müssen wie bisher, und das bedeutete, die Spuren im Auge zu behalten und ständig so weit vorauszuschauen, wie es das Gelände gestattete.

Er machte sich auf den Weg den Hang hinab, wobei er das Pferd am Zügel führte.

Gegen Mittag hatte er die Hügel hinter sich gelassen und ritt über saftiges Grasland und durch lichte Wälder. Überall um ihn herum war der Frühling eifrig damit beschäftigt, den Sommer vorzubereiten: Vögel sangen und bauten Nester; Blumen blühten, und gelegentlich unterbrach ein kleines Tier sein Treiben, um neugierig den seltsamen Fremden zu betrachten.

Wäre da nicht die Tatsache gewesen, daß er noch immer in den Spuren von Nilsson und seinen Männern ritt, hätte Jeorg die Reise in diesem Augenblick sehr genossen. Er war alt genug, um sich an dem Anblick erfreuen zu können, auch wenn er wußte, daß von all dieser Schönheit während eines heftigen Regenfalls oder eines Sturms nicht viel übrigbleiben würde.

Schließlich erreichte er den Punkt, den zu finden er die ganze Reise über gehofft hatte. Die Spuren der Reiter wandten sich plötzlich nach Norden.

Jeorg blieb eine Weile an der Stelle stehen und blickte in die Richtung, die Nilsson genommen hatte. Was war dort oben? Ein weiteres Tal? Und was hatten Nilsson und seine Männer dort zu suchen? Einen Augenblick lang dachte er darüber nach, ihnen zu folgen und Antworten auf seine Fragen zu finden, doch das Verlangen verließ ihn sofort wieder. Er hatte so sehr gewünscht, diese Leute endlich los zu werden, und nun war es soweit. Jetzt mußte er sich nur noch an den Weg in die Hauptstadt erinnern.

Er drehte sein Pferd Richtung Westen.

In diesem Augenblick flatterte ein Schwarm kleiner Vögel über ihn hinweg; sie schienen es sehr eilig zu haben.

Dann kam plötzlich und unerwartet ein starker Wind auf. Jeorgs Pferd scheute.

Den verletzten Arm noch immer an die Brust gedrückt, rappelte sich Farnor auf und rannte zu dem am Boden liegenden Gryss.

»Gryss, Gryss! Bist du in Ordnung?« rief er, als er neben dem alten Mann auf die Knie sank.

Gryss' Augen waren geschlossen, und er antwortete nicht. Einen schrecklichen Augenblick lang glaubte Farnor, daß er auch nicht mehr atmete, und ohne darüber nachzudenken, packte er Gryss am Arm und schüttelte ihn, um ihn zu wecken.

»Bist du in Ordnung?« fragte Farnor erneut und schüttelte weiter.

Gryss riß sich los. »Das werde ich sein, wenn du aufhörst, mir den Arm auszureißen«, antwortete er gereizt. Doch sein Gesicht war blaß und schweißbedeckt, so daß seine Worte deutlich an Schärfe verloren. »Hilf mir auf«, verlangte er und versuchte, sich auf die Ellbogen zu stützen. Er atmete schwer.

»Einen Augenblick.« Farnor und legte Gryss den linken Arm um die Schulter. »Ruh dich ein wenig aus. Du siehst *furchtbar* aus.«

Gryss preßte die Lippen aufeinander. »Vielen Dank, Farnor«, sagte er spöttisch. »Offensichtlich besitzt du das natürliche Heilertalent, Vertrauen und Zuversicht in einem Kranken zu wecken. Jetzt hilf mir schon auf, und laß uns zusehen, daß wir von hier verschwinden, bevor noch etwas passiert.«

Doch trotz seiner Proteste sank er wieder auf den Boden zurück und machte eine Zeitlang keinerlei Anstalten, sich selbst zu helfen. Als er es schließlich doch tat, mußte er erkennen, daß es mühsam war, sich wieder auf die eigenen zwei Beine zu stellen. Er hatte Schwierigkeiten beim Atmen, und Farnor hatte kein Gefühl mehr in seinem rechten Arm außer Schmerz, der irgendwie in jeden Teil seines Körpers auszustrahlen schien; und beide zitterten sie vor Entsetzen ob der furchterregenden Begegnung.

»Wo ist das Pferd?« fragte Gryss, während sie sich zögernd von der Burg entfernten.

»Ich habe keine Ahnung«, antwortete Farnor. »Es ist davongelaufen, als das Tor zugeschlagen ist.« Er schüttelte den Kopf. »Ich war versucht, ihm zu folgen. Was ist da drin geschehen?«

Gryss blieb stehen, beugte sich vor und klopfte sich mit der Faust auf die Brust. Farnor hielt den alten Mann noch immer mit dem linken Arm fest, bis Gryss sich schließlich wieder aufrichtete und ein wenig leichter atmete.

»Ich weiß es nicht, Farnor«, antwortete Gryss, ohne den jungen Mann anzusehen. »Aber ich weiß, daß ich zu alt für so was bin.« Er klopfte sich erneut auf die Brust und hustete schmerzhaft.

Sanft schüttelte er Farnors Arm von den Schultern und blickte sich um. »Das Pferd ist vermutlich zum Gasthof zurück galoppiert.«

»Das wird einen ziemlichen Aufruhr verursachen«, sagte Farnor. »Es wird alle möglichen Fragen geben. Was sollen wir sagen, was geschehen ist?«

Gryss runzelte die Stirn. »Ich fürchte, wir werden lügen müssen«, antwortete er. »Ich kann sagen, ich hätte deinen Vater besuchen wollen, und mein Pferd scheute vor einem Fuchs, so daß es mich abgeworfen hat.«

Farnor schaute ihn unglücklich an. »Ich kann meine Eltern nicht länger anlügen«, erklärte er. »Die Sache mit der Kreatur vor ihnen zu verbergen war schlimm genug.

Ich fühle mich deswegen so ... unbehaglich, und meine Mutter weiß sowieso, daß etwas nicht stimmt, und zwar abgesehen von der Frage, ob Nilssons Männer nun Steuereintreiber sind oder nicht.« Er verzog das Gesicht und drückte den verletzten Arm noch fester an die Brust. Die Schmerzen wurden immer schlimmer, und er glaubte, unter seiner Hand spüren zu können, wie sich die Knochen bewegten. Nur mit Mühe gelang es ihm weiterzusprechen. »Und wenn ich mit dir Halbtoten da auftauche ...« Doch der Schmerz war zu groß, und hätte Gryss ihn nicht festgehalten, wäre er gestürzt.

»Tut mir leid, tut mir leid, tut mir leid«, sagte der alte Mann in verzweifelt entschuldigendem Tonfall. Rasch führte er Farnor an den Straßenrand, setzte ihn auf die grasbewachsene Böschung und zog ihm das Wams aus.

Nun war es der junge Mann, der blaß wurde und zu schwitzen begann.

»Ich war so sehr mit meinen eigenen Sachen beschäftigt«, murmelte Gryss, während er vorsichtig das Wams von Farnors Arm zog, »daß ich ganz vergessen habe, was du dort drinnen getan hast.« Daß er sich Vorwürfe machte, stand ihm ins Gesicht geschrieben, als er Farnors Hemdsärmel hochrollte, um den verletzten Arm zu untersuchen; doch rasch schob er seine Gefühle beiseite. »Beweg deine Finger«, forderte er Farnor auf.

Nach ein paar Minuten des Drehens und Zerrens, während derer Farnor einfach tat, was ihm gesagt wurde, und jedesmal zusammenzuckte, wann immer er den Schmerz verspürte, rollte Gryss den Ärmel wieder herunter und legte Farnor das Wams um die Schultern.

»Zum Glück ist nichts gebrochen«, sagte er. »Aber er ist gequetscht, und einige Muskeln sind offenbar verletzt. Es wird eine Weile schmerzen. Du darfst ihn längere Zeit nicht beanspruchen.« Sein Gesicht hellte sich ein wenig auf, und er brachte ein Lächeln zustande. »Und die Farben werden phantastisch sein.«

Er ergriff Farnors rechte Hand und legte sie ihm um den Leib. »Halte sie erst mal so, und zwar so entspannt, wie du kannst. Wenn wir wieder bei deinem Vater sind, werde ich dir eine Schlinge machen.«

Zur Antwort beschränkte sich Farnor auf ein Nicken – ein Reflex aus der Kindheit: So hatte er sich schon immer gegenüber Gryss dem Heiler verhalten.

Als Gryss ihm anschließend auf die Beine half, stellte er fest, daß seine Knie alles andere als sicher waren, doch der Schmerz hatte bereits nachgelassen, wenn auch nur aufgrund der Versicherung, daß nichts gebrochen war.

Langsam machten sie sich auf den Weg die Straße hinab.

»Du hast mir in der Burg das Leben gerettet«, erklärte Gryss, nachdem sie ein Stück gegangen waren. »Ich weiß nicht, was ich dazu sagen soll. Dir einfach nur zu danken reicht wohl kaum aus. Ich hatte noch nie im Leben solche Angst.«

Farnor seinerseits wußte auch nicht, was er darauf antworten sollte. »Was ist da drin geschehen?« fragte er stattdessen erneut.

»Ich kann mich nicht so recht erinnern«, antwortete Gryss. »Ich habe hineingesehen und niemanden entdeckt; dann bin ich reingegangen, und ... und irgendetwas hat mich geschlagen ... hat mich gegen das Tor geworfen.« Er runzelte die Stirn. »Ich glaube, ich habe es geschafft, mich herumzudrehen. Ich kann mich daran erinnern, daß ich gegen das Tor gehämmert und geschrien habe, aber alles schien von dem Lärm verschluckt und wie zum Spott zu mir zurückgeworfen zu werden. Es war, als tobten in meinem Rücken ein Dutzend Winterstürme. Und diese Kraft ...« fuhr er in einem Tonfall fort, als könne er noch immer nicht glauben, was geschehen war. »Diese Kraft ...« Er drehte sich zu Farnor um. »Dann ließ es plötzlich nach. Beinahe fühlte es sich an, als werde es von etwas zurückgetrieben – wie ein wildes Tier, das vor einem noch weit wilderen floh. Und dann bist du durch das Ausfalltor hineingestolpert und hast mich herausgezerrt.«

Er blickte Farnor aufmerksam an. »Was hast du draußen gehört?«

»Das Gleiche«, antwortete Farnor. »Einen unheimlichen Lärm. Aber da war noch etwas anderes. Ich habe dir hinterhergerufen, bevor du hineingegangen bist. Ich hatte das Gefühl, als wäre irgendetwas im Hof ... zugleich hier und woanders ... Ich kann es nicht erklären. Es war, als würde ... eine Macht ... eine schreckliche Macht von irgendwo anders herkommen. Eine Macht, die unendliches Leid mit sich brachte.« Er schüttelte den Kopf.

Gryss blähte die Wangen. Er kam sich nutzlos vor, und das war ein Gefühl, das ihm ganz und gar nicht gefiel. Hier geschahen Dinge, wie er sie noch nie erlebt hatte. Noch nicht einmal in Yonas' Geschichten hatte er von etwas so Seltsamem gehört. Unauffällig blickte er zu Farnor. Irgendetwas im Hof von irgendwo anders? Wovon redete der Junge? Er hätte es vorgezogen, wissend zu lachen und die Worte als Hirngespinste abtun zu können, doch das Geräusch und die wilde Kraft des Windes, die ihn gepackt und gegen das Tor geworfen hatten, waren ihm noch allzu gut in Erinnerung. Nicht im Geringsten zweifelte er an der Gefährlichkeit dieser Macht. Und da war auch noch etwas anderes gewesen – etwas, worüber er nicht nachdenken wollte.

Dann, als würde es ausreichen, nur daran zu denken, um diesen Wunsch in Erfüllung gehen zu lassen, wurde Gryss' Geist plötzlich von einer nahezu verzweifelten Sehnsucht nach dem Leben erfüllt, wie es vor der Ankunft Nilssons und seiner Männer gewesen war. Das war eine Welt gewesen, die er verstanden hatte. Nichts hatte in ihr geschehen können, wofür er keine Lösung gefunden hätte. Aber jetzt ...

Er fühlte sich todunglücklich, und es kostete ihn einige Mühe, sich nach außen hin nichts von seinen Gefühlen anmerken zu lassen. Streng ermahnte er sich, daß dieser junge Mann dabei, was auch immer geschehen war, verletzt worden war, als er ihm, Gryss, das Leben gerettet hatte, und daß er sich trotz seiner Jugend und Unschuld irgendwie im Zentrum dieses Mysteriums befand. Egal wie machtlos er, der Dorfälteste, sich auch fühlte, Farnor empfand ähnlich, und er brauchte alle Unterstützung, die er bekommen konnte.

Aber welche Art Unterstützung konnte er ihm schon bieten? Er kannte ja noch nicht einmal jemanden, an den *er* sich um Rat hätte wenden können.

Du hast in deinem Leben schon oft genug hilflos an einem Sterbebett gesessen, versuchte er, die Verzweiflung zurückzudrängen, die ihn plötzlich überkommen hatte. *Das bedeutet vielleicht nicht viel, aber es ist alles, was du hast.*

»Was wirst du meinem Vater sagen?«

Farnors Worte rissen Gryss aus seinen Gedanken.

»Es ist, wie ich dir gesagt habe: Ich kann nicht länger lügen. Meinen Vater mag ich vielleicht täuschen können, aber nicht meine Mutter. Allein über den Versuch würde sie sich schon unnötig aufregen.«

Die Frage machte Gryss Mut. Hier *konnte* er helfen. »Wir werden uns auf halbem Weg treffen«, sagte er. »Wir werden ihnen einen Teil der Wahrheit sagen. Ich werde zugeben, alleine zur Burg gegangen zu sein und dich mitgeschleppt zu haben. Dann ...« Sein Kopf schwankte von einer Seite zur anderen, als dächte er über mehrere Alternativen nach. »Dann sollten wir besser sagen, die Burg sei verschlossen gewesen, oder Yakob und dein Vater sind morgen früh auch dort oben.« Er schwieg, runzelte die Stirn und dachte weiter nach. »Auf jeden Fall werden wir zugeben müssen, daß das Pferd vor irgendetwas gescheut hat und davongerannt ist«, beschloß er schließlich unglücklich. »Und daß ... daß du dir bei dem Versuch, es zu fangen, den Arm an einem Felsen verletzt hast.«

Er bemühte sich, begeistert zu wirken, doch Farnor verzog das Gesicht.

»Nun, dann laß dir was Besseres einfallen«, sagte Gryss.

»Ich glaube, uns bleibt nichts anderes übrig«, erklärte Farnor nach kurzem Schweigen. »Wir können ihnen nicht sagen, was wirklich geschehen ist. Es ist zu ... kompliziert. Wenn mein Vater davon erführe, würde er Nilsson mitten auf dem Dorfplatz zur Rede stellen. Den Tribut zu stehlen ist eine Sache, Menschen zu verletzen etwas vollkommen anderes.«

Gryss nickte. Das war nicht nur richtig, sondern auch etwas, was er selbst bisher nicht bedacht hatte. Garren war ein ruhiger und vernünftiger Mann, und wie für einen solchen Mann typisch, verfocht er seine Meinung mit einer Beharrlichkeit, die an Sturheit grenzte, wenn er erst einmal erregt war, und zwar so lange, bis man ihn mit einer glaubwürdigen Erklärung zufriedenstellte.

»Es war eine Falle, weißt du?« bemerkte Farnor plötzlich.

Gryss runzelte die Stirn. Die seltsame Bemerkung hatte ihn aus dem Gleichgewicht gebracht. »Was war eine Falle?« fragte er.

»Dieser ... Wind oder was auch immer es gewesen sein mag. Es war eine Falle«, erklärte Farnor. »Man hat ihn oder es dort zurückgelassen, um jeden anzugreifen, der versuchen sollte, in die Burg einzudringen.«

Gryss starrte Farnor besorgt an; er fürchtete, daß der Schock für den Verstand des jungen Mannes zu viel gewesen sein könnte. Aber noch während ihm dieser Gedanke kam, wußte er, daß dies darin begründet lag, daß er selbst nicht hören wollte, was Farnor zu sagen hatte. Er wollte nichts hören, was bestätigen würde, was er ohnehin schon so stark empfand: nämlich daß das, was in die Burg geschehen war, kein plötzlicher Sturm gewesen war, daß es eine …

Er riß sich von dem Gedanken los und drehte sich wieder zu Farnor um.

Wie er vermutet hatte, war Farnors Gesicht zwar blaß und schmerzverzerrt, doch es besaß nicht jenen entrückten Ausdruck, wie bei geistig Verwirrten üblich. Farnor wirkte ruhig und gefaßt und bei vollem Verstand.

»Was meinst du damit, es sei eine Falle gewesen?« fragte Gryss zögernd. »Ich verstehe dich nicht. Es war nur …« Ihm versagte die Stimme.

Farnor blickte ihn ungeduldig an. »Es war nur was?« verlangte er zu wissen.

Gryss antwortete nicht. Abgesehen davon, daß er ohnehin keine Antwort auf diese Frage wußte, war er sich durchaus bewußt, daß er Farnors plötzliches Verlangen, die Sache zu besprechen, nicht abwürgen durfte.

»Das verdammte Ding war lebendig«, fuhr Farnor fort, verzog das Gesicht und drückte den Arm enger an den Leib, als ihn ein stechender Schmerz durchfuhr. Furcht und Zorn prägten seinen Gesichtsausdruck, als stünde er wieder unter dem Torbogen und versuchte, das Ausfalltor aufzustemmen. »Hinter allem stand eine Absicht. Dieses Etwas war nur dazu da, die Burg zu bewachen.«

Gryss wollte dem widersprechen. Er wollte sagen, daß dies nur dummes Gerede sei, verursacht durch den Schmerz. Er wollte sagen: »Wenn sie niemanden in der Burg haben wollten, hätten sie genauso gut das Tor verschließen können.« Aber er konnte nicht. Früher oder später würde er sich ohnehin dem stellen müssen, was er nun versuchte zu vermeiden. Auch ohne Farnors wütende Erklärung, wußte er, daß es sich bei dem Kreischen und Toben, das ihn begrüßt hatte, als er durchs Tor geschritten war, nicht um eine natürliche Erscheinung gehandelt hatte. Hinter der Kraft, die ihn gegen das Tor geworfen und beinahe Farnors Arm zerquetscht hatte,

hatte *tatsächlich* eine Absicht gestanden – eine böse Absicht. Selbst er hatte die brennende Boshaftigkeit gespürt, die gegen ihn gerichtet worden war.

Aber was bedeutete das?

Er versuchte, der einzigen Antwort auf diese Frage auszuweichen, aber es gelang ihm nicht. Nilsson oder einer seiner Männer besaß Kräfte jenseits des Verständnisses einfacher Menschen – Kräfte, die es ihm ermöglichten, die Mächte der Natur zu kontrollieren so wie diesen Wind. Wie so etwas sein konnte, vermochte Gryss sich nicht vorzustellen. Er war alt genug, um sich darüber klar zu sein, daß sein Unwissen sein Wissen bei weitem überstieg, und er hatte genug unerklärliche Dinge in seinem Leben gesehen, um sich von einer solchen Möglichkeit nicht verstören zu lassen. Aber wer könnte dahinter stecken? Das war eine andere Frage, eine wichtige Frage. Niemand von den wenigen, die er kennengelernt hatte, wirkte in irgendeiner Form ... ungewöhnlich, aber andererseits: Wie sah ein solcher Mensch aus?

Vage erinnerte er sich an die vertraute Gestalt, die sich in Nilssons Gemach aufgehalten hatte, als dieser ihm die Nachricht von der Errichtung der Garnison mitgeteilt hatte; doch da er ihr Gesicht nicht hatte erkennen können, war es ihm unmöglich, ihr einen Namen zuzuordnen.

»Und ich bin genauso«, sagte Farnor.

Die Bemerkung, ausgesprochen mit einer Stimme voller Schuld und Verzweiflung, überraschte Gryss. »Wovon redest du?« fragte er und blickte Farnor besorgt an. Er blieb stehen und packte den unverletzten Arm des jungen Mannes.

»Ich bin genauso«, wiederholte Farnor. Sein Blick huschte von einer Seite zur anderen, als suche er verzweifelt nach einer Fluchtmöglichkeit.

»Genauso wie was?« fragte Gryss streng.

Farnor riß sich los und ging zu einem Baum am

Straßenrand. Er lehnte sich gegen den Stamm und ließ sich zu Boden gleiten. Schmerz stand in seinen Augen.

»Ich habe es gesehen, Gryss. Als du das Tor geöffnet hast, habe ich es gesehen. Ich wußte, daß es irgendwie falsch war. Ich wußte, daß es seine Kraft von ... von irgendwo anders herbekam. Irgendetwas in mir hat es erkannt. Irgendetwas ... ist aus mir herausgekommen und hat sich auf es gestürzt. Und es wußte, daß es angegriffen wurde«, fuhr er fort. »Es wußte es. Es hat sich zurückgezogen. Es war verletzt. Irgendwie habe ich es seiner Kraft beraubt, es geschwächt. Ich bin genauso wie der Mensch, der es dorthin gestellt hat ...«

Er blickte auf seine Hände. Gryss schwieg.

Dann fragte Farnor leise: »Ich werde doch nicht verrückt, Gryss, oder?«

Gryss empfand so etwas wie Erleichterung. »Wenn du verrückt wirst, dann werde ich es auch«, antwortete er, ohne zu zögern. »Und sehe ich etwa verrückt aus?«

Farnor lächelte schwach.

»Ich kann nicht behaupten, daß ich verstehe, was hier vor sich geht«, fuhr Gryss fort, »oder daß ich deswegen keine Angst hätte; aber auf jeden Fall bilden wir uns das alles nicht nur ein.« Er nahm Farnors Gesicht in die Hände und blickte ihm in die Augen. »Du bist nicht vollkommen, Farnor, aber du hast auch nichts wirklich Böses in dir. Vielleicht besitzt du eine seltsame Gabe, vielleicht auch nicht, aber du wirst niemandem damit absichtlich Leid zufügen.«

Zweifel stand in Farnors Augen.

Gryss versuchte, ihn zu überzeugen. »Feuer ist Feuer, Farnor«, sagte er. »Man kann sich daran wärmen, sich Essen kochen, oder man kann die Diemen der Nachbarn damit verbrennen. Die Wahl liegt immer bei dir. Welche Gabe du auch immer besitzen magst, du wirst dich richtig entscheiden. Hast du mich verstanden?«

Farnor blickte ihn unsicher an.

»Und erinnere dich immer an Folgendes«, fuhr Gryss fort. »Ich lebe danach: Jetzt mag ich Angst haben – das ist ein Teil des Lebens, Teil des Lernens; nur Dummköpfe fürchten sich nie –, aber in Wahrheit gibt es *nichts* auf der Welt, wovor man sich ängstigen müßte. Man muß es nur *verstehen*. Hast du das kapiert?«

»Ja, ich glaube schon«, antwortete Farnor leise und nach kurzem Zögern. Gryss ließ ihn wieder los.

Dann, seinem eigenen Rat folgend, richtete Gryss seine Gedanken kühl und sachlich auf das, was geschehen war. »Vielleicht war diese Kreatur dafür verantwortlich«, sinnierte er. »Sie ist ...«

Farnor schüttelte den Kopf.

»Ich habe die Kreatur berührt«, sagte er. »Und ich habe auch dieses ... dieses *Ding* in der Burg berührt Sie sind zwar miteinander verbunden, aber sie sind nicht dasselbe. Es war ein Mensch, der uns diese Falle gestellt hat, kein Tier.«

Plötzlich wurde er kreidebleich und begann zu zittern.

Gryss fing ihn im letzten Augenblick auf, als er nach vorne fiel.

Kapitel 26

Es herrschte Dunkelheit und Chaos, durchwoben vom kalten Silber des Mondlichts und dem Blutrot eines alptraumhaften Sonnenuntergangs. Peinigende Winde wehten große Sturmwolken heran, die die vertrauten Gesichter mitbrachten, welche er nicht erkennen konnte. Sie kamen, und er griff nach ihnen, und sie verschwanden.

Irgendwo lachte jemand über ihn. Das Geräusch mischte sich unter das des Sturms, wurde lauter, leiser, verspottete ihn. Er war hilflos, Laub im Herbst, eine Schneeflocke. Er würde dorthin geweht werden, wohin der Wind ihn bringen wollte.

Und inmitten all des Chaos' bewegte sich ein dunkles Wesen. Ein Wesen, das sowohl hier als auch ... jenseits war ...

Und er mußte ihm folgen, um seine schreckliche Macht zu schwächen. Es war wichtig, daß er es sofort tat ... bevor es zu spät war.

Er griff hinaus ...

Ein Brabbeln neugieriger Stimmen umgab ihn, zerschlug das dunkle Chaos in Myriaden funkelnde Lichter. Die Stimmen waren voller Sorge und Unglauben. Sie fragten, bestätigten, widerlegten ...

Und da war Furcht. Eine alte Furcht ...

Er sprach, um sie zu beruhigen, doch er konnte seine eigenen Worte nicht verstehen.

Überraschung mischte sich unter den Unglauben, vertrieb ihn aber nicht. Und die Neugier und die Sorge wurden stärker.

Aber die tiefe, alte Furcht wuchs ebenfalls.

Er versuchte erneut zu sprechen.

Das Lachen kehrte wieder zurück, diesmal jedoch sanfter, freundlicher, und die Lichter begannen in seinem Rhythmus zu tanzen.

Und da war Kälte.

Die Stimmen wurden schwächer, aber er fühlte, daß sie nach ihm riefen. Sie wollten nicht, daß er sie verließ. Es gab so viele Fragen ...

»Geh nicht ... Wir ...«

Farnor war sofort hellwach, doch seine Augen öffneten sich nur widerwillig. Die Kühle auf seiner Stirn gestattete ihm nicht aufzustehen. Und da war auch wieder dieses sanfte Lachen.

»Fühlst du dich jetzt besser?« fragte eine vertraute Stimme.

Er bemühte sich, etwas zu erkennen, doch sein Geist wußte bereits, wer gesprochen hatte, noch bevor er wieder klar sehen konnte.

Der Rest des Schlafs fiel von ihm ab, als tauche er plötzlich aus den unendlichen Tiefen eines Sees auf und erblicke nach langer Zeit wieder das Sonnenlicht.

Er befand sich in seiner Schlafkammer und sah zu der alten, vertrauten Holzdecke empor.

Und die Kühle auf seiner Stirn war die Hand seiner Mutter.

»Fühlst du dich schon besser?« fragte sie erneut. »Du hast mit dir selbst geredet.«

Farnor versuchte, sich aufzusetzen, doch der Schmerz in seinem rechten Arm hielt ihn davon ab. Seine Mutter nahm ihn in den Arm, zog ihn mühevoll in die Höhe und stopfte ihm ein Kissen in den Rücken.

»Du bist zu groß«, sagte sie mit einer Mischung aus Stolz und Tadel. »Viel zu groß für diese Art von Fürsorge.«

Der Schmerz in seinem Arm und die sachliche Art seiner Mutter, typisch für sie an einem Krankenbett, brachten ihn vollends wieder zu sich, wodurch er sich gleichzeitig wieder daran erinnerte, was in der Burg geschehen war, und das wiederum ermahnte ihn dazu, vorsichtig zu sein.

»Was ist passiert?« fragte er. »Wie bin ich hierhergekommen?«

»Wie in der Tat!« erwiderte seine Mutter. »Eine schöne Geschichte, das kann ich dir sagen.« Sie schien jedoch nicht die Absicht zu haben, sie zu erzählen. Stattdessen ging sie zur Tür und rief die Treppe hinunter: »Er ist wach!«

Farnor schaute sich um. Irgendetwas war ungewöhnlich. Dann erkannte er, daß es das Licht war. Es war später Nachmittag gewesen, als er und Gryss zur Burg gegangen waren. Das Licht, das jetzt durch die Fenster fiel, war Morgenlicht, und noch dazu *spätes* Morgenlicht.

Schwere Schritte waren auf der Treppe zu hören, und er richtete seine Aufmerksamkeit wieder auf die Tür. Gedämpfte Stimmen drangen durch sie hindurch, dann betrat sein Vater, gefolgt von Gryss, den Raum.

Garren musterte ihn übertrieben ernst. Es war ein Gesichtsausdruck, den Farnor nur allzu gut kannte. Belustigung und Erleichterung standen dahinter; man hatte ihn bei etwas erwischt, doch bei etwas, das nicht sonderlich schwerwiegend gewesen war. Das war ein gutes Zeichen. Er lächelte schuldbewußt und zuckte mit den Schultern. Besser, das Kind zu spielen, bis er herausfand, was geschehen war und wer was wußte.

»Du bist mir schon einer«, sagte Garren, ging zum Bett und setzte sich auf dessen Kante.

Doch während Garren sprach, blickte Farnor zu Gryss. Der alte Mann stand hinter Garren und Katrin, rieb sich beiläufig das Kinn und berührte kurz die Lippen mit dem Zeigefinger.

Schweig.

Farnor nickte, scheinbar als Erwiderung auf die Äußerung seines Vaters.

»Sie sind mir beide welche«, sagte Katrin, verschränkte die Arme vor der Brust, und ihre Fürsorge wich mütterlichem Groll. Sie warf einen Blick auf Gryss, der zusammenzuckte, als hätte man ihn geschlagen. »Einfach so davonzuwandern und zu versuchen, in die Burg einzudringen. Wie Kinder, die sich in Nachbars Garten schleichen. Ich weiß nicht, was ...«

Garren hob die Hand, um sie zum Schweigen zu bringen.

»Du hast uns deinen Standpunkt schon hundertmal erklärt«, sagte er sanft und zu Farnors Verteidigung.

»Das muß ich offenbar auch«, erwiderte Katrin und bedeutete dem Dorfältesten mit einem strengen Nicken, zu ihrem Sohn zu gehen. »Sieh nach, ob er wieder in Ordnung ist«, verlangte sie. »Noch vor wenigen Augenblicken hat er ein Gesicht gemacht, als hätte er alle Last der Welt zu tragen.« Dann fügte sie in verwundertem Tonfall hinzu. »Und die letzten zehn Minuten hat er mit irgendjemandem geredet.«

Gryss trat vor und verdrängte Garren vom Bett. Er setzte sein Heilergesicht auf und stocherte und fingerte an Farnor herum, bevor er verkündete: »Gut. Wie ich euch gesagt habe, hatte er durch den Aufprall nur das Bewußtsein verloren. Eine gute Nacht Schlaf war alles, was er gebraucht hat. Laßt ihn den Arm noch ein, zwei Tage schonen, und abgesehen davon, daß sein Unterarm in allen Farben leuchten wird, wird er wieder vollkommen in Ordnung sein.«

Katrin nickte mehrmals. »Ich werde euch ... Kinder jetzt allein lassen«, sagte sie spöttisch. »Ich bin unten *und werde mit der Arbeit weitermachen.*«

»Ich komme gleich nach«, erwiderte Garren und zwinkerte seinem Sohn zu.

Nachdem Katrin jedoch gegangen war, wurde Garren ernster. »Ich habe dir bereits gesagt, was ich von deinem kleinen Abenteuer halte, Gryss«, erklärte er. »Aber auf deine Bitte hin werde ich es vor Farnor noch einmal wiederholen, da er offensichtlich daran beteiligt war.«

»Ich weiß«, sagte Gryss. »Und ich entschuldige mich

abermals. Und das ebenfalls vor Farnor. Er hat mir vermutlich das Leben gerettet, als er versucht hat, mich aufzufangen ...«

Dann hatte Gryss also die Geschichte mit dem durchgehenden Pferd erzählt, erkannte Farnor.

»Ich habe mich geirrt«, fuhr Gryss fort. »Ich habe nicht richtig nachgedacht. Ich habe mir solche Sorgen gemacht, weil ich Jeorg habe allein wegreiten lassen.«

Doch einmal ins Rollen gebracht, mußte ein Fels zwangsläufig den Fuß des Hügels erreichen, und so mußte auch Garren seine Schlußfolgerung aussprechen. »Wir haben abgemacht, daß wir gemeinsam handeln«, sagte er in jenem besonderen Tonfall, der jeden zustimmend nicken ließ, auch wenn er anderer Meinung war. »Daran müssen wir uns auch halten. Wer weiß, was alles passieren kann, wenn jeder macht, was er will, ohne den anderen zumindest vorher Bescheid zu sagen?« Das erinnerte Gryss daran, daß Garren, wie er Farnor gegenüber gestern erwähnt hatte, ein Mann war, dem man nicht gut widersprechen konnte.

Aber nachdem er seinen Vorwurf losgeworden war, wurde Garren wieder er selbst: ruhig und geduldig. Er legte Gryss die Hand auf die Schulter. Gryss bedeckte sie mit seiner eigenen.

»Katrin hat dich wohl auch durch die Mangel gedreht, nicht wahr?« fragte er.

Garren hob die Augenbrauen und seufzte auf. »Ja, aber das überrascht mich nicht«, antwortete er. »Du hast uns beide zu Tode erschreckt, als du durch die Tür gewankt bist und erklärt hast, Farnor hätte einen Unfall gehabt.« Er winkte ab. »Na, zumindest ist nicht viel passiert.«

»Darf ich aufstehen`« fragte Farnor, der das Verlangen verspürte, enger in das Gespräch mit einbezogen zu werden.

Gryss nickte. »Ja. Sei nur ein, zwei Tage vorsichtig mit

deinem Arm. Belaste ihn so wenig wie möglich, und sag mir Bescheid, falls es irgendwelche Probleme gibt.«

Doch trotz der Erlaubnis machte Farnor keinerlei Anstalten, das Bett zu verlassen.

Sein Vater bestätigte Gryss' Erlaubnis. »Du kannst ruhig aufstehen«, sagte er und blickte bedeutungsvoll zu den Kleidern seines Sohnes, die über einem Stuhl in der Ecke hingen. »Es ist gleich Mittag.«

Diese Bemerkung rüttelte ihn selbst jedoch weit mehr auf als seinen Sohn, denn sie erinnerte ihn daran, daß er nun, da Farnor behindert war, weit mehr Arbeiten würde erledigen müssen als üblich. Entschlossen trat er zur Tür, verabschiedete sich und ging hinaus.

Als das Geräusch der Schritte seines Vaters verriet, daß er das Ende der Treppe erreicht hatte, schlug Farnor die Decke zurück und schwang sich aus dem Bett. Er legte die Hand an den Kopf.

»Was ist los?« fragte Gryss.

»Nichts. Ich fühle mich nur wie benebelt, weil ich so lange gelegen habe«, antwortete Farnor und fügte hinzu: »Nun, alles Mögliche ist los, vermute ich. Was ist mit mir passiert?«

»Du bist ohnmächtig geworden, das ist alles«, erklärte Gryss. »Der Schock von der Verletzung.«

»Oder?« hakte Farnor nach, dem der zweifelnde Unterton in der Stimme des alten Mannes nicht entgangen war.

Gryss setzte eine selbstsichere Maske auf, die aufgrund seiner langjährigen Erfahrung als Dorfältester und Heiler viel zu gut war, als daß Farnor sie hätte durchschauen können. »Oder nichts«, erwiderte er; seine Stimme klang ebenfalls sicher. »Es war eine böse, schmerzhafte Verletzung, und was geschehen ist, hat dich ziemlich aufgeregt. Sowohl dein Kopf als auch dein Körper mußten Abstand davon gewinnen – sie brauchten Ruhe –, und als du keinerlei Anstalten machtest, sie ihnen zu gewähren, haben sie sie sich genommen.« Farnor musterte ihn mißtrauisch, doch Gryss' Maske wehrte den Blick so leicht ab wie ein Turmschild einen halbherzig geworfenen Speer.

Zwar war Farnor noch immer nicht überzeugt, doch er erkannte, daß es sinnlos war, Gryss noch weiter zu löchern, und so zog er sich an.

»Was werden wir jetzt tun?« fragte er mit leiser Stimme, während Gryss ihm half, den rechten Arm in den Hemdsärmel zu stecken.

»Nichts«, antwortete Gryss. »Was *können* wir tun? Auf jeden Fall werde ich nicht mehr zur Burg gehen.« Sein Verhalten wurde verschwörerisch. »Wie wir besprochen haben, habe ich deinem Vater erzählt, das Tor sei verriegelt gewesen, damit er und Yakob erst gar nicht auf die Idee kommen, dort hinaufzugehen.«

Es war wichtig, Lügen so einheitlich wie möglich zu halten, erkannte Farnor.

»Also bleibt uns nichts anderes übrig, als zu warten«, fuhr Gryss fort. »Wir werden sehen, was Nilsson tut, wenn er wieder zurückkehrt, und darauf hoffen, daß Jeorg sicher die Hauptstadt erreicht.«

Farnor seufzte unglücklich.

Gryss' Tonfall wurde väterlich. »Nimm es nicht so schwer. Sieh erst einmal zu, daß du wieder gesund wirst. Was du getan hast, war sehr tapfer, aber dein Arm wird ein paar Tage schmerzen, also wirst du ohnehin nichts Anstrengendes tun können, geschweige denn etwas Abenteuerliches.«

Farnor schüttelte den Kopf. »Von Abenteuern habe ich die Nase voll«, sagte er. »Ich glaube, allmählich weiß ich ein ruhiges Leben zu schätzen.«

Gryss betrachtete ihn. Mitgefühl lag in seinen Augen, doch seine Lippen verzogen sich zu einem kaum merklichen Lächeln. »Das ist das Gerede alter Männer«, sagte er, und aus dem Lächeln wurde ein leises Lachen. »Es wird noch viel Zeit vergehen, bevor du ernsthaft zu dieser Schlußfolgerung kommen wirst. Tu einfach, was ich dir sage. Laß es eine Weile ruhig angehen. Bevor du dich versiehst, bist du wieder zu allem bereit.«

Das war eine unkluge Bemerkung gewesen, erkannte Gryss, sofort nachdem er sie ausgesprochen hatte.

»Glaubst du, daß irgendwas geschehen wird?« fragte Farnor mit besorgtem Gesichtsausdruck.

Gryss zuckte unbeholfen mit den Schultern. »Nein. Ich glaube nicht«, antwortete er unsicher. »Aber ...?«

Er ließ den Satz unvollendet, und sein Zweifel hing in der sonnendurchfluteten Luft der Kammer. Er machte keinerlei Anstalten, sich zu erklären, und Farnor, der fühlte, daß es ohnehin sinnlos gewesen wäre, verzichtete auf weitere Fragen.

»Der Dalmastag war erst vor einem Monat«, bemerkte er leise. »Wer hätte das alles vorhersehen können?«

»Wer in der Tat?« stimmte ihm Gryss zu. *Und wer hätte vorhersehen können, daß du dich in so kurzer Zeit derartig verändern würdest,* fügte er im Geiste hinzu. »So ist das Leben«, erklärte er und täuschte eine Ruhe vor, die er nicht empfand. »Es ist nicht gerade lustig, aber mit der Zeit wird sich schon alles wieder beruhigen. Wir müssen nur unseren Verstand beisammen halten, das ist alles.« Er preßte die Lippen aufeinander. »Und wir müssen unseren Glauben an das Gute bewahren.«

Zu seiner Überraschung schien Farnor jedoch nicht weiter auf dieses Thema eingehen zu wollen. Er war vollauf damit beschäftigt, sich ein Tuch mit anderthalb Händen um den Hals zu binden. Gryss trat vor, um ihm zu helfen, doch Farnor schüttelte den Kopf. »Ich muß mich daran gewöhnen«, erklärte er. Ein verlegenes Grinsen erschien auf seinem Gesicht und vertrieb die Bitterkeit aus seinen Zügen. »Meine Mutter wartet nur auf die erstbeste Gelegenheit, die ihr eine Rechtfertigung dafür liefert, mich zu umsorgen und zu verhätscheln, und ich bin nicht sicher, ob ich das überstehen würde.« Gryss nickte verständnisvoll. Wie ein Fieber hatte Farnors Stimmung eine innere Krise überwunden – eine Krise, von der er selbst vielleicht noch nicht einmal etwas bemerkt hatte. Kurze Zeit später verließ Gryss den Hof; nur in der Küche mußte er kurz Halt machen, um sich Katrin zu stellen.

»Ich weiß, daß ihr zwei was im Schilde führt«, erklärte sie, wedelte mit ihrem Löffel wie mit einem Zepter und nickte in Richtung Treppe. »Allerdings nehme ich an, daß du *mir* nichts davon erzählen wirst, die ich hinterher die Scherben zusammenfegen muß. Aber ich weiß, daß was nicht stimmt, und du weißt, daß ich es weiß: Dieses Gasthauspferd hat schon Probleme, den Huf vom Boden zu heben. Wie soll es dann steigen und jemanden aus dem Sattel werfen? Außerdem hat es in seinem Leben mit Sicherheit schon öfter einen Fuchs gesehen.« Gryss bemühte sich, einen unschuldigen Gesichtsausdruck zu bewahren, während Katrin mit erhobenem Löffel gegen ihn vorrückte. »Und diese Verletzung an Farnors Arm stammt von keinem Stein, wie ich ihn je gesehen habe.«

Der Löffel drängte Gryss an die Wand zurück. »Daß du meinen Sohn nur ja nicht in Dinge mit hineinziehst, die er nicht bewältigen kann, Har Grysstson, oder du bekommst es mit mir zu tun. Egal, wie groß er ist, er ist nur ein Junge.«

»Er ist Mann genug, Katrin«, wagte Gryss in schmeichlerischem Tonfall zu widersprechen, doch mit einem Hauch von Strenge in der Stimme.

Verächtlich ließ ihn der Löffel frei: Als Feind war er zu unwürdig. Katrin zog sich zu ihrem Tisch zurück. Sie schnaufte höhnisch. »Mann genug!« echote sie. »Ihr Männer benehmt euch *alle*, als wärt ihr erst acht Jahre alt. Ich frage mich, warum wir uns überhaupt immer wieder mit euch abgeben.«

Als sie sich jedoch wieder umdrehte, war aller Spott

aus ihrem Gesicht verschwunden, und der Blick, den sie Gryss zuwarf, war klug und grimmig. Einfach und direkt sprach sie ihre eigentliche Sorge aus. »Kümmere dich um meinen Sohn, Gryss«, sagte sie, »und um meinen Mann. Kümmere dich um uns alle, was den Umgang mit dem Hauptmann und seinen Männern betrifft. Was auch immer sonst sie sein mögen, sie sind allesamt Kämpfer. Sie sind Mord und Totschlag gewöhnt und ...« Sie hielt kurz inne und suchte nach Worten, die ihren Gefühlen angemessen waren »... und alles, was sonst noch zu ihrem Geschäft gehört«, sagte sie schließlich bedeutungsvoll. »Es gibt nicht einen im Tal, der es auch nur mit einem von ihnen aufnehmen könnte, sollte es notwendig sein – jedenfalls niemanden, der hoffen dürfte, eine solche Begegnung zu überleben.«

»Ich verstehe, Katrin«, erklärte Gryss ernst.

Aber tust du das wirklich, Heiler, dachte er, während er über den Vorhof ging. Er winkte Farnor zum Abschied zu, der ihn von seinem Kammerfenster aus beobachtete; dann bückte er sich, um einen der Hofhunde zu tätscheln, der ihn neugierig beschnüffelte.

Nicht so wie sie, setzte er seinen Gedankengang fort. Katrins Wahrnehmung der Geschehnisse beunruhigte ihn. Auf den ersten Blick unterschied sie sich nicht sonderlich von seiner eigenen, doch dann wiederholte er im Geiste Farnors seltsamen Satz: »Es kam von einem anderen Ort.« Jenseits eines gewissen Punktes tat sich ein Graben zwischen Mann und Frau auf, der nicht mit Worten überbrückt werden konnte.

Als Gryss das Torgatter öffnete, tätschelte er den Hund ein letztes Mal, der sich daraufhin von ihm löste, da er den ›Fremden‹ nun sicher zur Grenze seines Reviers geleitet hatte.

Trotz des Sonnenscheins und der lebensbejahenden Grundhaltung des bäuerlichen Lebens, die ihn umgaben, spürte Gryss erneut die Last seiner Jahre. Als er das Gatter schloß, blickte er wieder zu Farnor. Er erinnerte sich an das unbeholfene Grinsen, als dieser versucht hatte, sich das Tuch umzubinden – das Grinsen, das die Schatten vertrieben hatte.

Unverwüstlichkeit, dachte er, *das Hauptmerkmal der Jugend.* Doch allein dieser Gedanke reichte aus, um andere zurückzubringen, die er sich so sehr bemüht hatte zu verdrängen.

Nur ohnmächtig geworden, hatte er wiederholt und voller Zuversicht erklärt, um Garren und Katrin zu beruhigen, als diese hinausgeeilt waren, um ihren bewußtlosen Sohn zu holen. Doch ob dies der Wahrheit entsprach, wußte er nicht so genau. Er hatte in Farnors leere Augen geblickt und seinen Puls gefüllt. Er hatte alles getan, was er tun konnte, doch das Einzige, was er dabei gefunden hatte, war die Erkenntnis, wie unvollkommen und unfähig er selber war.

»Der Körper ist wie ein großes, gut gebautes Schiff. Unzählige, unsichtbare Kräfte arbeiten Hand in Hand, um es über Wasser zu halten.«

»Um die Heilkunst zu erlernen, darf man nicht fragen, warum ein Körper krank wird, sondern warum er sich so gut gegen die zahllosen Übel hält, die ihn fortwährend attackieren.«

Worte, die Gryss auf den Wanderungen in seiner Jugend gehört hatte, auf seiner Suche nach Wissen und ... nach was auch immer man in der Jugend suchte. Worte, die ihm schon damals weise erschienen waren und die im Laufe der Zeit noch weiser geworden waren. Sie waren zurückgekehrt, um ihm Halt zu geben, als er Farnor sanft aufs Gras gelegt hatte, und zwar so, daß er nicht zur Seite rollen und womöglich an seiner eigenen Zunge oder Erbrochenem ersticken konnte. Tatsächlich waren sie das Einzige, was ihm in seiner Verzweiflung half, denn er hatte keine Ahnung, was dem jungen Mann widerfahren war. Schläge auf den Kopf, das wußte er, konnten allerhand unvorhersehbare Folgen hervorrufen, doch Farnor war nicht auf diese Art verletzt worden.

Als Gryss auf dessen reglose Gestalt hinabgeblickt hatte, hatte er den Eindruck gehabt, Farnor würde schlafen. Aber Gryss hatte gewußt, daß er ihn nicht einfach so würde wecken können. Alles, was er hatte tun können, war, Garrens und Katrins machtvollen Willen aufrechtzuerhalten, ihren Sohn wieder gesund zu sehen; vielleicht konnten sie auf diese Art in die Regionen vordringen, in die sich Farnors Geist zurückgezogen hatte. Durch sein Verhalten und seine Worte hatte sich Gryss bemüht, den Eltern den Glauben an die uralte Fähigkeit des Körpers zu vermitteln, seine Feinde allein zu vertreiben, sich selbst zu heilen und den Geist wieder an seinen angestammten Ort zurückzurufen.

Und so war es auch geschehen, doch ob er nun dabei geholfen hatte oder nicht, wußte Gryss nicht.

Er blieb stehen und blickte über die sonnenbeschienenen Felder. So voller Kraft und Leben. Er schauderte. *Furcht*, stellte er fest. Wie hätte es auch anders sein können? Sein Körper bereitete sich darauf vor, ihm den Befehl zur Flucht zu geben.

Oder zum Kampf.

Gryss schloß die Augen und drehte das Gesicht in die Sonne, als könne er die lebenspendende Wärme aufsaugen wie ein Sonnenstein und mit diesem inneren Licht die schreckliche Kälte vertreiben, die sich um sein Herz gelegt hatte.

Bis zu einem gewissen Grad gelang ihm das auch, und für kurze Zeit genoß er die warme Berührung und folgte den tanzenden, leuchtenden Formen hinter seinen Augenlidern.

Als er schließlich wieder die Augen öffnete, wechselten die Formen ihre Farben, blieben aber noch und tanzten nach ihrem eigenen Rhythmus; es dauerte noch eine Weile, bis Gryss wieder klar sehen konnte. Als es endlich soweit war, bemerkte er, daß er sich unbewußt wieder Richtung Burg gedreht hatte. Nachdenklich blickte er zu ihr hinauf.

Äußerlich sah sie kaum anders aus als in seiner Kindheit, doch jetzt erschien sie ihm wie ein mächtiges Raubtier, das im Schatten der Berge lauerte und auf den geeigneten Zeitpunkt wartete, sich auf das Dorf und seine Bewohner zu stürzen und sie zu verschlingen.

Der Vergleich brachte Gryss wieder auf die Kreatur und in Folge dessen auf die Dorflegenden über die Höhlen und die bösen Wesen aus einer anderen Zeit, die dort schliefen und nur darauf warteten, geweckt zu werden, damit sie die Welt erneut heimsuchen konnten.

Einerseits war es ihm unmöglich, solche Geschichten zu glauben, doch mittlerweile konnte er sie auch nicht mehr einfach so abtun, wie er es früher getan hatte.

Und Farnor hatte seinen ersten Kontakt zu der Kreatur gehabt, *bevor* Nilsson und seine Männer erschienen waren ...

Zum ersten Mal kam Gryss der Gedanke, daß alles, was im Augenblick geschah, nur das Ergebnis eines unglücklichen Zufalls war. Immerhin war Nilsson nicht ins Tal geritten wie jemand, in dessen Gefolge ein mächtiger Elementarbeschwörer einherzog. Er war an der Spitze eines zerlumpten Haufens entmutigter, ja gebrochener Männer ins Dorf gekommen. An diesem Eindruck hatte sich auch nichts geändert, nachdem Gryss zum ersten Mal die Kranken in der Burg besucht hatte.

Erst nachdem die Fremden begonnen hatten, den Norden zu erkunden, hatte sich alles verändert.

War es möglich, daß die Kreatur Nilsson auf irgendeine Art benutzte?

Aber Farnors Erklärung war deutlich gewesen: »Es war ein Mann, der uns diese Falle gestellt hat, kein Tier.« Und auch er, Gryss, hatte etwas Menschliches in dem Bösen gefühlt, das ihn gestern angegriffen hatte.

Bestimmte Bäume brauchten einen offenbar schmarotzerhaften Pilz in ihren Wurzeln, um überleben zu können. Der eine ernährte sich vom anderen, und beide gediehen, wo einer allein eingehen und sterben würde. Vielleicht galt für das seltsame Phänomen in der Burg etwas Ähnliches. Vielleicht hatten Kreatur und Mensch auf einem von Nilssons Vorstößen einander getroffen und seitdem gemeinsam an Kraft gewonnen.

Gryss nickte. Dieser Gedankengang hatte etwas für sich, obwohl er nicht wußte, was er deswegen unternehmen sollte. Nichts, entschied er erneut, außer zu beobachten und zu warten – wachsam zu sein.

Er straffte die Schultern und atmete tief durch. Einen Augenblick lang war er wieder zwanzig Jahre alt. Stark und entschlossen bis zur Starrsinnigkeit. Es war ein gutes Gefühl.

Er lächelte. Es *war* gut, aber so gut nun auch wieder nicht. Trotz all der Kraft, die ihm dieser Gedanke verlieh, würde er nie wieder ein unreifer Jüngling sein. Seine Kraft reichte gerade aus, ihn ohne größere Unannehmlichkeiten durchs Alter zu führen, doch sein Verstand war dem des jungen Gryss bei weitem überlegen.

»Kümmere dich um uns alle im Umgang mit dem Hauptmann und seinen Männern«, hatte Katrin von ihm gefordert. Er würde ihre scharfsinnigen Einsichten stets im Hinterkopf behalten, auch wenn es dringendere Aufgaben zu erledigen galt, und er würde ihrer Bitte nachkommen, so gut er konnte.

Er spürte ein Kribbeln im Bauch. Er war erregt, freudig erregt. Unerbittlich vertrieb er dieses Gefühl. Das war nichts, was man genießen durfte. Das war etwas, wobei ihn eiserne Disziplin und das Bewußtsein lenken mußten, daß andere auf ihn vertrauten.

Als er sich allerdings wieder auf den Weg ins Dorf hinunter machte, besaß sein Schritt eine Leichtigkeit wie schon seit Jahren nicht mehr.

Kapitel 27

Es gibt nur eine Gewißheit im Leben, nämlich daß alles ungewiß ist, hatte Gryss schon vor Jahren für sich erkannt, doch gelegentlich mußte er diese Erkenntnis erneut aus dem Chaos heraufbeschwören, um eine Grundlage zu haben, auf der er stehen und von wo aus er sich umschauen konnte – eine Grundlage, von der aus er zumindest den Versuch unternehmen konnte, Wahrscheinlichkeit und Unwahrscheinlichkeit bestimmter zukünftiger Ereignisse abzuschätzen.

Und genau das hatte Gryss getan, als er seine Schlußfolgerungen aus dem gezogen hatte, was gerade geschah, obwohl ihm durchaus bewußt war, daß er sich irren konnte. So kam es, daß er trotz der körperlichen Strapazen, die er in der Burg erlitten hatte, trotz des anstrengenden Rückwegs ins Dorf, der Gewissenserforschung am Abend und der folgenden unruhigen Nacht am nächsten Morgen erfrischt und mit klarem Verstand aufwachte, auch wenn seine Sorgen um die Zukunft größer waren denn je.

Wie jeden Tag reckte und streckte er sich ausgiebig, nachdem er sich aus dem Bett erhoben hatte; dann gähnte er laut und zog die Vorhänge zurück.

Ein grauer, regnerischer Tag begrüßte ihn, doch er brauchte kein Chronometer, um zu wissen, daß er später aufgestanden war als üblich. Geistig mochten seine Überlegungen vom vergangenen Tag ihn ein wenig entspannt haben, aber körperlich gesehen war er erschöpft gewesen, und sein Körper hatte es für notwendig erachtet, sich länger als für gewöhnlich auszuruhen.

Doch das war nicht von Bedeutung. Er würde den heutigen Tag dazu nutzen, seine Gedanken noch weiter zu ordnen, und anschließend würde er entscheiden, inwieweit er sich seinen Verbündeten anvertrauen sollte.

Er öffnete das Fenster und lehnte sich auf den Sims. Kühle, frische Luft schlug ihm entgegen, erfüllt von dem feuchten Duft der Blumen und Gräser. Es war ein Tag, um auf der Veranda zu sitzen und den Regen zu beobachten, ihm zuzuhören und nachzudenken – nachdenken über etwas ... alles ... nichts.

Aber der Gedanke an diesen harmlosen Luxus lockte Gryss bei weitem nicht so, wie er es noch vor wenigen Wochen getan hätte. Trotz seines Entschlusses, abzuwarten, zu beobachten und nur zu handeln, wenn es die Umstände erforderten, umlagerte ein Schatten all seine Gedanken, der ständige, nagende Wunsch, dies alles möge vorbei und vergessen sein, und alles wäre wieder wie früher. Das erfüllte ihn mit dem drängenden Verlangen, irgendetwas zu tun, auch wenn sein Verstand ihm rigoros erklärt hatte, es sei unmöglich. Und schlimmer noch: Die Schatten bescherten ihm ein bleiernes Gefühl im Magen, das ihn keine Sekunde lang verließ.

Er atmete die kühle Luft ein und schüttelte dann energisch den Kopf, bevor er das Fenster schloß. Er würde lernen müssen, mit der Unsicherheit zu leben. Er konnte Katrins Worte ebenso wenig aus seinem Gedächtnis reißen wie einen mit Widerhaken versehenen Pfeil aus einer Wunde.

»Kümmere dich um uns im Umgang mit dem Hauptmann und seinen Männern.«

Er wußte, was sie damit gemeint hatte: »Sei nie wieder so leichtsinnig wie heute, denn du sprichst für uns alle.« Aber er hatte auch das Flehen in ihrer Forderung gehört: »Kümmere dich um uns. Wir sind auf dich angewiesen.«

Und er würde sich nach besten Kräften bemühen, genau das zu tun, auch wenn ihm das so manche schlaflose Nacht, Sorgen und Angst bescheren würde. Sein ganzes Leben lang hatte er nichts anderes getan, und nun konnte er nicht damit aufhören.

Was der ultimative Preis dafür sein würde, darüber

wagte er nicht nachzudenken. So weit würde es nicht kommen. Die Vernunft würde siegen. Das tat sie immer. Abmachungen konnten getroffen werden, und man konnte sich über gegenseitige Interessen verständigen, und alle wären zufrieden …

Mit Sicherheit …?

Er knurrte verärgert und verdrängte abermals den undurchschaubaren, wabernden Nebel, der die Zukunft war. Im Augenblick würden er und sein nervöser Magen sich erst einmal mit etwas zu essen zufriedengeben.

Nach einem Frühstück machte er sich auf den Weg zu Yakob in der Absicht, die Geschichte zu verbreiten, die Burg sei verriegelt und daß er vom Pferd geworfen worden sei. Er fand jedoch heraus, daß Yakob die Geschichte bereits vertraut war. Auch Garren hatte sich der Angelegenheit angenommen und den jungen Pieter mit einem Überblick über die Ereignisse in den Gasthof und zu Yakob und Harlen geschickt. Als Ergebnis davon besaß Yakob Kenntnis von Einzelheiten, die weit über das hinausgingen, was Gryss Garren erzählt hatte – und die im Übrigen auch nichts damit zu tun hatten.

»Es ist auf dich getreten, wie ich gehört habe«, lautete nur eine dieser verblüffenden neuen Erkenntnisse.

Es dauerte eine Weile, bis Gryss aus der Nachricht, die Yakob erreicht hatte, jene Teile herausgepickt hatte, von denen er wollte, daß sein Freund sie hörte. Yakob wirkte beinahe enttäuscht; Gryss' Geschichte war weitaus langweiliger als jene, die Garrens Bote überbracht hatte.

»Nur abgeworfen, hm«, bemerkte Yakob und nickte ein paarmal. »Der junge Pieter ist mir in der Tat ein wenig aufgeregt vorgekommen.«

Nachdem er Yakob verlassen hatte, ging Gryss zu Harlen. Ohne Zweifel würde er dort dieselbe Geschichte zu hören bekommen wie bei Yakob, obwohl, so sinnierte er, Harlen vielleicht einen noch weit spannenderen Bericht gehört hatte. Gryss mußte an einen Fabelvogel denken, dessen Gefieder immer bunter und prächtiger wurde, je weiter er sich von seinem bescheidenen Nest entfernte.

»Du hast ja einen Spleen«, murmelte er zu sich selbst. Ein sicheres Zeichen von zunehmendem Alter.

Aber wie sich herausstellte, hatte Harlen den Vogel mitten im Flug heruntergeschossen.

»Er ist ins Tal runtergegangen, um ein paar Weidenäste zu schneiden«, berichtete Marna, als sie Gryss den feuchten Umhang abnahm. »Vermutlich bleibt er noch länger.« Belustigung zeigte sich auf ihrem Gesicht. »Allerdings wollte er zuerst zu dir und die Maße für einen Sarg nehmen«, fuhr sie fort. »Er hat ganz schön lange gebraucht, bis er Pieter Garrens richtige Botschaft aus der Nase gezogen hatte.« Sie bedeutete Gryss, sich auf einen Stuhl zu setzen.

»Zertrampelt und von einer Klippe gefallen, vermute ich«, sagte er und setzte sich. Der Stuhl knarrte, doch mehr zum Willkommen als aus Protest.

»Mehr oder weniger«, bestätigte Marna und lachte. »Ich könnte mir vorstellen, wenn Pieter seine Runde beendet hat, werden sich ein paar Trauernde vor deiner Hütte einfinden. Er ist so niedlich – und so ernst.«

Sie lachte erneut. Gryss hatte das Gefühl, als würde der Raum plötzlich von Licht erfüllt.

»Vielleicht wird er mal ein großer Geschichtenerzähler werden«, sagte er und lachte ebenfalls.

»Was hat Garren sich nur dabei gedacht, ausgerechnet *ihn* mit der Nachricht hinauszuschicken?« fragte Marna.

»Vermutlich hat er eine Menge zu tun, nun da Farnor verletzt ist«, antwortete Gryss, »und ich bezweifele, daß er berücksichtigt hat, daß Pieter eine ausgesprochen lebhafte Phantasie besitzt.«

Marna fuhr sich mit der Hand durchs Haar und legte eine Strähne dorthin, die andere hierhin, bis alles wieder genauso war wie zuvor. »So, heute kein wagemutiger Sturm auf die Burg?« fragte sie spöttisch, doch Gryss sah in ihren Augen eine Schärfe, die die Leichtigkeit der Frage Lügen strafte.

Er schüttelte den Kopf und beugte sich vor, und Marnas Spott verschwand.

»Was ist los?« fragte sie unsicher.

Gryss erwiderte ihren Blick. Sollte er ihr erzählen, was wirklich geschehen war, oder sollte er nicht? Würde es zu ihrem Wohl sein oder zu seinem, wenn er es ihr erzählte? Würde es Licht auf seine eigenen Gedanken werfen, wenn er sie teilte? Aber was konnte sie schon tun, außer ebenfalls den Schmerz und die Verzweiflung zu fühlen, weil sie nichts tun konnte?

Doch die Entscheidung lag nicht nur bei ihm. Wie Marna selbst gesagt hatte, war sie ein Maulwurf in der Falle; sie war hineingetappt, und nun konnte sie nicht anders, als vorwärts zu gehen. Und aufgrund dessen, was sie bereits wußte, würde sie Gryss' erfundener Geschichte sogar noch weniger Glauben schenken als den Märchen des jungen Pieter. Und sie besaß die Kraft, um die Wahrheit ertragen zu können, während eine Lüge von jemandem, dem sie vertraute, sie durchaus zu brechen vermochte.

Er ergriff ihre Hände und berichtete ihr so einfach und genau, wie er konnte, was in der Burg geschehen war; auch teilte er ihr seine Überlegungen mit, was ... wer ... dahinterstecken könnte.

Marna zog die linke Hand zurück, um ihren rechten Arm zu umklammern, als Gryss ihr erzählte, wie Farnors Arm im Tor eingeklemmt worden war, doch ansonsten verhielt sie sich ruhig und hörte gespannt zu.

Obwohl die Geschichte sie offenbar entsetzt und verwirrt hatte, fragte sie Gryss nicht nach dem ›Warum‹ und ›Wie‹, nachdem dieser geendet hatte, sondern kam direkt auf den Punkt.

»Was sollen wir tun?« fragte sie.

Gryss konnte ihr darauf nur dieselbe Antwort bieten,

die er sich selbst gegeben hatte. »Beobachten und warten«, sagte er, »und hoffen, daß Jeorg die Hauptstadt sicher erreicht.«

»Und Farnor?« hakte Marna entrüstet nach.

»Oh, sein Arm wird eine Zeitlang schmerzen, aber er kann ihn schon jetzt wieder benutzen; allerdings darf er ihn nicht belasten«, antwortete Gryss beruhigend.

Ihr Gesicht verdunkelte sich. »Nicht sein Arm«, protestierte sie vehement. »All diese ... *Dinge*, die ihm widerfahren. Wahrscheinlich glaubt er, verrückt zu werden.«

Deshalb war es also richtig, dir davon zu erzählen, dachte Gryss glücklich. *Du gehörst zu seiner Generation. Du verstehst ihn. Das allein wird Farnor schon helfen, seine Prüfungen zu bestehen.* Vor seinem geistigen Auge sah er die jugendliche Kraft und den Mut der beiden, geleitet von seinem Wissen und seiner Erfahrung ...

Und mit dieser Vision kam ein schwarzer Gedanke tief aus seinem Inneren: Es sind stets die Alten, die die Jungen in den Krieg führen.

Diese Erkenntnis traf ihn mit der Wucht eines Fausthiebs. Er schnappte nach Luft.

»Was ist los?« fragte Marna. »Du siehst aus, als hättest du einen Steuereintreiber gesehen.«

Daß sie versehentlich das alte Dorfsprichwort benutzt hatte, das nun auf finstere Art ironisch klang, ließ Gryss unwillkürlich lächeln, und dieses Lächeln brach den kalten Bann des schrecklichen Gedankens.

»Nichts«, antwortete er. »Nur irgendeine Reaktion, jetzt, wo ich über das alles noch einmal nachdenke.«

Marna schien mit der Erklärung nicht zufrieden zu sein, doch Gryss fuhr rasch fort. »Farnor geht es gut genug«, erklärte er. »Soweit ich weiß, hat er mir alles erzählt, und er sagt mir auch, wie er über bestimmte Dinge denkt und fühlt. Ich glaube, solange er das tut, ist er in Ordnung ... Und daß er dich als Freund hat, Marna, wird ihm ebenfalls helfen, auch wenn niemand von uns so genau weiß, was hier eigentlich vor sich geht. Geh ihn heute besuchen, wenn du kannst – einfach so, im Gefolge von Pieters blumigen Erzählungen.«

Marna nickte. Ihr Mund verzog sich zu einem bitteren Lächeln. »Und ich vermute, Pieters Unsinn wird verhindern, daß die Leute Jeorgs Abwesenheit bemerken«, sagte sie. Plötzlich erhob sie sich halb von ihrem Stuhl. »Da kommt jemand«, sagte sie. »Er rennt.«

Kaum hatte sie diese Worte gesprochen, da wurde die Tür aufgestoßen.

»Marna!« rief eine drängende Stimme. Es war Harlen. Seine Schritte hielten kurz im Flur an, dann platzte er in den Raum. Sein Gesicht war puterrot, und in der Hand hielt er Marnas Umhang, den er ihr reichte.

»Was ist los?« fragte Marna besorgt, als sie vortrat, um ihren Vater zu begrüßen. Harlen blickte zunächst zu ihr, dann zu Gryss, und sein Gesicht drückte Überraschung, Erleichterung und Sorge aus.

»Marna, geh zu Yakob, und warte dort«, antwortete er atemlos, warf ihr den Umhang zu und scheuchte sie zur Tür. »Gryss, komm mit mir.«

Noch bevor einer von beiden etwas darauf erwidern konnte, hatte er sie bereits aus dem Haus gedrängt.

»Vater!« protestierte Marna und befreite sich aus seinem Griff.

Gryss legte den beiden Kontrahenten beruhigend die Hände auf die Arme.

»Zieh deinen Umhang an, Marna«, bat er so gelassen, wie er konnte; dann wandte er sich an ihren Vater. »Was ist passiert, Harlen?«

Harlen blickte nervös zu seiner Tochter, die ihn wütend anfunkelte; sie war noch jung genug, um sich über die anmaßende Art aufzuregen, mit der er sie behandelt hatte, und noch dazu vor Gryss.

»Laß sie es auch hören«, mischte sich Gryss erneut ein. »Sie ist kein Kind mehr. Außerdem geschieht hier nichts, was sich nicht ohnehin innerhalb eines Tages wie ein Lauffeuer verbreiten würde.«

Harlen deutete das Tal hinunter. »Sie kommen zurück«, sagte er mit leiser Stimme. »Sie haben Jeorg dabei.«

»Was?« Marna reckte den Hals vor.

»Marna, es wäre mir wirklich lieber, wenn du ins Dorf gehen würdest«, sagte Harlen in beschwichtigendem Tonfall.

Doch Marnas Verhalten zeigte, daß sie sich nicht von der Stelle rühren würde.

»Sie haben Jeorg?« fragte Gryss und ignorierte Harlens Sorge um seine Tochter. Er hoffte aus ganzem Herzen, daß er sich verhört hatte.

Widerwillig gab Harlen auf, Marna zu überzeugen. »Ja«, antwortete er mit schmerzerfüllter Stimme. »Und es sieht so aus, als wäre er verletzt.«

Gryss drehte sich vor Furcht der Magen um, und unzählige Zukunftsbilder erschienen vor seinem geistigen Auge – vor allem das Gesicht von Jeorgs Frau.

»Wie schlimm?« gelang es ihm zu fragen.

Harlen blickte erneut zu seiner Tochter. »Das konnte ich nicht erkennen«, sagte er. »Man hat ihn über einen Sattel gelegt.«

Gryss riß entsetzt die Augen auf. Jeorg wurde nach Hause geschleppt wie ein Kartoffelsack! Wie ein totes Schaf! Alle Gedanken an die Zukunft verschwanden angesichts dieser schrecklichen Gegenwart.

»Wo sind sie?« fragte er.

»Nur ein paar Minuten von hier entfernt«, erwiderte Harlen und deutete erneut das Tal hinunter. »Sie haben es nicht eilig.«

Ohne ein weiteres Wort zu verlieren, marschierte Gryss los. Harlen und Marna folgten ihm. Das Trio wanderte schweigend durch den leichten Regen. Als sie schließlich die Straße erreichten, wandte sich Gryss dem Talausgang zu.

Wie Harlen gesagt hatte, mußten sie nicht lange warten. Schon bald tauchten vor ihnen die wankenden Silhouetten sich nähernder Reiter auf. Vom Standpunkt der drei Dörfler aus betrachtet, gegen das trübe Licht, konnte die Kolonne nicht als solche erkannt werden; vielmehr wirkte sie wie eine einzige, große, unförmige Gestalt, deren Proportionen sich ständig veränderten. So blieb es, bis sie ein gutes Stück nähergekommen und einzelne Reiter zu erkennen waren.

Harlen blieb stehen und ergriff Marnas Arm, doch Gryss marschierte der Kolonne weiter entschlossen entgegen; er hatte die Schultern hochgezogen und den Kopf vorgestreckt. Dann hörte er, wie ein Befehl gegeben wurde, aber er konnte ihn nicht verstehen.

Harlen sprach kurz mit Marna. Dann folgte er dem Dorfältesten und ließ seine Tochter allein zurück.

An der Spitze der Kolonne ritt Nilsson mit Saddre und Dessane neben sich. Sie machten keine Anstalten anzuhalten, als Gryss sie erreichte, obwohl ihm Nilsson in die Augen schaute.

»Ich glaube, Ihr habt einen unserer Freunde«, sagte Gryss zu ihm und ging im Gleichschritt neben dem Pferd her. »Er ist verletzt.«

Nilsson nickte zu einem Pferd unmittelbar hinter ihm. Gryss starrte in die entsprechende Richtung. Was er zunächst für ein Bündel auf einem Packpferd gehalten hatte, war in Wahrheit Jeorg, den man über einen Sattel gebunden hatte.

»Haltet an!« rief Gryss und blieb stehen. »Laßt mich einen Blick auf ihn werfen.« Doch Nilsson schenkte ihm keine Beachtung, und die Kolonne trottete weiter. Gryss versuchte Schritt zu halten, doch er mußte sich am Halfter des Pferdes festhalten, um nicht zu stürzen.

»Laß das Pferd los«, forderte eine rauhe Stimme von hinten, gefolgt von einem nicht gerade sanften Tritt, der Gryss erneut ins Straucheln brachte.

Er drehte sich nicht um, um den Übeltäter zu suchen, sondern lief wieder nach vorne neben Nilsson. »Was ist passiert?« fragte er. Erneut antwortete Nilsson nicht. Gryss lief ein Schauder über den Rücken. »Er ist doch nicht tot, oder?«

»Nein, er ist nicht tot. Geh ins Dorf.« Nilssons Stimme klang hart und streng.

Gryss versuchte es erneut, diesmal mit Nachdruck. »*Bitte, bleibt stehen!* Wenn er verletzt ist, dann darf er nicht so transportiert werden!«

Abermals erhielt er keine Antwort. Nichts war zu hören außer dem Klimpern des Zaumzeugs und dem Klappern der Pferdehufe.

Der Heiler in Gryss verdrängte alle Vernunft, und er wurde wütend. »Verdammt noch mal, werdet Ihr jetzt wohl stehenbleiben, damit ich mich um ihn kümmern kann!« brüllte er und packte Nilssons Zügel.

Nilsson wirbelte zu ihm herum. Seine Augen funkelten böse. Er hob den Fuß, um Gryss zu treten, doch bevor es soweit kommen konnte, erschien Harlen neben Gryss und zog ihn zurück.

»Laß mich los!« protestierte Gryss erregt, doch Harlen hatte nicht die geringste Absicht, dieser Aufforderung nachzukommen, wie sanftmütig er sonst auch sein mochte. Ohne ein Wort zu sagen, verstärkte er sogar noch den Griff um Gryss' Arm, schleppte ihn vor der Kolonne her und winkte gleichzeitig seiner Tochter, woraufhin sich Marna tatsächlich umdrehte und über die Felder davonrannte.

»Um Himmels willen, Gryss, leg dich nicht mit ihnen an«, sagte Harlen und zog den alten Mann weiter hinter sich her. »Jetzt sind sie still, doch bei ihrem Aufbruch war das noch anders. Irgendetwas ist geschehen, während sie fort waren. Es sind nicht mehr dieselben Männer, die am Morgen nach Dalmas ins Tal geritten sind.«

Gryss riß sich los, blieb aber neben Harlen und paßte

sich dessen Schritt an. »Was meinst du damit?« fragte er und blickte zurück zur Kolonne, die noch immer gemächlich vorantrottete.

»Sie waren laut. Sie haben gesungen und gelacht«, antwortete Harlen. »Sie haben irgendetwas getan, und zwar etwas Schlechtes, wenn ich mich nicht irre. Und sie haben auch mehr Pferde und Gepäck als vorher.«

Gryss drehte sich zu ihm um. »Aber was ist mit Jeorg?« fragte er. »Wir können ihn doch nicht einfach so zurücklassen.«

Harlen verzog das Gesicht. »Ich weiß, ich weiß«, sagte er. »Aber ich wollte zuerst Marna aus dem Weg haben. Ich will sie nicht in der Nähe dieser Kerle sehen, besonders nicht, wenn sie in dieser Stimmung sind. Und wie sollen wir sie überhaupt dazu bringen anzuhalten, wenn sie nicht anhalten *wollen*? Dich hätte man beinahe vor den Kopf getreten. Laß uns tun, was er gesagt hat: zum Dorf zurückgehen und es dort noch einmal versuchen.«

Gryss konnte dem nicht widersprechen; überdies legte Harlen ein beachtliches Tempo vor.

»Langsam, langsam«, flehte Gryss bereits nach kurzer Zeit atemlos. »Ich kann nicht so schnell.«

Harlen warf einen Blick zurück zur Kolonne und dann über die Felder. Marna war nirgends zu sehen. »Sie ist querfeldein zu Yakob gelaufen«, erklärte er. »Er wird uns auf dem Dorfplatz treffen.« Dann wurde er langsamer. Gryss legte ihm dankbar die Hand auf die Schulter und stützte sich auf ihn. Harlen erwiderte die Geste, indem er seinerseits die Hand auf die des alten Mannes legte. Er schwieg. Als sie schließlich das Dorf erreichten, war der Regen stärker geworden, und Marna stand mit Yakob unter einem Baum am Rande des Dorfplatzes.

»Was ist los?« fragte Yakob besorgt, als Gryss und Harlen sich näherten. Harlen erklärte es ihm, während Gryss nach Luft schnappte.

Yakob runzelte besorgt die Stirn, als er erfuhr, daß

Jeorg verletzt war, doch bevor er irgendwelche Fragen stellen konnte, ergriff Gryss das Wort.

»Wir werden es hier erneut versuchen«, sagte er. »Es muß uns doch gelingen, zumindest einen Blick auf ihn zu werfen.« Seine Verzweiflung war so groß, daß sie ihm beinahe alle Kraft raubte. »Es ist schrecklich«, fuhr er fort. »Der arme Jeorg.« Er blickte in den grauen Himmel hinauf. »Nun, wenigstens werden die Leute bei diesem Wetter in den Häusern bleiben«, erklärte er. »Je weniger Jeorg sehen, desto besser.«

Doch dieser Gedanke spendete den vieren nur wenig Trost, während sie unter dem tropfenden Baum auf die Ankunft der Kolonne warteten, doch es dauerte nicht lange, bis die Reiter in Sicht kamen. Gryss, Yakob und Harlen traten gemeinsam vor.

Diesmal zügelte Nilsson sein Pferd. Hinter ihm hielt die Kolonne ebenfalls an.

»Wir haben diesen Mann dabei erwischt, wie er versucht hat, sich aus dem Tal zu schleichen, und das, obwohl ich deutlich zu verstehen gegeben habe, daß das nicht erlaubt ist«, sagte er. »Ihr müßt begreifen, daß ihr alle nun dem Kriegsrecht untersteht und daß es ernste Folgen haben wird, wenn ihr Befehle mißachtet.«

Gryss jedoch war viel zu besorgt um seinen Freund, als daß ihn diese Erklärung gekümmert hätte, und so trat er herbei, noch während Nilsson sprach. Nachdem er Jeorgs Puls gefühlt hatte, hob er sanft den Kopf des Verletzten.

Jeorgs Gesicht war zerschlagen und blutverschmiert.

»Was in Teufels Namen habt Ihr mit ihm gemacht?« verlangte Gryss zu wissen. Nilsson funkelte ihn wütend an, doch noch bevor er etwas darauf erwidern konnte, kochten Gryss' Gefühle über, und er begann, an den Seilen zu zerren, die Jeorg auf dem Sattel hielten. Unruhe breitete sich unter den Reitern aus.

»Und Ihr habt nichts Derartiges gesagt«, platzte Gryss

voller Zorn heraus. »Ihr habt gesagt, wir brauchten Eure *Erlaubnis*, das war alles. Jeorg hat schon seit Monaten geplant, in die Hauptstadt zu gehen. Verdammt noch mal, er ist Euch hinterhergeritten, um Euch um Erlaubnis zu fragen. Habt Ihr ihm denn noch nicht einmal Gelegenheit gegeben, sich zu rechtfertigen?«

Er stieß einen wütenden Schrei aus, da die Seile ihm Widerstand leisteten; dann griff er in seinen Umhang. Als er die Hand wieder hervorholte, hielt er ein Messer zwischen den Fingern.

Im selben Augenblick erfüllte ein lautes Zischen die Luft, als ein halbes Dutzend Schwerter gezogen wurde.

Marna schrie auf, und Yakob und Harlen riefen gleichzeitig »Nein!«, und eilten herbei.

Gryss erstarrte. Sein Gesicht war plötzlich kreidebleich, und ein Großteil seines Zorns verwandelte sich in Furcht beim Anblick der tödlichen Schwertspitzen und wilden Augen, die auf ihn gerichtet waren. Langsam drehte er sich zu Nilsson um.

»Um die Seile durchzuschneiden«, sagte er leise.

Nilsson starrte ihn einen Augenblick lang an, dann nickte er einem der Reiter zu. Ohne Gryss auch nur eine Sekunde aus den Augen zu lassen, beugte der Mann sich vor und löste sämtliche Seile, die Jeorg festhielten, indem er an einem einzigen Knoten zog.

Gryss zitterte so sehr, daß er das Messer nur mit Mühe wieder wegstecken konnte.

Die Schwerter um ihn herum wurden nach und nach zurückgezogen, und Yakob und Harlen eilten rasch herbei, um Gryss zu helfen, den bewußtlosen Jeorg vom Pferd zu heben.

»Vorsicht, Vorsicht«, mahnte Gryss in rührendem Tonfall. Er schwankte leicht und folgte einem uralten Instinkt, indem er sich so unschuldig und harmlos gab, wie er nur konnte, während er gleichzeitig versuchte, sich von dem Schrecken ob der unerwarteten Reaktion von Nilssons Männern zu erholen. Ihre klare Absicht hatte ihn entsetzt, nicht zuletzt wegen der Selbstverständlichkeit, mit der sie die Schwerter gezogen hatten. Sie hatten nicht einen Augenblick lang gezögert. Er wußte, daß sie ihm keine Gelegenheit gegeben hätten, sich zu rechtfertigen, hätte er auch nur eine einzige falsche Bewegung gemacht – keine Gelegenheit zu lächeln, mit den Schultern zu zucken und das Problem mit dem typischen Humor zu beseitigen, der allen Talbewohnern zu eigen war. Diese Männer waren Fremde, und sie waren hart. Das Schicksal eines armen alten Dorftrottels kümmerte sie nicht. Erneut erinnerte sich Gryss an Katrins Worte: »Sie sind allesamt Kämpfer. Sie sind Mord und Totschlag gewöhnt ... Es gibt nicht einen im Tal, der sich ihnen entgegenstellen und hoffen dürfte zu überleben.«

Jeorg stöhnte. »Was habt Ihr mit ihm gemacht?« fragte Gryss erneut, allerdings ein wenig vorsichtiger.

»Wir haben ihm gezeigt, welche Folgen es hat, wenn man Befehle mißachtet«, antwortete Nilsson. »Er kann sich glücklich schätzen, daß er nicht tot ist. Sorg dafür, daß das jeder versteht, Har Grysstson. Wir würden es vorziehen, in Freundschaft mit euch zusammenzuarbeiten, aber das ist nicht unbedingt notwendig. Sollten ein oder zwei getötet werden müssen, um ein Exempel zu statuieren, dann wird es das Muster, das hier Gestalt annimmt, auch nicht beeinträchtigen.«

Und dann gab er seinem Pferd die Sporen.

Die Männer stützten den Bewußtlosen und rührten sich nicht, während die Kolonne an ihnen vorüberritt. Sie wirkten wie die Parodie königlicher Würdenträger, die eine Parade abnahmen. Tatsächlich salutierten einige der Reiter sogar spöttisch.

Nicht nur Nilssons Gefühllosigkeit jagte Gryss einen Schauder über den Rücken, sondern auch die Aura, die den gesamten Trupp umgab. »Es sind nicht mehr dieselben Männer, die am Morgen nach Dalmas ins Dorf geritten sind«, hatte Harlen gesagt, und jetzt verstand Gryss, was er damit gemeint hatte. Jene Männer waren gebrochen und entmutigt gewesen, jene hier strotzten jedoch geradezu vor Kraft und Leben, obwohl ihre Lebendigkeit etwas Abstoßendes an sich hatte – etwas Unnatürliches.

Etwas Dämonisches.

Der Gedanke erschreckte Gryss, doch er erkannte, daß er Recht hatte.

»Banditen.«

Das geflüsterte Wort stammte von Marna. Sie war aus dem Schutz des Baums herausgetreten und blickte der sich zurückziehenden Kolonne hinterher. »Niemals hätten sie Männer des Königs sein können«, fügte sie hinzu. Dann schlang sie die Arme um die Brust und zitterte.

»Kommt. Wir sollten hier nicht so herumstehen. Jeorg geht es schlecht. Laßt ihn uns schnell nach Hause bringen und uns um ihn kümmern.« Harlens Worte hoben den Bann auf, der die Gruppe gelähmt hatte.

Gryss schüttelte den Kopf. »Nein. Mein Haus ist näher«, sagte er. »Dort kann ich mich ohnehin besser um ihn kümmern.«

»Wer wird seiner Frau sagen, was geschehen ist?« fragte Yakob verlegen.

»Ich«, antwortete Gryss widerwillig und nach kurzem Zögern. »Aber noch nicht.«

Er blickte über den Platz. Nilssons Männer waren verhältnismäßig ruhig durchs Dorf gezogen, und niemand war in den Regen hinausgegangen und hatte sie entdeckt. Jeorgs Rückkehr war offensichtlich unbemerkt geblieben.

Das zumindest war Glück, dachte Gryss.

Dasselbe Glück blieb ihnen auch den Weg zu Gryss' Haus über treu. Sie erreichten es, ohne bemerkt zu werden, und die leise geflüsterten Worte der Ermutigung für ihren gelegentlich aufwachenden Freund hörte auch niemand. Als sie das Haus betraten, gab Gryss' alter Hund keinen Laut von sich, als fühle er, in welcher Gemütslage sich die Menschen befanden. Stattdessen beschränkte er sich auf ein Wedeln mit seinem Stummelschwanz.

Trotz seiner Last beugte sich Gryss vor und streichelte liebevoll den Kopf des Tieres. Dann winkte er Yakob und Harlen in einen Raum im vorderen Teil des Hauses. »Bringt ihn dort hinein. Zieht ihn vorsichtig aus, und legt ihn ins Bett«, sagte er und überließ Jeorg seinen Freunden. »Ich hole meine Sachen.«

Dann machte sich Gryss an die Untersuchung des Verletzten. Die anderen hatten alles erledigt, worum er sie gebeten hatte, und nun blieb ihnen nichts anderes übrig, als sich ins Hinterzimmer zu setzen und zu warten.

Es war schwer, diese ruhelose Pause: Yakob und Harlen dachten darüber nach, was das Geschehene bedeutete, und begannen, ihre eigene Verantwortung für Jeorgs Zustand abzuschätzen; Marna wiederum schwankte zwischen dem kindlichen Wunsch, in Sicherheit zu fliehen, und der erwachsenen Vernunft, sich dem geheimen Pakt gemäß zu benehmen, den sie mit Gryss und Farnor geschlossen hatte – einem Pakt, der ihrem Leben einen neuen Sinn gegeben hatte. Trotz all ihrer Furcht wuchs eine schreckliche Entschlossenheit in ihr heran, die darin begründet lag, daß *sie* sich früher oder später Nilssons Männern würde entgegenstellen müssen – oder zumindest glaubte sie das.

Und ein Bild konnte keiner der drei aus seinen Gedanken verdrängen: das plötzliche Auftauchen der Schwerter als Reaktion auf die unschuldige Geste eines alten Mannes. Gewalt gab es selten im Tal, und wenn, dann war sie meist auf übermäßigen Biergenuß im Gasthof zurückzuführen und beschränkte sich auf ein paar unbeholfene Schläge. Nicht selten hatte solch eine Keilerei für die Zuschauer sogar etwas Amüsantes an sich. Die Möglichkeit, daß Messer oder Schwerter gegen Menschen gerichtet wurden, hatte bis jetzt nur in Yonas' Geschichten existiert.

Schließlich hatte das Warten ein Ende, und Gryss kam zu ihnen. Er entzündete einen Sonnenstein, der den Raum in helles Licht tauchte.

»Wie geht es ihm?« fragten Yakob und Harlen gleichzeitig.

Gryss bedeutete Harlen, aus seinem Lieblingsstuhl aufzustehen, dann ließ er sich schwerfällig nieder und hob die Hand als Entschuldigung für seine Unhöflichkeit. Er wirkte müde und ernst.

»Wie geht es ihm?« fragte Harlen erneut, und zwar leise, als fürchte er die Antwort. »Was haben sie mit ihm gemacht?«

»Er wird wieder in Ordnung kommen ... glaube ich«, antwortete Gryss. Seine Stimme zitterte, als wolle er entweder weinen oder vor Wut brüllen. »Sein Körper ist übersät mit Quetschungen«, fuhr er fort, »und zwar in allen Formen und Farben. Sein Arm ist gebrochen ebenso wie zwei Rippen. Ich weiß nicht, was mit seinen Innereien in den letzten ein, zwei Tagen geschehen ist, aber im Augenblick gibt es keinerlei Anzeichen von Problemen.« Er legte den Kopf in die Hände. »Ich kann es einfach nicht glauben«, sagte er. »Sie müssen ihn mit Fäusten, Füßen, Knüppeln und mit ... mit Gott weiß was geprügelt haben. Warum, um alles in der Welt? Warum? Sie hätten ihn doch nur zurückschicken müssen.«

»Sie wollten uns Angst einjagen. Sie wollten uns zeigen, daß sie die Macht besitzen, mit uns zu tun, was sie wollen.« Es war Marna, die sprach. »Und sie haben es getan, weil ihnen solche Dinge Spaß machen«, fügte sie hinzu.

Die drei Männer drehten sich zu ihr herum. »Mach dich nicht lächerlich, Mädchen«, sagte Yakob, doch ein Hauch von Unsicherheit lag in seiner Strenge.

Marna funkelte ihn an. »Das ist nicht lächerlich«, platzte sie heraus. »Wenn sie ihn hätten töten wollen, dann hätten sie es getan und ihn jenseits der Hügel liegengelassen. Niemand hier hätte ihn je gefunden. Sie wollten ...«

»Können wir mit Jeorg sprechen?« fragte Harlen Gryss mit lauter Stimme und hob gleichzeitig die Hand, um der Tirade seiner Tochter ein Ende zu bereiten, bevor sie richtig in Schwung geriet.

»Ihr könnt einen Blick auf ihn werfen«, antwortete Gryss und ignorierte die Spannung im Raum. »Aber stört ihn nicht zu sehr. Er hat große Schmerzen, und ich habe ihm etwas gegeben, um sie zu lindern, und auch etwas, das ihm schon bald einen tiefen Schlaf bescheren wird. Je länger und tiefer er schläft, desto besser.«

Jeorg murmelte vor sich hin, als die vier vorsichtig den Raum betraten. Marna hielt bestürzt die Luft an. Jeorgs Augen und Mund waren geschwollen, während der Rest seines Gesichts von blauen Flecken und Schnitten übersät war.

»Ringe«, erklärte Gryss. Er hob die Faust und beantwortete die Frage, bevor sie gestellt worden war. »Schwere Ringe.«

Yakob und Harlen teilten Marnas Bestürzung und blickten von Jeorg zu Gryss und zueinander. Ohnehin unfähig, ihrem Freund zu helfen, mußten sie nun auch noch die Demütigung ertragen, nicht zu wissen, was sie sagen sollten.

»Er versucht zu sprechen«, flüsterte Yakob schließlich und beugte sich vor, um den offenbar unverständlichen Lauten einen Sinn zu entnehmen. »Hat er dir irgendetwas gesagt? Was sie getan haben und warum?«

Gryss schüttelte den Kopf. »So brabbelt er schon die ganze Zeit«, antwortete er. »Das meiste davon ist sinnlos, obwohl ich das Gefühl habe, daß er versucht hat, mir etwas Wichtiges mitzuteilen. Ich bezweifele, daß er jetzt viel sagen wird. In ein paar Minuten wird er tief und fest schlafen, und das vermutlich bis morgen um diese Zeit.«

Dann, als wolle er ihn Lügen strafen, öffnete Jeorg die geschwollenen Augen. Einen Augenblick lang blickten sie voller Furcht, dann sahen sie Gryss, und aus Furcht wurde Erleichterung. Sein Gesicht nahm einen Ausdruck von Dringlichkeit an. Langsam streckte Jeorg die Hand nach dem alten Mann aus und öffnete die zerschundenen Lippen.

Gryss schob Harlen beiseite und trat neben das Bett. Sanft ergriff er die Hand des Verwundeten. »Bleib ruhig liegen, Jeorg«, sagte er. »Es ist vorbei. Alles ist vorbei. Du bist wieder bei deinen Freunden. Du bist in Sicherheit.«

Doch der Ausdruck von Dringlichkeit wich nicht aus Jeorgs Gesicht, und seine Hand packte Gryss am Ärmel und versuchte, ihn herunterzuziehen. Gryss beugte sich vor, bis sein Ohr sich unmittelbar über Jeorgs Mund befand.

Dann erschlaffte Jeorgs Hand, und Gryss richtete sich wieder auf.

»Was hat er gesagt?« fragte Yakob.

Gryss zuckte mit den Schultern und begann eifrig, Jeorgs Kissen zu richten. »Ich konnte es nicht verstehen«, antwortete er. »Und jetzt schläft er. Also werden wir wohl oder übel bis morgen warten müssen. Vielleicht wird er sich ja daran erinnern.« Er drehte sich zu Yakob um. »Im Augenblick kann er Traum und Wirklichkeit nicht voneinander unterscheiden.«

Doch Marna blickte forschend zu ihm hinüber. Gryss warf ihr einen knappen, flehentlichen Blick zu. *Sag nichts.* Denn sie hatte sein Gesicht gesehen, als er die Kissen gerichtet hatte; es war ihm sichtlich schwergefallen, die Fassung zu bewahren.

Jeorgs Botschaft hatte sie jedoch nicht gehört.

»Es ist Rannick, Gryss. Es ist Rannick. Er führt sie an. Er führt Nilssons Männer an.«

Kapitel 28

Später in jener Nacht saß Gryss dösend auf einem Stuhl neben Jeorgs Bett. Er zuckte und murmelte etwas, als ein gedämpftes Klopfen in seinen Traum eindrang, gefolgt von einem leisen, pflichtbewußten Bellen des Hundes.

Das Klopfen ertönte erneut, und der Hund verstärkte sein Bellen. Gryss' Traum geriet ins Wanken und floh zurück in die innere Dunkelheit, aus der er gekommen war. Verunsichert öffnete der alte Mann die Augen.

Das Klopfen wurde zu einem hartnäckigen Trommelwirbel, obwohl es noch immer gedämpft und unauffällig war. Einen scheinbar ewigen Augenblick lang mischte sich das Geräusch auf verwirrende Art mit den rasch schwächer werdenden Überresten von Gryss' Traum. Gryss beschloß, daß Jeorg die Ursache für den Tumult war, der versuchte, aus dem Bett aufzustehen. Allein die Vorstellung reichte aus, um ihn sofort hellwach werden zu lassen. Nachdem sich jedoch sowohl sein Blick als auch sein Verstand geklärt hatten, sah er, daß Jeorg noch immer schlief und sich nicht rührte.

Das Klopfen ertönte erneut. Es kam von der Haustür, und es war unerbittlich. Stirnrunzelnd hob sich Gryss aus dem Stuhl und machte sich mit steifen Gliedern auf den Weg durch den Flur.

Nun, dachte er, wer auch immer das sein mochte, zumindest besaßen sie genug Verstand, nicht die Glocke zu läuten, wo doch ein kranker Mann im Haus war. Der Gedanke ließ ihn noch mehr die Stirn in Falten legen, als er die Tür öffnete. Wer wußte, daß sich ein kranker Mann im Haus befand? Niemand außer ...

»Marna! Was machst du hier mitten in der Nacht?«

Marna ignorierte das barsche *Willkommen,* trat ein und schob Gryss ein Stück beiseite. »Was hat er gesagt? Was hat Jeorg gesagt?« verlangte sie zu wissen, während sie sich gleichzeitig bückte, um den Hund zu streicheln.

Auf Gryss' Gesicht zeigte sich ein Ausdruck unglücklicher Verwirrung wie stets, wenn er es mit Marna und einer ihrer ›direkten‹ Launen zu tun hatte.

»Komm rein«, sagte er unnötigerweise und schloß die Tür.

Marna blickte ihn ungeduldig an. Er winkte sie ins Hinterzimmer. »Um deine Frage zu beantworten, wie es ihm geht – er schläft noch«, erklärte er giftig. »Ebenso wie ich auch«, fügte er düster hinzu und in dem Versuch, ein wenig Autorität zurückzugewinnen. »Und es geht ihm nicht anders als noch vor wenigen Stunden, da du uns verlassen hast, während *ich* deutlich müder geworden bin.«

Marna errötete, doch ihre Haltung blieb unverändert. »Was hat er gesagt?« wiederholte sie. »Es hat dich aufgeregt; das konnte ich sehen. Und du hast meinen Vater und Yakob angelogen.«

Gryss erinnerte sich daran, daß Farnor sich einst beschwert hatte, Marna könne die reinste Pest sein, wenn sie sich erst einmal in den Kopf gesetzt hatte, etwas herauszufinden.

»Setz dich Marna«, sagte er mit fester Stimme. »Und sag mir, warum du es so eilig hast.« Marna ließ sich auf einem Stuhl nieder und faltete sittsam die Hände im Schoß. Es war eine vollkommen unbewußte Handlung, und ihre Absurdität in dieser Situation ließ Gryss lächeln.

Marna funkelte ihn als Antwort böse an, und er hob beschwichtigend die Hand, bevor er sprach. »Du hast mich einen Augenblick lang nur an deine Mutter erinnert«, sagte er und schob die Angelegenheit beiseite. »Sag mir, warum du schon heute Nacht zurückgekehrt bist, um mich mit deinen Fragen zu quälen, anstatt bis morgen zu warten.«

Ungewöhnlicherweise sah Marna peinlich berührt aus.

»Ich weiß es nicht«, erwiderte sie. »Ich mußte einfach. Ich hatte das Gefühl, daß die ganze Zeit über, in der wir nichts tun, ... daß sie ...« Sie zögerte kurz und deutete Richtung Norden. »... daß sie immer stärker und stärker werden. Sie werden mit uns tun können, was immer sie wollen. Sie werden uns aus unseren Häusern vertreiben können, unsere Felder verbrennen, uns zu Sklaven machen .... was auch immer. Und wir wären machtlos dagegen.«

Gryss konnte seinen Kummer nicht verbergen. »Das ist eine schlimme Vision, Marna«, sagte er. »Aber nichts, was sie bisher getan haben, deutet darauf hin, daß sie so etwas beabsichtigen. Vergiß nicht, daß sie trotz all unserer Zweifel noch immer Männer des Königs sein können.«

Marna knurrte förmlich, als sie ihm widersprach. »Männer des Königs? Daß ich nicht lache!« sagte sie wütend. »Sind denn all unsere Männer blind geworden?« Sie hob die Hand, krümmte die Finger zu Krallen, und ihr Arm zitterte vor Anspannung. Es war eine seltsam männliche Geste. »Kannst du nicht ... *fühlen,* wie sie sind? Kannst du nicht fühlen, was sie im Schilde führen? Müssen sie dir erst die Tür eintreten und dir alles nehmen, bis du erkennst, daß etwas faul ist?«

Entgegen seiner sonstigen Art spürte Gryss ob Marnas Vorwürfen Zorn in sich aufwallen. »Ich fühle eine Menge Dinge, über die ich nicht gerade glücklich bin, Marna«, erwiderte er erregt. »Und in letzter Zeit ist so manches geschehen, was ich nicht verstehe. Aber daß ich unglücklich bin und mein mangelndes Verständnis sagen mir nicht, was falsch ist oder was ich tun soll.«

Gefangen zwischen Gryss' Logik und ihren eigenen leidenschaftlichen Gefühlen, biß Marna die Zähne zusammen und stampfte auf. Doch beinahe sofort hatte dieser kindliche Wutausbruch ein Ende, und Gryss blickte in die besorgten, entschlossen Augen einer Erwachsenen.

»Es tut mir leid«, sagte sie. »Ich komme mir nur so hilflos vor. Es ist, als wäre ich die Einzige, die sieht, was hier geschieht, und es ist alles so ... gefährlich, so furchteinflößend. Konntest du es denn nicht sehen, es nicht fühlen, als sie an dir und meinem Vater und Yakob mit dem bewußtlosen Jeorg vorbeigezogen sind?«

So wie ihr wütender Tonfall vorhin Gryss' Zorn erregt hatte, so beruhigte ihn jetzt der ruhige, bezwingende Klang ihrer Stimme.

»Vielleicht war ich nahe dran«, erwiderte er.

Einen langen Augenblick lang herrschte Schweigen zwischen den beiden, dann sagte Gryss: »Sie hätten mich getötet, Marna. Sie hätten mich mit der gleichen Gleichgültigkeit getötet, wie sie auf eine Ameise getreten wären. Ich habe in ihre Augen geblickt; ich habe es gesehen.« Er hielt kurz inne. »Und ich fürchte, du hast Recht, was ihre Identität und ihre Absichten betrifft, obwohl ich nicht weiß, wie ein so junger Mensch so rasch zu einer solch furchterregenden Schlußfolgerung kommen kann: ›Sie waren niemals Männer des Königs, und je länger wir nichts tun, desto mehr Macht werden sie über uns bekommen‹.«

Marna betrachtete ihn. Unzählige Fragen schwirrten ihr durch den Kopf, doch eine beherrschte sie alle – eine, von der sie wußte, daß sie beantwortet werden mußte.

»Was hat er dir gesagt, Gryss?« fragte sie erneut und mit leiser Stimme.

Gryss antwortete, ohne zu zögern. »Er hat gesagt, daß Rannick Nilssons Männer anführen würde.«

Marna riß ungläubig die Augen auf. »Rannick?« rief sie. »Wie das?«

»Ich weiß es nicht. Das war alles, was er gesagt hat. ›Rannick führt Nilssons Männer an.‹ Seine Stimme war schwach, doch deutlich zu verstehen. Ich habe ihn nicht mißverstanden.«

Marna starrte ihn an. »Davor hast du die ganze Zeit

über Angst gehabt, nicht wahr?« fragte sie. Gryss hatte das Gefühl, als hätte Marna ihn mit dieser einfachen Frage hochgehoben und durchgeschüttelt. Er spürte, wie sein Atem flacher und schneller wurde und sein Herz zu pochen begann.

»Ja«, hörte er sich selbst atemlos antworten. Er stand auf. »Ja. Aber woher in Murrals Namen weißt du das, wo ich selber es noch nicht einmal gewußt habe?«

Marna zuckte hilflos mit den Schultern. »Muster, Figuren, Einzelteile ....« antwortete sie und rutschte nervös auf dem Stuhl herum.

Doch Gryss hörte ihr nicht zu. Er stand an der Grenze zwischen Alptraum und Wirklichkeit. Er setzte sich wieder und legte das Gesicht in die Hände, während er sich bemühte, so etwas wie Ordnung in das Chaos seiner Gedanken zu bringen.

»Rannicks beflecktes Erbe steht im Zentrum all des Geschehens«, sagte er hauptsächlich zu sich selbst. »Es war nicht *irgendjemand*, der Nilsson mitgebracht hat. Es war *jemand* von hier. Das macht Sinn.« Bilder kamen und gingen – Rannick, der verschwand ... und wieder auftauchte? Noch immer war sich Gryss nicht darüber im Klaren, was er von seiner Begegnung mit ihm halten sollte. Und die Kreatur. Welche Rolle spielte *sie* in alledem? Und das schreckliche Schicksal der Männer, die versucht hatten, in den Nordteil des Tals vorzustoßen, das Schicksal, dessen Zeuge Farnor unfreiwillig geworden war ...

Dutzende von Fragen behinderten Gryss bei dem Versuch, Ordnung in seine Gedanken zu bringen. Was war diese Kreatur? Wo war sie hergekommen? Waren die Geschichten über die Höhlen wahr? Wer oder was waren Nilsson und seine Männer, und aus welchem fernen Land waren sie gekommen? Und warum? Und was war die wahre Natur der Macht, die das Erbe von Rannicks Vorfahren verdorben hatte? Und hatte ein Teil davon

Farnor angesteckt? Falls der Vergleich mit einer Krankheit überhaupt angemessen war für die seltsame, scheinbar harmlose Fähigkeit des Jungen ...

Einen Augenblick lang sah Gryss vor seinem geistigen Auge eine Kette unzähliger, winziger Ursachen, die alle miteinander verbunden waren und sich gegenseitig beeinflußten. Abwehrend schüttelte er den Kopf: Das Bild war zu komplex und außerdem ohne Wert. Dann, wie ein dumpfes Grollen tief im Inneren der Erde, kam ihm der Gedanke, daß er und alle im Tal vielleicht nur Figuren im Spiel einer großen, unbekannten Macht waren. Auch diesen Gedanken schob er rasch wieder beiseite, denn er besaß ebenfalls keinen Wert, doch diesmal fiel ihm das Verdrängen schwerer, als er gedacht hatte. Es gab viele unbekannte Mächte auf der Welt, warum nicht auch so eine? Er erinnerte sich daran, Farnor für dessen Ignoranz die gelben Blumen betreffend getadelt zu haben, doch andererseits ... Wie viel wußte *er* über sie? Oder über die Macht, die allen lebenden Dingen innewohnte?

Doch solche Gedanken lenkten ihn nur ab.

Was auch immer der Grund für all das Geschehen im Tal sein mochte – wenn es denn überhaupt einen gab –, er und die Dorfbewohner mußten sich *jetzt* mit den Wirkungen auseinandersetzen. Das war alles, worum er sich im Augenblick kümmern mußte.

»Es ist Zufall«, sagte er zu der verwirrten Marna.

»Ich verstehe nicht«, erwiderte sie knapp. »Was ist Zufall? Wovon redest du überhaupt?«

Gryss blickte sie an. »Daß Nilsson hier ist«, antwortete er in sachlichem Tonfall. Und als hätte er das schon unzählige Male wiederholt, fuhr er fort: »Rannick hat die Kreatur vielleicht ebenso berührt wie Farnor, nur auf andere Art.« Verächtlich stieß er die Luft aus. »Vermutlich mit Hilfe seiner ungewöhnlichen, tierischen Instinkte. Oder sie ihn. Dann kamen Nilsson und seine

Männer durch Zufall vorbei, und Rannick erkannte das als Gelegenheit.« Sein Blick wurde nachdenklich. »Seine Kräfte ... oder wie auch immer man sie bezeichnen mag ... müssen geradezu unglaublich zugenommen haben, und nun kontrolliert er offenbar nicht nur die Kreatur, sondern auch Nilssons Männer.«

Nur flüchtig kam Marna der Gedanke, daß der alte Mann Unsinn redete. Was ihre Antwort jedoch bestimmte, war nicht der Zweifel am Wahrheitsgehalt von Gryss' Erklärung, sondern das Böse, das in ihr lag und das auch sie spürte.

»Was könnte Rannick wollen? Und was können wir dagegen tun?«

Gryss war bei denselben Fragen angelangt, doch wußte er keine Antworten darauf »Was hat Rannick je gewollt?« erwiderte er. »Immer das, was er nicht haben konnte. Und er verband diese Torheit noch damit, alles zu verachten, was er hatte. Wenn der Familienmakel in solch einer Persönlichkeit zur vollen Blüte gelangt, dann schaudert's mich bei dem Gedanken, was daraus erwachsen könnte ...«

Marna schien ihm nicht widersprechen zu wollen. »Was sollen wir tun?« fragte sie erneut.

»Ich weiß es nicht«, antwortete Gryss.

Er verzog den Mund zu einem schiefen Lächeln. »Vielleicht irre ich mich ja auch«, sagte er. »Die letzten Tage waren ziemlich schlimm: die Sache mit der Burg, Farnor, Jeorg. Ich bin müde. Vielleicht habe ich Jeorg mißverstanden. Es klingt alles so ... wild.«

Marna schüttelte den Kopf. »Du hast richtig gehört«, sagte sie in scharfem Tonfall. »*Und* er hat es wiederholt. So viel konnte ich erkennen. Und egal wie ›wild‹ dir deine Ideen auch scheinen mögen, sie sind nicht wilder als das, was Farnor widerfahren ist und was du und er in der Burg erlebt habt. Wir müssen etwas tun«, erklärte Marna zum wiederholten Mal.

Gryss erinnerte sich erneut an den Ring aus Schwertern, die plötzlich erschienen waren, als er versucht hatte, Jeorg zu befreien, und abermals hörte er im Geiste Katrins Worte, doch diesmal erschienen sie ihm wie blanker Hohn. »Kämpfer ... Mord und Totschlag ... Niemand kann sich ihnen entgegenstellen und hoffen zu überleben.«

»Wir können aber nichts tun«, erwiderte er. »Nicht gegen diese Schwerter ... diese Männer. Und auch nicht gegen Rannick, falls er wirklich die Macht besitzt, die er zu besitzen scheint.«

»Wie *müssen* aber etwas tun«, wiederholte Marna wütend. »Wir wissen, was hier geschieht. Wir können nicht einfach zusehen, wie sie sich nach und nach das gesamte Tal unterwerfen.«

Gryss fühlte sich alt. Er wollte dieses verdammte Gör zum Teufel jagen. Er war nicht dumm. Was auch immer geschehen mochte, er besaß genug Verstand, um zu überleben. Alles, was er dafür tun mußte, war, niemanden zu beleidigen, sich so unauffällig wie möglich zu verhalten und jedem Befehl augenblicklich nachzukommen. Das wäre leicht. Und wer wollte schon etwas von einem alten Mann, der in einer schiefen Hütte wohnte und ein kleines Stück Land bearbeitete? Wer oder was auch immer durch das Dorf zog, er könnte ein sicheres und ruhiges Leben führen. Was konnte er sich auch mehr wünschen? Und abgesehen davon: Wie lange hatte er überhaupt noch zu leben?

Dann spürte er, wie ihm sanft eine Hand auf den Arm gelegt wurde. Abwehrend schüttelte er den Kopf.

»Bitte«, sagte Marna schlicht.

Erneut zerstörte sie Gryss' Fluchtmöglichkeit; mit ihrer leichten, gefühlvollen Berührung zerschmetterte sie sein brüchiges Gedankengebäude. Die Alten mochten die Jungen vielleicht in den Krieg schicken, erinnerte er sich, doch diese junge Frau hier bereitete sich darauf vor, in ihren eigenen zu ziehen. Diese hier hatte nicht nur ein längeres Leben vor sich als er, sie wußte auch sehr genau zu schätzen, was sie hatte, und sie würde kämpfen, um es zu beschützen. Diese junge Frau hier zog den alten Mann in den Krieg. Nein, das war ungerecht. Diese junge Frau hier bat den alten Mann um das Einzige, was er ihr geben konnte: um seinen Rat und seine Erfahrung. Und als Gegenleistung bot sie ihm ihre Kraft und ihren Mut an.

Zusammen könnten sie vielleicht wirklich ...?

Aber keiner von ihnen war ein Kämpfer, und Kämpfer würde man in dieser Auseinandersetzung doch sicherlich brauchen, oder?

»Irgendwie müssen wir Hilfe von jenseits der Hügel bekommen«, sagte Gryss.

Marna zeigte sich von dieser Bemerkung nicht im Geringsten überrascht. Tatsächlich deutete die Art, wie sie zustimmend nickte, darauf hin, daß er nur das Offensichtliche ausgesprochen hatte. »Ich werde das erledigen«, erklärte sie gelassen.

Augenblicklich kehrten die Schuldgefühle, die Gryss wegen Jeorgs Schicksal empfand, zehnfach verstärkt wieder zurück, und vor seinem geistigen Auge sah er sich selbst, wie er Harlen das Verschwinden seiner Tochter erklären mußte – oder schlimmer noch: ihren Tod.

Bevor er jedoch Einwände dagegen erheben konnte, fuhr Marna fort: »Wir müssen mit Farnor sprechen. Er ist am engsten mit dem allen verbunden. Was er denkt, ist wichtig. Außer *richtige* Männer des Königs hierherzubekommen, werden wir die anderen auch davon überzeugen müssen, was hier geschieht, und ich ...«

Gryss hatte sich von seinem Ausflug in die Zukunft erholt. Er unterbrach sie mit fester Stimme. »Du gehst nirgendwo hin, junge Frau«, sagte er, wieder ganz der respektgebietende Dorfälteste. »Die Reise zur Hauptstadt wäre schon Jeorg schwer genug gefallen, wenn er denn das Glück gehabt hätte, nicht erwischt zu werden. Für dich wäre sie noch weit gefährlicher – *zu* gefährlich.«

Ein Schatten huschte über Marnas Gesicht. »Du warst auch nicht viel älter, als du gegangen bist«, sagte sie. »Und in den Hügeln war ich schon oft genug auf mich allein gestellt.«

Gryss blieb standhaft. »Nein!«

»Ich kenne dich, Marna Harlenkint. Ich will von dir ein altmodisches Versprechen, daß du nichts Dummes tun wirst wie zum Beispiel, dich auf eigene Faust in die Hauptstadt aufmachen.« Kaum hatten die Worte jedoch seinen Mund verlassen, da runzelte er die Stirn ob der Leichtigkeit, die in sein Verhalten eingeflossen war. Sofort wurde er wieder ernst, und seine Stimme klang beinahe flehend. »Wir haben schon genug Sorgen, wenn das stimmt, worüber wir uns gerade unterhalten haben. Verstehst du, was ich meine? Denk doch nur einmal an all das Leid, das schon Jeorgs gescheiterter Ausflug verursacht hat. Und es wird noch größer werden, wenn ich seiner Frau davon berichte oder seine Verletzungen sich als schlimmer erweisen, als ich bisher angenommen habe. Und Jeorgs Reise haben wir lange und sorgfältig geplant.«

Der Schatten auf Marnas Gesicht verschwand. »Ich verstehe«, sagte sie. »Aber . . .«

»Nichts aber, Marna«, unterbrach sie Gryss. »Wir wissen nicht, womit wir es bei Rannick und diesen Männern zu tun haben, und wir können uns nicht leisten, sie durch irgendeine Torheit gegen uns einzunehmen . . .«

Er hörte auf zu reden und legte den Kopf zur Seite, als hätte er plötzlich ein unerwartetes Geräusch gehört. Marna machte eine ähnliche Bewegung. Beide legten konzentriert die Stirn in Falten. Ein seltsames, weit entferntes Heulen drang in die Stille ein und erfüllte schließlich den ganzen Raum. Der alte Hund, der schlafend zwischen den beiden gelegen hatte, wachte auf und winselte fragend.

»Was ...?«

Gryss sprach nicht weiter. Das Heulen nahm an Lautstärke zu und verwandelte sich schließlich in ein Kreischen. Der Hund bellte immer lauter und voller Sorge, während der Lärm durch den Raum hallte, bis er schließlich von allen Seiten zugleich zu kommen schien.

Dann erkannte Gryss das Geräusch. »Das ist Jeorg«, sagte er und war bereits aus der Tür, noch bevor Marna seine Worte verarbeiten konnte.

Als Gryss die schwach beleuchtete Kammer betrat, in der Jeorg lag, hatte er einen Augenblick lang den Eindruck, als wären die Bilder, die er sich von Rannicks Macht gemacht hatte, plötzlich zum Leben erwacht, und der Raum sei voller kämpfender Dämonen. Zögernd blieb er auf der Schwelle stehen. Eine primitive Furcht hatte von ihm Besitz ergriffen und ließ ihn erstarren. Dann klärte sich sein Blick wieder, und er sah, daß die Lampe, die neben dem Bett hing, wild hin und her schwankte. Wilde Schatten flogen durch den Raum, sprangen von Wand zu Wand und von der Wand zur Decke, als wollten sie durch diesen Tanz ihren Schöpfer auf dem Bett verspotten. Denn dort lag Jeorg, warf sich von einer Seite zur anderen und schlug um sich. Sein Blick war verzweifelt, und sein Mund war aufgerissen.

Einen Augenblick lang schaute Gryss der Raserei hilflos zu, dann trat er rasch neben das Bett. Als er es erreichte, griff er zunächst nach der Lampe, um sie zum Stillstand zu bringen, und kurz tauchte der Schatten seiner Hand den Raum in eine unheimliche Dunkelheit, bevor es wieder hell wurde und die Schatten sich beruhigten. Marna war inzwischen ebenfalls angekommen und stand mit bleichem Gesicht hinter Gryss.

»Er bekommt keine Luft«, sagte sie. Gryss packte Jeorgs Kopf und blickte ihm in den Mund, während Marna ungebeten die Lampe packte und sie so drehte, daß sie genau auf Jeorgs qualvoll verzerrtes Gesicht schien.

Die Schatten flohen.

Gryss nickte dankbar, bemühte sich, seinen rasenden Schützling unter Kontrolle zu bringen, und fuhr mit der Untersuchung fort. »Nein«, sagte er. »Ich kann in seinem Hals nichts erkennen, und er hätte auch nicht einen solchen Lärm verursachen können, wenn seine Luftröhre verstopft wäre.«

Jeorg krallte nach Gryss, und das Schreien verwandelte sich in ein schreckliches Keuchen.

»Er bekommt keine Luft«, beharrte Marna auf ihrer Meinung.

Impulsiv schlang Gryss die Arme um seinen Freund und drückte ihn an die Brust. »Du bist in Sicherheit, Jeorg«, sagte er in beruhigendem Tonfall. »Es ist vorbei. Ich bin es, Gryss. Du bist in meinem Haus. Du bist in Sicherheit. Hörst du? Du bist in Sicherheit. Hier kann dich nichts verletzen.«

Das Keuchen ließ ein wenig nach, ebenso wie das Schlagen. Gryss wiegte Jeorg vor und zurück, als wäre er ein Kind, das soeben aus einem Alptraum erwacht war, und die ganze Zeit über flüsterte er ihm beruhigend ins Ohr: »Es ist vorbei, Jeorg. Es ist vorbei ...« Immer und immer weiter.

Nach und nach beruhigte sich Jeorgs Atmung wieder, bis sie einfach nur noch die eines erschöpften Mannes war. Schließlich ließ Gryss ihn wieder los und legte ihn zurück.

»Ist er wieder in Ordnung?« flüsterte Marna, doch Gryss hob die Hand, um ihr Schweigen zu gebieten. Auch er atmete schwer, und sein Gesicht war von der Anstrengung gerötet, dennoch wandte er nicht den Blick von Jeorg.

Dann nickte er langsam. »Ich glaube schon«, erklärte er, beugte sich über den Verwundeten und musterte ihn aufmerksam. »Jeorg«, sagte er. »Ich bin es, Gryss. Kannst du mich hören?«

Jeorg schluckte mehrere Male, und einen Augenblick lang schien es, als wolle er erneut zu schreien beginnen. Gryss legte ihm die Hand auf die Brust. »Ruhig«, sagte er. »Hab keine Angst. Du bist in Sicherheit. Kein Grund zur Eile.« Die Worte schienen Jeorg jedoch nur wachzurütteln, denn sofort regte er sich wieder auf. Seine Hand schoß vor und packte Gryss' Arm.

»Ja«, sagte er mit heiserer Stimme. »Eile. Wir müssen uns beeilen. Wir dürfen nicht warten. Wir müssen ...« Er knirschte mit den Zähnen, als seine körperliche Schwäche gegen seinen Willen die Oberhand gewann.

»Ruhig«, wiederholte Gryss. »Jetzt, mitten in der Nacht, können wir ohnehin nichts tun. Bitte, versuch, dich zu entspannen, und sprich langsamer.«

Jeorgs Augenlider begannen, sich zu schließen, und er verzog das Gesicht in dem Bemühen, sie offenzuhalten.

Gryss flüsterte Marna über die Schulter hinweg leise zu: »Ich weiß nicht, warum er wach geworden ist. Ich habe ihm genug Schlafmittel gegeben, daß er bis morgen Nachmittag hätte durchschlafen müssen. Er muß uns etwas verzweifelt mitteilen wollen.«

Jeorgs Hand zog ihn wieder zurück. »Rannick«, murmelte er.

»Rannick hat dich geschlagen?« fragte Gryss.

Jeorg schüttelte den Kopf. »Er hat sie aufgehalten«, antwortete er unter großen Schmerzen. Gryss war angenehm überrascht von dieser Aussage, doch nur kurz; in Jeorgs Stimme lag nicht ein Hauch von Dankbarkeit.

Jeorg rang erneut nach Atem, und er streckte die Hände aus, als wolle er die Luft fangen.

Gryss gelang es, ihn zu beruhigen. »Erzähl mir alles ganz langsam«, sagte er. »Was hat Rannick getan, daß sie aufgehört haben, dich zu schlagen?«

Jeorg krallte sich in Gryss' Hemd und nahm einen langen, rasselnden Atemzug. »Er ... hat mich nicht mehr atmen lassen«, brachte er mühsam hervor.

Gryss runzelte die Stirn und tastete vorsichtig Jeorgs Nacken ab. Dort war keine Spur von einem Schlag zu entdecken. Er war verwirrt. »Ich verstehe nicht«, sagte er. »Was meinst du damit, er hat dich nicht mehr atmen lassen? Hat er dich gewürgt?«

Jeorg schüttelte den Kopf. Ungeduld zeigte sich auf seinem zerschundenen Gesicht. »Er hat mich nicht mehr atmen lassen«, wiederholte er mit schwacher Stimme. »Er ... hat mir den Atem genommen ... die Luft in meiner Brust ... und mich nicht mehr atmen lassen.« Er sank aufs Kissen zurück.

»Was hat er getan?« fragte Gryss noch immer verwirrt.

Jeorg gelang es, sich wieder auf die Ellbogen aufzurichten. »Er hat mich angesehen«, antwortete er. »Er hat mich einfach nur angesehen, und dann konnte ich nicht mehr atmen.« Furcht zeigte sich auf seinem Gesicht. »Und als ich geglaubt habe, mein Brustkorb würde platzen, hat er genickt.« Jeorgs Augen weiteten sich, als er sich wieder an jede schreckliche Einzelheit erinnerte. »Nur ein einfaches Nicken«, flüsterte er und ahmte die Bewegung mit einem knappen Zucken des Kopfes nach, »und ich konnte wieder atmen. Und er hat es wieder getan ... wieder ...« Gryss griff nach ihm, aus Furcht, er könne erneut zu würgen beginnen, doch Jeorg stieß seine Hand beiseite. »Ich weiß nicht, wie oft er es getan hat. Wenn er die Luft aus mir gerissen hat ... Ich habe ihn in mir gespürt, ihn in mir *arbeiten* gespürt.« Er verzog das Gesicht vor Schmerz und Furcht, doch da war auch Wut, und es war diese Wut, die seine Worte bestimmte. »Und alle haben sie gelacht. Sie haben um mich herum gestanden und gelacht. Sie hatten mich schon geschlagen, bis ich ...«

Seine Stimme verhallte, als sich plötzlich seine Augen schlossen. Langsam sackte er aufs Kissen zurück.

Besorgt ergriff Marna Gryss' Arm.

»Ist schon gut«, sagte Gryss. »Er schläft. Das ist das

Schlafmittel. Ich glaube nicht, daß er diese Nacht noch einmal aufwachen wird – jedenfalls jetzt nicht mehr, nachdem er sich das alles von der Seele geredet hat.«

Er stand auf und richtete sorgfältig Jeorgs Kissen und Decke; dann nahm er Marna die Lampe aus der Hand und hängte sie wieder an ihren Platz. Schließlich winkte er Marna aus dem Raum.

Nachdem sie wieder ins Hinterzimmer zurückgekehrt waren, ließ er sich auf seinen Stuhl fallen, und Marna setzte sich ihm gegenüber. Unzählige Fragen kamen ihr in den Sinn, doch sie stellte keine davon.

»Es *ist* also Rannick«, sagte Gryss nach längerem Schweigen. »Diesmal bestehen wohl keine Zweifel mehr, oder? Kein mißverstandenes Flüstern. Kein Delirium.«

Gryss sprach mit einer Stimme, die in Marna den Wunsch weckte, sich umzudrehen. Sie fühlte sich zunehmend winzig und hilflos, während ihr nach und nach das ganze Ausmaß dessen zu Bewußtsein kam, was hier geschah. Was war sie mehr als nur ein nutzloses Ding? Sie konnte sich nicht mit ausgewachsenen Männern im körperlichen Wettstreit messen, erst recht nicht, wenn diese Männer Schwerter besaßen, die sie auch benutzen würden. Auch konnte sie sich nicht Rannick stellen mit seiner unglaublichen und offenbar teuflischen Macht – einer Macht, die einen gewaltigen Sturm heraufbeschwören konnte, um die Burg zu beschützen, und die gleichzeitig dazu verwendet werden konnte, einen armen, zerschundenen Mann zu quälen. Was war sie schon im Vergleich zu all dem?

Und selbst Gryss war durch die Ereignisse überrollt und geschlagen worden. Ihr ganzes Leben lang war Gryss der Mann gewesen, der die Antworten auf ihre Fragen kannte, der Mann, der sie besser durchschaute als ihr Vater. Bisher hatte sie nie erkannt, wie sehr sie sich immer auf seine Unterstützung verlassen hatte. Doch jetzt wußte sie es, denn er konnte ihr keine Hilfe mehr geben. Ihre vollkommene Einsamkeit war eine bittere Erkenntnis.

Sie fühlte sich, wie sich wahrscheinlich Jeorg gefühlt hatte, als Rannick ihm die Luft verweigerte. Sie spürte, wie die Wände und das Dach des Hauses auf sie eindrangen, sie zu zerquetschen drohten ...

Sie mußte weg von hier ...

Ein donnerndes Klopfen riß sie aus ihrem Alptraum und ließ sie unwillkürlich zusammenzucken. Sie sprang auf, schnappte entsetzt nach Luft und sah im Geiste Rannick und Nilsson und ihre Männer, wie sie das Haus einkreisten.

Ihr Mund war trocken, und ihre Beine zitterten. Sie drehte sich zu Gryss um.

Das Klopfen hörte nicht auf.

Und irgendjemand rief etwas ...

Gryss leckte sich die Lippen und eilte durch den Flur.

Dann riß er die Tür auf.

Ein unartikulierter Schrei begrüßte ihn, und eine Gestalt stolperte herein und griff verzweifelt nach Gryss.

Gryss sah das zerzauste Haar, die unordentlichen, mit Schlamm bespritzten Kleider, den wilden, verlorenen Blick und das totenbleiche Gesicht des dritten Mitglieds ihrer Verschwörung gegen die Eindringlinge: Farnor Yarrance.

Kapitel 29

Auf ihrem Weg durchs Dorf verhielten sich Nilssons Männer still und ritten in enger Formation. Das einzige Interesse, das sie an ihrer Umgebung gezeigt hatten, war der spöttische Gruß gewesen, den einige von ihnen Gryss und den anderen gegeben hatten, die verwirrt und verunsichert mit dem bewußtlosen Jeorg die vorbeiziehende Kolonne betrachtet hatten.

Selbst nachdem sie das Dorf ein gutes Stück hinter sich gelassen hatten, hielten die Männer ihr Schweigen und ihre enge Formation aufrecht. Dann drehte Nilsson sein Gesicht in den Regen und stieß ein tiefes, donnerndes Lachen aus.

Das Geräusch war verhältnismäßig selten, doch es war den Männern vertraut. Kurz darauf hatte sich der Trupp in eine Gruppe lachender, johlender Männer verwandelt.

Ein Reiter, der die Kapuze tief ins Gesicht gezogen hatte, trieb sein Pferd durch die Masse, um zu Nilsson an der Spitze vorzudringen. Nilsson drehte sich zu ihm um, und ein Teil des Lachens verschwand aus seinem Gesicht.

»Eine gute Reise, nicht wahr, Herr?« bemerkte er.

Rannick schlug die Kapuze zurück und fuhr sich mit der Hand durch sein ungekämmtes schwarzes Haar. Auch sein Gesicht lachte, doch war keine Fröhlichkeit in ihm zu sehen. Nicht daß das Lachen, das durch die Reihen ging, fröhlich war, nein; es war rauh und wild und entsprang der Belustigung, die die Männer beim Anblick des Leids anderer empfanden.

»Ein Anfang, Hauptmann«, erwiderte Rannick. »Es war ein Anfang. Ich muß zugeben, daß es ... interessant war, deine Männer dabei zu beobachten, wie sie ihrem Handwerk nachgehen. Ja, es war sogar irgendwie anregend.«

Nilsson lächelte wissend. »Die Männer haben die Übung gebraucht, Herr«, sagte er. »Sie waren unruhig geworden, und es war nur eine Frage der Zeit, bis sie sich auf das Dorf hier gestürzt hätten. Das hätte uns in der Zukunft eine Menge Ärger bescheren können.«

Kaum hatte er diese Worte ausgesprochen, da verfluchte er sich auch schon als Trottel. Er bereitete sich auf Rannicks Antwort vor.

Sie begann mit einem verächtlichen Schnaufen. »Ich habe dir bereits gesagt, Hauptmann, daß du dich zu sehr um diese Leute sorgst. Ich kenne sie. Hätten die Männer hier mit ihnen ... *geübt*, wie du es zu nennen beliebst, hätte uns das in der Zukunft eher geholfen als geschadet.«

Nilsson verneigte sich respektvoll und verzichtete weise auf Widerspruch. Er hatte einen Fehler begangen, als er den Umgang mit den Dorfbewohnern angesprochen hatte, und er hoffte, daß sein Schweigen helfen würde, daß Rannick es rasch wieder vergaß. Er war zufrieden, daß es ihm bisher gelungen war, Rannick soweit zurückzuhalten, daß er den Dörflern nicht aus irgendeiner bösartigen Laune heraus Leid zugefügt hatte.

Glücklicherweise entschied sich Rannick, nicht weiter auf dieses Thema einzugehen, obwohl Nilsson fühlte, daß es seinen neuen Herrn nicht in Ruhe ließ, und früher oder später würde erneut die Sprache darauf kommen. Und er fühlte auch, daß er, sollte es soweit sein, seinen Widerstand würde aufgeben müssen, wenn er überleben wollte.

Rannick blickte ihm in die Augen, und der verächtliche Gesichtsausdruck wich einem bösen Lächeln. »Ich habe bemerkt, daß du die Übung sehr genossen hast, Hauptmann«, sagte er.

Nilsson neigte den Kopf. *Abgesehen von dem, was du mit dem Dörfler gemacht hast, der uns gefolgt ist,* dachte er, doch diesmal beherrschte er sich und schwieg. In jenem

Augenblick hatte er nicht seinen Willen durchsetzen können. Er hätte es vorgezogen, wenn die Männer ihren Spaß mit dem Mann gehabt und ihn anschließend unauffällig hätten verschwinden lassen. Sie hätten die Leiche kaum verstecken brauchen, so verlassen und wenig bewandert war die Gegend gewesen. Doch Rannick hatte seine eigene Art von ›Übung‹ im Sinn gehabt, und nachdem er fertig gewesen war, hatte er befohlen, den Mann als Exempel für die anderen zurück ins Dorf zu bringen. Es war nicht darüber diskutiert worden.

Nilsson war das als großer Fehler erschienen, doch es wäre ihm nicht in den Sinn gekommen, seinem Herrn zu widersprechen, nachdem er Rannicks Gesicht gesehen hatte, während dieser den Dörfler gequält hatte.

Er zuckte mit den Schultern und schob seine Sorgen beiseite. Sollte es in der Folge zum Schlimmsten kommen, dann war das eben so. Er und seine Männer waren schon mit größeren Problemen fertig geworden als mit einem Haufen rebellischer Dörfler. Er lächelte in sich hinein. Es *war* eine gute Reise gewesen. So etwas hatten sie schon seit langer Zeit nicht mehr erlebt. Und abgesehen davon, daß die Männer wieder Mut gefaßt hatten, hatte der Ausflug ihnen eine Reihe zusätzlicher Vorräte beschert.

Am Rande seiner Gedanken ertönte wie das Rauschen eines weit entfernten Ozeans der Chor der Verletzten und Sterbenden, die er über die Jahre hinweg zurückgelassen hatte. Der Chor war ein wenig lauter geworden, doch Nilsson schenkte ihm keine Beachtung. Er würde auch wieder schwächer werden, und obwohl er ständig vorhanden war und sich in stillen Augenblicken in den Vordergrund drängte, so war er doch nur selten wirklich zu vernehmen, und Nilsson hörte ihm *nie* zu.

Doch diesen Schrei nach Vergeltung konnte man auch nicht einfach so abtun. Plötzlich schauderte Nilsson. Das war ein vertrautes Gefühl, und er konnte nichts dagegen tun. Irgendwo hinter ihm kamen seine Verfolger. Sie würden niemals aufgeben. Niemals. Sie würden ihn und seine Männer jagen, wohin sie sich auch wandten: Kein Hindernis, sei es natürlich oder von Menschenhand gemacht, würde sie vor ihnen schützen und auch nicht der starke Arm eines Königs oder Fürsten. Noch nicht einmal die Zeit würde ihnen helfen, denn die Jäger würden selbst noch an Nilssons Sterbebett kommen und Rechenschaft von ihm verlangen. Und nicht einen Augenblick lang würden sie von ihrem Vorsatz ablassen, das wußte Nilsson – das wußten sie alle. Das wußten sie, seit der erste Hieb gefallen war an jenem trüben Morgen vor so langer Zeit.

Er schauderte erneut, und unbewußt warf er einen Blick über die Schulter zurück. Zufällig traf sich dabei sein Blick mit dem Dessanes, und er zwang sich zu einem Grinsen; dann ließ er die Bewegung wie eine flüchtige Inspektion seiner Männer erscheinen.

Es hatte stets die Möglichkeit bestanden, kehrtzumachen und sich den Verfolgern zu stellen, die Schwerter mit ihnen zu kreuzen; aber abgesehen von den unmittelbaren Gefahren, die solch ein Verhalten barg, würde es auch ihren Aufenthaltsort verraten, und andere würden kommen – es würden immer andere kommen.

Nilsson wischte sich den Regen aus dem Gesicht und drehte sich wieder nach vorne um. Typisch, dachte er. Solche Gedanken kamen ihm stets nach einem guten Überfall. Vielleicht war es diesmal ironischerweise schlimmer als sonst, weil ihre Ausgangsposition sich seit Rannicks Erscheinen dramatisch verbessert hatte. Nun, so erinnerte er sich selbst, wurden sie von der Macht unterstützt. Nilssons Furcht vor der Vergangenheit war in Wahrheit nicht mehr als eine Gewohnheit. Rannick mochte vielleicht nicht die ehrfurchtgebietenden Fähigkeiten ihres einstigen Herrn besitzen, doch Nilsson sah selbst, daß Rannicks Können stetig wuchs, und bereits jetzt konnte kein normaler Mensch es mit ihm aufnehmen.

Mit Mühe schob Nilsson seine Ängste beiseite und blickte stattdessen in eine Zukunft voller Macht und Reichtum, die ihn erwartete, wenn er sich Rannicks guten Willen erhielt.

Der Gedanke brachte ihn zurück zu seinen ursprünglichen Sorgen. Unauffällig blickte er zu Rannick; dann gestattete er sich einen diskreten Augenblick der Zufriedenheit; daß er erneut die Debatte über die Dörfler entfacht hatte, war nicht in einen Brand ausgeartet. Diesmal hatte er Glück gehabt, doch er durfte nie vergessen, in wessen Gegenwart er sich befand. Er mußte jedes einzelne Wort auf die Goldwaage legen – und zwar, *bevor* er es aussprach –, ganz so, wie er es in der Vergangenheit getan hatte.

Und wie zur Bestätigung begann der Regen vor ihnen plötzlich umherzuwirbeln. Nilsson schaute dem Schauspiel fasziniert zu, während Wasserschleier hierhin und dorthin tanzten, sich vereinten, sich trennten, hoch in die Luft stiegen oder dicht über den Boden glitten wie graue Schlangen.

Fragen nach dem ›Wie‹ und ›Warum‹ erfüllten seinen Geist, doch er schwieg. ›Beobachte und lerne‹, würde sein Motto sein. Rannicks Verhalten besaß alle Merkmale eines kindlichen Spieltriebs, aber selbst diese scheinbar unschuldigen, umhertanzenden Wasserschleier strahlten etwas Böses aus, nach dem man besser nicht fragte.

Dann verschmolzen die Schleier zu einer einheitlichen Form, die hoch in die Luft stieg. Dort schwebte sie einen Augenblick lang wie ein mächtiger Baumstamm, der den Himmel stützte, dann begann sie zu zittern, als wolle etwas in ihr ausbrechen, und sie platzte, und ein feiner Sprühregen ging auf die Männer nieder.

Nilsson riskierte ein Kompliment. »Eure Fähigkeiten werden von Tag zu Tag größer, Herr.«

»Für solchen Unsinn bedarf es keiner besonderen Fähigkeit«, erwiderte Rannick und blickte in den sich auflösenden Wasserdunst. »Aber du hast Recht. Meine Fähigkeiten und meine Macht bauen aufeinander auf. Ich glaube, ich werde meine Absichten weit früher in die Tat umsetzen können, als ich gedacht habe.«

Nilsson unterdrückte ein Stirnrunzeln. Ein erfolgreicher Überfall auf ein wehrloses Bauerndorf war nicht dazu geeignet, die Fähigkeiten der Männer im Kampf gegen einen echten Feind einzuschätzen. Es war schon lange her, seit sie zum letzten Mal eine ernsthafte Schlacht geschlagen hatten.

Nilsson lenkte sein Pferd näher an Rannick heran und senkte die Stimme. »Die Männer können sich nicht so schnell wie Ihr den veränderten Umständen anpassen, Herr. Und wir müssen unsere Kraft erst aufbauen, bevor wir ... uns auf Abenteuer begeben. Früher oder später werden wir uns *echtem* Widerstand stellen müssen, wenn Eure Pläne Gestalt annehmen.«

»Wir müssen vorsichtig sein? Aufpassen, daß wir uns nicht übernehmen?«

Nilsson blickte ihn an. Daß Rannick die Sätze wiederholte, die er, Nilsson, bei ihren Gesprächen in letzter Zeit immer und immer wieder gesagt hatte, überraschte ihn. Hatte Rannick wirklich den Sinn dieser Argumente erkannt, oder verspottete er ihn?

»Ja, Herr«, sagte er so sachlich, wie er nur konnte.

Rannick schwieg. Nilsson hielt instinktiv den Atem an. Dann lächelte Rannick unangenehm. »Den Atem anzuhalten wird dir nicht viel nützen, Hauptmann«, sagte er. »Ich kann ihn für Stunden anhalten, wenn ich will.« Er drehte sich zu ihm um. »Ich kann es für den ganzen Trupp tun, oder ich kann euch alle der Vergessenheit anheimgeben.« Nilsson war bemüht, sich seine Furcht nicht anmerken zu lassen. »Ich stehe Euch stets zu Diensten, Herr«, erklärte er.

Rannick nickte. »Ja«, erwiderte er schlicht. Seine bedrohliche Aura löste sich auf. »Aber fürchte dich nicht. Ich werde nichts von euch verlangen, was ihr nicht bereit wärt, auch freiwillig zu tun. Und wie ich mit dir vereinbart habe, werden jene, die mir treu dienen, reich belohnt werden.«

»Herr«, sagte Nilsson und verneigte sich.

Rannick wandte sich von ihm ab und blickte zur Burg, die nun dann und wann aus dem Regen auftauchte. Nilsson ließ sich ein kleines Stück zurückfallen, damit er unauffällig die Fassung wiedererlangen konnte.

Plötzlich beugte sich Rannick vor, als versuche er, ein weit entferntes Geräusch zu hören. Dann runzelte er die Stirn. »Jemand ist in der Burg gewesen«, sagte er. In seiner Stimme schwang Zorn und Erwartung mit.

Nilsson fluchte in seinen Bart. Trotz Rannicks Versicherungen wußte er, daß er eine Wache hätte zurücklassen müssen. Es war ja ganz amüsant, die Dorfbewohner als verschüchterte Bauerntölpel zu bezeichnen, doch das Risiko einzugehen, die Burg unverteidigt zu lassen, war Dummheit der höchsten Ordnung. Die Dörfler könnten sich ihren Tribut zurückgeholt haben, so daß Nilsson und seinen Männern nur das blieb, was sie gerade gestohlen hatten. Auch könnten sie die wenigen Dokumente entdeckt haben, die den Trupp als das entlarvten, was er war. Bilder von vergiftetem Essen und Brunnen erschienen am Rand von Nilssons Gedanken. Und Hinterhalt!

»Wir werden uns auf einen Angriff vorbereiten, Herr«, sagte er, doch Rannick schüttelte den Kopf.

»Nein«, erwiderte er. »*Meine* Wachen haben ihre Pflicht angemessen erfüllt. Es ist niemand mehr dort. Obwohl ...?« Seine Stimme verhallte mit einem Unterton, den Nilsson noch nie zuvor bei Rannick gehört hatte.

Zweifel, erkannte er. Was war mit diesen geheimnisvollen Wachen geschehen, die Rannick zurückgelassen hatte?

Dann war Rannick wieder ganz er selbst. »Ich reite vor«, sagte er in eisigem Tonfall. »Folgt mir im Schrittempo. Es gibt keinen Grund, sich zu beeilen.«

Hast du Angst, daß wir einen Fehler in deinen Plänen entdecken könnten, Herr? Willst du alles flicken, bevor wir ankommen? dachte Nilsson bissig, doch nach außen hin gab er sich weiter aufmerksam und besorgt.

»Wie Ihr wünscht, Herr«, sagte er.

Er beobachtete, wie Rannick davongaloppierte; steif und unbeholfen schwankte er von einer Seite zur anderen. Was auch immer er sonst sein mochte, er war kein Reiter, obwohl er allmählich mit dem Pferd zurechtkam, das er sich ausgesucht hatte. »Eine böse, unberechenbare Stute. Wir hätten sie schon vor Monaten schlachten sollen«, hatte Dessane über das Tier gesagt. Aber Rannick schien mit ihm klarzukommen, was Dessane zu der Bemerkung veranlaßt hatte: »Gleich und gleich gesellt sich gern.«

»Ein schöner Anblick, Nils«, sagte eine leise Stimme hinter Nilsson. Er drehte sich um und sah Saddre, der hinter Rannick herblickten.

»Daß er wegreitet?« fragte Nilsson.

Saddre nickte. »Wie in den alten Zeiten«, sagte er und blähte die Wangen. »Es wäre besser für diesen armen Bauerntölpel gewesen, wir hätten ihm die Kehle durchgeschnitten, als das, was er getan hat.«

Nilsson hob die Hand als Zeichen für Saddre, das Thema zu meiden.

Saddre bemerkte die Geste jedoch nicht und fuhr fort: »Erinnerst du dich an Kommandant Gro...?«

»Ja! Laß es!« schnappte Nilsson wütend und bedachte Saddre mit einem deutlich gefährlichen Blick.

»'tschuldigung«, beeilte sich Saddre zu sagen. »Was ist überhaupt mit ihm los?« fragte er und deutete in die

Richtung, in die Rannick inzwischen verschwunden war.

Nilsson zuckte mit den Schultern. »Ohne Zweifel wird er es uns sagen, wenn er es für angebracht hält, daß wir es wissen«, antwortete er. »Aber es sieht so aus, als sei etwas schiefgelaufen. Paß auf, wie er gelaunt ist, wenn er wieder zurückkommt.«

Es war jedoch nicht einfach nur eine Laune, die Rannick an den Tag legte, als er wieder zurückkehrte. Es war ein tiefer, kalter Zorn, den er offen zur Schau trug. Selbst der Dümmste von Nilssons Männern spürte das und schwieg. Nilsson, der mittlerweile die Stimmungen seines neuen Herrn zu deuten vermochte, nahm es früher wahr als alle anderen und ritt ihm entgegen. »Herr, was ist geschehen?« fragte er. »Hat es einen Angriff gegeben? Irgendwelche Schäden?«

»Wir müssen die Verantwortlichen sofort finden«, antwortete Rannick geheimnisvoll. »Er muß gefunden werden, und wenn wir jedes einzelne Haus im Tal dem Erdboden gleichmachen müssen.«

»Es ist schon zu spät, um eine großangelegte Suche zu organisieren, Herr, aber wenn es dringend ist, können wir noch vor Sonnenuntergang mit den nahegelegensten Höfen beginnen«, erwiderte Rannick.

»Wir werden suchen, bis er gefunden ist, Hauptmann«, sagte Rannick in brutalem Tonfall.

»Ihr werdet mit uns kommen müssen, Herr, denn Ihr seid der Einzige, der die Übeltäter erkennen kann.«

Doch Rannick benötigte keinen solchen Rat. Er war bereits auf und davon und galoppierte wenig elegant in Richtung von Garrens Hof. Nilsson preschte ihm hinterher und signalisierte dem Trupp zu folgen.

Die Hunde bellten laut, als der Trupp sich näherte, und eilten drohend herbei, als die Pferde den Vorhof erreichten. Rannick hob die Hand in ihre Richtung, und die beiden Tiere kniffen den Schwanz ein und rannten winselnd davon.

Mehr als Bellen brachte das Winseln Garren an die Haustür. Auf der Suche nach dem Grund dafür, warum seine Hunde so verängstigt waren, wanderte sein Blick zunächst zu Nilsson.

»Was um Himmels willen geht hier vor, Hauptmann?« verlangte er zu wissen.

Bevor Nilsson jedoch darauf antworten konnte, ritt Rannick Garren entgegen. Der Zorn des Bauern wich Verwirrung. »Rannick? Warum reitest du mit diesen Männern?«

»Ich reite nicht mit ihnen«, antwortete Rannick, »sondern sie reiten mit mir.«

Garrens Verwirrung nahm zu. Er lächelte entschuldigend, als hätte er sich verhört, obwohl aus seiner Stimme auch ein Hauch von Verärgerung zu hören war, als er wieder das Wort ergriff. »Ich verstehe nicht. Was meinst du damit?« fragte er.

Rannick beugte sich zu Garren hinunter. Sein Gesicht zuckte vor Zorn. Nilsson trieb sein Pferd vorwärts.

»Wer war in der Burg, als wir fort gewesen sind?« fragte er.

Seine Stimme klang streng und befehlend, doch fehlte ihr Rannicks wilder Zorn. Das gab Garren Gelegenheit, sich von dem streitlustigen Rannick abzuwenden. Instinktiv gab er so viel von der Wahrheit preis, wie er wagte. »Gryss und Farnor wollten nach den Verwundeten sehen, während ihr weg wart, aber sie sind nie dort angekommen.«

»Was ist passiert?« mischte sich Rannick ein.

Garren zuckte mit den Schultern. »Gryss erlitt auf dem Weg einen Unfall. Ein Fuchs hat sein Pferd erschreckt, und es hat ihn abgeworfen.«

Rannick richtete sich im Sattel auf und blickte auf die feuchten Dächer des Haupthauses und der Nebengebäude. »Ist das die Wahrheit?« fragte er, ohne Garren anzublicken.

»Nach meinem besten Wissen, ja«, antwortete Garren nun sichtlich verärgert. »Ich war zwar nicht dabei, aber warum sollten Gryss oder mein Sohn lügen? Ein alter Mann, der vom Pferd fällt, ist wohl kaum ein so bemerkenswertes Ereignis, und Farnor war bei seiner Rückkehr verletzt. Er fiel auf einen Stein, als er versuchte, Gryss aufzufangen.« Er ging zum Angriff über. »Was ist überhaupt geschehen, daß ihr mitten im Regen so auf meinen Hof gestürmt kommt?«

Gute Frage, dachte Nilsson. Erst jetzt wurde ihm bewußt, daß er selbst die Antwort darauf nicht kannte, so sehr war er damit beschäftigt gewesen, Rannicks Zorn aus dem Weg zu gehen.

»Meine Befehle sind mißachtet worden«, erklärte Rannick. »Du und alle anderen, ihr werdet lernen müssen, welche Folgen es hat, wenn man mir nicht gehorcht.«

Garrens Zorn wurde von seiner Verwunderung verdrängt. »Rannick, ich weiß nicht, was du hier tust oder was für Flausen dir diese Männer in den Kopf gesetzt haben. Ich vermute, sie erlauben sich einen kleinen Scherz mit dir, aber wenn du willst, daß ich dir diesen Sommer noch einmal Arbeit gebe, dann wäre ich dir dankbar, wenn du einen anderen Ton anschlagen würdest.«

Schweigen senkte sich über den Hof. Katrin erschien in der Tür. Ihr Blick schweifte über die beobachtenden Männer, doch auf ihrem Gesicht zeigte sich keinerlei Reaktion.

Nilsson spürte einen Sturm aufziehen, und entgegen seiner sonstigen Art versuchte er, ihn aufzuhalten. »Bauer«, sagte er mit grimmiger Stimme, »du mußt verstehen, daß sich hier vieles verändert hat. Du darfst den Herrn Rannick nicht auf diese Art ansprechen, sonst erwartet dich schwere Strafe. Was auch immer er gewesen sein mag, nun ist er, was er sagt: unser Herr und unser Führer. Das ist kein Scherz. Wir tun, was er befiehlt.«

»*Was?*« In diesem einen Wort lagen sowohl Belustigung als auch Unglauben. Garren wollte noch mehr sagen, doch Rannick, dessen Zorn von Nilssons Einmischung abgelenkt worden war, sprach als erster.

»Wo ist Farnor?« fragte er.

»Er ist im Wald im Westen spazierengegangen.« Es war Katrin, die antwortete. Ihre Stimme klang fest, doch keineswegs aggressiv. »Er hat sich den Arm verletzt, als er Gryss aufgefangen hat. Deshalb kann er nicht viel auf dem Hof tun. Ich habe ihn rausgeschickt, weil er in seiner Kammer auf und ab gelaufen ist wie eine eingesperrte Ratte.«

Das entsprach sogar fast der Wahrheit bis auf die Tatsache, daß es Farnor gewesen war, der sich zu einem Spaziergang entschlossen hatte. Er *war* von dem zwangsweisen Nichtstun gelangweilt, doch hauptsächlich wollte er einfach nur Zeit haben, um nachzudenken.

»Vermutlich hat er sich irgendwo untergestellt, bis der schlimmste Regen vorüber ist«, fuhr Katrin fort. »Wenn du mit ihm sprechen willst, können wir ihn zur Burg schicken, sobald er wieder da ist.«

Rannick zögerte. Katrins Verhalten war direkt und offen und weckte Erinnerungen an freundlichere Zeiten. Es berührte den Menschen in Rannick; den Menschen, den der dunkle, verbitterte Geist stets beunruhigt hatte und der mit jedem Tag, da er die Macht benutzte, ein Stückchen mehr verschwand. Rannick schwankte. Doch auf der einen Waagschale lag sein altes Leben als fast Aussätziger, als ewiger Nörgler und auf der anderen seine ruhmreiche, machtvolle Zukunft. Ihm blieb keine Wahl.

»Rede nur, wenn du angesprochen wirst, Weib«, sagte er in verächtlichem Tonfall.

Kurz blitzten Katrins Augen auf, doch anstatt etwas darauf zu erwidern, streckte sie die Hand aus, um ihren Mann zurückzuhalten – zu spät. Garren trat aus dem

Schutz der Tür, und bevor jemand reagieren konnte, packte er Rannick am Umhang und riß ihn aus dem Sattel. Auch als Rannick auf dem harten, nassen Grund aufschlug, hielt Garren ihn weiter gepackt und zog ihn wieder in die Höhe.

Da er von Natur aus kein gewalttätiger Mann war, bestand Garrens Absicht vermutlich lediglich darin, diesem Rüpel für seine Unverschämtheit eine ordentliche Tracht Prügel zu verpassen. Doch er befand sich inmitten von Männern, die weit mehr mit Gewalt anzufangen vermochten als er, und so kam es, daß Nilsson, noch bevor Garren Rannick bestrafen konnte, bereits das Messer gezogen, es in der Hand umgedreht und dem Bauern mit dem Heft einen kräftigen Schlag auf den Kopf versetzt hatte.

Katrin schrie und rannte herbei, als Garren auf die Knie sank und beide Hände auf den Kopf legte.

Rannick richtete sich taumelnd wieder auf. Nilsson schwang sich aus dem Sattel, um ihn zu stützen.

»Herr ...« begann er, doch Rannick hatte nur noch eins im Sinn. Er schüttelte Nilssons helfende Hand ab und trat voller Zorn gegen den knienden Garren. Es war eine Form des Angriffs, die er selbst erst vor wenigen Tagen gelernt hatte, als er Nilssons Männer dabei beobachtet hatte, wie sie den armen Jeorg malträtiert hatten. Er hatte solch kalte, berechnende Brutalität noch nie gesehen oder sich auch nur vorgestellt, und es hatte ihn angeregt. Die Benutzung der Macht war nicht der einzige schlechte Einfluß in Rannicks Leben.

Katrin, die versuchte, ihrem Mann zu helfen, fiel zurück, als Garren ihr durch die Wucht des Tritts aus den Händen gerissen wurde.

Benommen von Nilssons Schlag und außer Atem durch Rannicks Tritt rollte Garren über den Boden und prallte gegen die Hauswand. Dann begann er, sich keuchend wieder aufzurappeln.

Nilsson trat vor, um ihn zu packen.

»Nein!« Rannicks Gesicht war so von Zorn verzerrt, daß es kaum als menschlich zu erkennen war. Nilsson trat von Garren zurück, ohne auch nur darauf zu achten, die Würde zu bewahren. Er bemerkte, daß Katrin verschwunden war, doch kümmerte es ihn nicht.

Rannick richtete den Finger auf den niedergestreckten Garren. »Du bist schon der zweite in den letzten Tagen, der sich meinem Willen widersetzt«, zischte er. »Du mußt verstehen lernen, was Aufsässigkeit bedeutet – ihr alle müßt das verstehen lernen.«

Garren blickte ihn an. Er kniff die Augen zusammen, um seinen Peiniger klarer sehen zu können. Er taumelte vorwärts und hielt sich die Rippen. »Du bist verrückt, Rannick«, keuchte er schmerzvoll. »Ich glaube, du hast mir ein paar Rippen gebrochen. Ich muß ohnehin schon Farnors Arbeit erledigen. Wie zum Teufel soll ich . . .?«

»Deine Rippen, du erbärmlicher Dreckwühler!« kreischte Rannick. »Deine Rippen!« Er drehte sich zu Nilsson um, der vollkommen regungslos dastand. »Siehst du das?« schrie Rannick. »Ich habe es dir gesagt. Sie verstehen es nicht. Sie müssen lernen, und es gibt nur einen Weg, wie man es ihnen beibringen kann.«

»Wie Ihr wünscht, Herr«, sagte Nilsson, obwohl er wußte, daß seine Worte nicht den Mahlstrom alter Bitterkeit und alten Hasses zu durchdringen vermochten, der an Rannicks Herz fraß und es von innen heraus verrotten ließ. Rannicks Erklärung war nur ein Schritt in einer Art obszönem Ritual gewesen, das Rannick offenbar als notwendig erachtete, bevor er die Angelegenheit zu ihrem unvermeidlichen Ende brachte. Nilsson erkannte, daß er in dieser Angelegenheit doch nicht seinen Willen hatte durchsetzen können. Was die Behandlung der Dörfler betraf, hatte Rannick nicht auf den Rat des Erfahreneren gehört, sondern nur auf eine Gelegenheit gewartet, seine eigenen Pläne umzusetzen.

»Wie in den alten Zeiten.« Saddres Worte erschienen Nilsson mit einem Mal wie blanker Hohn.

Er hatte jedoch keine Zeit darüber nachzudenken, denn Rannick hatte inzwischen alles beisammen, was er brauchte.

Plötzlich kam ein starker, böiger Wind auf. Wütend tobte er um den Hof herum, wirbelte den Regen durcheinander und machte die Reiter und ihre Pferde noch nervöser, als sie ohnehin schon waren. Nilsson geriet unter der Macht des Sturms ins Wanken und griff nach dem Halfter seines Pferdes, sowohl, um es zu beruhigen, als auch, um sich festzuhalten.

Aber der Wind schien ihm nur nebensächlich zu sein – eine Art Vorspiel zu dem, was geschehen würde.

»Lerne! Lerne! Lerne!« Rannicks Schrei stieg empor, um mit dem zunehmend stärkeren Wind eins zu werden. Alle Disziplin schwand dahin, und auf dem Hof drängte sich nur noch ein Haufen panischer Reiter und Tiere.

Gebeutelt vom Wind und dem Haß, der von seinem neuen Herrn ausströmte, klammerte sich Nilsson an sein Pferd, wild entschlossen, standhaft zu bleiben, komme da, was da wolle.

Kurz sah er Garrens Gesicht, in dem Angst allmählich die Verwunderung ersetzte; dann wurde der Bauer von einem furchtbaren, unsichtbaren Schlag getroffen, der ihn gegen die Hauswand schleuderte. So heftig war der Aufprall, daß Nilsson trotz des Windes und der in Panik geratenen Männer und Tiere deutlich hörte, wie Garren die Luft aus den Lungen getrieben wurde und mehrere seiner Knochen brachen.

»Wie in den alten Zeiten.« Ja, so war es auch früher gewesen.

Rannick rührte sich nicht, obwohl Nilsson in ihm das Zentrum des Chaos' erkannte, das den Hof erfüllte. Dann traf Garren ein weiterer Schlag. Und noch einer. Immer wieder wurde der Bauer gegen die Wand geworfen wie eine Kinderpuppe, wobei seine Glieder leblos zuckten. Nilsson hatte das Gefühl, einen Mann zu beobachten, der von einer unsichtbaren Reiterei niedergetrampelt wurde.

Garrens Schicksal war Nilsson egal, aber die Art, wie Rannick den Körper vernichtete, hatte etwas Krankes an sich, das Übelkeit in ihm erregte.

Er ist tot, Rannick! schrie Nilsson im Geiste. *Du hast deinen Standpunkt klargemacht. Du kannst ihn wieder in Ruhe lassen.*

Aber er war machtlos. Diesmal konnte er nichts weiter tun, als zuzusehen. Er war an diesen Mann gebunden, der im Augenblick seine Vision durch Raserei verwirklichte.

Doch jemand anderes mischte sich ein, um Rannick davon abzuhalten, die Sache so zu beenden, wie er beabsichtigte. Das Bild wilder, entschlossener Augen, fliegenden Haars und eines schreienden Mundes erschien in Nilssons verzerrtem Blickfeld.

Und ein Messer! Scharf und funkelnd, selbst in dem trüben Licht, das auf dem Hof herrschte.

Allein mit seiner Schärfe durchschnitt es die Unwirklichkeit, die Nilsson gefangen hielt.

Die Frau!

Verdammt!

Aus Reflex streckte er den Arm aus, und sein Geist beobachtete, wie sich seine Finger um den Ärmel ihres Kleides schlossen. Er spürte den weichen Stoff an den Fingerspitzen.

Ohne zu zögern, überließ ihm Katrin den gefangenen Arm, wodurch sie sich nach wie vor frei bewegen konnte. Sie wirbelte herum und schlug mit dem Messer nach dem Mann. Wieder waren es alte Reflexe, die Nilsson retteten. Er ließ die Frau los und wich vor der Klinge zurück. Er spürte, wie das Messer seinen Umhang und sein Wams durchschnitt, und eine dünne, heiße Spur auf seinem Bauch hinterließ. Es war ein sehr scharfes Messer, wie er bemerkte.

Er war aus dem Gleichgewicht geraten, und die Frau hatte ihn überrascht, während sie selbst so entschlossen war, so hart, so *schnell*. Er spürte, wie seine bleiernen Glieder versuchten, sich wieder zu fangen, während er gleichzeitig auf den nächsten Stoß wartete, den abzuwehren er gar nicht erst zu versuchen brauchte – jenen Stoß, auf den er sein ganzes Leben lang gewartet hatte; jenen Stoß, der ihm die Eingeweide herausreißen und ihn auf diesem kalten, nassen Hof verbluten lassen würde. Er glaubte schon, das kalte Pflaster an seinen Wangen zu spüren und den Regen, der ihm in den offenen Mund tropfte. Er war seltsam ruhig.

Doch Katrin war keine ausgebildete Kriegerin, der eine ganze Latte ausgefeilter Kampftechniken zur Verfügung stand. Sie war einfach nur eine Frau, die die Zeichen frühzeitig gedeutet hatte, die den Tod ihres Mannes angekündigt hatten, und die sich entsprechend verhalten hatte, da sie wußte, daß er ihre Einsicht nicht besaß. Ihr war kaum bewußt, was sie hier eigentlich tat. Ihr ganzes Wesen wußte nur, daß sie so schnell wie möglich die Quelle der Gefahr ausschalten mußte, die ihren Mann bedrohte. Sie würde nicht zulassen, daß sich ihr etwas in den Weg stellte: nicht ihre eigene Schwäche und nicht dieser hünenhafte Fremde.

So kam es, daß sie den zurücktaumelnden Nilsson sofort vergaß und sich wieder ihrem eigentlichen Ziel zuwandte.

»Herr!«

Die Furcht in Nilssons Schrei drang im selben Augenblick durch Rannicks Raserei, als Katrin vor ihm auftauchte. Er sah die erhobene Klinge, und irgendwie wurde er wieder zu einem elenden Tagelöhner, und er hob den Arm, als die Klinge herniederfuhr.

Befreit von seinem Peiniger sank Garrens Körper zu

Boden. Rannick spürte den Stich des Messers, doch keinen Schmerz; Farnors Klingen waren zu scharf, als daß sie Schmerzen verursacht hätten. Aber er spürte, wie ob dieses Angriffs ein Schrei des Zorns und des Entsetzens in ihm aufwallte.

Katrin bemerkte nicht, welchen Schaden sie verursacht hatte. Es war unbedeutend. Er war noch immer da, noch immer bei Bewußtsein, noch immer fähig, ihren Mann zu verletzen ...

Rannick ahmte ihre Bewegung nach und hob den eigenen Arm. Trotz all seiner Macht war er hilflos gegenüber diesem primitiven Zorn.

Dann war es vorbei.

Nilsson hatte sich wieder gefangen und auf Katrin gestürzt.

Mit kraftvollem Griff packte er die Hand, die das Messer hielt. Katrin machte weder ein Geräusch, noch kämpfte sie gegen ihn. Stattdessen wand sie sich in seinem Griff, den Blick nach wie vor auf Rannick gerichtet. Zweimal schlug Nilsson mit der freien Hand nach ihr, doch beide Male war sie nicht mehr dort, wo der Schlag hingezielt hatte. Kurz wanden sie sich in einem grotesken Tanz, dann drehte sich Katrin in die falsche Richtung und starb beinahe vollkommen schmerzlos durch die Klinge, die ihr Sohn so sorgfältig geschleift hatte.

Nilsson spürte, wie das Leben aus ihr wich. Das war kein neues Gefühl für ihn, doch einen Augenblick lang zögerte er und hielt sie in den Armen wie ein verwirrter Liebhaber; dann legte er sie sanft auf den Boden und zog gleichzeitig das Messer heraus. Ein seltsamer Anflug von Trauer überkam ihn ob dieser Gegnerin, die ihn zuerst besiegt und dann verschont hatte. Doch das Gefühl verging, und in seinem Gefolge kam ein Zorn, den er sich nicht erklären konnte. Wütend schleuderte er das Messer weg. Mit dumpfem Schlag blieb es im Holz des Türrahmens stecken. Bluttropfen lösten sich von der Klinge und befleckten das bemalte Holz. Nilssons Zorn war noch immer lebendig, als er sich zu Rannick herumdrehte, der sich den Arm hielt, den Katrin getroffen hatte. Blut rann zwischen seinen Fingern hindurch. Die Tropfen vermischten sich mit dem Regen und sammelten sich in kleinen Pfützen zu seinen Füßen.

Aber es war der Ausdruck auf seinem Gesicht, der Nilssons Zorn verfliegen ließ und ihn durch nackte Furcht ersetzte.

Im Wald im Westen tat Farnor, was seine Mutter vermutet hatte: Er hatte sich in den Schutz eines Baumes zurückgezogen und wartete darauf, daß der Regen nachließ, bevor er sich wieder auf den Heimweg machte.

Sein Arm schmerzte, und ihm wurde allmählich kalt, und seine Gedanken wanderten zu der warmen, gemütlichen Küche seiner Mutter, hell und erfüllt vom Duft frisch zubereiteten Essens.

Er hatte den Nachmittag damit verbracht, faul über die Felder und durch die Wälder zu wandern, und er hatte die frischen Gerüche genossen, wie nur der Regen sie hervorbringen konnte. Eine Zeitlang hatte er wieder über die Ereignisse der letzten Zeit nachgedacht – vor allem über den seltsamen, brutalen Angriff, dessen Opfer er und Gryss in der Burg geworden waren –, doch trotz all seines Nachdenkens war er wieder zum selben Schluß gekommen wie vorher: Er mußte beobachten und warten.

Aber nicht hier, beschloß er schließlich. Ein Blick in den Himmel verriet ihm, daß der Regen so rasch nicht nachlassen würde und daß er sich schon bald auf den Rückweg würde machen müssen, wollte er nicht nur naß, sondern auch im Dunkeln heimkommen.

Dann plötzlich war sie überall um ihn herum. Stärker und lebendiger als je zuvor.

Die Kreatur.

Ihr Wille durchdrang alles.

Sie mußte ganz in der Nähe sein. Der Gedanke brannte sich in Farnors Geist, und er erstarrte vor Entsetzen.

Nein, sie war überall.

Und da war Blut.

Und ein wahnsinniger Zorn.

Farnor war sich nur vage des Baums in seinem Rücken bewußt. Eine Heerschar von Stimmen flüsterte ihm drängend zu: »*Nach Hause. Nach Hause.*«

Sein Körper übernahm das Kommando, und seine Beine trugen ihn davon, zunächst zitternd, dann rennend. Die Kreatur war überall um ihn herum. Sie war voller Rachegedanken. Und sie war auf der Jagd. Er mußte nach Hause.

Nilsson wandte sich von Rannick ab, als dieser aufblickte. Seine Augen sahen noch immer seinen neuen Herrn mit blutendem Arm, die blutverschmierte Hand vorgestreckt und in wildem Vorwurf zu einer Klaue gekrümmt. Doch in seinem Inneren fühlte Nilsson die Gegenwart der Kreatur, die seine Männer abgeschlachtet hatte und die auch ihn hatte töten wollen. Auch fühlte er, daß ihr Geist überall war, daß sie ihre Kraft aus dem Schrecken der Reiter und Pferde zog, die verzweifelt nach einer Fluchtmöglichkeit suchten. Irgendwo in seinem Inneren spürte er, wie Männer von Pferden fielen und Pferde die Steinmauer des Hofes einrissen und sich die Beine brachen, während sie versuchten, das Hindernis zu überwinden. Und die ganze Zeit über prasselte der Regen hernieder und wehte der Wind.

Doch das alles waren nur Staubflocken in dem Wirbelwind, zu dem Rannick geworden war. Und auch er, Hauptmann Nilsson, Anführer und Held seiner Männer, war nicht mehr als nur eine Staubflocke. Zu bleiben, wo er war, bedeutete zu sterben. Doch er zog sich mit bewußter Vorsicht zurück – aus Furcht, jede falsche Bewegung könnte diesen schrecklichen Räuber zum Angriff reizen.

Während er zurücktrat, sah er, wie Rannicks Augen, beseelt von einem uralten Bösen, zu brennen begannen. Aber das waren nicht Rannicks Augen, das wußte er. Es waren die Augen der Kreatur.

Der Tumult im Hof wurde immer größer. Nilsson mußte sich zwischen Menschen und Tieren gleichermaßen hindurchkämpfen, während er versuchte, sich vom Haupthaus zu entfernen. Doch nicht eine Sekunde wandte er den Blick von Rannick.

Dann, so wie er die Kreatur in Rannicks Augen gesehen hatte, so hörte er sie jetzt auch in dessen Stimme, als Rannick aufstand, den Kopf zurückwarf und brüllte. Es war ein furchtbares Geräusch, das sich um den tosenden Wind und den Lärm der in Panik geratenen Männer und Pferde legte und sie zu einem einzigen schrecklichen Ton vereinte.

Nilsson hob die Hände, um sich die Ohren zuzuhalten, obwohl das Geräusch seinen ganzen Körper durchdrang; im selben Augenblick erreichten ihn weitere Geräusche. Er drehte sich von Rannick weg zum Bauernhaus.

Mit unerträglicher Langsamkeit zersplitterten die Fenster und flogen nach innen, und Reetbündel wurden vom Dach gerissen und hoch in den grauen Himmel geschleudert, während die Dachbalken knirschten, knackten und schließlich brachen.

Aus den Augenwinkeln heraus sah Nilsson Rannick taumeln, als wäre die Zerstörung irgendwie auf ihn zurückgefallen. Er fing ihn auf.

»Herr«, sagte er vielleicht in der Hoffnung, daß einfache Worte den Mann von seiner schrecklichen Besessenheit befreien konnten.

Aber es war noch nicht vorbei. Die wahnsinnige

Gegenwart der Kreatur schien nicht geflohen zu sein, sondern sich vielmehr in etwas weit Furchterregenderes verwandelt zu haben. Rannick war wieder er selbst und doch wieder nicht.

Er stützte sich auf Nilsson und begann, verzückt zu murmeln.

»Ja. Ja. Ich habe es jetzt. Ich habe es.«

Er stieß sich von Nilsson ab und schwankte vorwärts. Die Hände hatte er dem zerstörten Bauernhaus entgegen gestreckt.

Dann ertönte ein nervenzerfetzendes Geräusch wie Fingernägel, die über Glas kratzen, und die Luft vor Rannick begann, zu wabern und zu glühen. Das Geräusch wurde stetig lauter, bis es schließlich von einem Triumphschrei übertönt wurde.

Nilsson wich unwillkürlich zurück, als die schimmernde Masse plötzlich in hellstem Licht erstrahlte. Ein beißender Geruch griff seine Nase an, und dann, wie als Antwort auf Rannicks Schrei, spaltete sich das Licht in zwei große Tentakel, die durch die zerstörten Fenster in das Haus eindrangen. Nilsson hatte den Eindruck, als wären sie lebendig, so zielstrebig war ihre Bewegung.

Wie Schlangen, dachte er.

Beinahe sofort stand das Haus in Flammen.

Nilsson beobachtete, wie Flammen und Rauch aus den Fenstern drangen und durch das nun weit offene Dach. Es schien beinahe, als wollten sie vor dem Schrecken flüchten, der in das Haus eingedrungen war. Rannick stand als tiefschwarzer Schatten vor der Szene, hatte die Arme gespreizt und wiegte sich hin und her wie im Takt einer unhörbaren Musik.

Dann sank er auf die Knie und fiel nach vorne.

Kapitel 30

Farnor rannte und rannte. Die Gegenwart der Kreatur hatte sich in ihm eingenistet wie ein schweres Fieber. Er sah nicht den Regen, durch den er rannte, nicht die Mauern, über die er kletterte, und nicht die Zäune, unter denen er sich hindurchschlängelte. Sein Geist kannte nur noch Furcht, und sein Körper trug ihn, angetrieben von einem uralten Instinkt, in Sicherheit, einem Instinkt, der noch weit älter war als selbst die Berge und der den Schrecken ignorierte.

Und doch fühlte er, daß er rennen konnte, wohin er wollte, die Kreatur würde er nicht loswerden. Sie war überall um ihn herum. Und sie war lebendiger und mächtiger als je zuvor.

Dann wurde es schlimmer. Abgesehen von einem flackernden Überrest irgendwo, verlor Farnor sogar das Gefühl für sich selbst. Die Welt war rasselnder Atem und pochendes Herz, und ... die Macht ... bewegte sich.

Sie flutete hinein von ...?

Trotz seines Entsetzens wurde ein Teil von ihm von ihr angezogen – angezogen, hinauszugreifen und sie aufzuhalten. Aber ein tieferer Instinkt zog ihn wieder zurück. Er konnte sich solch einem Strom nicht entgegenstemmen.

Und noch immer floh er, verzweifelt und unbehindert durch diesen inneren Streit; tatsächlich bemerkte er ihn sogar kaum.

Dann kam ... Licht? Lichter. Sich bewegende Lichter.

Flammen! Er konnte die Hitze auf seinem Gesicht spüren, und ... Sie stiegen aus seinem Inneren empor, als wäre er die Ursache des Feuers.

Ein Funken Verstand kehrte zu ihm zurück. Alptraum. Er träumte. Bald würde diese entsetzliche Flucht ein Ende haben, und er würde wieder sicher in seiner Schlafkammer liegen. Aber diese Erkenntnis bewirkte nichts, denn in jedem Alptraum lauert die Furcht, vielleicht doch nicht daraus zu erwachen. Er mußte noch immer fliehen; fliehen auf die Flammen zu und durch sie hindurch; fliehen vor dem Schrecken in seinem Rücken; fliehen, bis er nach Hause kam.

Dann schwanden sowohl die Flammen als auch das Entsetzen dahin. Farnors Bewußtsein kehrte wieder zurück. Das war kein Alptraum. Das war die Wirklichkeit. Und noch immer trug ihn sein Körper mit wahnsinniger Geschwindigkeit nach Hause. Er brauchte die Vertrautheit seines Heims um sich herum, wenn er diesen Schrecken ein für allemal vertreiben wollte.

Ein vertrauter, nicht unangenehmer Geruch kam ihm entgegen.

Ein Hauch von Frühling lag in der Luft.

Feuer.

Irgendetwas brannte. Das ließ ihn am Hofgatter anhalten. Atemlos stützte er sich darauf. Es gab nichts auf dem Hof, was hätte verbrannt werden müssen.

Plötzlich befiel ihn eine andere, greifbarere Furcht.

Feuer! In einem der Nebengebäude war ein Feuer ausgebrochen. Und er war nicht da gewesen! Mit einem Schrei auf den Lippen kletterte er über das Gatter und begann erneut zu rennen.

Als er sich dem Hof näherte, nahm seine Angst Gestalt an. Eine Rauchsäule stieg jenseits des kleinen Hügels empor, der ihn noch von dem eigentlichen Hofgelände trennte. Trotz seiner Erschöpfung zwang er sich weiterzurennen.

Was war geschehen? Die unterschiedlichsten Bilder huschten vor seinem geistigen Auge vorbei. Die Scheunen? Die Ställe? Der Werkzeugschuppen?

Er erreichte die Hügelkuppe und hielt an.

Der Regen hatte ihm das Haar platt an den Kopf gepreßt und lief ihm in Strömen über das Gesicht.

Und seine Welt existierte nicht mehr.

Eine furchtbare Taubheit bemächtigte sich seines Körpers.

Wo einst eine Ansammlung von Gebäuden gestanden hatte mit dem soliden Haupthaus in der Mitte – ein Anblick so zeitlos und unveränderlich wie der der Berge –, befand sich nun ein Spottbild all dessen. Die Gebäude waren noch immer da, doch alles war anders. Ihre Perspektive hatte sich verändert – hatte sich verändert, weil das Haupthaus nur noch ein klaffendes Maul war mit den zerstörten Wänden und Balken als Zähnen. Hier und dort brannten Feuer, und dichte Rauchwolken kreisten um den Kadaver wie Krähen über einem Schlachtfeld, stiegen immer höher und höher in den grauen Regenhimmel hinauf und verschwanden schließlich.

Und von irgendwoher kam ein Geräusch, das Farnor zwar vertraut vorkam, das er aber nicht identifizieren konnte.

Farnors Mund klappte auf und zu, während er nach Worten des Trotzes suchte, um diesen Anblick zu vertreiben.

Doch ihm fiel nichts ein.

Stattdessen machte er sich Vorwürfe.

Beweg deine Beine. Mach, daß du da runter kommst. Finde heraus, ob deine Eltern in Sicherheit sind. Finde heraus, was geschehen ist.

Während er auf die qualmenden Ruinen zurannte, hatte Farnor das Gefühl, in Wahrheit würde nicht er sich bewegen, sondern das Haus käme auf ihn zu wie ein verletzter Freund, der Hilfe suchte.

Er kletterte über die Mauer in den Hof und rief mit lauter Stimme: »Mutter! Vater!«

Aber er erhielt keine Antwort, abgesehen von dem Geräusch des Regens, der auf die ohnehin schon durchtränkte Erde prasselte, und das Gurgeln in den Abflüssen, die zu den Sammelbecken führten. Und da war auch noch das Geräusch, das er auf der Hügelkuppe vernommen hatte. Obwohl es viel lauter war als der Regen, schien es aus großer Ferne zu kommen. Es waren die Tiere, die voller Panik schrien und versuchten, aus ihren Gehegen und Ställen auszubrechen. Farnor zögerte und blickte unentschlossen von einer Seite zur anderen, während er darüber nachdachte, ob er zunächst den armen Tieren zur Hilfe kommen oder seine Eltern suchen sollte – eine überflüssige Überlegung.

»Mutter! Vater!«

Er rief mehrere Male, doch er erhielt keine Antwort, bis schließlich ein mürrisches Bellen den Lärm durchdrang.

Einer der Hunde stand in dem klaffenden, verrußten Loch, das einst die Haustür gewesen war. Er schnüffelte an etwas, das ein Haufen Schutt zu sein schien.

Farnor rannte zu ihm hinüber.

Der Hund schleppte den Schwanz hinter sich her über den Boden, trotzdem wedelte er schuldbewußt damit, als Farnor sich näherte, als sei er, der Hofhund, irgendwie verantwortlich für die Verwüstung auf dem Hof.

Als Farnor den Hund erreichte, breitete sich wieder ein Gefühl der Taubheit in seinem ganzen Körper aus, und scheinbar eine Ewigkeit stand er einfach nur regungslos da und starrte auf den Haufen, an dem der Hund geschnüffelt hatte. Dann, langsam, wurde er sich bewußt, daß er auf seinen Vater und seine Mutter blickte.

Als sehe er sich das Bild in einem Buch an, bemerkte Farnor die verrenkte Gestalt seines Vaters. Er glich mehr einem zerbrochenen Spielzeug, als einem Menschen.

»Mutter«, sagte Farnor.

Er kniete sich neben sie und schüttelte sie sanft, als würde sie nur hier draußen im Regen schlafen und nicht wissen, daß ihr Haus abgebrannt war.

»Mutter.«

Er legte ihr den Arm um die Schultern und setzte sie

auf. »Dein Kleid ist ja ganz naß und zerknittert«, fuhr er leise fort und fummelte unbeholfen an dem verschmutzen Stoff herum. »Und du hast dich auch ganz dreckig gemacht. Sieh dich doch nur einmal an.«

In Nachahmung seiner Mutter schüttelte er tadelnd den Kopf. Dann berührte er einen ringförmigen Fleck unmittelbar unter dem Brustkorb der Mutter. Er blickte auf seine Hand. Sie war mit Blut bedeckt. Sanft legte er seine Mutter wieder nieder und berührte neugierig mit der anderen Hand seinen blutigen Handteller.

Langsam stand er wieder auf und ging über den Hof. Dann, bewußt und sehr, sehr ruhig, öffnete er die Türen der verschiedenen Ställe, um nach den Tieren zu sehen.

Einige drängten ihn in ihrer Panik beiseite; andere blieben, wo sie waren. Der Hund versuchte pflichtbewußt, einige der Flüchtlinge zusammenzutreiben, aber nach ein, zwei flehenden Blicken zu Farnor, der ihn teilnahmslos beobachtete, gab er den Versuch auf.

Farnor ging zum Hofgatter. Es stand weit offen. Geduldig schloß und verriegelte er es, dann lehnte er sich an den Pfosten und ließ sich langsam zu Boden gleiten.

Der Regen hörte auf, und nach und nach erloschen die Feuer, und die schweren Rauchwolken verwandelten sich in graue Schleier. Gelegentlich gab ein verbrannter Balken nach und brach krachend zusammen.

Farnor saß lange Zeit einfach nur da und starrte auf das Haus, ohne sich zu bewegen. Ein paar Schweine und Hühner wanderten ziellos über den Hof, doch die meisten Tiere, die nicht geflohen waren, hatten sich zum Schutz vor dem Regen wieder in ihre Ställe zurückgezogen.

Ein- oder zweimal bewegten sich Farnors Lippen, doch kein Laut verließ seinen Mund. Das trübe Nachmittagslicht wurde immer schwächer. Dann, ohne ersichtlichen Grund, stand Farnor plötzlich auf, kletterte über das Gatter, wie er es beinahe jeden Tag seines Lebens getan hatte, und ging in den Abend hinaus.

Gryss geriet ins Wanken, als Farnor in seine Arme fiel.

»Marna!« rief er.

Beinahe sofort war sie an seiner Seite. Sie hatte die Situation mit einem Blick erfaßt. Mit dem Fuß stieß sie die Tür noch ein Stück weiter auf. Dann half sie Gryss, den zusammengebrochenen Farnor zu stützen. Gemeinsam schleppten sie ihn durch den Flur ins Hinterzimmer, wo sie ihn auf einen Stuhl setzten.

Gryss nahm Farnors Kinn in die Hand, dann öffnete er ihm die flackernden Augenlider und blickte ihm in die Augen.

»Was ist mit ihm passier?« fragte Marna besorgt.

»Wie es aussieht, hat er einen Schock erlitten«, antwortete Farnor. »Hol mir etwas Wasser.«

Als sie zurückkehrte, war Farnor bereits wieder zu Bewußtsein gekommen. Er redete verzweifelt, doch unzusammenhängend, und er versuchte, vom Stuhl aufzustehen, während Gryss sich bemühte, ihn zurückzuhalten.

Marna beobachtete die beiden einen Augenblick lang. Dann rief sie wütend: »Farnor, setz dich jetzt sofort hin!« Farnor zuckte zusammen, tat aber, was sie ihm befohlen hatte. Gryss nickte ihr dankbar zu.

Marna bemerkte es jedoch nicht. Sie deutete nach vorne, und ihr Gesicht drückte Erschrecken und Sorge aus. »Schau«, flüsterte sie, als fürchtete sie, Farnors Aufmerksamkeit zu erregen.

Gryss folgte ihrem Blick. Sie deutete auf Farnors Hände. Er griff nach ihnen. Farnor leistete keinen Widerstand.

Gryss runzelte die Stirn. »Blut«, erklärte er knapp.

Marna legte die Hand vor den Mund, und die Sorge in ihrem Gesicht verwandelte sich in Furcht. Sie schwieg, und ein paar Minuten lang herrschte Stille im Raum, während Gryss Farnor säuberte und untersuchte, solange er noch so willfährig war.

»Es scheint nicht seins zu sein, das Blut meine ich«, erklärte Gryss schließlich. »Abgesehen von seinem Arm und der Tatsache, daß er vollkommen durchnäßt und durchgefroren ist, sieht er gesund aus.« Die Information beruhigte Marna jedoch nur wenig. Sie sprach ihre Gedanken aus.

»Wessen ist es dann?« fragte sie. »Und warum ist er in einem solchen Zustand?«

»Woher zum Teufel soll ich das wissen, Marna?« erwiderte Gryss verärgert, doch dann legte er ihr sofort entschuldigend die Hand auf den Arm.

Er zog einen Stuhl heran und setzte sich Farnor gegenüber. »Was ist passiert?« fragte er in sanftem Tonfall.

Beim Klang von Gryss' Stimme kehrte in Farnors Augen ein wenig Leben zurück. Sein Blick wanderte zu Marna und wieder zurück zu Gryss, und schließlich erschien ein freundliches, überraschtes Lächeln auf seinem Gesicht.

»Was ist passiert, Farnor?« fragte Gryss erneut. Diesmal war ihm die Sorge deutlich anzumerken.

Farnor öffnete den Mund, um zu antworten, doch dann zeichnete sich Erkenntnis auf seinem Gesicht ab, und er sprang mit einem schrecklichen Schrei auf.

»Es ist alles weg«, sagte er heiser. »Alles weg! Schwarze Balken, nasse Asche. Alles weg!« Er sackte wieder zurück auf den Stuhl und blickte sich gehetzt um. »Und die Tiere laufen frei herum.«

Gryss riß die Augen auf. Es mußte ein Feuer auf dem Hof gegeben haben. »Was ist alles weg, Farnor?« fragte er und bemühte sich, so ruhig wie möglich zu klingen. »Eine der Scheunen? Der Werkzeugschuppen? Niedergebrannt?« Entgegen seiner üblichen Art packte er Farnor an den Schultern und schüttelte ihn. »Wo sind deine Eltern, Farnor? Haben sie dich geschickt, um Hilfe zu holen?«

Farnor verzog angestrengt nachdenkend das Gesicht. »Sie sind auch weg«, antwortete er schließlich. »Vater ist zerbrochen. Mutter schläft. Sie wird sich eine Erkältung holen«, sagte er in teilnahmslosem Tonfall. »Sie ist vollkommen durchnäßt.« Er starrte auf seine Hände. »Und ihr Kleid ist voller Flecken«, murmelte er. »Sie will sicher nicht, daß man sie so sieht.«

Gryss hatte genug gehört. Was auch immer geschehen sein mochte, es war ernst, und aus Farnor würde er nicht viel mehr herausbekommen. Er drehte sich zu Marna um. »Renn zu Yakob, so schnell du kannst, und sag ihm, er soll hierherkommen und seine Pferde mitbringen. Verschwende keine Zeit damit, seine Fragen zu beantworten, bring ihn einfach her. Wir müssen zu den Yarrances.«

»Was ist mit dem Ruf? Wenn es doch ein Feuer gibt?« fragte Marna.

Gryss schüttelte den Kopf und deutete mit dem Daumen auf Farnor. »Ich glaube nicht«, antwortete er. »Der Regen hat es schon längst gelöscht. Vor einigen Stunden schon, vermute ich. Geh jetzt«, sagte er, ergriff Marnas Arm und schob sie zur Tür. »Hol Yakob. Rasch!«

Nachdem sie gegangen war, blickte Gryss auf den nun reglosen Farnor hinab. Sein ganzer Körper zeigte deutliche Merkmale eines tiefen Schocks. Was zum Teufel war der Grund dafür, daß sich der Junge in einem solchen Zustand befand?

Kümmere dich lieber um die Probleme des Augenblicks, ermahnte sich Gryss.

Farnor mußte abgetrocknet und gewärmt werden, und Gryss mußte ihm einen Schlaftrunk verabreichen, bevor Marna wieder zurückkehrte, wenn er ihn vor Infektionen und weiterem Schock schützen wollte. Warum Farnor hierhergekommen war, würde Gryss spätestens auf dem Yarrance-Hof herausfinden.

Doch noch während er all diese Aufgaben erledigte,

ging er im Geiste verschiedene Möglichkeiten durch. Die freundlichste dieser Möglichkeiten, obwohl auch nicht gerade tröstlich, war die Vermutung, Farnor sei irgend etwas widerfahren, was ihn in Verbindung mit den Ereignissen der letzten Zeit hatte zusammenbrechen lassen. Vielleicht würden er, Gryss, und Yakob lediglich einen hell strahlenden Sonnenstein finden, wenn sie den Yarrance-Hof erreichten, und Garren und Katrin, die besorgt auf ihren Sohn warteten.

Er hatte Farnor kaum in seinem eigenen Bett untergebracht, als die Haustür geöffnet wurde und Yakob und Marna hereinkamen, letztere mit rotem Kopf und vollkommen außer Atem.

Einen Augenblick lang blickten die beiden Männer einander an. Yakob wirkte müde und besorgt, doch er sah nicht wie jemand aus, der sich eilig angezogen hatte.

»Du konntest wohl auch nicht schlafen, wie?« bemerkte Gryss.

Yakob nickte. »Zu viele dunkle Gedanken«, erwiderte er. »Was ist denn jetzt wieder passiert?«

»Hast du die Pferde mitgebracht?« fragte Gryss. Yakob versuchte erst gar nicht, seine eigene Frage zu wiederholen.

»Dann werden wir uns auf dem Weg unterhalten«, schloß Gryss. Er zog Farnor die Decke bis ans Kinn hoch und dämpfte die Laterne neben dem Bett.

»Marna, paß auf ihn auf«, sagte er.

Kurz flackerte Widerstand in Marnas Blick auf, doch sie gab diesem Gefühl nicht nach. Irgendjemand mußte bei Farnor und Jeorg bleiben, die beide zwangsweise in Schlaf versetzt worden waren.

Die Nacht war kalt und feucht, als die beiden Männer zu Garrens Hof ritten. Der Regen hatte aufgehört, und der Himmel klarte auf. Ein heller Mond tauchte hinter den mächtigen Wolken auf und ließ sie kurz wie eine gewaltige, silbrige Bergkette wirken.

Das Mondlicht erhellte die Straße und ermöglichte es Gryss und Yakob, so schnell zu reiten, wie es ihr Alter und ihre beschränkten reiterlichen Fähigkeiten erlaubten. Gryss wiederholte Farnors vage Geschichte, doch weigerte er sich, irgendeine von Yakobs Fragen zu beantworten. »Wir werden die Wahrheit schon früh genug herausfinden«, war alles, was zu sagen er bereit war.

Er schnüffelte die Luft, als sie in den Weg zum Hof einbogen; dann verzog er das Gesicht.

»Was ist los?« fragte Yakob.

»Rauch«, antwortete Gryss.

Der Weg im Schatten der Bäume war recht dunkel, und sie waren gezwungen, langsamer zu reiten. Als Gryss jedoch nach vorne spähte, glaubte er, einen hellen Schein in der Ferne zu sehen. Sein Herz schlug immer schneller. Das war vermutlich nur Garrens Sonnenstein, der den Hof in Erwartung von Farnors Rückkehr erhellte. Aber als sie das Gatter erreichten, erkannte Gryss, daß das Mondlicht lediglich von den Überresten der weißen Wände reflektiert wurde, die sich deutlich von der Dunkelheit des Weges abhoben.

»Nein«, keuchte Yakob entsetzt, als sie auf die Verwüstung starrten, die einst der Hof der Yarrances gewesen war. »Nein, nein, nein.«

Gryss kniff die Augen zusammen, als könne er plötzlich nicht mehr richtig sehen.

Der Geruch von verbranntem Holz erfüllte die Luft, und schmale Rauchfäden schwebten zwischen den Ruinen der zerstörten Vorderseite. Das Mondlicht verlieh dem Ganzen eine geisterhafte Atmosphäre.

Gryss' Magen verwandelte sich zu Blei, und sein Geist war ungewöhnlich klar, als er vom Pferd stieg, um das Gatter zu öffnen.

Geräuschlos öffnete sich das Tor, und die Leichtigkeit, mit der es Aufschwang, gab beredtes Zeugnis von der Gewissenhaftigkeit des Garren Yarrance.

»Das ist vor Stunden geschehen«, sagte Yakob so leise, als befänden sie sich an einem heiligen Ort. »Warum ist Farnor nicht früher gekommen?«

Gryss hob die Hand. »Wir müssen herausfinden, was aus Garren und Katrin geworden ist«, brachte er mühsam hervor.

Farnors Worte kamen ihm wieder in den Sinn: »Alle weg ... Vater zerbrochen ... Mutter schläft ... Ihr Kleid ist voller Flecken ...«

Er zuckte zusammen, als etwas sein Bein berührte. Er blickte hinunter. Es war ein Schwein. Es sah ihn mit seinen kleinen Augen an, dann drehte es sich wieder um.

»Alle Ställe sind offen«, erklärte Yakob noch immer leise.

»Ja.« Gryss schwitzten die Hände vor ängstlicher Erwartung, und sein Mund war wie ausgetrocknet. Er winkte Yakob abzusteigen. »Bleib bei mir«, sagte er.

Gemeinsam gingen sie zum Haupthaus. Im Mondlicht wirkte es tot, geisterhaft. Der Anblick war gleichzeitig vertraut und doch fremd, so daß Gryss zugleich erschrocken und verwirrt war. Er wußte, daß er – wie Farnor – ebenfalls unter einem Schock litt.

Yakob ergriff seinen Arm und deutete in eine Richtung, doch Gryss hatte die schattenhafte Erhebung neben der Haustür bereits bemerkt. Als sie näherkamen, bewegte sich der Schatten, und ein bedrohliches Knurren kam ihnen entgegen. Beide Männer blieben wie angewurzelt stehen; dann griff Gryss in seinen Beutel und holte eine kleine Sonnensteinlaterne hervor. Sie erwachte zum Leben, vertrieb das Mondlicht und verwandelte die Welt in eine kleine, von der Nacht umgebene Sphäre.

Der Hund, der neben den Körpern von Garren und Katrin hockte, blinzelte. Schließlich stand er auf, sträubte die Nackenhaare und fletschte die Zähne.

»Nein, nein, nein«, flüsterte Gryss sich selbst ungläubig zu. Sein Blick ging an dem Hund vorbei zu den beiden Leichen. Gryss konnte kaum sprechen. Seine Zunge fühlte sich trocken an. Ein Teil von ihm wollte vorstürmen und diesen dummen Hund mit Fäusten und Füßen traktieren, doch der ruhigere Teil seiner Natur hatte Mitleid mit dem Tier, das Wache bei seinem Herrn und seiner Herrin hielt.

Gryss reichte Yakob die Laterne, hockte sich nieder und machte beruhigende Geräusche. Er rief den Hund beim Namen und streckte freundlich die Hand aus. Obwohl der Eifer des Tieres ihn davon abhielt, sich um seine Freunde zu kümmern, war Gryss ironischerweise froh, sich mit einer solch simplen Aufgabe beschäftigen zu können. Es vertrieb das unwirkliche Gefühl, das ihn in dem Moment befallen hatte, als die Laterne das geisterhafte Mondlicht vertrieb.

Es dauerte eine Weile, doch schließlich hörte der Hund auf zu knurren, kam vorsichtig auf Gryss zu und ließ sich vor ihm wieder zu Boden fallen. Gryss streichelte ihn. »Guter Junge«, sagte er. »Wir werden uns jetzt um sie kümmern. Du hast deine Arbeit getan.«

Dann tätschelte er den Hund ein letztes Mal und ging zu den beiden Körpern. Yakob folgte ihm.

»Sind sie ...?« fragte er unnötigerweise, verzichtete aber darauf, die Frage zu beenden. Er zitterte.

»Ja«, antwortete Gryss. »Und es ist schon eine Weile her, würde ich sagen.« Er blickte zu Yakob. »Farnor stand unter schwerem Schock, als er zu mir gekommen ist. Ich glaube, er ist schon seit Stunden umhergeirrt.«

Yakob hockte sich neben ihn. »Was um Himmels willen ist hier geschehen?« fragte er leiser denn je. »Warum sind ... sie ... hier? Vor dem Haus? Warum sind sie tot? Was ...?«

»Halte die Laterne, während ich sie mir ansehe«, sagte Gryss.

Er begann, die beiden Leichen zu untersuchen. Eine der schlimmsten Möglichkeiten, die er in Gedanken durchgegangen war, während er sich um Farnor gekümmert hatte, war die gewesen, daß der Junge tatsächlich unter all den Belastungen der letzten Zeit zusammengebrochen war und eine schreckliche Bluttat begangen hatte. Mit ganzem Wesen widersprach er diesem Gedanken, doch er besaß seine eigene, finstere Logik und durfte nicht einfach so beiseite geschoben werden.

Es beruhigte Gryss auch nicht gerade, daß er einen Riß in Katrins Kleid fand und darunter eine klaffende Wunde. Während er die Wunde untersuchte, bemerkte er das schwere Küchenmesser im Türrahmen.

Beinahe widerwillig ging Gryss zu Garren weiter. Sanft tastete er die gebrochenen Gliedmaßen ab, dann schob er die Hand unter Garrens Kopf, um ihn hochzuheben.

Daß der Schädel weich war, ließ ihn zischend die Luft einziehen, und er mußte sich zwingen, die Untersuchung fortzusetzen.

»Was ist los?« fragte Yakob.

Gryss schüttelte den Kopf als Bitte um noch etwas Geduld und setzte seine traurige Arbeit fort.

Als er wieder aufstand, zeigte sich Verwirrung auf seinem Gesicht, aber auch ein Hauch von Erleichterung. Was auch immer hier geschehen sein mochte, Farnor konnte es nicht getan haben. Yakob blickte ihn erwartungsvoll an.

»Katrin ist erstochen worden«, erklärte Gryss offen. »Vermutlich mit dem Ding da.« Er deutete auf das Messer. »Was Garren betrifft, so ist er nur noch ein Haufen zerschmetterter Knochen. So etwas habe ich nicht mehr gesehen, seit wir Menion gefunden haben.«

Yakob verzog das Gesicht. Dieser Unfall lag Jahre zurück. Menion war ein junger Mann gewesen, der in die Berge gegangen war, nachdem er herausgefunden hatte, daß seine geheime, große Liebe seine Gefühle nicht erwiderte. Yakob und Gryss hatten sich dem Suchtrupp angeschlossen, der ihm zwei Tage später gefolgt war. Sie fanden ihn am Fuß einer hohen Klippe. Ob es ein Unfall oder Selbstmord gewesen war, vermochte niemand zu sagen, aber der Anblick seines zerschmetterten Körpers war den Männern nie wieder aus dem Kopf gegangen.

»Ich verstehe das nicht«, sagte Yakob mit unsicherer Stimme. »Menion ist von einer Felswand gestürzt. Wie konnte Garren so etwas passieren?«

»Ich habe keine Ahnung«, antwortete Gryss unglücklich. »Er ist sogar noch in schlimmerem Zustand als Menion ...«

Doch Yakob hörte ihm nicht zu. Er schwankte und rieb sich das Gesicht. Rasch packte ihn Gryss am Arm und führte ihn von den beiden Leichen weg. Sie waren kaum drei Schritte gegangen, als Yakob sich übergab. Dann gaben seine Knie nach, und da Gryss das Gewicht seines Freundes nicht stützen konnte, ließ er ihn langsam zu Boden sinken, bis er auf allen vieren hockte.

Yakob senkte den Kopf und begann, zu schluchzen und zu zittern.

Gryss löschte die Laterne und wandte sich von ihm ab. Im Augenblick konnte er nichts tun außer warten.

Schließlich stand Yakob wieder auf. »Es tut mir so leid«, sagte er mit vor Scham gerötetem Gesicht, als er Gryss' helfende Hand ergriff. »So ein Anblick. Es ist der Geruch des Rauchs, und ...«

»Es ist ein unglaublicher Schrecken, und zu viel geschieht zu schnell«, murmelte Gryss. »Ich kann selbst kaum glauben, daß das hier die Wirklichkeit und kein Alptraum ist.« Er betrachtete seinen Freund. »Da drüben ist ein Trog mit frischem Wasser«, sagte er. »Wasch dir das Gesicht. Das wird das hier zwar nicht ungeschehen machen, aber du wirst dich trotzdem besser fühlen.« Dann beschloß er, seinem eigenen Rat zu folgen, und ohne auf Yakob zu warten, ging er zum Trog.

»Was sollen wir tun?« fragte Yakob nach einer kurzen

Katzenwäsche. Die Frage stürzte Gryss in Verwirrung, als plötzlich unzählige Gedanken über ihn hereinbrachen. Was weswegen tun? Wegen Farnor? Jeorg? Wegen dem, was hier geschehen ist? Wegen Nilsson? Sollte man es den Dörflern sagen? Sollte man die herumstreunenden Tiere einfangen und Garrens – jetzt wohl Farnors – Felder pflegen?

»Wir müssen Garren und Katrin an einen sicheren Ort bringen«, erklärte Gryss. Er blickte sich um. »Wir werden sie in einen der Ställe dort tragen müssen. Dann werden wir sie zudecken und die Tür abschließen. Vor Tagesanbruch können wir ohnehin nichts tun.«

Es war eine unangenehme Aufgabe. Katrin war herzerweichend leicht und zerbrechlich, und keiner der beiden Männer konnte sie ansehen, als sie sie trugen. Garren war wesentlich schwerer, doch bog er sich in die seltsamsten Richtungen aufgrund seiner schweren inneren Verletzungen. Das verlieh ihrem Bemühen etwas von einer grotesken Farce. Die ganze Zeit über hallten Katrins Worte, »Mord und Totschlag«, im Rhythmus seiner schlurfenden Schritte durch Gryss' Kopf.

Sie legten die beiden Körper auf Tische und bedeckten sie mit groben Decken. Gryss schloß die Stalltür und schob den Riegel vor. Dann tauchte er seine Hände erneut in den Wassertrog und rieb sie verzweifelt. Das Mondlicht glitzerte hell in den Wassertropfen.

Die beiden Männer sprachen nicht miteinander, während sie zu ihren Pferden gingen. Yakob stieg in den Sattel, doch bevor auch er aufstieg, drehte sich Gryss noch einmal um und blickte traurig und besorgt über den mondbeschienenen Hof.

»Was ist hier passiert?« sagte er halb zu sich selbst. »Da sind Löcher in den Wänden, als wäre etwas durch sie hindurchgebrochen, und die Trümmer sind überall verteilt.« Er blickte nach oben. »Und da, wo das Dach nicht verbrannt ist, fehlen Reetbündel. Garren war immer sehr gewissenhaft, was solche Dinge betraf. Beinahe scheint es, als hätte hier ein schwerer Sturm getobt.«

Während er sprach, kehrte die Erinnerung an den Wind in der Burg wieder zurück und mit ihr Jeorgs Worte: »Rannick führt sie an«, und sein Bericht darüber, wie Rannick ihn gefoltert hatte.

Ein Schauder lief Gryss über den Rücken und packte seine Gedanken mit eisigem Griff.

»Was ist los?« fragte Yakob, dem die Veränderung in seinem Freund nicht entgangen war.

»Wir sind in den Händen eines Wahnsinnigen«, antwortete Gryss.

»Nilsson?«

»Nein, Rannick«, erwiderte Gryss.

»Rannick!« rief Yakob. »Was hat der mit alledem zu tun? Er ist vermutlich schon vor Wochen über die Hügel gegangen, Gott sei Dank.« Dann blickte er besorgt zu Gryss, so wie Gryss zuvor zu Farnor geblickt hatte, aus Furcht, der Schock hätte ihn verrückt gemacht. »Du meinst doch Nilsson, nicht wahr?« sagte er. »Das hier können nur er und seine Männer getan haben.« Sein Stimme zitterte. »Sie müssen den armen Garren verprügelt haben wie Jeorg; nur diesmal sind sie zu weit gegangen, und . . .«

Gryss hatte die ganze Zeit über den Kopf geschüttelt. »Garren ist nicht geschlagen worden. Schläge können keine derartigen Verletzungen verursachen, ohne auch äußere Spuren zu hinterlassen. Ich glaube, daß das hier Rannick war. Allmählich erkenne ich seine Handschrift. Er führt diese Männer jetzt an.«

Yakob beugte sich vor, um seinen Protest ob dieses Unsinns zu wiederholen, doch Gryss drehte sich zu ihm um und sagte: »Jeorg hat mir von ihm erzählt, Yakob. Das war, was er mir zugeflüstert hat, bevor du gegangen bist. Ich habe dir nichts davon gesagt, weil ich selbst nicht wußte, was ich damit anfangen sollte. Ich wollte erst darüber nachdenken. Dann, später, war er so erregt, daß er trotz meines Schlaftrunks aufgewacht ist und alles noch einmal wiederholt hat.«

»Du meinst es wirklich ernst, nicht wahr?« fragte Yakob zunehmend nervös. »Bist du sicher, daß er nicht im Fieber gesprochen hat.«

Gryss nickte. »In letzter Zeit sind einige Dinge geschehen, von denen ich dir bisher nichts erzählt habe, Yakob. Ich habe mit niemandem darüber gesprochen außer mit Farnor und Marna ...«

»Marna! Du hast mit dieser halben Portion Dorfangelegenheiten besprochen und sie vor dem Rat geheimgehalten?« Yakob war außer sich.

»Marna ist nicht mehr eine halbe Portion wie du«, entgegnete Gryss mit einer ruhigen Entschlossenheit, die weit bezwingender war als jede noch so laute Entrüstung. »Sie ist eine kluge und fähige junge Frau, genauso wie Farnor ein kluger und fähiger junger Mann ist. Und was in diesem Tal geschieht, wird für sie eine größere Bedeutung haben als für dich oder für mich. Sie sind diejenigen, die etwas unternehmen müssen, und sie sind diejenigen, die die Folgen zu tragen haben, seien sie nun gut oder schlecht. Wir alten Kerle sollten uns aufs Reden beschränken.«

Erstaunt über diese Offenheit bereitete sich Yakob auf einen weiteren Vorwurf vor, als Gryss sich plötzlich mit unerwarteter Frische in den Sattel schwang. »Komm, Yakob«, sagte er. »Man hat welche der Unseren ermordet. Welche Zweifel ich auch immer wegen der Ereignisse der letzten Zeit gehabt haben mag, heute Nacht werden sie ausgeräumt werden, ebenso wie all deine Fragen.«

Übermannt von dieser unvermittelten Entschlossenheit fragte Yakob nur: »Wo gehen wir denn jetzt hin?«

»Zu meinem Haus«, antwortete Gryss. »Dann kann Marna ihren Vater holen. Und für den Rest der Nacht werden wir reden und versuchen, etwas Licht in die Dunkelheit zu bringen, die über uns gekommen ist.«

Kapitel 31

Schritte hallten durch die Gänge der Burg. Einige rannten, andere gingen, manche waren fest und entschlossen, andere zögernd und ängstlich. Gemeinsam bildeten sie einen willkürlichen Trommelwirbel, der sich seinen Weg zwischen den anderen Geräuschen hindurch bahnte, die die Burg nachts erfüllten – jenen Geräuschen, die das Durcheinander prägten, welches kurz davor stand, in Panik umzuschlagen. Befehle wurden gebrüllt und bestritten, und Stimmen erhoben sich im Streit oder schrien vor Schmerz und Verzweiflung; einige klangen flehentlich, andere gequält. Türen knarrten und wurden zugeschlagen; Möbel wurden umgeworfen; Pferde wieherten und schrien und traten gegen die Wände ihrer Ständer.

Nilsson saß regungslos im Herzen dieses Chaos', hörte alles, doch schenkte ihm kaum Beachtung. Die Aufgabe, die Männer zu sammeln und zu beruhigen, hatte er gnädig an Dessane und Saddre übertragen, während er selbst den zusammengebrochenen Rannick aufs Pferd geworfen hatte und in die Burg zurückgaloppiert war.

Es war keine leichte Aufgabe für Nilssons Stellvertreter gewesen, nicht zuletzt, weil auch sie selbst von den Ereignissen auf dem Yarrance-Hof mitgenommen waren: nicht wegen der Ermordung von Garren und Katrin – das hatte sie nur wenig gekümmert –, sondern wegen der unheimlichen Zerstörung des Hauses.

»Tut es einfach!« hatte Nilsson sie angebrüllt und dabei seine ganze dunkle Persönlichkeit eingesetzt, um den Schrecken der unmittelbaren Vergangenheit durch den Schrecken der Gegenwart zu ersetzen. »Tut es! Treibt sie zusammen. Schlagt ihnen die Schädel ein, falls nötig, aber tut es, oder wir werden alles verlieren. Ich werde mich um den Herrn kümmern.«

Unbarmherzig hatte er jeden Hinweis darauf unterdrückt, daß seine eigene innere Angst sich einen Weg an die Oberfläche bahnte. Er hatte schon Schlimmeres gesehen, wenn auch vor vielen Jahren, und auch diesmal hatte ihn getröstet, was ihn immer getröstet hatte: Jemand anderer war davon betroffen!

Doch nun hatte sich dieser unheimliche Bauerntölpel auf irgendeine Art verausgabt. Nilsson fluchte innerlich, während er unverwandt weiter auf Rannick starrte, der regungslos auf dem Bett lag. Sein einziger Trost bestand in dem ständigen Auf und Ab von Rannicks Brust. Was auch immer er sonst getan haben mochte, er hatte sich nicht selbst getötet.

Was gut und schlecht zugleich war, dachte Nilsson. Noch immer verlangte es einen Teil von ihm danach, das Messer zu ziehen und diesem Monster ein Ende zu bereiten, bevor sein maßloser Ehrgeiz ihn zu schnell zu hoch trug und er irgendeine mysteriöse Macht als Feind heraufbeschwor, die sie alle niederstrecken würde wie ein Blitz den Baum. Ein rascher Hieb könnte Rannick beseitigen, jetzt auf der Stelle, und Nilsson und seine Männer könnten nach Norden fliehen, wie es ihre ursprüngliche Absicht gewesen war.

Aber der größere Teil von Nilsson war gegen ein solches Verlangen gefeit. Was war, wenn diese ›Krankheit‹ nur ein Trick war, um ihn auf die Probe zu stellen? Oder wenn Rannicks Fleisch in irgendeiner Form beschützt wurde und jede Waffe wirkungslos abprallte? Beides hatte Nilsson in seiner Zeit schon erlebt. Und was war mit der Kreatur, die Rannick zu beherrschen schien? Würde sie nach dem Tod ihres Herrn in das Loch fliehen, aus dem sie gekrochen war, heulend und verloren, oder würde sie sich auf sie stürzen und blutige Rache nehmen?

Nilsson beobachtete Rannicks gleichmäßige Atmung. Vielleicht schlief er in Wirklichkeit nur tief und fest. Alle waren sie müde nach den Mühen der letzten Tage: der lange, harte Ritt, kaum Schlaf, der Überfall auf das Dorf im benachbarten Tal, dann die Sache mit diesem Esel von Bauern und nun das.

Nilssons Hoffnung stieg und sank. Dies war kein normaler Schlaf. Er hatte Rannick so grob geschüttelt, wie er es wagte, und er hatte ihn beim Namen gerufen – keine Reaktion. Zögernd hatte er Rannicks Augenlider gehoben, doch auch das hatte ihm nichts verraten – nichts, außer daß Rannicks Augen furchterregend starr und wach ausgesehen hatten, obwohl der Körper eindeutig schlief.

Aus der Gewohnheit heraus setzte Nilsson ein besorgtes Gesicht auf, um jede Möglichkeit auszuschließen, daß sich seine wahren Gefühle nach außen zeigten.

Laute Stimmen im Gang rissen ihn aus seinen Gedanken. Wütend stand er auf und ging zur Tür. Die Quelle des Lärms waren zwei Männer, die sich mit Dessane stritten. Einer von ihnen war Bryn, der Mann, der auf Harals unglücklicher Reise nur knapp der Kreatur entkommen war. Der andere war Avak. Das bedeutete Ärger.

»Wir sind weg«, sagte Avak gerade, als Nilsson aus Rannicks Gemach trat. »Dieser ... *Herr* ist wahnsinnig. Es wird genauso laufen wie beim letzten Mal. Bevor wir uns versehen, wird eine scheißgroße Armee ins Tal einrücken und nach uns suchen.« Sein Tonfall wurde verächtlich. »Und unser verehrter Herr wird, nebenbei gesagt, nichts gegen sie ausrichten können, aber seinen eigenen Hals wird er aus der Schlinge ziehen. Er wird irgendwohin laufen wie ...«

»Es reicht!« Nilsson sprach leise, als wolle er vermeiden, Rannick zu stören, doch die Kraft seiner Stimme ließ Avak augenblicklich schweigen.

»Niemand verläßt uns«, fuhr Nilsson fort. »Wir halten zusammen. Wir treffen unsere Entscheidungen gemeinsam auf der Versammlung. Auf diese Art haben wir bis jetzt überlebt, und so werden wir auch weitermachen. Wenn ihr uns verlassen wollt, dann wird die Versammlung darüber entscheiden.«

Sein Tonfall war so ruhig und gelassen, daß die Männer hätten gewarnt sein müssen, aber sie waren zu sehr mit ihren eigenen Ängsten beschäftigt, um es zu bemerken.

»Zur Hölle damit ...« begann Avak, doch sein Protest fand ein jähes Ende, als Nilsson ihm mit der Faust mitten ins Gesicht schlug. So schnell und unvermittelt kam der Schlag, daß Avak überrascht das Gesicht verzog, als er zu Boden fiel.

Bryn fluchte und trat um den Gestürzten herum, als wolle nun er sich Nilsson zum Kampf stellen.

Diesmal war es Nilsson, der überrascht war. Bei Avak mußte er immer mit Problemen rechnen, aber nicht bei Bryn. Und normalerweise zeigte eine rasche Bestrafung des Anführers stets eine heilsame Wirkung auf die Mitläufer. Daß dies hier nicht der Fall war, deutete Nilsson als Zeichen ernster Gefahr.

Diese Überlegungen behinderten ihn jedoch nicht, als er sich darauf vorbereitete, sich diesem fortgesetzten Widerstand zu stellen. Er hob die geballten Fäuste, als wolle er auch Bryn ins Gesicht schlagen. Instinktiv hob auch Bryn die Hände, um sich zu schützen, woraufhin Nilsson ihm mit voller Wucht gegen das Schienbein trat. Bryn schrie vor Schmerz auf und klappte vornüber. Gleichzeitig stieß Nilssons Hand herab und packte den Mann am Kragen. Dann drehte Nilsson Bryns Kopf zur Seite und schlug ihn gegen die Wand.

»Tut mir leid, Nils«, beeilte sich Dessane zu sagen, während Bryn an der Wand herunterrutschte, um sich zu Avak auf dem Boden zu gesellen. »Ich habe versucht, sie davon abzuhalten, hierherzukommen, aber du kennst Avak. Ich weiß nicht, was ...«

Nilsson ignorierte die Entschuldigung. »Wie viele noch?« verlangte er zu wissen.

»Nicht viele«, brachte Dessane nach kurzem Zögern mühsam hervor, »und die meisten von ihnen werden vernünftig sein, und ...«

Nilsson hob die Hand, um Schweigen zu gebieten, und neigte den Kopf zur Seite, um auf die Geräusche zu lauschen, die durch den Gang zu ihm hallten. Er runzelte die Stirn. Dann warf er einen besorgten Blick auf die Tür von Rannicks Gemach.

»Sie machen sich nur Luft, Nils, das ist alles«, erklärte Dessane. Er senkte die Stimme. »Bei dieser Panik auf dem Hof ist auch mir der Arsch auf Grundeis gegangen, das muß ich zugeben.«

Hin und her gerissen zwischen dem Verlangen, über seinen niedergestreckten Herrn zu wachen, und der Notwendigkeit, bei seinen Männern zu sein, um ihre Rebellion unter Kontrolle zu bekommen, fletschte Nilsson die Zähne wie ein in die Enge getriebenes Tier, das sich auf den letzten Angriff vorbereitete. Dessane trat unwillkürlich einen Schritt zurück, bereit zur Flucht.

»Sie haben Angst«, knurrte Nilsson. »Ich werde ihnen beibringen, was Angst bedeutet. Sie mußten schon viel zu lange nicht mehr richtig ran; das ist das Problem. Sie alle haben schon in unzähligen Schlachten gekämpft, und sie haben gesehen, wie die Macht weit Schlimmeres angerichtet hat, oder etwa nicht?« Er trat gegen den am Boden liegen Avak. Das besserte seine Laune ein wenig. »Schaff diese alten Waschweiber von hier weg, Arven, und erinnere den Rest daran, gegen wen sich der Zorn unseres Herrn gerichtet hat. Erst wenn er sich gegen *sie* richtet, müssen sie Angst haben. Und falls noch mehr von ihnen darüber nachdenken sollten fortzugehen, dann sollen sie sich an unsere Regeln erinnern und daran, welche Strafe sie erwartet, wenn sie sie mißachten. Wir bleiben zusammen, bis wir uns auf einer Versammlung anders entscheiden.« Bevor Dessane etwas darauf erwidern konnte, kam eine Gestalt den Gang heruntergerannt. Nilsson drehte sich um, bereit für einen neuen Streit. Die Gestalt war Haral, und er wirkte ungewöhnlich besorgt und verunsichert.

»Hauptmann«, sagte er drängend. »Komm schnell. Da ist etwas, was du sehen mußt.«

Nilsson blickte ihn aus zusammengekniffenen Augen heraus an. Er hatte die beiden Männer, die zu seinen Füßen auf dem Boden lagen, nicht vergessen, und nun befürchtete er eine Falle. Doch er schob den Gedanken rasch beiseite. Was auch immer er sonst sein mochte, Haral war kein Verschwörer.

»Was ist los?« fragte Nilsson.

»Ich glaube, du solltest dir das besser selbst ansehen, Hauptmann«, antwortete Haral. »Es ist ...« Er schwieg und zuckte unbehaglich mit den Schultern.

Verärgert runzelte Nilsson die Stirn. »Bleib hier, und bewache die Tür des Herrn«, sagte er zu Dessane. »Niemand darf hinein, und wenn der Herr mich sehen will, bin ich ...« Er blickte fragend zu Haral.

»Auf der Mauer beim Haupttor«, sagte Haral.

Trotz seines grundsätzlichen Vertrauens zu Haral, hielt Nilsson die Hand in der Nähe des Messers, während er dem Mann durch die Burg folgte. Tatsächlich beruhigte er sich auf dem kurzen Weg sogar wieder ein wenig. Jene Männer, die sie trafen, begegneten ihm offen genug, und während er zwar die Spannung in der Luft spürte, teilte er zunehmend Dessanes Meinung, daß dies lediglich daran lag, daß die Männer versuchten, die Furcht abzuschütteln, die sie von Garrens Hof mitgebracht hatten.

Trotzdem war es schon lange her, seit er sich zum letzten Mal so beunruhigt gefühlt hatte, und er wußte, daß, unabhängig von Rannicks Zustand, einiges in seinem Kommando im Argen lag, und in nächster Zeit würde er sich häufiger umblicken müssen als für gewöhnlich.

Während er an Harals Seite durch die Gänge ging, kam ihm der Gedanke, daß Rannicks unübersehbarer Gebrauch der Macht seinen Männern einen tiefen Schock versetzt hatte, was viele unerwartete Reaktionen hervorrufen konnte. Dreck war aufgewirbelt worden, den man wohl besser in Ruhe gelassen hätte. Nilsson beschloß, auf diese Folgen zu achten – nicht zuletzt in sich selbst – und sie für seine eigenen Zwecke zu nutzen, wenn es ihm angebracht erschien.

Haral führte ihn über den Innenhof. Hier waren die Geräusche der Pferde vorherrschend, die noch immer nervös von den Ereignissen des Tages in ihren Ställen wieherten und trappelten, doch hier und da standen auch kleinere Gruppen von Männern beisammen und unterhielten sich erregt im flackernden Licht der Fackeln.

Als sie die Treppe zur Mauerkrone über dem Haupttor emporstiegen, kam ihnen ein besorgt dreinblickender Wachposten entgegen.

»Ist es ...?« fragte Haral leise.

Der Wachmann nickte. Die Augen hatte er weit aufgerissen.

»Was zum ...?« begann Nilsson, doch Haral legte den Finger an die Lippen und winkte ihm, ihm auf den Wehrgang zu folgen. Oben angekommen beugte sich Haral vorsichtig zwischen den Zinnen hindurch und starrte in die Dunkelheit.

»Was ist da?« flüsterte Nilsson.

Er wollte die Frage gerade noch einmal wiederholen, und zwar lauter, als er eine ihm inzwischen vertraute Gegenwart spürte. Instinktiv trat er von den Zinnen zurück.

Es war die Kreatur. Daran bestand kein Zweifel. Er hatte bis jetzt nicht bemerkt, welch schrecklichen und tiefen Eindruck sie auf ihn gemacht hatte, als er Rannick zum ersten Mal begegnet war, aber auf jeden Fall hatte er sie sofort erkannt.

»Dort!« Obwohl Haral nur leise zischte, dröhnte Nilsson das Wort in den Ohren dank seiner plötzlich empfindlicher gewordenen Sinne. Es kostete ihn einige Anstrengung, wieder an die Zinnen zu treten, sich vorzubeugen und Harals ausgestreckter Hand zu folgen.

Der Regen hatte aufgehört, und der Himmel klarte sich auf. Doch die Wolken verbargen noch immer den Mond, und auf dem Boden vor der Mauer war nur wenig zu erkennen. Trotzdem bemerkte Nilsson eine Bewegung, nachdem sich seine Augen an die Dunkelheit gewöhnt hatten.

»Ich habe keine Ahnung, wie lange das Vieh schon da unten ist«, meldete sich der Wachposten zu Wort. »Ich habe etwas ... Seltsames gespürt; dann glaubte ich, etwas gehört zu haben ... Schnüffeln wie ... dann habe ich es gesehen. Es ging auf und ab, auf und ab.« Er schauderte.

Nilsson hob den Finger, um Schweigen zu gebieten. Langsam atmete er tief ein in dem Versuch, seine innere Unruhe zu besänftigen. Furcht war das letzte, was er im Augenblick gebrauchen konnte, besonders in Anbetracht des Zustandes, in dem sich die Männer befanden, doch das verdammte Gefühl breitete sich immer mehr in ihm aus. Er fühlte sich wie eine Beute, die weiß, daß der Räuber die Witterung aufgenommen hat und daß ihre einzige Hoffnung in wilder Flucht besteht.

Er zwang seinen Geist, sich zu beruhigen. Dort, wo er war, befand er sich in Sicherheit, hoch oben auf den Wehrgängen. Es war immerhin nur ein Tier. Murral allein wußte, was für ein Tier, aber trotzdem nur ein Tier.

»Das ist das Ding aus dem Wald, nicht wahr, Hauptmann?« fragte der Wachmann mit zitternder Stimme. Nilsson blickte ihn streng an. Er war einer der Überlebenden von Storrans und Yeorsons Spähtrupp. »Ich kann es fühlen«, fuhr der Mann fort. Seine Angst nahm stetig zu. »Es ist, als verfolge es mich.«

Die Furcht des Mannes vertrieb einen Teil von Nilssons. Er packte den Mann am Arm. »Es ist nur ein Tier«, sagte er und zwang sich, so ruhig und gelassen wie möglich zu klingen. »Es kann nicht hinein, oder? Und falls es doch hinein könnte, dann wäre es nicht in seinem Jagdgebiet. Es gibt hier Speere und Pfeile genug, um ein Dutzend dieser Kreaturen zu töten, und ausreichend freies Schußfeld.«

Der Wachmann fingerte nervös an seinem Bogen herum. »Soll ich versuchen, auf das Ding zu schießen, Hauptmann?« fragte er.

Nilsson beugte sich erneut über die Mauer und suchte nach dem hin und her wandernden Schatten.

Er war verschwunden.

Dann bemerkte er, daß das Wesen am Fuß der Mauer entlangstrich. Er versuchte zurückzuweichen, doch irgendeine Kraft hielt ihn fest. Der Schatten sprang, und Nilsson spürte einen Schrei in sich aufsteigen, doch noch immer konnte er sich nicht bewegen. Erst als er das Kratzen von mächtigen Krallen an der Steinmauer hörte und den dumpfen Aufprall der Kreatur, die wieder auf den Boden zurückgefallen war, konnte er zurückweichen. Seine Beine zitterten, und er war dankbar für die Dunkelheit, die sein Gesicht verbarg. Er war kreidebleich vor Entsetzen.

Auf der hohen Mauer war er in Sicherheit, sagte er sich abermals. Die Kreatur war geradezu unglaublich hoch gesprungen, aber trotzdem war sie der Mauerkrone noch nicht einmal nahegekommen. Allerdings tröstete ihn dieses Wissen kaum. Es schien, als könne ihn in Wirklichkeit nichts vor dem bösen Willen und dem wahnsinnigen Zorn beschützen, die er gefühlt hatte, als die Kreatur am höchsten Punkt ihres Sprungs angelangt war. Und daß er wie gelähmt gewesen war, als das Wesen sich ihm genähert hatte, ließ ihm das Blut in den Adern gefrieren.

Ja, ja, töte das verdammte Ding, schrie sein Geist. *Bring die Männer hier rauf, und laß sie es mit Pfeilen spicken.* Doch kein derartiger Befehl kam ihm über die Lippen. Stattdessen schüttelte er lediglich den Kopf. »Nein«, sagte er zu dem Wachmann. »Laß es in Ruhe. Sich darum zu kümmern ist die Angelegenheit unseres Herrn, nicht unsere.«

Der Wachmann fingerte noch immer an seinem Bogen herum. Seine Erleichterung war ihm deutlich anzumerken.

Nilsson verließ den Wehrgang und kehrte wieder zu Rannicks Gemach zurück. Als er dort ankam, half Dessane gerade Avak und Bryn auf die Beine. Keiner von beiden schien die Absicht zu haben, sich noch einmal zu beschweren, doch Nilsson bemerkte noch immer Trotz in ihrem Verhalten. Der Blutdurst der Kreatur hallte noch in ihm wider, und er verspürte das starke Verlangen, das Messer zu ziehen und die beiden an Ort und Stelle zu töten.

In der Folge dieses Verlangens kam ihm jedoch ein feinsinnigerer Gedanke.

»Wenn ihr gehen wollt, dann geht«, sagte er in unerwartet teilnahmslosem Tonfall. »Aber geht jetzt, in dieser Minute, oder bleibt und erneuert euren Eid auf unseren neuen Herrn und versucht, nie wieder zu gehen ohne seine ausdrückliche Erlaubnis. Habt ihr das verstanden?«

Die beiden Männer blickten einander an und dann zu Nilsson. Sie suchten nach Zeichen von Verrat, denn sie wußten, daß ihr Hauptmann etwas im Schilde führte.

»Jetzt oder nie«, wiederholte Nilsson.

Bryn traf eine Entscheidung. »Ich bleibe, Hauptmann«, sagte er. »Ich habe vorhin nicht nachgedacht. Es war nur die Aufregung. Ich war immer auf deiner Seite, und das bin ich auch jetzt, und wenn du dem Herrn Rannick folgst, dann werde ich das auch tun.«

Avak funkelte ihn an. »Du bist ein Dummkopf, Bryn«,

sagte er, zuckte zusammen und rieb sich das Kinn, wo Nilsson ihn getroffen hatte. »Pack die Gelegenheit beim Schopf. Dieser Rannick ist nicht dieselbe Art von Mann wie unser einstiger Herr. Alle, die ihm folgen, erwartet der Tod.«

»Uns erwartet ohnehin nichts anderes als der Tod«, erwiderte Bryn. »Zumindest haben wir mit Herrn Rannick die Chance, in Bequemlichkeit zu sterben. Ich hätte erst gar nicht auf dich hören sollen.«

Nilsson beendete den Streit. »Dessane, bring diesen Mann zum Tor, und werf ihn raus«, sagte er in höflichem Tonfall. Dessane blickte Nilsson ratlos an. So etwas war noch nie geschehen. Bisher hatten Männer die Gruppe nur auf eine Art verlassen: tot. Allerdings zögerte er nicht, sondern scheuchte Avak vor sich her.

»Kein Proviant, Hauptmann? Keine Möglichkeit, ein letztes Mal mit meinen Kameraden zu reden?« schnaufte Avak verächtlich.

»Du hast hier keine Kameraden mehr, Avak, und alles, was du brauchst, wirst du draußen finden«, erwiderte Nilsson. »Verschwinde aus meinen Augen, bevor ich meine Meinung ändere.«

Avak schnaufte erneut, dann marschierte er davon. Dessane wollte ihm folgen, doch Nilsson packte ihn am Arm und flüsterte: »Halt dich nicht am Tor auf. Du mußt es sofort wieder schließen. *Sofort!*«

Nachdem die beiden Männer verschwunden waren, blieb Bryn, wo er war. Nervös trat er von einem Fuß auf den anderen, und dann und wann hob er die Hand an den schmerzenden Kopf.

»Du willst deine Meinung doch nicht wieder ändern, Bryn, oder?« fragte Nilsson. »Wenn doch, dann geh, aber sofort.«

Bryn schüttelte vorsichtig den Kopf. »Nein, Hauptmann«, antwortete er. »Ich fühle mich nur ein wenig benommen. Ich ...«

Er schwieg.

»Was?« hakte Nilsson nach.

Bryn verzog das Gesicht. »Es ist seltsam. Ich habe das Gefühl, die Kreatur ist in der Nähe«, antwortete er. »Sie scheint förmlich in mir zu sein.«

Nilsson wartete.

»Das Seltsame ist nur«, fuhr Bryn mit einem nervösen Lachen fort, »daß irgendetwas mich stehenbleiben läßt, obwohl ich andererseits rennen will, wie ich im Wald gerannt bin. Es ist ...« Er zuckte mit den Schultern. Es mangelte ihm an den passenden Worten.

»Geh in dein Quartier, und ruh dich aus«, sagte Nilsson. »Du bist zu benommen, um noch klar denken zu können.«

Als er Rannicks Gemach betrat, waren Nilsson Bryns Bemerkungen noch immer nicht aus dem Kopf gegangen. Was war das für eine Kreatur, die scheinbar mit der wilden Entschlossenheit eines Menschen jagte und gleichzeitig ihre Beute durch Furcht lähmte?

Er wußte es nicht, aber die Ankunft der Kreatur hatte zumindest seine frühere Frage beantwortet. Sie war nicht heulend in die Dunkelheit gelaufen, sondern auf geheimnisvolle Art zu ihrem Meister gezogen wurden. Was wäre also geschehen, wenn Nilsson dem Impuls nachgegeben und Rannick erschlagen hätte?

Er schauderte. Er konnte nicht verstehen, warum er sich nicht hatte bewegen können, als die Kreatur nach ihm gesprungen war. Gereizt schob er den Gedanken beiseite. Ein weit größeres Problem stellte der Zustand seines Herrn dar. Wie konnte man ihn wecken?

Nilsson kam der Gedanke, nach Gryss zu schicken; doch welchen Empfang würde man dem Boten bereiten, wenn sich die Nachricht von Garren und Katrins Ermordung bereits verbreitet hatte? Natürlich könnte er sich Gryss' Hilfe auch sichern, indem er Geiseln nahm, aber niemand vermochte zu sagen, welch bösartige Tricks der alte Blutsauger auf Lager hatte. Er setzte sich und blickte auf die scheinbar schlafende Gestalt seines Herrn.

Verdammt sollt du sein, Herr, dachte er. *Verdammt in alle Ewigkeit. Du hättest es nicht tun sollen. Du hättest auf mich hören sollen. Jetzt haben wir einige Probleme mehr am Hals.*

Einen Augenblick lang ließ er seinem Zorn freien Lauf, obwohl sich nichts davon auf seinem Gesicht zeigte. Dann streckte er die Hand aus und schüttelte Rannick sanft am Arm.

»Herr«, flüsterte er. »Herr.«

Keine Antwort. Dann würde er also doch nach Gryss schicken müssen, obwohl es ein Problem war, ihn zu erreichen; schließlich schlich die Kreatur noch immer vor den Mauern umher. Nilsson seufzte erschöpft und sackte auf seinen Stuhl zurück. Vielleicht würde sie bei Tagesanbruch wieder verschwinden.

Er rieb sich die Augen. Was er Bryn vorgeworfen hatte, warf er sich jetzt selbst vor: Er war zu müde und zu benebelt, um noch klar denken zu können. Er brauchte Schlaf. Aber wie hätte er schlafen können, wo Rannick, seine Zukunft, hier darniederlag?

Schließlich schloß er jedoch die Augen. In dem flackernden Zwielicht beobachtete sein Geist den geschmeidigen Schatten, der geräuschlos um die Burg glitt. Er fühlte den brennenden Haß der Kreatur.

Er konnte die Augen nicht mehr öffnen!

Dann, am Rand seines Bewußtseins, spürte er die Schwingungen des Ausfalltors, das rasch wieder ins Schloß geworfen wurde.

Stille.

Und war das das Trommeln von Fäusten, was er da hörte?

Dann drang ein schwacher, schriller Schrei in Nilssons Tagtraum. Plötzlich wieder frei, saß er kerzengerade auf dem Stuhl und war hellwach.

Ein Teil seines Geistes rechnete: ein Mann weniger.

Das war schade, doch Avak war schon seit langem fällig gewesen, und sein Schicksal würde eine heilsame Wirkung auf die Männer haben. Selbstzufriedenheit sickerte in Nilssons Gedanken ein. Er nahm an, daß er nicht mehr oft Gelegenheit haben würde, Rannicks Kreatur für seine eigenen Zwecke zu benutzen.

Aber der andere Teil seines Geistes lauschte. Er lauschte auf eine Stimme. Sie sprach nur ein Wort, sehr leise und mit teuflischer Freude.

»*Guuut*«, sagte Rannick und drehte sich zu Nilsson um.

Kapitel 32

Gryss wachte abrupt auf. Noch immer spürte er die Berührung eines dunklen, schrecklichen Traums, doch er löste sich augenblicklich auf, als der alte Mann das Sonnenlicht bemerkte, das in den Raum strömte. Einen Augenblick lang war er wieder ein kleines Kind, und vor ihm lag ein schöner, warmer Tag, erfüllt von den Düften des Sommers, sanften Brisen und ewiger Freiheit.

Vor lauter Freude wollte er nach seinen Eltern rufen, als er sich wieder daran erinnerte, wer er war.

Und wo.

Und wann.

Kurz verzog er das Gesicht, als wolle er weinen. Dann jedoch entspannte es sich wieder.

Gryss hatte den Rest der Nacht auf einem Stuhl verbracht, und dagegen protestierte nun sein Körper. Vorsichtig begann er, seine Beine zu strecken, und dabei erinnerte er sich nach und nach an die Ereignisse der vergangenen Nacht.

Er blickte zum Bett. Jeorg hatte sich kaum gerührt.

Zeit, dachte er. Zeit war alles, was man brauchte. Zeit für Jeorg, damit seine Wunden heilten. Zeit für Farnors verwirrten Geist, sich wieder zu beruhigen. Zeit für ihn selbst und die anderen, sich mit dem grausamen Tod von Garren und Katrin abzufinden.

Und Zeit war auch das, was sie haben würden, obwohl ihn das kaum tröstete, denn sie würden sie Sekunde für Sekunde durchleben müssen. Zornig ballte Gryss die Fäuste. Der Schmerz im Lauf der Zeit wäre nichts im Vergleich zu Jeorgs und Farnors; immerhin konnte er seinen eigenen Schmerz lindern, indem er ihnen half, den ihren zu überwinden.

Ein Geräusch brachte ihn wieder in die Gegenwart zurück und vertrieb seine Gedanken. Mit einer letzten

Anstrengung wuchtete er sich aus dem knarrenden Stuhl und humpelte zur Tür, wobei er immer wieder mit der Faust auf sein widerspenstiges Bein schlug.

»Habe ich dich gestört?« fragte Marna, als er mürrisch in die Küche blickte. »Ich habe uns Frühstück gemacht.« Unglücklich blickte sie auf die Pfanne vor sich, in der es munter brutzelte. »Aber ich glaube nicht, daß ich jetzt etwas essen kann. Es tut mir leid. Ich habe das Fleisch von ...«

Gryss wischte die Entschuldigung beiseite. Er blickte sie an. Marnas Gesicht war abgehärmt; sie wirkte müde und niedergeschlagen. Vergangene Nacht hatte sie in seiner Gegenwart keine Träne vergossen, aber jetzt waren ihre Augen vom Weinen gerötet. Er wandte sich ab, um seinen Kummer zu verbergen. Dann legte er ihr den Arm um die Schultern und drückte sie tröstend an sich.

»Danke«, sagte er. »Deck den Tisch, und iß auch etwas. Du wirst dich danach besser fühlen.«

Marnas Wangen zuckten. »Ich glaube nicht, daß ich mich besser fühlen *will*«, erwiderte sie. »Es wäre irgendwie nicht richtig, einfach weiterzumachen wie bisher, wenn ...« Ihr versagte die Stimme.

»Wenn Garren und Katrin tot in einem ihrer Ställe liegen?« beendete Gryss den Satz für sie in hartem, doch nicht unfreundlichen Tonfall.

Sie nickte, und die Tränen traten ihr in die Augen.

»In diesem Punkt haben wir keine Wahl, Marna«, erklärte Gryss. »Das brauche ich dir nicht erst zu sagen. Weine um Garren und Katrin, so viel du willst, oder schimpfe und tobe, wenn du mußt. Es gibt viele Wege, damit fertigzuwerden, glaub mir, aber am Ende wirst du die beiden und das, was sie waren, durch die Art ehren, wie du lebst.«

»Worte«, sagte Marna.

»Worte sind alles, was wir im Augenblick haben, und sie sind besser als nichts. Sie helfen, die Zeit herumzukriegen, und manchmal sagen sie sogar etwas, das jemandem helfen kann.«

Er blickte ihr in die Augen. »Es gibt nichts Schlimmeres im Leben, als hilflos zusehen zu müssen, und du wirst dir am hilflosesten, unzulänglichesten und nutzlosesten vorkommen, wenn jemand gestorben ist.«

Marna erwiderte den Blick, dann sah sie wieder auf ihre Pfanne herab. »Willst du was davon?« fragte sie lustlos und drehte sich wieder zu ihm um.

»Nicht, wenn du es verbrennen läßt«, antwortete Gryss und deutete auf die qualmende Pfanne.

Marna fluchte und brach in Hektik aus, um Fleisch und Eier zu retten und auf Gryss' gute Holzteller zu verteilen; dabei verbrannte sie sich einen Finger.

Gryss holte einen Laib Brot aus dem Schrank und Besteck. »Bring die Teller ins Hinterzimmer«, sagte er, als er die Küche verließ. Marna nahm den Finger aus dem Mund und folgte ihm.

»Iß«, befahl er, nachdem sie die Teller auf den langen Tisch gestellt hatte. Mit sichtlichem Unbehagen folgte Marna dem Befehl. Eine Zeitlang saßen sie schweigend beisammen, aßen, und jeder hing seinen eigenen Gedanken nach.

Dann sammelte sich Gryss wieder. »Wo sind dein Vater und Yakob?« fragte er schuldbewußt.

»Sie schlafen noch, alle beide«, antwortete Marna. Sie lächelte widerwillig. »Wie schiefe Buchstützen auf beiden Seiten von Farnors Bett.«

»Von *meinem* Bett, wenn es dir nichts ausmacht«, bemerkte Gryss in dem Bemühen, Marna dazu zu bewegen, ihr Lächeln so lange wie möglich aufrechtzuerhalten.

Doch es verschwand. »Soll ich sie wecken?« fragte sie.

Gryss schüttelte den Kopf. »Laß sie schlafen, solange sie wollen«, erwiderte er. Dann schnalzte er mit der Zunge und runzelte die Stirn. »Ich bin heute Morgen offenbar nicht ganz bei mir. Ich hätte zuerst nach Farnor sehen müssen, anstatt mich um mich selbst zu kümmern.«

»Er ist in Ordnung«, erklärte Marna beruhigend. »Er schläft tief und fest.«

Gryss blickte sie unsicher und ein wenig zweifelnd an. »Ich werde ihn mir trotzdem ansehen müssen«, sagte er.

Als er seine Schlafkammer betrat, mußte er Marnas Beschreibung zustimmen. Harlen und Yakob lagen nicht gerade elegant auf zwei Stühlen zu beiden Seiten von Farnors Bett. Harlens Kopf war nach vorne gefallen, während Yakobs nach hinten und leicht zur Seite geneigt war, und sein Mund stand offen. Im Gegensatz dazu bot Farnor ein Bild der Ruhe.

Der Anblick war komisch und ergreifend zugleich.

Vorsichtig bewegte sich Gryss zwischen den zwei schlafenden Wächtern hindurch zum Rand des Bettes und legte Farnor die Hand auf die Stirn. Sie war kühl.

Das war beruhigend. Der Junge hatte schon genug Probleme; er mußte nicht auch noch Fieber bekommen nach dem Schock vergangene Nacht, weil er vollkommen durchnäßt gewesen war.

Farnor rührte sich, wachte jedoch nicht auf.

Anders Harlen. Nachdem er ein paar unverständliche Worte gemurmelt hatte, öffnete er die Augen und blinzelte verschlafen. Dann zeichnete sich Erkennen in seinem Gesicht ab, und er schickte sich an aufzustehen.

»Ruhig«, sagte Gryss. »Auf den Stühlen, die ihr da habt, kann man vielleicht gut sitzen, aber nicht schlafen.«

Das leise Gespräch weckte Yakob, der entrüstet etwas grummelte, bevor auch er seine Knochen spürte, weil er zu lange auf dem Stuhl gefangen gewesen war.

Marna hob eine Augenbraue, als die drei Männer mit trübem Blick, unrasiert und ungekämmt das Hinterzimmer betraten. »Laß sie schlafen«, wiederholte sie Gryss' Worte und zuckte mit den Schultern.

Auf Gryss' Drängen hin versuchten sich die beiden Männer an dem Frühstück, das Marna zubereitet hatte, aber es war wenig mehr als nur eine Pflichtübung, um die körperlichen Bedürfnisse zu befriedigen, und schon bald senkte sich ein finsteres Schweigen über die vier.

Sowohl Harlen als auch Yakob standen genau wie Farnor unter Schock, obwohl Harlen vielleicht ein wenig mehr betroffen war als sein Freund. Gestern Abend war er von dem Wissen belastet nach Hause gegangen, daß einer seiner Freunde – Jeorg – brutal und ohne ersichtlichen Grund zusammengeschlagen worden war und daß etwas Böses sich ins Tal geschlichen hatte. Welche Träume er deswegen auch immer gehabt haben mochte, sie waren nichts – verglichen mit dem Alptraum, zu dem ihn seine Tochter geweckt hatte: ein schneller Lauf durch das Dorf, um von Yakob und Gryss mit einer Geschichte empfangen zu werden, die Jeorgs Leiden beinahe belanglos erscheinen ließ – einer Geschichte von brutalem Mord und mutwilliger Zerstörung. Das Gefühl, das hier etwas Böses am Werke war, hatte sich um das Zehnfache verstärkt.

Und es war noch schlimmer geworden, nachdem Gryss Jeorgs geflüsterten Bericht wiederholt hatte, der mit der Folter durch Rannick endete.

Die Bemerkung, daß Rannick solche Männer anführen und solche Kräfte besitzen sollte, rief bei Harlen die gleiche Reaktion hervor wie bei Yakob. Auf der Suche nach Bestätigung hatte er zu Yakob geblickt, doch der hatte nur die Schultern gezuckt und in Richtung Gryss genickt.

»Du kennst doch die Geschichten über Rannicks Familie. Sie sind doch uralt«, hatte Gryss erklärt. »Es ist nicht nur eine Saga von schlechtem Benehmen, oder? Es gibt auch Geschichten über seltsame Gaben. Jedenfalls seltsam genug, daß man nur im Flüsterton davon spricht, wenn überhaupt. Und eins mußt du wissen: Von unseren beiden ermordeten Freunden da draußen ist einer so schlimm zerschunden, als wäre er eine Felswand hinuntergestürzt. Das kann unmöglich die Folge von Schlägen sein.« Müdigkeit und Trauer hatten sich verschworen, so daß er beinahe wütend auf seine Freunde geworden wäre. »Glaubt ihr beide wirklich, daß ich euch zu einer Zeit wie dieser Geschichten erzählen würde, von denen ich nicht mit absoluter Sicherheit wüßte, daß sie wahr sind? Ihr beide seid alt genug, um zu wissen, daß es viele Dinge in der Welt gibt, die wir nicht verstehen. Hört mich einfach nur an.«

Nach diesem ungewöhnlichen Ausbruch schämte sich Gryss, doch Harlen und Yakob hatten geschwiegen, und er hatte ihnen die wahre Geschichte von seinem und Farnors Ausflug zur Burg erzählt und wie Farnor zu seinem verletzten Arm gekommen war. Auch erzählte er ihnen von der Kreatur, die Rannick offenbar beherrschte, obwohl er dies hauptsächlich mit den Informationen begründete, die er von Nilssons verwundeten Männern erhalten hatte. Irgendein Instinkt warnte ihn jedoch, seinen Freunden davon zu berichten, daß Farnor wiederholt Kontakt zu dem Wesen gehabt hatte. Rannicks Macht und Farnors Gabe lagen jenseits aller Logik, die Gryss kannte. Wer vermochte schon zu sagen, wo ihre Grenzen waren? Und Farnor hatte nun niemanden mehr, der ihn beschützte.

Am Ende erkannten die beiden Männer, daß Gryss nicht verrückt geworden war, und in dem Wissen, daß sie Farnor und Jeorg zu gegebener Zeit selbst würden befragen können, akzeptierten sie widerwillig die Geschichte.

»Aber was das alles bedeutet und was wir deswegen unternehmen können, weiß ich nicht«, hatte Yakob schließlich verzweifelt verkündet.

Gryss jedoch hatte jede weitere Diskussion verboten. »Ich kann euch nicht mehr sagen«, hatte er erklärt. »Ihr kennt nun die Wahrheit, soweit ich sie selbst weiß, auch wenn sie nicht gerade schön ist. Schlaft darüber. Im Augenblick sind wir alle zu müde und aufgeregt, um einen klaren Gedanken fassen zu können. Und morgen werden wir eine Menge zu tun haben.«

Nun war ›morgen‹, und trotz des Sonnenscheins, der durch die Fenster hereinfiel, schien kein Licht die Herzen der drei Männer zu erreichen.

Ihr Schweigen war zu viel für Marna. »Wir können doch nicht einfach hier rumsitzen und nichts tun«, platzte sie plötzlich heraus. Ihre Stimme zitterte. »Wir müssen etwas unternehmen.«

Yakob warf einen unbehaglichen Blick zu Harlen, dann sagte er bissig: »Was denn, du dummes Mädchen? Sollen wir die Burg stürmen, Rannick herauszerren und von ihm verlangen, sich vor dem Rat zu verantworten?«

Marna schob wütend den Teller weg und dachte über eine Erwiderung nach. Dann jedoch drehte sie sich einfach nur um und starrte aus dem Fenster. Ihre Kiefermuskeln zuckten, während sie mit den Tränen rang. Gryss warf Yakob einen tadelnden Blick zu, doch dieser verzog nur stur das Gesicht.

Trotzdem zerschlug der Ausbruch die bleierne Trägheit, die sich in dem Raum ausgebreitet hatte.

Harlen legte die Hände flach auf den Tisch, als wolle er sich in die Höhe stemmen. »Das alles ist zu viel für mich«, erklärte er. »Aber ich weiß, daß wir uns im Moment um einiges kümmern müssen. Reden können wir später.« Er seufzte; dann wandte er sich an Gryss. »Yakob und ich werden ... werden zu Garren gehen und alles für die Überführung vorbereiten ... um die Leichen ... zurückzubringen. Du und Marna, ihr bleibt hier und kümmert euch um Jeorg und Farnor.« Er stand auf. »Etwas Luft und ein wenig Bewegung werden uns wohl kaum schaden.« Sein gemütliches Gesicht verhärtete sich. »Und Yakob, ich wäre dir dankbar, wenn du nicht noch einmal so mit meiner Tochter reden würdest, es sei denn, sie gibt dir wirklich Grund dazu. Keiner von uns kann sich angesichts dessen, mit dem wir es hier zu tun haben, allzu großer Weisheit rühmen.«

Yakob errötete und öffnete den Mund, schwieg aber.

Nachdem die beiden Männer gegangen waren, kümmerten sich Gryss und Marna um ihre Schützlinge.

»Was sollen wir tun?« fragte Marna, während sie Gryss dabei half, Jeorgs Verbände zu wechseln.

»Ich weiß es wirklich nicht«, antwortete Gryss. »Ich glaube nicht, daß ich das alles schon richtig verstanden habe. Ich kann ja noch nicht einmal glauben, daß Garren und Katrin tot sind.« Ihm versagte die Stimme. »Offenbar kann ich ja nicht einmal mehr richtig denken.«

»Ich habe vergangene Nacht viel geweint«, sagte Marna offen und versuchte erst gar nicht, den Kummer zu verbergen, der an ihrer Seele nagte.

»Vielleicht hätte ich das Gleiche tun sollen«, erwiderte Gryss und hielt in seiner Arbeit einen Augenblick lang inne, um nachzudenken. »Das werde ich vermutlich auch noch.«

Marna trat dicht neben ihn. »Wir müssen nach Hilfe schicken«, sagte sie. »Wir können nicht einfach nichts tun. Wie oft muß ich das denn noch sagen? Der König muß erfahren, was hier vor sich geht, und er muß seine Armee schicken, um alles wieder zu richten. Die *echte* Armee.«

Gryss wirkte besorgt. »Alles zu seiner Zeit, Marna«, entgegnete er. »Wir müssen zuerst miteinander reden und unsere Gedanken ordnen, bevor wir über irgendetwas entscheiden. Jetzt ist alles anders.« Er verspürte plötzlich das Bedürfnis, sich zu erklären. »Als ich zugestimmt habe, Jeorg zu helfen, die Hauptstadt zu erreichen, habe ich geglaubt, er könne sich einfach herausreden, wenn man ihn erwischt, oder daß man ihn schlimmstenfalls ein paar Tage einsperren oder ein Bußgeld von ihm verlangen würde. Ich habe nicht im Traum damit gerechnet, daß sie so etwas tun könnten, oder ...«

Einen Augenblick lang war er unfähig fortzufahren und fingerte nervös an den Verbänden herum.

»Wie dürfen nicht riskieren, daß so etwas noch einmal geschieht«, fuhr er schließlich fort. »Sie werden jeden töten, der versucht, das Tal zu verlassen; dessen bin ich sicher.«

»Wenn sie ihn fangen können«, wandte Marna ein.

»Jeorg haben sie leicht genug gefangen«, erwiderte Gryss, dem Marnas bedeutungsvoller Tonfall entgangen war.

»Er ist dem gesamten Trupp hinterhergeritten«, erklärte Marna. »Jetzt sind sie wieder alle zurück in der Burg. Vermutlich haben sie weiter unten noch nicht einmal Wachen zurückgelassen. Irgendjemand könnte hinausschlüpfen, und bevor sie sich versehen, wäre er über alle Berge.«

Diesmal bemerkte Gryss den Tonfall und wußte, worauf sie hinauswollte. Er blickte sie an. »Und nehmen wir einmal an, sie sind *nicht* alle in der Burg. Nehmen wir einmal an, sie haben eine Wache am Talausgang postiert. Was dann, junge Frau?«

»Ich könnte sie umgehen«, erwiderte Marna und wedelte aufgeregt mit den Armen. »Ich kenne mich hier aus. Die Bäche, die Wälder, die Schleichwege ...«

»Marna, um Himmels willen, hör auf damit!« unterbrach Gryss sie barsch. »Das hier ist kein Spiel. Wir haben dieses Gespräch schon früher geführt, und ich habe dir gesagt, die Reise in die Hauptstadt ist lang und gefährlich. Zu Fuß ist sie nahezu unmöglich, es sei denn, du weißt, wie man sich vom Land ernährt.« Marna wollte etwas darauf erwidern, doch Gryss hob die Hand. Er senkte die Stimme. »Soweit ich es beurteilen kann, hätten sie Jeorg zu Tode geprügelt, hätte Rannick sie nicht aufgehalten, um sein eigenes Spiel mit dem armen

Kerl zu spielen. Mit dir würden sie noch viel schlimmere Dinge anstellen, Marna. *Sehr* viel schlimmere Dinge. Verstehst du das?« Er seufzte. »Ich will nichts mehr davon hören. Wir müssen zusammenhalten, uns aufeinander verlassen können. Du bist schon erwachsen genug, aber du hast noch eine Menge zu lernen. In Zeiten wie diesen mußt du einfach zuhören und *lernen.*«

»Es hat noch nie eine Zeit wie diese gegeben«, entgegnete Marna. Sie befand sich auf dem Rückzug, doch ihr Trotz war ungebrochen. »Und wenn ihr alles ellenlang diskutiert habt, wird es am Ende doch wieder auf dasselbe hinauslaufen: Irgendjemand wird Hilfe holen müssen. Falls Rannick etwas mit diesen Männern zu tun hat, dann werden sie immer schlimmer und schlimmer werden, wenn sich ihnen niemand entgegenstellt, und es *gibt* niemanden hier, der sich ihnen entgegenstellen könnte.«

Dieses Echo von Katrins Worten traf Gryss wie ein Schlag. Rasch drehte er sich um und begann, Jeorg den Verband abzunehmen, den er gerade erst angelegt hatte. Er fluchte, als er sah, was er da tat.

»Verdammt noch mal, Marna, sei still!« knurrte er. »Du könntest durchaus Recht haben; das kann ich im Augenblick nicht mit Gewißheit sagen. Aber ich weiß eines ...« Er deutete auf Jeorg. »Das hier passiert, wenn man versucht, Hilfe zu holen. Ich schaudere bei dem Gedanken, wie sie gegen offenen Widerstand vorgehen würden. Jeorg und Farnor brauchen unsere Hilfe, und das ist alles, worüber wir uns im Augenblick den Kopf zerbrechen müssen. Die Bedürfnisse der Lebenden gehen denen der Toten vor, ganz egal, wie wir uns fühlen.«

Marnas Gesicht verdunkelte sich bedrohlich, und zum ersten Mal seit vielen Jahren fühlte Gryss ihr gegenüber echten Zorn in sich aufwallen.

Das hatte jedoch keine Tirade zur Folge. Stattdessen fixierte er Marna mit einem durchdringenden Blick und sagte leise: »Dein Vater hat bereits einen Menschen verloren, den er von ganzem Herzen geliebt hat, Marna. Er trägt den Schmerz noch immer mit sich herum. Du kannst das nicht erkennen, weil du ihn vorher nicht gekannt hast, aber ich. Es ist in seinen Augen, wann immer er dich anschaut und dort einen fernen Schimmer deiner Mutter entdeckt. Erinnere dich daran, wann immer du wieder das Verlangen verspürst, über solch einen Unsinn zu *reden* wie, allein in die Hauptstadt zu gehen.« Marnas Widerstand brach in sich zusammen.

Gryss tippte sich an die Stirn. »Wir können uns mit diesen Männern vielleicht nicht im Kampf messen, und sicherlich können wir es nicht mit dem aufnehmen, was auch immer Rannick besitzen mag, aber wir haben immer noch unsere Köpfe, oder? Beobachte und warte. Sei geduldig. Überlebe. Und jetzt hilf mir mit Jeorg.«

»Das habe ich auch gedacht: Beobachten und warten.«

Sowohl Marna als auch Gryss zuckten beim Klang der Stimme zusammen. Gleichzeitig drehten sie sich um und sahen Farnor in der Tür. Er war bleich und wirkte erschöpft, und seine Augen wirkten wie tot.

Gryss blickte ihn besorgt an. Irgendeine tiefsitzende Erregung in dem jungen Mann mußte ihm geholfen haben, die Wirkung des Schlaftrunks zu überwinden, doch nach außen hin war nichts zu erkennen außer Ruhe. Das war kein gutes Zeichen.

»Du solltest dich ausruhen, Farnor«, sagte Gryss. »Du hast einen ... schweren Schock erlitten.«

»Beobachten und warten«, wiederholte Farnor und ignorierte Gryss' Bemerkung. »Ich hatte auch beschlossen, dies sei die vernünftigste Lösung. Erst wenn etwas geschah, wollte ich die entsprechende Entscheidung treffen. *Falls* etwas geschehen würde. Ich wollte warten, bis alles irgendwie einen Sinn ergibt. Hätte ich mich darüber aufgeregt, was als nächstes geschehen *könnte,* wäre ich wahnsinnig geworden. Ich besaß eine sehr klare Vorstellung davon, wie ich mich verhalten wollte.«

Marna trat auf ihn zu, doch er hob die Hand, um sie davon abzuhalten, ihm zu nahe zu kommen.

»Und während ich oben in den Wäldern war, abgewartet und beobachtet habe ... während ich *vernünftig* war ...« Marna lief wegen des Zorns und der Bitterkeit in seiner Stimme ein Schauder über den Rücken. »Währenddessen sind sie gekommen und haben meine Eltern ermordet.«

»Wir wissen nicht, was geschehen ist«, sagte Gryss, dem der Tonfall des jungen Mannes Angst einjagte. »Wir wissen nicht, wer ...«

»Ist das ›Wer‹ und ›Was‹ denn von Bedeutung?« zischte Farnor erregt und schlug mit der Faust gegen den Türrahmen. »Sie haben es getan! Nilssons Männer! Diese sogenannten Steuereintreiber! Sie und wer auch immer sie begleitet, der diese mörderische Kreatur kontrollieren und selbst den Wind seinem Willen unterwerfen kann.«

Gryss wollte etwas darauf erwidern, doch dann bemerkte Farnor die Gestalt auf dem Bett, und verärgert verzog er das Gesicht, als hätte dieser stille Eindringling ihn unterbrochen.

»Wer ist das?« verlangte er zu wissen, beugte sich vor und blickte angestrengt in Jeorgs geschwollenes Gesicht.

»Das ist Jeorg«, antwortete Gryss.

»Nilssons Männer haben ihn geschnappt«, fügte Marna hinzu. »Sie haben ihn gestern wieder zurückgebracht.«

Erkennen zeichnete sich in Farnors Augen ab, und einen Augenblick lang war er wieder der verwirrte junge Mann. Seine Finger zupften nervös an Jeorgs Decke, dann, wie Sturmwolken, die sich um die Sonne sammeln, blickte er wieder auf Jeorgs Gesicht. »Gestern«, murmelte er zu sich selbst und schüttelte den Kopf. Dann richtete er sich auf und sagte: »Zumindest lebt er noch.«

Marna ärgerte sich über diese scheinbare Gefühllosigkeit, doch bevor sie etwas sagen konnte, packte sie Gryss am Arm und schüttelte den Kopf.

Farnor ging wieder zur Tür. Als er sie erreichte, stützte er sich am Rahmen ab und gähnte laut. Dann knirschte er mit den Zähnen, um die Trägheit zu vertreiben, die Gryss' Schlaftrunk seinem Körper aufzuzwingen versuchte.

»Wo sind meine Eltern?« fragte er plötzlich.

»Yakob und ich haben sie gestern Nacht in einen eurer Ställe gelegt«, antwortete Gryss. »Yakob und Harlen sind jetzt hochgegangen, um .... um zu sehen, ob alles in Ordnung ist.«

Farnor verließ den Raum. Gryss warf den Verband, den er in der Hand hielt, aufs Bett, drängte sich an Marna vorbei und rannte ihm hinterher. Als Gryss ihn erreichte, hatte er bereits den Riegel der Vordertür zurückgeschoben. Der alte Mann legte ihm die Hand auf den Arm.

»Wo gehst du hin?« fragte er.

Farnor drehte sich zu ihm um. Gryss konnte die Kälte in Farnors Augen kaum ertragen. »Ich gehe nach Hause«, antwortete Farnor, »um meine Eltern zu begraben.«

Er zog die Tür auf und trat hinaus, wodurch er Gryss zwang, ihm auszuweichen. Als er das warme Sonnenlicht im Gesicht spürte, blieb er kurz stehen und blinzelte.

Seine Hand griff nach dem Eisenring, als wolle er sich daran abstützen, und unbewußt strich er mit den Fingern über die feinen Gravuren. Als er wieder sprach, klang seine Stimme vollkommen ausdruckslos.

»Dann werde ich zur Burg gehen und herausfinden, wer für das alles verantwortlich ist, und wenn ich ihn gefunden habe, werde ich ihn töten.«

Kapitel 33

Yakob und Harlen hatten eine unangenehme Reise zum Yarrance-Hof. Harlen hatte gehofft, mit seinem Freund auf dem Weg über das sprechen können, was geschehen war, doch nun war ihm selbst nicht danach zumute zu reden. Natürlich konnten sie vernunftmäßig Gryss' Zusammenfassung der Ereignisse der letzten Wochen in Frage stellen, doch seine Erzählung hatte nur wenig beinhaltet, woran sie sich festhalten und das sie in eine verständlichere Form hätten bringen können. Überdies waren die Folgen zu schwerwiegend, um vernünftige Mutmaßungen anzustellen. Die beiden Männer bewegten sich wie Reiter unter einer Sturmwolke; beider Gedanken drehten sich um alle möglichen Übel, die sie befallen konnten.

So kam es, daß sie sich beinahe erleichtert fühlten, als sie Farnor sahen, der auf sie zugaloppiert kam, kurz nachdem sie in den Weg zum Hof eingebogen waren. Die Erleichterung verschwand jedoch sofort, als sie den Ausdruck auf Farnors Gesicht bemerkten.

»Dies ist eine schreckliche Arbeit, Farnor«, sagte Harlen mitfühlend. »Es ist üblich, daß Nachbarn oder Freunde sie übernehmen. Du solltest besser zu Gryss zurückkehren und dich ausruhen.«

»Ich werde mich um meine Eltern kümmern, danke, Harlen«, erwiderte Farnor kalt. »Und ich werde erst wieder ruhen, wenn ich den Mann oder die Männer getötet habe, die sie auf dem Gewissen haben.«

Harlen und Yakob reagierten wie Gryss nur kurz zuvor: mit verblüfftem Schweigen. Farnors Verhalten war eine seltsame Mischung aus kindlichem Trotz und harter, erwachsener Entschlossenheit.

Er ritt den Weg hinauf, bevor einer der beiden Männer etwas sagen oder ihn aufhalten konnte.

»Was meinst du damit?« fragte Harlen, nachdem sie ihn eingeholt hatten.

»Was ich gesagt habe«, antwortete Farnor. »Ich werde mich um meine Eltern kümmern, und dann werde ich in die Burg gehen, herausfinden, wer sie getötet hat, und ihn umbringen.«

»Mach dich doch nicht lächerlich, Junge«, schnappte Yakob. »Wie um alles in der Welt willst du ...?«

Weiter kam er nicht, denn Farnor zügelte sein Pferd und wirbelte zu ihm herum. »Nenn mich nicht Junge, alter Mann«, sagte er.

Yakob blickte ihn an, zunächst wütend, dann jedoch zunehmend unsicher, als Furcht sich in ihm regte. Was auch immer Farnor sonst noch sein mochte, er war jung, gesund und kräftig durch Jahre harter Arbeit auf dem Hof, doch seine Stimmung verlieh diesen Merkmalen etwas Bedrohliches.

Harlen ergriff Farnors Arm. »Farnor, Yakob hat es nicht böse gemeint«, sagte er. »Nach dem, was geschehen ist, sind wir alle nicht mehr wir selbst. Du darfst ihn nicht wegen eines einzigen falschen Wortes verurteilen. Wir sind deine Freunde; wir wollen dir helfen.«

Ein Teil der Bitterkeit verließ Farnor, und nach kurzem Zögern trieb er sein Pferd wieder voran. Die beiden Männer ritten zu beiden Seiten neben ihm, wobei sich Yakob jedoch ein wenig zurückfallen ließ.

»Das hast du doch nicht ernst gemeint, daß du zur Burg gehen willst, oder?« fragte Harlen vorsichtig.

»Doch«, antwortete Farnor in scharfem Ton.

Harlen und Yakob tauschten einen Blick aus. »Was hoffst du denn da zu erreichen?« hakte Yakob nach.

Farnor hörte ihm jedoch nicht zu. Er blickte über den Hof. Harlen sog zischend die Luft ein, und Yakob verzog bedrückt das Gesicht. Im Tageslicht wirkten die Zerstörung des Haupthauses und das Chaos, das auf dem Hof herrschte, noch weit schlimmer als in der Nacht.

Bereits jetzt hatte das Haus das Aussehen einer längst verfallenen Ruine angenommen.

Farnor zeigte keinerlei Gefühlsregung, als er aus dem Sattel stieg. Von irgendwoher erschienen die beiden Hunde. Einer von ihnen bellte, als sie zu Farnor liefen und ihm um die Beine strichen. Er bückte sich und streichelte sie.

»Wo sind meine Eltern?« fragte er. Yakob schaute sich um; kurz hatte er im Licht die Orientierung verloren. Dann deutete er in die entsprechende Richtung. Farnor band das Pferd nicht an, sondern ließ es frei über den Hof wandern, während er selbst zum Stall ging. Dort angekommen, schob er den Riegel zurück, stieß die beiden Torhälften auf und ging hinein.

Yakob und Harlen stiegen ebenfalls ab und folgten ihm in das staubige Zwielicht; beide waren erregt und warteten auf eine Gelegenheit, mehr über Farnors Absichten zu erfahren. Im Stall herrschte eine stickige Wärme, und einige Fliegen stiegen surrend in die Luft, als die Männer eintraten.

Farnor blickte auf die grobe Decke, mit der Gryss und Yakob die beiden Leichen bedeckt hatten. Nach kurzem Zögern schlug er die Decke zurück und betrachtete seine Eltern.

Einen Augenblick lang schien er weinen zu wollen.

Bitte, dachte Harlen, *laß deinem Kummer freien Lauf.*

Doch der Augenblick verging, und Farnor fand keine Erleichterung. Zärtlich legte er die Decke wieder zurück. »Wir müssen sie sofort begraben«, erklärte er.

»Natürlich«, sagte Yakob. »Wir werden sie sofort ins Dorf runterbringen. Der alte Nath wird sie angemessen herrichten. Er wird dafür sorgen, daß sie in einem würdigen Zustand begraben werden können.«

»Nein«, erwiderte Farnor. »Wir werden sie hier und jetzt begraben.«

Sowohl Yakob als auch Harlen starrten ihn ungläubig

an, aber es war eine andere Stimme, die ihm widersprach.

»Nein!« erklärte Gryss streng und betrat den Stall. »Genug ist genug, Farnor. Ich verstehe deinen Zorn und deinen Kummer, aber du bist noch unter dem Einfluß meines Schlaftrunks, und du stehst kurz davor, Dinge zu tun, die du später bitter bereuen wirst.«

»Das hier ist das Land meiner Familie, und hier werden sie begraben werden«, entgegnete Farnor.

»Es war der Wunsch deines Vaters mit dem Rest der Familie auf dem Ruhefeld vereinigt zu werden«, sagte Gryss, »ebenso wie der deiner Mutter. Das weiß ich mit absoluter Sicherheit, und ich glaube, du auch.«

Farnor wollte etwas darauf erwidern, doch Gryss, außer Atem von der Jagd hierher, war nicht in der Stimmung für eine auseinandersetzung. »Es war ihre Entscheidung, Farnor, nicht deine, nicht meine und auch nicht die irgendeines anderen. Und es ist die Pflicht des Rates, dafür zu sorgen, daß ihrem Wunsch entsprochen wird. Hast du das verstanden?« Er wartete nicht auf die Antwort, doch sein Tonfall wurde ein wenig sanfter. »Außerdem hatten deine Eltern viele Freunde, nicht zuletzt die drei, die hier stehen. Sie werden ihnen die letzte Ehre erweisen oder etwas am Grab sagen wollen. Das kannst du ihnen nicht verweigern, Farnor.«

Farnor schien Gryss widersprechen zu wollen, doch der Tonfall des alten Mannes ließ das nicht zu. Kurz schien es erneut, als wolle er weinen, aber wieder kam keine Träne. Er verzog das Gesicht.

»Tut, was ihr wollt«, sagte er, drängte sich an den drei Männern vorbei und ging wieder hinaus auf den Hof

»Sucht einen Karren und spannt ein Pferd an«, sagte Gryss zu Harlen und Yakob. »Bringt sie zu Nath. Ich werde versuchen, Farnor zu beruhigen.«

Als Gryss auf den Hof hinaustrat, stand Farnor am Eingang des Haupthauses. Er hatte das Messer aus dem

Türrahmen gezogen, das Nilsson fortgeworfen hatte. Gedankenverloren betrachtete er es.

»Es ist eins der Lieblingsküchenmesser meiner Mutter«, sagte er, als Gryss sich ihm näherte. Er schien wieder ganz er selbst zu sein, aber da war noch immer ein seltsamer Unterton in seiner Stimme, als befände sich sein Geist an einem weit entfernten Ort. »Starke Klinge, guter Stahl ... Es hat seine Schärfe lange behalten. Ich frage mich, wer es in die Tür gesteckt hat.«

Gryss zögerte einen Moment. »Vermutlich war es derjenige, der deine Mutter umgebracht hat«, sagte er dann so sanft, wie es diese Erklärung gestattete. »Sie ist sehr schnell gestorben, genau wie dein Vater.«

Farnor wog das Messer in der Hand. »Ich habe es erst vor ein, zwei Wochen geschärft«, sagte er.

Er trat ein paar verkohlte Trümmerstücke beiseite und ging in die Überreste des Hauses. Gryss folgte ihm; sorgfältig achtete er darauf, wo er hintrat. Im Inneren ließ er den Blick über die rußgeschwärzten Wände der einst vertrauten Räume schweifen. Ebenfalls vertraute Möbelstücke lagen zerschmettert unter den schwarzen Trümmern des zusammengebrochenen Daches. Gryss verzog das Gesicht. Es war die Vertrautheit, die seine Abscheu ob dieser mutwilligen Zerstörung noch steigerte. Er wollte etwas sagen, doch ihm fielen keine großen Worte des Trostes ein.

»Die Wände sind noch in Ordnung«, sagte er schließlich nach einer Weile. »Es kann wieder aufgebaut werden, Farnor.«

»Die Kühe müssen gemolken werden«, bemerkte Farnor geistesabwesend.

»Wir werden jemanden hochschicken, um das Vieh zusammenzutreiben und sich darum zu kümmern«, sagte Gryss. »Es wird nicht an Freiwilligen mangeln, das weißt du.«

Und auch nicht an wilden Gerüchten und Wut, dachte er

gleichzeitig. Er schob den Gedanken beiseite. Darüber würde er sich noch früh genug den Kopf zerbrechen müssen. Jetzt mußte er sich erst einmal um Farnor kümmern. Der Rest des Dorfes konnte ruhig noch eine Weile in der Sicherheit der Unwissenheit verweilen.

Farnor steckte das Messer in den Gürtel, dann bückte er sich und hob etwas auf. Es war ein kleiner Spielzeugkarren, hübsches Schnitzwerk, und er war unbeschädigt. »Mein Vater hat das für mich gemacht, als ich noch ein kleiner Junge war«, sagte er. »Ein Sonnenwendgeschenk. Ich habe Stunden um Stunden damit gespielt.« Er blickte sich um, als hätte er kurz die Orientierung verloren. »Er ist als Schmuckstück auf dem Regal dort drüben geendet.« Er deutete auf eine weiße Linie an der Wand zwischen zwei gesplitterten, verkohlten Stützen.

Gryss beobachtete ihn aufmerksam.

»Wie ist mein Vater gestorben?« fragte Farnor plötzlich in demselben geistesabwesenden Tonfall.

Gryss entschied sich für die Wahrheit. »Ein mächtiger Schlag, Farnor«, erklärte er. »Jedenfalls soweit ich das beurteilen kann. Vermutlich mehrere. Das einzige Mal, daß ich etwas Vergleichbares gesehen habe, ist schon Jahre her, als jemand von der Felswand im Osten gestürzt ist.«

Einen Augenblick lang hatte er das Gefühl, im Zentrum einer unglaublichen Macht zu stehen, denn er glaubte zu fühlen, wie Farnors verstreute Gedanken plötzlich auf einen Punkt zuliefen und sich dort verdichteten.

»Ich verstehe nicht«, sagte Farnor. »Meinst du damit, er ist geschlagen worden? Wie Jeorg?«

»Nein«, antwortete Gryss. »Ich bin sicher, daß er nicht so geschlagen wurde. Der äußere Schaden wäre weit größer gewesen und der innere geringer.« Er zuckte hilflos mit den Schultern. »Ich kann es nur so beschreiben, wie ich es gerade getan habe. Er scheint durch einen mächtigen Aufprall getötet worden zu sein, als wäre er aus großer Höhe hinabgestürzt.«

Farnor runzelte die Stirn, während er mit Gryss' Erklärung kämpfte. Ein Bild aus frühester Kindheit tauchte vor seinem geistigen Auge auf. Ein Bild von Rannick, der eine Katze mit wachsender Grausamkeit geärgert hatte, bis er schließlich von dem Tier gekratzt worden war. Rannick hatte geflucht; dann hatte er die Katze gepackt und mit voller Wucht gegen eine Wand geworfen. Das Tier war sofort tot gewesen.

Farnor hatte das Geräusch des Aufpralls nie vergessen, obwohl er schon seit Jahren nicht mehr an diesen Vorfall gedacht hatte.

»Oder als wäre er gegen eine Wand geworfen worden?« fragte er.

Gryss geriet ins Stottern. Die Aufmerksamkeit, die Farnor dieser Frage schenkte, hatte ihn überrascht. »Ich ... äh ... Ich glaube schon«, antwortete er. »Ja. Aber ich kann mir nicht vorstellen, wie man so etwas tun sollte.«

Farnor blickte ihn kalt an. »Nun, hier in der Gegend kann er kaum von einer Felswand gefallen sein, oder?« entgegnete er.

Bevor Gryss jedoch antworten konnte, drehte Farnor sich um und ging aus dem Haus. Gryss eilte ihm hinterher; Farnors Abschiedsworte bei ihm zu Hause gingen ihm wieder im Kopf herum.

Doch Farnor stand nur vor der Tür und blickte über den Hof. Harlen und Yakob dirigierten ein Pferd vor den Karren. Als sie Farnor aus dem Haus treten sahen, blieben sie stehen, doch Gryss winkte ihnen, weiterzumachen.

»Was ist los?« fragte Gryss.

»Gegen eine Wand geworfen«, murmelte Farnor. Dann deutete er zum Stall und sagte: »Es hat hier einen Sturm gegeben. Sieh dir nur einmal die Schäden an den

Dächern dort an. Die Dachbretter sind heruntergerissen worden.« Er schwang den Arm, um den gesamten Hof zu umfassen. »Und sieh dir diese Unordnung an: beschädigte Wände, und alles ist überall verstreut.« Er drehte sich zu Gryss um. Seine Augen leuchteten unnatürlich. »Dieser Wind in der Burg hat dich von den Beinen gerissen und dich wie welkes Laub gegen das Tor gedrückt, richtig?« sagte er und legte die Hand auf den verletzten Arm. »Wer auch immer uns dort diese ... diese *Falle* gestellt hat, er hat auch meinen Vater getötet.« Er schauderte. »Und diese Kreatur hat ebenfalls etwas damit zu tun. Ich habe sie dort draußen in den Wäldern gefühlt. Ich dachte, sie wäre über mir, so nah war sie. Aber sie war hinter etwas anderem her.« Vertrauensvoll beugte er sich zu Gryss. »Wo auch immer sie sein mag, ihre Macht bezieht sie von einem anderen Ort. Das konnte ich ebenfalls spüren«, erklärte er. »Von einem Ort, der sowohl hier als auch woanders ist. Da war ein mächtiger Energiefluß – wie etwas Lebendiges.« Er hielt kurz inne. »Und die Kreatur ist der Kanal dafür.«

Gryss blickte ihn aus weit aufgerissenen Augen an. Er hatte nicht die geringste Ahnung, wovon der Junge sprach, doch seine Worte besaßen eine unglaubliche Kraft.

»Nun muß ich nur noch denjenigen finden, der diese Macht benutzt und die Kreatur beherrscht«, fuhr Farnor fort.

Gryss riß sich wieder zusammen. »Und?« fragte er.

»Und dann werde ich ihn töten«, antwortete Farnor, ohne zu zögern.

Als Farnor diese Worte in Gryss' Haus ausgesprochen hatte, hatte der alte Mann sie lediglich für ein Produkt der Wut, des Kummers und der Angst gehalten. Aber hier hatte Farnor sie auf eine Art gesagt, die Gryss das Blut in den Adern gefrieren ließ. Er wünschte, er hätte lachen und ausrufen können: »Du kannst keiner Fliege was zuleide tun, Farnor. Das liegt dir einfach im Blut.« Aber die Worte wollten nicht kommen, denn sie waren nur die halbe Wahrheit. Es war richtig, daß Farnor niemandem absichtlich Schmerzen zufügen würde, aber es war falsch, daß er niemanden töten würde. In der Vergangenheit hatte er häufig Tiere geschlachtet. Unter Anleitung seines Vaters hatte er sie rasch und schmerzlos getötet. Die Fähigkeiten zum Töten besaß er also; alles, was jetzt noch fehlte, war der Wille dazu.

»Glaubst du, es ist Nilsson?«

Die Frage traf Gryss vollkommen überraschend und riß ihn aus seinen düsteren Gedanken. »Nein«, antwortete er und schüttelte den Kopf. »Es ist Rannick.«

Noch während er die Worte sprach, wünschte er sich bereits, er könne sie wieder zurücknehmen.

Farnor wirbelte herum und musterte Gryss angespannt und aufmerksam. »Rannick?« fragte er. Seine Stimme war voller Gegensätze: Unglauben, Zweifel und Erkenntnis.

Jede Begegnung, die er je mit Rannick gehabt hatte, ging Farnor durch den Kopf, bis er schließlich zu jener verwirrenden Geste kam und der wütenden Fliegenwolke, die durch irgendeine Macht festgehalten worden war. Und mit diesen Erinnerungen kamen die an die Kontakte, die er mit der Kreatur gehabt hatte, und an das Gefühl der Vertrautheit, das er dabei empfunden hatte – eine Vertrautheit, die nun in dem Namen Rannick ihre Erklärung fand. Das war genug. Er mußte den alten Mann nicht weiter befragen, um die Informationen zu bekommen, die er wollte.

Und als wäre Farnors plötzliche Erkenntnis ansteckend, dachte auch Gryss an das schwach beleuchtete Gemach, in dem Nilsson ihm davon berichtet hatte, die Burg werde wieder in eine ständige Garnison verwandelt. Die vage vertraute Gestalt am Fenster ... Das war Rannick gewesen! Natürlich. Wie hatte er ihn damals nur nicht erkennen können? War er zu müde gewesen? Zu entsetzt über Nilssons Neuigkeit?

Aber das war jetzt egal. Es war, als hätte ein kalter Wind den Nebel vertrieben, der seine Gedanken getrübt hatte.

Dann, inmitten dieser Erkenntnis, kam ein schreckliches, mörderisches Verlangen.

Doch ebenso klar, wie er nun wußte, daß Rannick die Ursache allen Übels war, so wußte er auch, daß diese Gedanken nicht die seinen waren. Es waren Farnors. Gryss konnte den wirbelnden Zorn und den Schmerz des Jungen *fühlen*. Irgendwie hatte Farnor mit seiner seltsamen Gabe zu ihm hinausgegriffen. Er wunderte sich jedoch nicht über diese Erkenntnis, sondern empfand nur tiefe Sorge ob der schrecklichen Kraft von Farnors Gefühlen.

Er legte Farnor die Hand auf die Schulter.

»Nein«, sagte er. »Nein. Du darfst es nicht tun. Rannick wird dich töten. Was auch immer mit ihm geschehen sein mag, die böse Seite seiner Natur hat gesiegt.«

Farnor zuckte zusammen, als hätte man ihn geschlagen. Er blickte Gryss fragend an. »Du hast mich gehört?« fragte er und legte die Hände an den Kopf.

Gryss versuchte erst gar nicht, es ihm zu erklären. »Komm weg von hier«, sagte er. »Gönn dir etwas Zeit, um dich auszuruhen und nachzudenken. Dein Geist ist voller Schrecken, und dein Körper steht noch immer unter dem Einfluß meines Schlaftrunks. Du bist nicht du selbst. Laß uns zuerst deine Eltern anständig begraben, und ...«

Ohne ein Wort zu sagen, stieß Farnor die Hand beiseite und machte sich auf den Weg über den Hof zum Gatter.

»Farnor!« rief Gryss.

Harlen und Yakob drehten sich um, als der Ruf zwischen den zerstörten Gebäuden widerhallte, doch sie hielten Farnor nicht auf.

Dann hatte sich Farnor auf sein Pferd geschwungen und war verschwunden.

»Was ist passiert?« rief Yakob, als Gryss mit schmerzverzerrtem Gesicht zu seinem eigenen Pferd eilte.

»Er will in die Burg und Rannick stellen«, rief Gryss zurück. »Ich werde ihm hinterher müssen. Bringt Garren und Katrin runter zu Nath, und dann seht nach Jeorg.«

»Du hast ihm von Rannick erzählt?« fragte Yakob ungläubig.

Gryss fuhr zu ihm herum. »Es ist ... mir nur so rausgerutscht«, antwortete er. »Bitte. Jetzt ist nicht die Zeit zum Streiten. Rannick wird ihn töten. Helft mir aufs Pferd, und dann tut, um was ich euch gebeten habe.«

Das taten sie auch, doch als Gryss davongaloppierte, sagte Yakob: »Das ist Wahnsinn. Ich kann nicht glauben, daß das alles Rannicks Werk sein soll. Ich glaube, die Ereignisse der letzten Zeit sind für Gryss einfach zu viel gewesen. Aber auf jeden Fall reiten die beiden ernsten Schwierigkeiten entgegen, wenn sie wirklich zur Burg wollen – so viel steht fest.«

Harlen nickte unglücklich. Er blickte zu dem Karren, auf dem die Leichen von Garren und Katrin lagen. Dann traf er eine Entscheidung.

»Du hast Recht«, sagte er, »und ich werde ihnen hinterherreiten.« Er deutete auf den Karren. »Sie würden von uns erwarten, daß wir uns um ihren Sohn kümmern.«

Er stieg auf sein Pferd. »Kommst du mit?« fragte er Yakob.

Yakob runzelte die Stirn. Einen Augenblick lang schien er sich nicht entscheiden zu können; dann jedoch nickte er.

Gemeinsam ritten sie davon.

»Setz dich zu Jeorg!« hatte Gryss gerufen, als er aus der Tür gestürmt war und Farnors Verfolgung aufgenommen hatte. »Er dürfte noch eine Weile schlafen, aber falls er doch aufwacht, dann halte ihn ruhig. Gib ihm was zu trinken, aber noch nichts zu essen.«

Als sie anschließend die Tür geschlossen hatte, hatte Marna zum ersten Mal in ihrem Leben das Verlangen verspürt, sie zu verriegeln.

Sie ließ sie jedoch unverschlossen und ging wieder in Jeorgs Zimmer. Als sie sich setzte, trottete Gryss' alter Hund herbei und ließ sich zu ihren Füßen fallen. Sie beugte sich vor und tätschelte ihn. »Du hast keine Ahnung, was hier vor sich geht, nicht wahr, alter Knabe?« sagte sie. »All dieses Kommen und Gehen.« Der Hund stieß einen Seufzer aus und legte das Kinn auf ihren Fuß.

Marna spürte ein Frösteln, und sie zog unglücklich die Schultern hoch. Ihre Gedanken wanderten zu Garrens und Katrins Schicksal, und sie begann zu zittern. Sie hatte nur wenig geschlafen, und wie sie Gryss gesagt hatte, hatte sie die meiste Zeit über geweint, wenn sie wach gewesen war. Sie hatte in Erinnerung an Garren und Katrin geweint und um Farnor und seinen Verlust, um sich selbst und aus Furcht vor dem, was mit dem Tal geschah. Sie hatte um Dinge geweint, die sie noch nicht einmal benennen konnte, einfach weil Weinen alles war, was sie hatte tun können.

Und ihre Ängste waren noch immer da. »Dir werden sie noch weit Schlimmeres antun«, hatte Gryss gesagt. Das wußte sie selbst, um Himmels willen. Aber es schien Gryss nicht in den Sinn gekommen zu sein, daß sie das ohnehin tun würden, wenn sie erst einmal die Herrschaft über das Tal an sich gerissen hatten. Das war der Grund, warum sie zitterte. Diese Männer waren Banditen und keine Soldaten, auch wenn unter ihnen so etwas wie Disziplin zu herrschen schien. Wenn sie Frauen haben wollten, dann würden sie kommen und sie sich holen, und niemand würde sie aufhalten können.

Und mit Rannick als Anführer würden sie auch keine Zurückhaltung kennen. Bei dem Gedanken an Rannick wurde ihr Zittern noch schlimmer. Von allen Menschen ... Es bestand kein Zweifel daran, auf wen *sein* Blick sich richten würde, wenn die Männer nach Frauen verlangten.

Sie biß die Zähne zusammen und ballte die Fäuste in dem Versuch, ihr Zittern zu unterdrücken.

Ironischerweise war Marna einer der wenigen Menschen im Tal gewesen, der sich Zeit für Rannick genommen hatte. Sie hatte stets eine gewisse Zuneigung für ihn empfunden, ihn als hilflos und verloren betrachtet. Aber das war gewesen, bevor ihr offenes Lächeln und ihre freundlichen Fragen nach seinem Wohlbefinden als Leidenschaft mißdeutet worden waren. Rannick, der wesentlich älter war als sie, hatte die unvermeidliche Zurückweisung nur schlecht aufgenommen. Zwar hatte er sie anschließend noch immer übertrieben formell gegrüßt, aber sein Gesicht hatte eine andere Geschichte erzählt. Daß sie noch immer einen Rest jener Zuneigung empfand, verwirrte sie jetzt nur.

Sie erinnerte sich an kräftige Hände, die sie gehalten hatten, wie sie noch nie gehalten worden war. Kurz hatte der Kontakt einen Hauch von Verlangen ausgelöst, doch die Furcht war größer gewesen und hatte die Leidenschaft verdrängt: Die Hände hatten sie hilflos gemacht.

»Es gibt nichts Schlimmeres im Leben, als hilflos zusehen zu müssen.« Gryss' Worte kamen ihr wieder ins Gedächtnis zurück, als sie sich an den Vorfall erinnerte. Er hatte sie zwar nicht in diesem Sinn gemeint, aber sie trafen trotzdem zu.

Und hier, mit Blick auf die Zukunft, gab es eine Wahl.

Marna öffnete die Hände. Das Zittern hatte aufgehört, aber der Geist, der es verursacht hatte, schien sich lediglich auf ihren ganzen Körper verteilt und ihren Magen zu seinem Mittelpunkt bestimmt zu haben. Und das Gefühl hatte sich verändert. Was Furcht gewesen war, war nun Zorn und Entschlossenheit. Sie würde nie wieder so hilflos sein – gelähmt wie eine Maus vor der Schlange.

Niemals!

Sie blickte erneut auf Jeorg. Seine zerschundenen Gesichtszüge dienten ihr als Lektion. Sie konnte nicht auf diese Art kämpfen, Schläge mit Schlägen beantworten. Flucht und Heimlichkeit waren ihre Waffen. Aber die Schlußfolgerung war unbefriedigend. Die Erinnerung an Rannicks Griff um ihre Arme kehrte wieder zurück, und ihre Hände begannen erneut zu zittern. Früher oder später würden ihr auch Flucht und Heimlichkeit nicht mehr zur Verfügung stehen, und sie würde erneut einer solchen Macht gegenüberstehen. Darauf mußte sie sich vorbereiten.

Sie kniff die Augen zusammen und dachte nach. Der von Furcht getriebene Zorn in ihr verlieh ihr eine unerwartete Schöpferkraft. Sie besaß Zähne und Nägel, die sie wirkungsvoll einzusetzen wußte, aber sie würde mehr brauchen. Sie würde eine Waffe brauchen, erkannte sie – etwas, das mehr Schaden verursachen konnte als Zähne, Nägel oder kleine Fäuste, sehr viel größeren Schaden.

Schwerter und Speere schob sie als Möglichkeit direkt beiseite. Um die zu benutzen, benötigte sie Kraft und gewisse Fähigkeiten; außerdem konnte sie so etwas nicht den ganzen Tag mit sich herumschleppen.

Ein Messer! Oder besser noch: mehrere Messer. Das war's. Sie würde Rannick ein Messer in den Arm rammen, und der Griff würde sich lösen. Hervorragend!

Und Messer gab es jede Menge im Haus ihres Vaters. Im Geiste ging sie die einzelnen Klingen durch und überlegte sich zugleich, wo sie sie tragen würde.

Unerwarteterweise kehrte die Furcht in diesem

Augenblick wieder zurück, sprang sie an wie ein kindischer Scherzbold. Sie erkannte auf einmal, wie wehrlos sie in diesem Moment war. Wie zuvor, so sah sie auch jetzt vor ihrem geistigen Auge Reiter, die das Haus umstellten, hörte das Hämmern an der Tür und erkannte Rannick, der gekommen war, sich zu holen, was er wollte.

Sie stand auf und ging zum Fenster. Vorsichtig zog sie den Vorhang ein Stück beiseite. Die sonnenbeschienene Straße war beruhigend leer. Sie schämte sich ein wenig, doch das Bedürfnis, sofort etwas tun zu müssen, blieb.

Sie ließ den Vorhang wieder fallen und kehrte zu ihrem Stuhl zurück. Sie war von einer seltsamen Ruhelosigkeit erfüllt, und ihr Blick wanderte durch den Raum, obwohl sie nicht hätte sagen können, wonach sie suchte.

Dann fiel ihr Blick auf Jeorgs Bündel, das man beiläufig in eine Ecke des Raums geworfen hatte.

Sie ging hinüber und hob es auf. Es war schwer. Skrupellos nahm sie es mit zurück zu ihrem Stuhl, öffnete es und durchwühlte den Inhalt. Jeorg hatte doch sicher ein Messer übrig, oder? Der Inhalt half ihr jedoch nicht weiter: Kleidung, ein paar Früchte, Trockenfleisch, mehrere kleine Sonnensteine und ein Metallkästchen mit Verbandszeug und Salben. Unglücklich rümpfte Marna die Nase und betrachtete erneut den ungeheuerlichen Schaden, den man ihrem Schützling zugefügt hatte.

Doch während sie dies tat, fand ihre Hand ein Päckchen. Vorsichtig tastete sie Größe und Form ab. Die Gedanken an ein Messer verschwanden angesichts ihrer Neugier, und sie schob die Zunge zwischen den Zähnen hindurch und zog das Päckchen heraus. Grobe Kordel hielt eine Hülle aus Wachspapier.

Marna öffnete die Kordel, schlug das Papier beiseite und fand eine Ledermappe. Diese untersuchte sie kurz und öffnete sie dann. Die Mappe war auffallend gut gearbeitet, die Nähte fest und gerade und die Klappen so gestaltet, daß der Inhalt selbst ohne das Wachspapier vor Wasser geschützt war.

In ihrem Inneren befanden sich Papiere. Marna betrachtete sie kurz, und da sie ihre Neugier erregten, nahm sie sie mit ins Hinterzimmer, wo das Licht besser war.

Obwohl ihre Suche eigentlich einer Waffe gegolten hatte, mit der sie sich hätte verteidigen können, wäre Marna eine Zeitlang noch nicht einmal aufgefallen, wenn eine ganze Armee das Haus belagert hätte, so sehr vertiefte sie sich in die Papiere.

Sie enthielten Einzelheiten des Wegs zur Hauptstadt, die Gryss für Jeorg vorbereitet hatte. Einige der Notizen und Karten waren offensichtlich sehr alt; vermutlich hatte Gryss sie auf seinen eigenen Reisen angefertigt. Andere waren weit jünger.

Zum größten Teil waren sie in einer ordentlichen, geschwungenen Schrift geschrieben, von der Marna vermutete, daß es Gryss' war, obwohl sich hier und da auch einige gröbere Schriftstücke fanden. Und sie waren auf eine klare, logische Art angeordnet, die ohne Zweifel der alte Heiler zu verantworten hatte.

Es lag alles hier vor ihr: der Weg in die Hauptstadt. Sie mußte ihm nur folgen. Ihre Gedanken überschlugen sich. Das Schicksal hatte ihre spontane Idee in ein ernstes Problem verwandelt. Sie konnte gehen, jetzt, in dieser Minute. Sie konnte sich ein Pferd im Gasthof holen, zu Hause vorbeireiten und ein paar Sachen einpacken, und dann konnte sie gehen. Unauffällig könnte sie sich zum Talausgang schleichen, um zu sehen, ob dort Wachen zurückgeblieben waren, und dann könnte sie raus aus dem Tal und zur Hauptstadt reiten. Über die Hügel!

Ihr stockte der Atem bei dieser Aussicht, und ein Schauder lief ihr über den Rücken.

Was konnte sie aufhalten? Furcht? Vielleicht. Verantwortung? Was wäre, wenn Jeorg plötzlich aufwachen und Hilfe brauchen würde? Und wie würde Gryss reagieren, wenn er wieder zurückkehrte und Jeorg alleine vorfand?

Und wie würde ihr Vater reagieren?

»Dein Vater hat schon einmal einen Menschen verloren, den er über alles geliebt hat.« Gryss' Worte kamen ihr in den Sinn.

Marna schürzte die Lippen. Sie hatte das alles gewußt – glaubte sie zumindest –, doch noch nie hatte es ihr jemand so offen gesagt, und nun, da sie über Flucht nachdachte, erwies es sich für sie als ernstes Problem.

»Verdammt«, zischte sie leise und verbittert. Sie konnte es nicht tun. Noch nicht. Nicht so.

Eine Zeitlang saß sie reglos da, die Hände auf die Papiere gelegt, und nun, da sie von ihren wilden Plänen befreit waren, wanderten ihre Gedanken hierhin und dorthin.

Sie blickte erneut auf die Papiere. Dann, vorsichtig, legte sie sie wieder zusammen und steckte sie in die Mappe zurück. Sie betrachtete sie nachdenklich ein paar Minuten lang. Dann traf sie eine Entscheidung und begann, Gryss' Haus nach einem Messer zu durchkämmen.

Nilsson hatte den Rest der Nacht größtenteils damit verbracht, die Arbeit zu erledigen, die er ursprünglich Dessane und Saddre zugedacht hatte, also hauptsächlich das Beruhigen der Männer in Folge der panischen Flucht vom Yarrance-Hof.

Es hätte schlimmer sein können, sinnierte er, setzte sich in eine Schießscharte und lehnte sich in die Wölbung zurück. Ein fröhlicherer Geist als Nilssons hätte sich ob des warmen Steins im Rücken und der Sonne im Gesicht gefreut und den Anblick des saftigen grünen Tals genossen; doch Nilsson war immun gegenüber solch lähmenden Gefühlen. Sein Geist weilte in der Zukunft, die er sich im Gefolge seines neuen Herrn zu schaffen gedachte; die Gegenwart war nur ein vorübergehendes Ärgernis.

Es hatte nur wenige Verletzungen aufgrund der panischen Flucht gegeben, nachdem Rannick seine ganze Macht entfaltet hatte; weit größerer Schaden war dem Stolz der Männer zugefügt worden, und das war auch der Grund für all den Ärger, der entstanden war, als sie sich in kleinen, versprengten Gruppen auf den Weg zurück zur Burg gemacht hatten. Je nachdem, wie es notwendig gewesen war, hatten Dessane und Saddre verletzten Stolz geheilt, Entschuldigungen angeboten oder auch ein paar Schädel eingeschlagen. Sie hatten den härteren Teil der Arbeit erledigt, wodurch sich Nilsson, der den Großteil der Nacht bei seinem Herrn verbracht hatte, später darauf hatte beschränken können, großzügig und verzeihend zu sein:

Eine freundliche Hand auf der Schulter.

»Es ist schon lange her, seit wir so etwas zum letzten Mal gesehen haben, nicht wahr?«

»Du warst nicht auf den Palaststufen, als unser alter Herr mit diesem Südlanddämon gekämpft hat. *Das* war was!«

»Wer hätte je geglaubt, daß wir noch einmal so jemanden treffen würden? Solche Möglichkeiten bieten sich einem Mann nur selten, geschweige denn zweimal.«

Und so weiter.

Avaks Tod war natürlich bedauerlich. Er war ein guter Kämpfer gewesen, aber er hatte immer schon Ärger gemacht, und alles in allem betrachtet, war er kein großer Verlust.

Wenn er daran dachte, erinnerte sich Nilsson jedoch auch an das unendlich Böse, das er gefühlt hatte, als die Kreatur an der Mauer hochgesprungen war. Kurz schloß er die Augen zum Schutz vor dem hellen Tageslicht, und sofort hörte er erneut das Kratzen der Krallen und den dumpfen Aufprall, als das Wesen wieder gelandet war.

Jetzt, wie vergangene Nacht, tröstete es ihn nur wenig, daß er in einer Höhe gestanden hatte, die die Kreatur nicht hatte erreichen können. Er hatte sich nicht bewegen können. Das Einzige, was er hätte tun können, wäre schreien gewesen.

Trotz des Sonnenscheins lief Nilsson ein eisiger Schauder über den Rücken, und ob er die Augen nun freiwillig oder aus Furcht geschlossen hielt, vermochte er nicht zu sagen.

Doch Avaks Ableben hatte noch mehr bewirkt, als nur, daß Nilsson sich seitdem wieder auf die Männer konzentriert hatte. Irgendwie hatte es dafür gesorgt, daß Herr Rannick wieder zum Leben erwacht war.

»*Guuut*«, hatte er auf eine Art gesagt, die Nilsson das Blut in den Adern hatte gefrieren lassen. Dann hatte er sich umgedreht, Nilsson angeschaut und ein Lächeln gelächelt, das voll von namenlosem Verlangen gewesen war. Nilsson war dankbar für das gedämpfte Licht im Raum gewesen.

»Ich muß mich jetzt ausruhen«, hatte er gesagt. »Ich werde schlafen. Du darfst gehen.«

Nilsson hatte sich verneigt. »Ich werde eine Wache vor Eurer Tür postieren, Herr.«

»Ich brauche keine Wache«, hatte die leicht belustigte Antwort gelautet. »Geh, Hauptmann. Kümmere dich um deine Männer. Sie werden schon bald wieder gebraucht werden.«

Trotzdem hatte sich Nilsson angesichts der Stimmung unter seinen Männern Sorgen um Rannick gemacht, und später in der Nacht hatte er noch einmal kurz die Tür zu dessen Gemach geöffnet und hineingespäht.

Ein Windstoß war ihm entgegengeschlagen, hatte ihm in den Augen gebrannt und den Atem geraubt. Der Wind war in seinen Mund eingedrungen, und würgend war

Nilsson zurückgetaumelt, und die Tür hatte sich mit einem leisen Zischen wieder geschlossen.

Als er sich nun an den Vorfall erinnerte, räusperte er sich. Dann verdunkelten sich die Lichter, die hinter seinen geschlossenen Lidern tanzten, und die Wärme auf seinem Gesicht ließ nach. Sofort öffnete er die Augen und griff nach seinem Messer.

»Entschuldige, daß ich dich störe, Hauptmann«, sagte der Wachmann, der zwischen Nilsson und der Sonne stand. »Aber da kommt ein Reiter.«

Nilsson stand auf. Der Wachmann deutete in die entsprechende Richtung.

»Ich glaube, das ist dieses Kind vom Hof«, sagte er.

Nilsson beugte sich vor und kniff die Augen zusammen.

Das war wirklich der Junge. Wie war noch sein Name? Farnor oder so ähnlich.

Und er galoppierte sogar.

»Soll ich den Herrn wecken, Hauptmann?« fragte die Wache.

Nilsson schüttelte den Kopf; dann lächelte er. »Nein. Ich glaube, mit dem weinerlichen Landjungen werden wir auch alleine fertig werden. Das heißt, falls er es überhaupt bis hierher schafft und nicht vorher vom Pferd fällt. Öffne das Tor für ihn. Wir wollen ihn willkommen heißen.«

Sein Lächeln wurde breiter und verwandelte sich schließlich in ein leises, unangenehmes Lachen.

Kapitel 34

»Was willst du, Junge?« fragte Nilsson und fing Farnor auf, der das Gleichgewicht verloren hatte, als er vom Pferd gesprungen war. »Einfach so hier hineinzustürmen! Es wird sich noch jemand verletzen.«

Farnor, der vollkommen außer Atem war, bemerkte nicht die unterschwellige Drohung in Nilssons Stimme. Er riß sich los. »Wo ist Rannick?« verlangte er zu wissen.

Nilssons Blick huschte zu dem Messer in Farnors Gürtel. »*Herr* Rannick, meinst du wohl.«

Farnor verzog das Gesicht. Die unvertraute Anrede hatte ihn ein wenig aus dem Gleichgewicht gebracht. »Ich weiß nichts von irgendeinem Herrn«, sagte er und erwiderte Nilssons Blick. »Bring Rannick einfach hier raus. Rannick, den Tagelöhner.« Er begann, an Nilsson vorbeizuschreien; seine Stimme wurde schrill. »Rannick, den Dorftrottel! Rannick, den Fliegenbändiger! Rannick, den Feigling! Komm raus, und stell dich mir, Rannick, du Mörder!«

Plötzlich senkte sich Schweigen über den Kreis der Männer, der sich um ihn herum gebildet hatte, und er weitete sich. Selbst Nilsson warf einen raschen Blick über die Schulter zurück aus Furcht, Farnors Schimpftirade könne eine Strafmaßnahme zur Folge haben, von der auch er etwas abbekommen würde.

Farnor wollte um Nilsson herumgehen, doch eine kräftige Hand packte ihn am Arm und zog ihn mühelos zurück.

»Bleib, wo du bist, Junge«, sagte Nilsson und fletschte die Zähne.

Farnor schlug nach ihm; Nilsson fing den Schlag jedoch verärgert ab und versetzte Farnor seinerseits einen kräftigen Hieb mit der flachen Hand, der ihn herumwirbelte.

Garren Yarrance hatte in der Vergangenheit häufig Grund gehabt, seinen Sohn zu züchtigen, und auch bei verschiedenen Rangeleien mit Gleichaltrigen hatte Farnor das ein oder andere abbekommen; aber noch nie hatte er so etwas wie diesen Schlag gespürt, den er gerade bekommen hatte. Abgesehen von dem Schmerz, der Wucht des Aufpralls und dem Klingeln in seinen Ohren waren es vor allem zwei Dinge, die ihn zu einem ängstlichen Schatten dessen schrumpfen ließen, was er geglaubt hatte zu sein. Das eine war das wahrhaft schreckliche Gefühl, daß er tatsächlich jemandem vollkommen gleichgültig war und daß dieser jemand ihn auch noch mit voller Absicht hatte verletzen wollen. Das andere war das furchterregende Gefühl, diesem Mann nicht im Mindesten gewachsen zu sein.

Obwohl er nur verschwommen sehen konnte und trotz des Pochens in seinem Kopf war er sich bewußt, daß sich der Kreis um ihn herum wieder schloß, und er hörte Lachen, das den Schläger anspornen sollte.

»Geh wieder nach Hause, Junge«, hörte er Nilsson sagen. »Herr Rannick hat dir dein Erbe weit früher verschafft, als du es vermutlich erwartet hast. Du solltest ihm dankbar sein.« Mehr Gelächter. »Geh, treib dein Vieh zusammen, und kümmere dich um deinen Hof. Wir werden schon bald jede Menge Proviant brauchen.«

Verängstigtes Kind und wütender Mann kämpften in Farnor um die Vorherrschaft. Die eine Persönlichkeit drängte ihn zu fliehen, aus dem Kreis auszubrechen, durch das noch immer offene Tor zu stürmen und über die sonnenbeschienenen Felder davonzurennen, bis er wieder von vertrauten, freundlichen Gesichtern umgeben war: von Menschen, die er kannte und die ihn verstanden; von Menschen, die sich um ihn kümmern und ihn trösten würden. So sehr wie ihn Nilssons Schlag erschüttert hatte, so unerträglich machtvoll war diese Stimme in ihm.

Und doch kochte auch noch immer der Zorn in ihm. Ein Zorn, der sich von dem Gelächter nährte, das ihn umgab, und der zuschlagen wollte, um den Schmerz und das Leid hinauszulassen und es allem und jedem entgegenzuschleudern, der sich ihm in den Weg stellte.

Und hinter allem stand Rannick: der mürrische, nörgelnde Tagelöhner, dessen Geist schon immer finster gewesen war und der nun irgendwie der obszöne Mittelpunkt von allem geworden war, was hier geschah. Erneut fühlte Farnor die Blutlust der Kreatur, die alt und heiß in ihm brannte. Er wollte sehen, wie Rannick gegen eine Wand geschleudert wurde, so wie er vor Jahren die Katze dagegen geworfen hatte. Geschleudert, geschleudert und geschleudert, bis sie nur noch eine kaputte Puppe war wie Garren Yarrance.

Die Erinnerung an seine Eltern fachte Farnors Zorn jenseits aller Selbstbeherrschung an, und unaufhaltsam bahnte sich die Wut einen Weg an die Oberfläche. Er hatte das Gefühl, ein reißender blutroter Strom fließe durch seine Adern und er sei nicht mehr Herr seiner Handlungen. Wie aus weiter Ferne spürte er sich selbst, wie er sich duckte und sich auf die spöttische Gestalt stürzte, die zwischen ihm und dem Ziel seines Hasses stand.

Dann herrschte nur noch Chaos und grausamer Schmerz, denn stark mochte er zwar sein, doch dank seiner Unerfahrenheit scheiterte sein stürmischer Angriff an Nilssons weit größerer Stärke, an seinen blutigen Fähigkeiten und an seinem kalten Herzen.

Schmerz explodierte in verschiedenen Teilen von Farnors Körper, verteilte sich so rasch und floß wieder zusammen, daß Farnor ihn erst verzögert spürte. Vage Bilder vom Burghof, von Füßen, Gesichtern, Mauern und Türmen wirbelten durch sein Blickfeld. Und er konnte nichts dagegen tun. Kein Teil von ihm schien mehr ihm zu gehören.

Dann ließ der Sturm nach.

Die Helligkeit, die durch seine halbgeschlossenen Augenlider hindurchsickerte, verblaßte allmählich. Aber es war nicht die Dunkelheit einer gnädigen Ohnmacht, das wußte er, denn er war noch immer wach – der Schmerz sagte es ihm. Es war der Kreis der Männer, der sich um ihn schloß, um die Arbeit zu beenden, die ihr Hauptmann begonnen hatte.

Hände packten ihn und hoben ihn auf die Beine. Irgendjemand schrie etwas, was mit lautem Gelächter beantwortet wurde. Die Hände hielten ihn fest, und undeutliche Schatten stellten sich vor ihm auf.

»Laßt ihn in Ruhe!«

Die Schatten zögerten, und die Hände, die Farnor gefangenhielten, lockerten ihren Griff.

Die Worte drangen in Farnors Geist und bahnten sich ihren Weg durch Schmerz und Entsetzen, bis schließlich Erkennen die Folge war.

Gryss!

Nilsson drehte sich zu der Quelle der Störung um. Gryss ritt aus dem Schatten des Torbogens. Erschöpft lehnte er auf seinem Pferd, doch sein Auftreten war wütend und entschlossen.

»Laßt ihn in Ruhe«, wiederholte er. »Um Himmels willen, reicht es euch denn nicht, daß ihr seine Familie getötet und sein Heim zerstört habt? Müßt ihr ihn auch noch umbringen?«

»Alter Mann, geh zurück zu deinen Salben und Trünken«, erwiderte Nilsson drohend, »bevor du die gleiche Behandlung bekommst. Er ist hier hereingestürmt und hat mich angegriffen. Er kann von Glück sagen, daß ich ihn nicht sofort erschlagen habe. Jetzt bekommt er nur eine kleine Lektion, wie man sich in Gegenwart vornehmer Leute zu benehmen hat.«

Gryss' Lippen zuckten vor Zorn, während er von Nilssons verächtlichem Gesicht zu Farnors blutüberströmten blickte. Er bemerkte das Zucken um Nilssons Augen, das dem seinen glich, und er wußte, daß er, egal wie gerechtfertigt sein Zorn auch sein mochte, Farnors Leiden nur verlängern und vermutlich auch selbst eine Tracht Prügel abbekommen würde, sollte er so unklug sein, seiner Wut freien Lauf zu lassen. Irgendwo fand er noch genügend Willenskraft, sich diplomatisch zu geben.

»Ich bin sicher, er hat es jetzt verstanden«, sagte er und schluckte seinen Zorn hinunter. »Er hat schon immer schnell gelernt. Laßt ihn gehen, Hauptmann. Er hat genug.«

Nilsson blickte ihm in die Augen. Er fühlte, daß Gryss darum kämpfte, seine Furcht zu beherrschen. Es wäre kein Problem, den alten Mann auf der Stelle zu töten und anschließend Farnor fertigzumachen, aber so wie Gryss seine instinktive Reaktion zurückgedrängt hatte, so tat es jetzt Nilsson. Rannick hatte die Initiative in der Frage übernommen, wie die Dörfler zu behandeln waren: Vielleicht um seinem erwählten Hauptmann dadurch seinen Willen aufzuzwingen, vielleicht aber auch aus einem finstereren Grund, den Nilsson nicht verstand. Aber es war auch egal. Der Schaden war angerichtet, und nun war es an Nilsson, das feindliche Dorf unter Kontrolle zu halten, das Dorf, das sie brauchten, um eine wachsende Zahl von Männern in der Burg zu versorgen.

Und seine Beziehung zu Gryss würde sich in dieser Hinsicht vielleicht als entscheidend erweisen. Trotz Rannicks Versicherung, daß die Dörfler leicht einzuschüchtern seien, wußte Nilsson aus Erfahrung, daß willfährige Diener weit besser waren als Sklaven.

Zwei weitere Gestalten erschienen zögernd im Tor.

Nilsson nickte den Männern zu, die Farnor festhielten, ihn loszulassen. Als sie es taten, taumelte Farnor vorwärts und wedelte mit den Armen, als wolle er weitere Schläge abwehren. Nilsson packte ihn am Wams und zog ihn aufrecht, dann stieß er ihn brutal in Richtung Gryss.

Farnor fiel der Länge nach zu Boden und stieß einen Schmerzensschrei aus.

»Das sind jetzt schon vier Leute, die uns Schwierigkeiten gemacht haben, alter Mann«, sagte Nilsson, als Gryss vom Pferd stieg, um Farnor aufzuhelfen. »Ich habe gesagt, wir würden euch in Ruhe lassen, wenn ihr euch benehmt, und das habe ich auch so gemeint. Wir haben Wichtigeres zu tun, als uns mit ein paar Dorftrotteln abzugeben, und jeder, der Ärger macht, wird entsprechend bestraft.«

Gryss' Gefühle liefen Amok, während er versuchte, Farnor zu stützen. Deutlich hatte er bemerkt, wie Nilsson beiläufig den Mord an Garren und Katrin gestanden hatte. Er wollte ihn anschreien: »Warum, du mörderische Ratte? Warum? Was können sie getan haben, was eine solche Strafe verdient?« Aber er schwieg – ob aus Sorge um Farnor oder aus Furcht, das vermochte er nicht zu sagen.

»Ich verstehe«, sagte er. »Und ich werde mein Bestes tun, daß auch die anderen es verstehen.«

»Sorg dafür«, erwiderte Nilsson.

Gryss wandte sich besorgt an seinen Schützling. »Komm, Farnor. Laß uns von hier verschwinden«, sagte er sanft.

Langsam kamen Harlen und Yakob herbei, um ihm zu helfen. Obwohl noch immer von Schmerzen geplagt, gelang es Farnor, sich aufzurichten und sich nur mit einer Hand an Harlens Schulter abzustützen, ohne umzufallen.

Einige der Männer grölten spöttisch, als die vier sich auf den Weg machten.

»Was geht hier vor?«

Nilsson zuckte beim Klang der Stimme zusammen. Es war Rannicks. *Geht. Rennt, solange ihr noch könnt,* rief er den vier Dörflern im Geiste zu, aber sie blieben stehen und drehten sich um. Nilsson fluchte in sich hinein und wandte sich seinem Herrn zu.

Rannick trug ein dunkelbraunes Lederwams über einem Leinenhemd, das mit einem verwirrenden Linienmuster verziert war. Eine robust gewebte Hose verschwand in kniehohen Stiefeln und wurde von einem fein gearbeiteten Ledergürtel gehalten, der wiederum von einer Messingschnalle gesichert wurde, die im Sonnenlicht funkelte. Nilsson erkannte die Kleider als Teil der Beute von ihrem letzten Überfall.

Dann hast du also ein wenig in unseren ›Waren‹ herumgekramt, Herr, dachte er, *wie ein altes Weib auf dem Wochenmarkt.*

Aber die Kombination der Kleidungsstücke strahlte etwas aus, das Nilsson nervös machte. Sie deuteten auf Selbstbewußtsein und Willenskraft hin und nicht, wie Nilsson zuerst vermutet hatte, auf Verwirrung und eine Art Schrulle.

»Nichts Wichtiges, Herr«, sagte Nilsson mit gutgelaunter Stimme. »Bitte entschuldigt, falls wir Eure Ruhe gestört haben sollten.«

Rannick sah Gryss und die anderen.

»Ah«, sagte er und lächelte. »Du bist wohl gekommen, um dich über die Behandlung von Jeorg und den Yarrances zu beschweren, nicht wahr, Gryss?«

»Wir sind gekommen, um Farnor zu holen«, antwortete Gryss rasch, bevor jemand anders sich einmischen konnte.

Rannick nickte verständnisvoll und trat vor. Er hatte etwas Seltsames an sich. Seine Haare und seine Kleider bewegten sich, als ginge er durch einen Wind, der an einem anderen Ort wehte.

Als er sich der Gruppe näherte, senkte sich tiefes Schweigen über den Hof.

Ein Stück vor Gryss blieb er stehen. Yakob und Harlen starrten ihn offen ungläubig an. Beide wollten gleichzeitig etwas sagen, doch Rannick gab ihnen keine Gelegenheit dazu.

»Was ist los?« fragte er spöttisch. »Traut ihr euren Augen nicht? Gestattet mir zu erklären.« Er senkte den Kopf.

Ein kleiner Staubwirbel bildete sich vor seinen Füßen. Rasch nahm er an Kraft und Wildheit zu, um sich schließlich wie ein Raubvogel in die Gesichter der beiden Männer zu stürzen. Beide taumelten zurück, schlossen die Augen und hoben die Hände, um sich zu schützen.

Rannick lachte freudlos. »Ich glaube, ein wenig Staub in den Augen wird euch helfen, die Dinge klarer zu sehen«, sagte er. »Es wird euch ein Bild davon geben, wie die Dinge jetzt stehen. Habe ich nicht Recht?«

Gryss hob die Hand, um Harlen und Yakob vom Antworten abzuhalten. »Wir wollen jetzt gehen ...« Er zögerte; dann brachte er mühsam hervor. »Herr Rannick. Wir müssen dem Rest des Dorfes berichten ...«

»Ihnen *was* berichten, Gryss?« unterbrach ihn Rannick.

Gryss deutete vage auf den Hof. »Über die ... die neue Garnison, die hier errichtet wird. Von der Notwendigkeit ...«

Rannick schüttelte den Kopf. »Das war ein Scherz von Hauptmann Nilsson, Gryss«, sagte er und lächelte wieder. »All dieser Unsinn von wegen Armee. Er und seine Männer sind genauso wenig Gefolgsleute des Königs wie ich. Es sind Kämpfer, das steht fest, aber man könnte sie als ... unabhängig bezeichnen. Sie kämpfen lieber für sich selbst anstatt für einen weit entfernten König.«

Er wurde plötzlich freundlich und geradezu redselig. »Sie haben eine faszinierende Geschichte.« Bedeutungsvoll blickte er zu Nilsson, dessen Gesicht vollkommen ausdruckslos war. »Würdest du sie kennen, würdest du nie wieder schlafen, um nicht die Augen schließen zu müssen. Oder zumindest würdest du nicht mehr vor die Tür gehen, wenn du morgens Hufgetrappel auf der Straße hörst. Aber jetzt haben sie sich mir verschworen – eine Vereinbarung zu unserem gegenseitigen Vorteil.« Er trat näher an Gryss heran, und seine Stimme wurde zu einem zischenden Flüstern. »Erzähl den Dörflern nur von mir, Gryss«, sagte er. »Sag ihnen, ich sei jetzt ihr Führer und daß ich absoluten Gehorsam von ihnen verlange. Sag ihnen, die Strafe für Ungehorsam hänge von meinen Launen ab, aber auf jeden Fall wird sie nicht angenehm sein. Und sag ihnen, daß ich den guten Hauptmann angewiesen habe, jeden auf der Stelle zu erschlagen, der versucht, das Tal zu verlassen.«

Trotz seiner Vorsätze fragte Gryss: »Warum hast du Garren und Katrin umgebracht?«

Nilsson kniff nervös die Augen zusammen, aber wider Erwarten regte Rannick sich nicht auf. Stattdessen machte er ein nachdenkliches Gesicht.

»Garren war unverschämt«, antwortete er schließlich in beiläufigem Tonfall. Er deutete mit dem Kopf auf Nilsson. »Und mein fähiger neuer Verbündeter hier hat Katrin getötet.« Anerkennend streckte er die Hand zu Nilsson aus. »Oder wenn ich mich recht entsinne, hat sie sich selber umgebracht.« Er warf Gryss einen verletzten Blick zu. »Aber sie *hat* versucht, mich umzubringen, also blieb ihm nichts anderes übrig. Hätte er es nicht getan, hätte ich es tun müssen, nachdem ich mit Garren fertig war.«

Gryss warf einen besorgten Blick zu Farnor, während Rannick diesen kurzen, herzlosen Bericht abgab, doch der junge Mann schien kaum noch bei Bewußtsein zu sein und wurde von Harlen gestützt.

Dann spürte Gryss, wie sich Rannicks Hand um seinen Arm schloß und ihn vertrauensvoll drückte. »Aber da war noch ein anderer Grund, wie ich jetzt verstehe – ein sehr viel tieferer Grund.« Rannicks Stimme triefte förmlich vor Selbstzufriedenheit. »Warum sollte *ich* meine Zeit damit verschwenden, ein Insekt wie Garren Yarrance zu zerquetschen?« Er blickte zu Gryss, als erwarte er tatsächlich eine Antwort. Gryss bemerkte, daß er die

Luft anhielt; so schrecklich war Rannicks Gegenwart. Sein Arm wurde losgelassen.

»Aber seltsame Kräfte sind hier am Werk.« Rannick musterte Gryss aufmerksam. »Kräfte, die auf mich konzentriert sind. Kräfte, die ich vielleicht schon mein ganzes Leben lang auf mich gezogen habe. Kräfte, die mir helfen, mein Schicksal zu erfüllen.« Wieder schloß sich die Hand um Gryss' Arm. »Warum sonst wäre ich wohl mit dieser Gabe geboren worden?« Ein böiger Wind erfüllte den Hof, wirbelte Staub auf und machte sowohl Männer als auch Pferde nervös. Und so plötzlich, wie er begonnen hatte, hörte er auch wieder auf. Gryss zitterte bei der Erinnerung an den Wind, der ihn und Farnor beinahe gefangen hatte.

»Warum sonst wäre ich wohl ...?« Er schwieg, und sein Blick wanderte geheimnisvoll nach Norden.

Dann richtete er sich zu seiner vollen Größe auf und fuhr im Ton eines Gelehrten fort, der nach langen Überlegungen endlich eine befriedigende Schlußfolgerung gefunden hatte: »Und warum sonst sind Nilsson und sein verlorener Haufen ausgerechnet in diesem Tal gelandet, wenn nicht um meinen Zwecken zu dienen?«

Gryss schwieg.

Rannick blickte auf seine Hände. »Und warum hätte Garren mich so sinnlos reizen sollen?« Er sah wieder zu Gryss. »Warum hat er das überhaupt getan? Nur, um durch meine Hand zu sterben?« Er krümmte die Finger, so daß sie wie Krallen wirkten, dann streckte er sie wieder aus, und Gryss spürte die Spannung, die von Rannick ausstrahlte.

»So viele Fragen, Gryss. So viele Fragen.« Rannick beugte sich vor, und sein Tonfall wurde eindringlich. »Aber nur eine Antwort. All dies ist lediglich geschehen, damit Garren lernt, was es heißt, sich mir zu widersetzen, und damit Katrin anschließend ihren blasphemischen Angriff auf mich durchführen konnte, durch den ich wiederum etwas gelernt habe. Ich habe gelernt, jenseits meines Wissens zu schauen, denn dort liegt noch weit größere Macht.« Er senkte die Stimme zu einem Flüstern. »Ich bin verklärt worden.«

Angewidert und verängstigt zugleich, konnte Gryss sich auch nicht von Rannick entfernen, nachdem dieser ihn wieder losgelassen hatte.

»Schau her«, befahl Rannick leise.

Gryss spürte, wie die Luft um ihn herum von einer unangenehmen Energie zum Leben erweckt wurde. Es war, als drohe ein Gewitter auszubrechen. Er bereitete sich auf einen weiteren Angriff des Windes vor, der diesen Ort zu beschützen schien, doch dann konzentrierte er sich auf eine vage, leuchtende Form, die vor Rannick erschienen war. Unwillkürlich wollte er zurückweichen, aber Rannick packte ihn am Arm und hielt ihn zurück.

»Schau her«, wiederholte Rannick.

Gryss konnte ohnehin nicht anders, so bezwingend war das unheimliche, tanzende Licht vor ihm, das immer stärker wurde. Dann ertönte das schreckliche Kreischen, das auch den Yarrance-Hof erfüllt hatte, und das Licht verwandelte sich in hell flackernde Flammen. Sie drehten sich um- und ineinander wie exotische Tänzerinnen, bis sie sich schließlich zu einer Säule formierten, die weit über die Burgmauern hinausragte. Die Männer im Hof zogen sich zurück, ebenso wie Harlen und Yakob. Nur Nilsson blieb standhaft.

Gryss spürte eine Hitze auf seinem Gesicht, die schlimmer war als alles, was er bisher erlebt hatte. Selbst die Esse des Dorfschmieds schien ihm verglichen damit ein laues Lüftchen zu verbreiten.

Er blickte zu Rannick. Dessen Augen glitzerten im Licht; zwei winzige Flammensäulen spiegelten sich in ihnen und schienen sich bis ins Herz des Mannes zu brennen.

»Das ist nur ein Pfand«, sagte Rannick. »So viel Wissen

besitze ich schon, und so viel werde ich noch erlangen. Nun bin ich wirklich auf der goldenen Straße meines Schicksals.«

Inzwischen zitterte jeder Teil von Gryss' Körper. Was auch immer er seit Jeorgs geflüsterter Erzählung von Rannick gedacht haben mochte, seine schlimmsten Befürchtungen waren nichts im Vergleich mit der Macht, die er hier zu sehen bekam. Er wußte, daß er sich auf den Mann stürzen und ihn irgendwie vernichten sollte, bevor Nilsson und seine Männer Gelegenheit hatten zu reagieren. Er könnte es tun; er war nah genug. Ein rascher Stich mit dem Messer, und er könnte dem Monster die Kehle aufschlitzen. Aber er wußte auch, daß er nicht dazu fähig war. Er wußte, daß seine Hand ihm aufgrund all dieser Schrecken nicht gehorchen würde.

Und doch mußte es getan werden!

Dann spürte er, wie Rannick zusammenzuckte.

Die Flammen gerieten ins Wanken.

Ein Schatten von Zorn huschte über Rannicks Gesicht, der jedoch sofort von einem Ausdruck ersetzt wurde, der auf große Anstrengung schließen ließ.

Doch noch immer nahmen die Flammen ab, langsam zwar, aber deutlich erkennbar.

Der Schweiß trat Rannick auf die Stirn.

Gryss zwang sich zu absolutem Schweigen und wandte sich von Rannick ab in dem Versuch, so unbedeutend wie möglich zu wirken. Sollte Rannick bei seiner monströsen Prahlerei versagen, dann wäre sein Zorn unendlich, und er könnte sich aus den nichtigsten Gründen gegen jeden wenden.

Rannick begann, schwer zu atmen.

Gryss zwang sich die Worte in den Mund. Worte, die es Rannick vielleicht ermöglichen würden, dieses Schauspiel zu beenden, ohne dabei das Gesicht zu verlieren. »Eure Macht ist überwältigend, Herr«, keuchte er. »Wahrhaft atemberaubend. Ich hätte niemals gedacht, daß ...«

Doch über seinen Worten und dem Prasseln der Flammen trieb ein schwaches, fernes Geräusch in den Hof. Es war ein schreckliches, nervenzerfetzendes Geräusch: ein Heulen. Es hätte ein Wolf sein können oder eine Wildkatze, aber es war keines und doch beides. Das Geräusch klang leidend und unnatürlich: ein tierisches Geräusch, doch voller menschlicher Bosheit.

Es ist die Kreatur, hörte Gryss seinen Verstand sagen; kein Tier, das er je gesehen hatte, würde solch ein Geräusch von sich geben.

Er blickte wieder zu den Flammen empor. Sie brannten weniger hell als zuvor und hatten eine blutrote Farbe angenommen. Außerdem strahlten sie etwas aus, was auf einen Kampf hindeutete. Am Rand seines Blickfelds sah Gryss Rannick. In seinem vor Schweiß glänzenden Gesicht spiegelte sich der Kampf.

Das vermittelte Gryss den Eindruck, daß Rannick nicht nur darum kämpfte, die Flammen aufrechtzuerhalten; er focht eine Schlacht gegen irgendeine andere Macht.

Gegen einen anderen Willen ...?

Gerettet durch Gryss' Einmischung stützte sich Farnor auf Harlens Schulter. Irgendein Überrest kindlichen Stolzes unterdrückte jedes äußere Zeichen des Aufruhrs, der in seinem Inneren herrschte, mit Ausnahme der Hand, die er auf den Bauch gelegt, und der Lippen, die er fest aufeinander gepreßt hatte. Irgendwie reichte das aus, ihn davon abzuhalten, auf die Knie zu sinken und seinen Schmerz und seine Furcht hinauszuschreien. Er wollte nach seinem Vater schreien, er solle ihn von diesem schrecklichen Ort fortbringen und von der Grausamkeit, mit der er hier behandelt worden war.

Dann hörte er vertraute Stimmen – die vielleicht stritten? Aber sie waren weit entfernt und undeutlich, und sie vermochten seinen Panzer aus Schmerz nicht zu durchdringen.

Bis ein bestimmtes unbehagliches Gefühl ihn aufrüttelte. Und wie die Stimmen, so war ihm auch dieses Gefühl vertraut. Wie lange war er schon hier?

Dann war es überall um ihn herum.

Hier und gleichzeitig dort, schwer zu fassen. Flackernd und unfaßbar schien es durch ihn und um ihn herum zu tanzen. Er erinnerte sich schwach an etwas.

Er erinnerte sich an die wilde, grausame Kreatur. Er erinnerte sich an Rannick. Er erinnerte sich an den Sturm ungezügelter Gefühle, der über ihn hereingebrochen war, als er über die Felder geflohen war, nur um am Ende seines Weges seine Eltern tot und sein Heim zerstört zu finden.

Und all diese Erinnerungen waren eins, zusammengefügt von dieser abscheulichen Macht, die sich irgendwie einen Weg an diesen Ort gebahnt hatte, wo sie nicht hingehörte.

Und dann waren die Erinnerungen verschwunden. Beiseite gewischt von etwas, das sich tief in ihm rührte, als erwache es nach langem Schlaf – irgendetwas wie ein schwaches, weit entferntes Licht. Und dann griff es hinaus und verbat sich dieses Eindringen.

Das Unbehagen geriet ins Wanken.

Dann erschien ein Wille, es zu unterstützen.

Rannicks Wille! dachte Farnors Geist.

Oder der der Kreatur!

Es war egal.

Das Licht, das aus seinem Inneren gekommen war, flammte auf und stürzte sich wie ein Raubtier auf seinen Gegner.

Irgendwo, hilflos wie Laub im Wind, schwebte Farnor an einem Ort, der zugleich hier und doch nicht hier war und schaute zu. Er war sich seines geschundenen, schmerzenden Körpers, der auf Harlen lehnte, durchaus noch bewußt, doch stellte er keine Last mehr für ihn dar. Auch war er sich der Tatsache bewußt, daß die Schlacht, die soeben entbrannt war, auf seinen Willen hin begonnen hatte, auch wenn er keine Kontrolle darüber hatte.

Er war …

Was …?

Er wußte, daß nur Entschlossenheit von ihm verlangt wurde, unerbittliche Entschlossenheit. Was hierhergekommen war, gehörte nicht hierher. In diesen fremden Gefilden war seine Fähigkeit, Leid zu verursachen, jenseits aller Vorstellungskraft. Der schreckliche Riß, durch den es eingedrungen war, mußte versiegelt werden.

Und die Gabe, ihn versiegeln zu können, lag bei ihm.

Er würde nicht besiegt werden.

Er würde standhalten.

Es folgte scheinbar eine Ewigkeit, in der alles im Gleichgewicht und still war. Irgendwo, das wußte Farnor, wurde die Schlacht geschlagen, aber er konnte nichts anderes tun, als zu warten und dem Eindringling mit der ganzen Kraft seines Willens den Zugang in diese Welt zu verweigern.

Dann geriet die faule Macht wieder ins Wanken. Zunächst nur leicht, doch dann mit wachsender Verzweiflung versuchte sie, sich an diesem Ort festzukrallen wie ein vom Absturz bedrohter Kletterer.

Starb sie?

Nein. Das konnte nicht sein. Aber sie wurde schwächer, wurde zurückgedrängt. Und jetzt schrie sie. Nutzlos. Sie mußte dorthin zurückkehren, von wo sie gekommen war, und hier würde wieder alles gut werden.

Und mit einer letzten krampfhaften Anstrengung war sie verschwunden, und es herrschte Stille.

Farnor spürte, wie das nun befreite Licht über ihn hinwegflutete und ihn wieder zu sich selbst zurückbrachte. Myriaden von Gefühlen brachen über ihn herein, als sein Körper sich um ihn schloß.

Schmerzhafte Gefühle!

Wie ein Traum waren der Eindringling und der mysteriöse Widerstand gegen ihn verschwunden. Das Licht war zu dem hellen Sonnenlicht geworden, das den Hof durchflutete und durch Farnors halbgeschlossene Lider drang. Und der Schmerz konzentrierte sich auf seine Rippen, seinen Rücken, sein Gesicht und ... auf jede andere Stelle, die Nilsson geschlagen hatte.

Er hörte sich selbst vor Schmerz stöhnen.

Das Geräusch kam ihm unnormal laut vor. Er wurde sich der Stille um sich herum bewußt, einer Stille voller Spannung. Er zwang sich, die Augen ein Stück zu öffnen.

Jeder im Hof starrte auf etwas, obwohl Farnor nirgends etwas sehen konnte.

»Was ist passiert?« hörte er Harlen mit leiser, ehrfurchtsvoller Stimme fragen.

»Sie ist verschwunden.« Das war Gryss, der ihm ebenfalls flüsternd antwortete. Seine Hände schwebten vor den Ohren, als hätte er sie sich gerade zugehalten. »Dieser schreckliche Lärm«, sagte er.

»Diese Farbe«, sagte Harlen. »Wie Blut. Solche Flammen habe ich noch nie gesehen. Laß uns verschwinden, Gryss, solange wir noch können. Etwas ist schiefgelaufen. Sieh dir Rannicks Gesicht an.«

Bei der Erwähnung des Namens Rannick verschwand das seltsame Zwischenspiel vollends aus Farnors Geist und wurde durch den wilden Zorn ersetzt, der ihn erst hierhergebracht hatte.

Er entfachte in ihm das Verlangen, dieses Monstrum zu zerstören, als sei es nie aufgehalten worden. Harlen packte ihn jedoch sofort, als er versuchte, sich zu bewegen.

»Um Himmels willen, Farnor«, zischte er. »Was tust du? Sieh ihn dir doch nur einmal an. Wir sind tot.«

Kapitel 35

»Wir sind tot.«

Die schreckliche, zitternde Furcht in Harlens Worten weckten Farnor endgültig und brachten die Schmerzen mit voller Stärke wieder zurück – die Folge von Nilssons Schlägen. Er mußte kurz das Bewußtsein verloren haben, entschied er benommen, und während er bewußtlos gewesen war, mußte etwas geschehen sein.

Aber was?

Er blickte zu Gryss, der auf etwas starrte. Farnor folgte dem Blick des alten Mannes und sah Rannick. Das Gesicht des ehemaligen Tagelöhners war eine Maske aus blindem Zorn.

»Runter«, murmelte Gryss voller Angst, sank auf die Knie und senkte den Kopf. »*Runter!*«

Bewegt von dem Drängen in seiner Stimme sanken auch Harlen und Yakob auf die Knie. Farnor blieb keine Wahl. Er stolperte, als Harlens Schulter als Stütze plötzlich verschwand; dann packte ihn Harlen am Arm und zog ihn hinunter. Es gelang Farnor, nicht zu schreien, als der Schmerz in seinen Knien sich mit jenen mischte, die ohnehin schon von seinem ganzen Körper Besitz ergriffen hatten. Er beugte sich vor, um ein Teil seines Gewichts auf die Arme zu verlagern.

»Herr Rannick, verzeiht uns.«

Obwohl seine Hauptsorge den Schmerzen galt, erkannte Farnor, daß es Gryss war, der sprach. Vorsichtig blickte er zu dem alten Mann. Gryss hatte noch immer den Kopf gesenkt. Er erinnerte Farnor an einen geprügelten Hund, und er war sorgfältig darauf bedacht, Rannick nicht in die Augen zu blicken.

»Wir haben nicht gewußt, wie groß Eure Macht geworden ist, und ...« Gryss zögerte einen Augenblick lang. »Und wie hätten wir auch ahnen können, daß Ihr zu solchen Wundern fähig seid, wie Ihr sie uns soeben gezeigt habt?«

Entsetzen und Scham erfüllten Farnor. Was geschah hier? Er würde sich nicht vor diesem Wilden verneigen. Das hier war Rannick, der Mörder seiner Familie, der Herr der Kreatur ...

Doch Harlen hielt ihn fest, und er verstärkte seinen Griff sogar noch, als er spürte, daß Farnor sich bewegen wollte.

»Nun haben wir gesehen, welch große Macht Ihr besitzt, Herr«, fuhr Gryss fort. »Verzeiht uns, Herr. Wir bitten Euch. Laßt uns nun gehen, damit wir die Kunde von Eurer Größe im ganzen Tal verbreiten können.«

Es folgte ein langes Schweigen. Farnor unternahm einen neuen Versuch, sich zu bewegen, doch Harlens Griff wurde noch fester, und er spürte, daß der Mann zitterte. »Dann geht. Geht! Und seht zu, daß ihr mir in Zukunft mit eurer Dummheit keinen Ärger mehr macht.« Rannicks Stimme klang angespannt und wütend.

»Herr«, erwiderte Gryss und verneigte sich noch tiefer.

Noch immer mied er Rannicks Blick, als er sich aufrappelte und den anderen winkte, ihm zu folgen. Harlen und Yakob tauschten einen raschen Blick aus, dann standen auch sie auf, zogen Farnor in die Höhe und schleppten ihn mit gesenktem Blick zum Tor.

»Was tut ihr?« fragte Farnor, während er versuchte, das Gleichgewicht zu halten.

»Sei still«, zischten Harlen und Yakob gleichzeitig und zerrten ihn weiter. Harlens Stimme zitterte. »Laß uns von hier verschwinden, bevor er seine Meinung wieder ändert.«

Bevor er richtig verstehen konnte, was hier geschah, war Farnor durch den Schatten des Torbogens hindurch und wieder ins Sonnenlicht hinausgeschleppt worden.

»Wo sind die Pferde?« fragte er verwirrt und verunsichert.

Harlen und Yakob wurden keinen Schritt langsamer. »Über die Hügel und auf halbem Weg zur Hauptstadt, würde ich vermuten«, antwortete Yakob bissig. »Wenn ich mich daran erinnere, mit welcher Geschwindigkeit sie die Burg verlassen haben ...«

Stets der Sanftere von den beiden, versuchte Harlen, seine Freunde zu beruhigen. »Nein, sie werden irgendwo auf halbem Weg zum Gasthaus grasen.« Farnor war das Schicksal der Pferde eigentlich vollkommen egal. Endlich brachte er genug Kraft auf, um sich loszureißen. »Was geht hier vor?« verlangte er zu wissen.

Ein kräftiger Stoß in den Rücken ließ ihn nach vorne taumeln. Er schrie auf, als eine neue Welle des Schmerzes über seinen geschundenen Körper hereinbrach.

»Geh einfach weiter«, sagte Gryss von hinten. »Wenn die Burg erst einmal außer Sicht ist, können wir immer noch langsamer werden.«

Farnor drehte sich wütend zu ihm um, doch auf Gryss' Gesicht lag ein Ausdruck, wie er ihn noch nie zuvor gesehen hatte: ein Ausdruck von großer Furcht gemischt mit ebenso großer Entschlossenheit. Kurz hielt er dem Blick des alten Mannes stand, dann jedoch mußte er nachgeben. Ohne ein Wort zu sagen, drehte er sich wieder um und humpelte die Straße hinunter. Harlen und Yakob traten neben ihn, doch er lehnte ihre Hilfe ab.

Niemand sagte mehr etwas, bis sie die Burg ein gutes Stück hinter sich gelassen hatten und unter die Schatten einiger Bäume traten. »Laßt uns die Straße verlassen«, schlug Gryss vor. »Ich will mir Farnor einmal ansehen.«

Als sie zwischen die Bäume traten, verlangsamten sie ihren Schritt ein wenig und lockerten auch die eiserne Disziplin, die sie bis jetzt aufrechterhalten hatten.

»Was ist passiert? Was war das alles?« fragte Yakob mit einem Hauch von Hysterie in der Stimme. »Wo sind diese ... diese Flammen hergekommen? Oder was auch immer sie gewesen sein mögen.«

Gryss hatte Farnors Arm ergriffen und führte ihn nun zu dem grasbewachsenen Ufer eines kleinen Baches. »Das war Rannick«, erklärte er, setzte Farnor nieder und bückte sich neben ihn, um ihn zu untersuchen. »Das war unser übellauniger Dorfrüpel in voller Blüte. Sein Familienmakel ist in ihm zum Durchbruch gekommen.«

»Aber ...?«

»Aber nichts. Du hast ihn gesehen. Aus irgendeinem Grund hat er nun das Kommando da oben«, sagte Gryss, ohne die Untersuchung von Farnor zu unterbrechen. »Und frag mich nicht, wie es dazu gekommen ist oder wie er diese Flammen gemacht hat. Auf jeden Fall war es kein Trick, so viel steht fest. Ich kann ihre Hitze immer noch spüren.« Er schauderte. »Und diese schreckliche Farbe, als sie schwächer geworden sind ...«

»Und der Lärm«, fügte Harlen hinzu.

Gryss nickte und fuhr fort: »Wenn ich ihn richtig verstanden habe, hat er erst gelernt, wie man diese Flammen macht, als er ...« Er zögerte und blickte unglücklich zu Farnor. »Auf Farnors Hof.«

Yakob lief nervös auf und ab, das Gesicht finster und die Stirn in Falten gelegt, doch bei der Erwähnung von Farnors Tragödie blieb er stehen und verzog schuldbewußt das Gesicht. »Es tut mir leid, Farnor«, sagte er. »Es ist nur ... Was geschehen ist, hat mir so eine Höllenangst eingejagt, daß ich vergessen habe, wer wirklich hier leidet.«

Farnor war jedoch nicht in der Stimmung, sich um solche Dinge Gedanken zu machen. »Was ist passiert?« verlangte er erneut zu wissen. »Und warum sind wir vor diesem mörderischen Hund davongerannt? Ich will ihn ...« Er schrie auf und stieß Gryss grob beiseite. »Paß auf, was du tust, du Idiot! Das hat wehgetan.«

Gryss fand sein Gleichgewicht wieder. Dann schlug er Farnor mit der flachen Hand in das bereits zerschundene Gesicht. »Und du paß auf, was du sagst, junger Farnor.

Indem du einfach so in die Burg gestürmt bist, hast du dich beinahe selbst umgebracht, ganz zu schweigen vom Rest von uns, die wir dir gefolgt sind.«

»Ich habe euch nie gebeten ...« begann Farnor.

»Es reicht!« schrie Gryss.

Dann beendete er vorzeitig seine Untersuchung, setzte sich neben seinen Schützling und legte das Gesicht in die Hände.

Niemand sagte ein Wort.

Ein kleiner Vogel flatterte über den Boden und musterte das reglose Quartett kurz mit seinen kalten gelben Augen; dann flog er davon.

Das Rauschen der rasch schlagenden Flügel ließ Gryss aufblicken.

»Komm«, sagte er, drehte sich zu Farnor um und legte ihm zögernd die Hand auf die Schulter. »Du hast eine schlimme Tracht Prügel abbekommen, und wir alle hatten große Angst. Laß mich mal sehen, ob irgendwas sofort versorgt werden muß, dann werden wir zu mir zurückgehen.« Er blickte zu Harlen und Yakob. »Bis wir dort ankommen, ist vielleicht einem von uns etwas eingefallen, wie wir die Nachricht den Dörflern beibringen können.«

Rannick ritt langsam durch die Wälder. Nach außen hin war er vollkommen ruhig, doch innerlich schwankte er zwischen feiger Furcht und wildem Zorn: Furcht vor den Mächten, die aufgestanden waren, um ihn an der Erfüllung seines Schicksals zu hindern, und Zorn, weil er sie nicht hatte erkennen können.

Die Demonstration seiner neu gefundenen Macht war zunächst scheinbar erfolgreich verlaufen. Auf jeden Fall hatte sie die Männer beeindruckt und diesen alten Trottel Gryss im wörtlichen Sinne auf die Knie gezwungen. Das zumindest war ihm ein gewisser Trost. Er hatte Recht gehabt und Nilsson nicht. Man mußte den Dörflern nur die Macht demonstrieren, mit der sie es zu tun hatten, und schon hatte man keine Probleme mehr mit ihnen. Diplomatie und guter Wille waren Mittel, die er vielleicht später benutzen würde, nachdem sich sein Reich ausgedehnt hatte. Aber warum sollte er jetzt Zeit darauf verschwenden?

Doch diese Frage war nur von geringer Bedeutung. Er wandte seine Aufmerksamkeit wieder seiner Hauptsorge zu. Seine Demonstration war in Wahrheit eine Katastrophe gewesen. Er rieb sich den Arm, wo Katrin ihn gestochen hatte. Es war eine langer, tiefer Schnitt gewesen, doch hätte er nun den Ärmel hochgekrempelt, hätte er nur eine schmale, gut verheilte Narbe gesehen. Seit seinem Kontakt mit der Kreatur und durch das Wissen, das er dabei erlangt hatte, hatten sich seine Heilfertigkeiten enorm verbessert. Aber er hätte auch bereitwillig seinen ganzen Arm für das Wissen gegeben, das ihm in Folge von Katrins Angriff enthüllt worden war.

Es hatte sich ihm enthüllt und anschließend in der Zerstörung des Yarrance-Hauses Gestalt angenommen und in der darauf folgenden Dunkelheit, in die er versunken war. Die Dunkelheit der seltsamen, geheimen Reise, auf die ihn der Geist der Kreatur geführt hatte. Er war an Orten jenseits dieser Welt gewesen, wo die Macht ihren Ursprung hatte.

Dieses Wissen!

Er verstärkte den Griff um die Zügel, während er sich an die Verzückung erinnerte, die er bei seinen Entdeckungen empfunden hatte. Der Ausblick ...!

Und jetzt?

Jetzt erschien ihm diese Verzückung wie blanker Hohn.

Jetzt, da sich die goldene Straße seines Schicksal immer weiter für ihn öffnete, setzte man ihm Widerstand entgegen.

Er öffnete den Mund und stieß einen Schrei des Zorns und Hasses aus, der gegen den schweigenden Willen gerichtet war, der aus dem Nirgendwo gekommen war und seine tote Hand auf den Weg der Macht gelegt hatte; gegen den Willen, der das, was geschaffen worden war, ungeschehen gemacht und ihn der größeren, jenseitigen Macht beraubt hatte, so daß er auf jene aus dieser Welt beschränkt war.

Vögel stiegen geräuschvoll in die Luft, und sein Pferd scharrte mit den Vorderhufen. Rannick griff hinaus und brachte es zum Schweigen. Die Macht dieser Welt reichte für die meisten Dinge aus. Aber ...

Er zügelte sein Pferd und blieb stehen. Die Erinnerung an diese andere dunkle und bedrohliche Gegenwart war noch immer wach, beherrschte jeden seiner Gedanken und warf einen unerwarteten Schatten auf seine Zukunft. Und doch, trotz ihrer Fähigkeit, ihm die Macht zu verweigern, war sie zögerlich gewesen, unsicher – beinahe ängstlich.

Ängstlich, ja, sie hatte eindeutig Angst gehabt, beschloß er.

Er ballte die Fäuste. Er würde nicht zulassen, daß man sich ihm derart widersetzte! Erst recht nicht, wenn der Eindringling so feige war. Der Widerstand hatte ihn unerwartet getroffen; er war nicht darauf vorbereitet gewesen. Das würde ihm nicht noch einmal passieren; nächstes Mal würde er vorbereitet sein. Er würde sie vernichten, sollte sie noch einmal auftauchen.

Aber der unterschwellige Zweifel, der seine Gedanken begleitete, versetzte ihn noch mehr in Wut. Durfte er einen neuen Kampf riskieren? Wer vermochte schon zu sagen, wozu diese andere Macht noch fähig war? Und woher kam sie? Er mußte mehr über sie herausfinden.

Er wußte, daß auch die Kreatur die fremde Gegenwart gespürt hatte. Doch das zornige, trotzige Heulen der Kreatur hatte Rannicks Unsicherheit nur noch verstärkt, denn noch nie hatte er eine solche Reaktion bei seinem wilden Gefährten erlebt.

Und die Kreatur hatte auch erkannt, *was* ihnen da Widerstand leistete! Sie hatte gewußt, welcher Macht sie gegenübergestanden hatten, und sie hatte sich davor gefürchtet. Die Erinnerung an den Zweifel der Kreatur mischte sich mit seinem eigenen und führte ihn zu der unvermeidlichen Schlußfolgerung, daß die Quelle des Widerstands gefunden und vernichtet werden mußte.

Er glitt aus dem Sattel und ließ sein Pferd frei. Das Tier bewegte sich weg von ihm, doch mußte er es nicht anbinden, denn es wußte inzwischen genau, welche Folgen es hatte, seinem neuen Herrn den Gehorsam zu verweigern. Rannick nickte sich selbst zu. Er wußte nun, warum er aus der Burg geritten war, nachdem Gryss und die anderen gegangen waren. Er mußte mit seinem finsteren Verbündeten Zwiesprache halten, und dazu mußte er ihm nahe sein und irgendwo weit weg von Nilssons bedrückender Gegenwart und der seines armseligen Haufens.

Gemeinsam mußten er und die Kreatur über die Wege zwischen den Welten reisen, bis die Kreatur die Quelle der Macht wittern würde und er, Rannick, den Willen dahinter identifizieren konnte. Denn dahinter steckte jemand, den er kannte; dessen war er sicher. Der Widerstand hatte etwas Vertrautes an sich gehabt, das ihm nicht mehr aus dem Kopf ging.

Aber wer?

Er winkte dem Pferd, sich noch ein Stück weiter zu entfernen. Er mußte frei sein von dessen tierischer Angst. Er mußte den Boden berühren und sich allem um ihn herum bewußt werden, damit er seiner selbst bewußt werden und Ruhe in seine Gedanken bringen konnte.

Er begann, zwischen den Bäumen hindurchzuwandern. Widerwillig folgte ihm das Pferd, hielt aber Abstand.

War es einer von Nilssons Männern? Das könnte durchaus sein, vermutete Rannick. Sie hatten ihn nicht so vollständig akzeptiert, wie sie vorgaben. Einige hatten sich vor lauter Gier ihm voll und ganz verschrieben, doch andere erwiesen ihm nur gezwungen Respekt, gemischt mit Furcht und Zweifel.

Aber die Männer waren ohnehin nicht von Bedeutung: niedere Geister, die durchaus entbehrlich waren, wenn es die Lage erforderte.

Rannick rief sich die Vertrautheit noch einmal ins Gedächtnis zurück, die er in der fremden Gegenwart gespürt hatte, von der er besiegt worden war; doch sie entzog sich seinem Zugriff, wann immer er versuchte, ihr näherzukommen.

Eine Zeitlang war sein Geist von Enttäuschung und Wut vernebelt. Als sich der Nebel schließlich wieder lichtete, schob er Nilssons Männer als Möglichkeit beiseite. Die Vertrautheit hatte Bilder von Ereignissen heraufbeschworen, die sich lange vor der Ankunft von Nilssons Trupp ereignet hatten, und außerdem wäre es schon lange offensichtlich geworden, hätte es Schwierigkeiten mit Nilssons Männern gegeben.

Nun, dann war es also jemand aus dem Dorf.

Aber wer?

Der Zorn stieg wieder in ihm auf, doch er drängte ihn rücksichtslos zurück und verwandelte ihn in eisigen Haß.

Gryss? Yakob? Harlen? Farnor? Sicherlich nicht. Drei alte Männer und ein zusammengeschlagener, gebrochener Jüngling, der kaum stehen konnte. Von dort war mit Sicherheit kein Widerstand zu erwarten. Selbst die flüchtigste Berührung mit der Macht würde ihre armseligen Seelen wie Glas zersplittern lassen.

Aber wer?

Er knurrte, als er bemerkte, wie er die Frage in Gedanken immer und immer wieder wiederholte. Wer es war,

war eigentlich unwichtig. Er konnte die Frage hier und jetzt nicht beantworten, also würde er auch nicht zulassen, daß sie sich ihm noch einmal stellte.

Er marschierte weiter, folgte dem Lockruf des Willens der Kreatur. Als er eine kleine Lichtung erreichte, umging er sie in den Schatten am Rand; instinktiv mied er das strahlende Sonnenlicht. Er gestattete sich ein bitteres Lächeln als Reaktion auf die finstere Natur der Kreatur, die sich zunehmend mit der seinen mischte: Sie liebte das Tageslicht nicht gerade, geschweige denn den strahlenden Sonnenschein.

Bald, mein Liebling, dachte er. *Bald bin ich bei dir. In der Dunkelheit deines Unterschlupfs können wir gemeinsam ruhen und uns auf die Jagd heute Nacht vorbereiten.*

Lustvolle Erwartung beherrschte ihn

Mangels Ideen auf dem mühseligen Weg zurück von der Burg erklärte Gryss einem eilig zusammengerufenen Rat schlicht und ergreifend, daß Garren und Katrin ermordet und das Tal von den Fremden übernommen worden sei.

Es gab so viele unterschiedliche Reaktionen, wie Ratsmitglieder anwesend waren, und sie reichten von schicksalsergeben bis offen kampflustig. Anders als auf der letzten Versammlung ließ Gryss dem Tumult nicht lange Lauf. Damals hatte es so ausgesehen, als könnten sie sich Zeit lassen und die Dinge so nehmen, wie sie kommen würden; nun jedoch war etwas geschehen, und da die Ereignisse weit schwerwiegender waren, als Gryss sich je hätte vorstellen können, sah er keinen Vorteil mehr in einer vorsichtigen Vorgehensweise.

»Uns bleibt keine andere Wahl, als die Wirklichkeit zu akzeptieren!« schrie er, um den Lärm zu übertönen. Als es daraufhin etwas leiser wurde, wiederholte er noch mal: »Uns bleibt keine Wahl, meine Freunde. Wir sind Gefangene in unserem eigenen Tal. Gefangen von bewaffneten, rücksichtslosen Männern, die sich selbst einem der Unseren unterworfen haben.«

Die Stimmung der Versammlung schwankte zwischen Entsetzen über den grausamen Tod von Garren und Katrin – einige weinten – und Unglauben ob der Neuigkeit über Rannicks Verwandlung. Aber wie auch immer: Als typische Talbewohner waren die Ratsmitglieder pragmatisch veranlagt, und keinem von ihnen wäre in den Sinn gekommen, die übereinstimmenden Aussagen von gleich drei ihrer Freunde in Frage zu stellen, wie sehr sie sich das auch wünschen mochten. Desweiteren war Rannick allen wohlbekannt, und es dauerte nicht lange, bis sich Entsetzen und Unglauben in Zorn verwandelten. Gryss ließ zu, daß die Ratsmitglieder eine Zeitlang alte Geschichten über den stets schlecht gelaunten Tagelöhner und seine Vorfahren austauschten und sich in langwierigen Erklärungen ergingen, daß nichts von alledem geschehen wäre, hätte man dies oder jenes getan oder Rannick rechtzeitig seine Grenzen gezeigt – und so weiter und so fort.

Besonders eindringlich und deutlich beschrieb Gryss daraufhin, welches Schicksal jene erwartete, die Rannick noch immer als den Mann betrachteten, der er gewesen war.

»Ihr werdet sterben, und das nicht gerade auf angenehme Art. Er betrachtet es als Ehre für Garren und Katrin, daß sie durch seine Hand gestorben sind.«

Die ruhige Art, in der Gryss dies berichtete, ließ die Versammelten furchtsam schweigen.

»Mord ist Mord«, erklärte irgendjemand nach einer Weile. »Das ist Sache des Königs. Ebenso wie die Inbesitznahme der Burg. Wir sollten eine Nachricht in die Hauptstadt schicken.«

»Ich weiß«, erwiderte Gryss. »Aber sie haben Jeorg geschnappt, als er genau das versucht hat, und er ist nur aufgrund einer von Rannicks Launen mit dem Leben davongekommen. Nun jedoch hat er klar und deutlich gesagt, daß jeder getötet werden wird, der versucht, das Tal zu verlassen.« Unglücklich zuckte er mit den Schultern. »Ich weiß nicht, was ich sagen soll, geschweige denn tun.« Er blickte in die Gesichter seiner Freunde, die sich um den Ratstisch versammelt hatten. Ihre Furcht und ihr Zorn waren beinahe greifbar. Er verspürte das Verlangen davonzurennen, zurück zu seinem Haus, die Tür hinter sich zu schließen und sich einfach nur ... hinzusetzen. Sollte sich doch ein anderer um das Problem kümmern. Einen Augenblick lang wünschte er sich von ganzem Herzen, daß dies alles nur ein schrecklicher Traum war und daß er schon bald aufwachen und die Sonne durchs Fenster hindurch sehen würde. Dann würde er sich endlich wieder den Problemen des Alltags widmen können, die ihm noch vor wenigen Wochen so mühselig erschienen waren.

Doch nichts von dieser inneren Unruhe erreichte sein Gesicht oder seine Stimme. Stattdessen sagte er ruhig und respekteinflößend: »Ich glaube, was wir jetzt tun müssen, ist Folgendes: Wir müssen dafür sorgen, daß jeder versteht, wie es um uns bestellt ist, und sicherstellen, daß niemand eine Dummheit begeht. Meiner Einschätzung nach hätte eine Konfrontation mit Rannick nicht nur drastische Folgen für den Übeltäter, sondern auch für alle in der unmittelbaren Umgebung. Ihr wißt alle, was für ein gehässiges Schwein er war.« Kurz schloß er die Augen und tadelte sich selbst. »Und daß ihr mir solche Worte nie benutzt, noch nicht einmal, wenn ihr allein zu Hause seid.« Ein Raunen ging durch die Versammelten. »Ich meine das ernst«, erklärte Gryss in scharfem Tonfall. »Diese ... Banditen ... nennen ihn *Herrn* Rannick, und das vermutlich aus einem verdammt guten Grund. Ihr werdet das Gleiche tun, wenn ihr ...«

Mehrere abschätzige Stimmen unterbrachen ihn.

»*Herr* Rannick! Bei unserer Ehre! Wir werden ihm *Herr* geben, und ...«

»Ja, das werdet ihr«, sagte Gryss, bevor der Widerstand sich ausweiten konnte. Er deutete auf Harlen und Yakob. »Ihr werdet genau das Gleiche tun, was wir getan haben. Wenn ihr nur einen Funken Verstand habt, werdet ihr ihn ›Herr‹ nennen, und ihr werdet niederknien und ihm sagen, wie wunderbar er ist oder was er sonst noch hören will. Vertraut mir. Ihr wollt nicht wissen, wozu er fähig ist.«

Der Zorn in seiner Stimme unterdrückte den Protest, doch weckte er gleichzeitig andere Stimmen.

»Wir können nicht einfach herumsitzen und nichts tun«, erklärten diese Stimmen ruhig und vernünftig und wiederholten damit unbewußt Marnas Klage.

»Ich weiß«, erwiderte Gryss erschöpft. Eine Zeitlang starrte er hilflos auf den Tisch. »Aber im Augenblick fällt mir nichts Besseres ein, als zu beobachten und zu warten. Welch schreckliches Spiel hier auch immer gespielt werden mag, wir sind nur einfache Bauern und können rasch vom Brett genommen werden. Wenn wir Ärger vermeiden und sie ein wenig besänftigen, werden wir wahrscheinlich mit der Zeit mehr über sie herausfinden. Wir werden herausfinden, wie sie denken, und ...« Er lächelte leicht. »Vielleicht werden wir schon in ein, zwei Wochen klüger sein als jetzt und eine weit bessere Entscheidung treffen können.«

»Man besänftigt keinen verrückten Hund«, murmelte irgendjemand.

»Und man zieht ihm auch nicht am Schwanz, es sei denn, man hat einen Stock dabei, der groß genug ist, um mit ihm fertigzuwerden«, konterte Gryss.

Das war das Ende der Versammlung.

Später versammelte sich eine große Menge auf dem Dorfplatz, um dieselben Neuigkeiten zu hören. Es dämmerte bereits, als Gryss dort erschien, und während er auf den Tisch kletterte, den jemand aus dem Gasthof geholt hatte, tauchten die ersten Sterne im Osten auf. Sie fanden ihr Spiegelbild in den funkelnden Laternen und Sonnensteinen der Zuhörer.

Gryss berichtete ihnen, was geschehen war und was er dem Rat erzählt hatte, und die Reaktion der Menge war die Gleiche wie die der Ratsmitglieder, nur lauter und wilder, und der Tumult hielt weit länger an. Mehr als einmal mußten junge Männer davon abgehalten werden, sofort zur Burg zu stürmen und Rannick herauszuzerren. Gryss' jahrelange Erfahrung als Schlichter reichte kaum aus, um die Situation unter Kontrolle zu behalten. Schließlich gelang es ihm aber: ein scharfer Befehl hier, eine bissige Bemerkung dort, ein freundliches Wort, ein Lachen. Worte, Gesten, Mienenspiel, all das half ihm dabei, die Menge vom Verlangen nach sofortigem Handeln abzubringen und sie ruhigeren Überlegungen zugänglich zu machen.

Er endete mit den Worten: »Jeder von euch weiß, wie sehr ich Katrin und Garren geliebt habe, und ihr kennt meinen Sinn für Gerechtigkeit. Aber Katrin selbst hat die Wahrheit klar genug erkannt: ›Es sind allesamt Kämpfer, die Mord und Totschlag gewöhnt sind. Es gibt nicht einen im Tal, der sich ihnen entgegenstellen könnte und hoffen dürfte zu überleben.‹« Er hielt kurz inne. »Das waren ihre Worte, meine Freunde. Tragischerweise hat sie nur allzu recht gehabt. Und nun gehorchen diese Männer Rannicks Befehlen.« Er hielt erneut inne, damit die Zuhörer seine Worte verarbeiten konnten. »Gegen sie vorzugehen würde bedeuten, das gleiche Schicksal wie sie zu erleiden. Um die Toten zu ehren, muß man leben, nicht sterben. Ihr eigener Sohn wäre beinahe getötet worden, als er in seiner Trauer versucht hat, Rannick zu stellen. Wir müssen in allen Dingen umsichtig sein, ganz egal, wie wir uns dabei fühlen. Wir stecken mit einem wilden Bullen im selben Gehege. Wachsamkeit, Ruhe und Schweigen werden unsere besten Verbündeten sein.«

Seine Bemühungen machten ihn jedoch verlegen, während er beobachtete, wie sich die Menge in der Nacht zerstreute. Bleiche Gesichter verschwanden im Zwielicht und wurden zu Schatten durch das flackernde Licht der Laternen und Sonnensteine.

»Ich komme mir genauso sehr wie ein Mörder vor wie Rannick«, sagte er leise zu Harlen, als er dessen Hand ergriff und sich vom Tisch helfen ließ.

»Was meinst du damit?« fragte Harlen.

Gryss schüttelte den Kopf. »Ich weiß es nicht«, antwortete er traurig. »Ich habe nur das Gefühl ...« Er schlug mit beiden Fäusten auf den Tisch. »Ich habe das Gefühl, als sollte ich meine alte Axt rausholen, zur Burg hochgehen und mir einen Weg zu Rannick freihacken, ganz egal, was auch geschehen mag. Und doch sage ich ihnen, sie sollen ruhig bleiben; sie sollen nachdenken und nichts Unüberlegtes tun. Ich kann nicht anders, als zu glauben, daß ich sie verrate, daß ich sie bereits verraten *habe*. Vielleicht sollten wir wirklich dem Urteil der Jungen folgen und dort hinaufgehen und sie bekämpfen.«

Harlen legte ihm die Hand auf die Schulter, schwieg aber.

Kapitel 36

Gryss war gemeinsam mit Harlen, Yakob und dem zerschundenen und schweigenden Farnor nach Hause zurückgekehrt.

»Wir sind in Ordnung«, hatte Gryss gesagt, um die besorgte Marna zu beruhigen. »Ich werde dir gleich alles erzählen.«

Dann hatte er Farnor einer eingehenderen Untersuchung unterzogen, als es ihm auf der Straße möglich gewesen war, und schließlich hatte er festgestellt, daß der junge Mann vor allem Blutergüsse und ein paar Prellungen davongetragen hatte, und ihm befohlen, im Haus zu bleiben und sich auszuruhen.

»Ich muß eine Ratsversammlung vorbereiten und dann das Dorf zusammenrufen«, hatte Gryss ihm gesagt. »Wenn du schon einmal hier bist, kannst du Marna mit Jeorg genauso gut ein wenig zur Hand gehen.« Er legte die Hand auf die Stirn. »Ich werde auch Jeorgs Frau besuchen.« Er schloß die Augen und seufzte unglücklich auf, doch niemand meldete sich freiwillig, ihm diese Last abzunehmen.

Farnor nickte nur knapp, und Gryss' Gesicht war angespannt von unterdrücktem Ärger, als er sich zu Marna umdrehte und ihr winkte, ihm in Jeorgs Zimmer zu folgen.

»Wie ist es ihm gegangen?« fragte er.

»Er wacht immer wieder auf«, antwortete Marna. »Ich habe ihm gesagt, was geschehen ist, aber ich weiß nicht, wie viel er davon verstanden hat.«

»Wirkte er irgendwie gequält, erregt?«

»Nicht sonderlich«, erwiderte Marna. »Nicht nachdem ich ihm gesagt habe, du hättest gehört, was er von Rannick erzählt hat.« Sie lächelte schwach. »Er hat geglaubt, es nur geträumt zu haben.« Dann blickte sie in das Zimmer zurück, das sie gerade verlassen hatten. »Was ist mit Farnor los?« fragte sie leise.

Sie faltete die Hände, um sie vom Zittern abzuhalten, während Gryss ihr von Nilssons Schlägen berichtete, und als er von Rannick und seinen seltsamen Kräften erzählte, wurde sie kreidebleich. Ihre einzige Frage galt jedoch Farnors düsterer Stimmung.

»Die Tracht Prügel, die er bekommen hat, war nichts, was man einfach so wegsteckt, Marna«, antwortete Gryss. »Er muß höllische Schmerzen haben und fühlt sich vermutlich gedemütigt; aber ich glaube, seine Laune hat ihren Ursprung in seiner Trauer.«

Marna verstand nicht. »Warum schreit und weint er dann nicht oder so etwas?« fragte sie.

»Trauer ist bei jedem verschieden.« Gryss verzog besorgt das Gesicht. »Um ehrlich zu sein, wäre er besser dran, wenn er schreien und weinen würde. Er schluckt viel zu viel herunter.« Er schüttelte den Kopf. »Es wird ihm nicht gut tun. Diese Dinge müssen früher oder später raus, so oder so.«

Rasch hob er die Hand, um weiteren Fragen vorzubeugen. »Ich habe nicht viel Zeit, Marna. Ich muß die Versammlung vorbereiten. Rede nur mit Farnor, wenn er reden will. Falls nicht, laß ihn in Ruhe. Sei einfach nur da.«

So kam es, daß Marna, während Gryss mit dem Rat und den Dörflern rang, Farnor gegenüber an Jeorgs Bett saß.

Da sie nicht gewußt hatte, was sie mit der bedrückten Gestalt im Hinterzimmer anfangen sollte, die trotz der hereinbrechenden Dunkelheit keinerlei Anstalten machte, eine Laterne zu entzünden, hatte sie Farnor gebeten, ihr zu helfen, Jeorg aufzusetzen. Um ihn anschließend festzuhalten, zwang sie sich zu sagen: »Bitte, bleib bei mir, Farnor.« Zwar war ihr nicht ganz der leidende Tonfall gelungen, den sie beabsichtigt hatte, doch

Farnor war zu sehr mit seinen eigenen Gedanken beschäftigt, um auf solche Feinheiten zu achten. Tatsächlich provozierte sein Gesichtsausdruck, als er ihrer Aufforderung nachkam, sogar eine bissige Erwiderung, die auszusprechen Marna sich nur mit Mühe verkniff.

Die Wirkung von Gryss' Schlaftrunk ließ allmählich nach, und obwohl er noch schwach war und starke Schmerzen litt, war Jeorg bereits wach genug, um die Spannung im Raum zu bemerken.

»Was ist los?« fragte er und blickte zuerst zu Farnor und dann zu Marna. »Was ist passiert?«

Farnor antwortete nicht. Marna zögerte. Sie wußte nicht, was sie sagen sollte. Sie konnte nicht lügen, und doch wollte sie Jeorg auch nicht die Wahrheit sagen.

»Was ist passiert?« wiederholte Jeorg in zugleich drängendem und besorgtem Tonfall.

Marna ergriff seine bandagierte Hand und sagte leise: »Rannick und Nilsson haben Garren und Katrin ermordet und den Hof niedergebrannt.«

Jeorg riß entsetzt die Augen auf. Dann verzog er das Gesicht und hielt sich mit der freien Hand die Augen zu. Es dauerte eine Weile, bis er sie wieder wegnahm. Tränen glitzerten in seinen Augen. Er streckte den Arm aus und legte Farnor die Hand auf die Schulter, doch Farnor schob sie beiseite. Marna drückte Jeorg die Hand, schüttelte den Kopf und formte mit den Lippen die Worte: »Laß ihn.«

Jeorg nickte. »Das ist schrecklich«, sagte er. »Garren und Katrin. Ermordet. Ich kann es nicht glauben.« Er schüttelte den Kopf. »Aber andererseits kann ich es doch nach allem, was mir widerfahren ist. Wäre ich nur vorsichtiger gewesen, dann wäre ich jetzt auf dem Weg in die Hauptstadt. Vielleicht ...« Seine Stimme verhallte.

»Ich glaube nicht, daß das einen Unterschied gemacht hätte«, sagte Marna. »Wir wissen noch nicht einmal, warum es geschehen ist. Farnor ist vom Feld gekommen, und ...« Ihr versagte die Stimme. »Er hat sie gefunden. Dann ist er zu Rannick gegangen, aber Nilsson hat ihm das angetan.«

Sie nickte zu ihrem schweigenden Freund.

Jeorg drehte sich vorsichtig zu ihm um.

»Du hast vermutlich großes Glück gehabt, daß du noch lebst«, sagte er schlicht. »Ebenso wie ich. Ich weiß nicht, was mit Rannick geschehen ist, aber er ist ein verrückter Hund.«

»Er wird ein toter Hund sein, wenn ich ihn allein erwische«, erwiderte Farnor und starrte weiter vor sich hin.

»Sei nicht dumm, Farnor«, zischte Marna. »Jeorg hat Recht. Du hast Glück, daß du noch lebst, nachdem du so in die Burg gestürmt bist.«

Farnor preßte kurz die Lippen aufeinander. »Es waren nicht deine Eltern, die er ermordet hat«, erwiderte er verärgert und Marna schwieg.

»Wie lange habe ich geschlafen?« fragte Jeorg, um das schmerzhafte Schweigen zu durchbrechen, das Farnors Worten gefolgt war. Dann fügte er besorgt hinzu: »Weiß meine Frau, was geschehen ist?«

»Ungefähr einen Tag«, antwortete Marna. »Und nein, deine Frau weiß noch nicht, was geschehen ist. Gryss will sie nach der Ratsversammlung besuchen.«

Jeorg verzog abermals das Gesicht. Die Anstrengung ließ ihn zusammenzucken. »Dann wird sie bald hier sein, vermute ich«, sagte er. »Und ich werde aus dem Regen in die Traufe kommen.«

Entgegen ihrer Stimmung lächelte Marna.

Dann stand Farnor plötzlich auf und ging zur Tür.

»Wo gehst du hin?« fragte Marna.

»Raus«, antwortete Farnor knapp.

»Gryss hat gesagt, du sollst hier drin bleiben und dich ausruhen!« rief sie der sich rasch entfernenden Gestalt hinterher. Sie erhielt keine Antwort, und mit einem Fluch auf den Lippen nahm sie die Verfolgung auf.

Sie erwischte ihn an der Tür. »Gryss hat gesagt, du sollst bleiben«, wiederholte sie und packte ihn am Arm.

Farnor verzog das Gesicht, als hätte er gerade etwas Ekelhaftes gegessen, und öffnete trotz Marnas Hand auf dem Arm die Tür. »Gryss soll zur Hölle gehen«, sagte er brutal. »Und du auch, Marna. Geh mir aus dem Weg. Ich habe etwas zu erledigen.«

Dann humpelte er hinaus in die Dunkelheit.

Entsetzt ob dieses Ausbruchs war Marna unfähig, etwas darauf zu erwidern. Erst als sie das Klappern von Hufen hörte, als Farnor auf eines der Pferde stieg, die Gryss sich vom Gasthof geborgt hatte, fand sie ihre Stimme wieder.

»Farnor, wo gehst du hin?« rief sie in die Nacht hinaus – ohne Erfolg. Die einzige Antwort, die sie erhielt, war das Geräusch immer schneller werdender Hufe.

Sie warf die Tür zu, wirbelte herum und wäre beinahe über den alten Hund gestolpert.

»Beweg dich, verdammt noch mal«, schnappte sie und taumelte an ihm vorbei.

»Was tut er?« fragte Jeorg und versuchte aufzustehen, als Marna wieder ins Zimmer zurückkehrte.

Marna standen die Tränen in den Augen. »Ich weiß es nicht, dieser dumme Kerl«, platzte sie heraus. »Und du bleibst, wo du bist.« Wütend deutete sie mit einem Finger auf Jeorg, woraufhin dieser seinen Fluchtversuch sofort aufgab. »Wenn dieser Trottel durch die Gegend wandert und versucht, sich umzubringen, haben wir schon genug Ärger am Hals; da mußt du nicht auch noch aufstehen. Du kannst warten, bis deine Frau kommt … oder Gryss.«

Jeorg legte sich wieder hin. Er war sogar ein wenig erleichtert darüber, zur Zielscheibe von Marnas Zorn geworden zu sein. Er fühlte, wie das Entsetzen über die Behandlung durch Nilsson und Rannick bereits ein wenig schwächer wurde, und gleichzeitig hatte die rasche Bewegung ihm wieder zum Bewußtsein gebracht, wie schwach er war und wie viel Schmerzen er noch immer hatte.

»Es wird ihm schon nichts passieren«, sagte er in dem Versuch, Marna zu trösten. »Tief in seinem Herzen ist er ein vernünftiger Junge.«

Marna schüttelte den Kopf. »Sie haben seine Eltern ermordet, Jeorg. Und das ohne Grund. Sie haben sie einfach getötet. Das hat irgendetwas in ihm bewirkt. Du hast gesehen, wie er war. Ich glaube, er ist verrückt geworden. Ich glaube, er reitet jetzt wieder zur Burg.« Schmerz zeichnete sich auf ihrem Gesicht ab. »Dieses Mal werden sie ihn mit Sicherheit töten. Ich hätte ihn aufhalten sollen.«

»Sei nicht töricht, Marna«, versuchte es Jeorg erneut. »Du hättest ihn nicht aufhalten können. Und wie auch immer, er ist mit Sicherheit nicht so verrückt, daß er zu Nilsson zurückgehen würde, um sich eine weitere Tracht Prügel abzuholen, glaub mir.« Er zuckte zusammen, als eine beiläufige Bewegung einen neuen Schmerz an einer unerwarteten Stelle hervorrief. »Vermutlich will er nur allein sein. Vielleicht will er weinen. Wie ich Farnor kenne, würde ihm das vor dir schwerfallen.«

Marna ließ sich auf den Stuhl fallen, auf dem sie den größten Teil des Tages gesessen hatte, beugte sich vor und legte das Gesicht in die Hände. Ihr Geist war erfüllt von namenlosen Ängsten und Bildern von Farnor allein in der Dunkelheit und – am schlimmsten von allem – von Bildern von Rannick, wahnsinnig und mächtig, und von der seltsamen, wilden Kreatur, die die beiden miteinander verband.

Farnor ritt durch die Dunkelheit. Der Mond spendete etwas Licht, aber das Pferd besaß genug Verstand, um sich von seinem Reiter nicht allzu sehr treiben zu lassen, und behielt einen gleichmäßigen Trab bei.

Mit jedem Schritt des Tieres schoß ein stechender Schmerz durch Farnors zerschlagenen Körper, doch eine Zeitlang nahm er das gar nicht wahr. Sein ganzes Wesen war von dem dunklen Verlangen durchdrungen, Rannick zu stellen und ihn zu vernichten. Unmittelbar nach seiner Rückkehr mit Gryss und den anderen hatte er noch mit der Furcht und der Demütigung zu kämpfen gehabt, die er zusammen mit den Schlägen durch Nilsson erfahren hatte. Besonders die Erinnerung an die Demütigung hatte seine Erinnerung beherrscht, nachdem die Schmerzen abgeflaut waren. Ihre Wurzeln schienen weit tiefer zu liegen als nur in verletztem kindlichen Stolz, und wie Gryss vermutet hatte, fühlte er sich auf eine Art erniedrigt, wie er es niemals für möglich gehalten hätte.

Aber nach einiger Zeit war auch dieses Gefühl verblaßt – oder besser: Es war von dem leidenschaftlichen Verlangen überwältigt worden, die Quelle all dieses Schreckens zu finden und zu zerstören. Auch dieses Verlangen schien seinen Ursprung in einer Tiefe zu haben, in die sein Bewußtsein nicht vorzudringen vermochte.

Doch wie Jeorg erklärt hatte, war Farnor im Herzen ein vernünftiger Junge, und nach und nach bahnten sich die Beschwerden seines Körpers einen Weg an der finsteren Leidenschaft vorbei an die Oberfläche, und in ihrem Gefolge kehrten auch die Schatten der Furcht und der Demütigung wieder zurück. Farnor gestattete dem Pferd, im Schrittempo weiterzugehen. Seine Hand glitt zum Gürtel; das Messer, das seine Mutter getötet hatte, hing noch immer daran. Noch mehr Demütigung: Nilsson hatte ihn als Gegner als zu unwürdig erachtet, um ihn zu entwaffnen, während er ihn verprügelte.

Farnor fletschte die Zähne in unbewußter Nachahmung seines Peinigers; dann zog er das Messer. Er überprüfte die Klinge. Sie war so scharf, als hätte er sie heute erst geschliffen. Aber er hätte auch nichts anderes von ihr erwartet. Das war ein gutes Messer, das Lieblingsmesser seiner Mutter.

»Und ich werde dich damit aufschlitzen, Rannick«, sagte er zur Nacht. »Dich und dieses Monstrum, das du heraufbeschworen hast.«

Noch während er sprach, erkannte er die Falschheit dieser Worte. Sie waren nicht mehr als das hilflose Fluchen eines Kindes, das man in seine Schranken gewiesen hatte. Zur Burg zu gehen würde den Tod bedeuten.

Und doch ...

Und doch waren die Worte zwar hohl, die Absicht jedoch nicht. Die Absicht war wahr und fest. Rannick mußte vernichtet werden für das, was er getan hatte. Und er mußte von ihm, Farnor, vernichtet werden, wenn er jemals wieder seinen Frieden finden wollte. Plötzlich überkam ihn eine Erinnerung an seine Eltern, wie sie auf dem Hofgatter lehnten: Sein Vater blickte über die Felder, und seine Mutter drehte sich zu ihm um, um ihn für eine bissige Bemerkung einen Klaps auf den Arm zu geben, während sie gleichzeitig lächelte und das junge Mädchen hinter der Frau und Mutter zum Vorschein kam.

Das Bild war beinahe unerträglich. Farnor biß die Zähne zusammen und preßte die Faust in die Seite, um sich nicht davon überwältigen zu lassen. Er durfte nicht nachgeben, ermahnte er sich selbst. Damit würde er seine Eltern nicht ehren. Er mußte tun, was er tun mußte: Er mußte die Aufgabe beenden, die er sich selbst gestellt hatte.

Das Pferd war stehengeblieben, und er trieb es wieder an. Aufgrund der plötzlichen, lebendigen Erinnerung an seine Eltern fühlte er sich unvermittelt vollkommen leer.

Die Zukunft hatte aufgehört zu existieren. Pläne, von denen er niemals wirklich gewußt hatte, daß er sie gemacht hatte, waren verschwunden. Pläne, sich nach und nach die Fähigkeiten und das Können seines Vaters anzueignen, um irgendwann die Arbeit auf dem Hof übernehmen zu können, wenn sein Vater zu alt dafür geworden war. Pläne, vielleicht zu heiraten und Kinder zu haben, um seine Eltern zu Großeltern zu machen und den Namen seiner Familie zu erhalten. Auch wenn diese Pläne nur vage in seinem Kopf existiert hatten, jetzt waren sie auf jeden Fall zerstört. Alles, was ihm die Zukunft noch bot, war eine bedrohliche Finsternis, hinter der sich nur weitere Dunkelheit verbarg.

Der Haß kehrte wieder zurück und füllte die Leere in Farnor mit tröstlicher Entschlossenheit. Er *würde* Rannick vernichten, so oder so. Er schloß die Hand um das Messerheft. Er würde ihn für das, was er getan hatte, wirklich von oben bis unten aufschlitzen. Er würde wieder eine Zukunft bekommen – durch Rannicks Blut.

Im Kielwasser all dieser Gefühle kam der Verstand. Wenn er Rannick nicht töten konnte, indem er sich ihm offen in der Burg stellte, dann mußte er ihn heimlich umbringen. Er mußte ihn allein erwischen.

Ohne daß Farnor es bemerkt hatte, hatte ihn das Pferd inzwischen von der Straße und auf den Weg zum Hof geführt. Er wollte gerade wieder wenden, als er seine Meinung änderte und dem Tier gestattete, ihn dorthin zu bringen, wo es hinwollte.

Dort angekommen machte er sich daran, die verrußten Trümmer des Haupthauses und das Chaos im Werkzeugschuppen zu durchsuchen. Es war eine schreckliche Arbeit, doch er wappnete sich dagegen. Einmal mehr rang er die Gedanken und Erinnerungen nieder, die ihn von seiner Entschlossenheit abzubringen drohten, denn es war seine Entschlossenheit, die ihn durch alle Widrigkeiten hindurch zu seinem Ziel führen würde.

So kam es, daß sein Pferd, als Farnor einige Zeit später wieder auf die Straße zurückkehrte, Satteltaschen voller Proviant und Gerätschaften trug, wie er sie zum Überleben im Wald brauchte.

Er konnte die Burg nicht stürmen, aber er konnte sie heimlich belagern.

Er konnte das Kommen und Gehen der Männer beobachten, ihre Gewohnheiten kennenlernen und auf den Moment warten, da Rannick allein die Festung verließ. Denn irgendwann würde er mit Sicherheit alleine hinausgehen. Früher oder später, das wußte Farnor, obwohl er nicht sagen konnte warum, würde Rannick nach Norden gehen, um mit der Kreatur Zwiesprache zu halten. Und wenn er das tat ...

Erneut legte Farnor die Hand auf das Messer in seinem Gürtel.

Aber er hatte den falschen Weg eingeschlagen. Diese Straße würde ihn direkt zur Burg führen. Vorsichtig verlagerte er sein Gewicht, und das Pferd verließ gehorsam die Straße.

Langsam ritt Farnor in weitem Bogen über die Felder, um die Burg so weit wie möglich zu umgehen. Bei den wenigen Gelegenheiten, da er sie sehen konnte, vermochte er keinerlei Aktivitäten festzustellen; er sah nur das Flackern vereinzelter Fackeln auf den Wehrgängen.

Sie hatten heute schon ihren Spaß, sinnierte Farnor verbittert. Kurz sah er vor seinem geistigen Auge, wie es dem Tal unter dem Joch von Rannick und den Fremden ergehen würde, doch er schob die Vision rasch beiseite. Er hatte seine eigenen Probleme, um die er sich kümmern mußte. Und abgesehen davon: War erst einmal der Kopf der Schlange abgeschlagen, war es leicht, den Körper zu zerstören.

Dann war er zwischen den Bäumen – zwischen den Bäumen, die ihm noch vor wenigen Wochen so weit entfernt erschienen waren wie der Mond über seinem Kopf. So viel hatte sich so rasch verändert. Der Gedanke machte ihn nervös, doch andererseits hatte er auch schon gesehen, wie mächtige, scheinbar ewige Felsblöcke vom Hochwasser oder Sturzbächen davongespült worden waren. Und hatte nicht auch er selbst sich in den letzten Wochen verändert?

Veränderungen waren Teil des Lebens. Normalerweise gingen sie langsam vonstatten, bisweilen sogar unmerklich, doch manchmal waren sie geradezu atemberaubend schnell. Das konnte niemand bestreiten.

Er überlegte, in welche Richtung er sich wenden sollte. Abgesehen davon, daß es dunkel war, kannte er sich in dieser Gegend auch nicht aus. Aber diese Wälder würden sich schon nicht allzu sehr von jenen weiter unten im Tal unterscheiden. Versteckplätze würde er überall finden, ebenso wie Nahrung und Unterschlupf. Jetzt würde er sich erst einmal einen Schlafplatz für die Nacht suchen und am nächsten Morgen auf Entdeckungsreise gehen.

Ein Nachtvogel flatterte geräuschvoll aus einem in der Nähe stehenden Baum und erschreckte Farnor. Das Pferd wieherte leise. Farnor beruhigte es, dann schnalzte er mit der Zunge, und das Tier schritt tiefer in die Dunkelheit hinein.

Nach und nach gewöhnten sich Farnors Augen an die Finsternis unter den Bäumen; trotzdem konnte er nur wenig mehr als Schatten unter Schatten erkennen. Um ihn herum herrschte vollkommene Stille. Nur die Schritte seines Pferdes waren zu hören und dann und wann das Rascheln eines Tieres im Gebüsch. Farnor stieg ab und führte das Pferd hinter sich her.

Er war jedoch noch nicht weit gegangen, als er bereits vollkommen erschöpft war. Er fühlte sich noch immer steif und wund von den Schlägen, die er bekommen hatte, und das Chaos der Gefühle, das er den Tag über empfunden hatte, hatte ihn völlig ausgelaugt. Ohne weiter darüber nachzudenken, band er das Pferd an, zog eine Decke aus einer der Satteltaschen und legte sich zwischen die Wurzeln eines großen Baums. Kurz darauf war er eingeschlafen.

Rannick und sein Gefährte bewegten sich durch die unsteten Reiche, die zwischen den Welten lagen und in denen es große Quellen der Macht zu finden galt. Sie waren auf der Suche, doch nach was oder wem, das wußten sie nicht. Die Kreatur war ungeduldig und zornig. Ihre natürliche Boshaftigkeit ergoß sich von Zeit zu Zeit unkontrolliert in Rannicks Geist, woraufhin er sowohl Furcht als auch Wut empfand auf diesen uralten Feind, der zurückgekehrt war, um sie in ihrem Fortschreiten zu behindern.

Doch Rannick überwand diesen primitiven Zorn und achtete auf alles, was ihm vertraut vorkam. Heute Nacht würden sie jagen, morgen töten – falls sie die Beute entdeckten. Die heutige Reise führte sie über die kreischenden Wege der Alpträume, doch der morgige Weg war einfach und nüchtern, und Rannick würde scharfen Stahl in der Hand halten. Er durfte nicht riskieren, die Macht gegen diesen Feind mit seinen unbekannten Fähigkeiten zu benutzen, und aus dem gleichen Grund konnte er auch Nilssons Männer nicht gegen ihn schicken. Es war eine Frage der Überraschung, und nur er allein konnte die Tat ausführen.

Also suchten sie, das unheilige Gespann, unauflöslich aneinander gebunden durch dunkles Verlangen und angetrieben von der Furcht vor dem Schatten, der sie bedroht hatte.

Farnor schlief. Er war zu müde, um zu träumen. Sein junger Körper brauchte Ruhe, damit die Wunden heilen konnten.

Von Zeit zu Zeit untersuchten ihn die kleinen Nager und andere Tiere des Waldes, und dann und wann überquerte ihn ein Insekt auf der Suche nach Futter. Sein Pferd stand reglos in der Nähe.

Langsam zog der Mond über den Himmel.

In der Burg herrschte Ruhe, ebenso wie im Dorf, obwohl dort viele eine schlaflose Nacht verbrachten.

Dann war Farnor plötzlich hellwach. Als er sich bewegte, schoß ein stechender Schmerz durch seinen Körper, doch irgendein Instinkt warnte ihn davor zu schreien.

Er blickte in die Dunkelheit, doch selbst die Umrisse seines ruhig dastehenden Pferdes konnte er kaum erkennen.

Aber was hatte ihn geweckt? In weiter Ferne glaubte er, Stimmen zu hören, obwohl sie vielleicht nicht mehr als die Erinnerung an einen immer schwächer werdenden Traum waren, die sich mit dem leisen Rascheln des Laubs mischte.

Doch auch wenn die Stimmen schwach waren, sie waren deutlich zu verstehen.

»Flieh, Beweger. Du wirst gejagt.«

Farnor grunzte fragend; seine Kehle war wie ausgetrocknet. Die Grobheit des Geräusch zerstörte das feine Muster der Worte, wenn es denn Worte gewesen waren, und er hörte nur noch die Geräusche des Waldes.

Farnor dachte darüber nach, sich wieder hinzulegen, doch er fühlte sich alles andere als wohl, und außerdem war er ohnehin schon hellwach. Vorsichtig setzte er sich auf und spähte erneut in die Dunkelheit. Alles war normal. Keine unnatürliche Stille hatte sich über den Wald gelegt, und auch sein Pferd war vollkommen ruhig. Er runzelte die Stirn. »Beweger«, flüsterte er in dem Versuch, die Bedeutungen zu erkennen, von denen er spürte, das sie in diesem Wort verborgen waren.

Aber er fand nichts. Seine Stimme war so weit entfernt von dem, was er gehört hatte, wie Kritzeleien eines Kindes von den feinen Gravuren im Ring vor Gryss' Tür.

Er seufzte verärgert.

Was auch immer geschehen sein mochte, es hatte ihn zu wach gemacht, als daß er wieder hätte einschlafen können, und es war noch zu dunkel, um sich ein besseres Versteck zu suchen.

Während ihm diese Gedanken durch den Kopf gingen, kehrte auch die Erinnerung daran wieder zurück, warum er hier war, und die Dunkelheit der Nacht drang in seine Seele.

Er schlang die Decke um die Schultern und lehnte sich mit dem Rücken gegen den Baumstamm, um so auf den Sonnenaufgang zu warten.

Langsam entspannte er sich wieder. Gedanken an seine Eltern und an die Verwüstung seines Heims kamen ihm in den Sinn, doch er schob sie beiseite. Zunächst tat er das kalt und nüchtern, doch als sie immer wieder zurückkehrten, war er gezwungen, sie rücksichtslos zu zerschmettern.

Wenn er erst Rannick vernichtet hatte, würde er Zeit genug für Erinnerungen haben.

Seine innere Unruhe ärgerte ihn, und nach einer Weile stand er auf. Trotz der warmen Nacht und der Decke um seine Schultern zitterte er.

Doch ihm war nicht kalt. Warum fröstelte er?

Dann, mit einer Wucht, die er beinahe körperlich spüren konnte, war er plötzlich von der Gegenwart der Kreatur umgeben. Er drückte sich an den Baumstamm, und sein Blick huschte verzweifelt hierhin und dorthin auf der Suche nach jenem besonderen Schatten inmitten der anderen Schatten, der auf die Anwesenheit des Tieres schließen ließ. Aber da war nichts. Auch sein Pferd war in keinster Weise erregt, und es hätte mit Sicherheit die Nähe eines solchen Wesens gespürt.

Und doch war es überall um ihn herum.

Farnor rührte sich nicht. Er wagte kaum zu atmen. Er mußte mehr über diese Kreatur in Erfahrung, denn sie war Rannicks Kreatur. Oder er die ihre. Egal: Über den einen lernen, hieß, auch etwas über den anderen zu erfahren.

Die Erinnerung an den Vorfall im Burghof kehrte wieder zurück. Die Erinnerung an etwas, das aus ihm hinausgegriffen und das Böse in der Burg daran gehindert hatte, irgendjemandem ein Leid zuzufügen. Die Bilder bedeuteten ihm nichts: Orte, die hier und doch nicht hier waren? Eine Macht, die nur groß war, weil sie in Wahrheit nicht hierhergehörte?

Aber was auch immer die Bilder bedeuten mochten, sie waren sehr lebendig, und er wußte, daß er sich korrekt an sie erinnerte.

Wie auch daran, hinausgegriffen und diesen ... schrecklichen ... gefährlichen ... Fluß! ... aufgehalten zu haben.

Oder zumindest hatte das ein Teil von ihm getan.

Er zog das Messer aus dem Gürtel.

Dabei nahm ein Gedanke in seinem Kopf Gestalt an: *Ich werde dich töten, du Monstrum. Du gehörst nicht hierher. Du hast nie hierhergehört.*

Die Gegenwart um ihn herum bewegte sich, als hätte sie etwas gehört. Farnor konnte ihre Macht spüren, die sie erneut von einem Ort bezog, der nicht hier sein durfte. Er fühlte, wie sich schwach etwas in ihm rührte, aber das Gefühl verschwand, als die Gegenwart der Kreatur sich wieder zurückzog.

Die Art, wie die Kreatur kam und ging, hatte etwas Vertrautes an sich.

Sie war auf der Jagd, erkannte Farnor plötzlich.

Dann lief ihm ein Schauder über den Rücken, als er

spürte, wie eine andere Gegenwart sich mit der der Kreatur verband, sie ritt und sie sowohl führte als auch ihr folgte.

Rannick!

Farnor verstärkte den Griff um das Messer.

Er fühlte Wut und Haß ...

»*Flieh, Beweger. Du hast nicht ...*«

Farnor zuckte zusammen, als die Stimmen ihm zuflüsterten. Sein Geist sprang auf sie zu, doch allein das reichte aus, sie verstummen zu lassen, und die Botschaft ging verloren.

Wer seid ihr? dachte er, doch er erhielt keine Antwort. Ängstlich knirschte er mit den Zähnen und preßte sich gegen den Baumstamm.

Wurde er verrückt?

Schließlich saß er zitternd in den Wäldern jenseits der Burg, klammerte sich an das Messer seiner Mutter und spürte die Gegenwart einer Kreatur, die er nie gesehen hatte.

Er hatte das Gefühl, als stünde sein Geist am Rande einer schrecklichen Dunkelheit, aus der er nie wieder würde entkommen können, sollte er hineinfallen. Er hörte das Pochen seines Herzens und das Rasseln seines Atems. Um sich herum spürte er Bewegung, doch zu welchem Zweck, das konnte er nur vermuten.

Es schien ihm, als stünde er am Rande einer Ewigkeit des Wartens.

Warten ...

Aber auf was ...?

Kaum erkennbar huschten Gedanken durch die Dunkelheit: Gryss, der ihm zugehört und der ihm geglaubt hatte; Marna, die ihm zugehört und die ihm geglaubt hatte; Rannick, der in die Innereien eines gerissenen Schafes geschaut und ... was gefunden hatte? Ein Wind, der ein Ausfalltor gegen seinen Arm gepreßt hatte ... Er legte die Hand auf den verletzten Arm und drückte ihn.

Der Schmerz durchdrang die Dunkelheit wie ein weit entfernter Blitz am Nachthimmel, und die schwachen Gedanken wurden zu den Bannern einer heranrückenden Armee, deutlich erkennbar gegen das Zwielicht, selbstbewußt und mutig.

Nein! Trotz all der verabscheuungswürdigen Fremdheit: was geschah, war die Wirklichkeit. Das war kein Wahnsinn.

Ich bin hier, Rannick! schrie Farnor der lauernden Kreatur entgegen.

»*Nein …*« riefen die Stimmen verzweifelt.

Und im selben Augenblick fühlte Farnor, daß sie sich zu recht sorgten. Denn die Gegenwart der Kreatur war plötzlich wieder so alles beherrschend um ihn herum wie während seiner Flucht zum zerstörten Hof seiner Eltern. Macht strömte durch riesige Risse in der Wirklichkeit, die sicherlich niemand mehr zu reparieren vermochte.

Und mit ihr kam Rannicks Wille, böse und von wildem Zorn beseelt.

»Farnor Yarrance«, flüsterte Rannick in der Dunkelheit seiner Zwiesprache mit der Kreatur. »Farnor Yarrance. *Du* warst es, der sich mir widersetzt hat. Du warst es, der meine Macht befleckt hat.«

So etwas konnte unmöglich sein. Daß ein verprügelter, gebrochener Bauernjunge derartige Fähigkeiten besaß und daß er ihn nun auch noch trotzig herausforderte.

Aber im selben Augenblick wußte Rannick, daß er sich umsonst Sorgen gemacht hatte. Denn egal, was auch immer im Burghof geschehen sein mochte, der Wille des Bauernjungen war nicht mehr als Laub im Wind. Er konnte der Macht nicht standhalten, die er, Rannick, nun besaß: eine Macht, die täglich wuchs, sowohl in ihrer Ganzheit als auch in den Feinheiten ihres Gebrauchs.

Morgen würde Farnor Yarrance die Strafe für seine Einmischung bezahlen. Es würde kein Entkommen für ihn geben. Rannick lächelte. Die Jagd würde ihm Spaß machen, ebenso wie die anschließende langsame Zerstörung seines Feindes. Daß dies außerdem dazu dienen würde, den Willen der Dörfler noch mehr zu brechen, verlieh dem Ganzen noch eine gewisse Würze.

Rannick suhlte sich in seinem bevorstehenden Triumph. Wahrhaft große Mächte führten und beschützten ihn, und sie hatten ihm auf raffinierte Art den Einzigen im Tal gezeigt, der ihm Widerstand entgegenbringen konnte. Sein Schicksal nahm seinen Lauf – wie immer.

Aber irgendetwas stimmte nicht.

Die Kreatur war beunruhigt. Rannick spürte ihre Unruhe und das Erwachen ihrer Jagdinstinkte.

Nein, befahl er. *Nicht im Dorf. Noch nicht. Die Zeit dafür wird kommen. Es wird genug Beute geben, um selbst dich zu sättigen. Aber noch nicht.*

Doch obwohl die Kreatur die Worte hörte und befolgte, schwand ihre Unruhe nicht dahin. Rannick spürte, wie die Kraft seines Befehls auf die Probe gestellt wurde.

Kurz sah er das Bild fliehender Beute.

Fliehend!

Er war hellwach. So wie er Farnors armselige Herausforderung gespürt hatte, so hatte Farnor die Antwort gespürt.

Und er rannte!

Rannick und die Kreatur wurden eins.

Lauf! zischte Rannick seinem gierigen Jäger zu. *Lauf, und jag ihn. Er gehört dir. Das ganze Tal soll von seinen Schreien erwachen!*

Kapitel 37

Blinde Furcht erfüllte Farnor. Die Macht, die sowohl Rannicks unheimliche Gegenwart durchdrang als auch die der Kreatur, war unglaublich. Seltsame Dinge rührten sich in ihm, doch nichts, das wußte er, vermochte sich dem entgegenzustellen, was nun gegen ihn aufgebracht worden war. Er war nur ein Setzling, der einer Lawine im Wege stand, die einen ganzen Wald niederreißen konnte.

So leicht wie Nilssons kämpferisches Können seinen Schild aus Zorn und Haß zerstört und ihn zitternd und hilflos der Wirklichkeit überlassen hatte, so galt das Gleiche nun für Rannicks Macht.

All seine Pläne, die Burg zu beobachten und geduldig auf die Gelegenheit zu warten, Rannick allein zu erwischen, lösten sich angesichts der uralten Bosheit in Nichts auf, die nun gegen ihn gerichtet worden war.

Schwach war er sich der Stimmen bewußt; diesmal klangen sie drängend und ängstlich.

»Flieh, Beweger. Flieh!«

Aber er brauchte keinen solchen Ansporn. Beinahe ohne zu bemerken, was er tat, stieg er aufs Pferd und trieb es an. Instinktiv wandte er sich Richtung Dorf.

»Nein!« sagten die Stimmen in ihm.

Das deckte sich mit seinem eigenen wilden »Nein!«. Das Tal gehörte nun Rannick; dorthin konnte er nicht gehen. Er riß an den Zügeln. Eine solche Behandlung nicht gewöhnt, stieg das Pferd und hätte ihn beinahe abgeworfen, doch die Verzweiflung hielt Farnor im Sattel. Dann galoppierte das Tier los. Farnor krallte sich in der Mähne fest, um das Gleichgewicht zu halten, und als ein niedrig hängender Ast sein Haar streifte, duckte er sich und umklammerte den Hals des Pferdes.

Überall um ihn herum – tatsächlich beinahe sogar *in*

ihm – wanderte die Gegenwart von Rannick und der Kreatur hin und her auf der Suche nach ihm. Farnor hatte den Eindruck, als gäbe es nichts mehr auf der Welt außer diesen beiden bösen Geistern, die ihn jagten: Rannick spottend, böse und triumphierend; die Kreatur primitiv und wild und fest auf die ausgewählte Beute fixiert.

»Lauf, Pferd, lauf!« flüsterte Farnor immer und immer wieder, als könne ein Schrei die Aufmerksamkeit der suchenden Kreatur erregen.

Und das Pferd rannte. Farnor klammerte sich an ihm fest wie ein Kind an der Mutter, während sein zerschundener Körper um Befreiung von dieser Tortur flehte, doch er schenkte ihm keine Beachtung. Schattenhafte Baumstämme huschten vorbei, und belaubte Äste schwangen hernieder und strichen über ihn hinweg. Gelegentlich sah er den Mond durch das Blätterdach, und er hatte das Gefühl, das Himmelsgestirn würde ihm folgen, um der Kreatur den Weg zu weisen.

Und noch immer war er von der Gegenwart der Kreatur umgeben.

Dennoch brachen Bruchstücke zusammenhängender Gedanken durch den unerbittlichen Rhythmus von Farnors Flucht.

Die Kreatur konnte ihn spüren, seine nackte Angst, und sie wußte, daß er floh. Aber sie wußte nicht, wo er war. Kurz hatte er das Gefühl, daß er nicht mehr mit seinen eigenen Augen sah.

Sein Blick war ruhiger und dichter am Boden, und der Himmel war anders. Auch umgaben ihn seltsame Gerüche, die einen alten Haß nährten, vor dem ein Teil von ihm zurückschreckte, so daß er wieder er selbst wurde, von Schmerzen gequält und panisch und sich verzweifelt an das Pferd klammernd.

Was auch immer sonst die Kreatur sein mochte, sie war noch immer ein Tier, das wußte er nun, und um ihn ausfindig zu machen, mußte sie sich auf ihre Instinkte verlassen.

Die Enttäuschung und die Wut der Kreatur fluteten über ihn hinweg, als ihm dieser Gedanke kam.

»Lauf, Pferd, lauf!«

So viel Schmerz!

»Finde ihn. Finde ihn. Er gehört dir«, spornte Rannick an.

Entfernung. Sicherlich konnte nichts dieses rasende Tier einholen, an das er sich klammerte, oder? Die Kreatur mußte zunächst den Wald durchstreifen und seine Witterung aufnehmen, bevor sie sich an die Verfolgung machen konnte.

Doch Rannick freute sich hämisch. *Er* hatte keine Zweifel am Erfolg der Jagd.

Noch bevor Farnor über die Gründe dafür nachdenken konnte, traf ihn ein plötzlicher Windstoß von der Seite. Das Pferd schwankte unter der Wucht des Aufpralls, wurde aber nicht langsamer. Zu Farnors Entsetzen roch der Wind nach Rannick.

Rannick besaß seine eigenen Sucher.

Farnors Magen zog sich schmerzhaft zusammen. Er war entdeckt!

»Lauf, Pferd, lauf!«

Der Wind nahm an Stärke zu und begann, an ihm zu reißen. Farnor wollte dem Pferd zuschreien, schneller zu laufen, doch er wußte, daß es sinnlos sein würde, denn der quälende Wind hatte das Tier noch mehr in Furcht versetzt. Farnor konnte nichts weiter tun, als sich festzuhalten.

Erneut erblickte er kurz den Himmel. Ein Sternenmuster fiel ihm auf. Es deutete auf einen einzelnen Stern.

Norden. Er ritt nach Norden. Einen Augenblick lang mischten sich mehrere Ängste: die Angst vor Rannick und der Kreatur und die Angst vor dem, was in dem geheimnisvollen Land im Norden lag. Der Große Wald, dessen Existenz eine ständige Bedrohung in seiner Kindheit gewesen war. Aber diese Furcht war weit entfernt, eingesperrt durch die langen Jahre in der Sicherheit seines Heims, und sie war nichts im Vergleich zu der Furcht, die sich hinter ihm sammelte.

Der Wind hörte so plötzlich auf, wie er begonnen hatte. Farnor spürte, wie Rannicks Wille ihn zurückrief; er wußte, daß er so den verlockenden Duft zu der Kreatur bringen würde.

»Lauf, Pferd, lauf!«

Und dann änderte sich der Haß um Farnor herum. Er änderte sich von vage zu klar und deutlich. Farnor fühlte, wie die Kreatur kurz stehenblieb, um den Duft zu überprüfen, den Rannick ihr gebracht hatte; dann sammelte sie all ihre primitive Kraft und machte sich an die Verfolgung der Beute.

Der Mond folgte Farnor noch immer unerbittlich und markierte seinen Weg.

Und die Kreatur kam näher!

Selbst das Pferd schien zu spüren, daß sich etwas verändert hatte. Es streckte den Hals und lief noch schneller. Farnor kam der Gedanke, daß sich das Pferd noch zu Tode hetzen würde, aber sein eigenes Entsetzen unterdrückte jedes Mitleid. Alles, was zählte, war, daß er diesen schreckliche Verfolger abhängte.

»Lauf, Pferd, lauf!«

Farnor war wieder die Kreatur. Sie bewegte sich nun weit schneller als noch vor wenigen Minuten, da sie nach einer Witterung gesucht hatte. Kurz versuchte er ihre fremdartige Besessenheit umzulenken, sie stolpern oder gegen einen Baum rennen zu lassen ... irgendwas, doch ohne Erfolg.

Im selben Augenblick war er wieder er selbst, beiseite gewischt von einem mächtigeren Willen.

Ihm blieb keine Hoffnung außer Geschwindigkeit.

Und er bewegte sich bergab, erkannte er. Sie mußten

die Spitze des Tals erreicht haben, und nun drangen sie in das Land im Norden vor.

Farnor fragte sich, wo er sich wohl wiederfinden würde, sollte er die Jagd überleben, aber der Gedanke war sofort wieder verschwunden. Er spürte, wie die Kreatur unerbittlich näherkam, doch während ihre Gegenwart immer stärker wurde, wurde Rannicks schwächer.

Ein Hoffnungsschimmer flackerte in der Dunkelheit auf.

Aber er entfachte kein Feuer. Die Gegenwart der Kreatur war so massiv, wie sie böse war. Tatsächlich schien ihre Wildheit sogar noch zuzunehmen, je schwächer Rannick wurde.

Und dann konnte er sie hören. Selbst das Donnern der Hufe übertönend, erscholl in Abständen eine Art Bellen, teils wildes, frustriertes Kreischen, teils wahnsinniges Brüllen.

Und das Pferd hörte es auch.

Es stolperte, als seine Furcht sich in Panik verwandelte.

Verspätet wandte Farnor seine Aufmerksamkeit seinem Reittier zu. Sollte das Pferd bei dieser Geschwindigkeit zu Fall kommen, dann würde ihn die Kreatur töten, wenn er den Sturz denn überleben würde.

Mit Mühe änderte er seine antreibende Litanei in eine beruhigende.

»Ruhig, ruhig«, flüsterte er.

Keine Wirkung. Das Geräusch der Kreatur wurde immer lauter. Farnors Instinkte überwältigten seinen Verstand.

»Lauf, Pferd, lauf!«

Dann, für einen kurzen, doch entsetzlichen Augenblick, sah er sich selbst aus scharfen Augen, wie er kaum 100 Schritt entfernt über dem Hals des Pferdes hing und zwischen den Bäumen hindurchgaloppierte. Als er wieder er selbst war, spürte er einen beißenden, lustvollen Geschmack im Mund und eine Ahnung von den uralten, schrecklichen Gefühlen, die die Kreatur nun beherrschten.

Es gelang ihm, den Kopf zu drehen und in die Dunkelheit hinter sich zu starren.

Er suchte nach seinem Verfolger, doch er konnte nichts sehen. Er besaß nicht die Nachtsichtfähgikeit dieses Bewohners der Dunkelheit.

Er schloß die Augen und schmiegte den Kopf an den Hals des Pferdes.

Und er wartete.

Irgendwo, tief im Herzen seines Entsetzens, wußte er, daß er sich außer Reichweite von Rannicks Willen befand.

Aber das war ohne Bedeutung: Rannicks schrecklicher Gesandter war hier, und in wenigen Herzschlägen würden seine furchterregenden, alles zermalmenden Kiefer über ihm sein.

Sein ganzes Wesen wurde plötzlich von dem tröstenden Geruch des Pferdes erfüllt und den nächtlichen Gerüchen der Bäume und des zertrampelten Waldbodens.

Aber die Gegenwart der Kreatur drang durch diesen armseligen Schild und griff in ihn hinein. Tief in der Dunkelheit seines innersten Selbst fühlte Farnor, wie ein Schrei Gestalt annahm – und ein Wissen, daß es das war, war er brauchte, das, was die Kreatur wollte. Es würde ihre schreckliche Lust besänftigen, ihren Zorn in eine andere Richtung lenken.

Doch der Schrei wollte nicht kommen. Irgendeine andere Quelle verlangte Widerstand gegen diesen Verfolger. Sie griff hinaus, verweigerte dem Schrei hinauszukommen, umwickelte und würgte ihn. Doch Farnor war sich dieses Streits kaum bewußt. Er stand kurz davor, das Bewußtsein zu verlieren, und sein einziger Gedanke war, daß er sich an dem Pferd festklammern und es weiter antreiben mußte.

»Lauf, Pferd, lauf«, formte er mit den Lippen.

Hinter ihm kam die Kreatur mit jedem Schritt näher.

Rannick wartete allein in der Dunkelheit. Er wartete auf die Rückkehr der Kreatur und die Bestätigung, daß Farnor vernichtet war. Es beunruhigte ihn, daß die Kreatur nun außerhalb seines Einflußbereichs war, aber er tröstete sich mit dem Gedanken, daß sie seine Führung bei der Jagd auf den junge Mann nicht brauchte, besonders nicht, nachdem er ihr die Witterung gegeben hatte. Und natürlich würde sie wieder zu ihm zurückkehren. Sie würde ihn nie verlassen. Erneut von jemandem in die Welt der Menschen gebracht, der um ihr langes Warten in dem uralten Versteck wußte, würde sie diesen jemand nie im Stich lassen.

Rannick hatte es damals nicht gewußt, aber die Kreatur war bedauernswert schwach gewesen, als er in die Dunkelheit vorgedrungen war, um sie zu finden. Vielleicht, so sinnierte er in den immer seltener werdenden nachdenklichen Momenten, wäre sie als Folge ihrer Kühnheit, einen Meister zu finden, gestorben, hätte er sie nicht entdeckt. Aber nun hatte sie einen Meister. Wieder einmal hatte ihn sein Schicksal auf den richtigen Weg geführt.

Er hatte die Kreatur in ihrem Schlupfloch zurückgehalten, als die Dörfler zum ersten Mal nach ihr gesucht und anschließend Wachen geschoben und darauf gewartet hatten, daß sie in ihre armseligen Fallen stolperte. Dann hatte er sie mit Schafen gefüttert, die er in all der Verwirrung gestohlen hatte. Und die ganze Zeit über war sie gewachsen so wie seine Macht, und ihrer beider Ehrgeiz hatte einander genährt.

Aber erst nach dem Tod von Nilssons Männern hatte

Rannick mehr über die wahre Natur der Kreatur erfahren, denn sie zog Dinge aus dem Töten von Menschen wie aus dem keiner anderen Beute – noch nicht einmal aus dem Pferd, das sie gerissen hatte: Dinge, die über gewöhnliche Ernährung hinausgingen. Dinge, mit denen sie ihre dunkle Seele ernährte.

Von wo auch immer sie gekommen sein mochte, sie war nicht einfach nur dazu ausgebildet worden, Menschen zu töten, und sie hatte auch nicht zufällig Geschmack an ihnen gefunden. Menschen zu jagen und zu töten war Teil ihrer Natur. Sie war für diesen einen Zweck gezüchtet worden, und offenbar konnte sie nichts davon abhalten, diesen Zweck zu erfüllen. Doch da war noch ein tieferer Grund für die Existenz der Kreatur und aller anderen ihrer Art, und jene, die die Gabe dazu besaßen, konnten in die Tiefe greifen und den Grund finden, konnten an die Orte jenseits dieser Welt vordringen, wo die Macht ihren Ursprung hatte, konnten sie hierherbringen, wo man sie ungehindert benutzen konnte.

Und solch eine Gabe besaß Rannick.

Voller Freude schloß er die Augen in Erwartung der Rückkehr der Kreatur.

Er hatte den Eindruck, daß die Kreatur mit jeder Reise in diese anderen Welten mehr zu seinem Sklaven wurde. Daß auch sie ihn versklavt hatte, kam ihm nicht in den Sinn.

Seit seiner Begegnung mit der Kreatur waren Rannicks Wissen und seine Fähigkeiten im Umgang mit der Macht stetig angewachsen, unbehindert von allem. Dann war da dieses seltsame Hindernis aufgetaucht, das Versiegeln der Wege, was seine Demonstration vor Gryss und den anderen zerstört hatte. Nicht daß sie es bemerkt hätten, vermutete er, aber es hatte ihn getroffen wie ein Schlag, und seine gierige Vision der Zukunft war ins Wanken geraten.

Aber nun hatte er den Grund dafür entdeckt und ihn

für nichtig erachtet. Alles würde wieder gut werden. Nichts würde sich ihm mehr in den Weg stellen. Schon bald würden *alle* vor seiner Macht auf die Knie sinken.

Das war gut.

Und so wartete er in der Dunkelheit. Wartete auf die schwache Berührung, die ihm verraten würde, daß die Kreatur sich wieder näherte.

Denn wenn sie näherkam, dann würde sie nicht nur ihre Lieblingsbeute erlegt haben, sie würde auch den einzigen Menschen vernichtet haben, der sich ihm hätte entgegenstellen können.

»Hast du nicht mit ihm geredet?« fragte Gryss. In seiner Stimme schwang Hoffnungslosigkeit und Wut mit.

Marna beantwortete die Frage ein weiteres Mal. »Wie oft muß ich dir das denn noch sagen?« sagte sie erregt. »Natürlich habe ich mit ihm geredet, aber das heißt noch lange nicht, daß er mir auch zugehört hat.« Sie preßte die Lippen aufeinander, und Tränen der Enttäuschung schimmerten in ihren Augen.

Gryss gab schließlich auf, ließ sich auf den Stuhl fallen und legte den Kopf in die Hände. »Es tut mir leid, Marna«, sagte er leise. »Ich hätte dich nicht so anschreien sollen.« Er blickte zu Harlen, der mit ihm und Jeorgs Frau zurückgekommen war. »Und wir können nichts tun außer warten, welche Nachrichten morgen aus der Burg kommen.«

Marnas Stimme zitterte, als sie fragte: »Glaubst du, es wird ihm gut gehen?«

Gryss wollte sagen: ›Natürlich wird es das. Er ist ein vernünftiger Junge. Wer würde ihm schon ein Leid zufügen wollen? Ausgerechnet Farnor. Er kann keiner Fliege was zuleide tun‹. Aber er wußte, daß er das nicht sagen konnte. Sie hatten es hier nicht mit einem Kind zu tun, das an einem sonnigen Abend zu spät zum Essen kam oder mit Bauchschmerzen im Bett lag. Und Marna war keine besorgte Mutter.

»Nein«, antwortete er. »Wenn er zurück zur Burg geht, werden sie ihn vermutlich auf der Stelle erschlagen.«

Er hörte, wie Marna zischend die Luft einsog, aber er nahm seine Worte nicht zurück. Einige Zeit schwiegen die beiden, und die Stimmen von Jeorg und seiner Frau drangen in den Raum, oder genauer gesagt: die Stimme der Frau und ein gelegentliches, unterwürfiges Grunzen von Jeorg.

»Geh nach Hause, und ruh dich aus«, riet ihm Gryss. »Schlaf so gut und so lange du kannst. Du hast heute schon mehr als genug getan.« Dann, wider besseren Wissens: »Ich bin sicher, daß am Ende alles gut werden wird.« Er konnte Marna jedoch nicht in die Augen blicken, während er diesen Satz sagte. Marna legte ihm mitfühlend die Hand auf den Arm und stand auf.

Gryss bemerkte nicht, wie sie unbewußt auf ihre Gürteltasche klopfte, als sie und Harlen sich auf den Heimweg machten.

Kapitel 38

Es herrschte Chaos. Ängste, die bisher am Rande ihres Bewußtseins wie Träume geschwebt hatten, rollten unbarmherzig heran und machten sich überdeutlich bemerkbar. Die Zweifel von Jahren vereinten sich zu einer unbestreitbaren Sicherheit.

»Es ist die Brut des Großen Bösen.«

»Und es jagt den fremden Beweger.«

Doch um die rätselhafte Gestalt wirbelten so viele Zweifel wie Ängste um das manifeste Böse.

»Seine Macht ist unbekannt.«

»Er trägt eine Dunkelheit in seinem Herzen, die wir nicht kennen.«

Aber die Geschwindigkeit der Ereignisse verlangte sofortiges Handeln.

Was war zu tun?

»Die eine Dunkelheit aufzuhalten bedeutet, die andere zuzulassen, und wer vermag zu sagen, welche Folgen das haben wird?«

»Und wer vermag zu sagen, welche Folgen es haben wird, wenn der Beweger fällt? Solch einen Lauscher hat es schon seit Generationen nicht mehr gegeben. Wenn die Brut des Großen Bösen wieder dort draußen ist, werden wir so jemanden brauchen.«

Schweigen.

Man stellte sich dem Schmerz und der Furcht.

»Falls möglich, haltet das bekannte Böse auf und helft dem Lauscher.«

Der Beschluß war endgültig.

Aber die Aussicht war furchterregend.

»Lauf, Pferd, lauf!«

Farnors unerbittliche, unhörbare Litanei war bedeutungslos für ihn geworden, als die wilde Jagd ihn immer tiefer in die Dunkelheit führte, während die Kreatur mit jedem Schritt näherkam.

Er blickte nicht zurück, doch mehr aus Angst, daß er den Halt am Pferd verlieren könnte, denn aus Furcht vor dem, was er sehen könnte. Er wußte, wie nah die Kreatur war. Bei beinahe jedem Herzschlag schien er kurz mit ihr verbunden zu sein, war von ihrer fauligen Lust besessen, atmete den entsetzten Duft der fliehenden Beute, schmeckte den warmen, feuchten Speichel im Mund und spürte, wie sich ihm das Fell sträubte. Aber am schlimmsten von allem war, daß Farnor immer wieder den uralten, bösen Willen berührte, der die Kreatur antrieb.

Doch vielleicht war es genau dieser Schrecken, der ihm half, sich auf die Wirklichkeit dessen zu konzentrieren, was geschah, anstatt zuzulassen, daß er die wilde Flucht als einen Alptraum betrachtete, aus dem er bald wieder aufwachen würde.

Denn er wußte, daß er nicht nur floh, sondern daß er auch irgendeine Art Schlacht schlug. Egal auf welch unheilige Art er mit der Kreatur auch verwandt sein mochte, er wußte, daß er ihr bis zum Ende Widerstand entgegenbringen mußte.

Nein.

Er mußte einfach widerstehen. Dafür würde es kein wirkliches Ende geben. Nur wenn er in seiner Entschlossenheit nachließ, würde es wahrhaft enden.

Haß und Zorn mischten sich unter seine Furcht.

Er würde weder Rannick noch dieser Kreatur zum Opfer fallen. Er würde sie noch bekämpfen, während sich ihre Kiefer um seinen Leib schlossen. Und er würde keinen Laut von sich geben, komme da, was da wolle.

»Lauf, Pferd, lauf!« trieb er das Pferd in Gedanken an.

Dann war die Furcht, die ihn erfüllte, nicht mehr die seine. Er hatte das Gefühl, als bereite sich ein anderer Wille auf eine schreckliche Prüfung vor. Aber das Gefühl war verschwunden, noch bevor er darauf reagieren konnte, und erneut trug ihn der Rhythmus der Jagd gegen seinen Willen ins Herz seines Verfolgers.

Da war seine Beute; fast hatte er sie erreicht: hoch oben, und die Hufe waren gefährlich, aber nur ein paar Schritt vom tödlichen Schlag entfernt.

Muskeln spannten sich für die zusätzliche Anstrengung, die aus dem Lauf einen Sprung machen würde ...

Und die Beute war verschwunden!

Vor ihm erhob sich der Schatten eines riesigen Baumes!

Farnor zuckte unwillkürlich zusammen, als er wieder in sein eigenes Bewußtsein zurückkehrte; den Reflex der Kreatur spürte er noch immer in seinen Gliedern.

Durch den Lärm seiner Flucht hindurch hörte er ein Krachen hinter sich.

»Lauf, Pferd, lauf!«

Die Worte hallten durch seinen Kopf, doch die Stimme war nicht die seine – ebenso wenig wie das Wort einfach nur ›Pferd‹ bedeutete.

Es bedeutete vieles, aber es war auch von großer Furcht erfüllt.

Und, so erkannte Farnor, seine Verbindung zu der Kreatur war abgerissen. Er war wieder ganz er selbst. Die Gegenwart der Kreatur wurde immer schwächer. Einen Augenblick lang zögerte er, doch gleichzeitig überwältigten Stimmen seinen Geist.

»Flieh, Beweger! Es bereitet uns große Mühe, ein solches Ding auf diese Art zu berühren, und wir wissen nicht, wie weit unsere Fähigkeit reicht, dir zu helfen. Dein Schicksal liegt noch immer in deinen eigenen Händen. Flieh!«

»Es ist getan.«

»Aber der Schmerz, der Schrecken ...«

»Sind vorbei. Es ist getan. Die Brut des Bösen ist getäuscht worden. Sie kehrt dorthin zurück, woher sie gekommen ist. Der Beweger ist in Sicherheit.«

Aber da war noch immer ein schrecklicher Zweifel. Ein Zweifel, der diesen Erfolg allen Trostes beraubte für den Schmerz und die Erniedrigung, die die Berührung des Verfolgers mit sich gebracht hatte.

»Der Beweger trägt eine Dunkelheit in sich. Wir könnten eine große Torheit begangen haben.«

»Wir hätten nicht anders handeln können.«

Das minderte den Zweifel nicht.

Es folgte tiefes Schweigen. Die Wahrheit konnte man nicht leugnen. Sie hatten einer fremden Dunkelheit Zugang gewährt.

»Es wird sich immer unserer Kenntnis entziehen. Wir müssen jene anrufen, die Hören. Die Valderen müssen urteilen, wo wir es nicht mehr können.«

Und in der Nacht galoppierte Farnor, der sich noch immer erschöpft an den Hals des Pferdes klammerte, stetig gen Norden in das Reich des Großen Waldes. Er war verloren und allein, doch er wußte nur eines: Er wurde nicht länger verfolgt. Die Kreatur war verschwunden. Er war frei.

Hier endet der erste Teil
von der Sage vom großen Wald.
Die Geschichte endet in VALDEREN.

Die deutsche Presse über

ROGER TAYLOR

›Spannend ohne Ende.‹
Klappe auf, Karlsruhe

›Echte Leseschmöker über Welten, die man vor Spannung nicht mehr verlassen möchte.‹
Wochen-Kurier, Heidelberg

›Die Parallelen zu Tolkien sind offensichtlich, und doch hat Taylor ein eigenständiges Epos entworfen.‹
Das Foyer, Essen

BASTEI
LÜBBE